吕思勉詩文叢稿（下）

吕思勉文集

上海古籍出版社

女真先世

滿洲古稱肅慎，虞舜時，即爲中國聲教所及(《史記·五帝本紀》)。據《國語》《魯語》、《史記》、《孔子世家》。當周初，曾以楛矢砮韋貢，此物至南北朝、隋、唐時，所謂靺鞨者，《北史》作勿吉。仍以之爲貢，其形制歷代皆同，與古書所傳亦合，故知其決是一民族，惟靺鞨在今松花江流域，古黑水。周初居地，決不能若是其遠。《左傳》載周詹桓伯之言，"自武王克商以來，肅慎、燕、亳，吾北土也"。此燕指南燕，在今河南封邱縣，想北燕初封，當距南燕不遠，其後輾轉東北，徙自易今河北易水流域。至薊，今河北薊縣。又開拓上谷、漁陽、右北平、今察哈爾、熱河及河北之東北部。遼西、遼東今遼寧省。五郡。緬想此時當起一民族大遷移，後世所謂東胡、烏丸、鮮卑之祖，在今熱河、吉林間。夫餘、在今吉林西部。靺鞨、在今松花江流域，靺鞨在漢時名挹婁，爲夫餘所隔，不與中國通(據《後漢書》及《晋書》)。晋初，夫餘亡，乃復返中國，仍稱肅慎，南北朝後，乃改稱靺鞨。朝鮮等，皆以此時隨中國境土之開拓而遁居塞外，即東胡在遼西之西北，夫餘在其北，肅慎在遼東之北，朝鮮在遼東之東也。

靺鞨之根據地，在今松花江及黑龍江流域，即古之黑水，古黑水以松花江爲上源，非如今以額爾古納河爲上源也，額爾古納河流域，爲室韋分佈之區，蒙古出焉。其地距中國之文明中心遠，而距朝鮮近，故其開化者，恒爲接近朝鮮之部落。此部落即爲粟末靺鞨。

松花江發源於長白山，古稱速末水，亦稱粟末。會嫩江東折後稱黑水，在粟末水流域之粟末靺鞨，曾助高句麗抗唐，高句麗亡後，遷於今熱河境，營州。與契丹相近。唐武后時，契丹反叛，其酋長遁歸故土自立，酋長大祚榮走東牟山，築忽汗城居之。傳子武藝，斥大土宇，地有五京、十五府、六十二州。是爲渤海，有今吉、黑兩省及俄領沿海州、朝鮮北部咸鏡道及平安道之大部。之地，開國時，已頗知書契，後復遣人至唐留學，一切制度模範中華，爲海東盛國。至五代初，乃爲遼所滅。公元九二八年。

靺鞨至此，乃入於各部分裂之狀態，史稱之曰女眞，服屬契丹，《金史》謂"在南者係遼籍，謂之熟女眞；在北者不係籍，謂之生女眞"。朝鮮半島之北部，高麗。有人名函普者，年已六十餘。入居黑水流域之完顏部，解其部族之鬥，部人德之，妻以六十未嫁之女。子孫遂爲其部長。此事迹據《金史》。後崛起，滅遼，破北宋，即金。

長白山附近之白山靺鞨，《遼史》稱爲長白山女眞，則滿洲之祖也。

滿洲民族，爲漢人同化，今將及消滅。蓋民族存在之最大標準，語言也。今滿人能用滿語、滿文者，僅百之一二，通常皆爲漢語、漢文矣，故滿洲民族，不久將成歷史上之名詞，然其往昔，固一大民族也。

滿族開化最早者爲粟末靺鞨，唐武后時據今吉、黑兩省及俄領黑龍江以南至海之地，有據有朝鮮北部，立國曰渤海。至五代初，乃爲遼所滅，靺鞨自此稱爲女眞，係遼籍者爲熟女眞，不係籍者爲生女眞。北宋末，黑水女眞之完顏部強，建國號曰金，滅遼，并北宋。渤海之先，固與高麗接近，金之始祖名函普，實亦高句麗遺民入居女眞部落中者也。

清之先，蓋隋、唐時之白山靺鞨，《遼史》稱爲長白山女眞者也。清人自稱其先爲天女所生，姓愛新覺羅，名布庫裏雍順，此說自屬虛誣。又云：傳數世，國亂，族被戕，幼子范察一作樊察。得免，又傳數世至都督孟特穆，計誘讎人之後誅之，定居於赫圖阿拉，清代後稱其地爲興京，今遼寧省長白縣。則其中頗含史實。都督孟特穆清人追尊爲肇祖。此清人之自述，詳見王氏《東華錄》卷一，係根據《清實錄》。

建州衛設於一四一二年，恰在民國紀元前五百年，地在朝鮮會寧府河谷，建州爲渤海行政區域之名，屬率賓府，見《唐書·渤海傳》，《元一統志》謂之故建州。始受職者名猛哥帖木兒,似即孟特穆之異譯,"都督"則清人稱其酋長之名,明授以指揮使者,女真族中均謂之都督。《皇明實錄》所載,不乏其例。後爲七姓野人所殺,並殺其子阿吉童倉(《明實錄》)。公元一四三三年。弟凡察襲職,遷於遼寧東南佟家江流域,爲朝鮮所逼之故。後猛哥帖木兒之子董山,出與凡察爭襲,明乃分建州爲左右衛,以董山爲左衛、凡察爲右衛指揮使,以調停之。凡察死於公元一四四六至一四四八年間(據稻葉君山《清朝全史》,中華書局有譯本),右衛情形無可考。董山漸桀驁,明檄致廣寧誅之,又出兵破其部落,公元一四六六年。其子脱羅犯邊,久之,漸寂,於是建州左衛衰,而右衛強,其酋長曰王杲,居寬甸附近,爲李成梁所破,奔哈達。公元一五七一年,成梁移險山六堡於寬甸等處(本在遼陽東二百餘里),明年,破王杲。

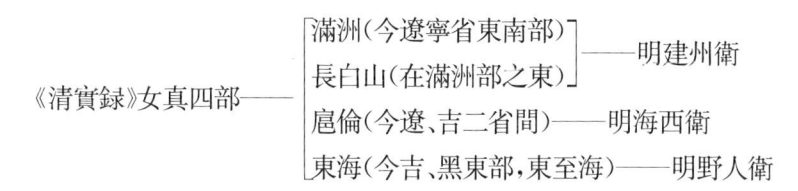

《清實錄》女真四部──
- 滿洲(今遼寧省東南部)
- 長白山(在滿洲部之東) ── 明建州衛
- 扈倫(今遼、吉二省間) ── 明海西衛
- 東海(今吉、黑東部,東至海) ── 明野人衛

扈倫部明人稱之曰忽喇温,清譯扈倫。本在黑龍江支流忽喇温河流域,後南徙,據海西女真之地。之葉赫,在今吉林省城西南,明稱爲北關,酋長姓土默特,當係蒙古分支,所居城,在今吉林西南三里山上。哈達,在今遼寧開原縣北,明稱爲南關。居松花江流域,距開原四百餘里。自董山、凡察死,建州左、右衛衰,而此海西衛曾強盛,共四部,以葉赫、哈達爲強,他二部即輝發(在今輝發河流域)、烏拉(在今松花江右岸)也。後爲李成梁平服於明,明稱之爲南、北關,賴其西捍蒙古,東拒建州,然此時二部已積衰不振矣。

《清實錄》與明人記載對照:

```
肇祖都督孟特穆ー充善(董山)ー妥羅(脱羅)
(猛哥帖木兒)  └褚宴(童仓) ├妥義謨
                           └錫寶斎篇古ー
興祖都督福清ー德世庫
             劉闡
             索長阿
             景祖覺昌安(叫場)ー禮敦
             包朗阿              ー額爾袞
             寶實               ー界堪
                               ー顯祖塔克世(他失)
                                 ー太祖弩爾哈赤
                               ー塔察篇古
```

顯祖即太祖弩爾哈赤之父也。王杲之奔哈達，哈達執送之，爲成梁所殺。故其子阿臺《清實錄》作阿太。怨哈達，與葉赫攻之。滿洲分部，有名蘇克蘇滸河者，其城主尼堪外蘭，導李成梁以誅阿臺，建州右衞實亡於此時。阿臺，清景祖孫婿也。是役也，清景、顯二祖亦死焉。

後太祖攻尼堪外蘭，尼堪外蘭奔明邊，明不能保護，執付太祖。且許其互市，開撫順、清河、寬甸、靉陽四關互市，並許歲賜銀八百兩，蟒段十五匹。自是滿洲日漸富強，盡服諸女真及蒙古之科爾沁部。凡蠻族強盛，必自統一同族起，清太祖之興亦如此。自攻尼堪外蘭後，即努力統一同族，至公元一五八八年，滿洲五部皆服。五部爲：蘇克蘇滸河，今遼寧那河縣境；渾河，興京西北；完顏，吉林敦化縣境；棟鄂，遼寧通化縣境；哲陳，柳河之東。公元一五九三年，扈倫四部、長白山二部長白山之部爲：訥殷，遼寧長白縣境；鴨綠江，遼寧輯安縣境；珠舍哩，遼寧臨江縣境。鴨綠江先已歸服。與蒙古之科爾沁、錫伯、卦勒察九國，連兵三萬來伐，太祖大敗之，遂滅珠舍哩、訥殷。公元一五九七年，滅輝發。此時，哈達酋那林孛羅與葉赫酋互商互攻，公元一五九九年，太祖與葉赫攻滅哈達，而公元一六〇五年，巡撫趙楫又奏棄險山六堡之地，寬甸平野，盡爲女真射獵之區，滿洲形勢，日益強盛。烏拉（扈倫四部之一）滅於公元一六一七年，東海部（東海二部爲：瓦爾喀，吉林延吉東部。虎爾哈，吉林依蘭境）至清太宗時服。至一六一六年，遂叛明矣。

（本文爲一九四二至一九四三年呂思勉任教常州青雲中學高中"本國史"筆記之節錄，黄永年記，標題係編者所擬，原刊於《呂思勉文史四講》，中華書局二〇〇八年三月出版）

《古文觀止》評講録 *

序

　　一九四二、一九四三年之交,吕誠之思勉先生執教蘇州中學常州分校,嘗爲年等高中二年級學生講授國文課,所持本乃世俗通行《古文觀止》,取其選鈔無法,美惡雜陳也。精義卓識,務去陳説,通儒論文,亦非詞章小家得擬萬一耳。舊日筆記,猶存篋笥,因粗事理董,勒成兩卷,排比後先,一從講説次序。中多先生板書,年所遵録。亦有先生口説,年所筆受,則於起迄別以墨圍〔　〕。其字下標誌墨點·,皆原選題目、詞句,年所補入以備覽者也。先生存示試題,並附存焉。其間亦有日久不能別白板書、口説之處(多在上卷),姑以意定,先生下世已四載,乞正無由矣。嗚呼,昔張守節爲《大史公書》正義,於先師硃點,不敢遺没,而著其説於《梁孝王世家》中,以年況之,慚愧滋甚。先生論文專著之已刊佈者,惟《宋代文學》一書,零詞賸義,散見於所撰《經子解題》、《章句論》、《史通評》、《中國通史》諸書及《先秦》、《秦漢》、《兩晉南北朝》、《隋唐五代》四史中者尚夥,輯之當不止盈卷。惟此筆記遺説,多爲上列諸書之所未及,是可珍也已。一九六一年國慶日,受業黄永年謹記。

---

　　* 本文爲 1942 至 1943 年吕思勉任教常州青雲中學高中國文課之講義,黄永年記,初刊於《學術集林》卷三,上海遠東出版社 1995 年 4 月出版。

此兩卷悉先生遺説,年此後讀書有所見聞,概不敢闌入。惟上卷《東萊博議》、下卷包慎伯爲友人行狀兩事,僭施案語,乃年聽講時所别志者。昔錢曉徵年十八,讀東坡"賈梁道"詩,援《晉書》以糾其失,迨晚歲集《養新録》,仍録存其説(見《録》卷一六"蘇東坡詩"條及自撰《竹汀居士年譜》)。年之爲此,亦竊師錢氏之意云爾。

篇　目

上　卷	一九四二年秋
左　傳　子魚論戰	左　傳　陰飴甥對秦伯
左　傳　子革對靈王	國　語　祭公諫征犬戎
公羊傳　春王正月	檀　弓　晉獻公殺世子申生
檀　弓　杜蕢揚觶	國　策　樂毅報燕王書
國　策　魯仲連義不帝秦	史　記　五帝本紀贊
史　記　項羽本紀贊	史　記　秦楚之際月表
史　記　高祖功臣侯年表	史　記　伯夷列傳
史　記　遊俠列傳序	司馬遷　報任少卿書
西漢文　賈誼過秦論上	西漢文　晁錯論貴粟疏
西漢文　路温舒尚德緩刑書	李　密　陳情表
王羲之　蘭亭集序	陶淵明　桃花源記
駱賓王　爲徐敬業討武曌檄	韓　愈　原道
下　卷	一九四三年春
韓　愈　諱辯	韓　愈　柳子厚墓誌銘
柳宗元　駁復讎議	柳宗元　箕子碑
柳宗元　捕蛇者説	柳宗元　鈷鉧潭西小丘記
柳宗元　小石城山記	歐陽修　朋黨論
歐陽修　釋秘演詩集序	歐陽修　五代史伶官傳序
歐陽修　豐樂亭記	歐陽修　瀧岡阡表
蘇　洵　辨奸論	蘇　洵　心術
蘇　洵　張益州畫像記	蘇　軾　范增論
蘇　軾　超然臺記	蘇　軾　石鐘山記
蘇　軾　潮州韓文公廟碑	蘇　軾　乞校正陸贄奏議進御劄子

蘇　軾	方山子傳	蘇　轍	六國論
曾　鞏	寄歐陽舍人書	王安石	讀孟嘗君傳
王安石	同學一首別子固	王安石	遊褒禪山記
王安石	泰州海陵縣許君墓誌銘	宋　濂	閱江樓記
方孝孺	深慮論	方孝孺	豫讓論
王　鏊	親政篇	王守仁	瘞旅文
唐順之	信陵君救趙論	歸有光	吳山圖記
歸有光	滄浪亭記	西漢文	楊惲報孫會宗書
秦　文	李斯諫逐客書	史　記	屈原列傳
史　記	貨殖列傳序	史　記	太史公自序
禮　記	檀弓六節		

已上篇目，悉先生逐句講過者，其略施評論未細講者不列。

標目悉從《古文觀止》原題，以利檢閱。惟"禮記檀弓六節"遵先生板書。受業黃永年。

《古文觀止》評講錄上卷

〔動物的知識，不能遺傳，每個動物必須從頭學起，因此相互間的能力，必相差有限。人類則不然，前人世代積累之知識，後人可於短期內學得。人類之所以進化，此點最爲重要。〕

語：有限制的傳遞，不能久留。〔因語言無形狀，祇能口耳相傳，欲變耳聞爲目見，須以無形爲有形，即成爲文字。故文字，即有形之語言。〕

文字	形	音	義
語言	無	有	有

〔口能發音，手即能書形，最初文字之作用，即止於此。〕

〔惟社會上的事情，愈發展，愈複雜。雖原理簡單之事，到後來亦

必日趨複雜,語言亦不例外。〕

〔語音有變遷:(一)發音之異;(二)用辭之異;(三)語法 〈 句法 / 篇法 之異。我國(一)最不統一;(二)亦有相異;(三)則主統一,而自古至今,亦有不同,如〕(古)"未之知也"(沒有這個知道);(今)這個沒有知道,沒有知道這個);(今)這個沒有知道,沒有知道這個。〔以篇法言,亦多不同。評文者以為古文與今語言不同,而古人語言與今相同。實不然也。〕

〔即白話(語體)文,看似語文一致,甚為簡單,實亦不然,蓋語文必不能完全一致。此自有原理,即耳聞目見不同,目見不若耳聞之速,而目見可重複再三,耳聞則不能。此白話文必不能與説話完全相合也。(語調不同)〕

理論上説:(一)以古為標準:(1)非古語必不能用;(2)或無古語可用時,方(A)參用口語,(B)或準口語造"辭"。(二)以今文爲標準,盡量使用口語。(三)介乎兩者之間。〔以上三者,在今社會上同時並行,且實有此必要。高深的文言,不能人人學會,且以表達今日之思想感情,亦有時而窮,如執定文言,將阻文章進化之路,故語體文不能反對。然文化之事,自古至今,大體沿舊——其利弊殊亦難言,總利多害少,如盡去其舊,費力過大,是以舊者亦不能不學。(甲)望其日日在變,生新語言語法,合乎今之事實與感情思想。(乙)有一種力量節制之,使不過快而與舊時發生隔離。是以(一)(二)在社會上有同時並行之必要,兩者須兼通。又天下之事皆以純粹爲美(雖實用之事不必求美,然亦至少不使人起惡感),爲實用故而不得不使(一)(二)兩者夾雜使用,於是產生(三)。〕

天下有抽象的理論,沒有純粹的事實。〔故理論上可分文章爲如上三類,但事實上無純粹之文章。故學習時不能因古廢今,因今廢古,事實上兩者皆參互錯綜,互有關係。單研究理論而不求事實者,即理論亦不能徹底明白。國語、國文如此,而文學爲尤甚。不外多讀,多看,多作次之。讀,當受訓練。作,最好喜作而作,勉強者無益。〕

左傳　子魚論戰

一種文字有一種文字的特色。凡名大家之文,均係特色最顯著者。而大家必有其獨有之特色——名家則不能盡然。

《左傳》與《國語》作風相近,論文者稱爲《左》《國》。觀其"辭令"之美。〔"辭令"爲文學之術語。古人作書難,故以口述爲多。有其特性,即意思要盡量發揮,而在言語的表面上要竭力避免刺激。〕

《子魚論戰》這一篇看其"簡勁"。〔言辭精簡,而能刺激人家,叫他起一種想像,則爲有力。〕

大司馬固諫曰　固諫,諫之再三也。

天之棄商久矣　〔商、宋古爲一音,故商即宋。〕

赦也已　赦、舍、捨,古書用字通。

楚人未既濟　濟,盡渡。

門官殲焉　焉,於是,於此。

君子不重傷　重。

古之爲軍也　軍,駐紮之意。

〔宋公之論代表當時舊派之治兵,子魚之論代表當時新派之治兵。〕

勍敵之人　勍＝勁。

雖及胡耇　《說文》："耇,老人面如凍梨色也。"

若愛重傷　愛,憐,古書通。

則如勿傷　如,不如也。

左傳　陰飴甥對秦伯

此篇爲辭令之美。意思是強硬的,而說話狠婉曲,辭令之美盡於此,文學之美亦盡於此。〔古代之外交言辭最美,以使者出,受命不受辭,使者之能,即在"專對"也。〕

```
        ┌大子申生
        │晉文公
晉獻公 ┤晉惠公──懷公
        │奚齊
        └卓（同悼）子〔未成君曰子〕
```

我毒秦 毒，厚也。《易》："以此毒天下，而民從之。"〔此毒爲好的方面。〕

貳而執之 一，專一。貳，携貳。

秦可以霸 伯，長也，今或作霸，假借。霸，魂魄，月霸今作魄。

饋七牢焉 大牢，牛一、羊一、豕一。少牢，羊一、豕一。

左傳 子革對靈王

《左傳》文字，實有多種。普通取以代表《左傳》作風者，亦有簡勁凝重與動蕩搖曳之分。前此如《臧僖伯諫觀魚》、《子魚論戰》等是，後此如《鄭莊公戒飭守臣》、《子革對靈王》等是。昔人稱韓愈《爭臣論》風格出於《左》《國》，指後者而言。

凡古書多非個人所作，故其文章多不一致，大抵《左傳》上半易懂，下半較難，可證其不出一手。

諫：直諫〔近講演式〕，諷諫〔近談話式〕。〔春秋時中原，爲泰山以西，華山以東，北不過大行，南及河南東部。所謂爭霸，即求爲此地諸侯之領袖。春秋末向戌立弭兵之盟，此後晉衰，靈王遂思強。〕

司馬督、囂尹午、陵尹喜〔古書稱謂不一，名、字、官、爵之外，更有通常稱謂亦可稱之。稱官名下以名，漢尚存此風。〕

雨雪 圈聲，古謂讀破，今謂點發。〔中國古代亦有語尾，但不另於文字上作變化。古代語文合一，而後世則分，若一字讀作二音，則在文字中不易看明白。於是有造字之舉，省造新字，則有讀破之法。古代讀破，有保存至今者，亦有刪除者。此種變遷，極爲合宜。〕

篳路　路,大車,即輅。篳路,以篳爲路。

藍縷　服虔注:縷,破,藍藍然。一説:無緣者曰襤褸。深衣,古人常服,以綢邊,襤褸更儉也。

周不愛鼎,鄭敢愛田　愛,惜也。

昔我皇祖伯父昆吾　古稱同姓謂之伯父,異姓謂之伯舅(《禮記》)。天子用,實則諸侯亦用之。

今我大城陳蔡不羹　杜注有二不羹。《賈子新書》作陳、蔡、葉、不羹。

今與王言如響　響,回聲。

形民之力　形,刑,型,古同,此形即型也。

緊要的地方,讀得高些慢些;普通的地方,讀得低些快些。和説話一樣。

國語　祭公諫征犬戎

此爲典重之文字,亦係《左》《國》文字之一種。如《左傳·臧僖伯諫觀魚》、《國語·單子知陳必亡》等,可以參看。忌輕佻。古人之字:〔中國習慣,字與名有關,號則另別。世界上有兩種風尚:一稱名表示愛,歐洲如此;一死後諱之稱諡,周時如此。以後成普通風俗,即生時亦諱之以敬人,而稱其字。〕《禮記·檀弓》:"幼名,冠字,五十以伯仲,死諡,周道也。"注二十爲"且字"。〔字古僅一字,不易稱,因此加一音,加"父",亦作"甫",如孔子曰尼父;五十則加排行,如稱孔子曰仲尼。諡非人人所有,伯仲亦不常稱,通稱者爲字。〕古書稱謂實至錯雜,或以名傳,或以字傳,至南北朝時猶然。古書中遇下有父字,上有伯仲等字者,大抵係其人的字。古人以字行者,亦有用字而不註明,名不傳者。

祭公謀父諫曰不可先王耀德不觀兵　開門見山法。

觀則玩玩則不震玩,習也。震,震動。

故周文公之頌曰

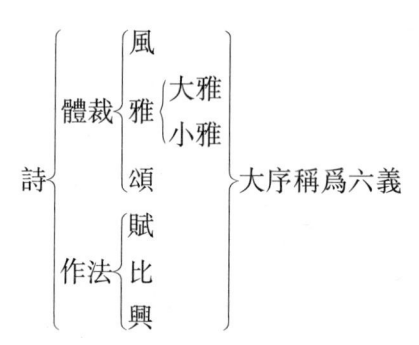

詩 { 體裁 { 風 / 雅 { 大雅 / 小雅 } / 頌 } / 作法 { 賦 / 比 / 興 } }　大序稱爲六義

風，采詩，男女有所怨恨，相從而歌，各言其傷，飢者歌其食，學者歌其事。

頌，據《說文》，爲容貌之容之本字，故有形容之意。又頌、訟，皆從公聲，訟，公言也。

載戢干戈載櫜弓矢　載，哉，詞也。〔有聲無意之字。《說文》中曾、尚、余，皆作詞也。古書中極多，而《詩》中尤常見。增字解經，治古書最忌。王引之《經傳釋詞》："不顯""不承"之不字，皆無意義。"爲法之弊，一至此哉"，一，詞也。〕載，發語詞。

肆於時夏　肆，陳，即散佈。時，是。夏，地名，指中國。

而厚其性　性，即生。

阜其財求　財，一切之材料，"天生時而地生財（材）"。

明利害之鄉　鄉，方向之向。

昔我先世后稷　棄封於邰爲后稷。棄（后稷）……不窋（失官）……公劉（居豳，至唐改邠）……大王（古公亶父，避狄遷岐）——季歷——文王——武王

修共訓典　典，當也。

守以惇篤　惇，今或作敦，厚也。篤，馬行遲也，引伸之爲實。〔凡語，先有具體，後有抽象，故古人之語多具體有所指，後人思想進步，因就舊有之具體之字，加以設喻，而表抽象之意，久之遂變成抽象文字。〕

商王帝辛　古，生稱王，歿稱帝。

以致戎於商牧　商牧,商朝的牧野。

勤恤民隱　依、隱,古通用。

夫先王之制　夫,彼也。古無拓開口氣虛無所指之夫字,夫字在句前者均爲彼字之義。如當作彼字解而不通,則此夫字當屬上句末,而爲後人誤割屬下句,古書中此等誤讀甚多。〔拓開口氣虛無所指之夫字,至少唐以後作散文者始用之,南北朝尚不用,漢以前則絕無如此用者。〕

邦内甸服　〔邦、封,古音同。封,堆土以示疆界,引伸而爲疆界,原義亡,音轉邦。古國指都,邦謂國界,因避漢諱,古書之邦多易爲國,義遂相混。〕

公羊傳　春王正月

此爲傳體。古書經傳相輔,經爲正文,傳以釋經,故必有經而後有傳。此體與設爲問答者大不相同。外行者不知此理,作文並無所釋,而亦妄效傳體,則謬矣。

古書存於今,經傳分篇者,如《管子》之《明法》、《明法解》;仍合爲一篇者,如《禮記》之《文王世子》;經存而傳亡者,如《春秋》無傳各條,即其一例;傳存而經亡者,如《禮記·郊特牲》之大部分。

謂文王也　文王,有文德之王。

古諸侯不再娶,因其一娶九女。〔娶一國,二國往媵,皆有姪娣。媵,送也,如伊尹爲有莘氏媵臣。〕

諸大夫扳隱而立之　扳,即攀。

古也、邪(耶)通用,也字係邪字之意者甚多,如韓文(《雜說》)"其真無馬邪,其真不知馬也。"

檀弓　晉獻公殺世子申生

《檀弓》爲《禮記》中之一篇,其記事文最美。昔人有《檀弓論文》一書,不知何人所作,題爲謝枋得撰,蓋僞,其論亦無足觀。然《檀弓》記事文之美,冠絕古今,則不誣。凡《檀弓》所記之事,與《左氏》同者,《左氏》恒不如《檀弓》。

〔明人僞書，多託之宋人，《東萊博議》，觀其議論文辭，蓋亦明人所僞也。（年謹案：《東萊博議》有元刊本傳世，刊本不僞，則先生謂明人所僞，似未審，疑此種文體或始於宋末也。）《蘇批孟子》亦明人所託，如此者甚多。〕

陋劣之選本，〔不僅未悉源流正變，且文體亦未領略，〕不應看其選法，其文章還是看得的，惟其批評，則百分之九十以上都看不得，非徒無益，而且有害。其批評之劣根，因科舉而來。〔科舉蓋爲一種文官考試。官缺皆有定額，科舉爲其一道，故科舉出身亦有定額，蓋以官缺爲限也。其應試人之程度，可超過録取數者甚多，而文字限於程式，雖高才博學者亦無可發揮，多相仿佛，遂轉而求其文字之特別動目，而試官出題亦極難也。

科舉：唐，明經——帖經（經文）、墨義（注文），進士——詩賦。宋元，經義，策、論。明，太祖定制七百—三百字，分八股四對，曰八股。〕

子蓋言子之志於公乎　〔蓋，同盍，〕盍，何不也。蓋，疑詞，與今人用爲推原之詞者異。《左傳》杜注地名用蓋字者，皆爲不確定之詞，見《疏》。

申生不敢愛其死　愛，惜。

"伯氏不出而圖吾君？"此爲古書省疑問詞之例。今古書中之乎字等，爲後人所加者甚多，見俞樾《古書疑義舉例》。《中庸》："《詩》云：'伐柯伐柯，其則不遠。'執柯以伐柯，睨而視之，猶以爲遠（乎）？故君子以人治人，改而止，忠恕違道不遠，施諸己而不願，亦勿施於人。"

再拜　《論語》："問人於他邦，再拜而送之。"

是以爲恭世子也　爲恭世子，言其未足爲孝（見鄭注）。蓋孝不當陷親於不義，亦且身爲世子，更當顧全大局。

《檀弓》之文字，看其風神。後人稱大史公、歐陽修，皆取其風神。其實《檀弓》之風神，亦獨絕也。

檀弓　杜蕢揚觶

古君臣之密切者，義兼朋友。而古朋友與所知（知謂認識）異，關係極密切，如可許友以死，友困乏而不能助，自己亦當減損飲食等。《檀弓》：" '師'，吾哭諸寢；'朋友'，吾哭諸寢門之外；'所知'，吾哭諸野。"如秦穆公死而三良從死，即係論友誼（見《詩‧黃鳥》）。《唐書‧吐蕃傳》：" 其君臣五六人自爲友，曰共命。"〔大抵野蠻人多有之。〕

知悼子卒未葬　《禮記》："君於大夫，比葬不食肉，比卒哭，不舉樂。"

師曠李調侍　師曠，大師，官名。李，或即理，官名。

杜蕢入寢歷階而昇酌曰曠飲斯又酌曰調飲斯又酌堂上北面坐飲之降趨而出

君前臣名，父前子名。

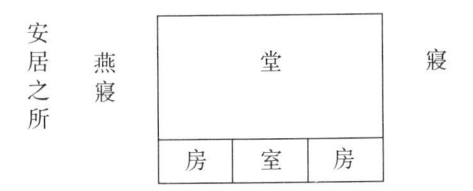

安居之所	燕寢	堂		寢
		房	室	房

曩者爾心或開予　有、或同聲通用。九或＝九域＝九有。或曰即有人説。

漢人記古事之文最多者，爲《説苑》、《新序》，次之則《韓詩外傳》，其文皆不如《檀弓》之美。蓋此等皆隨筆記錄，不加修飾，而《檀弓》則曾經修飾者也。

《檀弓》用虛字最多，故有風神。然其文極簡，每段中皆有深厚雋永之語，故覺其味無窮。此可爲作文之法，即每作一文，總須想法搥煉出幾句精語，而繁文可删也。

國策　樂毅報燕王書

此篇辭令之美，冠絶古今，爲《左》《國》所不逮。

《國策》文字，主紀説術。其人有徒有術者，如觸讋、魯仲連是也。

有並不免於鄙陋者,如蘇秦、馮諼是也。樂毅則殊有士君子之風。縱橫家有取於其辭,然其辭非縱橫家所能爲也。〔作文有二端:技術問題,神氣問題(自他人言之爲氣象)。技術問題與人格無關,神氣問題則與人格有關,不能勉強。縱橫家大抵政客之流,不能爲此言也。〕

覆信緣由,在文字爲起的,其繁簡長短,須與全篇相稱。

恐抵斧質之罪　質,亦作礩,礩,要斬之兵。古書所謂斬者,皆指要斬。斬首皆言棄市。("爵人於朝,與衆共之,刑人於市,與衆棄之"——《禮記‧王制》)(或質言之曰割頭,《今文尚書‧吕刑》注如此)非刑法則曰斬首。

臣恐侍御者之不察先王之所以畜倖臣之理　侍御,御,進也。

先王之舉錯　錯,同措,加也。

而驟勝之遺事也　驟,數也。

先王之靈　或曰某人之神靈,或但曰靈。此語起原時或有迷信關係,如《史記》冒頓閼氏謂冒頓曰,"漢天子亦有靈"是也。但在普通,祇作這個人的精神講即可。

植於汶篁　汶篁,汶水流域之竹田。

文字忌鋪張過度,有時亦需有相當的鋪排,方不寡薄,方有色彩,如"大吕陳於元英"至"植於汶篁"數語是。文字如祇有抽象概括的話,有時易失之寡薄。

故著於春秋　春秋,當時史籍通稱。

施及萌隷　萌,氓,同音,指民之較遠者。

"故吴王夫差不悟先論之可以立功,故沈子胥而不悔;子胥不早見主之不同量,故入江而不改",《史記》無"夫差"二字,是也。此"夫差"二字,乃注語混入正文之例,因上文吴王係指闔閭,故或加此注也。"故入江而不改",《史記》作"是以王於入江而不化",較此爲優,此恐淺人所改也。

國策　魯仲連義不帝秦

《戰國策》係縱橫家之書,專講遊説之術,不可當作歷史看,宜看其說話之法如何。此在歷史方面，可見當時説術之面貌，而文字之妙亦寓焉。

魯連見平原君，無不說理由，貿然責其非天下之賢公子之理；亦無不論形勢，貿然欲責辛垣衍而歸之之理。必已暢論外交上之形勢，而平原君此時亦必已決不帝秦矣。文不及者，此篇所重在魯連説辛垣衍之術，不在其與平原君決策，故略之也。（如列記之，或可別作一文。）必知此法，行文乃不苦材多，有體要而不支蔓。

主人必將倍殯柩　在床曰屍，在棺曰柩。

史　　記

《史記》之文，自然大部分係鈔來。其中一部分可證明其爲作《史記》者所自作的，亦不易指定其為出於誰某，緣出（一）談，（二）遷，（三）及復來補《大史公書》者，均有可能。如《自序》全篇可信爲司馬遷所作，其中"論六家要指"一段可信爲其父談之所作。然如此者不多。〔古人不重爲文，故引用原書，不加刪改。〕〔漢初歷史性質之書僅《史記》一種，而時人謂歷史書通稱史記，故名《大史公書》爲史記，而遂成專名。〕

若從文學上諭之，則其文字風格一律者，可姑視爲一人所作。以大體言之，則序及論贊是也。（專篇後之一段，普通稱爲論或贊，或總稱爲論贊。如《後漢書》既有散文又有韻文者，則稱散文爲論，韻文爲贊。此外不拘。）

《史記》文字之特色，在其從容閑雅。從前有人説："作散文須在《史記》中用過一番功，學寫字須在《鄭文公碑》中用過一番功，如此，便無迫蹙之病。"此語深爲內行。且從《史記》中用過一番功，其文自無儋夫氣。

《史記》之所以能如此，實緣其與當時之語言甚爲接近。〔大概如今日極淺近之文言。〕凡文之接近語言者，往往有繁冗之病，然亦有自然之妙。今《史記》辭句，吾人讀之，往往覺其繁冗可刪，然以《史通·點煩篇》中所載與今本相校，其煩更甚，則知今本已經過刪削矣。（大

抵係鈔書者所爲。〕

《史記·六國表序》:"故禹興於西羌,湯起於亳,周之王也以豐鎬伐殷,秦之帝用雍州興,漢之興自蜀漢。"似駢非駢,似散非散,似整齊,似變化,後來無人能爲。〔此豈古語言之中,自有此調,非作文時勉強學得。〕

《史記·自序》:"遷生龍門,耕牧河、山之陽,年十歲,則誦古文,二十而南游江、淮,上會稽,探禹穴,窺九疑,浮於沅、湘,北涉汶、泗,講業齊、魯之都,觀孔子之遺風,鄉射鄒、嶧,厄困鄱、薛、彭城,過梁、楚以歸。於是遷仕爲郎中,奉使西征巴、蜀以南,南略邛、笮、昆明,還報命。是歲,天子始建泰山之封,而大史公留滯周南,不得與從事,故發憤且卒。而子遷適使反,見父於河、洛之間。"此中所用地名,可謂多極,而音調宛轉和諧,絕無棘口之弊,更合《貨殖列傳》用物名極多之一段觀之,即可知人籟之不如天籟也。

文字仍係一種語言,閱看時雖不朗誦,暗中仍在默誦的,不過自己不覺得。所以音調最要緊。

大短之弊,可以俞理初先生(正燮)爲代表。

其文意義極明瞭,而讀之總不順口,過煉傷氣。

大長之病,可以近人章行嚴爲代表。此君之文,亦非不明白,然讀起來總覺吃力異常,即由其句大長之故。

凡文不忌長句,而忌長句不能分讀。句者,意義上之句;讀者,口中之句也。如佛經"若恒河中所有沙,有如是沙等恒河,是諸恒河所有沙數",改作"等於恒河沙數之恒河中之沙",意義亦非不明白,昔人必斫爲三句者,即避免大長而不可讀也。

史記　五帝本紀贊

此篇爲古書受後人竄亂者之例。

其文不雅馴　雅,正。馴,熟。

薦紳先生難言之　薦紳,搢紳。笏,插笏。紳,大帶。〔古束帶,〕

《禮記・深衣》:"下無厭(壓)髀,上無壓脅,當無骨者。"

孔子所傳,猶言孔子之門所傳。

至長老皆各往往稱黃帝堯舜之處風教固殊焉　往往,今從時間上言,古人多從空間上言,猶今人言"歷歷可指"之"歷歷",如《史記・貨殖列傳》叙礦業總之曰"千里往往,山出棋置"。

顧弟弗深考　古書無以弟爲但字者。

余並論次　論,同倫,類也。次,以次弟排列。凡古書多後人識語混入者:

"總之不離古文者近是",當係後人識語。

"予觀春秋"——"章矣",當又係一人識語。

"顧弟弗深考其所表見皆不虛",亦係識語,而又有脱誤。

"書缺有間"——"道也",又係一人識語。

史記　項羽本紀贊

據班彪言,《史記》多本《楚漢春秋》,大抵指《項羽本紀》等言。

吾聞之周生　較古的某生的生字,等於先生,皆指年高有學之人,如賈誼稱賈生,董仲舒稱董生。亦有時但稱先,如叔孫通稱叔孫先。後乃漸移以稱新學小生。初時猶別之曰小生,如柳子厚遊記中"從遊者崔氏二小生"之類,更後乃直稱曰生矣。

史記　秦楚之際月表

表舊名譜。《南史・劉杳傳》言大史公之表昉自周譜,此語亦見《史通・表歷篇》。鄭康成《詩譜》原式雖不可見,按各國之君,將各詩分隸其時,當亦《史記》之表也。〔《隋書・經籍志》載家譜頗多,蓋沿古之譜。故《劉杳傳》及《史通》語蓋有所本。〕〔《大史公書》有世表、年表、月表。〕

序者,次序,如《易經》之序卦,《史記》之自序,説出全書排列先後。古人例在全書之後,作爲書之末篇。

序者,緒也,謂爲全書抽出一個頭緒,以便讀者。

大史公讀秦漢之際　有聲音的念——誦。倍(背)文——諷。研究——讀,籀,紃,抽。

未始有受命若斯其亟也　亟,敷也,急也,今多用後一義。

稍以蠶食六國　稍,漸也,古人用此字,皆從時間上言,不以代少字指分量。

墮壞名城　名,大也。(漢人如此)

鉏豪杰　鉏,鋤也。

此乃傳之所謂大聖乎豈非天哉豈非天哉非大聖孰能當此受命而帝者乎　懸而不斷。

史記　高祖功臣侯年表

此篇爲措詞婉約之式。文學之作用在諷喻,而不在直陳,孔子所謂"法與之言""異與之言"也(《論語·子罕》)。必知此意,乃能知文學之特質。近人作文總是直斥之詞多,規諷之詞少(不論文言語體皆然),殊失文學本意。

見侯五　見,現存。

罔亦少密焉　罔,同網。法律所以網羅罪人,故稱法網、刑網。

"罔亦少密焉",頗有歸咎王室寡恩之意,下句隨即收轉。"居今之世"至"何必舊聞",説明今古之不同,辭極婉而曲。作此等文字最要者爲筆活,一重滯便拖泥帶水矣。

頗有所不盡　頗,偏,不全。一部分如此而非全體如此。

就此選本言之,此篇及《遊俠列傳序》最爲《史記》文字之典型,宜多讀。《貨殖列傳》及《自序》亦爲《史記》之典型文字,然被割裁太甚,精神不見矣。

史記　伯夷列傳

此篇似是司馬遷所作,因遷信儒家之學。(其父談係信道家。)末段雜採《賈子》(亦見今《賈誼新書》),可見其他或亦尚有所本,爲吾儕所不知。《屈原列傳》略同淮南王之《離騷傳》,蓋所本者同也。漢人文字,率多如此,故欲決定何篇文字全出自作極難。陳蘭甫先生論何邵公稱學海,云觀《公羊》宣公十五年注論井田,略同《漢書·食貨志》，便知其係貫穿舊說而成(見《東塾讀書記》，係引其意)，故古稱作文爲"屬文"也。〔《賈誼新書》有同《大戴禮記》處，晁錯論兵法同《管子》，或二者同出一源，最妥。〕

六藝　《周禮》伯宗。

爰及干戈　爰，於也，曰也，此處當他曰字。《左傳》："楚自克庸以來，其君無日不討其國人而訓之，於(曰)民生之(其)不易，禍至之(其)無日，戒懼之不可以怠；在軍，無日不討軍實而申儆之，於(曰)勝之(其)不可保，紂之(其)百克而卒無後。"

天下宗周　宗，尊也。

然回也屢空糟糠不厭　屢，婁也。婁空，破也。厭，棄，饜足。

此種文字，係隨筆抒寫，並無一定章法格局，所謂文成法立也。此種文字，最有自然之美，熟則能之。

至"概見何哉"爲一段。

史記　遊俠列傳序

褐衣疏食不厭　褐，毛巾，以雜毛製成。疏食，(一)指雜植物言之，如野草之類，亦作素食，見《墨子》，此疏字今作蔬；(二)穀類之粗者，今仍作疏。

而弟子志之不倦　父兄　父老　老輩前輩
　　　　　　　　　子弟　弟子　後輩小輩

赴士之阨困　今"跑"或即古赴之轉音。

蓋亦有足多者焉　多，賢，好，勝於別的。韓愈《八月十五夜同張功曹詩》："一年明月今宵多(好)"。

"且緩急人之所時有也"，此等處語氣婉約，轉筆靈捷，最爲大史公文特色。

已嚮其利者爲有德　已享其德之"已"，終也，俗語云到底。《史記·刺客列傳》"終已不顧"，已即終也，既言終，又言已，古人所謂"複語"。

跖蹻暴戾　蹻，莊蹻，楚莊王之後，古書多言其爲楚國大盜。

要以功見言信俠客之義又曷可少哉　要，今腰字，著裳必提其要,著衣必挈其領,故事緊要之處曰要領,亦曰要。凡寄食於人者皆曰客,古遊俠多寄食於人,故曰俠客,此等人多能用短兵戰鬥,故亦曰劍客,見《三國志·許褚傳》。

靡得而聞矣　靡,同無,音長短之別。

雖時扞當世之文罔　罔,同網。文,謂文法,古稱法律爲文法,漢四科舉士有文中御史。扞,同今之捍。

文能讀之成誦,則語氣之抑揚反正……易見。古書去今遠,此等處較近代之文較難見,故須有若干篇讀至相當熟的程度。

司馬遷　報任少卿書

此篇見《漢書·司馬遷傳》及《文選》,字句頗有異同。

此篇爲長篇之法。凡作文字,先求其暢,故氣不可不盛。欲求氣盛,則長篇須熟讀若干篇。

此篇氣極盛,然仍極紆徐寬博,不失史公本色。

凡《史記》長篇,其氣無不極寬者。惜此書所選,均經刪節,如能讀本書,可看《貨殖列傳》、《自序》兩篇,乃氣之最寬者也。後世文字,蘇軾《徐州上皇帝書》可以參看,於氣寬一點,最易悟入。

曩者辱賜書　曩者,亦作乃者。

教以慎於接物　古事、物通用。

若望僕不相師　望,怨恨不滿足。

是以獨抑鬱而誰與語　誰與語,一作無復語。

動而見尤　尤,亦作郵,過也,引伸之爲罪。

誰爲爲之孰令聽之　誰爲爲之——替什麼人做。　孰令聽之——叫什麼人聽。

"終已不得抒憤懣",終已爲複語。"則長逝者魂魄",雖言魂魄,意但指魂,則魄字無義,此例古人謂之足句,亦謂之浹句。此兩例,皆單音語變爲複音辭時所生之語法。此等尚有數例,詳見拙撰《字例略說》。

自起至"幸勿爲過"爲起段。文長故起段亦長,——否則不相稱。此段叙述得書及久不報及現在答書,皆起段應有之義,又略透全書之意,此爲行文開門見山之法,使讀者之觀念集中在一定範圍之内。

"刑餘之人,無所比數,非一世也,所從來遠",此等以一句而開出下文一段者,謂之提筆,須明爽充足。

"奈何令刀鋸之餘,薦天下之豪俊哉",此句有慷慨嗚咽之意。

"而事乃有大謬不然者夫",夫字上屬,《文選》李善注如此。今讀下屬者誤。

"……僕誠私心痛之",此等爲文中著力之句。

且欲得其當而報於漢　其、之二字古通。

"事已無可奈何",已,終。

以爲僕阻貳師而爲李陵遊説　貳師將軍李廣利(李夫人弟)時出兵,陵爲助兵。

遂下於理　理,古亦作李,司法官。

拳拳之忠　拳拳,卷卷,眷眷,惓惓。

僕行事　行事,往事也(見王念孫《讀書雜志》)。《史記・自序》:"我欲託之空言,不如見之行事之深切著明也。"

"僕聞之修身者"——"尚何言哉",答來書勸其推賢進士之意。

"且事本末未易明也"——"事未一一爲俗人言也",述此次遇禍始末。其中又分兩小段:"僕誠私心病之"以上,述己與李陵關係;"且李陵"以下,述此次之事。

"悲夫悲夫云云",結束本段,又引起下段。

非有剖符丹書之功　竹木或金之屬,中書或畫之,剖爲二,或持其半,以驗合否。普通謂之符,如漢竹使符、銅虎符。亦曰札,見鄭注《周禮》約劑。其意皆即今騎縫印。

特以爲智窮罪極　特,大。獨,小。

其次詘體受辱　詘,屈也。

其次剔毛髮嬰金鐵受辱　剔毛髮,髡。嬰金鐵,拑(箝)。

"僕之先"——"殆爲此也夫",此爲一段。言士節不可不勉厲,然人世禍福趨避極雜,罹刑網者,不可專咎其不立節,故以"西伯伯也"

一段示意，而以"古人重施刑於大夫"結之，意至婉曲。

"貪生惡死，念父母，顧妻子"爲一層。"怯夫慕義，何處不勉"爲一層。"臧獲婢妾，猶能引決"爲一層。凡三層，乃説出所以隱忍苟活之故，所謂"厚集其力"〔趙奢兵法用衆，見《戰國策》〕也。上文既厚集其力，故"所以隱忍"——"不表於後世也"，亦必鄭重有力，然後足以承之。而下文"古者富貴而名磨滅，不可勝紀，惟倜儻非常之人稱焉"，亦必極軒爽有力，方提得起。

退而論書策　論、倫古通用。倫，類也。論書策，謂依條理編次。古人用論字多非議論之意。《史記·吕不韋列傳》："使賓客人人著所聞，集論以爲……"《莊子》："六合之外，聖人存而不論，六合之内，聖人論而不議。"論同倫，類也，言依天然之條理爲之分類。議同義，宜也，言不強主張何種辦法爲合宜。

藏之名山　名山、名川之名，都等於大，見王念孫《讀書雜志》。名山大川，名、大同意，而易其字，以避重複，古有此例。

"惜其不成，是以就極刑而無愠色"，此句鄭重結出。

"僕誠已著此書"——"豈有悔哉"，此句又反言之，意之所在，故不厭求詳，凡所以示鄭重也。

"然此可爲智者道，難爲俗人言也"，回應上文，凡長篇多須用回應綰合等筆法，方更顯明。

亦何面目復上父母之丘墓乎　漢時風俗，受刑而虧損肢體者，不得上先人之墓，見王充《論衡》。

身直爲閨閤之臣　直、正古通用。如《論語》"斯民也，三代之所以直道而行也"，即正道。又"或曰：以德報怨何如？子曰：何以報德，以直報怨，以德報德"，以直報怨，即以正當手段報怨。杜詩"直北關山金鼓震"，直北即正北也。

"今雖欲自雕琢（讀），曼辭以自飾（句）"，雕琢曼辭四字不連。凡古書無甚長句，有時句太長者，多係誤讀。

此篇氣盛言宜，即不能讀至背誦，亦須讀數十遍，至極順口。能多讀長篇之文，至於順口，暇時常常諷誦，自己作文時，便不氣怯。

凡作文先求暢達，求暢達須氣盛。

故作文時宜縱筆寫去，不妥處可留待後改做，不成之句，可姑缺之，留待後補，總期一氣寫下，勿生停頓，如此習慣，則文氣充暢，且做得快。此前輩謝鍾英先生教人作文之法。

長篇中漢人之文，賈誼之《治安策》亦須一讀，此篇已刪節，非原文（謂《漢書》本傳所載），但讀之仍覺其氣極盛。

宋王安石《上皇帝書》，亦長篇中極好者。

西漢文　賈誼過秦論上

章實齋云，此等意主鋪張者實兼賦體（見《文史通義・詩教》），案此言是也。文有繁簡二種，簡者意求扼要，繁者意主鋪張，簡者多概括之辭，繁者多列與其事，當相其宜而爲之。欲明此二種區別，看《淮南子》一過最好，此書《説山》、《説林》兩篇主簡，餘悉賦體也。推而廣之，佛經文字，多係賦體，而如《大乘起信論》，自言爲"樂以少文，而攝多義"者作，則主簡約。近世文字，康有爲最得漢人賦體之意。〔章行嚴謂中國文字最簡，最爲特色，此言或有理，不過有時宜繁者。〕

甕牖繩樞之子　牖，今天窗。牖，今窗。

材能不及中庸　中庸，有二解：(1)指德行，(2)漢人通用者"中等"。

天下雲集而響應贏糧而景從　響，回聲。景，今影。

山東豪俊　山東，謂華山以東。

殽函之固　三崤山，在今河南永寧縣一帶。函谷。

謫戍之眾　有罪之人，罰令出戰，許其贖罪，曰謫發。令守某地曰謫戍。

此一篇極形容秦之強及其亡之易，歸結於仁義不施攻守異勢之説，則在他篇中發明，此篇固僅一節，非全體也。

賈生之文氣勢最盛者爲《治安策》，《漢書》所載已非全篇，然讀之氣勢之盛尚可見。至此書所選，已割裂大矣，可取全者一覽。其奏議最精者爲《諫放民私鑄疏》，在《漢書・食貨志》下卷中，説理極深，語極簡而確,亦可一覽。

《賈子新書》中論事說理精當之文尚多,惜亦多割截非全篇,但其精當及雖割裂而仍見其氣勢甚處,自不可沒也。

西京之文,賈、晁爲一派,晁論事精切不讓賈,說理似少遜。

活而富於現代的趣味——以口語爲基本者優點。白話⟶口語⟶方言

句簡短而意義確定 ⎫
篇幅短而力量強 ⎭ 文言勝於白話處。

西漢文　史記晁錯論貴粟疏

西漢之文,賈、晁爲一派,以明切事情達於利害見長。

〔經濟學上分工爲利,分工而需交換,交換需用貨幣。故不用貨幣之策,爲不合經濟學上之理論。〕

而國無捐瘠者　捐,棄也。

加以。亡天災數年之水旱　亡、無古通用。

民貧則姦邪生　姦,奸,干,意通,犯也。

不農則不地著　地著,土著。

君安能以有其民哉　"有其民"之有,與宥通。《老子》"聞在宥天下,不聞治天下也",即此意。

在上所以牧之　牧,養也。

中人弗勝　勝,平聲。

治官府　古官、宮通用。

力過吏勢　《禮記·禮運》:"如有不由此者,在執者去。"執即勢,謂得有作爲之權力。

今募天下人入粟縣官　募,今法律廣告的行爲。縣官,公家。〔古皇帝與公家不分,故稱皇帝亦曰縣官。〕

粟有所渫　有所渫,有去路之意。

西漢文　路温舒尚德緩刑書

凡漢人之文,必有其沈摯之處。如此篇"夫獄者"至"此所謂其一

尚存者也"一段是也。此等處最宜學,使文字之力量加厚。

文字有文有質,文者注意於修辭,然真意轉少,如此書所選,司馬相如《諫獵書》其辭工矣,鄒陽《獄中上梁王書》更繁徵博引,不饒戰國策士餘習,此等當時以爲能文,(大抵漢人於文好鋪張,賦之所以盛行以此。)然自後世觀之,殊非漢文之至者,其至者,反係當時通俗之作,無意求工者,此可見與其文勝,毋寧質勝也。

而孝文爲大宗　〔漢,〕祖有功而宗有德,天子立四親廟(高、曾、祖、考),除有功德者外,親盡則毀。

内恕情之所安　恕,以己之心度人之心。

刑(廣義){死(大刑)／刑(狹義)

刑、斷相通,故曰"刑者不可復屬",又曰"斷者不可復屬"。

是以死人之血流離於市　"爵人於朝,與衆共之;刑人於市,與衆棄之"(《禮記·王制》)。

教笞不可廢於家,施本族人。大刑用甲兵,中刑用斧鉞(死罪),下刑用刀鋸(傷身體不傷生命之刑),原出於戰陳,所以施異族,後移用於内奸。故司法官曰士(戰士),其長曰士師,管司法行政者曰司寇。《周禮》司徒(管人的官)之屬懲罰止於拘役,"附於刑者歸於士",猶今移交軍事裁判也。

則飾詞以視之　漢人視、示通。

此種文字看其精煉。

李密　陳情表

此篇爲魏晉文字,看其音調和婉,詞句整齊。〔駢散從全體文氣上看。〕

臣以險釁　釁,隙。

夙遭閔凶　閔,憫,憂也。

生孩六月　咳、孩同。咳,笑。

形影相弔　弔本相助之義,陳平弔喪,先往後罷。

除臣洗馬　洗馬,洗同先。

此等爲言情文字之式。凡言情文字,能得魏晉人氣息最佳,以其毫無儈夫氣也。

王羲之　蘭亭集序

此篇亦爲魏晉人言情之文,而兼帶説理性質。

修禊事也　三月上巳臨流水祓除不祥。

晤言一室之内　《詩·豳風》:"穹窒熏鼠,塞向墐户,嗟我婦子,曰爲改歲,入此室處。"《禮記·月令》:"乃命有司,寒氣總至,民力不堪,其皆入室。"

仰觀宇宙之大　上下四方曰宇——空間,往古來今曰宙——時間。

若合一契　契與鍥同音,刻也。古符札中間之圖畫或文字,猶今人之騎縫印,未能爲此時,則刻木爲齒,各執其一相驗,故曰數齒以爲富(大概欠帳愈多,所刻齒數亦愈多),俞樾説,見《諸子平議》。

未嘗不臨文嗟悼　《禮記·檀弓》:"臨文不諱。"臨文,謂執本宣讀。

齊彭殤爲妄作　《莊子》:"天下莫壽於殤子,而彭祖爲夭。"

陶淵明　桃花源記

此篇爲魏晉人叙事之文。各種選本多題《桃花源記》,誤也,實當作《桃花源詩序》。

〔此篇所叙,蓋本諸當時事實。永嘉喪亂以來,北方人民,多亡匿山谷,以其與胡人雜處,亦稱山胡,亦山越之類。近代尚有此類之事,觀《經世文編》中《招墾里記》可知。〕

晉大元中　大元,孝武帝年號。

武陵人　武陵,今湖南常德縣。

緣溪行　自上而下曰沿,自下而上曰泝(溯),無上下之義昔人皆作緣。沿革,沿襲。緣邊。"五帝不襲禮,三王不沿樂。"

駱賓王　爲徐敬業討武曌檄

駢文原起先漢之末,至後漢而成。大約漢魏爲一體,晉宋爲一體,齊梁爲一體。唐初承齊梁,又稍板重,而益近律體(調平仄),故又有唐駢體之名。末年,遂有所謂四六。宋人承之,然稍加流走矣。

〔韵文不與口語相合。進化至散文,則與口語相合矣——東周至西漢。其後趨於修飾,句調求整齊,用字(辭)求美麗,多引故實(即用典),以引起豐富之想像。漢班昭上書,有"使超得長蒙文王葬骨之仁,子方哀老之惠",即爲用典。〕

〔四聲本非發音學之用。起於南北朝。梁沈約初講之。其前讀文之調與口語相同也。〕

駢文之用字眼及典故,本欲刺激人之想像而引起其美感,故其所用宜熟——大家用慣的字眼及典故,在意義及運用上求其新穎——若用生者,使人看了懂都不懂,則失其意義矣。但其末流,頗有此病。惟公文無之,此篇即是也。

唐陸贄奏議,即奏議爲公文也。

入門見嫉 "女無美惡,入宮見妒;士無△△,入朝見△。"

狐媚偏能惑主 偏,獨也。"謝公最小偏憐女",獨也,最也。

陷吾君於聚麀 《禮記·曲禮》:"夫惟禽獸無禮,故父子聚麀。"

賊之宗盟 《左氏》:"周之宗盟,異姓爲後。"

霍子孟之不作 漢霍光,字子孟,廢昌邑王立宣帝,歷史上以爲大公無私的人,與伊尹並稱伊霍。

朱虛侯之已亡 朱虛侯,名章,漢高帝孫,呂后沒後,推翻呂氏。

順海內之推心 "王(後漢光武帝)推赤心置人腹中"——《後漢書》。

爰舉義旗 爰,曰、云、於,通曰。有時可當於是兩字。

海陵紅粟 粟陳則色紅,亦或作紅朽。《史記·平準書》:"大倉之粟,紅腐而不可食。"

班聲動而北風起 《左傳》:"有班馬之聲,齊師其遁。"

嗚咽則山岳崩頹叱咤則風雲變色 "喑嗚叱咤,萬人俱廢。"

六尺之孤何託 《論語》:"曾子曰:可以託六尺之孤,可以寄百里之命,臨大節而不可奪也,君子人歟,君子人也。"

倘能轉禍爲福　"轉禍而爲福，因敗而爲功"，見《史記·管晏列傳》。

送往事居　"送往事居，耦俱無猜"，《左傳》荀息對晉獻公語。耦，並耕也，引伸爲配偶等等，今通借偶，偶之本義爲木偶。

無廢大君之命　"武人爲於大君"，見《易·履卦》六三爻辭。

凡諸爵賞同指山河　古人立誓，多對神明而言之，如曰有如日有如河之類。

若其眷戀窮域　眷，睠，卷卷，顧戀不捨。

坐昧先幾之兆　幾，徵也。《易·繫辭》："君子以見幾而作，不俟終日。"《易·繫辭》："子曰：幾者，動之徵，吉（此處或有奪凶字）之先見者也。"

必貽後至之誅　貽，留也，留給將來的自己。禹會諸侯於塗山，防風氏後，戮之，見《國語》、《史記》。誅，責也。

韓愈　原道

此爲正式之古文。

南北朝時，文字日趨浮靡，不適於用，於是有復古運動。但其初期，硬學古書形式，徑説古人之話，仍不適用。至唐韓、柳出，以古人説話之法——即文字未浮靡時之文法——説當時之話，而此運動乃告成功。〔後周最重實用，已有作復古運動者，如蘇綽凝《大誥》，鈎章棘句，後謂之澀體，如獨孤及、皇甫湜尚有澀體之病。〕

此項文字祇是散文而已，何以特稱爲古文？散文係轉就形式而言之，不能表示其在散文中特殊之性質，故特稱爲古文。（此項文字專就其非駢之性質而言之，本可稱爲散文，習慣亦皆如此稱之。）

然則所謂古文者，性質如何？論古文者最要之義，在雅俗之別（亦稱雅鄭）。必先能雅，然後有好壞可説，如其不雅，則祇算範圍以外，無從評論好壞，故雅俗爲古文與非古文之界限。

所謂雅者何也？雅者，正也，即正確之義。同時亦含有現在心理學上所謂文雅之義，即於實用之外，尚能使人起美感，至少不使人起惡感。説話有優美及鄙俗，亦由此而分。雅與古不必一致，但相合之時頗多。其故：(1)古語之不雅者已被淘汰，存者多係較雅者。(2)即其不雅者，因其已與語言分離，吾人覺其不雅不如語言之甚。(3)吾人使用古語時，可擇其較雅者而用之。

作古文之人，乃(1)就已往之文字中，擇其最宜通行於今者而用之。(並非凡古即可用，過古者，有時按古文義法仍不可用。)(2)擇其認爲美者而用之。前者雅正之義，後者文雅之義也。能確守此標準者，其文可稱古文，否則祇可算普通的散文。

古文雖非逕以古爲法，但較他種文字用"古語"及"古語法"(兼句法、篇法言)的確多些。

此由其選用時以古語居於第一位，凡可用古語及古語法者，必儘先使用，非至萬不得已時，不致用他種語也。故此種文字，有節制語言，使其變化緩慢之力，與語體文之儘量使用口語，文字之變化加速者，恰處於相反之地位。離心向心之力貴相持而得其平。兩體並行，而以居其間之普通文調和之，事實即最合理，議論者之吾欲云云，皆淺見也。

再者，因古文體例之謹嚴，一時代一地方之古語被其淘汰者不少，如六朝人雋語、宋明人語錄中語是也。故謂古文專門保存死語言者，亦係外行語，一部分古語乃頗受彼之淘汰而成爲死語耳。以此義言之，古文可謂文言中之官話，他種文言，則猶文言中之方言也。率此義以爲文，則其文字能使後來之人易解。因其用一時代一地方之言語少，所用者皆最通行之語，猶之說官話者聽之易懂也。故古文有使前人後人接近之益，猶之官話有使各地方人接近之益，古文者，時間上之官話也。

凡讀古文，須分清段落，看其起結轉接之處，文之力量，皆在此中。

足乎已無待於外之謂德　德者，得也。

樂其誕而自小也　誕，大也。荒誕，虛誕，誕妄。

而又筆之於其書　筆，動詞，《公羊》："筆則筆，削則削，子夏之徒不能贊一辭。"

"甚矣,人之好怪也,不求其端。不訊其末,惟怪之欲聞",此謂承上起下。轉接要有力量,而不可突兀。

傳曰經曰 (1)漢人之例,除《詩》、《書》、《禮》(《儀禮》)、《易》、《春秋》外,其餘概不稱經。(2)經之説,可以稱本經之名,如引《公羊》即稱爲《春秋》,"差之豪厘,謬以千里"係《易》説,亦稱爲《易》。(3)此外普通經説稱傳,如《論語》亦稱傳。(4)又《逸禮》亦可稱《禮》。(5)禮之屬可稱記。(6)古史可稱春秋或春秋之記等。此等不易分别。現在引用,最好即用書名及篇名,不至錯誤。

子焉而不父其父臣焉而不君其君民焉而不事其事 古人名動通用一字,讀音意義皆微别。如"各子其子",上子字音慈。但此等多不可考,如《禮記·昏義》"親之也者,親之也";《孟子·滕文公》上篇"徹者,徹也"是。後世名動通用一字,音讀意義遂無確實區别,然已成通例矣。

故生則得其情 情誠真實,情僞誠僞。真同闐,結實之意。"故真人入水不濡,入火不爇。"

郊焉而天人假 《説文》:"假,至也。"經傳通用假。(假,大也。叚,借也。徦,至也。)

孔子傳之孟軻 凡避諱之字,謂之"之字"。昔人取義近而音不同之字(所諱者音,非其字形),故邦之字曰國,雉之字曰野鷄。後人不取此例,但於書寫時缺筆,讀時則概讀爲某。但此例在韵文中不能用,則變其韵,如詩中之孔丘讀爲區。《禮記》:"見似目瞿,聞名心瞿。"

由周公而上由周公而下 由△△而上,由△△而下,有時是連△△算在内的,〔如此處由周公而上,〕有時則所謂△△者除外,(如此處由周公而下。)此係昔人所謂連本算法,除本算法,見《禮記·曲禮》"生與來日死與往日"注及疏。

口語可以影響文言，{絕對不能行／可以改良口語{名詞之豐富／意義之精深／句法簡短而義確定}
文言亦可影響口語

試　題

（一）本學期曾讀過（1）兩漢，（2）魏晉文字及唐代，（3）駢，（4）散文各一篇。此四者，君對於何種，最有興味？如僅欲學作淺近文言及語體文，君以爲讀此等文字，亦有益否？再者：兩漢之散文，何以轉變爲魏晉後之駢文？其後何以又有古文運動之興起？能言其所以然否？

（二）韓愈《原道》，爲攘斥佛老有名文字，其見解究如何？試詳論之。

任作一題。

題須全寫。題：首行低兩格，次行以下，概低三格。文：或均頂格，或每段起處低兩格。必須標點，新舊式不拘。文概直行，自右至左。

《古文觀止》評講錄下卷

韓愈　諱辯

此篇爲瘦硬之文。瘦，説話露骨之謂。硬，強有力。

〔人死諱其名，蓋起於周。《禮記·檀弓》："幼名，冠字（如尼父，父同甫），五十以伯仲（如仲尼，此亦曰'且字'），死諡，周道也。"《曲禮》："見似目瞿，聞名心瞿。"似所以諱名之故。然古人諱名，僅限於相當程度，如"逮事父母，則不諱王父母"之類，在事實上，行之尚不感困難。至南北朝而斯風大盛，在言語中至不得涉人父母之名。"禮不諱嫌名"，至此並嫌名而諱之矣。〕

謂若言徵不稱在言在不稱徵是也　《禮記》："夫子之母名徵在，

言在不稱徵,言徵不稱在。"

丘與薑之類是也 "我本楚狂人,狂歌笑孔丘","孔丘、盜跖俱塵埃",此等,禮,丘亦讀爲區……音。學究概讀爲某,非也。改讀爲某,止可施之散文,調平仄協韵者不能也。

若父名仁子不得爲人乎 仁,"相人偶"也。

漢諱武帝名徹爲通諱呂后名雉爲野鷄 諱此字而改用彼字,則彼字爲此字之"之字"。〔之,往也。〕之字之義,必與所替代之字近而音不同,如邦之字曰國,雉之字曰野鷄之類。

"士君子立言行事宜何所法守也?"也字在古人文中有兩用:(1)爲確定之詞,與今用法同。(2)亦爲疑問字,意與耶同,如此句是也。連用兩疑問字,古人多一用耶,一用也。大抵耶字用在前,也字用在後。如《雜說》曰:"其真無馬耶?其真不知馬也?"即其一例。〔唐人文如此者尚多,宋以後即少見。〕又古書中用邪字,其意或轉非疑問,如《易・繫辭》:"乾坤其易之門邪"等是,此乃讚嘆之意。

此書所選韓文,殊爲不佳。如《上宰相書》乃唐人干謁之作,贈序數篇則應酬之作,皆非韓文之佳者。所以選此等者,以其無實而強立作意,便於科舉時代之人學作虛題也。

〔凡批文之走入歧途,皆由此故。〕

韓愈 柳子厚墓誌銘

墓銘與傳、狀等異,傳、狀主叙事。〔狀,包括今之行述、事略,僅供給材料,憑作傳者之采擇而已,與傳復有別。〕墓銘之作,則本志姓名、家世、官爵、年壽、妻子、葬地等耳。叙事本非必要,故詳略隨意,又可發議論,述交情,寓感慨,其途甚寬,故佳作甚多。

柳子厚爲欲除宦官而失敗之人。在政治方面,格於時勢,其事不能叙述。故此篇避而不言,但於隱約之中,微示其非徒文士而已。

以事母棄太常博士求爲縣令江南 〔唐人重內官而輕外官。〕

其後以博學宏詞 〔博學宏詞,制科名。唐開元十九年開博學宏詞科,以考拔淹博能文之士。宋南渡後亦置是科。清代則曰博學鴻

詞科。〕

授集賢殿正字　〔唐有集仙殿，開元中改名集賢。以五品以上爲學士，每以宰相爲學士者知院事，掌刊輯書籍，搜求佚書。宋改爲集賢院。〕

"今夫平居"至"可以少愧矣"，"子厚前時"至"必有能辨之者"，此兩段皆長句法。凡長句，祇是意義連續許多句始完，其中可以讀斷（讀時可以停之處）必多，此所謂讀。句可長，讀不可長也。

"子厚前時年少"一段，爲強自慰藉之辭，以見得其本係欲建功業，非徒欲以文學見長之人。

學問不厭　厭通饜，足也。

柳宗元　駁復讎議

柳文儁杰廉悍，於《韓非子》爲近。可參看《韓非子》之《難一》、《難二》。

不以人爲單位，而以家族……團體爲單位。最初本無一種法權，高出此諸團體之上。人皆受團體之保護，有冤抑損害則團體爲之報復。〔其後有國，則產生一高於諸團體之法權，爲有冤抑損害，當訴之於國之執法者。然事實上，舊日報復之習慣尚存。在風俗上，仍以爲是義舉。在倫理上，亦可稱許。在法律上，則不能容之，蓋以防杜漸之患也。此爲法律與倫理之互相矛盾處。歷來議之者頗多，此篇其一也。〕

且請編之於令永爲國典　〔唐之法律，分律、令、格、式四種〕：

律〈不完全，不具體，〉用令。但令非有變更法律之效力，略如後世之例而已。〔每隔相當時期，集衆例修之，去其重複或不善者，編定之，古之令亦然。〕

令〔人君頒佈之命令。〕

格式〉〔官吏遵行之條文。〕——不依，犯罪，治之以律。

若曰無爲賊虐　若曰，推想他人之意而爲之辭，如《書經》之"王若曰"。

本情以正褒貶　情，實也。《大學》："子曰：聽訟，吾猶人也，必也，使無訟乎，無情者不得盡其辭。"《左傳》莊公十年："小大之獄，雖不能察，必以情。"

元慶能以戴天爲大耻　《禮記》："父之讎勿與共戴天，兄弟之讎不反兵，交遊之讎不同國。"〔此蓋古復讎之風盛，不能禁絶之，故禮文明著復讎之隆殺等差。《周官》且有調人，以禁其不直，使之相辟之事。〕

此議係公文，故昔人之議，有以私議標題者。但議之體不限於公文，故不標私字者多。《桐葉封弟辨》可與此篇參看。

柳宗元　箕子碑

殷有仁人曰箕子　《論語·微子》："微子去之，箕子爲之奴，比干諫而死。孔子曰：殷有三仁焉。"

進死以併命　〔迸命、併命、並命，古通。後也漸作拼命。〕

晦是謨範　謨，謀。範，法。

隤而不息　隤，頹。

乃出大法用爲聖師周公得以序彝倫而立大典　《書·洪範》："我聞在昔，鯀堙洪水，汩（亂）陳（列）其五行。帝乃震怒，不畀洪（大）範（法）九疇（類），彝倫攸斁。鯀則殛死，禹乃嗣興。天乃錫禹洪範九疇，彝倫攸敘。"

此篇乃柳州自述感慨，申説所以隱忍受辱之故也。箕子無稱先生之理，而末段稱先生，意在自況，躍然可見。（子厚雖爲官，常教學，彼自遷謫以後，蓋常以教學者自居，故其文中恒自稱柳先生。）

此篇極有情韻。

柳宗元　捕蛇者説

柳州本係政治家，故其文涉及政治者頗多，且皆饒有見地。

〔中國賦役之病，不在所定賦役之本身，而在徵收賦役之手續。徵收之時，於賦則巧立名目，至可過其原定之數倍，於役則使令無度，

而民不堪矣。〕

幾死者數矣　幾,近(名詞)也,平聲,意欲近(動詞)之也,去聲。

若毒之乎　毒,厚,本善惡皆可説。故《易·師卦》彖辭曰:"聖人以此毒天下而民從。"後專之惡一方面。

飢渴而頓踣　踣,同仆。

往往而死者相藉也　往往,猶言歷歷。今人用此兩字,多就時間上説,古人則就空間上説。如《史記·貨殖列傳》説礦產曰:"千里往往,山出棋置。"襯在下謂之藉,如《易》:"藉用白茅。"

隳突乎南北　隳,音毀。隳突,如言感憂也。《種樹郭橐駝傳》、《梓人傳》可以參看。

　　　　柳宗元　鈷鉧潭西小丘記

貨而不售　〔售,本作讎,當也,後分化而爲讎(仇)、售兩字。〕

　　　　柳宗元　小石城山記

其上爲睥睨樑欐之形　〔睥睨,陴,女墙,堞皆同。〕

此兩篇爲柳州遊記。柳州遊記最爲有名,以其刻畫景物之工也。此兩篇非其至者,可以略見其概耳。柳州遊記,論者謂自酈道元《水經注》來,然其工,非酈氏所及。

宋時號稱爲古文者甚多,然未必皆善。如此書所選王禹偁《待漏院記》、《黄岡竹樓記》、范仲淹之《嚴先生祠堂記》、《岳陽樓記》,均甚惡俗。蓋文忌夾雜,作古文而夾入詞賦中語,則如以樸素古澹之衣,忽施以時下之刺繡,不成樣子矣。

又文字不可貌爲高古。如此書所選李覯《袁州州學記》,"秦以山西鏖六國",鏖字似妥非妥。何者?秦與六國非徒鏖戰而已,又或雖滅之,而未嘗鏖戰也(如齊)。"劉以一呼而關門不守",亦然。連説漢高、項籍用劉項,係成語,但稱漢高爲劉則甚生。且獨用關字,普通係指函谷關,而漢高所入係武關,亦非一呼而入。下文"武夫健將,賣降恐後",亦與史實不合,近乎鄉壁虛造。凡文字有意求古求奇者,往往易蹈此等弊病。〔故唐宋之古文,誠以八家爲佳,其餘諸家,總不能脱

上列二病也。〕

歐陽修　朋黨論

姚姬傳云："歐公之論，平易切直，陳悟君上，此體最宜。"案此篇本以進御，故"夫前世之主"至"善人雖多而不厭也"一段，將上文作一總複述，亦用古人奏議文法。

宋世爲古文者，至歐公乃稱爲成功，由其始脫"澀體"，而尚平正通達也。宋世爲古文者，早者如柳開、穆修，略後者如蘇舜欽，尚皆不免澀體之弊。

歐陽修　釋秘演詩集序

此篇表示歐之風神。

釋秘演　凡出家者皆去姓氏。表明其信仰佛教，則以釋冠其名。

"然猶以謂"——"不可得"，此爲長句，凡文字中長句能使人讀之而不覺其長，乃善。歐公喜爲長句，亦間有痿而不舉處，如此句似已稍嫌軟弱矣。

其後得吾亡友石曼卿　〔古書於曼字注曰音萬。此蓋其時萬字亦讀今曼音也。後世萬字讀如今音，與曼字音別。而讀書者見注，遂讀曼字作今萬音，而言、文分矣，故讀書亦爲字音變遷之一因也。他如《論語·鄉黨》："疾，君視之。東首，加朝服，施紳。"此施字即拖，古音施亦作今拖字音也，而今讀之仍作拖。於《孟子》："施施從外來，驕其妻妾。"施施今乃讀今施字音，不知實亦當讀若拖，拖拖，猶今言慢吞吞、慢騰騰也。〕

庶幾狎而得之　狎，近也。

浮屠秘演者　浮屠，佛陀舊譯，習其法而出家者稱之。

"則予亦將老矣夫！曼卿詩辭清絕"，夫字上屬。古書夫字上屬爲後人誤屬下句者極多，如《論語》"子曰：未之思也夫！何遠之有"（《子罕》），《孟子》"王説曰：詩云，他人有心，予忖度之，夫子之謂也夫！我乃行之，反而求之，不得吾心"（《梁惠王上》）皆是。上文本説曼卿，秘演，忽而説及自己；本説自己而欲求天下賢士，忽而感慨及於衰老,此爲文字變化處。知此,乃有奇峰突起之觀。

足以知其老而志在也 〔此回應上文,否則即有遊騎無歸之病。〕

歐陽修　五代史伶官傳序

此篇爲歐文之講氣勢者,然亦不脫陰柔之美〔紆徐〕之本色。下一篇《宦者傳論》參看。

歐陽修　豐樂亭記

此亦歐文之講風神者。歐公遊記,此書所選《豐樂亭》、《醉翁亭》兩篇,《豐樂亭記》之品格,較《醉翁亭記》爲高。

相傳有見《醉翁亭記》稿本者,其初叙滁州之山至數十百字,屢經竄改,最後乃盡抹去,改爲"環滁皆山也"五字。於此,可悟行文貴空靈,有時過多之材料須刪去,有時瑣碎之材料須以渾括出之也。

歐陽修　瀧岡阡表

太夫人守節自誓　婦人因其子受封者稱太夫人,因其夫受封者祇稱夫人。夫人係昔時封號之一種,在專制時代,不能妄稱。但無爵者得概稱夫人,猶男子無爵者得概稱公也。今人行文述人之母,概爲太夫人,文非極古者,亦可從俗(乃即按今人口語書之也),如極古者,宜稱母夫人。

間御酒食　御,進也。

回顧乳者抱汝而言於旁　相傳歐公元稿本作"劍汝而立於旁",後乃改爲抱字。案劍謂斜抱,見《禮記·曲禮》。此可見作文用生字,不如用熟字。

述其父事均從其母口中説出,故覺有情,然亦祇是如實叙述而已。歐公既少孤,非聞之於母,固無由知其時事也。故知作文,祇需忠實叙述,不必私智穿鑿,另想作法也。〔文理不外乎事理,合事理,即佳文矣。〕

蘇洵　辨奸論

此篇係僞作,其考證見《李穆堂集》。但未經考證明白之先,發覺其僞極難。時代相近之人,互相模放,恒不易辨,〔一切事皆然,不但作文也。〕不必名手,亦能效名手之文;時代相遠,則雖名手爲之,有不能肖者矣。此文字之時代性,所以不能強也。〔袁世凱之稱帝制,嚴復、梁啓超二人皆非之。嚴復雖列名籌安會發起人之中,實非其本意,反對帝制之語,具見致其戚熊純如函中。梁啓超反對之文,則明載《大中華》雜志。二人之文,皆具特色,而當時有僞作二人擁護之文,僞刊報紙以示袁,以堅其意,袁竟不辨,信乎同時人模放之易似也。〕

〔此篇舊刻無之,後刻自邵伯溫《聞見錄》採入集中。邵氏南宋初人,其書不足信者頗多。此篇或自行僞撰;或誤採;或即他處之文,混於《聞見錄》者。後刻《蘇集》者不辨,而誤採補入矣。據一書以補他書不備之事,唐宋人文集即極多,其一詩文之互見數集者,即互補之所致也。至互補之最早者,見於《毛詩》,〕《詩經》的《都人士》,《毛詩》多出一章,蓋據《禮記》所引逸詩補入。此等互補,有時有益,有時則誤採以致屢雜,甚或收容僞物。〔如此篇即是矣。〕

乃能見微而知著　　微,隱也。〔如微服。與著字相對。〕

孰與天地陰陽之事　　與,如也。不與,不如也。孰與,何如也。

既經考證明白之後,就文字觀之,亦有可悟其僞者。如起筆甚弱,又"孰知其禍之至於此哉",明明事後語,非事前逆料之辭也。

蘇洵　心術

《管仲論》讀者甚多,然此文不佳。《心術》甚佳,其佳處在言簡而精。簡而精之文字,惟先秦諸子中最多。〔此因當時學問皆口耳相傳,不得不努力於言簡而精也。〕後人亦有效爲之者,然多有二失:(1)言實不精,(2)理精矣,而文甚晦(宋人所爲者,如周濂溪之《通書》,張橫渠之《正蒙》,皆蹈此病)。此篇却不然也。

"爲將之道,當先治心",開口便說項主意,有使讀者注意力集中之益,昔人所謂開門見山法也。理深奧而文易病於晦者,用此法最宜。

小勝益急　　急,緊張。

"用人不盡其所爲",造句精。〔所謂"成如容易却艱辛"也。〕

能以兵嘗敵　　嘗,試也。

知勢則不沮　阻,古多假沮。

知節則不窮　節,竹節。竹有節處不平滑,不易通過,故守一定之法而不變者,謂之守節。此處之節字,乃段落之意。有第一步之辦法,自然有第二步之辦法,繼其後逐步辦去,事早已全局在胸,臨事自覺裕如。故曰:"知節則不窮"也。

冠冑衣甲　冑,頭盔。〔古云甲冑,今曰盔甲。〕

故善用兵者以形固　真正的威力是威嚇。

此文分爲許多段:(1)"爲將之道",(2)"凡兵上義",(3)"凡戰之道",(4)"凡將欲智而嚴",(5)"凡兵之動",(6)"凡主將之道",(7)"兵有長短",(8)"善用兵者",(9)"袒褐而拔劍",每段各不相顧,所謂"直起直落"也。否則謂之"裝頭裝脚",裝頭裝脚爲行文所最忌。文須有話逕直說,無話即截然而止,勿以空洞無內容之話累之,則其文精實。

故作文有時覺得不精,可自將緊要之話摘出,無實之話置之,再將摘出之語連屬成文,即有精采,有力量。

蘇洵　張益州畫像記

此篇亦非老泉文之至者,然亦可見其筆力之堅勁。

故每每大亂　每每,平聲,亂狀,蓋莓莓之借。〔《漢書》莓莓作每每。〕

以威劫齊民　劫,脅迫。

皆再拜稽首曰然　〔古人席地而坐,故遇二人相語及要處,每行稽首等禮以示敬,其事甚易,非若後世之坐立時,欲行稽首等之困難也。前人文字中更端時多有臣△誠惶誠恐頓首稽首之類,即本諸古籍,而古籍所載,乃當時之實事也。宋時席地而坐之古風更除(觀朱熹且藉蜀文廟孔子舊像以考見古坐法之文可知),相語時稽首等事自亦消失,徒於文字中聊存此舊習而已。〕

無敢或訛　訛,亦作譌,化也。作爲必由於變化,必能外物受其影響而起變化。故爲、化同意,而意亦相通。《老子》書之無爲,昔人

皆以無化釋之。《漢書》：賈誼諫文帝放民私鑄，奸錢日多，五穀不爲|多|。王念孫《讀書雜志》曰："下多字淺人所增，五穀不爲，即五穀不譌，即五穀不化也。"《禮記·雜記》："子曰：張而不弛，文武不能（同耐）也，弛而不張，文武弗爲也（爲同譌，同化，言文武亦不能使穀物起變化）。"

〔此等文字，今謂之"式辭"。作之頗困難，蓋非若其他文字之有話可說也。〕

蘇軾　范增論

此篇爲東坡晚年之作，隨筆抒寫，有文成法立之妙。凡文字，矜心作意而爲之者，恒不如隨筆抒寫者之自然，此生熟之異也。

古人史論，多係借題發揮，藉事以明義，非必謂此事之真相如此，是非如此也。如東坡《荀卿論》，謂其高談異論之精神，有以激成李斯之焚書。譬諸其父殺人報讎，其子必且行劫。非欲歸獄荀卿，特鑒於宋人好爲高談異論，以是譏切之耳。姚姬傳駁之，謂李斯未嘗行荀卿之學，特從始皇之意，故人臣善探其君之隱，一以委曲變化從世好者，尤爲可畏，意亦非欲駁東坡，特嫉當時之脂韋緘默，借題以發其感慨耳。此等文字，祇可看作明義之子書看，不可當考據之史學看，如認爲有失史事之真相或淆亂其是非，而加以辯駁，便是笨伯（論史之作有誤，自然不在此例）。此篇亦然，祇在明見幾之義，不必問范增之事之真相是否如是也。

〔范增、項羽，並無君臣之分，始則救趙之役，項羽爲次將，范增爲末將，蓋同僚耳，其後增黨於羽，爲之擘畫，終則以不合而去，全無君臣之分之迹。由此一點，即可知此篇所論，全非史事，而在明見幾之義而已。〕

〔秦漢之際之史事，尚多傳奇性質，惟無神話之成分耳，如指鹿爲馬、鴻門之宴之類皆是。此類別無他古書可校。故多以爲史實，然核以事理，細心觀察，實傳說而已。當時社會之程度頗低，故所流傳者多類平話也。後日史遷等有所撰述，則僅存此等類似平話之傳說矣，

不得已,姑鈔入史書,偶亦稍加辯詰而已。〕

起至"疽發背死"敘事。凡作史論,極熟之事或大事可不敘。因其爲人人所知也。此處宜酌敘,以有關論旨者爲限,不可過繁。

易曰知幾其神乎　幾,微也。

當於羽殺卿子冠軍時也　卿子冠軍,宋義。卿、子皆美稱。〔楚懷王畏項氏之逼,救趙之役,以宋義爲上將,蓋欲因之以通齊,謀除項氏,而卒不克。〕

"蘇子曰:增之去善矣,不去,羽必殺增,猶恨其不早耳",此句先說明全篇主意,所謂開門見山之法也。下不直接當於羽殺卿子冠軍時去,而以應否於勸羽殺沛公不聽時去,作一疑問,氣便寬舒。凡行文,意貴緊湊,氣貴寬舒。"《易》曰:知幾其神乎。《詩》曰:相彼雨雪,先集維霰。"有此二句,"增之去當於羽殺卿子冠軍時也"句,便覺有力。此行文厚集其力之法。凡文中緊要之語,須鄭重出之者,應知此意。

羽既矯殺卿子冠軍　矯詔,後世也稱爲詐傳詔旨。矯,即今歪曲之意。

"陳涉之得民也"——"以殺義帝",言義帝之存亡,有關楚盛衰。"且義帝之立,增爲謀主矣",言義帝與增之關係。下以"義帝之存亡"——"而獨能久存者也"結束之。"豈必待陳平哉"——"安能間無疑之主哉",回應起處敘事。以上皆言增之去,當於殺卿子冠軍時。"吾嘗論義帝"——"不待知者而後知也",申說羽之殺卿子冠軍,是弒義帝之兆。"增始勸項梁"——"必自是始矣",申說其弒義帝,則疑增之本。須看其次序井然。

《刑賞忠厚之至論》,此篇蓋進御之作,所以陳悟君上者。取其明白曉暢而已。與歐公《朋黨論》可以參看。

《留侯論》、《賈誼論》,此兩篇無甚深意。《留侯論》是否大蘇作尚可疑。〔深人無淺語,此等無甚深意之文,難言其爲大蘇手筆,而其文實亦不佳。〕緣古人集中,往往有僞作羼人(或誤收,不必有意作僞),

難於盡考也。

〔誤收之事極多，舉顧亭林《日知録》爲例。《日知録》中，包含〕(1)精心結撰，是自己所作好的札記。(2)僅鈔録材料，且甚孤單。(3)看似好札記，而實係他人之作。——如論隋文一段，全出《通考·國用考》。〔此蓋編輯者僅得其所遺之一大堆遺稿，中雜有鈔録之材料文字，讀書之摘記，編輯者不能悉辨，舉而録之，遂成誤收矣。歷來編輯詩文集者，皆難免此弊。〕

《晁錯論》，此篇較好，而遠不如《范增論》。《上梅直講書》，此篇爲干謁之作。唐宋人此等文字頗多，而可觀者鮮。〔交深言深，干謁之作，難言深交，故其文字多無甚意味也。〕

《喜雨亭記》，無甚深意。

《凌虛臺記》，首段好，而其下敷衍無謂，此等乃應酬之作也。

〔選文當先立標準。其標準之是否可不論，而絕對不得漫無標準，隨手選録也。《古文觀止》之選者，蓋無甚學殖，兼爲漫不經意之人，信手拈來，而蕪雜不堪矣。又此書不載長篇，蓋彼以爲文字之長者必難懂，實亦大謬。〕

蘇軾　超然臺記

則可樂者常少而可悲者常多是謂求禍而辭福　佛經所謂"怨憎會苦，愛別離苦"。

"彼遊於物之内"——"又烏知勝負之所在"，此文全篇精采，在此數語，説理頗深而能達。

爲苟完之計　《論語》："子謂衛公子荊善居室，始有，曰苟完矣，……"

西望穆陵　《左傳》：管仲謂楚人，"賜我先君履，東至於海，西至於河，南至於穆陵，北至於無棣"。按穆陵在蘭山（舊沂州府）之南，舊有關，在大峴山上，爲齊南重險。

釀秫酒　秫，高粱。

《放鶴亭記》，此篇與前兩篇可以參看，其機杼略同。"彭城之山，岡嶺四合，隱然如大環，獨缺其西一面。而山人之亭，適當其缺。春夏之交,草木際天,秋冬雪月,千里一色,風雨晦明之間,俯仰百變。"此數語頗工。此篇不能不寫景,而又不能多寫景。須用簡括之語,將亭之景寫得顯豁呈露。此數語有此妙處,所謂"恰到好處"也。

蘇軾　石鐘山記

此篇狀物尚工。記事之文,狀物者少,故讀前人之文時,遇狀物之文,須留意觀看。

凡狀物之文,往往苦於名詞之闕。蓋(1)今日之物。本有昔無其名,或並無其物者,(2)又或有之而不知。後者讀古書時須留意,或遇見則摘出,又精通訓詁及文法則可自造辭(有時須加自注)。前者除造辭外無他法。但俗語中本已有名者,亦可用之,且當以用之爲元則,自造爲例外。因古文之古不古,雅不雅,不繫於所用之詞。亦且以語言之道論之,名詞以統一爲貴,故忌多造也。以上作爲古典主義之文字言,若應用之文,自然不在此例。然本無其名而須自造,則其困難亦同也。

"致右憲左",見《禮記·樂記》。如改做"右脚跪左脚立",在古典主義文字中,即不成話矣。

又有若老人欬且笑於山谷中者　欬,今人作咳,誤也。咳乃孩之或體。

而陋者乃以斧斤考擊而求之　考,可以作敲字解,亦可作栲字解,視所用而異。《後漢書》、《三國志注》中皆有彭考字,彭爲榜笞之榜之借,考即俗栲字也。

蘇軾　潮州韓文公廟碑

此等文字,世俗以爲妙文,實則甚劣。問其何以劣? 曰:浮而不實而已。昔人應試及酬應之作,往往有此病。或謂酬應爲人所不免,酬應之文,似亦宜學。然酬應之文,實無別法,本不待學而能。且言貴有物,須從精實中立足。如此,則偶作酬應文字,亦時有可觀,所謂深人無淺語也。若先從浮而不實處下手,是從下乘中立足,尚安有成就之望乎。〔作文須理實氣空。所謂理實,即內容充實。〕"匹夫而爲

百世師，一言而爲天下法"，起筆即不大雅。〔非駢非散，當時俗調。〕

"是皆有參天地之化"——"不可誣也"，語皆似是而非，所謂浮而不實也。〔此等經不起"孟子曰"——"無足怪者"，孟子所云之氣，非古人所謂在天爲星辰云云之氣，牽强附會太甚。〕

"則王公失其貴"——"儀秦失其辯"，〔連排多句，宋人俗調，坡公非不能爲佳文，此蓋隨俗酬應而已。〕

焄蒿淒愴　《禮記·祭義》："宰我曰：吾聞鬼神之名而不知其所謂。子曰：氣也者，神之甚也。魄也者，鬼之盛也。衆生必死，死必歸土，骨肉斃於下，陰爲野土，其氣發揚於上爲昭明，焄蒿淒愴，此百物之精也，神之著也。"案此所謂氣即魂，焄蒿淒愴，乃形容魂之狀態。

手扶雲漢分天章　雲漢，謂天河。古人以山川爲地之文章，則天河亦可云天之文章也。

天孫爲織雲錦裳　天孫，織女星。

西游咸池略扶桑　咸池，古人謂在日入處。扶桑，古人云在日出處，見《楚辭》、《山海經》、《淮南子》等書。

滅沒倒影不能望　日在其下，則影反在上，是曰倒影。

歷舜九疑吊英皇　舜二妃堯之女。或云：一名娥皇，一名女英。

祝融先驅海若藏　祝融，火神。海若，海神。

鈞天無人帝悲傷　上帝奏鈞天廣樂，見《史記·秦本紀》。

謳吟下招遣巫陽　巫陽，古之名巫。招，謂招魂。

犧牲雞卜羞我觴　犧牲雞卜，南人之俗。

此詩亦永甚古。〔以詩言尚古，然在文中仍不能爲古也。〕

蘇軾　乞校正陸贄奏議進御劄子

此篇係宋四六。四六爲駢文中一分支。駢文多四字句，此外句之長短無定，但不甚長耳。四六初興，十九以四字六字相間爲句，唐末李義山（商隱）號善爲之。其原出於公文（詔誥、章奏，後更施之箋啓），所以便宣讀也。後遂廣用之。宋四六與唐異，少用僻典，多用虛字，句漸長，此實爲駢文之散文化。北宋時，歐、蘇號善爲之。宋四六之特色在生動。宋初四六,尚沿唐之舊,大體學李義山,所謂西崑體也(詩文皆然)。至仁宗慶曆中,歐、蘇、曾、王等出,古文始盛,詩亦別開新境。通常以宋詩唐詩對舉,乃指此新派言之。若宋初之詩,則實與晚唐同派也。故唐宋文學之轉變,實在慶曆中。通常云唐宋,乃以大致言之耳。四六之改變,歐、蘇最甚,荆公之作少舊,司馬光、曾鞏則不樂爲之。

惜名器以待有功　孔子曰:"唯名與器,不可以假人。"見《左傳》。古代階級森嚴,上級之人所用之物,下級之人不得使用,用之則爲僭越,如車服是也。

可謂進苦口之藥石　"良藥苦口利於病",見《史記》。石用以砭,實不可云苦口。但有"浹句"、"圓文"之例,用兩字義等於一字,如前人所舉"潤之以風雨"(風燥)等是也。故行文亦不盡拘。浹句亦作協句。協句之例,見《禮記·檀弓下》"吾欲暴尪"疏、《左傳》"珍滅我費滑"疏。《周禮》疏中尤多,恐有數十見。〔今多複音辭,而古則多單音字,故必用浹句以圓文也。〕

駢文之用,在施諸難於立言之處。如汪藻爲隆祐太后草立高宗詔云:"緬惟藝祖之開基,實自蒼穹之眷命。歷年二百,人不知兵,傳緒九君,世無失德。雖舉族有北轅之釁,而敷天同左袒之心。乃眷賢王,粵居近服,已徇羣臣之請,俾膺神器之歸,由康邸之舊藩,嗣我朝之大統。漢家之厄十世(疑七世之訛,漢人云:'漢家之厄,在三七之間。'謂二百十年,三十年爲一世,凡七世也),宜光武之中興,獻公之子九人,惟重耳之尚在。兹惟天意,夫豈人謀。"爲此等文字之最。亦有散文並不難於立言,祇是依照當時格式,取其易於成誦而已,如此篇是也。兩者皆以少用生字僻典,明白如話爲貴,施之公文尤要。近世饒漢祥〔黎元洪秘書〕號善爲此等文字,實則用典用字眼,殊覺其太多也。

梁任公爲護國軍通電——由唐繼堯出名:"堯等志同蹈海,力等負山。力征經營,固非始願所及,以一服八,亦且智者不爲。公輩必忍於旁觀，堯等亦何能相強。惟若長此相持，稍亘歲月，則鷸蚌之利，真歸漁人，箕豆相煎，空悲轢釜，言念及此，痛哭何云。而堯等與民國共存亡，公輩爲獨夫作鷹犬，課其罪責，必有攸歸矣。"隋文帝討突厥詔："彼地咎徵妖作，年將一紀，乃獸爲人語，人作神言，云其國亡，訖而不見，斯蓋上天所忿，驅就齊斧，幽明合契，今也其時。"皆駢文施於公文之佳者。

蘇軾　方山子傳

此篇尚有神氣。凡傳人，述其具體之事，易有精神，爲抽象總括之辭，則精神難見，小說所以祇能寫小事者以此。爲名人傳記者，於其大功業大學問，祇能作簡括之辭，於其瑣事，或反加意描寫者，亦以此也。此篇所述之事，則本來易見精神也。

〔方山子，陳慥，《宋史》有傳，而大多同此。故此篇頗具真實性。〕

光黃間隱人也　光州，今改爲潢川縣。

閭里之俠皆宗之　宗，尊也。

環堵蕭然　凡物四面圍合者謂之環。

蘇轍　六國論

小蘇之文，不如其父兄之有特色，亦無其父及其兄少年好爲高談異論之病，文亦較委婉曲折，讀此篇可見。其《上韓太尉書》及《快哉亭記》，則亦干謁應酬之作而已。

"而在韓魏之郊"，"而在韓魏之野"，此郊、野字意義上並無區別，祇是變換字眼而已。同意之語，變更其字眼以免犯複，中國文學，本有此例，如古樂之"戰城南，死郭北"即是。

曾鞏　寄歐陽舍人書

南豐之文，此書祇選兩篇，亦非其佳者。此篇極爲委婉曲折。後人謂朱子之文，多學南豐，即指此種言之也。此種文字，自亦有其長處，但不可輕學，輕學之，易蹈"辭費"之弊。

南豐之文，特色在深厚，看《列女傳目錄序》、《先大夫集序》、《宜黃學記》等，最可見之。

《大學》湯之盤銘等,著警戒之意。〔此外如"火滅修容,君子必慕","戰戰栗栗,日慎一日,人莫躓於山而躓於垤"等皆然。〕此類後世仍有(器物銘),但衹為寓言,不盡為警戒之辭耳。

《禮記·祭統》載衛孔悝鼎銘,稱述功德。此派後世用諸志墓者居多,兼有志以敘事。

碑銘傳狀之類,雖不能全不拘情,亦不宜過於濫作亂作,因後人考信於此,亦必牽涉及於作者之道德問題也。以近代之事論之,如包慎伯(世臣)生平不受人金為之作文,於其友,雖稱揚其長,而於其游陝西時携金稍多,行裝中又有華服,致為人所牽率,而有跌弛之舉,亦不為諱,(年謹案:其友沈欽韓也,事見包氏《藝舟雙楫》論文四《沈君行狀》。)則吾人於其所作之文,信用較厚。如袁子才(枚)專揀闊人為之作傳,人不來請,亦妄作之,刻入集中,以圖誇耀流俗,而既無根據,遂將事迹弄錯(見彭尺木與袁書)。吾人讀其文,即不敢輕易信據矣。

王安石　讀孟嘗君傳

荆公古文,於有宋諸家中,實當為第一,以其峻而不迫也。世皆以拗折賞之。但學荆公者,當觀其全體,領略其氣之健,不可規規焉模放其句調。如強學其拗折之調,而無氣以運之,則惡矣。彼調雖拗折,氣甚雄直也。〔《孟子》之文甚高峻,人評之謂有"泰山巖巖"之概。荆公古文具之,而能大,且無俗調夾雜,此其所以非歐、蘇等能及也。〕

此等短篇,類乎史之論贊。措詞須簡,含意須深,轉折須靈捷。

王安石　同學一首別子固

辭幣未嘗相接也　〔古人有不相遇,以使者賚幣轉陳己意。如〕《論語》:"蘧伯玉使人於孔子,孔子與之坐而問焉,曰:夫子何為?對曰:夫人欲寡其過而未能也。使者出,子曰:使乎!使乎!"《禮記·檀弓》:"魯人有周豐也者,哀公執摯請見之,而曰:不可。公曰:我其已夫?使者問焉,曰:有虞氏未施信於民而民信之,夏后氏未施敬於民而民敬之,何施而得斯於民也?對曰:墟墓之間,未施哀於民而民哀,社稷宗廟之中,未施敬於民而民敬。殷人作誓而民始畔,周人作誓而民始疑,苟無生信誠慤之心以涖之,雖固結之,民其不解乎?"《孟子·滕文公》上,墨者夷之因徐辟而求見孟子,其後終未見,彼此往復之語,皆因徐子傳達。

其大略欲相扳　扳,即攀字,今各別。此一字而化爲兩字之例。

王安石　游褒禪山記

此文未記景物,其意本不在記景物也。

以其乃華山之陽名之也　山南曰陽,北曰陰。水南曰陰,北曰陽。

"蓋音謬也?"繆本字,今借謬(大言)爲之。

"蓋余所至,比好遊者,尚有能十一?然視其左右來而記之者已少,蓋其又深?則其至又加少矣?"〔蓋字古書多作疑問用,如《史記·周本紀》:"詩人道西伯,蓋受命之年,稱王而斷虞、芮之訟,後七年而崩?"又有並無蓋字而亦係疑問句者,如《中庸》:"詩云:伐柯伐柯,其則不遠。執柯以伐柯,睨而視之,猶以爲遠?故君子以人治人,改而止,忠恕違道不遠,施諸己而不願,亦勿施諸人。"

王安石　泰州海陵縣主簿許君墓誌銘

姚姬傳云:"平蓋非正人,故荆公語含譏刺。"〔見《古文辭類纂》評語。〕

朝廷開方略之選　制科。

子男瓌　子男,亦稱丈夫子。

女子五人　女子,亦稱女子子。

宋濂　閲江樓記

明初作者之文,此書所選者三家。其中劉基之文,實不足取。宋濂所作,自有佳者,此書所選兩篇,亦無甚足觀。此篇乃官樣文章,所以見"應制"之體而已。

應制之作,戒諛媚,能"頌不忘規"便佳。

"無以應山川之王氣",王,俗作旺。

由是聖教所暨罔間朔南　《書·禹貢》:"東漸於海,西被於流沙,朔(北)南曁(至、及)，聲教訖於四海。"

雖一豫一游 "天子適諸侯曰巡守，諸侯朝於天子曰述職。巡守者，巡所守也。述職者，述所職也。春省耕而補不足，秋省斂而助不給。夏諺曰：吾王不游，吾何以休？吾王不豫，吾何以助？一游一豫，爲諸侯度。"《孟子·梁惠王》下篇述晏子之言。案此爲巡守之古義。可見古者巡守，略如後世州縣官之勸農，祇在邦畿之内。〔《詩》："曾孫(成王)來止，以(與)其婦子，饁彼南畝，田畯之喜。"即其明證。金初起時，后躬巡行勸農，亦即此事。唐末張全義有勸農之舉，亦似之。〕

方孝孺　深慮論

此篇論古頗有識見。蓋人事之方面甚多，觀察者勢難遍及，亦且社會日在變化之中，後事必不同於前，而人之所知，限於既往。大抵假定社會爲不變，而思所以治之，意雖欲治將來，所立之策，實皆祇可治既往耳。此以歷史爲前車之論之見解，所以陳舊而不適於用也。此篇亦頗見及此，雖未透徹，然今科學上之見地，自不能以責昔人。其結論似迂，然亦不過曰：當隨時恪恭震動，以誠且明之道行之，不可懈怠而已。歸之於天，似乎落空，亦今昔思想及立言之異，不足深非也。

於是大逮庶孽　適長——冢子。適子，正妻所出。此外稱庶子。對冢子則適子、庶子皆可稱衆子。衆、庶、孽等稱，範圍小有同異。

稍破析之　稍，漸也。〔稍，今用與少字近，指量言。而古不然，稍字用指空間言。少亦時與小通。〕

方孝孺　豫讓論

此篇内容無甚深意，文整齊明暢易學。

智伯以國士待我　〔國士，蓋古之頭腦簡單有勇力而能效忠，爲諸侯等領袖所養之人。宋襄公之門官，齊之州綽、郭最，智伯之豫讓等皆是。漢初韓信尚有"國士無雙"之稱也。後世此等人仍有，居豪強門下，所謂劍客即是。〕

各安分地　分,〔今俗作份,非。〕份,文質彬彬的彬的本字。斌,俗字。

"讓既自謂智伯待以國士矣",此接法能寬氣。"當智伯請地無厭之日"以下一段甚暢。非此段之暢,全篇之意不伸。非此一接能寬氣,則下一段不能暢。此種轉接法宜留意,用得著處甚多。

王鏊　親政篇

此篇亦進御之作,其内容頗切實。凡文字之須徵引故實者,可以爲法。〔文字之徵引故實者,謂典制題。〕

爲中朝　中、内古互用。〔如中書即内文書之類。〕

即文華武英兩殿　即,就也。

此類文字,貴乎平實. 徵引故實,貴乎詳盡,但須有翦裁,忌支蔓。

王守仁　瘞旅文

陽明先生亦稱明代古文家,然其功力實淺。元明間教育,幼時多誦唐宋古文,通暢而略有法度之文字,能爲之者多。然非真有文學天才,或深於學力者,其文多淺近無足觀。如先生之文,亦以人名耳。此書所選《尊經閣記》,意少辭多,此等最爲當時學古文者之弊。《象祠記》明暢而已。此篇雖不高古,却自心情中流出,頗見真摯也。〔學文於古當求之數種最精之書,於後世當求之大家,以大家文之特色最著也。其餘諸學大家之文,即能明暢,亦僅足供泛覽而已,不足深求。故選本精讀之文,當限於諸大家。若今世課本之隨手拾取,不名一家,僅可當文學史讀,不能供精讀也。於先生之文,亦當如是觀。〕

維正德四年　維,語詞,發語詞。

不知其名氏　名氏,名姓,姓名,氏名,姓氏。〔後世皆可通用。〕

子從籬落間　古無絡字,籬落、馬落等皆用落。

二童閔然涕下　閔,憫。

繄何人　繄,亦作伊,發語詞。

扳援崖壁　扳,即攀字。

無悲以恫　恫,心痛。痛,身痛。今通用痛字。
　　　　　唐順之　信陵君救趙論
　此篇甚暢達,可藥初學文字格格不吐之病。昔人教學作文,恆先求其暢達,非不知繁冗之爲病,然較格格不吐者,則易療矣。行文犯格格不吐之病者,大抵本尚未能作文而強之作使然。故昔人戒早"開筆"(開始學作文字之謂),又評閱文字忌多改,亦以此也。故不想作文,可不必作,多讀多看,自有勃不可遏,雖欲禁之而不可之勢也。
　此篇議論,頗失之迂,又失之刻,宋學盛行時之習氣如此,不足爲一人責也。
　讀者以竊符爲信陵君之罪　凡史論係論極熟之事者,敘事可略。
　夫強秦之暴亟矣　亟,急也。此字古書中多爲數字之義,後世也多爲急字之義。
　"使禍不在趙"——"何以謝魏王也",語皆深文羅織。此等爲宋學家論事之習氣。俗人於此等處,每賞其駿快,其實爲立言之病,不宜學。
　"余以爲信陵之自爲計",此一段議論近迂。宋學家論事,亦往往有此病。
　蓋君若贅旒久矣　"君若贅旒然。"(《公羊》)
　"由此言之"——"而公然得之亦罪也",闢論者以竊符爲罪之說,兼伸自己誅心之意,兩面俱到,章法嚴密。
　　　　　歸有光　吳山圖記
　震川古文,才力不雄,學識亦不甚足。其爲文好講風神,嘗評點《史記》,實則所法者廬陵耳,《史記》之恣肆自然,非震川所能知也。清曾國藩嘗譏其"情乎韻乎,徒滋累耳"。但震川文在明人中趨向確甚正。故清之桐城派,於震川之文,獨有取焉。此書所選兩篇,非震川文之佳者,但亦雅潔,法度可觀。
　明文往往不雅飭,即此書所選劉伯溫(基)文觀之,可見其俗。宗子相(臣)《報劉一丈書》,頗爲流俗所稱道,實則此等剽剝謾罵之文,大雅弗爲也，其文亦有儈氣〔槍棒氣〕。如唐順之文亦欠醇。故震川在明確可稱得雅飭。

歸有光　滄浪亭記

（年案：此篇無筆記。）（又案：先生選講《古文觀止》全書既畢，尚餘時日，復選講《觀止》中先秦西漢文數篇。）

楊惲　報孫會宗書

此篇中田家作苦一段，可見散駢變化之漸。散文變成駢文，有文人學士有意雕琢而爲之者，讀司馬相如、揚子雲之文最易見；有就當時口語，稍加修飾而成者，此篇其一例也。前者爲南北朝人所謂文之本，後者則其所謂筆之本。筆之雅飭者，其有真味，反過於文，以其近於自然也。〔"絲不如竹，竹不如肉，爲其漸近自然。"〕宋四六亦有時較之唐人爲可喜，亦以此故。〔駢散之初分，不過在句調上散錯綜而駢整齊，在讀音上散急而駢緩也。在內容敘事上，無甚分別。〕

李斯　諫逐客書

此篇與鄒陽《獄中上梁王書》參看，章實齋所謂實係賦體也（見《文史通義·詩教》篇）。此書所選賈誼《過秦論》，係賦體。〔具體與列舉，爲賦體之二條件。〕

凡人之程度愈高，則愈喜簡括之語，思想力愈弱者，愈喜具體敷陳。故以古較今，則古人之文賦體多，(1)以古人之思想，不如後世之進步，(2)亦以古時文字較通俗，讀者多尋常人，後世文字語言，日益相離，能讀文者，多受教育較深之人故也。但鋪張之文字，在美學上亦自占一位置，近世康南海最善爲之，其文皆"辭繁而不殺"，氣足神旺，讀之使人感動奮發，此乃天才，不易學也。

請一切逐客　一切，謂不求曲當，用一概的辦法，硬行斷決，古人所謂"一切之法"等，意皆如此。切字讀入聲。後一切二字，變爲一概苞括在內之義。其切字"點發"（俗所謂圈），讀去聲，但今人罕知此別矣。〔又如國土兩字，原爲佛經譯語，意指今所謂國家與國家部落其土字點發而讀若度音。後世不知土可點發而音度,而國土一詞之音猶存,乃以度字用之,遂成今所謂國度一詞矣。至其義亦少變,即作國家解。又如]家無長物,長去聲,即剩字也。讀去聲者,尚有度其長之意,即今丈量之丈字也。今寫作丈,以便分別,誠爲便利,但讀書不能不知古丈量之丈作長也。

拔三川之地　〔三川,黃河、伊、洛。〕

東據成皋之險　〔成皋,今河南氾水。〕

乘纖離之馬　《史記》、《漢書》"匈奴服新犁(䍽)",即纖離。蓋北方遊牧民族。〔近人有爲此說者,頗近情。〕

傅璣之珥　璣,珠不圓。

佳冶窈窕　《詩毛傳》:"善心曰窈,善容曰窕。"

是以泰山不讓土壤　讓,此字《說文》爲責讓,經典爲推讓。攘,此字《說文》爲揖讓,經典爲攘斥。遜讓、攘斥,同從襄者,所謂反訓也。古人用字主音,本無正字。"不讓土壤"之讓,蓋攘斥之義。〔反訓之例,如亂、治、徂、存、苦、快等是。此蓋中國古代語言本有語尾,後造字時,未以語尾加入故也。〕

此篇爲詞繁不殺之例,通篇並無深意,而反復言之,凡以求其能動人也。此等文字不宜輕學,因易蹈詞多意少之弊。但亦有時用之,以表示語之鄭重。如一篇中於緊要之處,則反復言之,不嫌其繁,而此處之特別重要顯出矣,並不必全篇皆如此也。

"向使四君却客而不納"——"而秦無強大之名也","必秦國之所生然後可"——"不立於側也",皆上文已說過正面,又從反面立說,其實理甚易明,用不到正言之再反言之也。"夫物不產於秦,可寶者多,士不產於秦,願忠者衆",總結上文,其實上文亦甚明顯,用不到總括也。此皆辭繁不殺之例。

　　　　　史記　屈原列傳

此篇"離騷者,猶離憂也"至"雖與日月爭光可也"一段,與淮南王所作《離騷傳》大致相同,可見古人之文,不必己出,但述舊聞即可。

如賈生言豫教，同於《戴記》(《大戴‧保傅》)，晁錯言兵事，同於《管子》，皆是此例。

此篇爲後人作傳狀夾叙夾議之法。

楚之同姓也　姓氏有別，楚芈姓，屈爲氏。

屈原屬草藁未定　屬，連也，漢人作文，尚多云屬。

"曰以爲非我莫能爲也"，"曰"與"以爲"字，似有一衍，或一本作"曰"，一本作"以爲"，鈔書者兩存之，後人混之也。

故憂愁幽思　幽，深。

離騷者猶離憂也　《孟子》："《書》曰：洚水儆予。洚水者，洪水也。"

其辭微　微，小也，故有隱而不易見之意。

"濯淖汙泥之中"(一喻)，"蟬蛻於濁穢，以浮游於塵埃之外"(二喻)，"不獲世之滋垢皭然泥而不滓者也"(斷定)。

不獲世之滋垢皭然泥而不滓者也　此滋字非今滋潤之滋，即《左傳》"何故使吾水滋"之滋。其字蓋從兩玄，又加水旁。凡並文之意義，多與單文同。兩玄之意，亦當然一玄同，黑也，加水旁，謂水之黑者，其讀亦當同玄。經師之説如此，但今讀《左傳》者，仍讀爲滋音耳。

《史記》屈原賈生合傳，亦載賈生《鵩鳥賦》，故論贊云云。此選删其傳賈生之部分，而仍留其贊，俗陋選本之滅裂如此。

"令尹子蘭聞之大怒"，似當與"屈平既嫉之"接。"雖放流"以下一段，蓋另一人之議論，《史記》將其羼入中間者也。以此推之，上文"屈平疾王聽之不聰"至"雖與日月爭光可也"一段亦然。此等處，可見古人編次之法。

史記　貨殖列傳序

此篇爲《史記》極佳之文，〔氣寬(不迫蹙)，非鬆懈(話不吃緊)〕惜被此本删節過甚。然就此一段觀之，仍可見其大概。

此篇爲古代經濟學説，史公聯綴成文，非所自作也。此項學説，與《管子》出入殊多，疑係齊地學説。

早期之學說,恒思控制社會,利用社會。〔因其時社會簡單,個性不發達,人多同心故。〕晚期之學説,則思因勢利導,因其時之社會,業已不可控制也。先秦諸子,惟《管子》明因任之義最多,故知齊之社會,極爲進步。

史記　大史公自序

古人之文,有可考見學術源流者,此篇其一也。大史談係治道家之學者,其子遷則治儒家之學。此篇載其父論六家要指之語,被此選刪去。既知談、遷父子學術之異,則《史記》中之"大史公曰"以下之語,有可按其學術宗旨之所在,而別爲出於談抑出於遷者矣,此考據之一法也。司馬遷係治《公羊春秋》,與董仲舒一派,漢人經説散佚者多,此等並可以補其闕。昔日經生所以於《史》《漢》及漢人著述,多用力極深也。

此篇宜取其全者一覽。

昔人學問事功,多承家業,故自序必備述家世。後人時異世殊,而亦效之,則無謂矣。此劉知幾所謂貌同心異也。

此篇文氣極寬博,爲史公文字本色。

"自周公卒五百歲而有孔子。孔子卒,至於今五百歲,有能紹明世,正《易傳》,繼《春秋》,本《詩》、《書》、《禮》、《樂》之際?"

余聞之董生曰　……〔漢人之見解:〕《易》,原理。《春秋》,就具體事實,批評其善惡,以示治天下之法。

以爲天下儀表　儀,法也。立木爲表。

不如見之行事之深切著明也　行事,猶言往事(説見王念孫《讀書雜志》)。《報任少卿書》:"此真少卿所親見,僕行事豈不然乎?"漢人言行來,猶今言往來。《説文》來字下:"故以爲行來之來。"

是故禮以節人樂以發和　樂者爲同,禮者爲異,大樂與天地同和,大禮與天地同節。

春秋以道義　義,宜也。

春秋文成數萬其指數千　《春秋繁露》:"春秋無達辭。"〔故僅數

萬之文,得數千之指也。〕

改正朔　正,一年之始。朔,一月之始。

於是論次其文　論,同倫,類也。〔如《呂不韋傳》之〕集論。《傷寒雜病論(類)集(編)》。次,次序。

左丘失明　《漢書·司馬遷傳》:"左丘明無目。"宋祁曰:"越本無明字。"

"故(易)曰:失之豪厘……""故曰:臣弑君……""故有國者……"連用故字,惟漢人之文有之。

禮記　檀弓六節

《檀弓》為紀事文之最工者,昔人久有定論。《左氏》敘事最工,然其所敘,與《檀弓》相同者,《左氏》恆不如《檀弓》,(如此書所選晉殺申生,重耳對客,杜蕢揚觶,《左氏》皆有其事。杜蕢,《左氏》作屠蒯。)即此可見。

諸作似均係短篇紀事。但長篇紀事,內容實當分為兩部分:一　用簡嚴之筆法,撮敘綱要之大事;二　則詳加描寫之小事也。見精神處,往往在詳加描寫之小事。故短篇紀事文之佳者,讀之極有益。惟(1)大事撮敘,貴能提挈綱領,(2)雜亂之事,須有以駕馭之。此二者,亦宜留意。此二者不錯,詳敘一二小節處,又有精神,記事文思過半矣。

魏默深《聖武記》中之川楚教匪數篇,曾文正譏之,即因其無條理也(既未能提挈綱領,雜亂之事又多)。

申生不敢愛其死

愛 ┌ 惜也,如"余一人,豈有愛焉"〔《國語》〕。
　　├ 蔽也,如"天不愛其道,地不愛其實,人不愛其情。"
　　└ 　　此義《說文》作薆。

今愛之義,古書多作哀,如"子墨子甚哀之"。

是以為恭世子也　不足稱孝,不失為恭,兩意以"是以為恭世子也"七字括之,含蓄有味。〔古之君子,蓋或無甚學識,而於習慣之保

守,極爲謹慎不苟,其精神則可佩也。曾子蓋亦古封建時代君子之代表也。〕

文中記人言語,未必當時口語真是如此。其設爲問答,不過借作層次而已。如此篇,豈有曾子但聞"喪欲速貧,死欲速朽"二語之理,亦豈有聞其詳,而但記此二語之理,明爲記者之設辭也。記人言語,本非留聲機器,但期無失原意而已。袁子才謂《論語》後半部之筆法不如前半部之高古,前半部如"弟子入則孝,出則弟"等,均直截爽快說出來,更無枝葉,後半部如"尊五美"、"屏四惡"等(見《堯曰篇》),均先作一總冒之辭,而不課其目,設使子張不問,孔子便不説出來。真乃夢囈。或謂既如此,何待問諸子游。不知《檀弓》褒美子游,以爲知禮,故託之云爾,未必真問諸子游也。此亦古人行文之例。故劉瓛説《孝經》,謂孔子與曾參問答係假託,俞曲園嘆美之,謂非深通古書之例不能道也。〔《學而篇》:"子曰:弟子入則孝,出則弟,謹而信;汎愛衆而親仁,行有餘力,則以學文。"〕

"秦穆公使人弔公子重耳",此人即下文之子顯也,此處不曰子顯者,古稱大夫爲人,表明使弔者之爲大夫也。

"而天下其孰能説之",此説字等於今"解釋"之義。凡古書以某某説等之説字,義皆如此。讀如字。

不得與於哭泣之哀　哭主聲,不必有淚。泣有淚,不必主聲。

拜:喪主謝客。三年:臣爲君,子爲父,父爲長子。妻爲夫(親情,家主)。杖期:子爲出母,夫爲妻(親情),三月禫服居廬。期:古,至親以期斷。長子妻喪,父在不杖,因父爲喪主。

曠飲斯　父前子名,君前臣名。《左傳》鄢陵之戰,欒書之子曰:"書退。"

曩者爾心或開予　曩者,《漢書》作乃者,等於俗語的"剛才",又引伸用諸較近的過去。或,有。〔如〕九域,九有。

是全要領以從先大夫於九京也　九京,晉墓地。京,今人依鄭注讀爲原。

試 題

（一）《論語》曰："辭達而已矣。"《左氏》曰："言之無文，行而不遠。"二語究相反？抑似相反而實相成？試以意言之。

（二）文言白話，宜於並行，在今日，夫人而知之矣。究竟何種文字，宜於文言？何種文字，宜於白話？何種文字，二者皆宜？試以意言之。

任作一題。

論疑古考古釋古 爲徐永清作

語曰：理事不違何也？曰：即事而求其所以然，是之謂理，事之外無理也。昧者不察，以爲所謂理者，恒存於天壤之間，古人特未之知，遂以是譏古人，祇見其昧於今古之辨而已。夫一人之身而百工之所爲備，我之所爲者，既無由奉諸人人，而人之所爲者，亦莫或能致之於我，如是，其勢安得無交易，有交易矣，安能無泉幣，此固理之易明者也。然追溯夫大道之行，人不獨親其親，不獨子其子，貨惡其棄於地也，不必藏於己，力惡其不出於身也，不必爲己。當是時也，且無交易，皇論泉幣，後世所謂商業幣制之理，又安所依而存？即至大道既隱之世，有交易矣，有泉幣矣，然其時之法俗，猶與今日大異，經商製幣之法，自亦與今日大異。世異變，則所以爲備者不同，顧譏古人崇本抑末之論廢，貴五穀而賤金玉之説爲大惑不解，可乎？世變日新，理之新者，即隨事而日出無窮，今人與古人所見自不能同，聽見異，於古説安能無疑。而古書之訓詁名物，又與後世不同，今人之所欲知者，或非古人之所知；或則古人以爲不必知；又或爲其時人人之所知，而無待於言，而其所言者又多不傳；幸而傳矣，又或不免於訛誤。如是求知古事者，安能廢考釋之功？然於今日之理，異於古人者茫無所知，則讀古書，安能疑？即有所疑亦必不得其當，而其所考所釋，亦必無以異於昔之人，又安用是喋喋爲哉？故疑古考古釋古三者必不容偏廢。然人之情不能無所偏嗜，而其才亦各有所長。於三者之中，擇其一而肆力焉可也。而要不可於餘二者絕無所知，而尤不可以互相詆排，此理亦灼然，而世之人多蹈其失何也？曰：此由其靳用真功力而急於小成。《孟子》曰：博學而詳說之，將以反說約也。欲守約必先求博聞，不然，則陋而已矣。今之人往往通識未之具也，必不可不讀之書，讀之未嘗遍也，而挾急功近名之心，汲汲於立説，説既立矣，則沾沾爾自喜。有箴之者，雖明知其是，亦護前而不肯變，捨正路而弗由，安得不入於叢棘乎？徐子永清英年好學，居家日以治史爲務，搜求既廣，研覽尤勤，誠史學界中後起之秀也。以今人所謂疑古考古釋古者爲問，輒述所見，以廣其意焉。民國三十三年十月二十三日武進吕思勉。

發現新世界者爲誰

　　朝鮮以右文故，近世嘗一爲日本所覆，言東洋史者，遂多輕視之，以爲非日本之倫。實則朝鮮之文化，在日本之上，其民族所建功績，亦非日本所及。數十百年之盛衰，固未足定民族之優劣，亦未足定其前途之禍福也。

　　朝鮮之發明刻板，雖在中國之後，其所用銅板，則在中國之先。又其諺文，在有意制訂之文字中，最稱完善。言文化史者，類能道之矣。朝鮮人又有一偉績焉，世人知之而未審。其事維何？曰：首先發見新世界者，朝鮮人也。

　　《梁書·東夷傳》云：文身國，在倭東北七千餘里。大漢國，在文身國東五千餘里。扶桑國，在大漢國東二萬餘里。核其道里方向，必在美洲無疑。扶桑之俗，婚禮大抵與中國同，親喪，七日不食，祖父母喪，五日不食，兄弟叔伯姑姊妹，三日不食。淺演之族，文化庸或相類，然其類似太甚者，則必出於傳播，而非由於獨立發明。《洪範》五行，傳自箕子，而扶桑衣色，隨年改易，甲乙年青，丙丁年赤，戊己年黃，庚辛年白，壬癸年黑。高宗諒陰，三年不言，而扶桑嗣王立，亦三年不親國事。殷代法俗，存於濊貊，詳見《後書·國志·東夷傳》。《國志》：句麗置官有對盧。作婚姻，女家作小屋於大屋後，名婿屋。婿暮至女家戶外，自名跪拜，乞得就女宿。如是者再三，女父母乃聽。使就小屋中宿，旁頓錢帛。至生子已長大，乃將婦歸家。而扶桑貴人第一曰大對盧，第二曰小對盧。其婚姻，婿往女家門外作屋，晨夕灑掃。經年而女不悅，即驅之。相悅乃成婚。法俗之相類有如是其甚者歟？謂非貊人之流播而東者得歟？顧猶有不謂然者。如馮承鈞所譯《中國史乘中未詳諸國考證》，謂《梁書》所載扶桑國之扶桑木即楮，其國多蒲桃乃玫瑰果。有牛，角甚長，以角載物至二十斛，乃馴鹿。國法有南北獄，乃蝦夷之法。此外居室之制，婚喪之禮，無不可見諸庫頁、堪察加及蝦夷。遂斷言文身爲千島群島中之得撫島，大漢爲堪察加，扶桑爲庫頁島。觀其所云，言之證實，似若可信。然於《梁書》所云道里方向，終覺相去太遠。彼乃奇想天開，以《梁書·東夷傳》中之大漢，即爲《唐書·斛薛》條下之大漢。此則衡以中國文義史例，詎可通邪？此說一非，全局皆誤。彼謂《梁書》所載文身、大漢、扶桑之法俗，可見諸今千島、堪察加、庫頁，固不能謂今千島、堪察加、庫頁之法俗，不容見於古之美洲也。扶桑必貊族之流播而東者無疑也。首先發見西半球者，當屬朝鮮人，必不虛矣。

（原刊一九四五年十二月一日《正言報》學林副刊第九期）

治水的三階段

禹，本來是中國的一個聖王，在距今二十餘年前，忽然有人説他實是古代的一個動物，這話太離奇了，遂引起一班人的驚疑反對。

以禹爲古代的一個動物，並無其人，這話，我亦未敢贊同。然這一派人，又説《禹貢》乃戰國時書，禹的治水，全不是這一回事，則其言確有至理。不論從哪一方面講，在禹的時代，而有這大規模的治水，原是訴諸常識而即知其不可信的。

然則禹的治水，究竟是怎樣的一回事呢？這在七百餘年前，好學深思的朱子，就已開啓這一條疑古的路了。他説：禹的治水，祇有《書經·皋陶謨》即今本《益稷》中，"予决九川，距四海，濬畎澮距川"幾句話最可信。川是自然的河流，畎澮則人力所開的水道，海乃湮晦之義，距離較遠，而其地的情形，爲我們所不知之處，則謂之海，所以夷、蠻、戎、狄，謂之四海。九是多數的意思。"决九川，距四海，濬畎澮距川"，祇是把人力所成的溝渠引到大河裏，又把大河通到境外罷了。戰國時有個白圭，自己夸稱，説：我的治水，比禹都好了。孟子却駁他説：禹的治水，是以四海爲壑，你却以鄰爲壑。壑是無水的科籠。照剛才所説：禹的治水，也是以鄰爲壑的。不過其時，其所鄰之處或無人居，則可稱爲鄰地，而不可稱爲鄰國罷了。然則白圭的治水，實在比禹難一些。

不論做那一件事，其手段，總是隨時代而進步的，治水當然不是例外。

治水最早的法子，該是堤防，這原是最易見到的，然久之就覺得其不妥，不順着自然力的方向去利用他，而要與之相爭，這總是不行的，於是治水的方法，就是從堤防進步到疏浚，古書上說鯀治水的失敗，禹治水的成功，就是代表這一個觀念的，未必是當時的事實。

這種觀念，發達到極點，就成爲賈讓不與河爭地之策了，他主張河所能泛濫的區域，我們都空出來，讓給他，這自不會與自然力強爭，致遭敗北之慘了。然而黃河的泛濫，乃因其從上流挾泥沙而下，致將河身淤墊，河身填滿了，他就要改道。所以他所走的路，是並無一定的，若把河道所能到之處，一概空出來，這倒中國東部的平原，一概要送給他了。若見他要來，然後遷讓，則遷徙未免太勞，損失亦恐過巨。然則水還是要治的，與自然強爭固不對，一味見他退讓亦不對。

要治水，堤防自然不行的，自然還得講疏浚，然而疏浚的工程太大，人力實不能勝，奈何？於是有潘季馴束水攻沙之法。束水攻沙者，河行到平地，流勢寬緩，將未顯出堆積作用來時，我們則窄其道而束之，使其再顯出冲刷作用和搬運作用，於是從上流挾帶而來的泥沙都被搬走，不至堆積下來了，不和自然力爭鬥，亦不見他退縮，而即利用他的力量，來達到我們的目的，這確是治水最高的方法了。

治水的三階段，恰代表了人類對付自然的三種態度。

（原刊一九四五上海《正言報》學林副刊第二期）

論中學國文教科書

這幾天，有一位中學教師，拿了一本高中國文教科書來請教我。這使我這位亡清老秀才，民國大學教授，年餘六十，素以國學及舊文學知名的老學家爲難極了。這裏頭的材料，包括了四書、五經、先秦諸子、正史、《通鑒》，還有許多敍述學術源流的文章。講到派別及體裁，則駢文、散文、詩、賦、詞、曲、新詩、語體文、小說、平話，自先秦以至現代的人，無所不有，姑無論我不懂得，就使懂得，也何法講給學生聽？

隔幾天，他又要請我代幾點鐘課了，這使我更爲難了，教師來請教我，我還可以模模糊糊說個大略，對學生，是要徹頭徹尾，講個明白的，這使我如何辦法呢？再四思維，到底沒有勇氣把這本書去講，我另找一些教材罷？蘇東坡自己說："天賦至愚，篤於自信。"我雖不及東坡，與此頗有同感。我現在，且把我所選的教材，和我講說的話，寫在下面，請教於教育家和文學家。

我所選的教材，係取自本年十一月八日大公報的北平通信，如下：

> 收復區和大後方的區別，最大的，就是不十分明瞭抗戰的意義。譬如北平，若干代表人物的思想，便和大後方至少有八年的距離，以此故，對於壓迫他們八年的暴敵。一旦投降，反而覺得他們可憐。"雖然日本也該有這麼一天。但是，但是……"

四萬武裝的日本兵，仍然乘著他們的黃卡車橫衝直撞。車上人在諷笑路人的奔逃。十二萬没有槍桿的日僑，更到處皆是他們和她們，散步、育兒、買菜、乘人力車訪友。矮人們大腹短腿，著西裝作蟹行，女人們仍然飄飄然的和服。這些僑民，並没有集中。有的，卻自動集中在新月飯店、東興樓飯店，及起士林咖啡店内，用他們容易得來的錢，揮金如土。侍役照舊以日語應待，恭謹不堪。而一些變爲新貴的敵僞人員，對於他們的舊主人，仍然深深鞠躬，爭著會賬，以示衷心之無他。

從太平洋上血戰回來的美國兵，卻不能不奇怪起來。睜大了眼睛問道："這是什麽意思？頂不好。"可是北平人反而見怪不怪。直得美國人看不慣，起身動手打時，才敢跟著拼命。據説平津一帶打日本人的，首先動手者，卻是盟友的仗義。

果然把八年來的事都忘了麽？爲什麽看見人家打，還會跟著拼命呢？可見血和淚的債，到底是不易忘掉的。然而爲什麽一定要跟著人家，才敢拼命呢？十五日，該報又有北平通信。説：

當各交通機關，一再闡述以德報怨，不念舊惡，保存民族固有道德時，這裏的良善人，偏偏連續著發生了許多次聚打敵人的全武行。誰是當地人如此苦悶？

感情到不能鎮壓時，終究要發洩出來，可見他心頭不是没有一般滋味了。然而誰使他長期鎮壓着呢？八日報上的通信又説：

僅有的一件事，便是兒童們尚少這種愛敵精神，和平以後，日本兒童，没有一個敢在街上走。因爲没有一次，不爲這些小暴徒們截擊與毒打。這裏，可以看出北平可喜的新時代。

新時代，果然就能給我們以新的生命麽？僅使新生代而能不受古生代的影響，教育倒可以不講了，"何意百煉鋼，化爲繞指柔"，怕古生代在其新生時，也和現在的新生代一樣罷？

然則從前的新生代，爲什麼會變成現在的古生代呢？

人，前底不是老虎，不會單獨的和人家鬥爭的。還記得二十多年前，和甲乙兩位朋友談天。甲說道：＂近來看見一件事，真使人氣死了，有一個中國人在前面走，不知怎的，觸怒了後面的外國人，伸手便打他一個嘴巴。這中國人勃然大怒，正要發作，回過頭來，見是外國人，倒變作強笑了。口裏說道：我道是中國人，卻還是外國人。斂了笑容向前走。還自言自語道：倘使是中國人，我一定不和他干休了。中國人沒出息到如此，中國還有翻身的日子麼？＂乙道：＂你也別這麼說。人到底是人，做事情，總要有些計算的。在現今的狀況之下，和外國人計較，你道有得直之望麼？終於不能得直，何必多此一舉？我終不相信人和人有多大的差池。你不見近來報上說：有一個德國人，到日本去乘火車，不知如何，發起脾氣來了。要打車上的侍者。車上人要干涉他，他便走入車廂，把門關起來了，口中還在大罵。火車到達之後，侍者便在法院裏控訴他。這德國人無可如何，祇得自認不是，一道歉了事。日本，固然沒有領事裁判權了，外國人民，一樣受他們法庭的審訊，然而這個侍者，要是沒有人替他撐腰，你道他真會和外國人訴訟麼？＂乙的話，可謂深有道理。人，總不是以一個人的資格，和人家爭鬥的。在某種情勢之下，就百煉鋼不得不化爲繞指柔了。商君治秦，史記上說他能使秦民勇於公戰，怯於私鬥。然則在先，秦民也是怯於公戰，勇於私鬥的。他卻以何法，使之倒轉來呢？這種方法，似乎是不難想到的，我們現在，也不必去考究他了。然而人和人的接觸，方式多著，範圍廣大得很呢，決不能到處都靠著國家去鼓勵他。然則社會的風度，要求其正直無私，見義勇爲，我們該用何法造成他呢？

說到此，我請諸位同學想一想。他們沒什麼說，我又續講了。我說道：

人，總祇是人，他們決沒有以一個人的資格，替人家鬥爭的，具體的說，一個尚武的社會，就不然了。這是爲什麼？從精神方面說，人生來就是個社會動物，他們是最喜歡受社會的獎勵的。一件事情，做得而有人説好，甚至非如此做，則在社會上竟無立足之地，那就是赴湯蹈火，也有人去的。從物質方面説：這種社會，對於戰死的獎勵，自然也不但是空言的讚美。至少他的遺族，要多受些人家的輔助。"戰陳無勇非孝也"，這是中國相傳的古訓，這是爲保存家族的榮譽起見，然而管子説：有老母在，則不得不三戰三北。這也是人情。我們從前，曾調過苗族的土司兵出征，他們對於戰爭的態度，和我們大不相同。不但不覺得畏懼，倒還爭先恐後，像是出去做一回耍子一般。他們所以如此，就因爲他們的社會組織，和我們不同，他們的社會裏，不是這一個人，定要靠着那一個人生活的，便没有"有老母在"等問題。輿論，總是隨着實際的情形而轉移的，在這種情形之下，自然容易鼓勵人家奮勇向前了。這是説對外。

以内部而論，我還記得，在若干年前，有一個中國人，到西洋去留學。西洋的大學裏，是有一種舊生欺侮新生的風氣的。有一次，他給他的同學，打了一下，連臉都打腫了。他謹守著中國人不尚私鬥的教訓，去告訴校長。校長卻厲聲道："你如此無恥麼？"意思是説："你受了人家的欺侮，不能報復，還要來告訴我麼？"還有一個東洋留學生。他在東洋住得久了，有些地方，染了些東洋的風氣。有一次，他的兒子，在外面和小朋友遊玩，給人家打了，回來告訴他。他厲聲道："你没有手麼？"意思也是叫他自己去報復。由此看來，東西洋的社會，都和靠腕力自行報復的時代，相去較近，中國卻較遠了。靠腕力自行報復，自然不是件好事，然而由第三者判斷，也是有利有弊的。這裏所謂第三者，該包括法庭和仲裁的私人在内。法庭和仲裁的私人，情形是怎樣呢？大抵爭執的兩造，不能没有强弱。判斷的結果，使强者便宜一些，弱者吃虧一些，事情總是易於了結的，要抑强扶弱，就難了。現在的法官或私人，是怎樣呢？他們的目的，是在於俸禄或謝儀的。他們的審判，調處，都祇是一種經濟行爲。那自然要以最小的勞費，得最大的效果；自然要朝著易於了結的地方走了。這種第三者的判斷,自然也是要受社會的約制的。然而得當的批評,生於內容的明瞭,在現今社會上,各個人都爲着自己的問題,忙個不了,那裏有功夫去管人家的事情?即使去管,也自然有種種原因,能使事情的真相,爲之混亂,他們又何憑判斷?自然祇有能設後從了事的人爲賢能了。朋友;凡事要主持正義,總要使其事情延長。擴大,難於了結,甚至終不能了結的。這種人,最容易受到社會的指摘。然而你要是看見,社會上這種人加多,這種辦事的方法,而處人家認爲正當時,你就知道社會的風氣,前進了一步了。

朋友,說北平的古生代,都不是可喜的,這是冤枉的。我們不看見報上又有一種議論,說北平的孩童們,都沒受到毒化,要歸功於家庭教育麼?這話是真確的。然而對外的鬥爭,要是不能從速獲勝,束縛久而不能解除,民情是會跟着變遷的。因爲現今的社會,一般人的腦海裡,歷史是不會久被記憶着的。當滿清初入關時,強迫中國人剃髮,打辮子,中國人也曾抵死反抗過,然則滿清滅亡時,又有留着辮子,自以爲保存國粹的了,其時間也不滿三百年。朋友!你不看見印度的回教徒和印度教徒,相互敵視,至今還成爲印度獨立的阻力麼?印度自始何嘗有所謂回教來?

以上是我所講的第一個階段。通信裏還有一些材料,我便把他采作第二個階段了。

> 日本人在西直門外,建立了新住宅區,但他們自己卻至今不肯遷往那冷落的區域。曾經用來和城內中心區的房屋作交換。

中國人,是以善於同化異族著名的。五胡、契丹、女真、蒙古,以武力侵入中國的,都給中國人同化了,就是這樣同化了的麼?通信又説:

> 有人説:七百年來的古都,一向是用這種以不變應萬變的軟磨硬的方式,來抵抗侵略的。北平人像是牛皮糖,隨時都可以復原。抗戰前的生活方式,也就是幾百年前的生活方式。外人

在這裏創造自由主義,本地人能夠適應;外來人在這裏建立專制主義,本地人也能夠順受。

果然這種老法寶,還能再用之數百年,而期其繼續有效麼? 對不願住在新住宅區,而願意將其和城中心區房屋交換的人;對集中在新月飯店、東興樓飯店、吉士林咖啡店,揮金如土的人,自然這是有效的方法。但是這祇是他們專靠武力侵略,連自己的生命,也不知其究在何時的結果,非武力侵入的異族,怕就不是這樣了。就是以武力侵入的,祇靠我們這一次的抵抗,始終沒有停止,而淪陷的區域,爲時也不過八年。倘使其再延長一些,我們的抵抗力再弱一些,他們朝不保暮的情勢,比較緩和一些,那時候的情形如何,就又要難說一些了。民族不過是文化的結晶,文化不過是生活的方式。五胡、契丹、女眞、蒙古,我們的生活,實在沒有什麼要傚法他的。茶食、餑餑,最初雖是女眞食品,然到現在,久變爲中國食品了。茶食二字,原祇算得中國話。餑餑在滿清未亡時,我也祇在市招上看見,以後就並此而不可得見了。中國人,自然再沒有住蒙古包的。然則北族的生活,改變了中國人的生活的,怕祇有睡熱炕這一件事,因中國人貧窮,生不起火,所以這種風習,在黃河流域,也成爲適者罷? 現在卻如何? 大餐能不吃麼? 就使能不吃,害了病,西藥能不吃麼? 國藥鋪非不到處都是,爲什麼戰時接濟,戰後救濟,藥物也成爲主要物品之一呢? 洋房能不住麼? 就使能不住,火車,汽車,能不坐麼? 坐火車,汽車,到底不是騎馬,人的生活,能不因此而引起變化麼? 自今以往,到底從前軟磨硬的法寶,能否繼續有效? 而且保證人家的文化,對於我們,沒有磨的力量呢?

通信裏末了一段,是很有文學意味的,我又采取來,作爲我代課的結束。

到北平來,風沙依舊。最大的希望,是想在治安允許下,去憑弔一次盧溝橋,看看石獅子的眼淚,乾了沒有? 抗戰第一個七七紀念日，敵居留民會，在第一彈的所在地一文字山，立了紀念碑，滿山滿野，敵僞歡呼若狂。到今天，這塊碑，仍在盧溝橋畔。

朋友你看不見，在上海被敵僞改去的路名牌，至今還沒改過來麼？

盧溝橋，當認爲我們的聖地，回來的人，應向這裏集中，向永定河懺悔。讓這聖水，洗滌了我們八年來的罪惡。再用一個新的抗戰陣亡將士紀念碑，來代替了那醜惡的一文字山紀念碑。

這是可能麼？有多少人回來，曾想起盧溝橋？有多少人，曾想起了懺悔？

這種文字，學生讀了，感動的程度，比讀《水滸傳》、《紅樓夢》如何？何況《詩經》？我總不懂，許多自命爲新文學家，爲什麼總說《詩經》、《楚辭》，極有趣味？爲什麼我總不懂？畢竟老學究的程度落後了麼？他們瞭解的程度又如何？且如詩序，有多種高中國文教科書，都把他選入。這一篇文章，教給中學生，到底打算如何解法？我倒想請編這部書的人，做一個教案，給我看看。

你到底在教經學？還在教國文？

快別迷戀着你的舊夢罷：我們自動的，把古語留作一種特殊的教科，使普通學生，省下一些功夫來，來做個現代的人。已死的古語，在學校裏，雖然少被誦讀了一些，卻可保存我們這民族的活言語，否則"滿兒學得胡兒語，爭向城頭罵漢人"，到那時，怕未必有人，記得什麼詩云子曰了。

我決不是不知道舊文學的用處，亦決不是不知道舊文學自有其文學價值，能夠感動一部分人，而且感動得很深，然而我總覺得任用何種方法。提倡，這一部分人，永遠衹是這一部分。我曾見一個從小在新式學校畢業，並沒讀過一句舊書的人，長大來自行研究，其國學的深沈，舊文學的淵雅，在今日都爲第一流。我又見過一個和我並時，而且略早的人，從小在私塾裏，讀過許多舊書，當其讀書之時，其書遠比我爲熟,長大來做了帳房先生,十足的腸肥腦滿,小時候讀的書,都不知忘到那裏去了。詩云子曰,對於他的爲人,再沒有一些影響。

　　我們這一次,物質上的損失,反正已經大了,倒也不在乎再損失一些。如果可能的話,我倒想把商務、中華、開明、世界、正中……的中學教科書,一概付之一炬,祇各書局所選的活頁文選,留下一小部分來。然而這也不是必要。我"天賦至愚,篤於自信。"我倒説:還是像我這樣,在報章、雜誌裏揀一些材料好些。

(原刊《上海青年》第二期,一九四六年一月十日出版)

《學風》發刊辭

　　風是無形可見的,然其力量卻是頗爲偉大,其行動捷速,而其影響普遍。所以在我們的言語裏,凡不藉刑驅勢迫或作誇大歪曲的宣傳,而自能使人愛好,使人仿傚,使人遵守的,都把風字去形容他,如風尚、風習、風紀等詞便是。自其彌漫一時的狀況言之,則謂之風氣;就其漸趨固定,而帶有持久性者言之,即謂之風俗了。天下事要靠刑驅勢迫,或作誇大歪曲的宣傳,以使人服從,總是靠不住的。求其效之普遍捷速,求者不勞,而可以得其所欲,總以造成一種好尚,使人自願學習,視如紀律爲得策。此昔人論治,所以重視風俗;而以天下之重自任者,每欲轉移一世之風氣。固然,人心之轉變,由於環境;環境之造成,由於制度;求移易人心者,不可不改革制度,以變換其環境。然制度的改革,亦必人心先有相當的信向,乃能見功。蘇聯的革命,固然是改革制度,以移易人心的好例,然其原動力,亦仍由於社會黨人的不斷鼓吹,即其明證。中國是一個古老的國家,似乎一時很難不變;又是一個積弱的國家,似乎一時很難自振。然而辛亥革命、七七抗戰,我們的力量,都遠較敵人爲弱,而一則成功於數月之間,一則艱苦八年,卒獲勝利,此其原因,實不得不歸諸革命和抗戰空氣的彌漫。一種風氣的造成,其力量之偉大,即此可見。前事不忘,後事之師,我們前途的光明,於此可卜,正不必以一時的貧窮混亂而自餒了,但是人何以爲萬物之靈?科學昌明之世,何以非愚蒙之時代可比?則其爲功,又不得不歸諸人類之能以理性控制環境,理性的發達,學術就是其結晶了。我國風氣的轉變,雖亦能捷速而普遍,然學術的空氣,則似乎還不夠濃厚,故其所作所爲,不能皆合理,所作所爲不能皆合理,而强欲求其有成,則不得不取刑驅勢迫之法,或作誇大歪曲之宣傳,今日反民主之風之甚,這或者亦是一個原因罷?天下興亡,匹夫有責。值此晦盲否塞之時,實人人當就自己的崗位上,各盡其責任。不揣綿薄,謹貢其一得之愚。發行一種刊物,名之曰《學風》,冀以造成學術界良好的風氣,而影響於一般的風氣,大雅宏達,幸辱教之。

(原刊《學風》創刊號,一九四七年四月一日出版)

中國人爲什麼崇古

　　崇古,這是中國人近數十年來,最受人譴責的一端。他們以爲一崇古,則凡事都看得今不如古,不肯改良,沒有進步了。中西交通以來,西人的進步,一日千里,我們却遲滯不進,以致民貧國弱;今者雖遭遇時會,號稱五强之一,仍不免虛有其名;其主要的原因,實在於此。

　　這話乍聽似乎有理,細思其實不然,中國人雖然開口堯舜,閉口三代,把古代看得似乎是一個高不可攀的境界,然亦不過在口頭上成爲習慣而已。古代的發明,一切不如後世,中國人也未嘗不知。不然,草昧、榛狉等字眼,何以常常會被人使用呢?若說從前的人,以爲文明反不如野蠻,則翻遍舊書,並無其事。試看變茹毛飲血爲火食,易巢居穴處爲宮室,無不受人稱道可知,至於近代中西交通之初,何以盲目排斥,明知人家之長而不肯仿傚,則實別有其原因:(一),由閉塞的民族,往往有一種莫名其妙的排外感情,這實非中國人所獨有;(二),宗教是最富於排外性的,不幸西方傳來的基督教,又和我國的風俗,多不相容;(三),中國人自古以來,最怕的是海寇。因爲中國人的事業,在陸不在海,雖亦有一部分人,冒險航行海外,然大多數人,鑒於海外的情形,是茫昧的。陸路上的寇盜,無論如何强悍,我們總還能知其根據之所在,因而明白其真相,海寇就不然了。而西人來叩關之時,又和明代倭寇的騷擾,緊相銜接。再者,中國歷代,在軍事上,雖或因他種弱點,以致敗北,然以軍械論,則總較外國爲優良,至近世，則西人的船堅炮利，轉非我們所及，自然要更深畏忌了。這都是西力東侵的初期，中國人所以深閉固拒，對於外情，不願考究，以致無從仿傚的原因。然這亦祇是處於無責任的地位，徒憑感情立論，不去考察實際情形者爲然。至於身當交涉之衡，和外國有接觸的人，則除少數特別愚昧者外，亦並非無理由的頑固。不過他們以爲：（一）船艦槍砲等，究不過械器之末，倘使人心振奮，政治修明，這些事都不難學得，並非根本問題。（二）而且他們也有他們的禦敵方法，如謂與其作戰於海，不如誘敵登陸；與其以大船作戰於外洋，不如以小船邀襲於近海；又或講究避彈之術，以及不恃槍砲，亦能制勝之法等都是。這些見解，固然不免誤謬，亦不能謂其絕無理由，當咸豐戊午庚申兩役，繼鴉片戰爭相逼而來之時，中國正忙於內戰，自無暇爲禦侮之計，然到內亂一停，所謂中國將帥，如曾國藩、李鴻章等，亦即急急乎練新軍，設製造局，造船廠等，其反應亦不可謂不速。至其未能收效，則因是時之朝局，正走著下坡路；而中國社會，亦因地廣人衆；內地閉塞之區，又和海疆相隔太遠；又幾千年來，迄自視爲世界第一大而文明之國，自負太深；一時不易感覺根本改革之必要，實亦無足深怪，謂其由於崇古，以至不能改革，實在是風馬牛不相及的

然則中國人究竟有沒有崇古之弊呢？有的，不過其真相並非如一般人所說罷了。中國人並沒有說漢勝於唐，亦沒有說唐勝於宋。有時候稱贊漢人，則必說'漢治近古'。然則中國人之所謂古，是有個一定的界限的，並非比較之辭，說愈古即愈好，較古即較好。然則中國人之所謂古者，以何爲界限呢？那無疑的是三代以上了。三代以上，中國人普通把他看成別一個世界，與後世判然不同。至於秦漢以降，則其時間雖亦綿歷一二千年，然自中國人看來，總不過是一丘之貉而已。這所謂別一世界，其物質文明，遠落後世之後，中國人是知道的，已如前述。然則中國人的崇拜他，究竟爲的什麼呢？那無疑的是在社會關係上了。試看中國人慨慕三代以上的，總是說他政治之好可知，因爲古代的所謂政治，乃是包含着一切社會問題的。

這樣的一觀念，正確不正確呢？無疑是不正確的。因爲一般人所想象的古代，用史學的眼光看來，實在全不正確。然則這種觀念，爲什麼會成立？既成立之後，又爲什麼不易破壞呢？那是由於（一），古代的情形，太茫昧了，一切憑空想象之辭，都易於附會上去。（二），古書傳者太少，法令文誥之類，在後世，知道它是具文，是表面文章，在古代，就被認爲實際情形了。譬如清朝的通禮，律例，會典，諭旨之類，誰相信其和實際情形相合？然讀《書經》中的典、謨、訓、誥，就都以爲是述的實事，說的實話；讀《周禮》所述的制度，也就信爲當時一一實行的了。（三），任何一個社會，總不免有些宗教上的迷信。中國人對於宗教，是很淡薄的，然於其所謂古帝王及聖賢，如伏羲、神農、黃帝、堯、舜、禹、湯、文、武、周公、孔子等，亦不免有些神化，既然神化，自無復懷疑的餘地了。這都是將所謂古代者，視爲別一世界的原因，然而還沒有觸着深處。

其深處又如何呢？說到這裏，就得追求這種觀念心理上的根原，須知尊重客觀，乃是近代科學發達之後，才有這觀念的。前此則極其模糊，再嚴格言之，則所謂客觀，即在現代，亦不過是比較的，而並非絕對的，這種情形，尤以社會科學爲甚。試看任何主張，正反兩面，都可以有顛撲不破的理由可知。真理是不容有二的，既然兩方面都有顛撲不破的理由，即可見其都祇代表了真理的片面。誰引導他使走上這片面的路線呢？那無疑的是感情了。所以中國人的崇古，並不是從客觀方面，搜集到種種有利於古的證據，然後從而崇之的；倒是心理上先有一種愛古薄今的感情，然後逼著他去搜集有利於古之證據，而成立種種曲說的。其成立的原因，既然如此，自然經不起客觀的批判了。

然而根據這感情而成立的曲說，雖不足信，而使這感情成立的原因，倒是極爲確實的，絕非空中樓閣，所以此種感情，絕不會因其所建立的說法的不確實，而被冲淡。中國人崇古觀念的所以不易打破，並非虛僞的東西，亦可以成立，而是有真實根據的東西，不可能摧毀，雖然其真實的根據,根據之者初不自知,亦於其真實無損。

這真實的根據是什麼呢?人無不避苦而就樂,而所謂苦樂,實視環境爲轉移,環境又有兩種:一爲自然環境,一爲社會環境。而二者之中,社會環境的關係尤爲密切,任何一個人,我們允許送他到巴黎紐約去,給他以物質上種種享受,但是他要捐親戚,棄朋友,他總還是不願的,便是一個明顯的證據。不論那一國,在其邃古時代,其社會關係,終是非常良好的,這個,在社會學上,已有確實的證明,無庸再行申說了。所惜者,不論那一國,這一個時期,都很早的就成爲過去。到有史時期,社會關係,大都已經惡化了,然這一個境界的甜蜜的回憶,却永遠留在人們的心頭,不肯忘掉,孔子追慕大同;希臘哲人,亦說最古的時代就是黃金時代,後乃變爲白銀,變爲黑鐵;即由於此。這種時代,既然舉不出其確實的史實,而徒憑感情的領導,再爲理想的構成,自然沒有客觀上的確實性,此其所以在史學上則經不起辯駁,而他們視此世界爲理想世界,想用種種方法來達到他,亦終於徒存虛願而已,説食不能獲飽,過屠門而大嚼,亦復何益?這種觀念,豈不非徒無益,而又害之麼?不。一切錯誤的觀念,其中往往仍含有正確的成分的,不過不能純粹,遂至走上錯誤的路罷了,然則所謂正確的成分者,又如何呢?

人,如何可以得到幸福?如何就要遭到灾禍?簡而言之,能否控制環境而已,環境有自然環境社會環境之殊,二者之中,社會環境,尤難控制。人,直到現在,還祇能控制小社會,而未能控制大社會。何謂小社會?一切事物的利弊,都能夠看得清楚;而要興利除弊,力量亦足以貫徹之者便是。反是便爲大社會了。中國人所謂古代者,實係與後世截然不同的世界,已如前述,這截然不同之點,就在於一能控制,一不能控制,中國人以爲其所謂三代以上的時代,社會是一切能以人力控制的,這是錯誤的,然追溯到未有歷史之前,社會曾有一個可以控制的時代;在這種社會之中,人們所得的幸福,較之處於不能控制的社會中者爲多;因而我們的目的,在於努力以求恢復人力對於社會的控制；這種見解，絲毫不誤，所誤者，祇是其所提出的方法不合而已。所提出的方法，爲什麼會不合呢？那是由於社會既大，斷不能斫而小之；大社會又決不能用小社會的方法來控制，然中國人所提出的控制社會方法，乃全是控制小社會的方法之故。然這祇是一部分的誤謬，其餘的部分，仍不能謂之不正確了，所以我說：一切錯誤的觀念，其中仍有正確的成分。

感情，似乎應當服從理性的，其實理性是應當受感情的指導的，因爲理性之所求，不外乎去惡而就美，而所謂善惡，原是由感情決定的，然則中國人崇古的觀念，實有甚深的根柢，他們將領導我們，尋求適當的途徑，走向光明之路。

（原刊《學風》第一卷第三期，一九四七年五月一日出版）

歷史上的抗戰夫人

"抗戰夫人，前代有沒有"？有人這樣問着我。

一式一樣的事情，自然是沒有的，相類的事情，卻不能説沒有。

所謂抗戰夫人，事實是這樣的：因兵亂，夫妻隔絶了，夫在其所居的地方，另娶了一個妻，倘使在隔絶的狀況終止以前，他本來的妻，亦已改嫁了，或者死亡，或者失蹤了，那他還祇有一個妻，雖然當他另娶之時，犯有重婚之罪，事實上也就沒有人來追究他。如其不然，問題就發生了，在現今，不論男女，在配偶之外，都不能另有配偶，問題固然嚴重，即在從前，一個男人，不妨一個以上的女人時，也要發生嫡庶爭執的問題的。

夫妻隔絶而再嫁了，自然也是有的。那麽，爲什麽不發生抗戰郎君的問題呢？那是因爲在中國，女子不能同時有二夫，既經再嫁，和前夫自然離絶了，如其破鏡重圓，則和後夫又自然離絶，所以不會發生問題，在男子就不然了。

所謂抗戰夫人，事實就是如此。在前代，雖沒有所謂抗戰，然不過戰爭的性質不同，其爲兵亂則一。我們現在，如嫌抗戰兩字，用諸前代，性質不能吻合，僅可換上兩個字。譬如現在内戰再延長下去，中共管治的區域，和政府管治的區域，隔絶得太久了，也總會有這一類事情發生的。到那時候，中共區域裏的人，住在政府區域裏，因和故妻隔絶而另娶，我們如站在政府的立場上，自可稱之爲剿匪夫人，如其站在老百姓的地位，兩無所謂，自亦不妨稱之爲内戰夫人。諸如此類,設例是一時設不盡的,然其實質則皆無以異。

從實際説,此等事,在戰亂之時,恐總不免要發生若干起。不過社會上的事情,實在太多,受人注意的,實在太少了。其能在歷史上流傳下來的,自然更少。所以我們,雖然有幾千年的歷史,且遭遇大大小小不少次的戰亂,而辱承明問,我所能夠想起來的,卻祇有這一點。

抗戰夫人的成爲問題,其事是在漢魏晉三朝之間。因爲這時候,離封建時代近,禮還比較被人注意,喪祭等事,都不敢亂來,所以有幾位抗戰夫人,在活的時候,馬馬虎虎的過去了,到死後,倒被提出來,成了問題。

我今先舉一件事,那是漢末,有一個住在長沙的人,喚着王毖,他奉使到北方去。這時候,孫吳在事實上雖然獨立,在表面上還是服從北方的。到他北去了後,南北卻翻起臉來了。他不得回來,就留在魏朝做官。另娶一房妻室,生了一個兒子,喚做王昌。到晉滅吳,南北統一時,王毖的故妻早已死了,王昌大約這時候才得到消息,便請問禮官:應否追服?於是就發生了王毖再娶後,和他的故妻,算不算離婚的問題,因爲照禮、律,都不能有二嫡的。王昌的母親既然算做妻,王毖的故妻,算離算合,就自然成爲問題了,一時議者頗多。有一派,主張可以算不離的。他們的理由,是説:據《書經》堯曾把自己的兩個女兒,同時嫁給舜,並沒有分別嫡庶,可見人不妨有二妻。這個,和當時通行的禮律,違反太甚了,自然不易成立。雖然主張此説者的意思,也是借此以濟事變之窮,並非説平時亦可如此。駁他的人,卻説因遭遇事變而容許二嫡,禮律都無此説。既如此,自然祇得把王毖的故妻,説成離絶了。於是有人説:王毖再娶後妻之時,即其與前妻離絶之日,這一説,單就這一特殊事實而論,王毖再娶,早成過去,而他的故妻,亦早經身死了,自然無甚關礙。然使他人援以爲例,偶逢兵亂,即棄妻再娶,而當其再娶之日,其故妻即當然作爲離婚,這被遺棄的故妻,不太冤苦了麽?於是有人説:這該把他看作死絶。這就是說：當王毖再娶之日，其前妻雖然存在，卻把他看作已經死亡。於是王毖的有妻而再娶，就等於妻死而續娶了，這明明是抹殺事實。而且有妻而偶然隔絕，便把他看作已死，這例子也是開不得的。於是有人說：這祇可算作地絕。地絕，就是地域的隔絕，夫妻兩人，各住在一個地方，而此兩地方之間，沒法子可以交通，事實上夫妻的關係，業已無法維持，法律上亦就不得不聽其離異了。此說自然最合於事實，但這例子亦不可開。因爲地絕是有時間性的。兩地方不能交通的情形，要維持多久，無人能夠逆料。倘使僅據當時不能交通的情形，而即承認離婚再娶爲合法，那又將增加出無窮的糾紛來了。還有一說，更可以說是求其說而不得而強爲之辭的。那就是說：大義滅親。南方當時業經反叛了，所以王毖之妻應當義絕。這說是必不可通的。因爲南方叛，並不是王毖之妻叛。倘如其說，則有一處地方，被野心者稱兵割據，該地方的人，不能自拔的，都要以叛逆論罪了，於理如何可通？

因此，就有主張王毖的故妻，不能算做和毖離絕的。他們說：既不能看做離絕，便不能奪舊與新。因爲這在禮、律和人情上，都說不過去。這話是無可非難的。但如此，則王毖的後妻，即王昌的母親，就不能不算作妾了。這其間卻又有問題。

在晉朝初年，有一個人，喚做陳詵，娶零陵李繁的姐姐爲妻，生了四個兒子。遇見兵亂了，被賊掠去。陳詵就再娶了一個嚴氏，又生了三個兒子。後來李繁的姐姐，卻給李繁找到了，把他迎接回來，送還陳詵，陳詵的戶口冊籍上，就填寫了兩個妻室。這在法律上，本已成問題，卻好戶籍吏不來管這閑事，過去了。後來李繁的姐姐死了，陳詵對於嚴氏的兒子，應否替他戴孝，倒又發生起疑問來，又去請示公家。當時評議的人說，李繁的姐姐雖然陷賊，並沒有死，陳詵至多可以娶妾，不該再娶。這話自然不錯，但再娶已成事實，嚴氏也是當妻娶進來的，此時能否屈其作妾呢？這事又成問題了。議者說：同時有兩妻之事，雖無前例，先後有兩妻的事則甚多。後妻的兒子，雖然來不及和前妻戴孝，然在祭祀時，則無不認前妻爲母的。既如此，則嚴氏的兒子，應該視李繁的姐姐爲母，替他戴孝無疑。這話，把李繁的姐姐的身份確定了，使嚴氏在李繁的姐姐死後，亦無問題，因爲他可以算作後妻了，但在李繁的姐姐尚生存時如何呢？總不能把他看作已死罷？

當時又有一個朱某，本是吳人，在吳時，娶妻陳氏，生了一個兒子，名喚東伯。後來這朱某不知如何，也跑到北方去了。晉朝的皇帝，賞賜他一房妻室某氏，也生了一個兒子，喚作綏伯。吳亡時，朱某已經死了。綏伯便和他的母親某氏，來到吳中。這時候，陳氏還在，後來陳氏死了，綏伯當他母親，替他戴孝。某氏死後，東伯也當他母親，替他戴孝。這樣，陳氏和某氏，東伯和綏伯之間，關係都很圓滑了。好好先生們，就說此事足以爲法。但這是破壞了不二嫡的禮律的，爲當時的社會組織所不容。而且禮讓是沒有強迫性的，假使他們爭執起來，怎麼辦？所以又有人說：如其他們不能相讓相容，則官當有制，以先娶者爲嫡。這話自然不錯。但如嚴氏，如其結婚之時，並沒有知道陳詵有妻，那也未免上當。當時還有一個鄭子群，在漢末，娶妻陳氏。徐州被呂布所據，隔絕了。子群更娶蔡氏。徐州平後，陳氏得還。蔡氏的兒子元豐，承認他做母親，替他戴孝。這可說把先嫡後庶的秩序維持住了。但元豐的舅舅，卻責備元豐對不起自己的母親。

抗戰夫人，不論在從前不許二嫡的時代，和現在不許重婚的時代，於法於情，都不能有十分圓滿的解決的。這是夫婦制度本身的缺陷，無法可以改良。這話太長了，祇好另行討論。

（原刊《學風》第六期，一九四七年六月十六日出版）

《唯物史觀中國史》校記

蘇聯大百科全書中的《唯物史觀中國史》，費明君先生譯，永祥印書館出版。此書出版之後，頗受到讀者的批評。永祥印書館主人囑我將其中的古代及中世兩部分，校閱一過。

此書譯筆，誠有未盡善處，然其中引起疑竇之處，大部分實因其爲外國人著述而然。蓋外國人作中國史，自不免有以彼之觀念，敍述我之史實之處。在中國人讀之，即覺其錯誤，如中世史中稱清代之軍機處爲參議院是也。此等處固可爲之改譯，然全書此等處甚多，如古代史云"殷的社會，受到世襲的帝王與限制他權力的元老會議的支配"，此元老會議，即不能知其所指，欲改譯而無從。一書中或改或不改，體例既不劃一，而可改處都改了，亦失掉原書的精神。爲求信計，最好照原文譯出，能注者加注，不能注者，亦註明不知所指，以免讀者之疑惑。而譯者於此，所做的工夫太少，這是一個闕點。又原書間有錯誤之處。如近代史中稱辛亥革命時，南方有兩個共和政府，一個在武昌，一個在上海便是。此等處雖易覺察，亦究以加注矯正爲是。而譯者於此，亦未顧到，這又是一個闕點。此外，大概因譯述匆促，文字未細加修正，以致讀來甚覺詰屈，並有幾處不免費解，這又是闕點之一。

我匆匆閱讀一過，於加注一方面，業已略盡綿力。凡書中渾括之語，特異之詞，（一）可以知其所指，（二）或不能知其所指，（三）又或顯有錯誤者，均爲之加注說明。惟全書以一小册子而包括中國數千年之史實,其中渾括之語,自然較多,實有注不勝注之勢。因之,其較易明白者,亦衹可不注,讀者諒之。

外國人所作之中國史,對於中國人,有兩種用處:其一,彼所據之材料,爲我之所無;所用之方法,爲我所不逮,因之,彼所知之史實,反較我爲詳確,則取之,如近人所譯關於南洋、西域的外人著述便是。其二,是通史性質,則衹能采取其觀點,而不能苛求其敍事,因爲中國人讀中國史,詳確的事實,本不能從此類書中求之。此書即屬第二類,所以讀者於原書敍事的正確性,可以不必苛求,而譯述時亦以照譯不改爲宜。

外人所著中國史引用中國書處,譯述起來,有兩種方法:(一)翻檢原書,照錄原文,此所以求其正確;(二)譯成今語,此所以求其易解。此書於此,體例未能劃一。蓋係仍日譯本之舊,此點亦未盡善。已屬永祥印書館主人,於二法中擇取其一,加以改正。一九五〇年六月十七日吕思勉謹記。

注釋:①

田齊之祖,乃陳之公族,古田陳同音,兩字實係一語,此句恐有誤會。(第一二頁第三行,第十九字下加注)

外國人所作中國史,其所用之名詞,與中國不能盡同。如秦在春秋時稱伯,至戰國時稱王,而此處稱秦君爲秦侯,下文亦稱秦王政爲秦侯政是;又如說秦侯以西戎王出現,想係指秦穆公霸西戎之事,但在中國,王、霸亦有別。此等處若加改正,便失原書之面目,故以依原文移譯,而加注爲宜。(第十三頁第二行,第二字下加注)

中國歷代,實衹有賦役之籍,而並無表示真正人口數目之户籍,愈至亂世,則逃避賦役的人民愈多,地方官吏隱匿真實之户口,對於中央,以多報少之情形亦愈甚。故其户口之激減,往往出於情理之外。此弊實在三國時代爲尤甚。據官家之户籍觀之,似乎某種地方,

---

① 下爲吕先生所加的注釋。

华人之数与异民族几乎相等,实则决无此事,此从史实之各方面观察而可知者也。(第二八页第九行,第二六字下加注)

当时南方土著,在民族上,容有与北方人民未尽同化之处,然以国籍论,则同为中国人民,"非中国"三字,颇有语病。若指盘居山谷中之山越,则非出山又不能成为隶属之农民。(第二八页第十二行,第六字下加注)

作者所谓道教,实包括玄学言之。其实道教与玄学,并非一物。在北方,寇谦之所传之道,在南方,如天师道及陶弘景等所为,可称为道教。其倾向老庄者,实祇能称为玄学,不能称为道教也。(第三〇页第七行末字下加注)

自晋以后,国子学与大学,或并立,或祇立其一。并立时,大体上国子学祇限于贵族,及官吏子弟,大学则否。独立时平民亦有学额,无专限于高级官吏子弟之制。(第三四页第十四行,第二二字下加注)

未知所本。——首都管辖地方,不知指京兆所属,抑指中央政府权力所及。事实上,唐自中叶以后,中央赋入,仰给于浙江东、西、宣歙、淮南、江西、鄂岳、福建、湖南等八道,即今江苏、浙江、安徽、江西、福建、湖南、及湖北之一部分,见李吉甫所撰《元和国计簿》。此外则为盐茶等税。(第三六页第十二行,第一三字下加注)

当系指市人窜名禁军籍中言之,可参看两唐书《白志贞传》(第三八页第一行,第十二字下加注)

当时党项似以在今甘肃、宁夏境者为多,山西北部则多吐谷浑。(第四二页第十一行,第二三字下加注)

当时宋对辽有岁币,对夏称为岁赐,想即此所谓贡,至于朝则无之,祇有聘使而已。(第四七页第十四行,第一字下加注)

蒙古与花剌子模之冲突,乃因花剌子模边将杀戮西行之蒙古人而起,花剌子模似无东侵之意。(第五四页第十四行,第三字下加注)

評《唯物史觀中國史》[1]

此書在近來頗負時譽,然予讀之卻大失所望。

此書根本之病,在著者對於中國歷史,不但無深切之研究,而其常識,幾乎還夠不上水平綫。篇末雖羅列多數參考書,恐其並未細閱。以言繙閱,則又不知門徑。但看其序論之二《秦漢以前中國古代史研究資料問題》,便可知其對於中國書,全是外行。所以此書,不過讀過近人之論文若干篇,硬行以意去取,編成一似有條理系統之書而已。其實對於近人論文,亦未能擷其精華,且恐亦未精心讀過,故去取多不得當。

即如以奴隸爲生產之重心,在中國古書上,實在找不出證據。在中國,奴隸在生產上的比重較大,怕總是東周以後井田制度逐漸崩潰後的事。故早川二郎之説,謂周代貢納制較盛,實頗妥協。而著者反不以爲然,謂周代奴隸生產,頗占重要(八十八頁)。而其所舉之證據,則以田畯爲農事監督官。謂在農奴制,貢納制下,均無此必要,要田畯,則農耕勞動,一定帶着奴隸性質(八十六頁)。其實田畯並無壓迫性質。此等農村中之公職,在氏族時代即有之。在中國古書上,實無士是戰勝之族所派的監督的證據。然此雖武斷,尚有可説。乃著者更以周公、魯公以殷民六族,康叔以殷民七族,爲殷民族成爲周民族之集團奴隸(七十九頁)。又以邴歜、閻職之弑齊懿公爲奴隸的反抗(一三二頁)。以戰爭時

---

[1] 此篇爲吕先生評論《唯物史觀中國史》一書的短文,爲未刊稿,標題爲編者所加,現附於"校記"之後。

之潰爲民衆之消極反抗(一三三頁)。以小人比而不周,謂孔子把奴隸團結反抗的運動,看爲小人的朋比(一五三頁)。以秦始皇時,墜星下東郡,黔首或刻其石曰:始皇帝死而地分,謂可看出没有土地的農民的心情(一八八頁)。則可見其對中國歷史,簡直没有看得懂。

其引書,如一三〇頁引希爾特《中國古代史》,謂昭王南征而不復,乃由其屢次遊獵,都使人民田圃陷於荒蕪,因此引起人民憤怒,當王渡江時,以舟板接縫不完之船,供王乘坐。並謂此乃古來行政治暗殺時屢被使用的方法。此説不但論斷無識,且近鄉壁虚造,而著者偏采取之,亦可見其去取之無識。

至其自己所説的話,則如第二四二頁云:唐代諸帝,都注重經學,所以經學成爲科舉的科目。經學也最適宜於爲官僚的意識形態,所以必須用他來製造典型的官,把他們禁錮在這種意識形態中。二六三頁云:王安石新法,似乎注意到救濟貧苦的人民,但王安石不是慈善的人道主義者,乃怕貧農和失業者發生叛亂,所以要求高利貸者稍微讓步,以緩和農民的不平。亦均類乎束書不觀,游談無根。若非如此,則是有意曲説而已。二九五頁論清高宗拒絶歐美通商云:大概他已看清,准許資本制生産方法下生産的商品輸入,將要破壞專制王朝藉以存立的小農業和家庭工業接合的基礎。亦與此同病。

此書荒謬之處,實屬不勝枚舉。精當有獨見之處,則全書未曾一見。以唯物史觀講中國歷史,自有相當價值。然須真有研究,不能如此硬做,如此鹵莽滅裂,牽合附會,則真是絶物了。

再者:此書譯序云:原著徵引中國典籍雜誌的地方,譯者都盡可能地搜尋原文照録。遇元書和元文有出入時,便依元文訂正。而以予所見,則未曾訂正者甚多。如三十頁引《禮運》云:昔先王尚無宫室,冬則營窟而居,夏則居橧巢。尚無火食之法,食草木之實,鳥獸之肉,飲其血,茹其毛。尚無絲麻,衣羽皮。也就有些説不過去了。

(寫於一九五〇年,未刊稿)

關於中國文字的問題

　　中國文字，當分爲（一）未有書籍（包括字書）之前，（二）既有書籍之後。有書籍則有傳讀，有字書則有音釋，大體都未失傳。其無之者，祇能將現在已識之字，作爲基本，加以推求。後者最古之書爲《説文解字》。此書爲近數百年來研究文字學者之中心，諸説多附之以存，故極重要。前者以甲骨文爲最古，次之者金石文（金遠多於石）。鑒別真僞，章太炎所舉之法，頗爲扼要，即（一）其物巨大，好事者不能僞造，牟利者不肯僞造。（二）（甲）發見、（乙）流傳有據。推求未識之文字之法，在就已識之文字，加以分析，求出其偏旁。（非向來所謂偏旁。）此爲中國文字之字母，合體之字，皆以此造成。此事鄙人曾就《説文》爲之作《説文解字文考》。甲骨文、金石文亦可如此爲之。此中饒有開拓之餘地。

　　文字緣起，舊有六書之説。此乃兩漢間人所爲，其説甚粗。所謂"字例之條"者，實當重作。但昔人謙遜，縱有心得，不肯破棄舊説，祇對舊説加以補苴。其中最突出者，爲王菉友之《説文釋例》。此書不易讀，可先讀拙撰《字例略説》，知其概略。鄙見亦有突出之一點，即發明六書中祇象形爲文（前人普通以指字亦爲文），而推廣其例，合於社會學上文字發生之通例。

　　中國字何故不拼音？文字由自己產生者，造字時不能爲拼音。與外國接觸後，何故不改爲拼音？因文字不能驟變。文字變遷，當兼（一）增、（二）減、（三）無增減而改變三者言之。普通所謂文字變遷，則指篆、隷,行、草之異。此乃書法之異同,別爲一途。此兩種變遷,均可看拙撰《字例略説》及《中國文字變遷考》。

中國文字的發展,與歐洲異路。歐洲古文字不足供後世之用,各國乃各據其語言而造字。中國則在統一後,語文上出現向心力。即各地方之人,努力采取當時之"雅言",於文字上尤然。此爲兩漢時之"爾雅運動",其事極關重要(看《史記·儒林傳序》)。語言因此漸臻統一,在文字上尤然。(看《方言》中多種方言之廢棄。)"爾雅運動"之中,以古書爲標準,當時與口語並不甚遠。但至後來,因(一),口語變遷之速,(二),(甲)據文字所造之新辭彙、(乙)口語中已變之語法,爲不讀書者所不知;(但讀書者仍知之,且必須用之,故祇是使用者少,而非其文字語言之已死)文、言乃漸覺分離。但隨知識程度之提高,文言之一部分(辭彙幾於全部分)仍可成爲通行之語言。

以文言與語體爲截然異物,乃係誤解。大多數之文言,實與口語相近。其例不勝枚舉。其最突出者,爲《舊五代史·趙延壽傳》延壽與契丹主問答一段,此幾與《三國演義》無異。古人所以略識字者,甚至不識字者,亦能口占書牘作詩等,即由於此。拙撰《秦漢史》、《晉南北朝史》文學一章中,舉出頗多。故大部分文言與語體之異,關鍵實在所用助字之不同。故語體文中助字之製定,爲中國語文史上極重要之事實。其事乃隨平話之發展而長成。故平話之發展,爲中國語文史上一極重要之事實。

故病中國文字之難識,其説亦有偏差。拼音字則既識字母,又知拼法,即能知其讀音,較現行文字讀音必待口傳者爲容易。至於一望即知,則純在於熟練,二者並無異同。而精通一種語文,最要而又最難者,爲所知語彙之多。語彙亦有增有減。但在今日,方言未統一,(當删者未删)智識日提高(當增者不能不增)之情勢下,增恒多於減,此總是難事,祇有奮力以迎之,不能畏難苟安,以痛罵古人解決問題也。至於識單字,則是年齡問題。依時從學,任何文字均易。時過後學,任何文字均難。此爲最重要之因素。其他因素,皆遠較輕微。

通古書者，於後世文字無不能知，其關鍵何在？此當引史達林之說以明之。蓋辭彙日增而無窮，然皆據基本之辭造成，故於基本之辭，能知其意者，於後起之辭彙，即無不能通。如知觀字、看字、察字、望字之義，則於觀看、觀察、觀望等辭，自無不解。後起之辭彙無窮，基本之辭彙有限，故爲以簡馭繁。讀書宜略知訓詁，理亦由此。欲略知中國文字之學，可依次讀下列諸書。（一）段玉裁《說文解字注》，王筠《說文句讀》兩書，同時對讀。（二）拙撰《中國文字變遷考》。（三）拙撰《字例略說》。（四）王引之《經傳釋詞》。（五）俞樾《古書疑義舉例》。（六）拙撰《章句論》。讀時宜仔細，但不解處可聽之，不精熟亦聽之（但不得跳過，讀基本之書皆如此）。訓詁之深通，乃隨讀書而發展，不能單獨向字書中求之也。

(本文撰寫於一九五一年任教於華東師範大學時，是爲指導學生學習文字學所擬)

致葉聖陶周建人建議便利漢字部書

聖陶、建人先生：闊別多年，每深馳企。迩聽驅馳擘劃，爲國宣勞，甚盛甚盛。今有一語，言之多年，莫或見聽，竊願更爲兩公一陳之者：中國文字，分部以便檢查甚難，數十年來，欲救此弊者亦不乏。初欲專論筆劃多少，繼以筆劃多少難定，又思別尋蹊徑，或則取其四角，或又創爲點綫面等法，卒之繁難無改於舊，或且加甚焉。杜君定友論此，一語破的，曰："中國字乃合偏旁製定，非積筆劃而成。"夫字合偏旁製成，而欲就筆劃以立檢查之法，則爲違背自然之條理，其無所成就固宜。今者爲印刷之世，非謄寫之世，手寫文字，欲將偏旁之爲部首者與不爲部首者加以區別甚難，皆用鉛字排印，則但將鉛字改鑄，偏旁之爲部首者雙鉤，不爲部首者，仍用實劃，字體過小，雙鉤實劃難辨者，則用套印之法，別爲兩色。如天字爲一部，上一字用雙鉤，下大字用實畫，或各別其色。人字爲部首，則純用雙鉤或純色。如此，則字字一望而知其所隸之部，便孰甚焉？昔嘗以此意撰文，載諸某雜誌，未爲當世之人所留意。後又以語商務、開明及他印刷業中人，皆許爲善法，然莫或肯爲，蓋以鑄造字模，所費頗巨，而不能禁人之放爲，則獲利難必，是以不勸。亦嘗爲國民政府教育部中人言之，其人曰：子欲唱此，請以公文來。弟憚爲公文，亦度該政府終不能行，遂止。然終懷不能已，今直人民政府厲精圖治，凡事深爲民謀，又值兩公主持出版之事，皆所素稔，不覺躍然又吐其説。亦知今者天造草昧，百務未遑，若鑄造字模之事卒不能行，則先就小學教科用書試之,亦開物之一道也。專肅布臆,敬頌政安,不一。

此書作於前年十二月七日。旋奉兩公覆書,謂"於學術界之相互商討,經濟上之具體計畫,尚須作進一步之努力"。今謹發佈其説,以求大雅之指教。千九百五十一年九月初七日,吕思勉自識。

(原刊一九五一年九月十九日上海《大公報》)

禁止過糴以舒農困議

吾國近年以來，內亂之現象，日益顯著。揭竿斬木，焚掠慘殺之事，日有所聞。論者輒歸咎於愚民之未曾受教育，無政治思想，故地方創辦自治，則起而反抗，設立學堂，則又肆其焚毀也。其立論較深者，則歸咎於內外官吏，地方紳士，借憲政之美名，演誅求之實禍；致民窮無告，激而爲變而已。雖然，曾亦思亂非一人之所能爲也，物必有腐而後蟲生之，苟使天下晏然無思亂之人，彼一二莠民其將誰煽，即能煽而爲亂，其勢亦將不久而自平。吾國之民戢戢於專制政體之下久矣，苟衣食裁足，事畜有資，又孰肯因政治之不合己意，而起而反抗哉？然則今日天下之大勢，其非安固而不搖也，亦可知矣。

昔人有言，天下大器也。置之安處則安，置之危處則危。吾亦曰：天下者，天下人之天下也。舉一國之人，而皆延頸以望治，斯治至矣。舉一國之人，而皆疾首蹙額以思亂，則亂至矣。斯固非一二賢君良相之所能撫綏，抑亦非一二亂臣賊子之所能遽挑動也。蓋其亂之原，醞釀之者既久，而其亂之機，所伏者亦至廣，故一旦猝發，如千鈞之弩，猝然奔迸；如百丈之堤，忽然崩潰。雖有賢者，無以善其後矣。然則亂之機，果何自伏乎？曰：民之好生，其性然也。苟有足以戕害其生命者，則必起以抗之，以謀枉一日之死，此事理之必然者也。今也舉天下之人，而皆無以遂其生，而皆欲憑藉腕力以延一日之生命，國家之情形，其尚可問哉？隴畔輟耕，東門倚嘯，一夫恣睢，毒痡四海，夫固非一夫之所能爲也。

然則治亂之原，其可知已矣。舉一國大多數之人而皆望治則治，舉一國大多數之人而皆思亂則亂，此殆萬古不易之常軌矣。吾國以農立國，故農民實居一國之最大多數，歷代之治亂恒視農民生計之舒蹙以爲衡，此徵諸歷史而可知者也。漢文帝輕徭薄賦，重農貴粟，普免天下之田租至十有三年，而天下大治。武帝東征西討，北摧強胡，南收勁越，又恣意於土木，侈心於神仙，核其所爲，去亡秦蓋無幾耳。而"潢池盜弄"，轉瞬敉平，昭宣蒙業，漢遂以安，則以孔僅、桑弘羊爲之理財，多其途以取之，而未嘗盡責之農民也。至王莽變法，使田爲王田，一洗漢代豪強侵陵，分田劫假之弊，又更幣制，以禁逐利之習。設六筦以權徼幸之民，其用心豈不賢於桑孔萬萬。王莽變法全是社會主義，暇當別著專篇論之，非此篇所能詳也。然而平林、新市烏合搶攘，率以亡新，則以其變法之結果惡，影響及於舉國之農民也。嗣是以降，漢有黃巾之亂，而州牧肆其割據，其極卒分爲三國，晉有王彌、劉靈之徒之肆擾，而劉石逞其兇餤，北方遂淪於五胡。唐代藩鎮擅權，宦官竊柄，威靈不振極矣。然無黃巢之奮臂一呼，則沙陀無所藉以逞其志，而五代十國之禍不遽見，而後此燕雲十六州亦不至淪滅於契丹，是唐室不亡於藩鎮，不亡於宦官而亡於流寇也。宋代北見屈於契丹，西受侮於元昊，國威陵替極矣，然無徽宗之淫侈，蔡京之聚斂，則國脈尚厚，而北狩南遷之禍或不遽見。於是時而後，此江浙京湖群盜幾遍，亦幸而宗翰、撻懶暮氣已深，蓄意言和，不復南下，而宋得乘其閒暇之時，從容戡定耳。否則胡馬窺江，舉國皆李成、孔彥舟之徒也。時事尚可問哉？是則宋室亦不亡於兵力之弱，不亡於財政之艱窘，而亡於大多數貧民之擾亂也。有宋以後，元室之亡於群盜盡人能言之，而明以屢次加賦，舉國思亂，而張李之徒遂不可收拾。我朝善觀世變，加釐金以充軍餉，轉移其負擔於商人。雖至今日舉國訾爲秕政，然在當時，卒藉以鎮遏思亂之人心，而洪楊之大難，遂以削平，則尤其彰明校著者矣。詩不云乎？殷鑒不遠，在夏后之世。處茲民窮財盡，舉國思亂之日，宜何如優惠農民，以祈天而永命也哉？

吾國農民操業至勤，而獲報至穀，有史迄今，如出一轍，而每逢叔季，則其困苦尤甚。蓋暴政繁興，日事脧削，一也。一代開國之初，每當大亂之後，兵燹誅夷，死亡過半，民窮則反本，皆棄末作而務本業，故室家殷富，比戶可封。一再傳後，習於淫佚，稍桀黠者，咸欲享阡陌之奉，而莫不憚耕獲之勞，故多舍南畝而趨末業，其黠者則日事分利之業，其強者則攫人之所有以自肥，其懦者亦日習於遊惰而不自振。生齒日盛，而一國之中，胼手胝足以從事於生業者，仍惟此少數之農民，則生計漸困，生計困而服食居處，一切之所以給其求而養其欲者，已非復前日之可比也，則愈困，愈困而黠者愈思脧人之所有以自潤，強者愈將攫人之所有以自肥，懦者睹事生產之民之勤勞而無所獲也，則彌習於遊惰，而此一二願恪勤苦之民，乃適當舉國上下敲剝脧削之中堅，雖甚自苦，亦假至不能自立而後已。則舉天下無一事本業之民，而大亂作矣。嗚呼！此吾國歷史上所以生齒繁殖，常爲大亂之原，而每閱數十百年，必經一次之大亂，無能倖免也。此其二也。夫生齒歲增，則食料之需求亦愈衆，苟能善從事於保護獎勵，則斯時之農獲利必愈厚，而民之轉而緣南畝者，亦將日益多，而無如當斯之時，敲骨吸髓之政必且繁興，恒使農民之所獲不足亦償其所失。不但此也，農民資本微薄，今歲薄有所獲，則將恃以爲來年播種之需，又其業之贏絀，半聽諸天時，豐年苟有贏餘，不得不儲爲凶年之豫備，苟誅求竭其所有，則田荒不治，餓莩載道之現象，必將日甚，匪特事農業者不能緣之而增多，且將因之而見少。夫至於生齒日繁，而事生利事業者轉益少，一國生計界之情形，尚待問哉？而斯時之敲剝脧削者，顧尚於少數之農民求之，則農民之困苦可知矣。此其三也。凡此皆歷代叔季之世，所以致四海困窮之原因，而亦即其所以召侮速亡，至於大亂而不可救之道也。嗚呼！往者閉關獨立之時代猶如此。況在今日瀛海大通，生計競爭日益劇烈，外人日挾其資本技巧，以與我競爭，我農民之副業，且半爲所奪者哉。

語亦有之，因者易爲功，創者難爲力。吾國農業國民習慣既數千年,若商工,則固皆在幼穉時代也。今日欲增殖國富,獎勵商工業,其事必較難於農,此盡人所能知也。不寧惟是,凡事之進行,必有一定之秩序,以吾國今日之情形論之,斷無能一躍而遽進於工商國之理。又自地理上之關係論之,吾國爲天然之農國,即在他日,亦斷無舍農而專恃工商以立國之道也。顧今之論者,日汲汲皇皇,一若但獎勵工商業,即足以與外人競爭者,而於農業則淡焉忘之。夫工商業則寧可不事。雖然,中國數千年來既爲農國,今日全國大多數之民既爲農民,則在今日欲圖多數國民之樂利必不可不於農民加之意,且中國今日之生計界,亦決非擴張其勢力於國外之時代也。舉一國多數之民,若枯魚之困涸轍,望涓滴之水以延生命,不此之急,而日惟粉飾獎勵工商業之外觀,置多數農民於不顧,不其慎歟? 使一國大多數之民,皆轉於溝壑,雖振興一部分之商工業,豈足以救之? 而況乎今日之所謂振興商工業者,又徒事外觀,不求實際者哉!

曷言乎中國今日置多數之農民於不顧也。乃者朝廷亦嘗改商部爲農工商部矣。朝野有識之士,亦日汲汲言興農學、阜農財、勸農工矣。夫欲興農業,誠不外乎興農學、阜農財、勸農工三者。蓋知識既高,則石田可爲腴壤,資本既厚,則用力少而成功多。趨事者勤,則生者衆而食者寡,三者果克收其效,中國之農業,誠不患無蒸蒸日上之情形也。雖然若今之所爲,則又陳膏粱於病夫之前,佗羅縠於寒凍之際,雖美而弗適於實者類也。何以言之,今欲興農學,則必日設農業學堂矣,設農業試驗場矣,然而果能遍設耶? 即能遍設之,彼負耒之子,南畝之夫,豈其肯輟業而來觀,即來觀亦徒哆口而結舌耳。有一二明悉農學者,方且高自位置,自居於士大夫之林,四體不勤而猶以爲苦,其肯胼手胝足,與勞農共朝夕乎? 欲言阜農財,則必日設農業銀行也,固也。然以今日之情形,資本果能集耶? 即能集之,孰能任其事? 以今日中國商家之道德,而與言銀行,而與言農業銀行,其不倚勢以敲剥農民者幾希矣。以今日之農民而與言農業銀行,其不藉資以資飲博者幾何矣。彼謹慤者,則固視銀行與我無與,終歲不過問也。以言乎勸農工,則今日部臣所恃以獎勵實業者,唯虛榮耳。雖然此豈農民之所慕者耶?慕虛榮者,豈可復爲農民邪?夫以事理之常論之,興一利恆不如其除一弊,何則?弊不可得而除,則利終不可得而興,不能除弊,則所謂興利者,皆虛言也。且以今日中國之情形論之,則行政之官吏與社會上挺身任事之人,十之九皆生息於弊之中者也。夫以財政學上之原則論之,則天下誠無不欲作弊之人,特貴有箝制之法耳。而今日之中國,則箝制之法,最不完備者也。職是故,無論如何興利之事,鮮有不變而爲弊藪者。與其言興利,莫若言除弊。蓋興利多,積極的易緣以爲奸,除弊多,消極的欲藉以作弊較難也。

居今日而言除弊以蘇農,則莫若絶遏糴之政。夫遏糴,事之至愚者也。春秋之時,列國並列,即懸爲厲禁。夫列國並立,鄰之厚,我之薄也。然而猶戒之,誠見其害,未見其利也。今者海内一家,普天之下,莫非王土,率土之濱,莫非王臣,顧乃行此右手操刀以戕左手之政策,豈不謬哉?請言其弊:物貴流通,生計學者有言,任物自競,其價必趨於平,猶内湖之水,與外湖相通,欲其水面之有低昂不可得也。今也或省而界,或府而界,或縣而界,乃至鄉而亦界,村而亦界,多所壅則多所滯,物之價乃大不平,而闕乏之禍大著矣。其害一也。果使凶荒宜合全國之民,以謀節減食料,而欲收此效,其機恆握諸商人。今使湖南米貴,湖北米賤,則米商將運湖北之米,以入於湖南,而湖北之米價貴矣。湖北之米價貴,則湖北之人,將省其糗餌粉餈之費,以供飯食,又不給,則捨飯食而饘粥焉。而湖南之饑者粥矣,粥者飯矣。今也不然,盡湖以北爲鴻溝,而曰自此以往,其米不得輸入湖南也。則湖北之人或厭糗餌粉餈,而湖南之人有米粟不飽者矣,豈理也哉?此物之所以惡夫壅也。其害二也。昔人有言,糴甚貴傷民,甚賤傷農,故有耕九餘三之策,豐年則倉而藏之,以爲凶荒之備,此在古者,交通不便之時,一山一水之隔,其民即不相往來,此區之粟賤,固無由糴之他區,此區之粟乏,亦無望他區之輸入,故不得不行此實物儲藏之拙策也。今也不然,通商之區域廣矣,河内凶可資河北之轉漕,河北凶,且仰河東之輸挽,但使商旅之蹤跡常通,居民之資材不乏,合舉國之豐凶以相濟,何患無致粟之途,而行此不救災不恤鄰之惡政哉?夫所貴乎通商者,為其能濟甲乙兩地之有無,而各給其求,養其慾耳。今也設浙江豐而江蘇歉,則江蘇之民所蘄者粟耳,而浙江之民所蘄者財,有商人以溝通之,則得粟得財,各如其願,而江蘇之民,不致轉於溝壑,來年可更從事於生利之途,浙江之民亦以得財,故而益恢其業,來年之生產將大盛矣。使行古者常平義倉之策,浙江之民窖粟而藏之,凶荒則有備矣。然自豐年藏粟之日,迄凶年發粟之時,其間所儲之粟,皆絕對的不能生利者也。夫所貴於資本者,為其能藉之以生利也。今也窖而藏之,使不生利,則何貴有此資本哉?雖曰曰凶荒有備,然使當豐年而售此粟,以其所得之財,更恢其業,豈慮凶荒之無備乎?不此之務而窖而藏之,一時若不傷農也,而不知居民喪食賤粟之利,商人喪轉輸之利,其弊亦終必有中於農民者矣。而況乎今之所謂遏糴者,非備荒於豐年,皆當鄰境餓饉,汲汲待振之時而遏之糴乎!夫如是,是徒使本境之民,因價賤而妄耗其食料,商人失轉輸之利而農病糶賤耳,可謂有百害而無一利者也。夫古者通商之區域狹,民食無以相調劑,然猶慮農末之或傷,而行是斂散之策以救之也。今也通商之區域既廣矣,民食有天然調劑之方,而農末皆不虞其或病矣。而其所以務求病農末而壅絕民食也,顧若此可不謂之大惑哉?其害三也。遏糴之說,其初僅欲使毋出洋,此已背於生計學上之原則矣,然其惑猶可恕也。雖然禁米出洋之說亦久矣,迄於今,果能禁乎?果使大弛其禁,吾敢決言出洋之米,亦不過此數,或且不及此數也。何則?物價之相劑而趨於平,此生計學上之原則,未有能背之者也。今也使腹地米貴而沿海之區米賤,使從沿海之米入腹地,則沿海之米價貴將與外洋等矣,否則亦相去無幾耳。價等則販者無利而自止,相去無幾則販者勢不能多,今也壅而絕之,則沿海之米價與外洋相去絕殊,而販者必滔滔不可止。彼行遏糴之政策者,固自謂能禁之也。然觀諸十年來之成效,則亦曷嘗見其能禁邪?夫沿海之民果饒於米,則輸諸外洋與輸諸腹地，其獲利誠亦無別。雖然果使聽其輸諸腹地，則腹地之民，緣是而獲食矣，而國際貿易亦一變而爲内國貿易，凡一切緣於貿易所得之利潤，亦皆内國人享之矣。吾不知今之行遏糴政策者，果何惡於中國之民，而必欲多設禁令，使内國貿易一變而爲外國貿易，而饑民且緣之乏食也，其害四也。客歲湖南荒歉，湖北遏之糴而湖北亦乏食，江西又遏之糴，鄂督乃招商購米於南洋，頌之者曰是能購外洋之米食以接濟内地也。雖然使湘鄂贛三省有無相通，更不足則全國更與之相通，亦豈必慮其不足者，果使不足，則外洋之米亦必能輸入以爲之接濟，而何事於汲汲招商購運爲也。今使湘不足，則濟之以鄂，鄂不足，則濟之以贛，贛不足，則濟之以他省，他省不足，則更濟之以外洋，與運外洋之米以接濟湘鄂贛者，果有何殊異，而多此紛擾爲也。吾敢斷言之曰：此等政策，皆獎勵外國農產物之輸入者耳，其害五也。旱地不可以栽稻，或可以植麥，水田不可栽麥，而或可以植稻，即使水旱遍災，稻麥俱不能植，或猶可以藝雜糧。雖然民必有資本以購種子，事樹藝又必有資財，以飽煖其身，然後可從事於力作。今也一省饑荒，鄰境務遏之糴，則其地之民不獲食賤米之利，必不能更樹藝以圖收穫，將散而之四方，而南畝荒矣。豐收之地之民，又不獲高價以糶其粟，則資本不增，不能更拓張其業，而自四方來之饑民，又將從而擾之，而業亦隳矣。易兩利以兩害，愚未有甚於此者也。古訓有之，生之者衆，食之者寡，爲之者疾，用之者舒，則財恒足。故曰：一夫不耕，或受之饑；一女不織，或受之寒。蓋天生民而使自勞苦，其心思勤，動其手足，以自求其衣食。苟其違之，未或不匱者也。髮捻平定以來，海内無大兵革，生齒既日繁矣。生齒日繁則食料之消耗亦彌廣，使南畝之子，皆輟業以嬉，國未有不匱者也。今也行是種種厲農之政策，必使農人無利可圖，雖日言勸農，庸有濟乎？循是不變，是使天下之人皆怠於耕，而舉國皆入饑寒之途也。民困既甚，内亂將作，其害六也。國際貿易，年爲負差，吸精吮髓，將無以立救貧之策。必大獎勵貿易輸出，使超過輸入而後可，雖然，此非可以空言致也。必內國之貨物，確有足以供外國市場之需要者而後可，此其事欲獎厲工商業，使一蹴以幾則甚難，惟農業則以我國土地之膏腴，人民之勤苦，稍加獎勵，可以不勞而致。今也不然，行是種種妨農之政策，則吾國之貿易長不得興盛，而對於外國將永處於債務之地位，賠款外債，既已不堪負擔矣。況益之以貿易之負差？農困不舒，亦既足以兆亂矣。況更益之以外人之胺削？雙軌並進，亂機益亟，其害七也。生活程度，民各不齊，今使甲地之民力能致精鑿之粟而不足以食之，則將糶其精鑿之粟而更購粗糲者以供食用，此猶織錦之女，鬻錦而衣布，而更以其餘錢購粟也。今也過絶之，使不得通，是使織錦者必衣錦，而不得鬻錦衣布，更以其餘錢購粟，以求一飽也。夫以吾國民之生活程度實低於外國人，此亦豈可爲諱，抑亦寧足爲諱，向使無運米出洋之禁，則十年以來，吾國之民以其食料之精美者售諸外國人而已，則食其較次者，一轉移間，獲利不知幾許矣。百物之相灌輸，猶水銀之瀉地，苟其地之民，以其地所産食料之精者，轉售於他方，而更求其次者，亦豈慮其無途以輸入。而今也必行操刀殆斫之政，慮其所不必慮者，而不慮其所當慮者，此等保民之政策，惡在其爲保民也，其害八也。吾國之農業多爲小農制，蓋吾國之民長於勞力以自謀，而拙於鳩資以營業，此無可爲諱者也。抑向者水耕火耨，皆沿用舊法之時代，固亦無事於鳩資購器，求廣大之耕地也。今也求廣大之耕地，集雄厚之資本，以利用文明之新器，固可以獲大利矣。雖然，此其事，我國今日能行之乎？且弗論老農，即今之號爲振興實業者，亦未必有此資本，有此能力也。抑豈特中國，彼西人之論大農制者，固亦歆其利而不能掩其弊矣。故以中國而望行大農制，此其事必在百年以後，而在今日則全國最大多數之民，號爲國家所托命者，固此散在全國之小農也。夫小農之資本大率微薄，苟一遭意外之變，則即無以爲耕耨之資，而南畝將荒，故保護小農最難，而其事亦最亟。今者遏糶之政策，其厲農既如此矣。以魄力微小之小農，當之未有不宛轉憔悴，即於溝壑者也。其害九也。濟貧之策，本非可以常行，以其長僥幸而阻人自立之念也。今也遏糴之策與濟貧之政何異？雖然，直接以濟貧，此猶不過公家糜無益之帑項，以養成不事生產之民云爾。其於勤事生產之民，其害固猶為間接也。今也遏糴之政行，則是直接屬事生產之民以養遊手好閒之人也。其為博禍，寧可思議？其害十也。嗚呼！有此十害，而猶自謂其足以恤民，是何異謂飲鴆之足以引年，挖肉之足以補瘡哉！而舉國士夫一唱百和，行政官吏從而殉之。詩曰：其何能淑，載胥及溺。又曰：如彼泉流，無淪胥以敗。此則可為痛哭流涕者也。

今者欲舒農民之困，則其事首在禁止遏糴，非謂恤民生而固國本，事遂止於此也。雖然，他事行之，皆須歷時日，惟此事則可沛然行之於崇朝，而其效之大而普，又非設一農業學堂，辟一農事試驗場，開一農業銀行，支支節節而為之者可比也。今宜請於農工商部或資政院，專折具奏，請特降諭旨施行，能並出洋之禁而弛之，上也。否則亦宜全弛內國遏糴之禁，自今以往，全國無論何省府廳州縣，不論若何荒歉，止准設法振濟，不准提及遏糴一字，有創議者，以違旨論，從重治罪。如此，則一國中，此疆彼界之葛藤，倏焉消除，民生既抒，農業自振，行之數年，更弛出洋之禁，輿論翕然矣。可與樂成，難以慮始，此之謂也。或曰食為民天，故米穀之為物，不能與他種貨物，一例視之，一朝闕乏，饑民必將激而生變，彼各地方之遏糴以自衛者，非好為之，亦有所不得已也。今子執一成不變之法，謂無論如何決不準提起遏糴一字，則各地方當凶荒之前，無以預為之備，一旦饑饉，必至室如懸磬，野無青稊，鋌而走險，貽害將不堪設想矣。不知向者之饑饉，所以易於成災者，由於各地方皆遏糴以自衛，饑鄉無所仰，以資轉輸，故一朝不幸，遂至餓莩載道也。今各地方均不準遏糴，則依凡物自競，必趨於平之公例，自無甚豐甚歉之鄉，又何致因饑以釀變哉？難者又曰：各地方之民生計程度，乃有不齊，即如江蘇之米，常貴於湖南，客歲湖南因米貴，故抗官焚衙，幾釀大變，核其米價與江蘇，固不甚懸殊也。我國疆域廣大，五方風氣不齊，全國不乏僻瘠之區，子策苟行，瘠區之米將滔滔輸入於鄰境,且將源源運出於外洋,而瘠區之米價將儕與富庶之區等,民其何以堪之哉?應之曰:所謂荒歉者,非乏米之謂,而民貧之謂也。吾國之人,向來昧於此觀念,故一聞某地方荒歉,則必曰此某地乃因水旱之故,而米穀歉收,因米穀歉收之故,而民無以為食。殊不知乃因歉收之故而民貧,因民貧而衣食不能自給,且今試設譬以明之,有一家於此,兄弟十人,皆以農為業,其九人捨農之外,皆不能他有所事,惟季弟一人,除耕田之外,兼能為縫工,則一旦歲歉,其兄九人必皆衣食不週,而季弟則可執縫業以為養,日有所入,以糊其口,雖與未嘗荒歉時等焉可也。是可見饑荒非能直接使民無食,民之無食,由於以耕為業,饑荒則足以喪其業之所入耳。此猶錢業倒閉,則各都市之商家必大起恐慌,又如有大工廠虧折停罷,則工廠附近之細民,必因失業而滋擾,其事雖殊,其理則一。特吾國向者無大工業,又無大商家,故其情狀不顯著耳。西國工廠每逢工人同盟罷工,必大起恐慌,竭力鎮壓,此其理正與吾國之慮饑民聚而滋事等也。明乎此則救濟之之法,亦可以瞭如矣。失業之民必能使之得業,然後其困可紓,徒與之以廉價之食料無益也。何則?其所需者,固不僅米穀也。苟使此邑之民,除食料以外,凡百資生之需皆充韌有餘,而惟闕米穀以為食,則嗤嗤者流,豈不能持貨以易穀,而商人嗜利如命,亦豈其不能輸入米穀以與之為市也?則可見一地方之民食所以缺乏者,非由其地農田之歉收,實由該地方之民貧困已極,無所持以與人為易,故商人之販運米穀者,亦裹足不出於其途耳。然則當斯時也,而欲振濟之,惟有二策,一則與之以足以養生之資財,使之持以市場,否則舉凡該邑之民資生所須之物,皆輦而致之而畀之耳。雖然,此其事皆不可以久者也。則欲振其困,仍惟有使之能執一業以自養之一法。夫欲使民有業可執以自養,則當如吾之說,使粟之流通日廣,農之獲利日厚乎?抑當如今遏糴者之策,使饒於粟之農不獲高價以為糶,缺於財之民不獲購廉價之食料,民日貧而農業日以萎縮乎?斯固不竢煩言而解矣。且夫瘠區之米運出於富庶之鄉,非富庶之鄉之民捋其臂而奪之也,亦必有所持以易之,彼富鄉之民喪所持而獲粟,瘠鄉之民喪其粟而獲所易,其得失適相均也。一旦瘠鄉之民缺於粟,則更可以向者糶粟所得之財,轉而購粟於鄰境,而何乏食之足患?且一人之身而百工之所爲備,養慾給求非徒有粟而遂足。今必使有餘粟者窖而藏之於家,否則以廉價售之於當地,而不許其致之遠方以牟優厚之利。此瘠區之所以終於瘠也。難者曰:瘠區之民不皆恃農以爲生也。如子言,農民則得矣,事他種生業之民若之何?應之曰,此則吾向者所謂直接屬生產之民,以養游手之民之説也。譬有一邑於此,饒於粟,聽其轉輸於他邑,則粟石價將十千,不則六千而已。秉斯邑之政者慮之曰:粟石十千,民將弗堪,乃遏之不使售出於鄰境,於是粟石保其六千之價,夫如是,不啻對於農民課以每粟一石納稅四千文之負擔,而於不事農業之人,則每食粟一石,助以錢四千也。徒取諸彼以與此,有是理乎?果使農民獲利豐厚,必更斥其所得之資以營他業,而四民皆沿其利潤矣。難者曰:斯固然矣,其如他日之利潤不能待,而當前之米貴不能支何?應之曰:是則有救濟之法,度一邑最貧之民所能食之穀價,立以爲限,逾於此限,則由官籌款購米,照此價平糶,使至貧之民得食之,至米價復於此限則止,如是,則農民可自由糶其米以獲利,而貧民仍不至乏食,一舉兩得矣。難者曰:如是與遏糶何異?應之曰:是大不同。遏糶之法,強使本境之米價賤,人人得食之,雖陶朱弗能禁也。行吾之策,則得食廉價之粟者,惟至貧之民耳。一則捨富而恤貧,一則刻貧以優富,此其所以爲不同也。且子知遏糶之政與恤貧之政無以異,則易言矣。彼恤貧之政,固非可以常行者也。

(原爲一九一一年三月應《東方雜誌》社的徵文,未刊草稿)

論國人讀書力減退之原因

中國現今能讀書之人，日見其少，此不必證諸遠，觀於各書局所出之書籍而可知也。當新籍初出時，各書局之規模，遠較今日爲小，然各種科學書，尚頗有譯出者。今則所出之書，除敎科書外，他種書籍殆鮮。此何故耶？

夫學問之事，原不限於讀書。向者士夫埋頭鑽研，幾謂天下之事，盡於書籍之中，其號稱讀書，而實不能讀書者無論矣，即真能讀書者，其學問亦多在紙上，而不在空間。能爲古人作忠臣，而不能爲當世效實用，若是者，其讀書似極無用。今者舉國之人，讀書力雖日見衰退，似未足爲大病也。然事有以無用爲有用者，讀書之風盛，則志節高尚之人自多，而奔競無恥者自少，治事有條理之人自多，而馮陵叫囂者自少。今日之當路者，但能以小利害動人，即無論何人，皆可使之枉道而從我。而其他大多數初無利害關係之人，亦輒爲所惑，皆坐此也。

吾嘗戲言：人之性質，盡於博奕二事。蓋博，陽性也，代表人之冒險性者也。凡天下事成否不可知，不肯冒險以圖功，即永無可成之望者，惟此種性質，爲能開闢之。如探險於南北冰洋，其適例也。奕，陰性也，代表人之理性者也。凡天下事必謀定而後動，乃可有成。無謀則不成，即使慮不能盡，而多一分計劃，亦必多收一分效果者，惟此種性質，爲能經營之。如施政之必本學理，軍事之必有軍謀是也。天下事，屬於奕之性質者多，屬於博之性質者少。無論何事，概以賭徒下注之性質行之，無有不敗績失據者，野蠻人之不敵文明人，正以此故。學術之盛衰，關於國家社會之隆替，亦以此也。

然則吾國今日，讀書之人之日少，其故何歟？吾嘗深思之，而知其原因有三焉。

一以讀書爲業者漸少。

吾國人之職業，向分爲士農工商。所謂士者，皆以讀書爲業者也。夫向者士人，其惟一之希望，在於科第，然得科第者實爲少數。而總計讀書人中，亦惟此少數得科第者，可以入官。入官以後，而讀書之事遂絕。所謂一行作吏，此事遂廢也。其餘或出而遊幕，或教授鄉里，終其身未嘗一入於理繁治劇之途，且恆以筆墨爲生涯，則讀書之事，自亦不能盡廢。其人固未必皆學問之士，然以讀書爲業者日多，則學問之士，自亦出於其中矣。今者社會之組織漸變，有學問者未必能得適當之位置，而其能得較優之位置者，或未盡由於學問，於是人之藉學問以求自立者漸少，既能任事之士，亦輒以學問爲土苴而鄙夷之，而能讀書之人，遂日見其少矣。此其原因一也。

二以讀書爲樂者漸少。

孔子曰："知之者，不如好之者，好之者，不如樂之者"。人之於職業，固有勞心焦思，欲求其成，以致實用者，然其始，則皆由於以此爲樂，漸漬焉而後深入之者也。向者社會生計之困難，不若今日之甚。能有暇日以尋樂者較多，而各種淫樂奢侈之事，不如今日之多。能藉讀書以求樂者亦較衆，今則迥非昔比矣。此其原因二也。

三爲書籍自身之關係。

凡物之能爲人深嗜篤好者，必其物之自身，確有可嗜好者在也。吾國立國最古，又夙尚文教，故學問之事，自昔即極發達，即以書籍論，四部之書，皆浩如烟海，任舉一門，皆終身鑽研之而不能盡。用物宏，取精多，其能使聰明才力之士，窮老盡氣於此，宜也。自歐化東漸，向時陳舊之書，未足饜人之欲望，新說之介紹於吾人者，則徒有其粗淺者，而精深者極爲罕覯，此等書可供中等以下學生參考之用，以語成年之人，學問已有根柢之士，未有不爲其齮薄者也。然讀書之風氣，恒自學問已有根底之士創之。現今之新籍，既不爲此輩所歡迎，欲其風行全國難矣。此其原因三也。

有是三因，而社會上讀書之風尚，遂日以衰退，學術日陋，風俗日窳，道德智識，皆一落千丈矣。雖然，剝極則復，貞下起元，吾觀吾國之歷史，每當蜩螗沸羹，學絕道喪之際，而命世之眞儒出焉。此亦不必證諸遠，觀於顧王黄李諸大儒，篤生於明季而可知也。英雄造時勢，時勢亦造英雄，吾不禁於今日之學術界有厚望焉矣。

（原刊一九一八年三月二十五日《時事新報》）

對於群衆運動的感想

在此所見之報紙甚少，欲讀上海之《時事新報》而不可得，惟得讀雜誌耳。今晚購得《東方雜誌》第十七卷第十一號讀之，"最錄門"中，有蔣夢麟、胡適之兩君《我們對於學生的希望》一篇，觸動所成，拉雜書此。予此篇之欲寫出久矣，徒以卒卒寡聞，迄未捉筆，今日讀兩君所著，偶然觸及，故爾撥冗書之。誌其緣起如此。非欲於兩君之文，有所評論也。六月二十七日夜，駑牛書於潘陽。

予對於中國人之運動，覺其有一最大之缺點，缺點惟何？曰：無目的是也。人皆訾中國人之運動爲無實力，不能持久。然無實力不能持久，正由其無目的。何則？人必眞知灼見其所事者爲何事，然後能迂迴曲折，不避險阻以達之。若徒隨群衆之感情，逞一時之意氣而貿貿然爲之，則時過境遷，必有啞然自笑者。至此則反躬自問，不復知其所事者爲何事矣。所事者爲何事且不知，試問從何而得方法？既無方法，試問從何做起？事且無從做起，試問安得而有實力？而更何恃以與人持久？凡中國人近二十年來之群衆運動，悉坐此病，非指一事言之也。

而去年五四以來之運動，其弊亦正坐此。運動之目的，曰：去曹、章、陸也。試問中國根本之患，果在曹、章、陸乎？去曹、章、陸，國遂可救乎？無論何人，不能作七八分滿意之解答也。曰：抵制劣貨也。試問其事果能辦到乎？抑不能辦到乎？凡對敵人之舉動，必度其能辦到者,然後可宣之於口,否則徒令人竊笑於其旁,多招惡感,以生葛藤而已。藉曰能之,能持久至若干時間? 抵制至若何程度? 夫欲令敵人感苦痛而屈服,未有無時空間之程度可言者。然當時微論精密之調查,即約略之預計,有之乎? 恐無一人能言之,且無一人曾慮及此也。曰:阻止政府直接交涉也。夫青島交涉之根本問題,究竟在直接間接交涉之手續否? 藉曰在此矣,除此手續以外,所當籌慮計畫者若何? 又不聞一人焉提及一字也。夫群衆運動之初起,誠不免激於感情,然及其既起之後,則必有長處却顧,思所以受此感情之運動,爲理性的進行者。"桓公實怒少姬,南襲蔡,管仲因而伐楚,責包茅不入貢於周室。桓公實北征山戎,而管仲因而令燕修召公之政。於柯之會,桓公欲背曹沫之約,管仲因而信之。"恃是道也。抑一國之中,有一部分激於意氣,爲感情的抗爭,則必有一部分富於理性之人,與之相輔而相成,而今也竟不聞有是,此則可爲之扼腕而喪氣者也。論者必曰:凡事必先其易者,後其難者。攻曹、章、陸尚且費如許氣力,僅乃得當,而況乎更進於曹、章、陸者? 予謂此語即志力薄弱之表徵,而近二十年來群衆運動所以失敗之病根也。凡事不可存一希冀僥倖之心。語曰:戰以勇爲本。與人對抗,猶作戰也,畏强而攻弱,便是無勇。人之料我,豈不如我之料人,彼逆知我之憚其强而不敢攻,而更何忌乎我? 項羽鉅鹿之戰,光武昆陽之戰,何以有進死而無退生,知捨此則更無路可走也。故寧直攻段祺瑞而失敗,勿姑攻曹、章、陸而成功;寧力攻清廷,不勝則爲其所撲滅,勿歲賂以四百萬,而求其退位也。昔先師嘗訓予云:人亦孰不言自克,亦孰不略爲頭痛醫頭脚痛醫脚之舉,然而終無效者,不肯於見血處下一針故也。迴翔審愼,面面做到,而獨於見血處終不肯下一針。而孰知不下此一針,則無論如何,終屬無救;一下此一針,則萬事畢矣。夫治己與對人一也,若審度下此一針而猶無益者,則不如早束手待斃。何則? 以其皆爲徒勞耳。

　　論者必又曰:凡事若必通盤籌畫,然後下手,則天下無一可辦之事矣。即如抵制劣貨,若與商家熟商而審處之,誰肯應令者? 安得不鼓之以熱誠，脅之以檢查焚燒，猶可冀其實行一二乎？然試問今者，其效果何如乎？夫季文子三思而後行，而孔子曰：再斯可矣者。以作事有謀畫所能及之處，有謀畫所不能及之處。若因謀畫有不能及之處，而遂閣置不辦，則天下無一事可辦云爾。非謂謀畫所能及之處，亦當貿然爲之也。人有恒言：多算勝，少算不勝。多算者猶或不免於失敗，少算不算，而可僥倖於成功，吾誠未之前聞。凡僥倖者皆不得謂之成功。僥倖成功云者，乃其事適然相直，而貌視之若成功云爾，非真成功也。何也？以其所作之事，與所享之報，其間無因果之關係也。弈者舉棋不定，不勝其耦，小事尚然，豈有大事而反可僥倖者乎？

然則群衆運動非與，曰：何爲其然也。群衆運動，其志將以救國也。人之抱病即極危篤，明知其必死，無不下藥者。國即明知其將亡，無不當設策救之者。故救國運動，有是而無非。然明知不救而下藥，仍宜擇最善之方，明知必亡而圖存，仍宜思最善之策，未有可漫然處之者也，而況乎今日之病證，尚未至於必不救乎？

或曰：其如向之所行，即爲最善之策何。吾亦深信行之之人，其中一部分即抱此心理者。然謂最善之策，不過如向者之所行，則吾恐即知識在水平綫以下之人，亦返諸心而未能自信也。

然則所謂運動之善策如之何？曰：凡事必先其急者而後其緩者，先其大者而後其小者，此乃眼前至淺之義，人人所知。而今之爲群衆運動者，顧若昧之，此其所以可痛心也。夫今日亡中國之事之最急者，孰有過於政治之敗壞者乎？爲改良政治之梗者，孰有過於軍閥之驕橫、財政之紊亂者乎？今之人，則捨政治而高談社會主義，即言政治，亦止言教育、實業，……而不言裁兵與理財。夫孰謂社會主義之不當研究者？然試問在今日政治現象之下，果有改良社會之餘地乎？社會改良之效，未見其一，而政治敗壞之事，已成其百矣。譬如日言資本家不當朘削勞動者，資本家而朘削勞動者，則社會根本上必不能安事。是矣，然今之所謂大資本家，與今後方將產出之大資本家，則皆恃政治之力，以剝削人民者耳。彼其政治之力，則又藉兵力以爲後盾者耳。如以婪索軍餉而致富，而更藉政治之力以營工商業是也。彼豈待朘削人之剩餘價值以致富，徒持馬克斯之資本論以對抗之，何益？夫非不知徒改良政治者，終非根本之計畫也。然欲爲根本之計畫，亦必有爲根本之計畫之機會，試問在今日政治現象之下，有爲根本計畫之機會否？夫人也者，非各各獨立者也，乃互相聯結、組織成一總體，而各爲其一分子者也。改良分子，則總體自良。此語祇能出諸口中，寫於紙上，實際上絶無其事。何者？總體之不良，其壓迫之力甚大，個人處其下，無改良之餘地也。故以儒家之主張脩德以對待暴力，主張個人的脩養，而猶提唱湯武革命。不責人人以皆爲善，而使桀紂自無所行其惡也。何者？主張湯武革命，則當桀之時，但有一商；當紂之時，但有一周，即可將桀、紂之惡勢力打破，而予天下之人以改良發展之機會。無論桀、紂之爲人如何兇惡，其壓迫之力如何重大，決不能謂天下無一商一周發生之餘地。而欲天下人人皆善，使桀、紂自然不能爲惡，則當桀、紂時，決不能有此機會故也。故改良政治以促進社會，其道甚捷；而改良社會，使政治自善，則其事甚迂也。難者必將曰：改良社會，根本之策也；改良政治，非根本之策也。社會改良之後，政治不期其善而自善；政治改良之後，仍不能不致力於改良社會也。且改良政治，即曰非本計矣，則所謂改良云者，不過徒有其名云爾，實則並未嘗良也，故不如遽致力於改良社會之爲得也。此言善矣。雖然，其間又有一時間問題焉。人必先有現在，然後有將來。故將來要，現在尤要。死者不可復生，斷者不可復續。夏日苦饑，必典裘而謀飽，豈不知冬日無裘，將凍而死。然無夏日之我，則冬日之我，更何有也？國家社會之生命，固非若人之一斷而不可復續。然兩利相較取其重，兩害相較取其輕。夫國家社會之不利，則孰有甚於暫時之亡國者。種種計畫，無論若何完善，必皆有所藉而行。一旦亡國，則所藉以行之之具亡矣。工欲善其事，必先利其器，工而亡其器，未有能成一事者也。國家者，人類爲欲遂正當之發展，而國以外有人欲吞噬我，國以內有不顧公益，且務反公益以爲私利之人，於一群正當之發展有礙,故組織之,以對外而靖內者也。政府廣義之政府者,則所以執行此項任務,而達其目的者也。政府既有此項任務,則其權力之大可知。今也反恃此力以壓迫吾曹,試問吾曹非將此項政府逐而去之,更建一善良之政府,更有何策可以自拔?若謂遂可以無政府邪,試各撫心自問,即有此義,吾且並此義而疑之。今果其時否?若謂今之政府權力甚大,吾實無力以與之相抗,不如改良社會,待吾之實力稍充足,然後謀去彼焉,則是不言湯武革命,顧提唱改良桀、紂之人民也。彼二千五百年前之儒家,已不肯為此迂論矣。即曰能之,請問究須若干時間,此時期之達到為早乎?抑國家暫亡之時期之達到為早乎?若必認國家之暫亡為無礙之事,則既與吾之觀察,根本相異,無從與之辯論矣。

吾非謂人人皆當為政治運動也,然既為政治運動,則惟有一義曰:改良政府。改良政府,非對人問題也,必觀其所行之政,以定政府之為良為惡。夫政府所當行之政亦多矣,果何所持以為判決之標準乎?曰:中國今日,且不暇言國富國強,亦不暇言改進文化也,言救亡而已。為目前致亡之原因者,必力謀所以去之。其去之,當如救焚拯溺,此實人人應有之責任也。夫為目前致亡之直接原因者,寧有過於軍閥之專橫,與財政之紊亂者乎?軍閥惟有財,故能橫行而無忌;亦惟政治為軍閥所把持,故國民坐視財政之紊亂,而無可如何。使今日者,財政能清釐,則軍閥必無所恃以自存;軍閥而能去,則必無人能把持財政,使之紊亂。故此二事,實二而一,二而一者也。而其他一切惡事之不能去,則皆直接間接由此推衍而出,或恃此為保障以自存者也,一切善事之不能舉,則皆為此兩事所阻礙者也。此二者,亡中國之本,而亦即目前最急之圖也。故為國民者,當對此兩者猛攻不已,無論如何堅固難動,必不容退讓一步,且必不容稍變其方向。此兩事一經解決,則其餘一切問題,怡然渙然,迎刃而解矣。我國民之為政治運動,亦既多次,而始終未能萬眾一心,以對待政府;即與政府爭,亦皆枝節問題,而不得要領,此政府之所以敢於為惡也。

當去歲五四運動未起之先，予即思得一策曰：國家非有將亡之勢之足懼，而所為日趨於亡之可懼。中國今日之所為，則所謂日趨於亡者也。夫豈無行有益於國之事之人，然其力甚小，共效甚緩。而向亡國一方面進行之力量及速率，則皆甚大。二者相消，而求亡之一方而之力量遠勝焉。則合中國人現在之行為，以善惡相消而求其差，夫亦曰亡國之行為而已矣。故予認目前之第一大事為救亡，救亡之惟一方法，為遏止向亡國方面進行之行為。而向亡國方面進行之行為，則以兵與財二者為之本。故欲遏止之，必從此兩方面遏止之，比予所認為當務之急者也。然則其遏止之之方法如何？曰：予所擬取之方法，固與後來之群衆運動，不甚懸殊。特所求之條件為異，且行之之方面必較寬廣，其時間必較持久，故事前之豫傳，必更充足耳。予意中國南北，終必有議和之一日。議和之後，則中國必惟有一政府，惟有一國會此議和可聽其自致，抑須以國民之力促之，則為臨時斟酌事勢舉行之問題。此政府、國會，則國民所當出全力以對待之者也。予意屆時擬用一種方法，徵求全國之民意，一面請願於政府，一面請願於國會。請問：（一）其全國之兵，究擬裁剩若干？於何時可裁至此數？督軍究擬去否？去督軍後之軍制，大略如何？（二）財政究擬以百分之幾養兵？究至何時而全國之財政可以收支適合，不恃外債為生活！請政府明白宣示，請國會質問政府。政府而不受命者，請國會彈劾之；國會而不受命者，請政府解散之；國會彈劾政府，而政府不之理，請國會自行解散，吾民為之後盾。而國民所以示威，且恃為武器者，則第一步為全國學校罷課，第二步為全國商人罷市，第三步為全國工人罷工。此須以最大決心行之，聽憑政府派軍警干涉，吾民決不讓步。即有一二處因受高壓而此種運動暫被阻止者，他處不能因此而罷，且此一兩處，待暴力一過之後，仍可照舊進行。兵警無論若何之多，決不如國民之衆也，且軍警究亦國民，謂能同時驅全國之軍警以殺國人，積之久，而其心終不變，無是理也。此政府權力事實上之限制也。何者？吾人之所以救亡，惟此一策。捨此一策而不為，則無論如何委曲求全,終亦必亡而已矣。如此者能全國一致進行固佳,即退一步言,逐漸推廣,亦可。能堅持到底,一次達到目的固佳,即退一步言,屢仆屢起,亦無不可。但無論起仆若干次,所要求之目的必不變。萬衆一心,萬矢一的,豈有暴力能終不讓步者耶?而暴力於此一讓步,則救國之事,綱舉目張矣。較諸既退曹、章、陸,又爭直接交涉;既爭直接交涉,而待爭之事,方且百出未有已者如何?夫群衆運動者,群衆運動之謂也,非少數人之所能爲也。欲求群衆之能共同運動,必先求得群衆之同情;欲求得群衆之同情,必群衆皆能瞭解其所事者爲何事,目的既達之後,究有何益。兵驕財匱,爲今日亡中國之直接原因,此人人所易解也。兵能裁,財能理,則中國可以不至於亡,此亦人人之所易解也。無論中國人若何不愛國,謂其有亡中國之心,謂其有可不亡中國之事而必不欲,有可以救亡之道而必不肯爲,無論何人,不能承認此語也。爭去曹、章、陸等,固確有一部分商工界人,樂於助力矣。持此以要求覺悟全國之大多數人,而求其同情,吾意大多數人之對於群衆運動,必不若今日之冷淡也。

　　吾既懷有此意,署書數語於紙,以示某君甲,某君甲善之。但予與某君甲,固皆閉戶讀書者流,與能登高一呼之人,素少接洽。此事固在求得大多數人之同情,然當其發起之始,亦必得能登高一呼之人之一呼,而其收效乃較大而疾也。次以示某君乙,某君乙讀之默然。次懷之,欲以示某君丙,某君丙曰:予素不談政治,亦不願觀。予乃祇得懷之而退。次乃以告某君丁。某君丁者,固在社會上稍能登高而呼之人,其爲人,確亦有意於救國者也。以予所知民國議員之不由運動而來者,某君丁一人而已。某君丁復書,謂中國萬事敗懷,皆由國人道德之墮落,欲予著論提倡道德,其迂闊如此。正懷欲陳之而未有路,而五四運動起,南方學生繼之。斯時予教授江蘇省立某校,學生欲罷課,予痛切言,欲與政府爭,則所爭在兵財二者,他皆不足爭,爭之亦無益。然大多數學生不悟,惟切齒痛恨於曹、章、陸而已。予知斯時內地學生之舉動,惟上海學生之馬首是瞻,爲內地學生言之,無益也,而以運動者究爲學生，上海學生萬餘，一時激於感情，稍緩必有能用理性思考，更進而爭值得爭之事者。忽忽撰一文，曰《敬告上海學生聯合會》，寄《時事新報》。將寄之時，以示某君戊，某君戊曰："欲出風頭則爲之，他效必無。"蓋中國今日稍有知識之人，對於社會之灰心絕望，有如此者。該報未曾登出，迨數日之後，則所爭者止於去曹、章、陸之形勢已成，無可挽回矣。斯時報紙中論學生運動之事之文，連篇累牘，然未有一焉，計及其所爭之問題，爲值得不值得者。迨冬初，《時事新報》乃登出一來稿主欲救中國，在理財、裁兵二者。今年又見及《東方雜誌》十七卷六號"讀者論壇門"余君裴山《建設中之四大規畫》，有整理財政會、監視裁兵會。《太平洋》雜誌二卷四號彭君一湖《防止中國社會破滅策的第一治標法》，論旨根本，皆與予相同。然此等文字，引起國人之注意極少，固知當時予文即登出，亦決無絲毫之影響也。

　　論者必曰：政府恃兵力以高壓，而予欲以國民無抵抗之行爲，望其反省，何其迂也？諸君亦知今日之軍閥，何從而來乎？誰所造成乎？夫今日之督軍、師長……誠驕橫矣，然彼非能自致於督軍、師長……也。今日之兵，誠野蠻矣。然彼非能自致於兵也。誰造成之？曰國民薄之心理造成之也。蓋自通商以來，吾國屢受外侮，亞甲午之役，而國民始警醒焉。經丁酉之役、德據膠州庚子之役，而國民乃益警醒，於是爭攘袂奮臂，以言自強。夫自強則豈徒練兵可致者？然淺薄之心理，語之以稍深曲而正當之事，即難瞭解；語之以極淺近而實不正確之論，則甚易歡迎。自強在練兵，此猶孩童受人陵侮，告之曰：汝當操梃往擊之，彼必深以爲然云爾。夫綜覈名實，爲治之不二法門也。特專制之世，操之者爲君主；共和之世，操之者爲國民耳。何謂綜覈名實？淺而言之：即（一）凡辦一事，必須切實考察，我今所辦之事，果能達到我漸欲達到之目的與否？如欲與外國開戰，則與某國開戰用兵須若干人？其兵須配置在何方？而開戰之時，運兵之方略若何？進攻之路徑若何？扼守之地點若何？以至其他資糧械器械，一切若何？必須種種慮到，定有詳細之針畫。一朝開戰，立可照此計畫施行，不得徒作欲強國則練兵等顢頇之論是也。（二）則考察所辦之事，實際上有無效果。如欲講教育，則必須考察任事之校長、教職員等，能否有學問、能熱心，畢業之事生，是否有相當程度。不當立一學校，便算了事。欲辦實業，必須查覈經辦此實業之人，是否有相當之學識，及實際上任事之能力與熱心，不得聽其設一機關，立一名目，引用數人，坐支薪水，未得贏利，將本分紅是也。由前言之，作事若能如此計畫，則自無偏重一方，以致尾大不掉之弊。何者？作戰之事若能仔細考慮，直慮到開戰之時，則自有種種之問題相連帶而起，斷無如清末之一切不提，而可先張皇言練三十六鎮者也。由後言之，用人若能如此考核，則小人自無從倖進。即倖進，自亦不旋踵而退斥，而天下之思倖進者自少。思倖進者少，則小人自少，斷不致如今日之城狐社鼠，氣求聲應，千里相餘。輿論若能如此，則自可監督當局，鮮有敗事。夫政府衹有兩種：一則佛逆輿情，以行其意者，如王莽、王安石之變法是也。苟非此種，則其施政，自隨輿論為轉移但輿論所在不一定，如宋代臺諫氣燄甚盛之時，即可謂在諫官。漢末黨議甚盛之時，即可謂在黨人是也。前者除非彼於政治一事不辦，而所營者但為皇室及政府私人之事，乃為絕對之惡。如漢靈帝之但知斂財，十常侍之但作威福是，彼於政治上，初未嘗有何舉動也。若能留心於政治，則所行者雖或佛逆一部分之輿情，而決非絕無價值可言，且或轉能代表隱而不顯，未能成為輿論之民意。如王莽、王安石之變法是。有此種政府，則一國政治之舉措，自不能由輿論全負其責。至於後者，則其施政方針實視輿論為轉移，辦事者政府，而使之辦此事之原動力，實輿論也，即一部分之國民也。夫前清末造之政府，則屬於後一種者也。試問明清末年所辦之事，有一出於政府中人自己之意思者乎？設學校也，辦實業也，造鐵路也，馴至預備立憲也，何一非當時輿論所目為應行之事，而政府乃迫不得已，從而行之者乎？故前清末造之政治，實隨當時之輿論進行者也，特其進行稍遲，而國民求治之心較速，故致革命之禍耳。知此，則知今日軍閥之所由來矣。今日之軍閥，非即明清末造之軍人乎？前清末造之軍人，非因清末之練兵，而後為軍人者耶？清末之練兵,非因當時朝野主張練兵之人甚多,然後獲行之而無阻者乎?假使當時之輿論,對於如是之進行,羣起反對,如清末之政府能堅其時練兵之宗旨而悍然不顧乎?假使當時之輿論,不持一欲強國則練兵之簡單論式,對於苟欲開戰,則究擬與何國開戰;與何國開戰,用兵須若干人,其兵須若何配置,開戰時運兵之方略,進攻之路徑,扼守之地點以及資糧器械,稍稍慮及,豈有對於當時政府練兵之計畫,不加反對者乎?惟對於此等,悉不計及,而始終祇持一欲強國則練兵之簡單論式,辛亥之歲,上海某報評論有曰:"中國十年之內,若不能與一國戰而勝之,則必無以立國。"蓋自創練新軍以後,持此等議論者,實繁有徒,非獨某報也,此實當時之輿論也。予當時對於持此等議論者,有一簡單之疑問:即"中國如但有陸軍,果可與人開戰否?如但有陸軍而無海軍,與人開戰時,除俄國外,擬攻入何國?不過畫疆自守耳,沿海七省,果可處處設防否?如設防,能堅固否?假有一二處為人攻入,沿海七省類多富繞之地,交通之樞,運兵運餉之所必經也,於作戰計畫有妨礙否?如欲兼練海軍,須練至能與他國開戰,十年以內,中國之財力能支之否?況於與他國戰而勝之乎?"以此簡單之疑問問人,無能答者,然持其舊有之論請如故也。當時報章雜誌中,亦聞有持此等論調者,然對於欲強國則練兵等簡單論調,亦毫不發生影響,然後政府得利用此等淺薄之心理以練兵,然後辦軍裝……之人得緣此以圖私利焉,然後一無技能不足自活之人,皆得投入軍隊以自食焉,浸假而謀自利焉。夫政府祇有兩種:一則彿逆民意,而自行其政見者。此種政府決不能有害而無利,前既言之。一則自無實力施政,但視當時有力之輿論為轉移者。此等人,吾欲以臧孫贈齊侯之語轉贈之,曰:"抑君也似鼠。"夫當時之政府中人,以至大小官吏、軍人……皆鼠也。政府莫為之督責,則大小官吏、軍人……皆營私而自利焉,浸假而驕恣不可制焉,使能早為之督責,彼固絕不敢爾也。國民莫為之督責,斯政府中人,偷安而自逸焉,營私而自利焉,浸假而驕恣不可制焉。使國民能早為之督責,彼亦未必敢爾也。故在當時者,使國民能始終注意於練兵,對於當時之軍政,以吾所言綜核名實之法,審慎考慮之,則所以監督政府之諸問題,自然相因而起,而當時之軍政,決不至若是。何則?天下人祇有兩種:一則違衆而孤行其意者,此等人難於監督之使就範,然聽其自然,亦決不致有絕對之害，而無一利可言。此非謂當純任自然不加監督也，勿泥。一則聽其自然，即將但圖私利、不顧公益者，監督之力愈疏，則其自私自利之行爲亦愈甚。然此等人却易於監督。但能以利害賞罰臨之，即可使之有所畏而不敢肆。此徵諸史傳，驗諸實際，而天下人之性質，確可作如此分類，非虛言也。天下之所以可治，即建立於此原理之上。然在當時，不徒除一欲強國則練兵之簡單論調外，始終絕無他種有力之輿論。即至民國時代，九州豺虎，流血成河，始終仍未聞有人視軍閥爲絕對之敵，思所以去之，而因而成爲輿論者。或且仍有思利用軍隊之人，倒行逆施，認賊爲子。此則可爲之痛哭流涕，椎心而泣血者也。

吾爲此言，非欲追咎前此之國民也，特欲國民知今日所謂軍閥、所謂政客。……並非有實力，能自致於此地位，不過憑藉國民淺薄之心理，以至於此。其至此地位也，實不啻由一部分國民昇而升之。夫既由國民昇而升之，則還可由國民掊而去之，此不易之理也。此正如向者之君主，蔽於視聽，誤用僉壬，及一旦覺悟，則仍可以君主之力，黜而退之是也，然君主祇一自然人，僉壬之勢力既成，可以廢之弒之，雖覺悟，事實上或已無濟。至國民則絕未聞有可以廢去，可以殺盡者，然則持國民之力以對待僉壬，乃更較君主爲有效也。

然則對待此等人物之方法若何？曰：一言蔽之，曰：猛攻勿退而已。其方法可有種種，而心目中始終只認軍閥爲惟一之敵，無論手段若何變換，而必始終向此一目的物以進攻，其宗旨始終不變換分毫，其方針始終不移易尺寸。非謂必用激烈之手段，其中儘有許多平和之手段可用，如彭君之防止中國社會破滅的第一治標法，即其一法也。夫今日之軍閥，其勢力似甚雄厚，難於摧破矣。然試問國民曾對之而爲猛烈持久之攻擊否？"因政治措施之失當，則起而爲政治運動，迨其無效，則又灰心絕望。曰：不如致力於社會，而置政治於不問。"此等現象，吾屢屢見之矣。夫鍥而不捨，金石可鏤。掘井九仞，而不及泉，猶爲棄井。政治之不能改良，非國民之力不足以改良政治，稍一失望，立刻改變其方針，此則政治所以不能改良,而國民之政治運動所以無效也。今者此等議論,又漸通行,而成爲一時之空氣矣,此則可爲之痛哭流涕者也。

吾非謂可一切不辦,而但恃政治問題,以解決今後中國之諸問題也。然政治自爲其中一重要之問題,譬之於人,身且爲人所囚禁,室家且爲人所盤踞,吾耕則彼奪之食,吾織則彼奪之衣,吾讀書譚道,則彼操杖而責吾以服役,試問斯時當務之急,果爲何事?夫豈不知執戈禦侮,非人生終極之目的,然立身行己,自是一問題,跟前之救命,亦爲一問題也。

故吾非謂人人當爲政治運動也,然既爲致治運動,則必不容因其難而退轉。既爲共和國民,亦無絕對可以自謝於政治之理,此則吾之所敢斷言也。

復次。民主政治之真義,在於人人能覺悟,人人能發展,此固無可非難。然目前則清明嚴肅之政治,決不可少。何者?今日國民之發展,皆爲"兵"與"士"兩階級人所阻礙故也。此兩階級人,誠不能絕對阻礙國民,使之永久不能發達,然及國民自然發達,然後掊此兩種人而去之,則其期甚緩,恐已無及。以此日之達到較亡國之日之到來爲緩故。故不如藉政治之力,鋤而去之,較爲迅速。在政治一方面,決不能望政府廣義之政府之自行改良,則國民不可不有一部分人,於此一方面,爲猛烈之運動。而其餘之人,則如於其相當之範圍內爲之助力,此決不容疑者也。

或謂藉政治督責之因,必不能收國民發展之果,斯固然矣。然政治之督責,非國民發展直接之原因,而其間接之原因也。何則?以政治之督責,能排去國民發展之障礙物故。請以學校喻。夫學校之有考試,不足以發展學生之學業者也,然以學校教員而考試學生,必不足以發展學生之學業,以學校以外之人而考試學生,覘其成績之良否,以定教員之賞罰,則大可排除不適當之教員。不適當之教員除,而學生學業發展之機會得矣。夫人未有不爲賞罰用者也,果能不待賞罰而自爲善不爲惡與否?此自爲一問題,現在暫可勿論。以現在之社會情形論,決不能遂廢賞罰,此人人所可承認也。中國現在之大病,在於一切事皆無是非,皆無賞罰。故一切事皆爲不善之人所把持,而善者無從與之競爭。即以學校而論,則僅識之無之教職員,反得濫竽充數;其熱心教育,勤勤懇懇,以從事於職務者,反只得束身而退也。吾鄉之小學教育即如此,教員至有一公共之俱樂部,以叉麻雀、打撲克,……吾戚某之子,至入國民學校一年,未能識滿十字。夫此等處,監之不可勝監也,豈能有一學校,即設一視學員以監之,對待此等人,除用法家督責之術外,更有何策? 假使設一學校,聘用教職員,一切勿問,平時竟亦不必派視學之員前往視察,但於卒業之時,須另行派人考試。考試之結果,其學生之程度在水平線以上,則校員有賞,賞之必使其可欲。在水平線以下,則有罰,罰之必使其可懼。虛文之獎賞,如給與勤勉證書等,不足爲賞也,但退其職而已,不足爲罰也。夫人莫不欲利,豈有以口頭之虛詞,易人實際之勢力者。如此,則誰肯勞力任事。而至於敗壞決裂,不過褫奪其職而已,更無餘罰。如此,則誰不欲敗壞其事以自利。夫虛名之賞罰,非不可用也,然必在操當罰之權者,威信既立之後。流俗之人嘗視禍福如榮辱,屢見爲善者之獲福,則"福"、"善"、"榮"三者之觀念,互相連結。久之,雖將其中"福"之一原素抽去,而以"善"爲"榮"之觀念仍存,榮即利也。"禍"、"惡"、"辱"三者之互相連結亦如是。故政府威權之既立,以出於口而無窮之爵,遂可以奔走一國。輿論勢力之既成,以但有空言毫無實際制裁之毀譽,亦足以使人赴湯蹈火。淺人徒見其後之恃空名足以動人,而不知其初皆有實際之利害隨之也。惟其隨之利害,其力至大而可驚,實足以使人欲,使人惡。夫是以能聳動一世之耳目,而囘易其視聽,以變其是非榮辱之觀念,無論聖君賢相,與在野之賢人君子,思欲移風易俗,必此之由。及夫是非榮辱之觀念既定,風氣既成,則雖無實際之利害以臨之,人亦自爲善而不爲惡。故曰:"君子不賞而民勸,不怒而民威於斧鉞"。故無爲而治者,大有爲之結果也,非束手一事不辦之謂也。今假以此等督責之術,小試之於吾鄉之教育行政,則凡校員之可與爲善者,必皆循循自勉爲;其不足有爲者,必皆奉身而退。何則？賞之必至,如春夏之必生,罰之必及,如秋冬之必殺,無敢苟圖幸免故也。此言治者之所以"法自然",自然,即今言"自然力"之"自然",謂其禍福之必至而無可逭云爾。夫至於不善者皆奉身而退,則善者進矣。何則？在正當之賞罰之下競爭,則善人較不善人爲適;在是非不明、賞罰失當之情勢之下競爭,則不善者較善者爲適故也。故督責之術,縱不能使惡者爲善,亦必能保善者,使不至於惡,且可保護善者,使不至亡滅,而競爭之下,轉致惡者獨存。夫是力也,固非獨政治可以致之,然政治則其最捷者也。或曰：行督責之術,則必有操此督責之權之人,此人安保其可信邪？此固然矣。然若并此人而不能得,則更無望政治之清明也。何者？致治之術莫要於執簡以馭繁。今假以吾管理吾鄉之教育行政,吾則擇一二操守可信、辦事認真之人,使之考察各校之學生,吾因視其考察之結果以爲賞罰。此一二人,吾自度能得之也。若使舉吾鄉所有之學校,欲予悉擇一可信之人以爲之校長,吾已窮於應付矣。夫世固有能得多數可信之才,以爲校長之人。然斯人也,斷不至不能得一二可信之人,以司考試也。反之,能得一二可信之人,以司考試之人,斷不能得多數可信之人,以爲校長。君子行不貴苟難,而立法必使人人可守,此法家之所以絕聖棄知也。夫法家之論,使舉而措之於社會之各方面,誠有所窒礙。若但就政治一方面論,則其理決無以易,不過向者操此術者爲君主,今後則爲國民耳。國民而全不知法家之學,各事皆可談,請勿談政治。全不知道家之學,各事皆可談,請勿談外交。以議會論,則利誘威脅、廉恥喪盡之人,反得以列名議席,而真有識見,肯顧公益之人,反只得棄權不有也。以行政司法界之官吏論,則稍有心肝、稍有學識之人,亦必反居淘汰之列。夫如是,而欲擱置政治,專恃他方面之改造,以與惡政治抗,何異植嘉穀於稂莠之間,而望其生長也。夫豈謂其不能得最後之勝利,其如其至也太緩,而凡作事,必須稍計時間問題,乃有意義何。

　　復次。人也者,羣的动物也,在組識部勒之下,則較任何物爲強;

離羣而孤居，則較任何物爲弱。故空言愛國、家羣無用，必其所處之羣之組織，適於其爲愛國、愛群之行爲。人即不愛國、不愛群，度無不自愛其身者。"自含血戴角之獸，見犯則校，而況於人，懷好惡喜怒之氣，喜則愛心生，怒則毒螯加，情性之理也"往者或行於上海市中，甚遲緩。一西人從後至，怒之，竟批其頰。某不知批其頰者爲何人也，大怒，回頭將與之校。見爲西人，知不能敵，强笑曰："批我頰者乃西人邪，吾以爲中國人也。若中國人，則吾必與之校矣。"亡友某君述而傷之，曰：中國人之畏懦至是乎！夫非中國人之畏懦也，使以此西人與此中國人易地而處，則皆然。何者？扭此西人至捕房，能得直乎？訟之，能得直乎？訟之而不勝，能更遠隔重洋，訟之於其本國之法庭乎？欲訟之於其本國之法庭，中國今日有可委託之律師乎？設以訟而破其家，興論壯之者多乎？姍笑之者多乎？凡此種種，皆一個人所以與人競爭之條件也。故人也者，爲社會之一分子而與人競爭者也，非爲孤立之個人而與人競爭者也。從競爭方面論如此，從互助方面論亦然。故不將總體之組織改善，而欲改善其中之分子，絕無意義，夫政治則關於總體組織最大者也。愛國心之強弱，無可比較。何者？愛國云者，不過謂"愛其國過於愛他人之國"而已，愛國心之詮釋，不過如此。猶之愛其身云者，不過自愛其身過於愛他人之身而已，合人人而比較其愛身心之強弱，亦無意義之事也。

總之，予非認政治萬能，然謂既爲共和國民，則決不能不談政治。而既爲政治運動，因一失望而立刻退縮，置政治問題於不問，而思改爲他方面之運動，則斷然不可。今日應行之事甚多，而政治實爲其中之重要者，此則予此篇之微意也。

天暑事冗，揮汗寫此，詞旨不當，深所自知，海內君子，鑒而原之。幸甚！

（原刊《東方雜誌》第十七卷第十六號，
一九二〇年八月二十五日出版）

士之階級

此題爲我九月二十五日在麗澤週會所講演,理甚繁賾,而予近日精神不甚佳,詞不達意之處頗多,後半段尤説得不清楚,特簡單寫出,以補吾過,而與同人共商榷焉。駑牛自識。

（一）

我前在本會講演,題曰《歷史上之軍閥》,後又作一文,名《對於群衆運動之感想》,刊入《東方雜誌》第十七卷第十六號中,意皆謂欲救中國,首當去軍閥,軍閥不去,他事皆無可言。

軍閥之在今日,幾爲全國所攻擊,欲救中國,首當除去軍閥,此説亦無可非難,然凡人眼光宜看得稍遠,祇見當前之一害,以爲此害去則萬事皆可就緒;乃一害方去,又一害則隨之而生,其爲害且較前更烈焉。戊戌政變之後,人人以爲推翻西太后,復行新政,則國可富强矣。乃辛丑回鑾之後,所謂新政,亦既逐漸推行,而國之貧弱更甚,則以爲非立憲不可。乃亦既設諮議局,開資政院矣。而政局愈益濁亂。人民對於滿洲政府乃絶望,於是有辛亥之革命。革命以後,時局更壞,則曰,革命黨之暴力爲之。贛寧之役,革命黨盡去矣,則曰,政治之腐敗,袁世凱實爲之。乃未及而袁世凱又死矣,段祺瑞乃爲衆矢之的,今段祺瑞又去矣,固必有繼段祺瑞而爲衆矢之者。然此的去而國事遂可爲乎?吾知其去也,猶之段祺瑞之去也,必有繼之而爲衆矢之的者,猶之今日,必有人焉,繼段祺瑞而爲衆矢之的也。然則吾人其將長此處於剝蕉抽繭之地位,一害既去,一害復來,永無達到目的之一日乎?曰:否。凡"敵",宜攻擊其最後者,凡"害",當觀察其裏面,而勿徒觀察其表面,前此所謂"頑固黨"、"滿洲政府"、"革命黨之暴烈分子"、"袁世凱"、"段祺瑞"乃至今後"繼起而爲衆所指目之人",皆害之表面,而非其裏面也。皆其枝葉,而非其本根也;去其枝葉,而不去其本根,則不轉瞬而復發。夫今日之所謂軍閥者,則亦其枝葉,而非其本根也;故謂去軍閥爲今日之先務則可,謂去軍閥爲治中國之根本則不可。今日舉國惟知攻擊軍閥,以予觀之,軍閥之在中國,並無深根固柢之道,不久必將自仆。此理甚長,當別論,然觀下文,亦略可知之。然軍閥僕後,國民之失望,必將繼之而起,此則予今日之所敢斷言者也。

(二)

然則根本的爲中國之患者誰乎?曰:有物焉,爲一切患害之本。"守舊黨"、"滿洲政府"、"暴烈分子"、"袁世凱"、"段祺瑞"……若傀儡,而此則爲其牽綫者。若瓜,若果,而此則爲其種植者,此物不去,則一切禍害,相因而生,永無窮期,此物維何?曰:"治者階級"是。

凡一社會,必有治者、被治者兩階級,此今日及今日以前之情形皆如是,人人所可承認也。一社會之事,雖爲其全體社會員之所爲,然爲之發蹤指示者,厥惟治者階級,猶行軍方略之出於元帥,營業計畫之定於企業家,因行軍方略之不善,以致敗績,營業計畫之錯誤,以致虧折,欲委罪於下級將卒,全體店員,不可得也。明乎此,則知治者階級與社會之隆替,關係極大。

(三)

社會可以無階級乎?此在今後,自然爲一問題。然在今日及今日以前,則固未能無之,即在今後,最近之將來,亦未必能無之,此亦可豫言者也。

治者階級何自而生？曰：生於人類程度之不齊,今有孺子,見水則將入焉,見火則弄之。入水必溺,弄火必爇,然謂孺子有求溺、求爇之心,固不可也。故人之行爲,往往與其目的相反,非知其與目的相反而爲之也。其僞目的,往往與其眞目的相反也。

此等矛盾,固無論何人,所不能免,然程度高者,較之程度低者,其間終有程度之差。故以程度高者,監護程度低者,實爲程度低者之利。猶夫以成年人監護兒童,實爲兒童之福也。然治者階級之關係於社會,則緣此而重矣。職是故,治者階級,必須具有三種德性。

一曰"仁",即不但顧自己,而肯兼顧他人是,如成年者皆懷極端之利己心,即莫肯監護兒童矣。

二曰"智",治者階級,既負指導他人之責任,則其智識,必須較被指導者爲高。

三曰"勇",無論"天行"或"人爲","出於其群之內",抑"來自其群之外"之災害,治者階級既負支配其群之責任,且享其權利,則應以身扞之,若不能扞,則宜死之,以謝被指導者。

此在理論上言之如是,實際固未能如是,然能如是之分量之或多或少,則其群之榮悴所由判也。

（四）

中國之治者階級,以文言言之,或曰"君子",或曰"士君子",或曰"士大夫",以俗語言之,則或曰"做官人",或曰"讀書人",然君子二字,習慣上兼以德位言,大夫或做官人,亦必指有位者而言,實際上構成治者階級之範圍,初不如是其狹也。然則實際上構成治者階級之範圍如之何？曰：以今日以前之情形言之,則官者,處於治者之地位;非官者,處於被治者之地位者也。然官也者,機關也而非人,實際上構成階級，必有其材料，材料則人也。故凡"作官"，及"與官相輔"，以及社會上認爲"有作官及與官相輔之資格之人"，則皆處於治者之地位者也。合此等人而名之，則"治者階級"是也。此一階級，在文言中稱之曰"士"。在俗語中，則"讀書人"三字，仿佛之。以讀書人三字，範圍較廣，做官人固可包括於讀書人中也。

（五）

然則中國之所謂士，其於予前述之三種德性，分量多少若何？

"仁"甚少，中國向來判別士與非士，以其道德心之多少爲標準。如曰："皇皇求仁義，常恐不能化民者，卿大夫意也。皇皇求財利，常恐困乏者，庶人之事也。"所謂義利之辯也。義者，反於利而言之，反於利，則損己以利人，即仁也。今日之讀書人，固猶自謂明仁義，而鄙工商之徒爲但知求利，然語其實際，則此輩之好利，殆過於他階級人。今日官吏之貪黷，即其明證也。

"智"甚少，除少數人外，固皆惟八股、試帖、策論……之知，此外則一無所知者也。"勇"甚少，而幾於絕無，試觀滿清之亡，無一死節之臣，自辛亥至今，有戰事，敗北之一方面，上級將校必先逃可知。且非特晚近，明之亡，死節之士，可謂多矣。其實江南義兵等事，乃激於一時之群衆心理，試觀北都之亡，死節者固多，臣閻者更滿坑谷可知也。故此階級中人，可謂絕無勇氣。然則何以至此也？

（六）

中國之所謂士，即治者階級，自歷史上觀之，其組織蓋三變矣。

（A）其在古代，社會上有征服者與被征服者兩階級，征服者事征戰，被征服者事實業。所謂士者，即"戰員"之意，而政治上之實權，亦皆操於此一階級人手中，古代文武之所以不分途也。

(B) 至秦漢時代，則其情形大異，除以博士或博士弟子入官者外，即郡國選舉，後世之人，亦稱之曰："庠序棊布，傳經授受，學優而仕。"漢代學問傳授之所以盛，大學諸生，數至三萬，大師著錄，亦恆數千萬人，豈必其時之風尚，獨爲好學？夫亦利祿之途使然耳。然則當此時代，有一特徵，大異於戰國以前者，即戰國以前人之所以獲處於治者階級之地位，皆以其武力之過人。而此時代，則以其學問之過人，即自"武力的"變爲"文化的"也。

(C) 然此時社會之階級，初未盡平也。人莫不曰：中國人崇重門閥，始於兩晉，而盛於南北朝，其實不然。今日無論何姓，莫不標一郡望，此即魏晉南北朝之遺俗。夫魏晉南北朝人，必須標一郡望以爲榮，則其郡望初非起自魏晉南北朝可知。以此推之，則兩漢時代，社會階級，初未盡泯，必尚不如近世之平夷可知矣。推原其故，蓋由南北朝以前，與隋唐以後選舉制度不同。夫唐以後之科舉，原即兩漢時之郡國選舉也。然其間有一大異點，即兩漢時代，選舉之權，全出於郡國守相，無論若何有才德之人，郡國守相，苟不舉之，在法律上，其人固無要求郡國守相舉之之權利也。至唐以後之科舉制度則不然，士子可投牒自列，後之讀史者，多以此制爲甚壞，以爲使人干進無恥。其實從法律上言之，此乃賦與國民以一種重大之公權。何則？士子而可投牒自舉，即不啻曰：我有被選舉之資格，而操選舉權者不舉我，則我可起而要求之云爾。故投牒自列者，即一種要求被選舉之行爲也。投牒自列之人，郡縣原無必舉之之義務，然卻有必須考試之之義務，考試之而合格，即負有必須貢舉之之義務矣。從事實上言，固未必能如此，然從法理上論，則確係如此。就個人而論，庸有合格而未被舉者，然就懷牒自列之人之全體而論，則必有若干被舉之人，即此權利之於現實也。天下事，在法律上無論說得如何平等，實際上總不能盡然，此亦無可如何之事。兩漢時代之郡國選舉等等，原未嘗曰：必舉上流社會中人也。然如今日之選舉議員，豈嘗曰："肩挑揹負者"不可被選？然"肩挑揹負者"之被選舉者誰乎？明乎此，則知自兩漢至南北朝之選舉，雖名爲崇尚才德，實則不能逮及於下層社會之人之故矣。夫豈無例外？然終爲例外也。從實際上言之，則自秦以前，及自漢至南北朝，社會上皆有其所謂階級，其時被拔擢而處於治者之地位者，實際上皆爲此一階級之人。所異者，此一階級之人，自戰國以前，則崇尚武力；自漢以後，則崇尚文化耳。然其爲階級則一也。至唐以後，而其情形乃大異。向之所謂被治階級，除"例外"外，決不能被選舉而處於治者之地位。至此則時時上昇而處於治者之地位焉。向之所謂上層社會，其人比較的能世襲處於治者之地位者，至此則時時下降而入於被治者之地位焉。於是治者階級如故，而構成此治者階級之人，則時時變更，若一團體然，其團體雖可永續，而團員則時時變更。以眼前之學校譬之，則南北朝以前，一學校中之學額，恒爲某某幾姓所盤踞，父子祖孫相繼，他姓皆不甚得入；唐以後，則各姓皆可考入，而某某等幾姓，欲永續佔據其中甚難，此其關鍵，全在唐以後科舉，士子之可投牒自舉。此正如今日之選舉，若由今之道，無變今之俗，則肩挑揹負之流，欲當選甚難。然若定有一種法律，肩挑揹負之徒，具有何種資格，即可要求衆人選舉之，且必須於其中選出若干人，則其當選自易也。

（七）

持唯物史觀者有言曰："非意識決定生活，實生活決定意識。"斯言也，無論受若何之非難，然終含有甚多之真理者也。原非謂人之行動，物質而外，別無支配之力。然物質之力終甚大，且更語其精微，則物質與精神，原係一物而兩面，謂物質而外，別有所謂精神，其說先已不立。則謂物質變動，而精神可不蒙其影響，更無是處也。然則人之具有仁、智、勇三種德性者，在物質方面，果宜具若何之條件乎？

"仁"，人必先自己之生活有餘裕，然後能顧及他人。

"智"，人必有相當之生活，使能受一定之教育，然後可有一定之智識。

"勇"，所謂勇者，即於社會上內憂外患之來，能率先扞之衛之也。則必因此故，受有社會上相當之尊敬如好戰之國，人民對於戰士，必特別敬禮，此敬禮，即所以養成戰士奮不顧身，戰敗而還，即自覺無面目見故鄉父老之責任心。與供給。如孟子論堯舜之不暇耕是。然後能養成其此項責任心。

則請持是以觀中國之士之階級。

（八）

中國之無武力，二千餘年於茲矣。南海康氏曰："中國當承平時代無兵。"此說最通。夫非謂無號爲兵之一種人也。然既曰兵，則必先爲之定一界說。爲兵定一界說，至少亦必曰："此種人爲恃以戰爭之人。"然持是定義，以觀中國之兵，則當承平時，幾於絕不含有此種意義。闕額也，不操練也，兵士徒以供護衛與隨從也，將帥之以風流儒雅自矜也，武人之爲人所賤視也，在在皆足以表示此等事實。此何故乎？曰：兵之爲物，不能養之而不用者也。"翕以合質，辟以出力"爲自然界之公理。苟無其質即力則已，既有之，則必將爲一度之發洩，此無可如何之事。故兵之爲物，既有之，不用之於外，則將用之於內。而中國數千年之對外，實無兵可用，何者？人類之發展，常向於氣候溫暖，物資豐富之地。故漢族，當其自中亞高原向黃河流域發展，嘗踴躍於用兵矣。當其自黃河流域向長江流域發展，又嘗踴躍於用兵矣。其自長江流域向粵江流域發展，以原處其地之種族，抵抗之力不大，故無甚劇烈之戰爭可見。然二千年來，中國人之南向而發展者，固未嘗絕也。考歷史上中國與南洋之關係可知。特以斯時物質文明未發達，海洋交通極爲困難，故未能收其地爲領土耳。夫人類之所努力以圖者，蓋有二事。

一爲抵抗天然，利用天然。

一爲改善社會之組織。

抵抗天然，利用天然之方法進步，固可使社會之組織改善。社會之組織改善，亦能使抵抗天然，利用天然之力，日益增大。中國人當未盡得中國本部以前,供給生活物質之"天然"尚虞欠乏,故不得不廣略土地。迨既得中國本部以後,斯時也,將更向東南方面發展耶？則限以茫茫之大海,物質文明未能發達以前,勢不能不以是爲障礙也。將向東北方面發展耶？則爲嚴寒之吉黑。遼東西本中國郡縣。將向北及西北發展耶？則爲磽确不毛之蒙新。將向西南發展耶？則爲崎嶇而乾寒或濕熱之西藏緬甸。夫既擁有本部十八省之腴壤,供給生活之物質,既不虞其不足矣。而復日攫餓者之糟糠,寒者之短褐何爲？則斯時所當致力者,不在獲得物質,以豐富社會生活品之供給之問題,而在改良社會之組織,俾能"利用"、"享受"此既獲得之物質問題。猶人當無田時,當致力於墾荒或賣田,既得田後,則家人婦子,當相密没,相協力,以從事於耕種也。夫所致力者,既在於改善社會之組織,而不在於掠奪物質,則安用兵爲？豈特無所用兵而已,苟有兵,必且爲此主義之障礙,其理又至易見也。故中國自統一以後二千餘年,國家之目的,未嘗欲有兵。（一）秦皇漢武之窮兵,出於一二人之誇大,及戰國時代之餘習,其例外也。（二）其後當易姓革命之際,以及異族侵入之時,固亦一時或發生所謂兵。然此乃迫於事實上之需要而生,非國家亦即社會全體之意思所欲也。故事實一過,其武力旋即凋落,夫此可謂爲社會之病理現象耳。當其常時,則固無兵矣。非無謂爲兵之人也,皆僅可以充隨從,壯觀贍,而其人自視,亦以爲領餉而來,爲生業之一種。若武戲子之必習武藝云耳,兵其名,其實非兵也。夫如是,故中國數千年來,無以武勇受人之崇拜者,對於習武之人,社會所以供給之者亦甚薄,而無以養成此項之責任心。

　　復此,當社會階級未平夷之時,必有所謂世家大族者,此等人所佔據之物質,恒較豐富,其佔據之時間,亦較永久。此但以自漢至唐,若限民名田,若戶調式,若均田令,若租庸調制,所擬分配於平民之田數,與官及貴族之田數一比較之可知。此等數字,皆就當時社會實際之情狀,斟酌定之,非憑空撰擬也。故此等人之生活,在一國中,比較的爲有餘裕。惟其生活有餘裕也,故其利非其所急,且能時時出所餘,以潤澤人。亦惟其生活有餘裕,而治生非所急也,故恒能有暇日,以受相當之教育。故此等人,恒能養成若干"仁"與"智"之美德。自科舉制度興,所謂"治者階級"者,其所佔據之物質,固尚較常人爲豐富。然此階級,人人可入而據之,據此階級之人,失其地位也較易,其生活遂起恐慌而不安定。又以人之求入此階級,較前此爲易也,於是志望爲此階級之人者驟多。雖未能得入此階級,固自以爲此階級中人矣。如讀書而未能得科舉之人。此等人,固亦已棄其他項謀生之途。其既嘗入據此階級而失之者,又時時希望得復其地位,而不肯遂入於他階級矣。夫如是,故所謂"官"及"與官相輔之人"其數有限。而志望爲"官"及"與官相輔之人"者,其數乃遠過之。凡未嘗爲"官"及"與官相輔之人",而社會上稱之爲"讀書人"者,皆此曹也。夫此曹也,固時時有生活之困難臨乎其頭上,而望其皆有暇日以受相當之教育,不汲汲於治生,而又時時能出所餘以潤澤人,焉能得之？此中國士之階級,不仁不智之所由來也。

（九）

人之意識,既爲其生活所限定,則欲今日之士之階級,恢復其昔者"仁"、"智"、"勇"之德,實爲不可能之事。何者？

（1）當咸豐庚申,洪楊軍圍吾邑時,城中不苦乏蔬穀,而苦乏肉食。有一屠者,藏醃肉甚多。乃大昂其價以售之。方是時,居圍城中,人人自危,而彼欣欣然有喜色。持少錢不得肉食者,或怨詈之。其友勸之曰,居圍城中,而府衆怨,將危。彼則曰：吾平日鼓刀而屠,所獲常不得一飽,得此機會,忍更失之？雖危,必以身殉之矣。及城將破,或勸其隱匿,彼戀醃肉弗忍去,卒爲亂兵所殺。論者咸笑其愚。夫非愚也,人情安則樂生,痛則思死,彼其僥倖於至危險之利,而甘以身殉之者,平時生活難之感想,則有以激成之。夫嘗受饑寒之人,對於饑寒之人,其發生同情心也宜較易。而事實上顧甚難者,其前此生活難之感想,有以構成其恐怖慳吝之觀念,如此屠夫矣。然則以中國今日士之階級所處之地位，而望其能兼顧他人，不可得也。

（２）向之所謂士者固愚矣，然非其罪也。人必受教育，然後能得智識，向者買《大學》一本，錢一二十文耳。買《中庸》一本，錢二三十文耳。其他《論語》、《孟子》、《黃自元九成宮》、《王仁堪千字文》……稱是。即並《詩》、《書》、《禮記》、《易》、《左氏》、《八銘塾鈔》、《千家詩》、《賦學正鵠》……計之，其數亦至有限。從鄉曲學究讀書，歲不滿千錢。及所謂大師之門，修洋一二十元，則爲至豐厚矣。讀此等書，從此等師，如何能得智識？其如彼衹能讀此等書，從此等師何？引而置之巴黎之圖書館，柏林之試驗所，敢謂其不能成材？抑向者科舉時代，何以甘取此等空疏無具之人？何不改良其法，以網羅高才博學者？曰：昔王荆公嘗變科舉之法矣。已而悔之曰：本欲變學究爲秀才，不圖變秀才爲學究。以試詩賦帖經墨義時，士惟知聲病帖括，改試大義，士又惟知《三經新義》也。夫非天下之人之甘爲學究也。欲研究學問，必有其相當之供給，與其暇日。荆公若能使一部分人，人人買得起書，人人有餘暇從事於研究，而不必急求應試，急求作官，以謀生活。則人人皆秀才可也。若猶是大多數人，衹買得起《三經新義》，衹有拾敲門磚之工夫，雖百變其法，無益也。

（３）人之努力，用之不外二途。一曰掠奪，一曰工作。而用之於此者，必不能用之於彼。故尚武之群，與殖産之群，二者恒不可得兼。偏於戰爭之群，恒以過剛而折。當其將折時，非無先覺之士，欲稍弱之以自存，然而不能也。愛尚平和之群，恒苦於積弱不振，當其受陁時，亦有有志之士，思自淬厲，以雪讎恥，然而無濟也。拳教師之力，非不甚大，然使之鍛鐵，彼必不耐勞。農作之民，其刻苦忍耐，豈不遠過於他種人？然使之爲盜，彼必不樂從。遼金元清之民，攻戰甚勇，而入中國後，率不能事生産。中國人之耐勞，過於日本人，朝鮮農人之耐勞，更過於中國人。以在東省種水田者比較得之。而戰爭之成績，適與之相反，以此故也。吾觀於此，而得一公例焉。曰"勇"與"事生産"不並立。其理甚長，當別論。中國三代以前之"士"最勇，秦漢時代次之，唐宋以降乃大弱，以此故也。

（十）

今孰不以兵爲患乎？試問東三省之兵，何人也？夫孰不曰胡匪？人將轉問予曰：君江蘇人，江蘇人之爲兵者何人也？予可不待躊躇而答曰：鹽梟居其一部分焉。若是乎，鹽梟、胡匪之爲害於社會也大矣！雖然，予有惑焉。

東三省之有胡匪，江蘇之有鹽梟，不自近年始，顧其始，人之患之，不如近年之甚者，何也？

曰：此易知耳！但有胡匪、鹽梟其人，不能爲患如今日，必加以某種組織，然後能爲如今日之患也。然則教胡匪、鹽梟，使爲"某種之組織"者，誰也？予江蘇人，知江蘇事較悉，請就所知者言之。

往者江蘇之鹽梟，知爲鹽梟而已，組織一正式之軍隊，在法律上獲得相當之地位，因而可以干政，可以迫協商會農會等公共團體索餉，未之知也。乃未及而徵兵之論起，徵兵之論，其始不過曰："欲強國則練兵"云耳，雖淺薄，固未嘗有他項之作用存乎其間。凡淺薄之論，必不能持久，使當時無人利用之，其論固將不久而自息，然後"士之階級中人"，當此時，學陸軍畢業者多矣。練新軍其利也！可謀得辦軍裝等等差遣者有焉矣，練新軍其利也！欲謀充軍營中之書記官等等者有焉矣，練新軍其利也！徵兵之際必設局，可在局中謀得一短期差遣，月支一二十元之薪水，且藉此馳騖城鄉，以遂其輕俠自喜之心理者有焉矣，練新軍其利也！合此種種，一唱百和，練兵之論，遂如日中天。有懷疑者，即罵譏笑侮，無所不至，何論反對？而徵兵之局遂成。夫徵兵，原未嘗曰須征鹽梟也，且期期曰不可征鹽梟也。然以前述數種人，辦理徵兵之事，更何暇致詳？於是鹽梟遂混入新軍之中，於是向者夜行晝伏之鹽梟，遂在法律上，獲得彰明較著之地位，而爲國家正式之軍隊，此誰爲之也？故（淺薄之輿論）＋（欲謀帶兵者）＋（欲謀辦軍裝等差使者）＋（欲謀充軍營中書記官等職者）＋（欲謀得徵兵局中短期差事者)—(鹽梟之軍隊),向使將一之前項,改爲(深沈之輿論)+(眞欲謀强國之人),則其後項固亦必變。然此種前項,在今日之治者階級中,不可得也。

更請以某邑之教育言,某邑之最初提倡教育者,固皆熱心教育之人,不含有他種意味者也。乃未及而鄉曲學究,怵於飯碗之不保,起而團結以與之抗,未幾而一部分人,知利用教育之名,可以覬覦地方公款也,起而組織"庚辛黨",以謀把持教育。則又有一部分人,起而組織"甲乙黨"以分其肥,迨諮議局資政院開,此兩黨者,遂皆漸變爲政黨,以從事於競爭選舉,此時祇求人多勢衆而已,於是鄉曲學究之徒,遂皆被利用,於是某邑之教育機關,遂皆爲"有政黨臭味者"及"鄉曲學究"所把持,遂至國民學校學生,有入校一年,未能識滿十字者。學校教員,有公組之俱樂部,以叉麻將,打撲克。故(鄉曲學究)+(有政黨臭味者)—(某邑今日之教育),使將一之前項,改爲(深明教育者)+(熱心地方公益者),其後項固亦必變,然此種前項,在今日之治者階級中,不可得也。

此舉兩事以爲譬,其他一切,可以類推。

故中國今日,一切罪惡,無不出於"治者階級",凡他階級人之爲惡者,其後縱能獨立成一階級,而其始則無不爲此階級人所利導,所教唆。

(十一)

中國向者所謂"爲治"之機關,官焉而已,構成治者階級之人,則"作官"及"與官相輔"以及"社會上認爲有作官及與官相輔之資格之人"而已,此語尚嫌含混,請更具體的言之。

夫專制時代之所視爲尊榮,以及階級社會,便於掠奪他人之所有者,官焉而已。故"官"焉者,正式的處於治者之地位者也,然以向者設治之疏闊,官之事,官固不能獨理,而希望爲官之人甚多,不能得者,亦思降而求其次,於是有"與官相輔"之人,則所謂"幕"焉者也,然猶不能盡容也。於是有希望爲官而現尚未能得官之人,此等人謂之"士",其曾經爲官,或亦包其子弟親戚等。而在社會上,政治上,保有相當之地位與勢力者,則名之曰"紳",向之所謂"治者階級"中人,盡於此四種矣,此所謂士,爲狹義之士,與本篇標題"士之階級"之"士"字不同。則請進而一觀其生活。

官與幕,皆有相當之入款,足以自給。紳者,既爲官而歸,普通皆有"宦囊",亦足自給。其生活一無所恃,則士焉而已。此種人,除(1)本有資產者,(2)兼營他種生業者,不計外,其生活大抵如後:(3)得官以去者,(4)作幕者,(5)教讀者,(6)辦理各種文墨之事者。(1)(2)兩項,皆居極少數。(3)(4)則官幕有定額。(5)因專制時代,所謂官者,社會既視爲尊榮,而在經濟上,亦處於掠奪者之地位,而獲得之物資較豐富,志望爲之者甚多。教讀者,教人以求爲官之技能者也。遂亦形成一種職業,然此種職業,需要多而供給亦多,(即士之方面,希望恃此以自活者甚多)故競爭之餘,其賣價常極低廉,恃此以自活者,其生活常極窘困。(6)則需要更少,爲士者,大抵視爲副業而已。

當前清捐例未興以前,士之生活,大略如此。即得官以去者,上也。遊幕者次也,恃(5)(6)兩項以自活者,下也。作官之後,則變成所謂紳,其後大抵可溫飽一二世,迨資產既已喪失,則仍變成所謂士,士之階級中人,固亦有改入他階級者,他階級中人,亦有入於士之階級中者,然以二者衡之,則後者恒較多,以君主時代,社會恒視治者階級爲榮,且在經濟上,治者階級,固處於掠奪者之地位,有以誘起人之欲望也。故承平數世,所謂"讀書人"者,其數必日漸增加。

然雖如是,而其數之增加,究不能甚速,此其中固亦有他種原因,然(1)官有定額,人人可自由爲士,而不能自必其得官,得官誠安富尊榮矣。徒爲士,則並無意味。(2)即僅欲爲士,亦必有最小限之智識技能,如作八股策論,究尚非人人所能,亦其原因之重要者也。乃自捐例既開,遂將第(2)項之障礙,一概豁除。斯時官之額固如故也,然亦既告之曰,汝既輸錢,即可得官矣。非如向者之雖習八股試帖,而官仍不可必得矣。人熟肯顧慮曰:官額有定,而捐納者甚多,其終仍不可必得?況乎官額雖不能驟增,而爲長官者,亦時時爲之添設"差使"以資調劑也?則孰不踴躍而來?而於是所謂士者遂驟多,而士之生活,遂大形困難。

而科舉之廢,學校之開,以及官制等等之變革,又與士之生活以莫大之影響。蓋科舉廢,學校開,則向之恃教讀以自活者,皆失其業。官制、官吏登庸法、以及一切政治改革,則向之爲官爲幕者,名義上,事實上,將有一部分失其爲官爲幕之資格。所謂第(6)項,向之爲士者恃爲副業者,實仍恃"士之階級"中人爲顧主,此階級全體之生活,不安定如此,此項買賣之不能有起色,更無待言矣。

而更加之以經濟界大勢之所趨,與他階級人同受之逼迫,於是士之階級,所謂"生活難"之問題,乃日壓於頭上。人孰甘束手待斃?孰不欲求生活?於是任辦一事,此等"欲分一臠"之人,即蜂擁而至。言選舉,則有買票者,有賣票者,有爲之經紀人者。有軍人焉,則思所以利用之,挑撥教唆,無所不至,其極也,至於伏屍百萬,流血千裏,内訌不已,用召外侮,不暇顧也。作官者之所希望,則括得地皮而歸而已,即有真欲作好官之人,然前後左右,如幕友吏胥等,皆但知賺錢之人,否則亦救死不贍,志氣銷沈之人。人人有"我躬不閱,遑恤我後"之思,時時作"朝不及夕,將焉用樹"之想。一人欲作好官,亦必無從措手。

從事於教育者,孰不自號曰,此國家根本之至計,神聖之事業也?實則最大多數,乃向者教館之變相,豈無一二真正熱心者?處此潮流之中,則亦受人之罵譏笑侮而已。豈不聞今日教育界中,亦有所謂"某某係"、"某某係"者邪?此其結合之目的,將以何爲?與世所痛詆之"安福係"、"交通係"、"名流係"等,果何以異?豈不聞號稱中國今日最開通之地,最純潔之人,所組織之團體,而其中理事人員,顧時時鮮衣華服,與商界中人相遇於勾欄,致失商界之信用乎?豈不聞今日之盛言提倡新文化,日撰雜誌,日譯新書者,乃皆向者作黑幕小說之人邪？往者譚鑫培之到上海唱戲，也有一茫不解戲之人，入而聽之，出而稱美不絕。有知其心理者，曰：彼以鑫培負大名，不譽之，則恐人以彼爲不知戲云爾。某邑城周圍九里，而有報館十二家，聞何以爲生？曰："敲竹梗"。如之何其敲竹梗也？請言其最普通之法，擇商界中人之懦者，撰新聞一則以誣之，持稿以示之，曰：賄我數元，則弗登載。不聽，則登載之。而又持以示之曰：賄我數元，則爲汝更正，又弗聽。則至再至三誣之，必得其賄乃已。訟之乎？諺有詠公門之辭，曰："有理無錢莫進來"，報館中人，係何等人物？商界懦夫，其敢與之訟？始終不理如之何？曰：現在商界之情形，與十年前異，店中經理，頗有欲位置私人者，同事中亦有欲相攻擊者，得此誣辭，遂可利用之以爲口實，故不得不吞聲忍氣，而受其"竹梗之敲"也。杜威之在中國，幾於"自西自東，自南自北，無思不服"矣。即杜威亦自駭曰，乃以中國之大，而無一反對我之人！夫豈真無一反對之人邪？贊成反對，皆必先知杜威之學說而後可，吾不知今日，真知杜威之學說者，果有幾人？杜威學說，翻成華文者，共有幾種？今日通西文者多乎？不通西文者多乎？但閱此翻出之數種，遂可謂知杜威之學說乎？抑不讀其書，別有他法，可通其學說乎？即通西文者，撫心自問，於杜威之學說，皆嘗研究乎？退一步，皆嘗粗讀乎？凡此，皆我願質諸今日贊成杜威學說之人者也。不知其學說，而亦貿然贊成之者，曰：不得已云爾。夫何不得已之有？曰：今日社會之人，好相攻擊，杜威正在"流行"之際，不贊成杜威，便可做攻擊之口實，便可有多數人，譁然附和之。被攻擊者，便可失其地位云爾。對於一杜威如此，對於一切新文化，大多數人之贊成_{注意，非謂全體}。皆可作如是觀。

蓋今日士之階級，現狀如此。

（十二）

則請進而言其救濟之法。
此有根本的救濟法，有一時的救濟法。

根本的救濟法如之何？曰：非"劃除階級"不可，蓋中國學術，盡於九流，九流之中，可用之政治上者，儒家法家而已。儒家著眼於社會之光明面，法家著眼於社會之黑暗面。儒家承認性善，法家主張性惡。惟承認性善也，故謂一切罪惡，皆由制度即社會之組織致之。但須改良其組織，則自無不善之人。惟主張性惡也，故謂一團體中，欲禁人作弊，而其利害常與團體之本身及全體團員相一致者，惟有處於總理地位之一人，其他則皆欲侵害團體之公益以自利。故儒家常積極的欲改革制度，振興教化；法家則但主去其泰甚，而恒不欲有爲。漢以後所謂黃老之學者，實祇看得其一面，即道家之法家一面，而道家之儒家一面，則未曾看得，真正之道家，則可以包括儒法二家。

　　夫法家非謂現在之制度爲已善也，亦知制度不善，則處於此制度之下之人，終不可得而善，顧守消極無爲之態度者，則以人性既惡，一團體中，除處於總理地位之一人，既皆欲作弊以侵害團體之利益之人，苟多所興作，則是多假之以作弊之機會云爾。利害與團體相一致者，既常祇一人，以一人監督多數人，其勢無論如何，常不相及，則求治之策，莫如省之又省，非萬不得已之事，皆勿舉辦，則可作弊之機會既少，思侵害團體之利益以自利之人，自無所施其技，而社會可以少安，此法家所以主張無爲之原理也。道家主張無爲之原理，與此又異。設一淺譬，則如有人臥病上海，儒家謂上海之地，不適衛生，必遷至芝罘，乃可健康，故努力於遷居之策。法家則謂上海誠不適衛生，遷至芝罘，誠可望健康，然此一群患病之人，必不能安然遷至芝罘，在路上，必發生更惡之事件，尚不如安居上海，可以苟延歲月。此儒法兩家之異點也。

　　人熟肯以保持現狀爲已足？且現在之所謂現狀者，其惡固已爲人人所公認矣，則安得不贊成儒家之主義？雖然，數千年來在歷史上，則法家之言，往往有驗，而儒家之目的，卒未得達，如漢文帝，則法家之代表也。坐視斯時之民，"富者田連阡陌，貧者無立錐之地"。"分田劫假，見稅十五"。但以除民之田租，爲姑息救濟之策而已。如王莽，則儒家之代表也。斷然行田爲王田之法，以裒多益寡，稱物平施，然天下卒因之大亂，豈田固當爲少數人所豪佔邪？非也。田之當均，誠不易之理。然奉行此均田政策之人，則多數皆不可恃，故均田之目的，尚未得達，而他種患害以生，此即法家之言之驗也。

然則改良之策，終無可施，而社會將永無進步之望乎？曰否。凡社會之某種情勢，恒在某種組織之下發生，儒家之言，誠爲不易。特向者儒家之變法，實仍衹變其制度之表面，而未嘗傾覆其組織之根本，故法家所預料之結果，恒相因而生，而儒家所預期之目的，乃卒不得達。如天下之田土，孰謂其不當均？然均田之事，必恃人民之自爲，即必別有一種政治組織，然後能行之。若仍恃向者之"君主"、"政府"、"郡縣官吏"取豪强之田而授之貧弱，則爲必不可得之事是也。

中國向者學説之大病，在於"認社會之組織，衹有一種"。無論何種政策，皆欲於此種組織之下之，故恒不能收效。如不知君主之可去，而但思極君心之非，豫教太子是也。今既得知他種組織之社會甚多，以資觀感，則當知社會之組織，非不可變，而欲變革一切制度者，非將舊社會之組織，根本推翻不可。既認現社會之組織爲天經地義而欲保存之，又以現社會之現狀爲不滿足而思變革之，是卻行而求及前人也。

天下之大勢，恒自不平而趨於平，中國社會之組織，與歐洲異。其在歐洲，人民與貴族，常相結托，以抵抗君主之橫暴，貴族與人民之利益，比較的相一致，故其結果，君主之權利被制限，而立憲政體出焉。其在中國，則君主與人民之利益，比較的相一致。其原因甚長，當別論。故人民常與君主相默契，以剗除貴族，其結果，則貴族之權利被剝奪，而專制政體出焉。然日中則昃，月盈則蝕。凡物，當其盛滿之時，即其將代謝之時，故立憲之政體成，而人民與貴族之利益，復相分離；專制之政治成，而人民與君主之利益，遂不一致。此歐人今日，所以不滿意於議會政治之由，而中國人一聞選君之議，所以行之惟恐不速也。故當知中國辛亥之革命,實與歐人今日言社會革命相當,而歐人之立憲政治,則中國前此之剗除貴族實當之。天下之大勢,恆自不平而趨於平。歐人今日,欲剗除貴族,斷無仍藉手於專制君主之理,則知中國今日,專制君主既去,而治未能善,斷無可恢復貴族階級之理,亦斷無能恢復貴族階級之理。然一社會之事,固不能無人主持,向者由專制君主貴族階級主持之事,今君主貴族,既不可復,而其事仍不能不辦,則非由人民自起而掌握之不可矣。既欲辦一社會之事,非有仁智勇三德不可。向者特具此三德之一人或一階級人,今既已無有,而又不能恢復,即非進而求人人有此三德不可。此爲今日言民治主義之原理,而亦即救濟中國治者階級之弊根本之法也。

一時的救濟法如之何? 曰: 此則法家之言,仍不可不用,且有至大之價值。何則? 法家之言,即謂一團體中,欲禁人作弊,而其利害常與團體之本身及全體團員相一致者,惟處於總理地位之一人,其他則皆欲侵害團體之公益以自利。乃實驗向者治者階級之情狀而得之,非憑空構造之談也。

今日全體人民,其仁智勇,既未能均平發達,而至於無階級之地位,則治者階級,當然尚存,治者階級既存,則其此項情狀,亦當然存在,此項情狀尚在,而向所發明對治此項情狀之策,即法家之言。乃廢棄不用,此如病未瘉而先絕藥,可乎? 蓋天下之患,莫大乎朋黨之論爲公論,何謂朋黨之論? 代表一階級之利益者是也。古代所謂朋黨,與後世所謂朋黨異義,而頗與現在所謂階級相當,即不必爲有心之結合,雖生而莫能自外之團體,亦該括焉。

何謂公論? 代表全體人民真正之利益者是也。真正二字之義,見第三節。治者階級,則亦一階級而已。其所言,則代表一階級之利益而已。非必有意矯侮,即其人誠熱心於代表全體之利益,亦恆不免此弊。而顧以爲足以代表全體之利益,則向者之君主,固亦足爲一階級,特其人數少耳,謂其所欲皆爲全體人民所公欲,可乎? 今請設一淺譬: 凡人飲食急乎? 學問急乎? 則必曰飲食急矣。然則當無食之時,可否暫輟學業? 則必應之曰可。然則今日之直豫魯三省,可否暫時將學校停辦乎? 特此以關教育界中人，必不能斷然遽應曰可。"人雖無食，而學校仍不能停辦。"此亦爲一理由，然此言出諸教育界中人之口，則不能認爲正當，非謂其必有心自利，即誠無心自利，其見亦恒爲一階級所蔽故也。故（全體主張學校當維持論）－（教育界中人之論）＝（真正學校當維持論）

推斯義也，則（全體舊國會當維持論）－（舊國會議員之論）＝（真正舊國會當維持論）

（全體兵不可裁論）－（督軍師長……依附軍人之人……之論）＝（真正兵不可裁論）其他一切，皆可由是推之，今日之誤在少此一減號，而貿然即加以等號也。目前救濟之法，即在施行以減數減被減數之一手續，然後以其所餘者，認爲真正之差。既得此真正之差，則目的明，辦法定，而實行之事，可自茲而始，此一時的救濟法也。

（附記）觀此篇第八第九節所論，則知中國決不能成爲軍國主義之國，中國人之欲行軍國主義，及外人慮中國人之將行軍國主義，如黃禍之論者，皆妄也。然凡社會之某種情狀，恒在某種境遇之下發生，無此境遇，而欲其發生此種情狀，固不可得。有此境遇，而欲其不發生此種情狀，亦不可得也。中國人之好平和，以無崇尚武力之環境耳。苟有國焉，必欲舉中國之土地而獨佔之，中國之人民而奴隸之，是舉中國人，置之"崇尚武力之環境"中，而鍛煉之數十百年，豈得謂中國人不能翻然一變，而爲好侵略之民族耶？此固非中國人所願。然苟至此，亦豈世界之福？而身當侵略中國之役者又如何？好侵略者其思之。

（原刊一九二〇年《瀋陽高師週刊》第十八～二十一期）

國民自立藝文館議

益人神智之物，無過於書。蓋知識進步，必由賡續。設無書籍，則前人之所得，無由傳之於後；即能傳，亦必極少，以並時論，彼此所得，亦不能互相灌輸。後人凡事須從頭作起，極不經濟也。許慎序《說文解字》曰："文字者，前人所以垂後，後人所以識古。"即是此意。今人每譏徒讀書，不經驗事物爲無用，此誠然，然亦視乎其讀之如何耳。苟視書自書，事物自事物，二者判然相離，此等人，即日令經驗事物，亦未必有晤入處。苟視書之所述，一一皆如事物然，則讀書原與經驗事物無異。天下事物多矣，豈能一一身驗？況有出於吾身以前，不及目擊者邪？

吾國歷代政府，頗以保存書籍爲己任。每當一朝開創之初，或則數世承平之後，必先懸賞徵求，派員校理，然後付之繕寫，加以庋藏。自漢之中秘，以迄清之四庫，其道一也。所猶有憾者：（一）則古代文化，尚未擴大，學術本少數人所專有，書籍亦帶有"重器"性質；（二）則印刷術未曾發明，鈔錄惟艱，故祇能保存，而不能散佈。所存既少，一經喪亂，遂致佚亡。此則有待於後人之改良其法，以彌補其闕者矣。

清代印刷術，業已進步，四庫之書，本可次第印佈。然仍不過繕寫庋藏；雖用聚珍版印行一部分，然所印究不多。則以沿襲歷代辦法，未能驟變也。然此項藏書，共有七部；較之歷代，已爲獨多。故能傳至今日，尚有完者，此不可謂非所存較多之效矣。

今日政治既已易爲民主，文化事業，亦日益擴張；則舊時書籍由政府搜集保存之法，已不足用。當別立完備之法，由人民自任之。此不獨謂共和時代，社會事業，不當倚賴政府也；即就事實論：古代文化幼穉，書籍不多，故一政府之力，可任搜集保存之責。後世文化漸進，書籍日繁；不特固有者概須網羅，即新出者亦宜隨時徵集。由政府設一機關，經若干時而裁撤，其不足以蘄完備也決矣。審如是也，則今後搜集、校理、皮藏、流佈書籍之機關，如清之四庫館者，當由人民自立，實毫無疑義也。

此項事業，看似艱鉅，然向以一政府之力，割行政經費之一部分，尚克舉之；況在今日，合全國人之力以圖之乎？夫惟必賴政府之力，且必取資於政費，故非至承平時，則人力財力皆有所不給。曠觀歷代潛心文化，愛樂典籍者，即逢喪亂，常不乏人，則不以政局之紛擾，財政之艱窘而受影響矣。此又人民自立之利也。

四庫之名，因舊時分書籍爲經史子集四部故。此項分類之法，在今日既不適用，則四庫之名，亦不宜沿襲。且我民國，創制□□，要當度越前規，一新天下之耳目，亦無取襲勝朝之舊名也。案歷代書籍，正史皆有專志；或稱藝文，或稱經籍；而藝文立名較古，今日宜即用之，由人民自立一館。其設立之地，以目前情勢論，似以上海爲最宜。以其交通利便，爲中外所湊集也。徵求、印佈，以及建造新式避火房屋等，一切皆易，即有意外之變，遷往他處保存亦易。其款項，當純由人民自籌。將來或可藉行政經費補助，然創立之始，必宜由人民自任之。爲數雖鉅，然合全國人之力，自不患其弗勝。且既成常設之機關，可以隨時擴充，一時即不能集鉅款，亦不足慮也。凡事創始最艱，既植其基，擴充自易爲力。

此舉苟成，目前所宜亟爲者，凡有四事：（一）廣搜舊有之書，（二）加以校理，此皆從前政府所已爲；（三）調查各書有無刻本，有刻本者，善否如何？就其無刻本，或雖有而非善本者，次第刊佈；（四）新出之書，隨時審定著錄，此則從前政府所未克舉也。凡舊書重經校理，及新書著錄者，宜隨時刊佈其目，並加解題，以便學者。書之有刻本而不善者，校理之後，或但刊校勘記亦可。此外可辦之事甚多，非一時所能及，亦非此篇所克舉矣。搜求舊書，所以費鉅者，以善本索值之昂也。此等善本，不惟可以校正訛誤兼可考見原書鈔寫刊刻之真相，誠亦有用。然苟財力不及，即但借校一過亦可。因書之所重，究在内容，版式其次焉者也。

　　清代之《四庫全書》，誠爲可寶之物，印刷流佈，亦誠有爲有益文化之舉，然謂即此遂足代表我國前此之文化，則未也。蓋在清代，文化業已擴大，書籍業已甚多，斷非一政府之力，所能搜羅完備。況當日分別著錄存目，實由政府所派之員，於短時間內定之。此少數人員，縱號博通，短時間之評騭，豈能無失？當時又有因忌諱之故，不敢著錄者。但觀《存目提要》，即可知之。清代學術，極盛於乾嘉道咸以後，又異軍蒼頭特起，古書輯校善本，亦多出於此時。然《四庫》著錄，僅及乾隆初年；此項要籍，百不具一。故舉吾國現有書籍，分爲《四庫》所有及《四庫》所無者兩部校之，則《四庫》所無者，必多於《四庫》所有者。就其同有者，而比校其傳本之善否，後者恐亦將較長。故清代之《四庫全書》特我國大叢書之一種耳；謂其在吾國書籍中當佔一位置則可，謂其價值遠勝其餘之書，且足包舉前此書籍之大部分，則誤矣。凡作事當有方新之氣，乃能後勝於前。民國肇建，革千古之帝政，還漢族以河山，此義尤當人人共喻。文化我所自有，非滿洲人有以外鑠我也。我國文化，久擴佈於全國，即富力實也藏於民間；王室者，一較大之富室耳，其所爲之事，不能遠勝於人民也。顧今日猶有不知真相，一聞清室所藏之物，所爲之事，即震炫，謂非吾儕所能夢想者，此則大非民國之民所宜有此心理者也。因近今商務印書館謀影印《四庫全書》，事被阻滯，國民頗有愴歎者，吾故作此篇，以廣國民之意。孟子曰：“責難於君謂之恭。”又曰：“齊人無以仁義與王言者，豈以仁義爲不美也？其心曰：是何足與言仁義也云爾，則不敬莫大乎是。”吾之所以責難吾國民者，猶孟子之所以望其君也。至影印《四庫全書》，自是佳事，吾亦非薄是而以爲不足爲也。今日國民若果有魄力，則《四庫全書》，但須先行保存。更搜羅其所未備，校改其所未善。可成一民國全書，刊佈世界，正不必汲汲刊行清代之《四庫全書》也。但以今日之情勢，搜補校訂，皆非易言，而頻年葷苻遍地，烽火連天，即殘存之《四庫全書》，亦且岌岌有不保之慮。先行印刷若干部，以圖保存，原無不可。然須知此乃目前苟且之事，國民振興文化之責，尚有待於將來，非可以此而即安也。若以此爲遂足宜宣揚我國之文化，我國民可更無所事，亦更無能爲焉，是使民國之國民，不如滿洲之政府矣。

（原刊《東方雜誌》第二十二卷第七號，
一九二五年四月十日出版）

毁清宫迁重器议

清宫诚妖孽哉！民国之建，十有五祀，犹有扶服跪拜，自托於怀思故君，以惑众者。语曰：败军之将，不可以言勇，亡国之大夫，不可以图存。非以成败论人，其人诚不足用也。人之可用也，以其诚，其不可用也，以其伪。昔有甲乙，相约死难，已而甲使人觇，乙方问家人，曾饲畜未？笑曰：畜且不能捨，况於身乎？而乙果不死。夫自清之亡，以迄今日，有张勋之叛亡，有冯玉祥之斥逐，位号再替，君后奔逋，为之臣者，诚宜仗节死绥，椎心泣血矣。而皆屏居林泉，匿迹租界，贪冒财贿，渝靡衣食，或以声色自娱，或为文酒之会，其优游暇豫，虽太平之民无以过也。岂真有伏节死义，效忠故主之心哉？彰善瘅恶，治国首务，况当俗溺道丧之馀，尤切改弦更张之义，岂宜纵放魑魅，横行白日哉？裁抑其人，遏绝其说，诚首务也。或曰：清臣之眷眷於其君，匪以忠爱，实为禄食，前岁溥仪至天津，其臣有固请东渡者，匪爱其君欲措之安，其人有别业在日本，将售之溥仪，以求册也。信如是也，匹夫无罪，怀璧其罪，今日清宫之宝物，固不可不思所以措置之矣。冯玉祥之斥逐清人，或曰匪知大义，实利其宝也。众口一辞，既已不可辨矣。近者张作霖等人通电全国，谓鹿钟麟等将焚清宫，挟其宝以行。局外揣测之论，军人诋訾之辞，信否姑置勿论，而使万国讥吾国人惟财贿之知，则大辱也。邾娄定公之时，有弑其父者，公曰：寡人尝学断斯狱矣，臣弑君，凡在官者杀无赦，子弑父，凡在宫者杀无赦，杀其人，坏其室，污其宫而潴焉。夫宫室何罪，然必潴坏之者，所以昭炯戒示来许也。建夷之初，豕膏涂身，人溺洗面,賴我牖教,漸致盛強,不圖木桃之報,而爲封豕長蛇,荐食上國,揆之人倫,梟獍之比也。污壞其宮,以示鑒戒,且使國人毋忘陸沉之禍,義至切矣。今之人必曰清宮之建,民之力也,留之可以觀萬國詒來葉,毀之則可惜矣。夫治化之美,不在宮室,齊景公問政於孔子,孔子對曰:君君臣臣,父父子子。公曰:善哉!信如君不君,臣不臣,父不父,子不子,雖有粟,吾得而食諸!子貢問政,子曰:足食足兵,民信之矣。必不得已而去,於斯三者何先?曰:去兵。必不得已而去,於斯二者何先?曰:去食。自古皆有死,民無信不立。有國之患,匪無貨財,民不知義,則內不能安,外不能攘,最大患也。然則清宮雖有阿房建章之宏,井干麗譙之華,毀之足以明大義,振民心,猶不足惜也,況其不足觀乎?古物宜保,以去今遠,人徒見古之可懷,匪慕其物之淫侈,有益於仁,無害於義,是以宜保。若其不然,利害之數,正未易論,況於清室,久託民國之下,猶冒帝王之號,使民聽眩惑奸。夫假藉其爲害義,豈曰微小,潴壞其宮以示順逆,豈待再計哉!至其所庋,皆吾菁英,宜遷之武昌,建館貯之,光復之業,子孫不忘,非徒曰齊器設於寧臺,故鼎返乎曆室而已,必於武昌,誅所造也。

建國首要,在明順逆,馮玉祥之爲人,反復不足道,然其斥逐清人,廓清首都,其事不可非也。段祺瑞號忠於民國者,曾不能竟其功,反沮尼之。吳佩孚勇而不好賄,其人誠有可取,然今日,燕趙宋衛陳蔡之民,流離死亡,曾不知恤,而其部曲北師,首以保護清陵,告示天下,順逆不明,可勝嘆哉!清室死灰不可復燃,然袁世凱稱叛於前,張勳肆逆於後,大義不明,國未有以立也。昭示順逆,於今尤亟,吳佩孚入都宜亟毀清宮,遷重器武昌,如吾所言,以示全國。又奉天興京之名,清代所立,今日沿之,於義無取,且吾族之恥也,宜亟改之。張作霖固有忠清之嫌,亦當藉此以自白也。

(本文寫於一九二六年,原刊《呂思勉先生編年事輯》,
一九九二年十月出版)

鄉政改良芻議

一、鄉設初級法庭議

古之聽訟，有與今大異者。《周官·大司徒》：凡萬民之不服教而有獄訟者，與有地治者聽而斷之。其附於刑者歸於士。注曰：有地治者，謂鄉州及治都鄙者也。《王制》曰：成獄辭，史以獄之成告正，正聽之。注曰：正，於周爲鄉師之屬。《周官》之制，萬二千五百家爲鄉，則萬二千五百家，有一聽訟之官矣。後世之縣，實古之國，鄉官聽訟之制既廢，赴訴者必於縣令，猶古無聽訟之官，而赴訴必於國君也。聽訟繁，則勢不能徧理；相去遠，則更役藉獄訟以魚肉人民。而官弗能禁。爲官者無如何，乃戒民毋訟。若曰：訟必破家，與訟而破家，無寧不訟而相讓焉。於戲，是自承其聽斷之不明，辦理之迂緩，不能爲人民保障權利也。是自承其不能約束胥役，使無擾民也。不其惡與。然此非官之咎也。以羈旅之身，臨百里之地，欲爲民理獄訟，一一皆得其平，其勢固不可得也。《周官》鄭注曰：爭罪曰獄，爭財曰訟。此刑事民事之分最古者也。訟可相忍無赴訴矣，獄則如何，亦將憚擾累而毋訴之官與？而世之私和人命者多矣。然即訟，亦不可不告之官也。不告之官，必由親族長老，爲之平亭。親族不能無所私，鄉有很戾者，雖長老亦畏焉。調處則不得其平，乃使強者多，弱者少。乃曰：強者之必多，弱者之必少。勢也，無可如何者也。使強者弱者，均必不能相安，無寧使強者多，弱者少，猶可各安其生焉。然則弱肉强食，事勢固然，而何貴有爲之平亭者與，公理何時明於世哉！今日民事率許和解，貴調息，此亦社會程度未及，公理未信也。將來此等皆應由官秉公處斷，不許人民各行其私。且聽訟者，非徒平兩造之爭，亦所以教萬民也。何也？禁一勇者不得侵怯，而勇者不侵怯之義彰矣。禁一知者不得詐愚，而知不詐愚之理明矣。國家之有法律，非徒以保障人民之權利，亦所以增益其德行也。故曰：大畏民志，此謂知本。然則司法之官，亦教官也。夫司教者，必其知足以教民者也。古者俗樸而治國之道簡，鄉州都鄙之老皆知之。故足以聽訟。後世法令如牛毛，世恆以此語爲訴病，其實不然，所以如此者，一由世事之繁複，一亦由治斯學者剖析日精也。雖專門名家，有老死不能盡其辭，通其意者。而謂鄉曲之士足知之乎？行政官之不兼司法，非徒慮其藉以虐民，非徒曰日有不暇給，亦其知有所不逮也。而況於鄉州都鄙之老乎？法律知識，必求其普及於齊民，然不能人人而教之，雖如明太祖，蘄民讀大誥，許以犯罪減等，猶亡益也。然則普及法律知識如之何？曰：莫如寓之於聽訟。民間有一事出，官之判斷，悉根乎法，又能將其所以然之故，委曲曉諭，使兩造洞然於胸，並使凡觀者傳聞者，皆洞然於胸焉，則此一事之法律，民知其大要矣。日斷一事，年斷三百六十有六事，皆如此，則民之知法律者多矣。今司法官所轄地大，其去民遠，故其所斷事，人罕知之。或知其大較，亦傳僞多多失實。若鄉設一初級法庭，則其所斷，民無不知之者，此普及法律知識之良圖也。鄉設初級法庭，實當務之急也。或曰：如費財多何。曰：鄉者民有爭訟，請親族長老平亭，能無所費與？苟善理財，此等皆可化爲租稅，而歸於公，以設初級法庭，綽綽然有其餘裕也。或曰：鄉者司法惟一縣令，胥役之擾民，則既如此矣。鄉鄉設之，不能無用吏役也。約束吏役，雖廉吏猶難之，其擾民不大甚與。曰：縣令去民遠，勢不相及，故胥役可以擾民。今鄉而設之，其所治小，去民近。所治小，故約束胥役易；去民近，故民之畏胥役不甚也。古之聽訟，蓋無不在衆屬耳目之地者。《王制》曰：大司寇聽訟於棘木之下。棘木在外朝，固人人所可至，惟男女之陰訟，乃聽訟之於喪國之社耳。故其決斷當否,人人知之,而兩造之曲直,官亦可覘輿情而知之,不必其執鐶而觀者而訊之也。衆皆環而觀之焉,則其情自可知也。孟子曰:國人皆曰可殺,然後殺之。《王制》曰:疑獄,氾與衆共之,衆疑,赦之。由此道也。後世司法之官少,去民遠,聽訟雖許衆觀,惟城市之民,乃能鵠立縣廷,鄉人不能也。故法益繁,民益願,知法律者蓋寡,有事,依其積習處斷而已。法律不必盡依公理,究愈於積習,故法律之用益廣,公理益伸。且法律所以不能盡依公理者,以民知公理者寡,遲俗大甚,勢不能行,乃不得委曲遷就焉。故理法學者剖析如牛毛,而民猶執其粗略之俗以斷事;理法學者誦全世界最新之説,而民猶守其千年之舊習。若人身之有老廢物也。法一而俗不齊,人人守法,則所守者一;所守者一,則寡爭,人率其俗。是非善惡之相違,若水流濕而火就燥也,則爭益繁,故言治者必貴風同而道一。欲風同而道一,必自人人守法始。然則刑期無刑,必自普及法律知識始。欲普及法律知識,必使錐刀之末,皆訟之官,皆斷以法。昔之所謂無訟者,抑民詘而不求信,求信而不於官,是禁民訟也,是使民不得訟也,非無訟也。

二、改任鄉政局長議

國必有本,治必有基。國之本惟何?民是已。治之基惟何?事無不舉是已。

今試行中國之鄉邑,問其戶口,共有幾何,不可知也。室廬不葺,道路荒蕪,盜賊劫掠而莫能禦,宵小潛伏而莫能察。以言乎教育,則學齡兒童,有若干人不可知,成年而失學者有若干人,又不可知。以言乎風俗,則抽頭聚賭,開燈私吸者,公正人士,熟視而無如何,員警且藉以牟利焉。以言乎法律,則舉國莫知爲何物,強凌弱,衆暴寡,到處皆然。人命大半私和,而夫虐妻,父母虐其子女,舅姑虐其子婦者無論已。以言乎生計,則農服先疇,工守舊法,商循已事,新法可採,舊業將敗,悉茫然也。以言乎衛生,則居處衣食,舉不潔清,疫癘時起,莫能防治,傳染輒數百千里,死者至數千萬人,恬不為怪也。此等境界,可謂天下之至苦,亦極天下可哀者已,而其人民莫能自振,國家日言振民,亦卒束手無策者,何也?

蓋凡事必有其行之之機關,亦必有其行之之人。有人而無其機關,則徒善不足以為政。有其機關而無其人,則徒決不能以自行矣。古者大國百里,次國七十里,小國五十里,曾不及今之一縣,而有群卿大夫士以治之。田畝則計口而授,室廬則度地以居,商賈定廬以通有無,管子言百乘之國,一日定廬,二日定載,三日出境,五日而反。百乘之制輕重,無過五日。千乘萬乘之國,視此有差。古之商賈,計國饒乏,以謀平準,非如後世,徒自為牟利也。工官度用以造械器,孟子言萬室之國,一人陶,則可乎明古者工官,度民用之多少,以造械器也。凡屬人民之事,無不詳加規劃,井井有條,非如後世,一任其理勢之自然也。故三皇五帝,以至於周,人口之庶,生利之法,遠不逮今。而貴族之虐取,爭戰之頻仍,交通之艱阻,尤非今日之比,而其治化,猶蒸蒸日上焉。立乎周秦之間,追溯義農之世,其相去,不可以道里機計。嬴秦而降,政體既更,專制之主,但求保其大位,傳之子孫,於是不求所以安天下,而但蘄與天下為安;不計所以治天下,而但冀天下之不亂。古者鄉遂設治之密,漢世三老嗇夫遊徼之職,猶存遺意。而自魏晉以後,則廢墜於無形矣。漢世郡縣之佐,皆用本地方人,猶能熟悉情弊,有所興革,而自隋以後,則盡易以他郡人矣。縣官高居於上,閭閻情狀,本難週知,加以必用遠方之人,又不使久於其任,遂至形同瞽瞶,一任吏胥衙役之播弄。其位,乃古國君之位,其所處之境,所操以為治之具,則雖使冉有季路復生,無以善其後也。孔子曰:孟公綽,為趙魏老則優,不可以為滕薛大夫。孟子言滕截長補短,方五十里,其大夫所治,不及今之一鄉矣。而孔子重之如此,知牧民之事,非可易言也。後世自縣官以下,三老嗇夫等職,一切無有,則是百里之國,有君而無卿大夫士也,其何以為治?

蓋今之所謂縣者,在西周以前為一國。春秋戰國之世,則為軍區。秦漢之縣,皆沿自春秋戰國之世。春秋戰國時之縣,則大國滅小國爲之。楚縣尹稱公,其所治之地,誠古公侯之國也。古者國各有兵,滅國之後,因仍不廢。故蘧啓疆謂晉十家九縣,長轂九百,其餘四十縣,遺守四千。而楚靈大城陳蔡葉不羹,賦皆千乘,欲以威北方之諸侯也。本可以衛民,而不可以治民;可以提衆事之綱,而不可以治事。今之縣令,位甚卑,權甚小,財甚窘,而事極繁,責極重,佐之者又無其人,固不足以善事。然即高其位,大其權,寬其財,多其佐之之人,而責之以凡一縣之事,其勢亦不克舉。何者?地太廣,人太多,事太繁,本非一令及十數佐理之人所能治也。且如農業,必濬其溝渠,修其堤堰,相其種播之種,計其耕墾之具;方播種,則貸以資本,勸其工力;及收穫,則謹其畜藏,便其輸運;然後可以興盛,此豈一手一足之功乎?故古者三十里則有一田畯主之,國君則春省耕而補不起,秋省斂而助不給而已。此則今之縣分所能爲也。然徒省耕省斂,遂足以興農業乎?必不然矣。故今者,必使鄉自治而縣祇監督之,纖悉之務,盡歸於鄉,必其涉及數鄉者,乃由縣爲之規劃,分其事而總其成,而後可以爲治。

夫如是,則地方自治重矣。然自治廢弛已久,民習見土豪劣紳之把持,且以爲義當如此。即強奪其所把持者而還之民,民亦不自舉。民既不克自舉,勢必仍入土豪劣紳之手。即其初之奪之,亦徒有其名耳。故今者,必有智識較高,權力較大之人,以沿一鄉之事,而後可以破土豪劣紳把持之局,而領導人民以行自治,則捨改鄉鎮局長之選舉,由中央以考試任用,無他策矣。鄉者鄉鎮之治,未爲法律所明定,雖有有志之士,欲謀鄉里之公益,恒苦於手無斧柯,是爲無治法。今日鄉鎮局長由人民選舉,必不能得才德之士,且不免爲土豪劣紳,添一護符,是爲無治人矣。苟由中央嚴定資格,而以考試錄其人,則其智識必高;智識高,則於一鄉之事,應興應革者,皆可瞭然於心,不至如向者之安於簡陋,視爲固然;亦不至爲不便改革之淫辭巧說所惑也。由中央任命,則權力大,土豪劣紳不敢與抗,即抗亦有以勝之,不至如向者地方公事,悉成把持者牟利之具也。夫然後利可以興,弊可以除,民乃有欣欣向榮之望,民乃凡事皆可以人力整頓也,乃不至如向者一切束手,因任理勢之自然,民乃知磨其才能,增益其智識,皆有所用之。而其效可立見也,則將爭自奮礪,而其有智識才能者,自亦爲人所欽仰,將畀之以重任,咨之以大謀,而況鄉鎮局長。又從而激厲之,教導之,拂拭之乎?不過十年,民智必大開,民德必日進,民才必日劭,事事可以自治,鄉鎮局長且不勞而理矣。此則訓政之實也。

今宜定法,凡鄉鎮局長,皆有中央以考試任之。畢業於國內外法政大學者得與試,爲之佐者,當有一定資格。經考試任用准此,必嚴其應試之資格者,如是乃習之有素,不至於僥幸於一時也。既嚴其資格,仍必試之而用者,以今國內外學校,畢業試驗,皆不能甚嚴,挾文憑而椳然無所有者甚多也,所以試之者必稍難,考試乃不致徒有其名也。考官由中央派遣,試題亦由中央命之,臨時電傳,收卷畢,即日郵遞中央,由中央另行派人閱看。考官除監試外無所與,則不待嚴爲關防,而弊自絕。鄉鎮局長之祿,視其地生計程度定之,計生活必須之物,依其月平,給以錢幣,大約什上農夫之所獲。爲之佐者,任之以至於什之,年勞深者遞加。鄉鎮局長,不宜去鄉過遠,亦不宜即任本鄉,當以去鄉二百里至五百里爲限,則不患情形之熟習,亦不慮親戚故舊之掣肘矣。任職與否,縣令察之,宜詳爲條格,列舉實跡。且如教育,計若干月,當籌得經費幾何,則當擴充教育,至於如何。應籌得之款而不能籌得,推擴張之租限,而有所虧欠,必歷述其所以然之故,過不在鄉鎮局者勿問,而不然者罰。又如道路,若干月之中,能籌得之款項幾何,則應修造幾何,而籌之款而不能籌得,應修造之路而不能修造,必歷述其所以然,過不在鄉鎮局者勿問,而不然者有罰。他皆倣此。鄉鎮局長,以三年爲一任,三任皆克舉其職,得考陞縣令。不樂爲縣令者給縣令俸居原職。縣長三任無過得陞任監察院內政部官,以縣令秩居鄉鎮局長職滿三任者亦如之。已任監察院內政部官若縣令,願任鄉鎮局長者聽之。祿秩從其優者。然則人益重鄉鎮局長,而鄉鎮局長,得此資深望重,學歷中外者以居之,自亦足以重其官。人民益訴慕景仰，樂從其教令，土豪劣紳，將聞風斂跡，不敢嘗試。事無不舉，地無不治，民無不樂其生而勸於善，治有其基，國本固也。此非獨法古昔，外國行政區域，本無若吾國之大者，數萬人則盡爲一縣而治之矣。吾國疆域大，人口衆，所以摶結而提挈之者，或當有異於人，而理之之法，不能異也。

今之論者，亦知人民之不能遽自治也，而曰訓政。亦知爲治之基，必在纖悉之民事也，維欲使國民黨員，從事於勸農築路等事，命之曰下層工作。殊不知工作必有程限，必有職權，非可但週歷田間，緩頰說諭也。今之責黨員以此等事者，既不爲劃定其所當從事之地，又不爲明定其辦事之權，又不爲籌定其辦事之款，而徒曰與縣令而已。然則其人有何事可辦，將使之出入風議於縣署乎？且欲舉民事，必有實跡不能徒恃口舌，其人必有權任，其事必有考成。此非行政官吏莫能爲，本非可責之黨員也。今之少年，學成而無事可作，於是競於空想，而高談異論，乃風行於一世。高談異論，固亦有至理。人人自安於卑近，將社會永無進化之望。然將來之蘄向要，目前之腳步尤要。人人能爲高談異論，而人人不能作目前之事，勢必議論日多，向方益迷，情感愈激，遂至水火。今日之蜩螗沸羹，此亦其一因也。其實天下人好作實事者多，好騖空想者少。今日之競騖空想，乃無事可作，迫之使然也。所以離事可作者，則以向者之爲治，有其顛而無其基。故中央患人滿，省政府患人滿，縣政府患人滿，而人之樂作事者，仍無事可作也。鄉政舉，則只患人才之不足於用，而不患其多。樂從事於政治者，皆不患無所藉手，以自靖獻矣。此亦今日所以安人心而使少年漸趨於正規之一道也。

（原刊光華大學政治學社編：《政治學刊》第一期，
一九二九年十月十日出版）

所謂鐵路附屬地者

此次中日爭點，在於撤兵與談判之先後。然日本即如我意，先行撤兵，亦僅撤至所謂鐵路附屬地者耳，仍我之土地也。鐵路附屬地之情形，國人或不甚瞭瞭，去歲九月申報，載有瀋陽通信，述之頗詳。今錄如下，以供抗日者之參考焉。

原文云：今日南滿鐵路之干綫，乃日本以暴力繼承俄國有期租用我國之一路綫，其使用地之主權，固仍操之於我，即其使用地內之司法行政員警等權，根據條約，亦未嘗喪失也。惟自日本繼承以後，非法侵權，無所忌憚。而我方亦噤若寒蟬，聽其所爲。浸淫既久，不惟司法行政員警等權不復容我置喙，即鐵路用地，亦任意向界外侵佔。又奉安鐵路，本係中國直接准其購地敷設，最初即置有我國員警，司法行政之權，亦未嘗讓予。乃日人竟將奉安路變爲南滿路之支綫，以同一支設施，統稱之曰南滿鐵路，所有兩路之鐵路用地，巧立名目，稱之曰附屬地，以實行其統治權。復逐年肆意侵佔，以擴張其統治范圍，迄於今日，蜿蜒南滿之鐵路，達一千九百四十餘里。南滿干綫一二一七里，安奉綫五〇七里，其他支綫二二〇里鐵路用地，達三十五萬二千餘畝，大逞其統治之威權，置公法約章於不顧。更於沿綫各地，築砲臺，佈電網，種種防禦，不一而足。我方官民，亦祇目爲禁地，視爲畏途，未聞有主張據理抗爭，亟圖抵禦者。茲特就已往條約之根據，及日方公表之侵佔統計，對於鐵路用地之由來，及其歷來之侵佔情形，附述於後。國人不少關心東北國土者，希予以注意，而亟謀抵制也。

　　鐵路用地之由來，日人南滿鐵路之建築，既繼承於俄，則其所應享之權利，當然以俄得自中國者爲限。在條約上之根據，亦當然以中俄間關於該路所訂之條約爲準則。查中俄間所訂關於南滿鐵路之條約，即清光緒二十四年之東省鐵路枝路合同。此合同之所規定，除該枝路之特殊事項外，大體原則仍以光緒二十二年所訂之東省鐵路公司合同爲依據。該合同第六條云："凡該公司建造經理防護鐵路所必需地，又於鐵路附近，開採沙土石塊石灰等項所需之地，若係官地，由中國政府給與，不納地價；若係民地，按照時價，或一次繳清，或按年向地主納租。由該公司自行籌款付給。由該公司一手經理。准其建造各種房屋工程，並設立電綫，自行經理，專爲鐵路之用。"其規定鐵路用地之取得，與其處理之許可權，極爲明顯。又據該合同第五條云："凡該鐵路所用之人，皆由中國政府設法保護，所有鐵路地段命盜詞訟等事，由地方官照約辦理。"是鐵路租用地內之司法權行政權，均歸中國地方官辦理。彰彰明甚。惟當俄人築路之始，鐵路用地內，祇許中俄人居住，不許第三國人侵入，即已暗中伸張其行政權。其後我國爲抵制計，乃於光緒三十一年之中日東三省善後條約，開放商埠十六處，多在各鐵路之重要地點，意在將此等地方，完全開放，以免日俄之單獨把持。乃日俄均藉口東鐵合同第六條中，一手經理之語。按照法文，係照有統治全權解釋，實則該條文意，一手經理，乃指建造房屋與電綫而言，與統治權固風馬牛不相及也。乃雙方爭持，久未能決。迨民國七年以後，始將中東路之司法行政員警權，完全收回。而與該約同一根據之南滿鐵路，則竟成例外，仍實行其所謂附屬地之統治權。近數年來，更變本加厲，毫無顧忌，彼所謂附屬地之界綫，既不時擅自擴大，即路綫兩旁之用地，亦屢屢移轉其界石，國際間非法之舉動，蓋未有甚於此者。

　　鐵路用地之侵佔，今之南滿鐵路，包括安奉鐵路在內。俄人建築南滿枝路時，佔用地究則若干，已無從查考。日人建築安奉路則購地之數，有案可稽。清末以來，日人積極經營此兩路綫，不遺餘力，沿路之地，恒被侵佔。析言之，可分爲路綫所佔地，車站所佔地兩類。（一）路綫所佔地。查各綫繼續增築雙軌，兩旁界石，不時向外移動。事實具在，無可諱言。據日方關東廳要覽記載，路綫兩旁佔地，平均約六十二米。南滿干綫，最廣處四百二十六米餘，最狹處四十二米餘。安奉綫最廣處三十六米餘，最狹處十六米餘。以平均六十二米計，長亘一千九百餘里之路綫，已佔有十一萬三千餘畝之廣大面積。此兩路綫最初之廣狹，雖無確數可指，但路軌寬度，不滿五米，充其量平均不過三十餘米已耳。以此推算，則二十年來，沿綫侵佔之土地，最少亦在六萬餘畝以上。（二）車站所佔地。更大足驚人，據南滿鐵路公司表列，其主要各車站所佔之面積，殆均逐年增加。計自民國十四至十八五年間，增加最多者，首推南滿綫之鞍山由五百四十一萬二千餘坪，增至八百五十七萬八千坪，增多三百十六萬六千餘坪，合我國一萬七千餘畝。次則南滿枝綫之撫順，由一千三百八十四萬二千餘坪，增至一千九百五十三萬餘坪，增多一百六十八萬七千餘坪，合我國九千一百餘畝。次則安奉綫之安東，由一百三十五萬三千餘坪，增至二百七十七萬八千餘坪，增多一百四十二萬四千餘坪，合我國七千六百餘畝。次則南滿綫之瀋陽，由一百八十二萬四千餘坪，增至三百十五萬七千餘坪，增多一百三十三萬三千餘坪，合我國七千二百餘畝。此外如南滿綫之熊岳、蓋平、大石橋、海城、遼陽、煙臺、蘇家屯、開原、大榆樹、氾家屯、榆樹臺等處，安奉縣之吳家屯、劉家河子等處，此五年間，亦均擴張，不過多少不同耳。茲爲閱者明瞭南滿鐵路各車站佔地之面積，及侵佔之狀況起見。將十六、十八年，表列統計數目作簡單之比較，臚列於下，按表中十六年數目，係根據滿鐵公司"關於滿鐵附屬地諸表"。一十八年數目，係根據"滿鐵沿綫諸機關及設施一覽表"。均係日人之自白也。

	十六年	十八年
南滿綫各站	五三四四二六五	五八三九一三四六
安東綫各站	四九八〇一〇七	七〇七九九六八
合計	五八四二四三七二	六五四七一三一四

	增加坪數	合我國畝數
南滿綫各站	五〇一六八二〇	二六九九三
安東綫各站	三五〇五二四五	一八八六〇
合計	八五二二〇六五	四五八五三

以上爲申報所載瀋陽通信原文。安東省枝路合同,定於光緒二十四年五月初七日,凡七款,首款言明:"此枝路應悉照光緒二十二年八月初二日中國政府與華俄銀行所訂合同之名章程辦理。"則日本所謂南滿鐵路附屬地者,條約上無根據可知。南滿路且然,安奉路不必論矣。日人誣我者蔑視條約,實則日人行動,蔑視條約者,不知凡幾。除根據五號二十一條件之條約,我已宣言廢棄外,其餘條約,我正應根據約文,調查事實,與之嚴重交涉,或提交公斷也。

(原刊光華大學抗日救國會宣傳部編:《抗日旬刊》第四期,一九三一年出版)

健康之身體基於靜謐之精神

西諺曰：強壯之精神，宿於健康之身體。斯語也，三十年來，幾於人能道之矣。吾今欲一反之曰：健康之身體，基於靜謐之精神。

予之有此見解，起於昔客遼寧時。予之居瀋陽也，嘗往游東陵清太祖陵。及北陵。清太宗陵。北陵距城近，往返不四十里。東陵少遠，亦近五十里耳。以一日之間，步行往返。翌日，頗覺其疲。而與予同往返之小學生，年約十一二齡者，乃若無其事焉。此南方，城市中之兒童所不能也。予頗異之。默念，北人豈果強於南人邪？察其體格，無以異也。其操練，亦未嘗勤於南方人。謂其日常生活，與南人不同邪？其所食者高粱，不如稻麥之滋養也。其所睡者熱炕，能使人早熟，早熟則早衰。不如南人之客北者，遂熾炭於爐，而仍睡床榻。而南人居南，雖隆冬鮮熾火者，更無論矣。衣服則彼此無異。然則彼之強於我者，果何故哉？吾思之，吾重思之，乃恍然曰：是不在體魄而在精神。

大抵人之強弱，與神經關係最大。神經安定，則志氣清明。以道德言，則能發強剛毅。足以有爲，足以有守。富貴不能淫，貧賤不能移，威武不能屈之大丈夫，國有道不變塞焉，國無道至死不變之君子，未聞有日在聲色貨利中者也。故孔子曰：棖也欲，焉得剛也。智識亦然。神謀能謀，謀於野則獲，謀於邑則否。山林枯槁之士，所以一出而爲驚天動地之人。諸葛公惟能淡泊寧靜，故能受命驅馳，鞠躬盡瘁。罰五十以上，皆親覽焉。工械技巧，亦物究其極，其能勤細物而無遺，正以其能遺萬物而不以自累也。惟體力亦然，聲色貨利之場，又豈有孟賁、烏獲乎。昔者七國之兵，莫強於秦，是以四世有勝，卒併天下。非應、穰之畫勝於原、嘗、春、陵，而項燕、李牧，不格白起、王翦也。秦人捐甲徒裼而趨敵，山東之士，被甲蒙冑而會戰。且秦人，其生民也狹陿，其使民也酷烈。商君之法，無功賞者，雖富無所紛華，而非戰陳亦無功賞。是以其民皆勇於公戰，以繳利於上。而三晉之民，試之中程，則復其身，利其田宅。十年而筋力衰，勇氣沮，非復選鋒，二十年而不可用矣。然則秦之民舉國皆強，三晉則惟選士耳。三晉如此，齊楚更不足論矣。其不格宜矣。然秦民之強，豈徒商君之法令爲之哉。李斯諫逐客之書，刊舉淫樂侈靡之事，皆來自東諸侯之邦，出於秦者無一焉。商君語趙良曰：吾大營冀闕，如魯衛矣。然則秦之望魯衛，猶今陝甘之望江浙。亦若日本北海道之望巴黎、紐約克邪？《金史・兵志》曰：金興，戰勝攻取，用兵如神。何以然？以其部落隊伍，技皆銳兵也。何以部隊落伍，皆爲銳兵？以其地狹產薄，惟事力耕，以足衣食也。惟契丹亦然。史稱其部族安於舊風，狃習勞事，用能征伐四方，爲其國之楨榦。遼瀋城市之民，雖亦稍華，非鄉僻比乎。然而日出而作，日入而息。吾居瀋陽逆旅中，未及亥初，求食於市而不可得。使逆旅中人爲晚餐，辭以無火，不能炊矣。過其西城雖亦熟食遍市，敧施成列，然出入其間者，非軍人，則政客，人民無有焉。小兒索食，以十文市餅一枚與之，其硬如鐵。亦有蘇州之稻香邨，天津之某某店，平民鮮或過而問焉。飲食如此，其他游樂之事可知。是以其養生雖不如南人之備，而其神志安定，足以有爲，足以有守。城市之民如此，鄉邨抑又可知。是以三省淪陷以來，民之冒死與敵抗者，雖歷凍餓，猶能支持也。豈仍然哉？心惟天君，有體從令。心定則時然後言，時然後動，時然後息。營養消耗，皆得其宜。夫惡得而不強？心旌搖搖，不克自主，逐物若不及，則舉飲食之所攝取，衣服居處之所調護者，悉供消耗而猶若不足。平時如此，有事之時，望其自振，難矣！運動家最忌飲食無節，起居不時。即身以相維，以爲之主,眼前之實證也。

小時讀鄭板橋家書,今猶憶之。板橋與其弟書曰:士大夫之宦達者,必延師於家,以教其子弟。單寒之士,則附讀他家學塾而已。凡附讀者多成,延師者鮮就。非不幸也,勤力者成,淫糜怠惰者敗。天道固然。予謂殊不必言天道。予戚某君,嘗並延通中西學之師,以教其子弟。可謂愛之厚,期之深矣。然其子弟,一無所就。予嘗過其家而默察之,而知其無成之故焉。其家賓客紛紜,飲食遊戲之事,雜沓交至。子弟身居學塾,一心以爲有鴻鵠將至,視而不見,聽而不聞。爲之師者,其若之何?夫學問者,藏焉修焉,息焉游焉,是以有得。今也,身在塾中,心馳塾外。一聞放學之令,則爭先恐後而馳,並不甚了了之書,而一切置諸腦後矣。若是者,安望其有得於心。夫學問之事,似私也,而其機實起於至公。必有悲天憫人之衷,乃思求淑世淑身之術。悲天憫人之衷,何自起乎?其惟佛陀,身居王子之尊,受宮室車馬衣服飲食之養,而睹四大則念無常,終捨諸位而修苦行。若夫恒人,則入焉而與之俱化而已矣。清夜捫心,豈無瞿然惕然之候,然而旦晝之所爲,有牯亡之矣。牯之反復,則其夜氣不足以存。田獵馳騁,令人心發狂。況其蠱之之事,百出而未已。而其柔糜不振,惟圖目前之安樂,又迥非田獵馳騁,尚須冒險難,陵寒暑,耐饑渴者比乎。要得不厭厭無氣引,惟聖罔念作狂,惟狂克念作聖。夫狂夫非生而狂也,所居或使得之然。煖客貂鼠裘,悲管逐清瑟。勸客馳蹄羹,霜橙壓香橘。古人詠燭淚之詞云:歡場但覺春如海,便滴盡有誰來管。當此時也,又孰肯啓門到中衢小立,一觀路上凍死之骨乎?然而無言不讎,無法不報,此等民族,未有不爲異族所宰制,所役使,所屠割者。明之亡也,侯朝宗嘗志宗室某將軍之墓而志慨焉。此文亦予幼時所讀,今已不能舉其辭。姑述其意,則言其地自封藩而後,大爲繁盛,見者以爲金陵、廣陵所不及。下文有最沉痛者二十三字,今猶能記之曰:以故遭大亂,都邑邱墟,宗子士大夫庶姓之人,莫能自強者。此"莫能自強"四字,試細思之,最可痛也。

此篇爲予二月二十七日在本校紀念週會講演之時，自謂與今之青年，頗有關係。年刊索文，姑記之以塞責。引用壯悔堂文處，適無其書，未能檢舉其時爲歉。二十二年三月三十日，思勉自識。

(原刊一九三三年《光華年刊》)

半部小説

又是一度六三了！六三從五卅而生。五卅是群衆運動，六三亦是群衆運動。

群衆運動，到底是好的？是壞的？是有用？是無用？

稱頌他的人，說是好的，是有用的，集合多數人，力量多麼偉大？群衆運動所幹的事，少數人如何幹得來？

呪咀他的人，說是壞的，不但無益，而且有害。爲什麼呢？因爲群衆運動，大概有口號而無目的。——即使有之，也是少數操縱的人的目的；他只能隱在幕後，和大多數人公開所喊的口號，大不相同。目的且無，更何有於辦法？所以多爲少數人所操縱，所利用，假使無人操縱利用，便隨五分鐘的熱度而消亡。若其有之，則祇成爲少數人的工具。熱心而"無所爲而爲之"的人士，便都退處於無權，其名猶是，其實已非了。群衆運動，所唱的大都是高調，複雜的理論，隱曲的內容，是無從同他說起的，假如有個迂闊的人，同他說了，不遭他們唾罵，便反給他拾了去，更做他們攻擊的工具。群衆運動的本意，是要援助所攻擊的人，促其改善。但其結果，往往因相互疾惡的感情，各自防衛的手段，弄得真處於敵對的地位。所以群衆運動，不徒不能爲前綫的後援，及至於擾亂後方，破壞自己的陣容，爲敵人造機會。

這兩種話，誰是誰非？我說都對的，都有相當的理由，且都可以舉出事實證據。

但是要遏抑群衆運動，使公衆之事，多數人都置諸不問，一任少數人的自由處置，無論其不可能，即使能之，亦終不足以自立於今之世。因爲今之世，不論何事，都要有全體赴敵的氣慨，若始終只是少數人主持，這少數人，無論如何優越，所成就者，終是有限。固然，一駿馬可日行千里，合十駑馬，仍不能於一日之間，趕上千里；然而一駿馬究不能負十駑馬所負之物而馳。而況公事爲少數人所專，慣了，多數的人，便忘了自己的責任，並忘了自己的地位。遂可以走入對方，爲虎作倀。自古亡國敗家之際，内奸總是車載斗量，雖不是一個原因所致，而這所說，總是一個重要的原因。

然則群衆運動，不能不要，而亦確是有益；然而群衆運動之弊多利少又如此，這事如何辦呢？

我說：這是由於群衆運動的落伍，而誤其方向。今後要用群衆運動，必須改良其方法，而更易其目標。

關於現代學術，略有認識的人，大概都知道：近幾百年來，物質科學，進步得很快，而社會科學，則比較的遲慢。他在枝枝節節之處，並不是没有進步，然而没有能改變人對於社會的根本觀念。我們關於社會上的事情，並没真用冷静的頭腦，加以考察，發見出處置的方法來。不過沿襲幾千年來的舊觀念，遇事叫跳而已。叫跳的止息，並不是問題的解決，只是我們一鼓作氣，再而衰，三而竭，隨着五分鐘熱度之低落而消沈。

即如現在，"兄弟鬩於牆，外禦其侮"這兩句話，差不多人人會講的。充斥於報章、雜誌、會場、講臺的，雖不必就是這兩句話，而也無非是這兩句話的精神，和這兩句話的觀念。這兩句話，是萬不能明目張膽，予以否認的。不然，在群衆拳足所及的地方，你會死於拳足交加之下。即爲拳足所不及，亦且千夫所指，無疾而死。所以掉皮的人，總是内懷鬩牆之心，外飾禦侮之貌，善誦這兩句詩者，倒也無如之何。如此，牆仍不免於鬩，侮終莫之能禦，而國事已不可問矣！不過大家天天念這兩句詩而已矣。

須知這兩句是三千年前的古詩。在三千年前，便是句教訓，而不是件事實。凡教訓,大概與事實不合的。其大多數,且決不會變爲事實。何也？若事實本是如此,或者極易如此,就用不著這條教訓了。

我們關於社會的態度,該與古人不同。要講處置的方法,先得明白所要處置的東西。所以實狀的描繪,重於感情上的希望和教訓。我們所知道的：凡恩愛,固以切近之人爲深；凡讎怨也以切近之人爲烈。凡爭利,必近利乃可爭；凡避害,惟近害必須避。所以内爭不解決,絕無法解決外患的。這並非中國人的性質,特別自私自利。不顧大局,外國人也是如此,不但文明進化的人爲然,野蠻落伍的民族,也是如此。所以無色之人,自相殘殺,不惜引侏儒爲良友；亦未嘗不歡迎我國所運往的工人。所以五單于分裂,而呼韓入朝；所以兩可汗相夷,而啓民附塞。所以秦檜,我們雖然罵他通敵,而達賴也要南霖。昔者二次革命之時,吳稚暉曾作文登於報章,題曰："可以止矣。"其内容若曰："袁世凱,假使盡撤長江兵備,西而討藏,北而征蒙,南方民黨,難道好意思説：我要打上北方來。"由今觀之,殊不其然。我只記得章太炎挽孫中山的聯語"孫郎使天下三分,當魏德萌芽,江表幾曾忘襲許"而已。

這是鐵一般的事實。至少,自大同降爲小康之後,東海西海,南海北海,心同理同；千世而遇一大聖人,或大奸雄,知其能者,猶旦暮也。非此所謂鐵的紀律者,雖名爲鐵,而有時鬆軟如綿也。

所以詞嚴義正的責備内爭,瘏口曉音的請求息爭,都是緣木求魚之事。使此等手段而能有效,則孔子成春秋而亂臣賊子真懼,自漢以後,便不該有莽卓其人；而墨子上説下教,裂裳裹足,河山以東疆國六,淮泗之間小國十餘,早合秦組成聯盟了。太史公説："夷齊槁卧,湯武不以其故廢王。"這才是真漂亮的話。所以詞嚴義正的責備内爭,瘏口曉音的請求息爭,都只是緣木求魚之事。我們今日,或者以爲非此不可；或者以爲明知無效,苦無别法。將來進化之後,自我們的子孫觀之,只是一場大笑話而已。

馮庸先生説："今日的局勢,好似南宋。"夫南宋,何以無轟轟烈烈的群衆運動？當時的群衆,亦何嘗没有意識？"當年天水江山弱,敵國猶聞購表章。"是何等慷慨？"三分天下二分亡,猶有河山寸寸量,縱使一丘添一畝,也應不似舊封疆。"對於苛捐雜稅,持如此婉而多諷的態度,較之今日所謂惟一幽默的雜誌,幽默的程度何如？讀此之後,再讀今日的新詩,頗覺其儉父氣否？秦檜岳飛,誰是誰非,今也不必管他,岳飛沈冤之至,身後已享大名；秦檜遺臭萬年,生前亦獲厚實,所苦者,南宋的老百姓,金源之後,繼以蒙兀,死於鐵蹄,陷爲俘虜者,不知其幾千萬而已。然後這只算南宋的人民自作自受,何以故？以其不能爲群衆運動故。南宋的人民,群衆運動的壯烈,幾乎不弱於有明,何以説他無群衆運動？以其有運動而無方法——無運動故。

我昨夜做夢,夢見一位南宋人,和他説起當年遺事,他歎息流涕,説："莫怪岳鵬舉,也莫怪秦會之,只是我們老百姓錯了而已。"我問他爲什麽？他説："當二聖北狩之後,康王南渡之初,河南北,京東西,固然忠義如毛。便汾絳慈隰,秦鳳熙河,也還正軍不少。都是相互猜忌,觀望不前,甚至同室操戈,自相殘殺。我們當日,只知道責備他們内争,籲請他們息争,誰知責備是無用的,籲請更是無益。到今日想起來,悔不參加内争。"我説："這又奇了。已經内争得夠了,如何再好參加呢？"他説："先生,你有所不知。就苦於軍人相鬥,忠義相争,老百姓總是袖手旁觀,所以争得個不歇。須知争鬥團體之中,須加入希望息争的分子。那就争鬥的時間,可以縮短。説你們現在的話,這不是擴大争鬥的局勢,而是促進戡亂的過程。"我説："你的話是對了。但是當時雖没有槍,他們是有刀階級,你們是無刀階級,如何能加入戰争呢？"他説："我們就誤於此。我們當日,總以爲要我們無刀的團結起來,才能把他們有刀的打倒。無刀的團結起來,這見解固然很對,要赤手空拳,去打他們的刀槍弓箭,就没有這回事了。所以其結果,只得取責備和呼籲的兩種方法,却徒然喊破嗓子,浪費筆墨而已。"正説間,兩個人遠遠地走來。他指給我看道："我們當日,就上這班人的當。"

兩個人走到面前。我此時,正坐在地下講話,忙立起來招呼,請教尊姓大名。那兩人各給我一張名片,一是陳東,一是歐陽澈。我吃了一驚,正要肅然起敬,陳東、歐陽澈把我略一估量,又看一看和我談話的人,只是個農夫野老,似乎有點鄙夷不屑的樣子,便問我道:"看你的樣子,似乎還像個讀書人。你是個什麼出身?"我笑道:"我只是個學究出身。"陳東、歐陽澈都點一點頭,彼此唱個喏,陳東、歐陽澈就去了。我再坐下,和這農夫野老樣子的人講話。

　　我問他:"方才兩位,都是一代名人,正是領道你們的。你怎說上了他的當呢?"他說:"先生,你有所不知。當年曾有一件事,有一個人提議,說:我們對於那些軍人忠義,單是責備他們爭鬥,呼籲他們息爭,是無效的。我們既是無刀,也斷不能打倒他們有刀的人,好在他們的刀,原是我們給他的。他們本該聽我們的話。我們本可以使用他們。所以我們對於他們,不該持一樣的態度。我們該分別調查,明白他們的好壞。誰好的,我們就加以輔助。誰壞的,我們就加以妨害。我們既沒有刀,怎樣輔助他們,妨害他們呢?那法子也多得很呢。譬如他們要籌餉,是好的,我們就竭力供應。是壞的,我們就儘量的消極對付。他自然可用兵力壓迫,甚而至於搶劫。那盡我們的力量,可以或者逃避,使其求無所得;或者把地方上的實情,告訴好的一面,招致他來。諸如此類,方法是說不盡的。總之,盡我們的力量,利用有刀階級,打倒有刀階級。就一時看來,固然也難見大效。然而總算起來,各事的平定,一定可以加快得多。靖內的過程縮短,攘外的事情,就可以提早著手了。我們當日聽了很以為然,便籌商如何著手,這提議的人說:我們先要設法調查各方的內容,可是我們都是鄉下種地的人,往哪裏調查去。結果,便公推代表,去見剛才那兩位一班的人。想請他們擔任調查的事。誰知他們大不以為然,發了許多議論。其議論,我也記不得許多。總而言之,是議論風發而已。代表回來,我們再聚議。原提議的人說:這一番議論,是靠不住的。眾人問他,為什麼靠不住呢?他說:這叫做言不由衷。人家又問他:

怎樣叫言不由衷呢？他説：乾脆些説，這班人，只是想鬧名氣，得勢力；直接爲名，間接爲利。唱高調，罵政府，是人人聽得進的，名氣就大了，政府自然也怕他，好處就來了，辛辛苦苦，到處調查内容，跑了幾千里路，做了一年半年事情，也没人知道，是這班人肯幹的麽？言未已，有一人起而斥責道：你只是個老明經，他們一班，都是名進士，難道反不及你的識見？這話一出，衆人都附和。原提案的人，啞口無言了。我們的運動方向，就此没有改變。到今朝事實最雄辯，到底是老明經給我們當上，還是我們上了名進士的當，就不問可知了。"

我的夢如此。這或者都是夢話，然而我的夢是如此。

(原署名：勉，原刊《光華半月刊》第十期，一九三三年六月出版)

禁奢議

一

經濟上的根本問題，到底是什麼？是生産？是分配？還是消費？現在的人，都説是分配，他們以爲從機器發明之後，生産問題，大體可算解決了，人類所以不覺其樂，轉覺其苦的，只是由於分配的不均。因爲：資本爲少數人所佔，乃借以剥削多數的勞動者。然其所生産出來的東西，還是要賣給大多數人的，大多數人都窮了，沒有購買的能力，生産遂形過剩。資本家大起恐慌，乃不得不求殖民地於國外。於是進步較遲之國，遂亦被其剥削；馴致因此引起戰爭。而世界大亂遂不可止。試問今日，爲什麼要如此盲目的生産？豈非以資本爲少數人所佔有之故？然則生産問題，還是一個分配問題；消費問題，更不必説了。分配問題而解決，人類豈不含餔鼓腹，如登春臺麼？

這話固然有理。然而生産力究竟達到怎樣一步，纔足以免人類於貧窮，這個界限，是很難定的。從前的生産方法，比起現代來，固然望塵莫及。然而後一時期的生産方法，總勝於前一時期。向使人類的慾望，而有一定的標準，則中古時代的生産方法，必足以免上古時代的貧窮；近古時代的生産方法，必足以免中古時代的貧窮；人類早已含餔鼓腹，如登春臺了，然而竟不能然。則因：

（一）人之慾望，隨時代而提高。在前一時代，望之而以爲滿足的,至既達其境,則又以爲不足。

(二)社會之等級不平。合全社會之生產力而言之,雖已足以免一定限度的貧窮,然多用以生產不相干之物,遂至必要之品,仍形其不足。

後之視今,亦猶今之視昔。所以非將兩種病根除掉了,即：

(一)使人類之慾望,不致隨生產力的進展,而爲無窮之提高;且其提高,恒超出於生產力進展之上。

(二)生產力進展了,不用以生產不必要之物。

則人類的慾望,終無滿足之時;而其苦痛,亦即永無免除之日。人爲什麽把有用的生產力,去生產無用之物呢?這仍由於慾望的不正當。向使人人可以食首山之薇,井上之李,豈有生產無益之物之事?所以兩個問題,還只是一個。

然則人類的心理,究竟能否改變呢?如其能之,則世界終有太平之望。否則巧取豪奪之事,總是不能免的。即使大革命而成功,亦是無益於事。因爲人類的心理,是一種自然力;而防範人類作惡之力,是一種有爲法。有爲法,總不能永遠和自然力相持的。

然則人類的心理,究竟能否改變呢?我敢斷言之曰能。持人類慾望,可以無限增高之說的,只是唯心論的謬見。其實人類的慾望,自有其物質上的根據,即生理的要求。——心理的要求,仍是生理的要求。——慾望因要求而有,亦即受此要求的制限。超過此限度的要求,只是不正當的社會制度所引起所養成的病態。

從前人的議論,太偏於唯心的,總以爲一切制度,都是人心所造成;而人心是一個自由的東西,可以憑空改良。人心一改良,則惡制度之根已拔,掊而去之,自然不費吹灰之力了,於是總想在惡制度之下,改良人心。其實人心並不是絕對自由之物,而且是很不自由的。除極少數人外,大多數人,在一定環境之下,總只能做出一定的事情來,環境不改良,大多數人的行爲,總是無從改良的。此其所以屢圖改革,而終無所成。現在則知道此中的關鍵了。所以所謂革命,就是要向惡制度進攻。這固然是真理。然而天下只有抽象的理論,而無抽象的事實。在理論上可以畫分開的事,在事實上,總是畫不開的。要把人心先改良了,大功完畢,然後去改良制度,固然沒有這一回事。要把制度先改良了,使人心在良制度之下,不待矯而自正,也是沒有這回事的。制度不改,人心就無從改良;人心不改,制度又無從改良;豈不陷於循環論的窮境麼? 不,天下只有抽象的理論,而無離立的事實。從理論上言,似乎可把事情分爲若干件,先改良了甲、然後去措置乙。其實甲乙只是一事。甲改良得一分,則乙亦改良得一分;乙改良得一分,則甲亦改良得一分。因爲甲乙實在是一物而二面,而並非二物。所以有時注意於甲而遺乙,則甲之效不可得而見;及其注意於乙而遺甲也亦然。因爲兩方面本該同時進行的。然則專注重於人心,固然不對;專注重於制度,亦屬不合。在革命進行的程途中,我們對兩方面,實有分途進攻——亦即協力進攻的必要。

二

人類今日的惡心理,根本是什麼呢? 那就是奢侈了。其所謂慾望者,不以生理上自然的要求爲限,而從受著惡制度的誘惑之境出發。於是疏食可飽,而必求食肉;食肉不已,更求山珍海錯;甚至本來無味之物,亦因其足饜奢侈之慾而求之。充其量,遂可竭天下農夫之力,而不足供其一飽。食之一事如此,衣、住、行等,可以類推。此等心理不除,則終必至於巧取豪奪而後已。因爲非此無以饜其慾。此即惡制度之根原,非抉而去之不可。如何抉去他呢? 我們已知道:大多數人是不能在惡環境之下改良的了;非抉去其惡制度,則其心理無從改變的了。所以致此心理者爲誘惑,則絕去誘惑,即是抉此惡制度之根原;而其辦法,即爲禁奢。

奢侈之不可,從社會立場上看,本是很明白的事。向來所以不認爲罪惡，——超過一定的限度，雖亦認爲罪惡，在此限度之內，則不以爲罪惡，而且以爲是必要的，當然的。——只因其是私產制度的世界，亦即承認巧取豪奪的世界。——既已承認巧取豪奪，則享用的不平等，只是理論上當然的結果了。國家所謂禁奢之政，本已屬於最小限度；尚且不能實行。社會的互相勸戒，則只是勸戒而已。而且其所謂勸戒者，十之八九，又以勸人儲蓄爲目的。財產的終極價值，終在消費。儲蓄了而永不消費，還儲蓄他做什麼？然則以儲蓄的目的而戒奢，豈非以戒奢之名，行勸奢之實？這真滑稽之極了。戒者徧天下，即勸者徧天下，人如何不要競逐於利呢？今即不講此等理論，而積習之非空言所能挽也久矣。大多數人，既不能在惡制度之下自拔，但空言勸導何益？所以我們現在，不說戒奢，而要說禁奢。

禁奢之政，歷代有之。爲什麼不能實行呢？則因歷代都是階級之治。執掌政權的人，自己便是要奢侈的。儻使徹底的禁奢，——使大家享用，一律平等，——他們蟠踞高位，更爲何來？而禁奢的事，是不能畫分等級的。不行則已，要行就要徹底。有絲毫不平等，便是一種誘惑。所以禁奢的事，非辦到"並耕而食，饔飧而治"不可，在從前階級之治，固無望其實行。我們現在的政府，是革命的，自然無復階級的心理，而要代表全體人民真正的，——即其口不能言，或並不能自覺，而實在是他最大的、最後的希望。這曠世的偉業，古今中外的政府，所未能實行過的，我們便要希望其實行。

實行自然是要逐步的。把現社會的組織，一舉從根本推翻，未免犧牲太大。即使能夠成功，是否除此之外，別無途徑可取，我們也要考量；何況急激的手段，往往不能成功，徒受犧牲，旋又回到舊路呢？現在多種政治，都取分區而行的手段，禁奢之政，似乎也該如此。

於此，我們的先民，替我們留下一個絕好的模範。請引《漢書》爲證。《漢書·翼奉傳》：

……上復延問以得失。奉以爲祭天地於雲陽、汾陰，及諸寢廟不以親疏迭毀，皆煩費違古制。又宮室苑囿，奢泰難供，以故民困國虛，亡累年之畜。所緣來久，不改其本，難以末正，乃上疏曰：臣聞昔者，盤庚改邑，以興殷道，聖人美之。竊聞漢德隆盛，在於孝文皇帝躬行節儉，外省徭役，其時未有甘泉、建章及上林中諸離宮館也。未央宮又無高門、武臺、麒麟、鳳皇、白虎、玉堂、金華之殿，獨有前殿、曲臺、漸臺、宣室、溫室、承明耳。孝文欲作一臺，度用百金，重民之財，廢而不爲。其積土基，至今猶存。又下遺詔，不起山墳。故其時天下大和，百姓洽足，德流後嗣。如令處於當今，因此制度，必不能成功名。天道有常，王道亡常，亡常者所以應有常也。必有非常之主，然後能立非常之功。臣願陛下徙都於成周，……按成周之居，兼盤庚之德。……漢家郊兆、寢廟，祭祀之禮多不應古，臣奉誠難宣居而改作，故願陛下遷都正本。衆制皆定，亡復繕治宮館，不急之費，歲可餘一年之畜。……因天變而徙都，所謂與天下更始者也。

此疏中具體的事實，在今日，固然全無注意的價值。然細繹其原理，則正足以爲今日之法。即

　　（一）非禁奢無以爲治。
　　（二）非改制無以禁奢。
　　（三）推行新制，須擇適宜的境地。

三

　　然則今日的改革，可以知所務了。欲成非常之功，必有非常之舉。孫中山遺教，要定都南京，却没說要定都在現在的南京市。我們現在，該在南京區域裏，擇一未染舊都市習氣的地方，建立起一個新都來。在新都之中，以政治之力，强迫人實現合理的新

生活。

怎樣是合理的新生活呢？現在的人心，根本上的毛病是貪欲。所以致其貪欲者，則爲消費的自由。消費的所以自由，則因現在的分配，以交易行之；而其生產又毫無統制。只要有資力的人願意買的東西，總有人去生產，總有人去販賣。而個人的貪欲，和社會的誘惑，遂相引以至於無窮。儻使能控制生產，某種物品，認爲奢侈的，一律不准製造；或者控制販賣，某種物品，認爲奢侈的，一律不准貿遷；則社會奢侈之風，將不禁而自止。——因爲他雖欲奢侈而不得了。這正和禁煙當注重於禁運、禁種，而不必屑屑於禁吸，是一個道理。兩者之中，控制生產，自非一時所能行。因其搖動現社會的基礎太大了，怕要遇見很大的阻力。而且我們也本不願意用急激的手段，於過渡之際，給人以多大的苦痛。至於商業，則其性質是很流動的。甲地方不售之物，可以移至乙地方。一兩處地方，禁止銷售，斷不受很大的影響。新都市之中，商業的控制，是勢在必行，萬難讓步的。商業如何控制呢？完全之法，便是商業官營。

新都市之中，不准私人設立商店。一切物品，都由官發賣。官認爲不該用之物，在本區域之中，即絕對不許賣；在別一區域中買來的此項物品，在本區域中，雖不奪其所有，而亦不許公然使用。——除非你關起門來，在無人看見之處，衣被著珠玉錦繡。這不但首都如此，凡新建立，——憑空建立起来的都市或鄉村，都該如此。首都不過實行首善之義，示人以模範，而樹之風聲罷了。

固有的都市或鄉村，其行之自不能如此徹底。然亦宜定下方案，逐漸實行。其方案又是如何呢？我們今日，不有所謂模範縣的麽？既稱模範，即不容以政治上的改良爲已足，必須兼顧到社會的改良；至少須樹立社會改良的根本。要樹立社會改良的根本，商業是不能不控制的。在舊區域之中，自不能將一切商店，悉數勒停。然至少得由官管理。新都市中不准賣之物，在此等模範區域之中，亦不准賣。專賣此物之商店，非勒停不可。非專賣此物者，則但禁售此物，而店仍聽其開設。一處地方,有要改爲模範區的,必先期若干時,議定宣布,俾商人可以改業。如此實行之後,商店有折本而不能支持的,則由官代爲經營;仍承認其所存之成本,給與利息。——此爲顧慮財政起見。官家財力能及,自可發還成本,改爲官營。暫時承認其成本之店,至官家財力能及時,亦可隨時發還。——店員即由官錄用。不能容的,另行設法安插。不許售賣之物,亦即不許生產,在新建設的區域中自然不成問題;即在此等號稱模範的區域之中,亦要事同一律。向以生產此項物品爲業的,非改業或遷出不可。亦先若干時期宣布,俾得豫有準備。

如此實行起來,作奸犯科之事,自然是很多的。私製私售等等,必且什百倍蓰於現在的毒物。——因其範圍更廣泛了。——然而不能因此而顧慮不行。須知改革之際,總免不了犧牲,亦總免不了紊亂的。照我所計畫的法子,已是竭力顧慮,務求減小犧牲的了。實在無可避免的紊亂,我們又有何法可以避免? 社會的情形,複雜到現在,斷無行之而衆皆順悅之事;就總不免有阻力。"法出而奸生,令下而詐起",原只是阻力的一種。一遇阻力,便爾折回,天下將永無可成之事。只是細心、大膽、敏腕,逐漸設法排除;逢山開路,遇水叠橋,決不走回頭路;弊竇也就漸漸的消滅了。從來每變一法,必致物議沸騰,固多無意識之談,亦有確能舉出弊竇的。在反對改革者,便覺振振有詞;而主張改革者,亦即因之而色沮神喪了。其實我們於此,只當問:(一) 舊時是否有弊,(二) 是否必須改革,(三) 改革時,此等弊竇,是可免的,不可免的? 可免而不能免,只是辦理不善的問題,也用不著搖動根本的計畫。如其本不可免,那更不成問題了。天下那有一蹴而即臻於上理的事。"兩利相較取其重,兩害相較取其輕。"今日的毒物,誰敢保其無私製、私售? 豈能因此而弛禁? 到底公然弛禁,和不能禁絕私製、私售,孰爲合理呢? "子貢欲去告朔之餼羊。子曰:賜也,爾愛其羊,我愛其禮。"天下有因隄防沖破了一處,而即徵工將全隄毀壞? 敵人攻陷我一壘,而即下令將全綫撤退的麼?

四

　　新都市逐漸建設，舊都市逐漸改爲模範區——鄉村的建設和改良，自更容易——人類的生活，就逐漸的被矯正了。我相信：這並不是中國一國的問題，然而以實際論，即一中國，新都市之能建設舊都市之能改造者幾何？不但受財力的制限。人，總是懶惰的，總是想因循於惡習慣的。"俟河之清，人壽幾何？"難道我們專坐待這歲月遙遙不可知之成功，而不多其途以趨事赴功麽？未能改造的地方，又何説而坐視之而不爲之所呢？不，我們革命的精神，正和救災拯溺一般，巴不得愈快愈好。但是行之要有次序的。"欲速則不達"，或且反致顛仆。所以不得不取穩紮穩打的手段；不能畫一急進之策，在全國同時實行。然而程度較淺的改革，在舊區域中，自然也是可有的。於此，則我以爲急待施行者，凡有三事：

　　其（一）關於婚喪等禮節上的費用，該定一個限度。一個人平日的消費，勢不能戶立之監，這是無可如何的事。至於婚喪等禮節，則是要公開舉行的。衆目昭彰，逾分者豈容諱飾。必須立一限度，大家不准逾越。而這限度，標準要極低的。必須極窮的人，亦能擔負。斷不可分定幾級，任人自擇。如此，大家必然勉就其高的，就和不定無異了。有逾越的，必須懲罰。無論如何，不能寬恕。此等事，爲之者本以求榮。及受懲罰，則求榮而反以得辱。懲罰過一兩個人後，自然不待禁而自止了。富者誘惑於前，貧者追逐於後，在經濟上稍有計算的人，總還不敢十分放手。不過事情雖不敢做，心上總懷着豔羨、怨望；豔羨則貪求之本，怨望爲爭鬥之原；在心理上，替社會伏下一個禍根罷了；物質上一時所受影響還小。至於婚喪等禮節上的消耗，俗話所謂爲"撑場面"起見的，則雖極窮的人，亦不得不變産，舉債，追隨於富者之後。貧民疾苦之狀，此爲最深；富者誘惑之罪，此爲最大。若能將他禁止，貧民的受惠，就已不淺；而社會的風紀，亦算矯正了一大端了。

其(二)一地方准許消耗的物品,須定一個最高的限度,不准踰越。——地方上的生活程度,只彀喫素,在新區域或模範區域中,就要禁設屠肆。只彀穿布而禁設綢肆亦同。在舊區域中,固然辦不到如此,然而宴會只准以幾元一席爲限,超過此數的筵席,飯館中不准賣;絲毛織品,以幾角一尺者爲限,超過此數的,綢莊中不准賣;則是必須辦到的。此雖非根本辦法,亦算急則治標,去其太甚。尤其在中國今日,外貨充斥,專用誘惑手段,吸收我們金錢的時候。我們在條約上,負有准許外人通商的義務;我們在事實上,關稅未能完全自主;我們自認國民生活程度低下,不能使用高貴的物品,而自行禁止,這是外人不能干涉的。我們不禁低價的洋布,我們可以禁高價的呢絨,我們不排斥強盜牌卷煙;却可禁止綠錫包。請你改造廉價之物來傾銷罷? 價廉質次之品,或者我們也會做製的。

其(三)供人娛樂的營業,亦宜設立制限。——現在最荒謬之舉,是戲園、跳舞場、屋頂花園、以及其餘規模較小,名目較舊,而性質則相同,即專以供人娛樂爲目的的事情,逐步推廣,而多藉口於振興市面。此等導人以消耗之事,而可以振興市面爲口實,真是滑稽之極了。此等事,不但消耗物資,亦且刺激人之精神,而頹廢其體力。損害國民的健康,敗壞地方的風紀,害莫甚焉。得其利者,只是少數靠此爲生的人,——管理和奔走服役的人。投資的人,多數並不躬親其事。此等事業而被禁止,其資本,仍可投向正當之途,——此等執役於娛樂場所的人,本是所謂"惡少年","羣不逞之徒"。此等營業被禁止之後,他們的大多數,固然還是要做他們的"惡少年""羣不逞之徒"的;然即有此場所以豢養之,而他們的行爲,亦未可謂之不惡;且亦未必以是爲止,而思逆取順守;倒不如立相當的制限,使其失所憑依;其中惡習不深的人,或者還有改邪歸正的機會。固然,娛樂也是人生的一個方面。然而過偏於此方面,即其娛樂的性質,本屬高尚,亦不妥當;何況此等娛樂,高尚呢? 還是卑劣呢? 禁絕雖然不能,限制不可不設。如在某種地方,絕對不許設立此等娛樂場所;某種地方,雖許設立,而要以幾家爲限;舊有者已達此數,即不准再增;超過此數,並須用抽籤等法,勒令關閉;又如某種娛樂,只許按時節舉行幾天之類;都是。

此三者,都非高遠難行之事,只要政府有相當力量,便可執行。輿論有相當的程度,即無阻力。而此等淺近易明之理,要鼓吹而成爲一種輿論,亦正不難。政府若并此力而無之,也不如退避賢路了。

凡作事,眼光須看得極遠,腳步須踏得極實。革命家激烈的議論,我們所以不敢贊同,即因其腳步不穩;目的未達,先已傾仆受傷;受傷之後,目的仍不得達;豈不白受犧牲,反生周折?然而不穩的腳步,雖可反對;高遠的目光,仍宜時時提嘶警覺,不可忘却,否則因求腳步之穩,而將本來目的拋荒,就成爲不革命的了。中山先生的三民主義,是含有世界性的;是要把全世界人的生活,都導之入於正軌的。並非中國一國的問題;更非把資本主義打倒,就算了事。——即能打倒,善後的問題正多;何況"由今之道,無變今之俗",能否打倒,還很是難説呢?要實現合理的生活,在經濟上,必須有一徹底解決的辦法。經濟上徹底解決的辦法,我以爲生產、分配、消費三問題,是拆不開的。——因爲三者原是一事——消費而入於正當之途,自然人沒有不正當的慾望;無益之物,自然沒有人去生產他;到這時代,還要霸占著生產機關何用?這話自然離現在尚遠;現在要達到正常的生活,自非專從消費一方面著力,所能奏功。然消費亦是其中的一方面,不容不著力。而且在這一方面著力,正是釜底抽薪的辦法。至於運用政治權力,則是矯正不正當的消費的較有效的一種手段。我們固不當專恃此手段。然而政治本是代表多數人民的真意的,本是爲此而設的,我們既有此工具,即不該舍而不用。

五

此篇議論,最受有經驗的實際政治家反對的,當在不易實行的一點。社會的惡勢力強，政治之力，不能勝過他，強欲推行，勢必非徒無益。這一層，我也承認。但是現在世界，已不容我們不革命了。不革命即無以求生存，則革命終不可免。革命既不可免，事情總是爲難的；總是要和惡勢力肉搏奮鬥，然後能達到目的的。"治天下不如安天下，安天下不如與天下安。"這兩句成語，在但求維持現狀的政治下，我亦承認其有很多的真理。然而我們的現狀，無可維持，我們即迫於不能不革命。要革命，總是爲難的。欲求和平之誕生，必不能免分娩之痛苦。將來醫學進步之後，分娩能否全無痛苦不可知，至少目前是不能。豈能待醫學進步，然後分娩？在這一點，是祇能希望政治家勉爲其難的。還有以干涉人的消費爲不當的，則這種人頭腦太舊，無可與語。奢侈既是經濟社會的病象，爲什麽不當干涉？病可以不治麽？富人是誘惑的，窮人是被誘惑的，其間有原因結果的關係。爲什麽不從富人治起？治病當拘守對症療法，反對原因療法的麽？爲此説者，祇是狃於階級心理。階級心理之言，則吾聞之矣。"就算我是誘惑，誰使他被誘惑來？"然則販煙的人可以説："我販我的，誰使你買？"開賭的人可以説："我開我的，誰令你來？"然則吸煙賭博該禁，販煙開賭不該禁了。階級心理必又説："販煙之意，在於有人買；開賭之意，在於有人來，至於奢侈，則我自奢侈我的，與人何涉？何嘗意在誘惑人？"然則你真是衣錦夜行的麽？你一切奢侈之事，都是祕密做的麽？所謂誘惑，本不過彼此相形，你奢侈的行爲，是否能全不與人相形？這有事實可見，事實最雄辯，你行之之時，是否絕無與人相形的意思？這個在道德上，要請你撫心自問；在學術上，則承認一定限度之内，人和人推知的能力是有的。因而我的議論是確的，不待你的自承。

再卑之無甚高論，就連抱著階級心理的人都聽得進的話，也是有的。我不妨再説幾句。

既未能達於無治之域，官吏總是要的；有官吏，總是要望其廉潔的；這是大家可以無異議的話。現在的官吏，却是怎樣呢？其大多數，豈不口稱代表國家的意思，而其實總是自營麽？——這不但中國如此，外國亦然。不但今日如此，古代亦然。現今流行的議論，動輒説列強如何；昔時流行的議論，動輒説古人如何；只是思想上所建立的偶象；把和現實相反的情形，都附著到他身上。——大之則居田園，長子孫；小之亦積穀防饑，欲爲垂老免饑寒之計；這是人人認爲最切己的事，要置在第一位。既如此，國事自然不能不置在第二位了。這是無可如何的事。我們的社會組織，未能使公益私益，完全一致，官吏貪污的根源，是無法除去的。但是天下事，不能一蹴即臻於上理。目前救濟之策，是不能不講的。所謂目前救濟之策，便是整飭官方；而整飭官方，和禁奢也大有關係。有許多人，未嘗無良心，亦未嘗不畏法；他本不願貪污，但費用的浩大，實迫之以不得不然之勢。舊式的礦業，是最黑暗不過的。礦工所做的事情太苦，待遇又菲薄；其中還有種種黑暗的事情。稍有身家的人，都不肯去做；生性善良之輩，也不能去做。於是不得不用種種招致之法，——甚至有攔路刼人的。——既招去之後，自然不肯放他出來。然此等苦工，工人到稍有積蓄之後，總是要想離去的。強力迫脅，總是拙策。——也不能絕對不用。——於是又想出個軟法子來。其最重要的，便是誘賭。常賭是没有不輸的。不但無積蓄，而且還要欠債。欠了債，自然不能自由；牛馬般的生活，就永無脱離之日了，——昔湖北有某礦工，自礦中出，必面無人色，久乃復，其妻哀之，謂其"喫人飯，做牛活"，力勸其棄去。某礦工從之。已而益貧，其妻自縊死。——現今的社會上人，很有一部分，有這般苦處。貪官污吏，固然有一部分，是無覺悟，有野心，想發大財，反而陷入饑寒之淵的。其大多數，實皆起自寒素；本無多大的慾望；生活程度，也不很高。假使身居官場之中，仍能保持其寒素的生活，必可略有餘蓄。任職數十年，國家即不給以養老金，亦可退休林下了。須知無覺悟，有野心的人，總是少數。其最大多數，總是揀著穩路走的。其所希望，不過至於居田園，長子孫而止；更低的，亦不過求免垂老的饑寒。如此，何苦作奸犯科，冒身敗名裂的危險？然而既難瓦全，就不免寧爲玉碎，這也是衆人同具的心理。迫之使目前都不能維持，將來更不必說，又怎能使其不走入貪污之路呢？迫之者誰？天下甚大之事，其原必起於至微。社會風俗的形成，原不過個人日常生活的堆積。少數人不合理的生活，似乎不成問題；及其積累，就要發生驚人的結果了。人，往往是物質的奴隸。尤其在不正常的社會中，種種方面，都能摧毀人高尚純潔的精神，而使之沈溺於物質之欲。一人借此爲消遣，衆人從而效尤；長官以此爲好尚，僚屬迫於趨奉。始猶視爲偶爾，久遂習爲故常；初但以之應酬，後遂不能自拔，無形漸染之中，把官場中的生活程度提高。習於此種生活之人，遂有欲罷不能之苦——所以"以官爲家"，在歷史上，很早就成爲士大夫階級中嚴重的問題——此與舊時礦阬中誘人以賭，而使之不能脫離者何異？不必說安民治國，並不必說顯親揚名；反諸大之則居田園，長子孫，小之則求免饑寒的初念，却爲誰來？晨鐘響了，大多數的常人聽見麼？然而他們並非不知道，更非願意如此，不過刦於習俗，無可如何罷了？習俗的改革，固非全恃政治之力，所能奏功；然而政治也是其中的一種，不能舍而不用。況且雷霆一震，萬象昭蘇，這種力量，在現在社會，還祇政治有之。政治像大砲般，最適宜於轟毀障礙物；在其掩護之下，使各種軍隊，協力齊進。雖然祇能變易事之外形，到底也能變易事之外形；而一種制度的撤廢，和其外形之毀壞，是很有關係的。所以我認爲在今日，實有以國力禁奢的必要。假使我們今日，新都而改建了；在新都之中，找不到一家較大的飯莊；找不到一個可逛的窰子；戲園、跳舞場、俱樂部……一切無有。固然不敢保其絶無私設，然而規模總是很小的，容不下多少人的。首都的生活情形，豈不爲之一變？居於其間的人，精神豈不爲之一振？於此而欲整飭官方，豈非下令於流水之原呢？"神諶能謀，謀於野則獲，謀於邑則否。"一個人工作的效率，和其頭腦的清新與否，實在大有關係。辦公時間以外即休息，和一出辦公廳，即沈溺飲食徵逐之場的人，其辦公的效率，決不可以同年而語。——從來偉大的人物，多來自田間，起於貧賤困辱之中,而大都市和膏粱酣豢之家,決産生不出大人物,此亦其中之一因。以上所言,不專指官場、今日中流以上的社會,情形實在都是如此,在中國,士和官,原是分不開的。所以剗除貪官污吏,和剗除土豪劣紳,理無二致,亦事無二致。

畫定區域,在此區域之中,禁止不正當的行爲,以矯正人類的生活,這種思想並不是我所獨有的;如近來提倡新村的人,即可説是最富於此種思想。特彼專靠人民的自動,其收效遲;我借政府的力量來推行,其收效或者較速。至於改良社會,不能專恃此一策,那自然是無待於言的,我原只説是一策而已。

(原刊《文化建設》第一卷第七期,一九三五年四月出版)

吃飯的革命

這一種計畫,是我於九月二十五日,在校務會議提出的。因其說頗長,當時曾爲講演式的說明。朱副校長公謹、廖中學主任茂如都很贊成,其餘諸位議員,亦皆以爲然。惟朱、廖二先生說,這種理由,須先行向大衆說明,看贊成的人多不多,方好決定辦不辦。屬我爲文,在半月刊登載。廖先生並替這一篇文字,擬了一個標題,是《吃飯哲學》,我現在改爲《吃飯的革命》。因爲我自愧哲學的知識,很爲淺薄。而我們無論何時何事,都應當懷抱革命的志願,擬具革命的方案,而且奮勇去實行。《宋史·張方平傳》說:"守東都日,富弼自亳移汝,遇見之。曰:人固難知也。方平曰:謂王安石乎?亦豈難知者。方平頃知皇祐貢舉,或稱其文學。辟以考校,既入院,凡院中之事,皆欲紛更。方平惡其人,檄使出,自是未嘗與語也,弼有愧色。蓋弼素亦善安石云。"《宋史》這一段話,是詆毀王安石的,而無意中正寫出一個有革命精神的賢相。昔人說,獅子搏兔,亦用全力,是獅子之愚。我說,正惟到處肯用全力,所以成其爲獅子,否則是懶眠的豬了。以下是我當時的話。

今年學生多了,學校的飯堂,既不足以容。合校門內外的飯店,亦仍患人滿。上次九月十八日廖先生曾提議在校中添設一廚房。我的意思,添設廚房,不該再照老樣子,而當帶一點公廚的性質。

我的計畫,大略如此。

(一)注意於衛生。我們的食堂,要有嚴密的防護,使蚊蠅絕跡,其餘洗菜、做菜、洗滌碗箸等事,一切均要極合衛生,不必細説。

(二)注意於訓練。中國人的吃飯,太講究。第一,一定要吃熱的,於是菜非現做不可。既油,又有湯,斷無法像日本人的便當,帶在身邊吃了。這種習慣,於行軍旅行等,殊不相宜。我們要設廚房,就可不必拘定從前的老樣子。要想出種種吃法來,其中多少可以帶點訓練的意思。至於吃得舒服不舒服,那不過是一個習慣,吃飯並非照現在這種吃法不可,否則吃了就會不舒服。

(三)可以改變食物的材料。南方人慣吃稻,北方人慣吃麥,下等人慣吃雜糧,這不過是個習慣。習慣是受經濟狀況決定的,其根源不過如此。經濟固然是最重要的條件,我們不能不受它支配。但是我們現在的吃法,是否最適合於現在的經濟狀況呢?那恐亦未必然。古之種穀者,不得種一穀,以備災害。我們現在上中流社會,非吃稻麥不可。於是稻麥歉收,民食就成爲問題了。假使我們現在,能多用幾種穀類做主食品,稻麥的歉收,就比較的不成問題。而種植主食品的面積,也就可以擴大了。稻麥在各種穀類中,營養價值,自然最高。但是否非如我們現在的專吃稻麥不可,這也很成爲問題。這是舉其一端,其他一切,都是如此。現在有一種人,總説中國的食品,遠勝於外國,誠然,這話也含有一部分真理,並非全然拘於習慣之言。但是中國的食物的勝於外國,怕祇在調味方面,至於營養方面,是否確較外國爲勝,怕就很成問題了。總而言之,從前的事,是件件受習慣支配,習慣固然有合理的部分,總不能全然合理的,所以一切事情,都大有研究改良的餘地。

以上所説,是我所認爲最重要的三個原則。至於具體的辦法,則我以爲我們要:

(1)造一所清潔的食堂和廚房,其中最要之義,是要有嚴密的障蔽,使蚊蠅不得入內。

(2)我們洗滌碗箸,是要用煮沸的方法。凡用過的碗箸,先放在清水中略滌,次即投入特製的釜中,加以煮沸。再放入沸水中滌一過，取出任其自乾，而不必用布揩拭。——因爲布反或不潔，揩拭的人的手，也容或不潔。

（3）我們的吃飯，是每天祇有幾種菜。譬如今天所吃的是（A）牛肉。（B）豬肉。（C）雞卵。（D）青菜。（E）豆腐。那就祇有這五種。或者這五種原料所配合而成的菜，不但原料限定，就做法也是一定的。今天祇有豬肉青菜的合製品，就沒有豬肉豆腐的合製品了。如此，菜可以預先做成，免得臨時做起來。

（4）如前文所述，碗箸要用煮沸取潔，而不用現在洗滌的方法，那是要用特製的煮沸器的。我嘗見現在吃稻米飯的人，而爲之感歎。現在吃稻米飯的人，是先將米放在釜中煮熟了，然後取出來，放在飯筒裏。要吃時，再一碗一碗盛出來，在五口八口之家，這自然是個好法子。但是到數十百人，甚而至於數百千人合食，這是否還是好法子呢？我們可否照廣東人，將米放在碗裏，加之以水，放在特製的釜中蒸熟，取出來就吃，省得一次次的搬弄呢！凡此等器具，都可設法特製，隨經驗而改良。總而言之，應用的器具，和一切事務的佈置，都要注意打破從前人人分食、家家自炊的方法，而創造出一個大衆合食的規模來。

如此說來，我們這一個廚房，在建造房屋、創置器具方面，所費頗大。即投下的資本甚多，學校雖不以賺錢爲目的，亦不能爲吃飯問題，經常補助，或時時支出特別經費。所以廚房的本身，還要計畫收支適合。而我們的飯價，勢不能賣得很貴，最好還得較現在普通吃飯爲廉。對於這一個問題，我們如何解決呢？我以爲計畫和節省兩件事，是互相連帶的，天下斷無無計畫的節省，亦斷無有計劃而不能節省的。現在飯店中最大的支出，爲做菜的司務。此等人非較厚的工資，不能顧用，而其人多有習氣。——所謂習氣，乃係（一）由專業養成了固定的心思，（二）又由社會壓迫，減少了對於工作的興趣，於是凡事都祇肯敷衍塞責。要敷衍塞責，那最好是照老樣子做。你要勸他改一個樣兒試試，他無論如何也不肯了。現在社會上一切事情，都祇會蹈常習故,隔了數十數百年,還是毫無改變,其大原因實在於此。——所以現社會的組織,實在是阻滯進步的。——這正不獨做菜司務爲然。然而,我們設立理想廚房,而把做菜司務請得來,那就中堅分子,業已腐化,更無改良之望了。所以我們做菜,最好不要請做菜司務,如前文第(3)條所說,因所做飯菜,種類很少,而我們做菜的人可少,再因不請做菜司務,而做菜的人工資可廉。照下文所說,我們理想食堂的設置,意在乎提倡公廚,實在是替社會服務的性質,並不是什麼庖丁。如有志願服務社會的人,肯犧牲勢力報酬,以辦此事,那就更好了。規模既立,成法可守,自可褰裳去之。犧牲也不過一年半載,並不是終身從之的。總之,現在辦事情而希望改良,希望以理智征服習慣,總得中流社會中人,肯挺身而出才好。單靠勢力者,進步一定緩慢的。因爲他們是用慣力,而心思不大用的,自然比較呆滯,想不出方法來,就有人想好方法,也要難於瞭解些。碗箸以煮沸取潔,特製煮沸的器具,固然要錢,洗滌碗箸的人工,卻可以省。假如我們吃稻米飯,是一碗一碗蒸熟,而不是一總在釜著煮,煮熟了,再一筒一筒,一碗一碗的盛出來。蒸飯的器具,固然要特製,打飯的人工,又可以省了。這數端,原是偶然想著,或者未必能行,然而此類改良的計畫,可以有許多。每一個計畫,都和節省連帶,那我們的飯價,不但不會較普通飯價爲貴,還可較普通飯價爲廉,推行愈廣,——依我的計畫,這種食堂,也可聽校外人來吃飯,廚房可任他們來參觀,以收改良社會之效。——計畫愈精,則其廉愈甚。

依我的意思,學校大可撥出一筆經費來,試辦這樣一個廚房,如其欣欣向榮,學校固有的廚房,就可消滅,將其固定資本,設法轉變,併入新廚房中。如此,我們的資本就更充足。學校附近的飯店,雖不能強迫他們關門,勢將陸續關閉,加入我們這食堂的人更多,我們的實力,亦愈雄厚。現在的飯店,究有多少顧客,是並無一定的,所以他們不得不負擔一種危險。我們若能採取合作之意,凡來吃飯者,均預付飯錢,在一定時間內,不得退出。如此,則柴米油鹽,——都可躉買,都可擇較有利的時候買。甚而至於可以自己種菜,自己養雞,自己製醬，——規模愈大，經濟的程度，也愈增加了。

我所以竭力提倡，設立新式廚房，並不是單替一個學校計算，而是想借此提倡公廚，使其漸次普及於社會。我總覺得現在社會進化最大的障礙，是家族制度。現在有一種沉溺於封建制度的人，總說家族制度是好的，中國家族制度，較歐美爲完固，就是中國社會組織，勝於歐美之處。還有一種資本主義的走狗，專替資本主義作辯護，凡資本主義現行的制度，他們都說是好的，他們偏有自然科學做根據，譬如說一夫一妻的制度，是人性之本然。許多較高等的動物，已有雌雄爲一定期間或較長期間的同居，以養育幼兒的現象了。這是於教和養都很有利益的。所以家庭制度，是業已替人類社會，效過很大的勞。而今後，還將永遠替人類社會效勞。而且因爲這種組織，是根於人類的人性的，所以其形式雖有異同，其本質依然不變。他們偏有證據，說家庭制度，是在不論什麼時代都存在的，而且都是社會組織有力的支柱。他們不肯承認所謂人性，總是在社會組織中養成的。偏要說有玄虛不可捉摸的人性，以規定社會組織。孟子說：人之所以異於禽獸者幾希，庶民去之，君子存之。我認爲人類的行爲，有許多所以和動物相像，那是人類的力量，還未能戰勝環境，所以未能實現其異於禽獸之性。人類的力量，擴而愈大，則其戰勝環境的成績愈優，而其所實現的異於禽獸之性即愈多。且如教，在高等動物，大概都是限於家庭之中的，到人類，就可以易子而教，而且有學校和師傅徒弟等制度。養，在動物中，責任更是專於母的，到高等動物，父才略負些責任。人類則有托兒所幼稚園等組織了。——生物學上的父母不必一定是社會學上的父母。所謂不獨親其親，不獨子其子。——這正是人之所以異於禽獸者。大概人在生物學方面，是和動物同受制於天然的。譬如嬰兒要吃母乳，無法代以他物，母即無法轉移其責任於他人。至於在社會學方面，則人和動物大異，而且因其進化而其異愈甚。所以人和動物，是有同有異的，說人之所以異於禽獸者幾希，這話最爲眞確。我們蔽於人類的自尊心，說人和動物絕對相異，那自然是歪曲著的説法。卻是抹殺了人類和動物的異點,有許多關於社會組織的事,硬説人亦祇能和動物一樣,其爲歪曲,正復相同。指導人類,向著這一條路上走,那真是將所謂幾希者去之了。人類組織,從氏族進而爲部落,從部落進而爲國家,至今日,有許多方面,實已超越國界,這是進化的。同時,因氏族組織崩潰,而家族組織,漸次抬頭,這實在是退化的。宗族百口,九世同居,人無不知爲氏族的遺跡。昔人以爲美談,今人則以爲詬病了。其實從此等組織,分化而爲五口八口之家,也是有利有弊的。此等組織,往往帶有自給自足的意味,所以和社會相倚賴之程度不深。而且因其實力較强,社會也不容易干涉他。所以此等組織,能使個個基於血族關係而結合的集團,分爭角立,而不易融化爲一,這是其弊。——兩大姓的械鬥,便是其證據。——然而人類的分裂,在氏族時代,實不如家族時代之甚。且如宗族百口,便可包含八口之家十二個半人,五口之家二十個。如此,從宗族百口,變爲八口五口之家,就分裂更甚十二倍或二十倍了,其彼此相互之間,分爭角立的程度,自亦隨之而增加其倍數。所以從氏族進化到家族,可以説於打倒封建勢力是有利的,同時私產制度的病態,亦更形深刻。

卑之無甚高論。且以八口之家而論,每家必有一個人做飯。如此,每百人,便有十二半人做飯。如其行合食之制,豈有每百人要十二個半人做飯的?祇這一端,勞力的浪費,已是可驚了。

以具體問題而論。婦女解放,兒童教養,都是大家認爲切不可緩的,然而不能提倡公廚,再休談婦女解放,兒童教養,也休想改良。我從前每在蘇州騎驢,有時也騎馬,現在回到内地去,也時時要坐人力車。往往驢馬和車,和三四歲的小孩,相去不能以寸,倘若撞著了,輕則有傷夷之慮,重或有性命之憂。這班小孩,都是流浪在街上,没有人照顧的,卻也難怪他的家族,男子各有職業,婦女一天要做三次飯,再加之以别種雜事,也忙得精疲力盡了。凡人,終日忙於雜事,更無餘暇以從事於思考,其精神往往淪於遲鈍。對於各種刺激,感應都不銳敏。流浪在街上的兒童，固多無人照管的，有母姐監視於旁者，實亦不少。然而碰撞之將及，亦不能使其子弟迅速趨避。有時竟呆若木雞，一若未睹，可憐他們的精力，業已罄盡，腦筋業已麻木了。倘使行公廚之制，難道里社之間，騰挪不出一兩個老成練達的婦女來，使之盡保姆的責任麼？各親其親，而終至於不能親其親，各子其子，而終至於不能子其子。人，何苦畫著這鴻溝以自限，以自害呢？

堯舜帥天下以仁，而民從之；桀紂帥天下以暴，而民從之。其所令，反其所好，而民不從。是故以身教者從，以言教者訟。教育豈是什麼口中說說的？貴能改良生活，在什麼環境之下，養成怎麼樣的人，所以生活就是最大的教育。現在的國家社會，豈不要求其分子以公共之心，然而件件事都以家族為限，在一家之外，便患難不相同，災害不相恤了。然則社會的組織，使之同利害的，不過五口八口，分爭角立的尖銳，至於如此。公共之心，能存於此環境之下者幾何？我們的改革，是有軟性的，有硬性的。我們希望從軟性而至於硬性，——進化到相當的程度，一舉而完成革命。——我們現在，祇能從事於提倡公廚，希望將來，有能夠禁絕私廚的一日。飲食是人類最原始的活動，是最普遍存在的。《禮記》說，飲食男女，人之大慾存焉。天下有無性慾的人，無無食慾的人。因為性慾祇關係將來的生命，食慾是關係現在的生命的。無將來生命的人，現在當然還可存在，缺乏維持現在生命的活動的人，就當然不能存在了。所以飲食是最原始的活動，也是最普遍的活動。飲食而分出等級，是最和人之所以群居和一之道相背的。朱門酒肉臭，路有凍死骨，榮枯咫尺異，惆悵難再述。祇在咫尺之間，如何不短視的，祇有一貫杜陵野老呢？我在少壯時候，原不過是個高陽酒徒，還記得辛亥這一年，同著一個愛喝酒的朋友，追涼痛飲，往往至於夜分。後來革命事起，又同一個朋友，跑到蘇州，一頓早餐，兩個人喝掉一斤高粱酒，吃掉一大碗紅燒羊肉，一大碗紅燒青魚，十六個山東饅頭，至日晡乃罷。我在上海，足有二十年了。從前酒樓飯館中，也時常有我的足跡，杯盤狼籍，意興甚豪。近來每過酒樓飯館的門前，我就覺得心痛，量減杯中，雪添頭上，甚矣吾衰矣，或者是老之將至，意興頹唐，然而門以內說不盡酒池肉林，一看門以外，就見得鳩形鵠面、衣衫襤褸、營養不良的人了。彤廷所分帛，本自寒女出。驕奢的人，所浪費的物資，是從那裏來的，禁奢雖勢不能行，難道是理有不可。公理終有戰勝之日，一時勢不能行之事，如何不預爲之備呢？

雖然現在祇是一個預備的時代，或者並我們之所預備而亦不能成。然而成不成，並不以佔空間的物質爲限，心理上的狀態，也是一樣的，或者其力量，還更強於空間的物質。假如我們學校裏提倡公廚而失敗了，不過是公廚的大門關閉，食堂中闃其無人，執事者星散，器具或委置無用，或者變賣了。然而受這一件事的影響的，直接間接，奚翅二三千人。此如種子散佈在土中，一時看不見什麼，達到相當的時期，終有勃然而興之一日。孟子說：君子創業垂統，爲可繼也。若夫成功，則天也。君如彼何哉？強爲善而已矣，夫以滕之褊小，截長補短，方五十里也，豈足以自存於齊楚之間。然而孟子以堯舜之道，責難其君者，豈真望其爲東周。孟子曰：有王者起，必來取法，是爲王者師也。夫至於爲王者師，而其法大行於上下，則孟子之志已達。而滕文公亦可以無憾矣。事業本身之成敗，何足計乎？

（原刊《光華大學半月刊》第五卷第二期，
一九三六年十一月七日出版）

中國抗戰的真力量在那裏

——中日文化程度比較

真衹是真，假衹是假，這是最顛撲不破的話。

中國這一次抗戰的意志，極爲堅決。這種力量，是從那裏來的呢？日本人對此，有一個誤解。他們認爲：這是中國政府及國民黨，用抗日教育造成的。所以他們對於中國政府及國民黨，很爲不滿。在他現在力能控制的地方，要用種種方法，造成奴化的教育；又要用許多花言巧語，來引誘中國人；其理由都在乎此。然而這實在是一個很大的錯誤。

姑無論中國的教育，去理想還遠。即使在量之上再普遍些，質之上再堅實些，也無法把國民的意志，陶冶之使出於一型。這不是中國教育之無能，乃是其事本不可能。老實說：全國的國民，至少像站在廣場上的一大群人。一大群人各有其所站的不同地方，自然各有其不同的聞見；既有其不同的聞見，自然各有其不同的見解。想利用他人的人，手段最高妙些，亦豈能以一手掩盡天下目？這是歷來用人力硬造成的如火如荼之事，所以事衰運去，立即土崩瓦解的真原因。當其未崩解時，大家心中，還是一樣明白，不過劫於勢，無從開口而已。所以這成功是虛假的。所以一種政策，而能真爲大多數人所擁護，必是合於大多數人的意思的，必是與大多數人的利害相一致的，必非少數人用虛僞的手段所能造成。這是民治主義的立腳點。而要測量一個政策，到底爲大多數人所擁護與否，衹要看其中有無虛僞的宣傳迫脅等手段所造成的成分。中國現在,有若干實力控制不及之處,在此等地方,斷不能謂中國政府或國民黨的教育,尚能運用自如;相反的宣傳及迫脅,卻是有的;然而民心依然堅定,這就可見中國的抗日,是出於真正的民意,而並非少數人用教育手段所造成。

中國人這種堅決的意志,是從那裏來的呢?這用不著什麽甚深微妙的哲學,來做解答。祇要能近取譬而已足。凡一個人,在社會上,至少總有兩種感覺:

(一)知道自己是怎樣一個人。因而知道自己對於他人,當處於怎樣一個地位。因而對於他人的侵犯,其容忍當有一個最大的限度,超過這個限度之上,就不能不加以反抗。

(二)同時對於他人的力量,有一個正確的估計。據以決定反抗的時間和方法。

以上是就兩個處於敵對的關係而言之。如其以善意相處,則亦在此種情形之下,決定其合作的程度和方法。所以要講交情,亦有其先在的條件,決非單運用手段,所能拉攏的。這是個極普通的現象。除非有精神病的人,個個都有這種自覺。而且其對於自己及他人的估量,大致總不會錯誤。所以一個人能奴役他人與否,一個人將爲他人所奴役與否,以至這個人肯爲那個人所奴役與否,全不是臨時決定的事,而全是決之於這兩個人平時的程度,所謂"素所樹立者使然"。

一個人生在世界上,小虧總不免要吃些的,吃些小虧,並不能斷定這個人的無能力。因爲一個人所要顧的方面多著呢。要致力於最要緊的方面,就不得不犧牲較不要緊的方面。看見人家吃了若干次小虧,就斷定這個人始終祇會吃虧,就不免要蹈掩目捕雀之失了。在歷史上,中國確乎有幾次被外族侵入,當外族侵入時,少數喪心病狂的人,確乎還在忙於內爭,甚至借外力以爲助。而大多數人,也確乎祇能看著他們,而無加以制裁。據以往以測將來,也無怪日本人逆料中國的不能堅決抵抗;即使抵抗,也不能持久。然而今竟何如?須知人在非常時期所表現出來的能力,往往不能據平時的情形以爲測度,如在失火時,能搬運平時不能搬運的物件,即其一例,此等現象,拘於常態的人,往往以爲不可解。其實何不可解之有?這還不過是一個對己對人的估計。從前侵入中國的外族,他們的程度很低,決不足以動搖中國立國的根底。中國人,向來把平天下看做最高的目的。和異民族,異國家競爭,根本不看做最緊要的事,此等淺演的民族侵入,不能轉移其素定的宗旨,所以不免要吃虧。到現在,中國人的見解,卻改變了。所以其應付侵略的手段,也和前此不同了。這一次的侵略,和前此外族的侵略,有何不同之點呢?前此外族侵入,都被中國人同化了,這一次將被外族同化麼?不。以數量論,中國的人口,至少五倍於日本。以程度論,中國二千年來,久已脫離封建時代,而日本人則還帶有相當濃厚的封建臭味。要以一個日本人拉著五個中國人,違反時代潮流,走回老路上去,人類的歷史上,怕不會有這奇跡?然則中國人對於日本人這一次的侵略,視爲大禍臨頭,而不肯不拚命抵抗,其理由果安在呢?這是由於日本人至今未脫離封建時代的臭味,又自其明治維新以來,注全力於擴張軍備,軍人遂發達而成爲特別階級,於是其侵略的慾望,繼長增高,而有其所訂定的一套侵略計劃,這一套侵略計劃,雖不限於中國,卻開始於中國。所以要開始於中國,則因要想利用中國的人力及物力。所以中國而竟爲日本所征服,則將成爲日本侵略世界的貓腳爪,如此,侵略者,被侵略者,以及被利用作貓腳爪者,均將陷入於極大的慘境。這是中國人看得很明白的,所以不得不作拚命的抵抗。這是多年的事實很明白的,所給予中國人的觀感,美國的格魯大使說得好:"我們所根據的,乃事實而非宣傳。"日本人若要改變我們對於他的估量,要有更新的事實給我們看,若要我們改變對於自己的估量,則我們業已達到這個程度了,決非日本人有何神力,能使我們的程度降低,而我們的程度苟不降低,則我們估量我們自己,在世界上當立於何種地位,這一個觀念,也將不會改變。

(署名:程芸,原刊一九四〇年一月二十一日上海《中美日報》)

何謂封建勢力

人的本性，爭奪相殺的根源，以力相君和以財相雄，社會畢竟是進化的。

我曾經做了一篇《武士的悲哀》。所謂武士，乃是封建時代的產物。所以我不得不再做一篇文字，來説明封建時代的性質。

封建時代的特色，就是古人所謂"以力相君"。就是凡事都決之以腕力。此其根源，乃在於人類知識淺短，不能互相瞭解。人的本性，據社會學家所證明，乃是博愛的，是愛人如己的。因爲本無謂敵，故亦無所謂視敵如友。人，最緊要的是生命；維持生命，最緊要的是飲食。據社會學家所目驗：野蠻人無論飢餓到怎樣，遇見食物，從没有獨享的，總要走回去，招呼了同伴來，一同享受。即此一端，可以見人的本性。然則人，爲什麽會有爭奪相殺的事，馴至於以力相君，成爲普遍的現象呢？這是由於人們的知識淺短，不能互相瞭解。野蠻人往往祇認本群以内的人爲人，於本群以外的人，便視之如物。野蠻人的性質，往往趨於兩極端：仁慈的時候，異常仁慈；殘酷的時候，異常殘酷；就是爲此。當其殘酷的時候，他們對於所殘酷的人，是不曾以人相待的。此等心理，既積久而又普遍，遂成爲爭奪相殺的根源。人類的知識進步了，經濟上分工協力的范圍，亦愈擴而愈大，向來互相讎視的人，至此都互相倚賴，可以看作朋友了。於是爭奪相殺之事，再不能視爲正當。而古代的爭奪相殺，並不是一個人對一個人，乃是一個部族對一個部族的。隨着人類知識的進步，經濟上互相倚賴的程度的加深，一個個林立的部族，再沒有分此角立的必要，乃不得不漸合而爲一。這就是古代的許多小國，合爲若干大國；若干大國，再進而統於一的原因。雖然表面上像是靠著政治的力量，然而這祇是表面。因爲政治的力量，總是大可以吞小，衆可以勝寡，若政治之外，更沒有他種結合的力量，則小國寡民，將永遠祇是小國寡民，根本不會有較大較衆之國出現。即便徼幸，偶爾併吞較爲寡小之國，然政治的力量，不能無衰敝之時，一至其時，又將趨於分裂，統一將永無希望了。

人類的爭奪相殺，旣是起於群與群之間的，則把許多小群，逐漸統一成爲大群；人類的黃金世界，就將於此出現了，爲什麼到現在還是蹙然若不可終日呢？這個仍可以說是由於人類知識的不足。人，本來是博愛的；在同群之中，是本無人我之分的；所以祇有替社會做事，本無所謂替自己做事；人人受社會養活，本無所謂自己養活自己。然而此等良好的組織，祇限於極小的團體以內。到諸小團體併合而爲一大團體，則人類未能運用理智，把舊組織拋棄了，而再成立一個新的合理的組織，而祇是聽其自然的變遷；而其自然的變遷，則是協力的范圍愈廣，分工的程度，亦即隨之而日加細密，在此情況之下，人與人的互相倚賴愈深，而其以我生產的供給你，你生產的供給我，則未能像古代的同群之內，不分彼此；各盡所能，各取所需；而反沿襲著異群之間的以其所有，易其所無。於是以力相君之局，變而爲以財相雄長。而因分工協力的范圍，愈擴而愈廣。古代較大的自給自足的團體，逐漸消滅了，祇剩了一夫上父母下妻子，或再從其中減去上父母一代的家庭；甚而至於祇剩了個人。

所以從封建時代進化到現在，人類祇把一個個團體以力相君的局面打破了，在別一方面，並未有所成就；而且轉因此而把古代許多不分人我的，有良好的合理的組織的較小的團體消滅了。

這是人類的進步呢？還是退步？我敢說是進步。因爲以力相君，到底是一件最惡的事。以財相雄長，固然也不是好事，然而二者相較，人類還寧取後者。所以有一個資本主義跋扈的區域，一個武力主義跋扈的區域。遙遙相對，人類還爭從武力跋扈的區域裏，逃到資本主義跋扈的區域裏來。觀於眼前的事實，我們就可以知道：數千年人們，爲什麼忍受資本主義的剝削，而再不肯回到封建時代去；而資本主義，當其初興之時，人類寧視爲較可歡迎之物；在目前，資本主義，固爲人們所咒詛；而封建主義，仍爲人們所更咒詛。

人類的歷史，截到現在，祇可說把封建主義大部分打倒了，而其根株還沒有盡絕。觀於從前人們的以此爲首務，便可知其仍爲今日的急務。而凡世界上，從封建主義遞嬗而來的勢力，就是最惡劣、最陳舊的東西。我們必須首先將其打倒，而其本身，亦必自倒的。他的性質，正鑄定了他命運。

（原刊一九四〇年二月二十三日《中美日報》）

狗 吠

"客自故鄉來,應知故鄉事。來日綺窗前,寒梅著花未?"這是太平時代的詩人,有此閒情逸致,想到故鄉窗外的梅花。在亂離時,則別來三日,已不知故鄉是何情狀了;"煮葉持作飯,采葵持作羹。羹飯一時熟,不知遺阿誰?"還有什麼心情,懸念到梅花呢?

我是抱著孔子"君子居之,何陋之有",屈原"何必懷此都也"的志願的。"我不入地獄,誰入地獄?"我覺得越是淒涼寂寞的地方,越該有人發大誓願前去。"豈鹿豕也,而常聚乎?"我難道有什麼依戀故鄉之心?然而數十年來雖然背離了,歲時伏臘,總還回去走走的地方,闊別三年有餘,見了來人,問一聲:"現在的情形怎樣?"總還是情所不免。

他回答得很幽默。他說:"現在狗吠的聲音,比從前利害了。"

這是什麼話呢?我楞著。

他續說道:"狗不知道時勢變了,還祇認得向來所見慣的人。而今異樣的人多了,狗見著他就叫。白天裏不打緊。在深夜,他們得了慰安回來的時候,就要逢彼之怒了。或者拔出刀來刺,或者以現代的武器相對付。以現代的武器相對付,倒也罷了。被刺刀所刺的,傷而不死,真慘痛啊!我曾見一隻狗,腸拖腹外,還慘切叫號了兩三天。然而狗見了他們還是叫,不但沒有受過傷的,就是受過傷的,甚而至於還帶著傷的,也是如此,態度絕不改變。狗真有氣節啊!現在的家鄉,絕不是從前的情形了。從前,我們聯床情話時,夜深人靜,亦或聽得狗吠的聲音,開門出視,祇見一條深巷,月明如水,行人絕跡而已。這種情形,在當時雖覺得慘澹,現在想起來,倒也幽閒有致。現在再沒有這種情景了。夜深人靜,聽得狗吠時,再也沒有人開門去看。"

他說著歎息,我也歎息。我想著:狗不是人最早的朋友麼?任何考古學家,都知道在史前史上,畋獵是人類社會最普通的一個階段。尋覓、追逐的技倆,人是萬萬及不上狗的。所以人類在打獵時,多需要狗的幫助。然而狗也有需要人幫助的地方。有種動物,狗雖然能尋着、追着,却不能制伏他,就成了人的食品,人在饜足之餘,亦剩些零頭碎肉,投與狗吃。狗自以爲得着人的豢養,就認常相依附的人爲主人,而更願效忠於他了。我們知道:優勝的階級,總是不受任何約束的,屈伏的階級,却須守一定的義務;所以男人可以取妾、通姦,女人却絕對不可,甚而至於再嫁也算做不道德,雖然不甚受法律的制裁,而社會的制裁,比法律還要嚴厲。而臣道,在經書上,也和妻道一樣。人和狗的利害不相一致時,負心的自然是人。"高鳥盡,良弓藏,狡兔死,走狗烹",這固然是寓言。然而在古書上,我們祇看見狗屠,却從不曾見過豬屠,就可見古人的吃狗,遠較吃豬爲多。這並不是今人對狗的同情心忽然擴大了,乃是距畋獵之世遠了,畜狗之風已衰,所以沒有人把狗當作日常的肴饌。古人則不是如此的。所以"狡兔死,走狗烹"的諺語,並不是隨意造作,在這一句諺語裏,正反映出古人食狗者之多來。以公道論,我們不該替狗叫屈麼?狗正是忠臣,尤其是武士的象徵啊!然而屠和烹,却是狗必然的命運。爲什麼呢?因爲世界上的事,到底是要鬥智的,不能專靠鬥力。狗,固然很靈警,亦不能說不刁狡,然而總祇是狗的靈警刁狡,真正要用起智力來,他這種靈警刁狡,就非另有指揮運用他的人不可了。所以遠在二千年前,專制君主論功行賞時,就有功狗功人的比喻。既然如此,一個忠實武勇之群,就不得不推一個陰險狡猾的人做首領。既然推了這種人做首領,功成事定之後,那得不受其宰割呢?如其功不成,事不定,那自然狗是犧牲,而人先逃避了。我們不真要替狗叫屈麼?然而誰使你依賴了人以謀食來？你要向外謀食，就非倚賴陰險狡猾的人不可，既依賴了陰險狡猾的人，就非被他犧牲宰割不可。狗的命運，還是狗自己鑄定的啊！

(原署名：談言，原刊《青年月刊》第三卷第二期，
一九四一年二月出版)

婦女就業和持家的討論

"不論我們喜歡或厭惡這種話，造物者總對原始的男子這樣説：你們的任務，是散佈於各地，你們應供養和保護你們的婦女孩子。對婦女説：你們的本分，是尋找保護你們的男子，看護他的孩子，預備他的食物，和看守他的洞穴。這是不易的實理，生理的定律，乃造物者所制定的自我懲罰。"——葉作林譯《婦女就業和持家的討論》，見《宇宙風乙刊》第二十期。

假使人類的原始，真是如此專以互相爭鬥爲事，一個男子，祇肯保護和供養他自己的婦女孩子，一個婦女，非找到一個供養和保護他的男子不可。於是每一個男子，各帶著自己的婦女孩子，占據了一個洞穴。而此洞穴與彼洞穴之間，各有其不可逾越的界限，正像現代的家庭一般。那怕人類早已滅絕了，因爲現代的家庭，在經濟上是有其聯繫性的，不能拆開了各自獨立。又許多家庭之上，還有一種更高的權力，不許各個家庭，互相爭鬥。假使人的本性，而祇有男女之愛和親子之愛，則此等家庭間利益上的聯繫及各個家庭之上的更高的權力，在原始時代必然無有，於是如著者所説的各個洞穴之間，勢必互相爭鬥。打死一個體力比我們弱的人，而奪取其食物，或即以其肉爲食物，決不較打死一個兇猛的野獸。而男子和男子之間，體力有強弱，性情的好鬥與否，亦有強弱，其相去的程度，並不下於男子和女子的相去，這也是生理的定律。

如其如此，至少在某一個時期中，多妻將成爲極普遍的現象，全社會中女子的數目，將遠超過於男子，因爲許多男子，因互相爭鬥而被殺了。既認爲人類原始的愛情，祇限於夫婦親子之間，而又説其競爭會祇限於異類，不施諸同類，或者説這時候人的智識，想不到殺害同類，而奪其所有，這是很難想象和理解的。社會學家論原始所以無奴隸制度，乃由其時的人，所生之利，僅足自養，並無剩餘可以掠奪之故，然此乃就不殺其人而言。若殺其人，則其肉即可以充食料，而其身外之物，不必論矣。以我所聞，野蠻人在任何飢餓的情形下，遇見食物，決没有不招呼同伴而獨吃的。

説婦女必待男子的供養，即是説食物的材料，必待男子獲得，而婦女僅能在後方爲之預備，怕祇有某一個狩獵時代爲然，限於某種兵器，以男子運用爲較適宜的時候。捕漁民族，就不盡然，蒐採和農耕的民族，更不必説了，即使某一時期的狩獵民族，怕也是全體男子，動員到前方去狩獵，全體女子，公共地在後方做看護孩子、預備食物等事的。決不是每一個男子，各有其所屬的婦女孩子，各有其專有的洞穴。出去打獵時，是各爲自己及自己的婦女孩子，回來時亦各攜其所得，入於自己的洞穴。因爲我們從没有在古書上，或近代的人種志上看見過這種記載。也没有在一切制度上看見這種遺跡。

然則家庭決不是原始的制度，出於人的本性的。祇是社會發展到某一個時期，應運而生的一種組織，而其制度，亦因環境的不同，雖大同而仍有小異。

《宇宙風乙刊》，希望國人關於婦女應否就業，還是宜於持家，就我國現狀，加以討論，能憑自身經驗立論尤佳。這個意思，可以説得很好，但其所揭舉的討論的標準，似未甚妥。因爲凡事都應從進化的大勢上立論，若拘於現狀，未免有保守之嫌，亦且中國各地方社會的情形不同。如在偏僻的鄉村，婦女在家庭外就並無職業可就。若以通都大邑而論，其見解也是人人不同的。譬如甲，收入較多，孩子較少，留其妻在家庭中持家，自覺妥協。而乙，收入較少，孩子較多。固然，乙的家庭中也有家務，孩子也需要照顧。然而巧婦難爲無米之炊，家中太空空如也，家務也是無從料理起的。孩子也到底不能餓了肚子受教育。在這情形之下，自然還是讓婦女出去就業好些，在現在的社會中，處境誰亦没有保障。假使甲因遭遇的不幸，而收入减少了，或者因社會生活程度的提高，而收入相形而覺其少，則本覺婦女以留居家庭中爲妥的，至此，亦必感其有出外就業的必要。所以此等言人人殊的根據，並不能做討論的標準。勉强從事於討論，亦必不能獲有結果的。

我們對於一種制度，要想加以討論，總是覺得這種制度，有不甚妥帖之處，而後出此。倘使這種制度，更無弊病，人們是不會想到去討論他的。所以在討論之先，必須深究其弊之所在，然後考慮其究竟可以改良？抑或必須革命？

家庭制度，是一種弊壞而不適宜於現在的制度。人們不知其不適，而强欲維持之，而又終究不能維持，就生出現在關於家庭的種種問題了，請略述其說如下。

家庭的組織，是男子在外爭鬥，以獲得生活的資料，而婦女在後方，爲其做些補助工作，及看護孩子，此項組織，在生活的資料，須用體力鬥爭的方法取得時，現在生活資料，必須男子在外掙取，乃係社會組織使然。如烹調、縫紉，普通認爲女子之事，然飯館和成衣鋪，多以男子爲主人。此由現在社會上，獲得金錢，帶有鬥爭的性質。如以女子爲店主，人將以爲可欺而立心欺之。多數人立心欺之，則其人果成爲可欺之人矣。然此全係社會組織使然，無所謂不易的實理、生理的定律也。在男女的分職上，頗爲適宜，然祇是一群中的男子，與一群中的女子的分職，並非一萬萬的男女相互間的分職。在人類生活困窘的時候，倘使其天性之愛，祇限於夫婦親子之間，除自己的女人孩子以外，再不肯招呼别人，而其時的女人孩子，除自己的丈夫和父親之外，亦再無他人肯盡保護和供養之責，人類是决不能生存到現在的，所以家庭决不是原始的制度。然則家庭是怎樣産生的呢？家庭制度的原始，乃在人類開始知道勞力可以利用的時候。在本群中的婦女，而不能視爲奴隸，加以非分的役使。然擄掠而來的婦女，則是視爲個人私有的財産的。古人之所謂人者，本限於其群以内。群以外的人，並不以人相待。所以由俘虜而來的奴婢,在古人是不承認其人格的。野蠻人的舉動,所以非極溫和,即極橫暴,常走兩極端者,即由於此。其溫和時,係以人相待;其橫暴時,係以物相待也。男子為奴的,因社會的變動,而漸漸消滅了。女子則因內婚制的消滅,外婚制的盛行,而同群之間,男女平等相看的習慣,漸漸亡佚,祇賸了異部族之間互相奴役的關係。後來雖屢經改良,到底還不能平等,這是現在家庭制度之下男女關係不平等的原因,為其根原上是一主一奴。西洋人的舊見解,以為原始時代的女子,除依賴男子外,決不能取得食物資料,而亦非被許多人所欺凌不可,因此非尋得一個愛己的男子,藉以取得生活資料,而受其保護不可。這純粹是一種不究史實的空想。因為(一)生活資料的獲得,祇有某種資料,在某種環境之下,是限於男子方能取得的。(二)而古人在同群之中,向來不分彼此,並沒有什麼供給食料的人,要多享些權利,而他人都祇能俯首聽命的道理。(三)而現在的家庭,是成立在主奴關係上的。既有主奴關係,則祇有主人剝削奴隸的勞力以自養,決無主人反供養奴隸的。所以男子在外勞動,以獲得生活資料而養活其妻子,其現象乃起於家庭制度成立之後,而非家庭制度成立的原因,為在氏族時代以前,本群中的女子,本來是本群中人,公共扶養的。女子亦扶養男子,並非專待男子扶養。並不指定某一個男子,對某一個女子負責,然從外婚制普遍成立以後,所謂本群中的女子,業已消滅無餘,因外婚制盛行,女子均出嫁異族。而祇賸從異族來嫁的女子,其形式上雖出於聘娶,其根原則是從俘虜而變為價買的。此等屬於私人的奴隸,根本上無庸別人囑他負責,設若加以好意的扶助,反有向其挑誘,而意圖將其帶走之嫌,所以從現代的婚姻制度成立以後,為妻的遂與家庭以外的人隔絕。養活她,成為她的丈夫一個人的責任,而她也全處於她丈夫的權力支配之下了,如此,婦女因受壓制而不能自由,男子亦因要養活其妻故,而不勝負擔。因為在古代,生產上勞力的作用大,資本的作用小。勞力多,就可以致富,至少是易於自給的。在近代則工具日益複雜,不能自製。流動資本,又為一部分人所鋼,非出利息不能借得。而人口遂成爲貧窮的大原因。處此情勢之下:(一)男子一人在外勞動,以養活其妻子,能維持其本身及其後代的生活在水平綫以上的,非有幸運而獲處於社會上較優的地位的人不能。祇是幸運而已,並非由於才能。(二)如其女子亦出外就業,則家庭中事無人料理。(三)即使生活富裕之家,婦女無須出外工作,以補助生計。然而所謂家務,複雜萬端,在現今文化進步之時,非將婦女留在家庭之中,主持料理,所能勝任而愉快。(四)以上三端,爲談現在的家庭問題,很容易瞭見的弊病,而且是誰都可以承認的。若再說深遠些,則家庭的起原,如前所述,實係一種自私的組織。其先天既係如此,後天雖有變化,很不容易洗刷淨盡的,所以(A)家庭是把人分成五口八口的小團體使其利害互相對立的根原。(B)交換是使人人互相倚賴,而又互相剝削,相扶相助之實,必通過互相剝削之道而後行,使人忘却人和人互相倚賴的殷切,而祇覺得其利害對立很尖銳的根原。此等制度不變,世道人心,決無向上的希望,因爲實際的生活,到底是最大的教訓。空口説白話,除極笨的人外,決不肯聽。而此等極笨的人,在社會上,是並不能發生影響的。

限制婦女在家,主持家務,既爲勢所不能,獎勵婦女出外就業,使現在之所謂家務者,無人過問,勢又有所不可。所以目前的急務,在於造出家庭以外一種公共的生活,以替代現在的所謂家庭。於是女子可以解除束縛,男子亦得減輕負擔。而現在的所謂家事者,亦一一處置得更妥帖。

造成家庭以外公共生活的方法如何呢？我國最普遍的社會組織是農村,城市祇居少數。而且城市的組織和治理,也是模仿鄉村的,如在鄉村的組織稱爲里,城市的組織則稱爲坊或廂,坊廂與里,同爲自治團體,里長與坊廂之長,同爲自治之負責人員是。所以我們現在,有一種制度,確實能推行於鄉村,即可逐漸設法,推行於城市及大都會。真要改良治化,現在的大都會,必須斷而小之,不能聽其自然,此義甚長,當別論。

各地方家庭以外的公共生活,逐漸成立,我們的文化,就從根本上改變了。

農村的公共生活,該怎樣組織呢?須知從歷史上説:中國的所謂家族,本有兩種:一種是比較大的。這是封建時代的治者階級。其族中組織的情形,略見於《禮記》的《文王世子》。其家族團體中,除血統有關的人外,還包括許多技術和服役的人員。如《周官·天官》所屬各官是。《周官》的規模,固然是最大的,然其餘規模較小的,性質亦仍相同。此等家族,是寄生階級,他們所消費的物資,根本上是農民的租税。因爲此等必要的物資充足了,所以能養活許多技術和服役的人員。農田以外的地方,他們既可任意占爲己有,就可役使此等技術和服役的人員,替他們種植、畜牧,或利用材料,製造器具。如此,他們這家族,自然富裕了。此等封建時代的大家族,雖因封建政體的破壞而滅亡,然仍有若干存留的,如秦漢時的齊諸田,楚昭、屈、景是。而後來新興的富豪,也有模擬此等制度,而成立一個大家族的。此爲歷史上少數大家族的由來。他們的生產,他們的消費,固然都是大規模的。即多數的平民,他們的家庭,以一夫上父母下妻子爲限,大率自五口至八口。然其生活,亦是靠五口八口以外的人,互相幫助,纔能夠維持的。決不是各人自掃門前雪,莫管他人瓦上霜,對於五口至八口的團體以外的人,相視若秦人視越人之肥瘠,所能各遂其生的。現在在農村上,要借一兩塊錢,固然是很難的。此乃因貨幣實爲彼輩所闕乏,所以如此。至於自己有餘的東西,拿些給別人,還不算得什麽事。"彼有遺秉,此有不斂穧",這種情形,是到處可以看見的。決非如上海里街之中,彼此各不相知,"昏暮叩人之門戶,求水火",都使不得,"或乞醯焉",更其不必説了。然現在農村的風氣和組織,業經敗壞廢墜了幾千年,若追溯到較古的時代,則當時的農村之中,並不是有無相通,有些簡直是共同生活。古代農村的組織,略見於《公羊·宣公十五年》的何《注》。《漢書·食貨志》之説全同,不過引來做證據的古書,彼此有異罷了。據其説,則:

一夫一婦，受田百畝，以養父母妻子，五口爲一家，公田十畝，即所謂十一而稅也。廬舍二畝半，凡爲田一頃十二畝半，八家爲九頃，共爲一井，故曰井田。……井田之義：一曰無泄地氣，二曰無費一家，三曰同風俗，四曰合巧拙，五曰通財貨。因井田以爲市，故俗語曰市井。種穀不得種一穀，以備災害。田中不得有樹，以妨五穀。還廬合種桑、楸、雜菜。畜五母雞、兩母豕。瓜果種疆畔。女上蠶織。老者得衣帛焉，得食肉焉，死者得葬焉。多於五口，名曰餘夫。餘夫以率受田二十五畝。……司空謹別田之高下、善惡，分爲三品，上田一歲一墾，中田二歲一墾，下田三歲一墾，肥饒不得獨樂，墝埆不得獨苦，故三年一換土易居。……選其耆老有高德者，名曰父老，其有辯護伉健者爲里正……民春夏出田，秋冬入保城郭。田作之時，春，父老及里正旦開門坐塾上。晏出後時者不得出，莫不持樵者不得入。五穀畢入，民皆居宅，里正趣緝績。男女同巷相從夜績，至於夜中，故女功一月得四十五日。作從十月，盡正月止。男女有所怨恨，相從而歌，饑者歌其食，勞者歌其事。……十月事訖，父老教於校室，八歲者學小學，十五者學大學。……

這時候的農村，雖已以一夫上父母下妻子爲一個組織的單位。然（一）井田之制，所以合巧拙，通財貨，乃謂技術的優劣，可以互相補助，工具的有無、利鈍，可以互相借用。（二）耕種、收穫，都有一定的規則，還有人監督著。倘使其起原就是私事，則勤惰、巧拙，儘可聽其自然，何勞他人過問？公產的社會，執行公務，有一定的規則，而這種規則，也有專門執掌的人，這是據社會學家的紀錄，常有的事。（三）三年一換土易居，則每一農家，逐年的收入，多少不等。以當時管理規則的嚴密，豈不要干涉其儲種上田之年之所餘，以備種下田之年之不足，然而並未聞有此等規則。可見其原始之制，田土的收入，盡屬公有。《孟子·梁惠王下》篇引晏子的話，說"今也……師行而糧食"。糧同量，即留其日食所需，其餘盡括以充軍饢。這在晏子之時，雖成爲虐政，然推原其朔，則藏在某人家裏的糧，並非某人所有，不過借他家裏藏皮罷了。此種規則，亦是進化較淺的部落中所常有的。（四）《戰國·秦策》：甘茂對蘇子說：江上之處女，有家貧而無燭者。處女相與語，欲去之，家貧無燭者將去矣，謂處女曰：妾以無燭故，常先至，掃室布席。何愛餘明之照四壁者？幸以賜妾，何妨於處女？妾自以有益於處女，何爲去我？處女相語，以爲然而留之。此爲《公羊》何《注》男女同巷相從夜績的注腳。可見古代農村中工作，不論在邑中、在野外，通力合作的很多，實非一個個經濟單位的聯合，而其原始祇是一體。（五）十月事訖，父老教於校室，兒童教育，非一家之事，而係一個團體中公共之事，更不必説了。總而言之：古代農村的生活，決非一個個家庭聯結起來，而是本爲一體，後來纔分散爲各個家族的，雖然已經分散了，然本爲一體的遺規，存留的還有不少，在周秦之間，還很可考見，古人的生產能力，遠較後世爲低，然亦能安然生活下去，其生活有時且較後世爲寬裕，即由於此。孟子勸滕文公行井田制度，説："死從無出鄉，鄉田同井，出入相友，守望相助，疾病相扶持，則百姓親睦。"又説："設爲庠序學校以教之。庠者，養也，校者，教也。序者，射也。夏曰校，殷曰序，周曰庠，學則三代共之，皆所以明人倫也。人倫明於上，小民親於下。"校者教也，即何休所云十月事訖，父老教於校室。庠者養也，是行鄉飲酒禮之地。序者射也，是行鄉射禮之地。鄉飲酒禮，鄉射禮的意思，和現在的懇親會、運動會等，有些相像。乃是教之以和親、遜讓，使其能互相親睦。古代的倫理有兩種：一種是注重於家族中的，如所謂父慈子孝、兄友弟恭、夫義婦聽、長惠幼順。乃是流行於貴族間的訓條。因爲此等家族，其生活本極優裕，所慮者是家族之中，自行爭鬥，則不但不能安享，而其家族且有滅亡之虞。所以要注重於家族中的互相和睦。若平民，則單靠家庭間的一團和氣，還是不夠生存的，所以非講究博愛不可。這兩種不同的倫理，流行於平民社會中的，實較流行於士大夫階級中的爲高尚。歷代傳播儒教的，究以士大夫階級中人爲多。蔽於階級意識，就不免舍連城而實硴砆了，然單靠家族組織，決不足以盡人類相生相養之道，而且是一個很大的障礙，則縱觀古今毫無疑義。

從古以來，有兩種文化：一種是自力自食的文化。一種是掠奪的文化。掠奪的文化，又分爲兩種：一種是靠武力掠奪的，是爲封建主義。一種靠經濟的力量，用交換的方法掠奪的，是爲資本主義。世界的"每每大聲"，實由掠奪文化的盛行，自力自食的文化的日就萎縮。"撥亂世，反之正"，必須提唱自力自食的文化，使自力自食的文化，逐漸建設，逐漸擴張，而掠奪的文化，逐漸爲其所淘汰。如此，則現在的家族制度，我們必須破壞之，而逐漸代以公共的生活。

此事進行的第一步，即須在農村之中，普遍的設立育兒所。育兒，似乎是和家族制度，最有關係的。因爲小兒非飲乳不可，而又以飲母乳爲最宜。所以一提起育兒，便使人有各親其親，各子其子，出於造物所安排而無可違逆的感想。然人是在很複雜的文化中生活的，支配人類的關係的，並不是簡單的某種生理關係。人類的生活，有一部分係根據於生理而來的，此等生活，大抵無可變更。然在人類的生活中，實不占重要的位置。此理不可不明。子女與母親生理上的關係，出生而後，不過到哺乳終了而止。此外更無甚必要，值不得誇張。與父親的關係，更不必說了。我們並非有意歪曲，說母親不適宜於撫育親生的子女。亦非爲要破除家族制度，而硬主張不要做母親的人，撫育他自己所生的子女。不過在現在的文化狀況之下，除乳哺之外，母親對於親生的子女，並不一定是適於撫育的人，這個無論如何，不能不承認是事實，所以小孩出生之後，即須有一住居之所。此住居之所，係爲一團體中所有的小孩公設，由最適宜於撫育小孩的人經管。小孩生身之母，除按時前往哺乳外，其餘一切不負責任。這正和小孩的教育，另有教育家司其事，不必要其父母負責相同。世人見遣子女從師，不以爲怪，聽說兒童公育，就驚怖其言，若河漢而無極，這衹是"見駱駝言馬瘇背"而已，現在家庭的大弊，及於兒童的有三：(一)撫育之失宜。(二)經濟力的薄弱。窮困的家庭，固不必論。即較爲富裕的家庭，遇見特殊的事情，亦或爲經濟力之所限。我在十年前，曾在某醫院中，見一小孩，爲猘犬所噬，其母攜之至醫院，醫生命其注射恐水病血清，而此母親不能負擔四十五元的藥費，祇得含著眼淚，帶著孩子走了。不能替孩子負擔醫藥費的父母親怕很多，若合一個大團體而共籌，就不至有此患了。(三)則父母之不必適宜於教育兒童，亦與其不必適宜撫養於兒童同。尤其是愛慣家庭教育的兒童，從小就深深的，栽培下自私自利的性質的根株，長成之後，要拔掉他很難。所以小孩，我們希望他全不受現在的所謂家庭教育。現在的學校學生，比起從前的舊讀書人來，我們不敢說他有什麼長處。然而較能和人家合作，及組織之力較強，這兩點是不能抹煞的。這一部分是現代的教育者之功，一部分，亦是學校群居生活之賜。

育兒所乃代替家庭的公共生活的第一步。有此一步之後，青年公共的住所，以及養老堂、病院、公共食堂等，就可逐漸進行，到此等制度完全成立之時，家庭遂全被代替而消滅，男子放下千鈞的重擔，女子脫離奴隸的生活，彼此，呼吸自由的新空氣，打破家庭的障壁，而直接沐浴社會的陽光。

這些話，似乎是造端弘大、實行甚難的，然亦並非沒有實行的方法。依我說：最好是借此政治之力，強迫推行義務教育，既可強迫人家受；小學校既可強迫各地方設立；爲什麼育兒所不可以？所以現在，應當以法令之力，規定在某種情形的地方，必須設立育兒所，爲之籌集經費。由國家派人主持。強迫一切兒童，均須送入育兒所，在目前的情形之下，固然還辦不到。然設立之後，送兒童前來的，必然十分踴躍，怕祇怕機關太小，收容不下。因爲現在窮苦人家，養不起子女的很多。他們祇要有人肯替他們收養，就把子女送去了，豈有公共的育兒所，撫養較私人爲善的，反不肯送來之理？次之，則現在社會上熱心公益的人，究亦不少，但他們的觀念太陳舊，祇會做些補苴罅漏的事情。若把革命的建設事業，看做善舉，則他們苦無此種智識。

然亦祇是没有知識而已，假使能説到他們明白，他們仍不失爲行動上有實力者之一。所以開發肯出資出力，從事於公益事業之人，使之走向革命的建設的途徑，實爲今後的要務，而育兒所將亦是其中重要的一項。以上兩端，是目前推行的方法。凡事切於需要的，總是易於風行的。推行之初，力量看似微薄，然不轉瞬，就附庸蔚爲大國了。

在上海言上海：若有人能以修士傳道的精神，出而改善家庭和兒童撫養的問題，里衖之中，就未嘗不可以倡辦育兒所，上海在現在，雖然是孤島，將來總有不孤的一天。到這時候，國家未嘗不可運用權力，强迫上海的住民，設立坊廂等組織，以盡其應盡的義務。

（原刊《宇宙風乙刊》第二十一期，一九四〇年二月出版）

上海風氣

（一）

　　風俗之轉變，有莫知其然而然者。三十年前，上海人以問路莫肯見告聞於世，猶憶丁未之歲，1907年。予至上海。舊友唐君子權名駝。方設肆於公共租界，謂予曰：上海之商人，可謂無可救藥矣。予曰：何也？唐君曰：上海風氣，夥友之在櫃檯者，行人或來問路，必不肯告。予嘗殷勤誨之曰：日得一主顧，則年得三百六十主顧。一主顧更可招徠他主顧，所招徠之主顧，又可招徠他主顧，如是推之，其數殆巧曆不能算也。生意何以興隆？曰主顧多而已。主顧何以來？曰以此店為可信。告人以路，若與生意無涉。然殷勤誠懇而告人，人必以其人為可信，而下次之生意來矣，是不啻招來顧主也。諸君豈必終身為夥友？他日者，設或自行設肆，凡在本肆中與諸君熟識者，必皆聞風而至，是今日為本肆招來主顧也，即為他日自設之肆招來主顧也，肆未設而主顧已千百其人，生意之興隆，寧可量哉！予之所以歆動之者，可謂至矣。而一歲有餘，聽者藐藐，積習之深痼，可勝歎哉？予亦歎息。予至上海頗早，旅上海頗久，生平不甚問路，路途有不識者，寧出門前查閱地圖，即由習於當時風氣使然也。今者此風已漸改變，向人問路，十九肯以相告，且有甚殷勤誠懇者，轉變之由，雖難質言，似與教育不無關係。以今商家夥友，學校畢業生漸多也。豈得謂教育全無效驗哉？

從前向人問路，多掉首不之顧，或惡聲曰不知，自不習於上海者視之，已可駭矣。然尚非其惡者，其惡者，問以何處，則曰向何處問去。如問以到大馬路向何方行，則曰向大馬路問去。自不習於上海者視之，彌可駭矣。然尚非其極惡者，其極惡者，當向東則指人向西，當向南則指人向北，雖極生疏愚蠢之鄉人，小足伶仃之老婦，不顧也。惡上海之風氣者，每謂其損人而不利己，由此也。今則此等事已罕見矣。

（二）

默察上海風氣，學生恒逾於商人。身居工商之肆，然小時曾入學校者，大抵謙恭有禮，於力所能及之處，亦輒肯顧全公益。若出身工商之肆者，則多不能然。此教育之異也。惟有一種紈綺子弟，雖身居學校，其輕浮傲慢，較居肆之人爲尤甚。在學校中如此，出學校後，則不知若何矣。此則所謂互鄉難與言者也。

坐電車或公共汽車中，默察左右。凡見老弱婦女，或提挈器物，懷抱孩童之人，肯起立讓坐者，其人多似學生，若商工之流，則知此者甚鮮也。五六十以上之舊讀書人，非不恂恂有禮，然知此者亦寡，此亦教育之異也。

二十六年春間，予至某紙鋪買紙。見一人亦在買紙，所索閱之紙樣頗多。時紙鋪中人方忙，予即就此買紙者，詢以紙之用處及價目。第一語其人尚勉強相告。第二語即爲厭惡之色曰：問店中人可也。予知其無理可喻，且亦不足與較，一笑置之。此尚是二三十年前之舊風氣，今日此等人已罕見矣。設在二十年前，予亦決不向此人詢問也。

（三）

南人應對，大率較北人粗率。故論者或謂江浙雖稱人文淵藪，特生計寬裕，讀書之人較多，以社會風氣論，猶是北文而南質也。然粗率可謂之質，刁猾傲慢，則不得謂之質矣。有北人從未到過南方者，初到上海，大惡之。既歸，蹙額向予曰：上海之風氣難矣哉！予曰：如何？其人思之俄頃，乃曰：凡一言一動，皆有意使人不快而已。予曰：善哉言乎！使予作一總括之語，以道上海之風氣，殊不能如君之簡明也。豈習焉而忘之乎？既而思之，此等風氣，亦有由來。其由來若何？曰：大者有二：一由於事務之繁。事繁則無暇與人多語。然不熟於上海情形者，往往絮絮致詰，而其所問之語，又非一二言所能使之瞭解，久於上海者苦之。乃思得一語以遮斷之，使其無從再問。習之既久，凡與人言，多以此法應付，其語既不可謂之誠，亦不可謂之偽。在彼之意，本亦無惡於人，不過求省力而已。然自不習於上海者視之，則覺其不誠矣。甚於此者，即爲置諸不理。則自不習於上海者視之，彌覺其可惡矣。一由於爭競之烈。善意惡意二名，今人慣用之，然實不自今日始。《三國志·張魯傳》："魯奔南山，入巴中，左右欲悉燒寶貨倉庫。魯曰：本欲歸命國家，而意未達。今之走，避銳鋒，非有惡意，寶貨倉庫，國家之有。遂封藏而去。太祖入南鄭，甚嘉之。又以魯本有善意，遣人慰喻。"又《杜畿傳注》載畿子恕答宋權書曰："天下事以善意相待，無不致快；以不善意相待，無不致嫌隙。"即今所謂善意惡意也：意之善惡，由於相熏。日與人爭競，而欲其胸中生意盎然，不可得也。故鄉僻之人，待人常厚；都市中人，待人常薄。夫日事爭競，則無復哀矜惻怛之仁，抑强扶弱之義；所畏者力，所歆者利而已。至於力不足畏，利無可歆之時，獰獷之面目即見，若曰：爾其如我何？夫人即無如我何，我亦何必如此？則以其日與人爭競，怨恨積於中，無可發洩，遂不擇地而施之，以求一快也，故曰不遷怒難。

（原刊《宇宙風（乙刊）》第二十三期，一九四〇年四月一日出版）

中國現階段文化的特徵

（一）論中國文化變遷的大勢

　　文化到底是傳播的？還是各自獨立發生的？這是談文化的人所腐心考究的一個問題。其實這祇是歷史上的特殊事實問題。至於論文化的原理，則這個問題，並不十分緊要。文化是人所以控制環境的，而人的性質，大致是相類的，所以在同樣環境之下，會發生同樣的文化。人類的環境有兩種：一是自然，一即人類自己。自然環境，雖各地方時代不同，人和人的關係，則根本是一樣。固然，人和人的關係，會因自然環境的不同而不同。然人類控制環境的目的，是相同的。所以愈被控制後的環境，其相類愈甚，而人類自己的組織，亦即因之而漸漸接近。所以世界各民族的文化，雖有小異，畢竟大同。説什麽"中學爲體，西學爲用"；説什麽"全盤西化"，都祇是一偏之見。説甚麽"創造一種東洋特殊的文化"，更祇是夢囈。所以論中國文化的變遷，仍可根據文化進化的通例立論。

　　人最切要的環境，總是經濟，這是無可爭辯的。因爲人總是要求生存的，要求生存，就不能離開經濟。所以各種社會現象中，經濟的關係，最爲深刻而普遍，經濟是根本，其餘是枝葉。枝葉總是隨著根本而變動的。人類解決生活問題，共有兩法：一是合群力向自然鬥爭。一則掠奪他人之所有。掠奪他人之所有，不是原始的，乃是後來才發生的。所以在歷史上，廣大的史前史時期，人類都過著和平的生活。掠奪的盛行，祇是有史期前後的事。不幸，從前人類的知識，限於有史以來，就誤以爭奪相殺爲人的本性了。但是爭奪相殺，到底是不能持久的。爭奪相殺，到底不如和平合作的有利。所以封建主義，經過一定的階段，就要爲資本主義所替代，人類合力向自然鬥爭，人與人之間，則無分彼此，原始的時代，本來是如此的。苦於此等關係，祇存於本部族之內，而不存於各部族之間，各部族相遇，就不免演成爭奪相殺的慘劇，後來則代之以交換，交換的外表，雖然平和，其實利害互相反對，賣者的利益，就是買者的損失；賣者的損失，就是買者的利益；這是很顯而易見的。所以此種合作，祇可稱爲含有敵對性的合作，就是俗語所謂"面和心不和"，亦即古語所謂"以利交"。交易之始，是行於異部族之間的，因其能促進分工，能合各部族而爲廣大的分工，部族內部的舊組織，遂爲其所破壞，漸次分解爲五口八口的小團體，甚而至於一個人爲一個單位，各單位的利害，都互相依賴，而又互相反對，既不能徹底合作，又不能各奔前程，遂普遍的，造成佛家所謂"怨憎會苦"。

同時，前此因環境不同，又彼此不相往來所造成的語言風俗上的異點，此時也還殘留著一部分，於是民生問題之外，再加上一個民族問題，而其互相爭鬥乃益烈。

這是各個社會文化所以變動的真原因，而中國社會，亦不能自外於此。孔子作《春秋》，立三世之義：據亂而作，進於升平，更進於太平，這是孔子想把世運挽之向上使臻於郅治的，孔子此項見地，並非全出於理想，而實有其歷史的背景。試看先秦諸子，除法家原君之論，指無君以前爲野蠻外，其餘都承認遠古之世，有一個黃金時代可知。還不但中國，就古代的希臘，也有此等思想，然則《春秋》所謂太平，必是《禮運》所謂大同時代；所謂升平必是《禮運》所謂小康時代，而其所謂大同，必是今社會學家所謂部族共產時代；所謂小康，乃是封建制度完整的時代，亦無疑義。部族共產時代，社會內部的安和，人人皆知，不必說了。封建時代，雖然有一個武力階級，高居民上，而吮吸其膏血,但亦不過他們一幫人,成爲寄生階級而止,前此社會内部良好的規則,仍有存留。高居民上的人,並不去破壞它,有時候還扶植它,所以還得稱爲準健康體,而孔子謂之小康。到各地方的交換盛行,於是人類生利之力愈大,其繁殖率大增,而其淫佚亦益甚。有權力的,就要加緊剝削其下,還要攘奪之於鄰國。東周以後的諸侯大夫,所以暴政亟行,兵爭不絕,其真正的原因實在於此。這時候,團體的範圍,愈擴愈大,而其内部的矛盾,亦日益深刻。人之於環境,最親切的,不是自然,而實在是人類。人和人的矛盾,日益深刻,人自然要覺得苦痛了。而隆古時代,人和人毫無矛盾的境界,雖無正式的記錄,卻仍隱約在人記憶之中,人人深信有這一個時代,自然人人要想恢復它。先秦諸子,所以大都抱有一個大改革的希望,亦可謂之同具革命的志願者皆以此。其中最顯著的如儒家主張恢復井田;法家主張把大企業收歸國營,賣買借貸,都由公家加以控制;農家主張政府毫無權威;都是顯而易見的。但是階級的利害,總是相反的,希望壓迫階級自行放棄其特權,總是鏡花水月的事。當時諸家革命的情緒,雖然緊張,至其手段,則大都爲階級意識所蔽。想靠治者階級徹底實行,這自然是不會有的事。先秦諸子的理想,是到王莽然後見諸實行的。王莽的魄力,可謂極大,其手段,固然有拙劣之處,然其失敗的大根源,則仍在借治者階級之力,替人民操刀代斫。這其失敗,實在是先天注定了的,並怪不得哪一個人。自經此次改革失敗之後,人遂以社會爲不能由人力控制,祇想去泰去甚,再不想徹底改良了。所以小康之運,實至新莽的失敗,而後真正告終。

在現代的新工業未曾興起以前,商人常是社會上最活躍的階級。這因爲經濟既進步之後,大家非交換無以自存。而賣者要找買者,買者要找賣者都極難。祇有商人,專以買進賣出的事,可以從容應付,所以生產者、消費者都爲其所剝削。然近代新工業興起以後,情形就大不然了。前此生產者的出品,非靠商人買進不可。所以商人的意見,實暗中支配了生產者。至大工業興起以後,則勢成壟斷,商人非銷他的貨物不行。於是工業家剝削商人，祇給以一定的利益。名爲獨立經營，實不啻工業家的代理人了。現在的情形，固然還未盡至於此。然而由今之道，無變今之俗，終必至於如此而後已，則是無可諱言的。當這時代，因工業品要求傾銷，而要爭奪外國的市場，又要尋求原料。再進一步，則累積的資本，又要尋求投下的場所。內之既成騎虎，外之自然各不相讓，遂至經濟的鬥爭，繼之以武力，而形成所謂資本的帝國主義。近百年來的中國，不幸而適當其冲。於是一切情形，翻然大變；而身當其冲的中國人，亦雖欲不變而不可得了。這又是近百年來中國文化所以變動的真原因。

（二）從民族問題觀察

人類當演進之時，一水一山之隔，就不能互相往來，於是在各別的環境下，形成其各不相同的文化。語言風俗，均大有差殊，遂分立爲許多民族，民族的分立，並不是永久的事，將來文化再向前進，總要把各族融合爲一，亦如中國古代有夷蠻戎狄，現在卻都混合了，分別不出來一樣，但此非一蹴可幾，所以在以往的歷史中，以及在現今，民族的爭鬥，總還在所不免。

中國在古代，是東方最文明的民族，控制自然環境的力量，遠較異民族爲强，決不怕人家來壓迫我。而因人類生而即俱的同情心，恒欲誘掖獎勸異民族，使之同進於文明。雖然社會組織方面，文明民族，或轉較野蠻民族爲劣，然此理決非昔人所能知。所以中國祇有世界大同，人類一體的平等主義，而絕無所謂國家主義。國家是以民族爲本質的，所以中國古代，民族主義，實不甚發達。觀其尚文德而不尚武功，便可見得。

秦漢以後，國家的環境變了。前此雜居內地的異族，都散佈在山谷之中，像後來西南的蠻族一般，所以不足爲患。秦漢以後，所鄰接的，是蒙古高原。蒙古高原，地味瘠薄，而地形平坦。地味瘠薄，則思向沃土侵掠。地形平坦,則便於集合指揮,遂成爲東洋史上的侵掠地帶。其影響,並及於關東三省的北部。從五胡亂華以來,而遼,而金,而元,而清,不斷的侵入中國。講歷史的人,都説中國民族,尚武的性質,太闕乏了,以致屢遭異族的蹂躪,其實不然。在從前的文化階段,文明民族,爲野蠻民族所蹂躪,乃是通常的現象。希臘的見滅於馬其頓,羅馬的不能敵日爾曼,印度的屢遭西亞民族的侵入,正是異地同符。像日本的亘古未被異族侵入,乃是地勢使然,乃是例外,並不關民族的能力。設使日本與高麗,易地而處,又安能終拒元師呢?當魏晉以後,中國確亦有振起武風的需要。但是一種文化,既已形成,往往有相當的固定性,不容易隨時轉變。而一個民族,在一個時期之中,亦往往祇能向著一個目標進行。所以魏晉以來,中國人所認爲光明的前途,而努力以赴之的,還是世界大同主義,而不是民族國家主義。雖因受異族的壓迫,民族主義,未嘗不稍稍興起,畢竟還放在第二位。

從南宋以後,情形才漸漸不同。稍讀中國歷史,便可見得:遼以前的異族,和金以後的異族對待中國民族,情形大不相同。自遼以前的異族,雖然憑藉武力,侵入中國,然無不以漢族爲高貴而思攀附之。試觀五胡,除羯族之外,無不自托爲漢族古帝王之後可知。金以後就無此事了。遼以前的異族,率視漢族的文化爲優越,而自視爲野蠻,極力想摹效漢族的文化。如北魏孝文帝的熱心,固然是一種極端的例,此外不能多見,然亦從未有想拒絶中國文化的,有之則自金世宗始,他竭力遏止女真人的漢化,而思保存其舊風。到清朝,就未曾入關,已經知道譯讀《金世宗本紀》,告諭其下,不可摹效漢人了。這實由遼以前的異族,附塞較久,濡染漢人的文化較深,金以後則適相反之故。

至此,中國人的民族主義,亦不得不因壓迫之烈,而漸漸加強,所以南宋以後,攘夷之論漸盛,宋明兩朝滅亡時,志士仁人,積極的、消極的反抗及不合作的行爲,尤使人可歌可泣。然而總還覺得不夠,所以到近代，太平天國崛起，還會有曾、胡、左、李等，甘爲異族效勞。這可見中國人還是把民族主義放在第二位。這是因爲：這時期的異民族，武力雖然強盛，文化程度，究屬太低，中國人看他，還覺得不甚可怕之故，再到近代，情形就更不相同了。

要知道中國近代，民族主義的進步，祇要有眼前的事實，便可明瞭。中國從前，本來並非力量敵不過外國，祇是誤於黨派的紛紜，和武人的驕蹇，不但不以禦敵爲務，甚而至於爲虎作倀。宋明兩代的已事，言之真可痛心。近代則不然，黨派摩擦之深，莫如國共。而自西安事變以來，竟能夠精誠合作。國內有力量的軍隊，在從前，和中央有過摩擦的，亦指不勝屈。而到現在，亦無不同立於抗戰旗幟之下，矢志不二。具有游移不定，甚至喪心病狂，認賊作父的，則全是些落伍而喪失信用，毫無能力的人，根本不會發生什麼效力。老百姓本來是意志最堅貞，行動最忠實的。不但不會爲虎作倀，亦不會袖手旁觀。不過喪失政權已久，手無斧柯，眼看著統治者階級的出賣國家，出賣民族，而無可如何罷了。治者階級的文化，一經變動，而以民族爲第一，國家爲第一，以其力量，發動民眾，遂得於短時間內，造成雲飛風起之觀，莫輕視人的心力，凡事都在人爲；而人要有所爲，則必先具有志願，要具有志願，又必先對於其所做的事，能有真實的瞭解。到大多數人，都瞭解其事，而具有必成之志願，就斷非少數人所能夠愚弄或迫脅的了。我國現在，所以能不屈不撓，再接再厲，其真實原因實在於此。

民族主義，從少數志士仁人心中，滲透了向不接受的階層，更發動了向不參預的階層了。這是從南宋以後，八百年來，逐漸生長，至今日然後形成的，這是現階段中國文化的一個特徵。

（三）從民權問題觀察

孫中山先生的三民主義：民族主義，是所以對外而求自立的，民權和民生主義，則所以促進內部的文化。

民權主義的真諦,是怎樣呢?這自然不是淺薄的模倣西洋的代議政體而已足,這已經是將要没落的制度了。然則民權主義的真諦,到底怎樣呢?

原來國家和社會,既不能説是一物,亦不能説是兩物。你説它是一物,則世界之上,分明是先有社會,後有國家;而且到現在,未曾建立國家的人民,還不是没有。你説它是兩物,則現在世界較發達的社會,是没有一個没有國家的;而且此現象業已持續數千年;而國家在短時期中,亦還未易廢棄。所以就現在的情形説來,國家與社會,既不好説是一物,亦不好説是二物,然則到底如何呢?從人類的分工合作講起來,單有社會,本來就已經夠了。無如人類因彼此文化的不同,而有爭奪相殺之事。既有爭奪相殺,則必有征服者與被征服者之分。征服者遂握有統治之權,而壓迫被征服者以自利。國家遂於是形成,到封建主義凋零,則資本主義,又藉財力,起而代居統治者憑其的地位。所以有人説:國家總不能離乎階級壓迫。這句話確有真理。但是當國家初成立時,治者階級和被治者階級的利益,是絶對相反。到後來,亦就漸漸的相合了。尤其在異族侵入的時候。如果被他侵入了,不管你是什麼階級,他都要剥削踐踏的,在此情形之下,治者階級和被治者階級的利害,遂全然歸於一致。這是近代各國,每有外患,總可消弭内爭;而民生主義,和民族主義,看似相反,需要調和的原因。國家是外骨,保護着柔軟的社會,在内生長發達的。而國家的力量,亦即靠社會支援供給。從表面上看來,國家所做的事,是消耗的。社會所做的事,是生產的。但無消耗的事業保護,亦將爲他人所掠奪。在此意義之下,則消耗的事業,亦成爲生產的。但當致謹於其程度。倘使國家所要求於社會的,超過了必要的限度,不但妄耗而不經濟,而且社會因不堪負擔而萎縮,而國家的事業,亦終將不能支持了。斟酌於二者之間,便是政治家最大的任務。但其支配能否得當,亦不盡繫乎政治家的巧拙,而當視其所處之環境以爲衡。環境實在惡劣了,最高明的政治家,有時亦祇得眼看其國家走入苦境,而無可如何。近來歐美的國家，因其競爭太劇烈了，國家要求社會的，不得不多。又因資產階級，發達太過，握權自私，積重難返。一時沒有減輕社會的負擔，以遂其正常發達的希望。新興的日本，業已追從走上此路。即蘇俄，雖以拯救無產階級，扶助弱小民族爲宗旨，然因其地位的實逼於此，亦不得不從事於整軍經武。其大量生產，一半固能改善自己的生活，一半也是要和他人競爭。祇有中國，目前看似危急，然東洋的情勢，其實尚較西洋的簡單。祇要把我們當前的敵人打倒，太平洋中，就覺得風平浪靜了。中國既無侵略他人的野心；資產階級，亦迄今尚未發達，政權未操於大資本家之手；殘餘的封建勢力，在現在，是不值得一擊的。民權正好在通常的環境中，遂其正常的發達。而中國在這一方面，歷史上亦具有相當的根柢，這話怎麼説呢？

中國向來的文化，是偏重於社會發展的，歷來的議論，從沒有以富國強兵，開疆拓土爲至上的主義。異族的同化，疆域的擴張，祇是社會發展自然的結果，間有戰爭，不過是防禦性質。所以國家所要求於社會的不大。向來談治化的人，所兢兢注意的，總是些寬裕人民生計，以及興起教化等問題。而其行之亦並不全要仰仗官力。宋學中關學一派，會是個好例，所以中國的社會，可以說是德莫克拉西的社會。苦於幾千年來，封建制度的餘毒，未能剷除淨盡，貴族衰落之後，復繼之以官僚，所謂官僚階級，乃合下列幾種人而組織成功的，即：（一）做官的人。（二）輔助官的人。其中又分（甲）高級、參與謀議的，或有專門技術的，即幕僚。（乙）辦例行公事的，即胥吏。（丙）供奔走使令的，即差役。（三）與官相結托的人，即士紳。這三種中，固然都不乏好人。然雖有好人，改變不了階級的性質。以階級的性質論，總是要求自利的。自利的方法，從理論上言，是權威力求其大，收入力求其多，辦事力求其少。在上級監督，社會制裁的力量所不及之處，便要盡力行之。社會的文化，因得官力的輔助而發展是例外，事業遭其壓迫，財力被其榨取，人才被其吸收，以致萎縮，倒是通常的現象。所以官僚階級，實在是社會文化發展向上的大敵。欲救此弊，惟有發展地方自治，其根本又在增加人民的知識能力。中國向來，亦未嘗不看重地方自治，但治者階級的理論，根本有一個偏蔽之處，以爲天生人而有智愚，愚者必不能自謀，非靠智者爲之代謀不可。其實國家的事務，有些複雜的、艱難的，非有特殊的才能，不易應付，若社會的事務，則根本不離乎日常生活，人民有何不能辦？而且向來也總是人民自行聯合，自行辦理，自行立法，自行制裁，何嘗真靠官家的力量來？所以提高人民的知識能力而擴大其自治許可權，乃是民權主義的真諦。向來因蔽於階級意識，以爲人民是生而愚的，不肯加以教育；即或加以教育，亦祇是畏神服教的教育，其目的在於"小人學道則易使"，而不肯認爲自治的主力。對於官僚階級，其效用不過如此的，卻深寄其希望。這便是民權主義的大敵，把這種思想打倒，民權主義的前途，就現出光明來了，這無疑的，也是現代中國文化特徵之一。孫中山先生之民權主義的學說，以及八路軍深入民衆的力量，都是代表著他的。

（四）從民生問題觀察

講到民生主義，固然不該激烈的提倡階級鬥爭，然亦不該像鄉愚一般，嚇得連階級兩個字也不敢提。民生主義，祇是一種主義，用什麼方法去達到他，那自然是可以斟酌的，若諱疾忌醫，並階級兩個字而不敢提，那就不翅把民生主義，根本取消了。西洋的社會，是個工業發達的社會。所以其所謂革命，以工業問題爲中心。激烈的則勞工專政，緩和的則爲基爾特主義。中國新式工業，甫在萌芽，在全國的經濟中，並不佔重要的成分。解決了工業問題，算不得解決中國的經濟問題，而工人的力量，亦不足以做革命的前綫。至少在地域上分佈太偏枯了。憂慮中國的工業界，將有激烈的勞資鬥爭，祇是杞人憂天。中國民生問題的癥結，自然還在農民，但因中國的情形，又和俄國不同，也無須取激烈的手段，而自有較和平之路可走。中國的社會，不會有激烈的革命運動，而自有餘閒，可以從事於平均地權，節制資本的平和手段，這是客觀情形所規定的。正無庸鰓鰓之過濾，更用不著嚇得像什麼似的。話說得太遠了，我現在，祇要說明民生問題在現在文化中的趨勢就夠了。

　　提起這一個問題來，卻是中國文化的一個大轉變。人，總是要求生的，要求生，則經濟問題，總要首先解決的。人，是聯合著求生的，不是單獨求生的，所以經濟問題，就是社會問題。這本是很明顯的道理，無人不可懂得，初無待於煩言。苦於在進化的途中，社會情形，日益複雜，顯明的道理，倒給遮蔽得陰暗了。此項道理的陰晦，實在新室滅亡之時。孟子說：無恒產而有恒心者，惟士爲能。若民，則無恒產，因無恒心，苟無恒心，放僻邪侈，無不爲矣。是故明君制民之產，必使仰足以事父母，俯足以畜妻子；樂歲終身飽，凶歲免於死亡。然後驅而之善，故民之從之也輕。今也，制民之產，仰不足以事父母，俯不足以畜妻子；樂歲終身苦，凶年不免於死亡，此惟救死而恐不贍，奚暇治禮義哉？這不是孟子一人的議論，乃是儒家通常的議論；還不僅儒家一家的議論，而是先秦諸子共通的議論。其中最有具體計劃的，要算儒法兩家，儒家主張平均地權，法家主張節制資本。這或因儒發達於魯，法家原起於齊；魯國祇有小商業，資本勢力無足言；齊國則有魚鹽之利，又冠帶衣履天下，資本勢力較爲興盛；環境不同之故，然具體方法雖異，其宗旨還是相同的，即其餘各家，亦是一樣。從沒有說普通人在惡制度之下，可以爲善；並沒有說惡制度不可改革，不該改革的。西漢時代，還是如此，試讀賈誼、晁錯、董仲舒、王吉、貢禹、翼奉、劉向等人的議論可知。到東漢以後，情形就漸漸的變了。鑒於惡制度，不甚加以攻擊，而專責人在現社會的秩序下爲善。這分明是孟子所說的，惟士爲能的境界。惟士爲能的士字，不可泥看。這士字不是以地位言，乃是以道德言，亦和君子兩字，有以地位言以道德言兩義一般。惟士爲能，就是說祇有生而道德性格外豐富的人爲能。而今偏要責之於一般人，這就是責一個平常人以曠世的高節了。殊不知人總是中材居多數。這個因為在生物學上，上智下愚，同為變態，惟中材為常態之故。這是人力所不能變更的事實，而今要責中材以為上智之事，那自然是鏡花水月了。所以以魏晉玄學譬喻利害的深切著名，以佛家哲學見地的精深，宗教感情的熱烈；以宋明理學態度的謹嚴，動機的純潔；接受的總祇有少數人。大多數人，實並未受其影響。因之，鑒於惡勢力的根柢，並未能有所動搖；而社會的情況，亦並未能因之而有所改善。這實是不注意於社會本身，而單注意於其中一個一個的主義的破產。

自西力東侵以來，西洋學術，輸入中國的不少，然都不足以動搖舊見解的根柢。像政治、法律等等，本來是彼此都有的，立說雖有不同，不過因環境不同，所研究的萬象，亦因之而異之故，並不足以判別優劣。至於科學，亦不過是程度問題，並不是中國全然沒有。這亦無怪海通以來，業經三四百年，而中國的文化，還沒有根本動搖了。惟近數十年來，足以轟動全世界，而動搖舊文化的根柢的，祇有社會學，這不是中國一國的問題，其實是全世界的問題。惟有社會能說明社會，而社會之能成為研究的萬象，從前是不知道的。於是有許多惡劣的制度，都認為和自然界的現象一般，惟有隨順他，利用他，更無徹底改革的餘地。近數百年來，因為和蠻人接觸得多了，再加以史前史的發現，才曉得社會的組織，可以有多種，其價值都是一樣，並不見自命為文明的，真比野蠻人高，再進一步，就知道文明社會的組織，盡有不如野蠻社會之處，於是開始向惡制度攻擊了。惟有社會學，示人以社會制度，無一是天經地義的，無不是人造的，無一不可徹底改革。惟有社會學，示人以無限改良之可能，惟有社會學，能鼓動人革命的熱情和勇氣。至此，則文化的方向大變了。人，總是要求生的，要求生，則經濟問題，不能不解決，而人是聯合求生的，不是單獨求生的，所以經濟問題，就是社會問題，這本是很明顯的道理，人人可以懂得，不過暫時陰晦罷了，外面的陰翳總是容易撥去的，近二十年來，社會學之在中國,風行草偃者以此。

這是中國古代文化的再生,其價值,較之歐洲的文藝復興,要大得多了,如其不信,請看將來。

(原署名:乃秋(誤刊:乃流),原刊一九四〇年四月五日《中美日報》)

塞翁與管仲

盲目而無所用心的習慣，以及重視實際工作，而輕視計劃工作的謬見，也是大足妨害我們的進步的。欲救此弊，則必不可不改良我們的教育。

《史記》的《管晏列傳》上，稱管子之爲治，善於"因禍而爲福，轉敗而爲功"。在《淮南子》的《人間訓》上卻有這麼一段話："近塞上之人，有善術者，馬無故亡而入胡，人皆弔之，其父曰：此何遽不爲福乎？居數月，其馬將胡駿馬而歸，人皆賀之。其父曰：此何遽不能爲禍乎？家富良馬，其子好騎，墮而折其髀，人皆弔之。其父曰：此何遽不爲福乎？居一年，胡人大入塞，丁壯者引弦而戰。近塞之人，死者十九。此獨以跛之故，父子相保。故福之爲禍，禍之爲福，化不可極，深不可測也。"

的確，我們若就身所經歷之事追想之，誠覺禍福之倚伏，深不可測。但是人之所以異於禽獸的，就在其不但能隨順環境，還能控制環境。而動物中，有的似乎亦能控制環境，然其所謂控制，非出於理智而由於本能，故其控制之力有限。人則不然，故能有無限的進步。未經控制的自然力，無不足以爲人禍。人類的控制自然，亦不能有成而無敗。所以"因禍而爲福，轉敗而爲功"，這十個字，最爲緊要。人類所以能控制自然，稱爲萬物之靈，而爲地球上的主人，其得力全在這十個字。

既然如此，人類就要時時運用其理智，而斷不可有一息之停。遇見了困難，便想法子，方能因禍而爲福，所想的法子不中用，失敗了，隨即重想，方能轉敗而爲功。

人類的進步，爲什麼如此遲緩，而在進化的中間，還要生出許多紛擾來，以致阻礙進化呢？其最大的毛病，就在無所用其心，而凡事衹會照老樣做。試舉兩事爲例：其一，古代饑餓的人，是什麼東西都吃的，後來進步了，知道牧畜。再進步，又知道耕種。耕種之始，還是各物雜吃的，所以古稱百穀。後來營養上的知識，漸漸的進步了，栽培的方法，也漸次進步，乃汰其粗而存其精。於是由百穀變而爲九穀，由九穀變而爲五穀。時至今日，我們所恃爲主食品的，實在祇有稻和麥兩種。這可以稱爲進步了。但是現在的營養學，證明了單靠米麥，營養是不夠佳良的，而衆視爲精品的白米、白麵尤劣。目前的急務，轉在研究如何利用雜糧。這本不是專爲對付米麵價貴的問題。而在今日，米麵價貴之時，欲圖救濟，利用雜糧，尤爲一良好的辦法。利用雜糧之法，不在於人們的信不信，而實在於其會製造不會製造。因爲窮人本來是無所不吃的。他們縱然相信米麵的營養較佳良，何嘗能常得到米麵吃？再比雜糧壞的東西，填飽肚子，也就算了。然而對於米麵以外的別種糧食，不會製成食品，卻是無可如何的。我們知道西餐中的三明治，有些人，誤以爲也是麵包的一種，其實不然。三明治是計算人身所須要的養料，都把它合製在一塊的。單吃麵包，營養要發生問題，單吃三明治，就不至於此。然則我們何不將目前能得而易得的食料，分析其養分，決定其配合之法，而製成一種普通人吃的三明治呢？然而我們卻祇會訂購洋米，要求麵粉平買。其二，衣著貴了，皮鞋尤甚。守舊的人，一定要說：你們爲什麼定要著皮鞋？他們的意思，以爲著皮鞋不過是學時髦而已，了無實益。其實不然，著了皮鞋，走起路來，較著舊式的鞋子要容易些，這是大家都覺得的。其故安在？乃由於其後跟之高，後跟高，則走路時腳尖著力，而腳跟不甚受影響，不至震動內臟。所以著皮鞋不但便於走路，而且有益衛生。以爲祇是學時髦，並無實益，就是無所用心，不察情實之談。然而皮鞋之優點,不在其幫而在其底。凡著鞋,底貴略硬,略厚,後高於前,而幫貴乎軟,軟則伸縮自如,不至束縛足部之肌肉,而妨礙其發育。所以皮鞋的底,舊式鞋子的幫,合起來,方是合乎理想的鞋。民國紀元前五年,我路過蘇州,確曾看見這樣的製品,在觀前或宮巷的鞋店裏,後來再過蘇州,就不見了。我更有好幾次,把這意思說向鞋店中人,他們卻一笑置之。我知道鞋並不是他們製的,技術上的話,向他們說也無益。又曾以此意向製鞋的人,他們也多憚於試驗。其實,在見皮鞋價貴的時候,此等製品,如有人肯試辦,一定可以爲衣著上開一個新紀元的。不但如此,鞋底的跟,並不一定要用現在皮鞋的跟,就是用木制,也是可以的。那價格又好便宜多了。而且可就地取材,絕不要銷耗外匯。以上就衣食兩端,各舉一事一例。其他各事,類此者尚多,不可殫述。我一人想到者如此,倘使一切人都肯這麽想,其可改革之處之多,自更無從計算了。古人説:"此言雖小,可以喻大。"政治、軍事、經濟等等一切重要的現象,都可類推。

　　崇古並不是中國人的特別脾氣,古代各國人,都是這樣的。希臘人説:君主須以最大哲學家爲之。正如中國人"天降下民,作之君,作之師"一樣。所以如此,則因人類的行動,不容盲目。而在一群之中,總有較爲聰明的人,大家的行動,都受這種人的指道,是合宜的,其結果必然有益。在古代小國寡民的社會中,此等需要,易於察知;而其功績亦易於見得;所以才智出衆的人,易於受人的推戴。古代的民主政治,所以能著成效者以此。到後世,就不是這麽一回事了。國大民衆,利害關係複雜,斷非一人或少數人所能盡知。而我們還衹會用老法子,希望有一個人或少數人,出而當指導之任,而我們大家都跟着他走。所以凡百事情,利弊都很難明瞭,興利除弊,更不必説了。古人稱君爲元首,就是頭腦的意思。一身的指導者是頭腦,一群亦不可以無頭腦,這意思是對的。惜乎局面廣大,情勢複雜,更無人能當此重任了。然而沒有一個能做首腦的人,卻不能説一群之中,不能有一個首腦部,現在人類的舉動,所以不能合理,而往往闖下大禍,就是由於或無足稱爲首腦部的一群人,或則雖有之,而其行動先自誤謬,導其衆以入於盲人瞎馬,夜半深池之境。前者一切衰微之國都屬之,後者好侵略以致陷入泥淖,不能自拔者,便是個好例。

固然,人之才性,各有所長,首腦部中的人物,不是人人能做的,然而我們現在盲目而無所用心的習慣,以及重視實際工作,而輕視計劃工作謬見,也是大足妨礙我們進步的,欲救此弊,則必不可不改良我們的教育,那便是(一)指導大多數的人,使其凡事知道用心。(二)而且要改良其生活,使不至爲現實的勞作所困,而有用心的餘暇。(三)再要打倒以大多數無所用心爲己利的人,以除去使大多數人能用其心的障礙,這便是民治主義的真諦。

反乎教育者爲利用,教育是想改善其根本,利用則就現狀之下,加以驅使,以達某種目的,固然也有一時的成功;而且緊急之時,也不能不用;然而終不是根本之計,前者是原因療法,後者是萬症急救,前者如練兵,後者如以一時之策略,驅市人而用之,致亦有其價值和必要,然不能以此爲已足。

像塞翁一般的人,就是委心任運的代表。以一人而論,懷抱此等見解,固亦優遊自得;然使一群的人,個個如此,這一個群就危險了,就要控制不住環境,而反被環境所支配了。然而群之中,所以會有這一種人,亦仍由於其群的風紀,先自頹敗,因爲"人不群則不能勝物",_{荀子語,勝字讀平聲,就是擔當得起的意思,事物二字古通用。}人人委心任運,一個人就是要和環境奮鬥,也是徒勞無功的。久而久之,委心任運的主義,就漸漸的通行,漸漸的普遍了,所以要使天下的人,都能夠求其放心,非大變現在的文化不可。

(原署名:小嚴,刊於一九四〇年五月二十四日《中美日報》)

爲什麽成人的指導不爲青年所接受

我近來遇見許多教育界中人，他們都很注意於青年修養問題，對於教育部所頒佈的導師制，很覺得興奮，要想實力奉行。亦有一部分人，歎息於此制的不易收效。因爲在教部定章以前，他們先已試行了，未曾收到多大的效果。

的確，青年修養，是一個極重要的問題，因爲凡事都要人爲。中年以上的人，或者做事情的時期，已經過去了；或者雖在做事情，而方來的日子，已經比較短。不比青年，眼前無限的事情，都要希望他們抖擻精神，去奮力作戰呢。"青年是未來的主人翁"，這話的確不錯。沒有修養，怎能做事呢？

説到青年修養，成人的指導，也是必要的。因爲（一）人是成熟得遲的動物。（二）而其所處的環境，又特別複雜，剛剛入世的人，如何能瞭解？不有成人的指導，如何能應付一切呢？然而青年能接受成人的指導麽？從古以來，青年對於成人的話，就有些掩耳不欲聞的樣子。不過多過幾年，青年自己也做了成人，也就走上成人的舊路了。這時候，回想起從前成人的教訓來，也覺得津津有味，而自悔其聽從之不早。這足以證明：成人指導青年的路是對的。其應負的責任，至多祇是沒有循循善誘之法，使青年樂於聽從罷了。然這祇是安常處順時代的話，在近幾十年來，我們卻屢見青年人到成年時，未必再走前此成人的舊路了。這是爲什麽？

原來文化的性質，動靜無常。他在有的時代，可以呈著靜止的狀態,繼續若干年不變。在有的時代,則又呈著動盪的狀態,急劇的擺脫舊的,創造新的。當其靜止之時,前一輩和後一輩人,總是繼續著,走著同一的路綫。當其動盪之時,就不然了。當此之時,成人就非瞭解青年們所走的路綫,與己不同不可。若強要固執,令青年改走自己的路綫,就要不爲青年所接受了。我們原不能說,青年所走的路綫必是,而成人必非。但世事總是日新的,舊的往往是不能維持的,而當文化變動之時,成人所走的,往往是舊路綫,青年所走的,往往是新路綫。所以當這時代,隔了若干年,往往青年未曾改走成人的路綫,而成人反改走了青年的路綫。然則在此時代,不是成人領導青年,反是青年領導成人了。這是社會進化規律的自然,原也不足爲怪。但成人處此時代,卻不可不有深切的覺悟了。

今日是否文化變動的時代呢？這話怕無煩辯論,大家總會承認了罷。然則文化變動的方向,是怎樣呢？講中國文化史的人,各從其意,把中國的文化,分畫爲種種時代,我以爲都未得當。我的意思,以爲中國的文化,祇要劃分做三大時代：（一）新室以前,（二）自東漢至近世期以前的閉關時代,（三）自近世世界交通以來。而這三期文化的轉變,祇是拓都主義和幺匿主義的轉變。何以言之？拓都、幺匿,是沿用嚴幾道的譯名,幺匿主義,係指重視構成團體的分子,過於團體。謂團體的好壞,由於分子的好壞,必先將分子改良,團體方有進步。分子的改良是因,團體的進步是果。故其論治化,恆著重於個人。以個人的改進,爲治化改進的第一義。拓都主義,則與之相反。以改良團體的組織爲第一義。謂團體的組織不好,分子在其中,實無法改良。所以其攻擊社會頗烈,而責備個人則輕。中國幾千年,文化的轉變,實不外乎這兩個主義的更迭。何以言之？

在有史以前,很遼遠的年代,人類社會的組織,大抵是正常的。此即孔子所謂大同,老子所謂郅治的時代。但是不幸,到了有史時期的前後,人類社會的組織,就漸漸的變壞了。在此時期,先之以封建勢力,憑恃武力,互相爭奪。繼之以資本勢力,在經濟上互相剝削。

人類的命運,遂日入於黯淡。然當封建時代的初期,雖然多了一個榨取階級,盤踞於社會的上層,而社會的大部分,其規制,還是大同時代所留詒,還算得是個準健康體。所以孔子稱爲小康。到封建時代的後期,衆諸侯間的兵爭,格外劇烈了,則榨取人民亦更甚。而資本勢力,又於此時興起。藉工商兩業的力量,尤其是商業,向廣大的群衆,肆行剝削。前此社會保護個人,個人盡忠社會,二者相合無間的規制,遂逐漸破壞,而幾於一無存留。此即孔子所謂亂世。世運的遞降,雖然經過很長久的歲月,然社會的組織,本來是良好的,後來遂逐漸變壞,實爲人人所共知。當時的人,都視當時的社會爲變態,總想有以矯正他。先秦的學術,盡於九流。九流之中,雜家係綜合諸家以爲用,自己初無所有。名家專講哲學,名家本出於語,其講救世的一部分,仍在墨學中。縱橫家祇辦外交,與社會全體的關係較疏。其陰陽、儒、墨、道、法、農六家,則均有撥亂世反之正的思想。六家之中,農家所託最古,逕想回復大同時代的文化,觀許行之言可知。道家次之,老子所說的小國寡民,實即極簡陋、極閉塞,不甚和外界交通的部族。他所主張的無爲,非謂無所作爲,爲當訓化,乃謂不要變化。何謂不要變化呢?因爲文明有傳播之力。野蠻的部族,總喜歡摹倣文明的部族。倘使物質文明輸入,而社會的組織,不爲之變壞,豈非極好的事情?無如社會的組織,要和生產的機構相應。物質文明輸入,社會的組織,是不能不隨之而起變遷的。倘使人類的智識,足以控制自己,當物質文明輸入時,即改變社會的組織,以與之相應,原亦可以沒有問題。無如人類的智識能力,不足以語於此。當物質文明輸入之時,初不能改變其社會的組織,以與之相應,而一任其遷流之所至。於是文明進步,而社會的組織,卻退步了。當時的人,不知此係人類不能改變社會的組織,以與新文明相適應之咎,而轉以此爲新文明之咎,以爲文明的本身,是有害的。與其招致新文明,而使社會的組織變壞,無寧拒絕新文明之爲得。而當時新文明的輸入,大抵不由民間,而由於在上者的提倡。其最易見得的,即爲宮室、衣服、車馬、飲食等奢侈之事。其實此等事，是不能使社會大起變化的。社會的大起變化，實由於民間經濟狀況的改變。然當時的人，不知此義，誤以爲風俗的薄惡，人與人間利害對立的尖銳，全由在上的人，喜歡模倣新文明所致，於是力勸之以無爲。這正和勸西南的土司，不要摹倣漢人，更不要模效西洋人一樣。大抵農家之說，係想恢復神農氏時代的文化。道家之說，則似係黃帝時代的訓條，而老子把他寫出來的。所以古人多以黃老並稱。黃帝時是物質文明突飛猛進的時代。所以有深識的人，要戒之以無爲。黃帝的部族，似乎是一個好戰的部族，好戰的部族，往往因過剛而折，所以要戒之以知雄守雌。我們祇要看老子的書，（一）所用辭類及文義的特別，（二）與其思想的特異如有雌雄、牝牡字，而無男女字。全書幾全係三四言韻譬，其思想，女權皆優於男權。就可知其時代之早，而決非東周時的老聃其人所自作的了。再次的是墨子。墨子是法夏的。他所稱說的夏禹，在客觀上，固然未必都眞實，然亦不能全屬子虛。觀孫星衍的墨子後序可知，墨家和農家、道家，所取法的雖異，然其想將社會組織，拉回早一期的時代則同。儒家及陰陽家，則規模更大，而其條理亦較完備。春秋三世之義，係從亂世進到升平，再從升平進到太平。此係鑒於不正常的社會，回復到正常，非一蹴可幾之故。較之農、道、墨三家的逕行直遂，手段要縝密一些了。儒家又有通三統之說。謂夏尚忠、商尚質、周尚文，各有其一套不同的治法，應當更迭行用。這亦可見其方案的完備。陰陽家五德終始之說，被後來的人看作迷信。然其本意，當亦是說治法該有五種，更迭行用的。所以《漢書・嚴安傳》載安上書引鄒子的話，說"政教文質者，所以云救也。當時則用，過則捨之，有易則易之。"然則陰陽家的治法，決非專做改正朔，易服色等無關實際之事。不過後人不克負荷，所模倣者止於此罷了。法家是最適應時勢的。所以專以富國強兵，監督臣下的營私作弊爲務。然亦注意到官山府海，輕重斂散。要把大工商業及借貸，都收歸國營。而且《史記・商君列傳》說：他見秦孝公，先說之以帝道，孝公不能用，然後說之以王道，孝公又不能用，然後說之以伯道。其説雖屬附會,然觀《管子》書所載道家言之多,則知法家並不以富國強兵爲已足。進一步,必能改變社會的組織。秦始皇既併六國,治法絲毫不知轉變,不能歸咎於法家,祇能説是秦朝對於法家的高義,未能瞭解,因而未盡其用了。以上所述六家,其手段雖各不同,其目的則初無以異,都視當時的社會爲變態,而思有以矯正之,使復於正常。且其終極的目的,亦可説初無所異。不過達之之方法,有逕直紆曲,急激緩慢的不同罷了。六家的議論,都是對於社會組織的不善,痛下針砭的。其注重於個人,以爲一個一個人的改善,可以使世界臻於大同郅治,而社會的組織,更無問題,則先秦諸家,從來無此思想。西漢之世,還是如此。細讀《漢書》所載賈誼、董仲舒的議論,以及王貢兩龔鮑,及睦兩夏侯京翼李傳可知。此等議論,旁薄鬱積,所以有新莽的大改革。新莽的改革,所走的是絶路。然而此後的人心不以爲他所走的路綫不對,而以爲社會本不能徹底改革,太平大同之治,即人與人間毫無矛盾的境界,雖不敢逕行否認,至少以爲祇有未開化之世,纔有可能,物質文明一進步,就决難回復了。要想改革治化的,至於去泰去甚而止,再不能有更進一步的思想,而文化的方向一變。

　　人和社會,是有密切的聯結的。其實單説密切的聯結還不夠,二者簡直是一體。因爲我們實不能想象社會以外的個人,所以人之所謂環境看似自然,實係社會。除卻漂流絶島的魯賓孫,怕没有以個人之力,直接與自然搏鬥的。即使説人的環境,可以分做自然和社會兩項,而社會所及於個人的利害亦必遠較自然爲大而切。既不能改革社會,個人在社會之中,是要想一個自處之法的。於是魏晉時代的玄學,和南北朝隋唐時的佛學,乃風靡一世。玄學有兩個重要的方面:(一)在政治和社會方面,注重於重道而遺跡。所謂道,即現在所謂原理。所謂跡,即現在所謂具體的事實。這是所以矯正兩漢時代治化的人,亂拘泥於古人的具體辦法之過。其時既值喪亂,説不上什麽根本的改革,他們亦未能根據原理,擬出什麽具體的方案來,這一方面，除矯正泥古的思想外，實可謂無大成就。（二）其給與社會以最大的影響的，倒還在其個人自處之法。此項方法，以莊子的思想爲其原理，而以孔子的所謂中庸爲其手段。莊子的思想，是承認環境的力量，偉大無倫。個人置身其間，決無力與之相抗。而環境變化不已，看似好的事，可以變而爲壞，看似壞的事，也可以變而爲好；根本是無從控制的。而且這一方面好，就是那一方面壞；這一方面壞，就是那一方面好；根本上好壞且沒有區別。所以人居其間，莫如委心任運，一切無所容心。因爲奮鬥根本沒有用，而且可以得到壞結果的。莊子的思想如此。倘使人所希望的，是誇父的逐日，是秦始皇、漢武帝的想長生，根本上沒有可能，熱心太過，徒招煩惱；把這種說法，給他做一服清涼散吃，原來始非計之得。而無如人的環境，實以人與人的關係，爲其重要的因素。此項關係，既非不可改變，人的環境，即非無可改良。而莊子認爲祗能聽其自然，就未免似是而非了。所以莊子的這一種議論，祗能說是革命戰場上，戰敗遁逃而抱著失敗主義者的議論。魏晉以後的人，專發揮此種思想，無怪其要流於頹廢了。所謂中庸，就是審察環境，以定所以自處之方。（一）環境變動不居，所以自處之方，要不絕的加以審察。（二）不論何時何地，自處之方，總有最適宜的一點，而亦祗有這一點，務須謹守勿失，可謂言簡而賅，含有很深的意義。然使我們懷抱高尚的目的，而以此爲選擇手段的方法是很對的。倘使我們想自全其身，而以此爲選擇手段的方法，那就率天下而入不革命了。中庸的言簡意賅，何人不知道？然而漢之世，迄無人竭力發揮此種學說，就由於當時革命的情緒，還相當濃厚，視個人的自全，並非唯一的急務啊！人是感情的動物，以莊周的思想爲體，孔子的手段爲用，勢必至於處處受理性的支配。雖其道確可以求福而免禍，然把許多人生不能免的慾望，一齊抑壓下去，終非人之所能堪，總不免於要決裂的。當此之際，決不可無以滿足其感情。而玄學祗是哲學，不是宗教，實不能肩此任務。而佛教乃應運而興，以彌補其缺憾。佛教之理，雖亦含有甚深的哲學思想，畢竟不脫宗教的臭味,所以能夠給與人以感情上的滿足。然從佛教興起之後,專使人從身心方面自求解脫。對於環境一味主張"隨順",不想設法改革,革命的精神,更消失無餘了。佛教所以爲治者階級所歡迎,即由於此。佛教不知人與人的關係,本來是好的,特因現社會的組織,使之變惡,而認爲現世界的本體,本來是惡的。要求徹底的改善,非消滅現世界不可。所以其修行的宗旨,雖然千言萬語,五花八門,而歸根究底,到底不離於涅槃。而其對於人間的關係,則首欲敗男女之交,講佛教的,固然沒有說個個人都要做僧尼,然特取與現社會相調和。把佛教的宗旨,推行到極點,決不能免於此,今試設問:"假如全世界的人,同時都願做僧尼,在佛教的立場上說,還是可歡迎的事呢? 還是認爲不妥,而要設法禁止的呢?"聽取真懂得佛教的人真誠的回答,就可見得佛教對此問題的態度了。如此,則非使人類社會,全體消滅不可。使人類自行消滅決非人類所能接受的。所以佛學發達到極點,不能不轉變而爲宋代的理學。理學家承認人類社會的存在,係屬合理的,無庸加以消滅。在此點,確足以救正佛教之弊。但其以儒教爲基本,而其所知止於小康之義,遂認現社會的組織,均係合理的,均係天經地義而不可變,而要人犧牲生而不可免的感情,以求與之適合,這又走上了失敗的路了。所謂小康時代的治法,即係封建制度完整時代的秩序。孔子時已不能回復,何況到了宋朝呢? 宋明兩代的理學,在哲學和道德學上,確有其甚大的成就。所以招人反對,而其道終不能行的,就在其完全承認現社會秩序這一點。總而言之,從魏晉時代,以至於近世的閉關時代以前,學術思想,雖有改變,而其認社會爲不可變,專想改造個人,以與之適合則同。這是其失敗的總原因。

到近世世界大通,情形就一變了。西洋文化,是我國向來未曾接觸過的。一朝接觸之後,其關係且步步加深,進而至於要融合爲一,自然要發生很大的變遷。西洋文化,影響於我們的,在什麼地方呢? 科學的實用方面麼? 汽船、汽車、飛機、電報等等,誠使世界煥然改觀了。然而我國物質文明的發達,雖云落後,究竟也並沒有真個把弓箭去抵禦人家的槍炮。而且這許多事情的做辦，其實是容易的。我們的東鄰，通知外情在我們之後，模倣成功反在我們之前，就是一個證據。我們爲什麼不能做辦呢？自然科學的本身麼？自然科學是最與世無爭的。其真相，最容易說得明白，而亦最容易引起一部分性之所近的人的興味。老實說：對於自然科學，祇要有了接受的預備條件，其易於輸入，是和技術無以異的。所以當明代，歐洲的傳教士東來，我們已經很歡迎其科學了。然而到後來，爲什麼反而深閉固拒起來呢？別種科學麼？老實說：政治、法律、道德、哲學等等，都是我所固有的。其立說或與歐洲不同，此乃由其萬象相異之故。各地方的此等現象，雖然大同，總有小異。所研究的問題，接近實際，總是就其小異之處立說的，所以難於全同。譬如關於商業和貨幣的學說，我國就不如歐洲之精。此乃由於我國的經濟觀念，本不重視交換之故。若合經濟學的全體而觀之，我國和歐洲，亦可說各有所長，各有其所注重的方面，所以此等科學，說能使我國人的觀念，根本爲之改變，也是無此情理的。西學輸入三百餘年，並沒能在我國發生很大的影響，其原因亦由於此。然則西洋的學術，能使我國人的觀念，從根本上發生變化的，是什麼呢？這在西洋，亦非舊有的學科，而爲在最近數十年來才告成立的社會學。由於社會的組織，在一定時期之中，往往蹈常習故，不生變化，人們把前一期的事情忘了，同一時期的民族，其程度有與我前此相等的，則又鄙視之，以爲不屑研究。這正和成人忘掉兒童時代的情形，而又不肯研究兒童一樣。其結果，遂至不知兒童自有其生活，而欲以成人的生活，強迫兒童，使之從同了。"大人者不失其赤子之心"，社會亦何獨不然。"凡惡，都是後來沒把鼻生的。"所以社會的進化愈深，其病態亦愈甚。撥亂世，反之正，正須參考淺演的社會，而我們反加以鄙視，遂至視病態爲常態，專從事於對證療法的研究，豈非極可痛心之事。西洋人在近世紀以來，因其足跡所至之廣，所接觸的程度不同的民族很多。初亦不過發於好奇之心，記錄之以爲談助，像中國的"海客談瀛洲"一般。後來得到科學的幫助。科學視一切事物的價值,都是平等的,但就客觀的從事於忠實的研究。久之,乃知我們視爲奇異的,在於它實極平淡。各種不同的文化,則各種不同的環境中,實各有其價值,而其價值亦正相等。才知道向所視爲天經地義,萬古不變的,實亦不過因緣際會所成,並非必不可變,且有時不得不變。又因機器發明以來,他們的物質文明,突飛猛進,而社會的變遷,不足與之相應,遂至尾大不掉,人反爲工具的奴役,其弊大著。蒿目時艱,關心民瘼的人,就覺得社會的組織,不可不變,且須以人力促進其變。而對於社會學的研究,就更進於高深了。我曾説:西洋近代史學的發達,煞是可驚,然其有益於人生的,實不在乎有史以來史事的搜考,而在乎史前史的發現,就是爲此。因爲祇有史前史,能昭示我們以現在社會組織的不正常,急須改變,而且能指示我們以改革的途徑啊!當教育部發佈大學課程草案,某大學會議改革課程時,我曾發表如下的意見,我説:文法兩學院的共同必修科目中,有社會學、政治學、經濟學,任選二科,各十二學分的一條。理學院學分減半。農工商學院則無,我以爲社會學當定爲各學院共同必修科。不但如此,我是教授歷史的人,現在談史學的,都説要注重客觀事實的研究,綜合事實,以發明原理。其實現在大學生的程度,並不足以語於此。現在史學教授的要義,倒是要給學生以一個清楚的社會進化觀念。如此,最好以史學與社會學相輔而行。雖不敢一定説是以歷史事實,爲社會學的注腳,然歷史教授,必須以社會學家所説的社會進化作骨干方可。否則一部十七史,從何説起?各從其意,擇其所視爲緊要的事實,摘舉若干以授之,就不免遊騎無歸,空記得若干事實,而其實並無益處之可言了。現在的中國通史,在大學課程草案中,定爲各學院共同必修科,我以爲其教授之法,正當如此,至於中小學,則老實不客氣,與其現在的歷史科,而其所得的知識,並不確實,無足寶貴,倒不如廢現在的歷史科,而代之以社會學,而以史料爲其注腳之爲善。史學固然未始不可使人獲得真確可寶貴的知識,然至於能達此目的,則其所教授的歷史,必已成爲社會學的説明書了。

因爲史學教授的目的，不外乎使人知道社會進化的陳跡，因以發明社會進化的公例。然此實非臚舉若干事實所能得。除去專門研究史學的人外，實須給與一個社會進化的骨幹，以爲其認識的基礎。而此骨幹，非依賴於現已發明的社會學不可。即專門研究史學的人，亦預先有這一個概念，以爲之基本。然後其所研究的專門問題，才知其在全體之中，有何意義，而不致失之破碎。

我們所以要研究社會學，乃因現在的社會，不可以不革命。唯有社會學，能昭示我們以（一）革命的理由，（二）革命的可能，（三）革命的途徑。我們現在所奉爲革命的方針的，是三民主義。然三民主義，乃是一種主義。必先有學，而後術乃從之而生。所以非略知社會學，以及其餘的社會主義，對於三民主義，必不能瞭解。若不求其瞭解，而祇責以誦讀，則是宣傳而非教育。專靠宣傳，是最危險的事。因爲接受宣傳的人，實不瞭解其意義，則係迷信而非智信，易爲反宣傳者所利用。已受教育，自己明白的人，對於此點，就無足慮了。

各種學問，各有其所研究的物件，亦各有其用處。然皆祇是一節之用。必須有一種能運用各種學問的學問。《漢書・藝文志》推重道家爲君人南面之學，即由於此。運用各種學問的學問，在今日，唯社會學足以當了。因爲各種學問，所研究的物件，都是社會的一枝一節。必須明於全體，才知道一枝一節，有何等關係；其重要至於何種程度；與他部分的關係如何？現在的侵略國，過於重視軍事力量，以爲祇要兵力強盛，就一切問題，都可解決，其結果，因昧於全體的認識，不知道社會亦如人體然，要保持一個平衡，遂一部分過於發達，他部分均受其害，危機即在眼前。其病即由於此。故社會學在今日，實爲各種社會科學之王。治各種社會科學的人，都不可以不知道。譬如法律，固然是現在所必要，然而社會的秩序，必要靠強力維持，已經是社會的病態，懂得社會學的人，就會知道刑期無刑之意，專研法律學的人，就不免把法律的價值，看得太大了。

不但如此，就是研究自然科學的人，對於社會學，亦不可以不知道。我國向來重視社會科學而輕視自然科學,這就是重視人與人的關係,而輕視人與物的關係。近幾世紀來,因爲靠自然科學之力,使世界煥然改觀,大家視我國人的舊觀念爲陳腐,甚至視爲背謬了。其實這個舊觀念,是沒有錯的。物的道理,在未曾發明以前,我們固無如物何。然既經發明之後,亦斷不會更有什麼爲難的問題,斷不會根據業經有效的方法,裝置電燈,而電燈忽然開不亮;製造火車,而火車忽然開不動。人和人的關係則不然。可以對付這個人的方法,未必能對付那個人。可以治理這個時代,這個地方的方法,未必可以治理那個時代,那個地方。然則從實用方法說起來,社會科學上智識,較諸自然科學上智識,獲得確更艱難,價值確更寶貴。而且從應用方面說,自然科學實不必人人皆通,社會科學則不然。因爲以一個人兼通各種學問,事實上決無此理,總不過享受他人所發明的成果。自然科學,是全不懂得這種學問,亦可以應用的。譬如全不懂電學的人,亦可以點電燈,打電話。電車不會開,則可以靠他人開。人與人的關係則不然。父子、兄弟、夫婦、朋友的交際,不能説我不會應付了,而請懂得倫理學的人代爲應付。然則人與人的關係,確是人人所必須的知識,而人與物的關係則不然。所以我們的舊觀念,重視人與人的關係,視爲首要,輕視人與物的關係,視爲次要,實在並沒有錯。即謂二者的重要當相等,而人與人的關係的教育,當較人與物的關係的教育,更爲普遍,總是一個不磨的道理。而在現代一切人與人關係的科學,都須明白了社會學,才能夠認識其原理,而批判其是非。更顯豁言之,則相傳的道德、倫理、哲學、宗教等等,均須根據於現在的社會學,而重新估定其價值。我認爲社會學當作爲各學院共同的必修科,其理由即在於此。

民胞物與,一視同仁;使世界之上,無一夫一婦不得其所;這是我們最高的理想。此非革命不足以達之。惟有社會學,示人以革命的可能,且示人以革命的途徑。這才給現在被壓迫的人以新希望,而且能喚起壓迫者的同情心。現在世道人心,如江河日下,大家都覺得長此以往，人道或幾乎息矣，都要設法挽回它，然皆不得其術。於是變爲何健的提倡讀經，戴傳賢的崇奉喇嘛，段祺瑞的亦儒亦佛。其實此等方法，都不足以挽回世道人心。因爲何健、戴傳賢、段祺瑞等，都還是早一輩的人，他們對於經書、佛典，本有認識。所以今日追想起來，還覺得其足以救世。若在今日的青年，決不能接受此等條件。經書、佛典究能救世與否？我們姑置勿論，即謂其足以救世，而其物爲青年所不肯接受，則提出亦屬無益。我們既無法強青年以接受經書、佛典，則必須有以代之。惟有社會學，示人以無限改良的可能，達到太平郅治，使全世界中無一夫一婦不獲其所的大道，自能引起青年無限的熱心，而鼓勵其勇氣。所以一有社會學，道德教育的問題，就解決了。

還有：現在最爲教育和學術之累的，實爲國文。照現在社會上通行的國文，一個大學畢業生，需要能談晚周、秦漢的散文，看得懂謹嚴的法律文字，才夠應用。這實在不是普通人所能夠達到的。事實最雄辯，舊時私塾中，所讀的祇有國文一門，而且都是國文最基本的書籍。然其結果，通者亦不過十之一二。這就可見得此項國文的通，實在祇有少數有天才的人能夠。論者必說：既如此，各外國人治其本國的文字，何以會通呢？殊不知現在外國人所治的，都是語體文字，不似中國普通應用的文字，夾雜著與口語相離的前代語言；或僅少數人在紙上使用，而口裏從未看過的語言。須知大多數人，總是現實主義的。要他在口語之外，再學一種異時代的語言，其爲困難，實與學一種外國文相等。有一部分與口語相同，在此點較學外國文易。然此係一種高等用語，其意義較普通外國文爲深。所以現在的所謂文言，決非普通人所能通。然著書的人，以及公文信札的往來，用之者尚甚多。不通則不便應用。要通則所費的時間太多，而其結果仍不免於兩百五。這實在是現在教育上一個大難題。要求教育和學術程度的增高，非把國文的程度，降低一級，以節省精力不可。如此，則非全用白話不可了。廢棄文言，倒不是文學上的難題，而是一個道德倫理上的難題。我們現在,有許多做人的道理,都是從相傳的古訓中來的。如四書中的語句或道理,爲普通人所能瞭解而接受的便不少。此等古訓,決不能代之以俗諺或通行的格言,因爲其意義太淺了。又此等古訓,乃封建時代的遺物。封建時代的人,意氣感激,利他的意思較多。俗諺或社會上的格言,則是資本主義時代的產物。資本主義時代的人,計較利害之心重了。無論如何説得好聽,核其內容,總不免含有商業道德的意味。商業道德,雖名爲道德,實則是和道德正相反的。在哲學意味上,其高深超過於古書,而且絲毫不含利己的意義的,爲佛學及宋明的理學。但是佛學太偏於消極了,理學書文學太壞,不能刺激人的感情,使人因文學上愛好,在德育上亦受其薰陶而不自知。章太炎先生説。這話是不錯的。所以把古書一旦廢棄,在青年的德育上,頗可成爲問題。我以爲感動人的,到底是事實而不是言語。仁爲道德的根本,人能以仁存心,則大本已立,一切枝葉,都無問題了。而要啓發人的仁心,則須(一)先示之以世界上的苦痛而須要拯救,(二)次則示之以拯救之方。前者佛教亦優爲之,然其啓示的救世的方法,實係絕路而不能實行。祇有現在的社會主義,能兼二者之長。所以社會主義,一經成爲普遍的教育,道德問題,就不成問題了。以此代古訓,且可除去封建主義的副作用之害。

以上是我在當時,用講演式起立所述的言語。前後亙一點多鐘,並未能引起什麼人的注意。但我仍深信此項見解,對於現在指導青年的問題,頗有參考的價值。因爲現在青年所希望的,是一種新理想,而欲以革命的手段到達之;成人所希望的,是一種舊秩序,而欲以實行舊訓條的手段回復之;以爲其不能投機的原因,在今日文化大變動的時代,不能希望青年再走成人的舊路,而祇希望成人瞭解青年的立場,贊同其宗旨,而以其豐富的智識和經驗,加以指導。

我的話,似乎是責備成人的意思居多。但在青年,亦有不可不自省的。其(一)社會亦是一物,他本身有許多條理,能利用而能抵抗,正和自然力一般。這種條理,在成年的人,無論如何,要比青年懂得多些，所以一個成年的人，即使其宗旨是不革命的，對於辦事的手段上，仍能給青年以許多裨益。其（二）在對於現代的局勢，認識得不甚清楚，而其宗旨本來高尚純正的人，則其對於青年，更能有一種很大的裨益，那便是中國人傳統的所謂克己工夫。近來的人，都說中國人對於自然，缺乏奮鬥精神，由於大講自克所致。這話是否真理，現在姑置勿論。而人對於人，則克己的工夫，決不能沒有，天下的事決沒一個人能做的，必須要群策群力。人若毫無克己的工夫，勢必至於引起內訌，其團體就要渙散敗壞，不但不能有成，甚至於爲敵人所利用。我現在追想起三十年前，梁任公先生的警告革命黨的話來，還不禁要下淚。這些話，從辛亥到現在，可説是一一應驗了。梁先生這一類的話，在當時，都刊佈於其所發行的《新民叢報》中，現在還有編入其文集內的。雖然事隔三十年，我以爲還是今日革命青年的金科玉律，很值得一讀。真正舊道德高尚的人，其克己的工夫，無有不深的。如能得到這樣一個人，作爲模範，實在是不可當面錯過的。其（三）至於舊道德既高尚，而對於新時代認識又充足的人，自然更不必説了。"三人行必有我師焉。"能自得師，就是能教自，望今日之青年，三復斯言。

（原刊《青年》第六、七、八期，一九四〇年出版）

廣西女子

客有自廣西致書於其寓滬之友人者，勸其遣去傭人勿用，曰："寓桂之士大夫，家有傭人者甚鮮。桂小工工資以日計。昔日三角，近皆增至二元。擔荷步行，五六十里，可得三元。誰肯爲傭？"又曰："在廣西，擔荷者多女子。年十二三，擔水一石，其行如飛，上坡下坡，了無顧慮。惟如是，故其男子無後顧之憂，而可作汪錡。"又曰："弟到桂兩年，往來城鄉，從未聞女子啜泣聲。舍親用一婢，待之甚苛，時以木柴毆打，雖皮破血出，此婢不哭一聲。男子出門兩三年，音訊全無，女子在家力田，安之若素。舉國如是，尚何畏乎？"予讀之有感焉。人恒言北强南弱者，觀於此南方之强，果遜於北方乎？俗所謂北强南弱，乃因吾國政治中心本在北方，喪亂之際，英雄之乘時崛起，龍爭虎奪者率於是，而南方則不甚與。雖有乘時割據者，多爲保境息民之圖，如趙佗是也。或則以兵爭不烈，偸息苟安，流爲驕淫，亡不旋踵，如後蜀、南漢是也。人見其無赫赫之功，遂謂其風氣較北方爲弱。而不知此特政治之關係，與社會之風氣無涉也，苟有能用之者，其剽鋭豈遜於北方哉？盧循、徐道覆起自嶺南，幾覆晉祚，陳霸先亦起自嶺南，卒支江東危亡之局；業已小試其端矣。近世文化漸被日廣，政爭之範圍，隨之擴大，南方遂亦有繫於大局的輕重。前後三藩之抗清，太平天國之崛起，雖無成功，已非復一隅之事矣。至國民革命，策動於南；抗建又以西南爲根據；而西南遂爲國命之所繫。西南以開發較晚，交通較閉塞，經濟較落後之地，而能肩此重任者，豈偶然哉？其勤樸耐勞之風，實使之克膺艱鉅矣。

語曰："禍兮福所倚，福兮禍所伏。"抗戰以來，緣江緣海之遭破壞至矣。即內地，當軍興之際，軍需之供給，軍役之負擔，敵機之轟炸，其所損失，亦寧易以數計？然如客書之所言，小工昔得三角者，今可得二三元，是有七倍十倍之利也。此等人率皆勤儉，必能善用所有，投之生利之途。凡資本愈缺乏之地，其效力愈弘。有七至十倍之資本，必不止七至十倍之贏利，是又隱伏富裕之機也。人患大病時，其身體決不能無所損耗。然藉病理之作用，使新陳代謝之機能，爲之旺盛，則病癒之後，身體必反較未病以前爲壯健。剝極必復，貞下起元，由是也。易曰："知幾其神乎？"當風雨如晦之時，而清明之在望，非億之也，事固有可見者在也，特以其微，爲衆人之所忽耳。

(署名：騖牛。原刊《美商青年月刊》第三卷第三期，
一九四一年三月十五日出版)

論青年的修養和教育問題

　　事情畢竟是青年做的，還記得我當十餘齡時，正是戊戌維新的前後，年少氣盛，對於一切事，都是吾欲云云，看得迂拘守舊的老年人，一錢不值了。後來入世漸深，閱歷漸多，覺得青年雖然勇銳，却觀察多失之浮淺，舉動多失之輕率，漸漸不敢贊同。然而從辛亥革命，以至現在，一切事業，畢竟都是青年幹出來的。中年以上的人，觀察固然較深刻，舉動固然較慎重，而其大多數，思想總不免於落伍，祇會墨守成規，不肯同情變革，假使全國的人，都像他們的樣子，進步不知要遲緩多少？進步一遲緩，環境壓迫的力量就更強，現在不知是何現狀了？

　　世間的事物，是無一刻不在變動着的，而人每失之於懶惰，不肯留心觀察，懶惰既久，其心思就流於麻木了。外面的情形，業已大變，而吾人還茫然不知，以致應付無一不誤，青年的所以可貴，就在他胸無成見，所以對於外界的真相，容易認識，合時的見解，容易接受，雖亦不免錯誤，而改變也容易，每一時代之中，轉旋大局的事情，總是由青年幹出來，即由與此。

　　既如此，青年對於環境，就不可不有真確的認識。如其不然，就和老年人一樣了。

　　朱子說："教學者如扶醉人，扶得東來西又倒。"一人如此，一個社會亦然。任何一種風氣，都失之偏重。中國的讀書人，向來是迂疏的，不足以應世務，而現在的一切事務，又多非有專門技術不行，因此,遂養成一種重技術而輕學問的風氣,多數人認爲技術就是學問。

而真正有學問,或從事於學問的人,反而受到人的非笑。其實技術祇是依樣葫蘆,照例應付,外界的情形,已經變動了,而例不可以再照,技術家是不會知道的。譬諸跛盲相助,學問家是跛者,技術家却是盲人,跛人離盲人,固不能行,盲人無跛人,亦將不知所向。而在社會的分工中,做盲人較易,做跛者較難。所以古人重道而輕藝,其見解並沒有錯。不過後來的所謂道,並不是道,以致以明道自居者,既跛又盲罷了。古人所以分別功狗功人,現代的人之所以重視領袖,亦是爲此。

我並不是教個個人都做領袖,亦不是說祇有做領袖的人,方才可貴,構成一所大廈,棟梁與磚石,原是各有其用,而其功績亦相等的,但是做局部工作的人,對於自己所做的事情,也要通知其原理,而不可如機械般,祇會做呆板的工作,則該是現代的文化,所以不同於往昔。然一看現在社會上的情形,則此種新文化,絲毫未有端倪,而偏重技術,造成一種刻板機械的人的風氣且更甚,許多青年,就在此中斷送了。古人的錯誤,不在其重道而輕藝,乃在其誤解道的性質,以爲過於高深,爲一般人所不能解,雖教之亦無益,於是不得不贊同"民可使由之,不可使知之"一類的議論了。其實人的能力,蘊藏而未用,或錯用之者甚多,普通的原理,絕非普通的人所不能解,愚笨的人所以多,祇是教育的缺陷罷了。

這所謂教育,並非指狹義的學校教育,乃指一般社會的風氣和制度。且如現在:(一)既有輕學問而重技術,又或誤以爲技術即學問的見解。(二)而高居人上的人,大都是志得意滿的,甚或驕奢淫佚,祇有頤指氣使之習,更無作育人才之心,所以祇愛護會做機械工作的人。"堂上有懸鼓,我欲擊之丞卿怒",倘使對於所做的事情,有深切的瞭解,因而對於現狀有所不滿,而要倡議改革,那反會遭到忌妒和斥怒的。(三)又因生計艱難,年青的人,都急求經濟上有以自立,而要在經濟上謀自立,則技術易而學問難。或且陷於不可能,興論的是非，其實祇是他本身的利害，於是父詔其子，兄勉其弟，以致宗族交遊之所以相策勵者，無一非謀食之計而已。（四）及其既得之後，有些人遂不免以此自足，不肯深求，到機械工作做慣了之後，就心思漸流於麻木，要圖進取而亦有所不能了。久之，遂至對於環境，毫無認識，雖在年富力強之時，亦與老耋之人無異，此即程子所謂"不學便老而衰"。所以說：現在的社會風氣和制度，把許多有爲的人葬送了。不但如此，人是離不開趣味的。一個研究學問的人，看似工作艱苦，其實他所做的事情很有趣味，工作即趣味，所以用不到另尋刺激，作機械工作的人，就不然了。終日束縛之馳騁之於勉強不得已之地，閒暇之時，要尋些刺戟，以消耗其有餘而被壓迫著不得宣泄之力，以生心理的要求而論，是很正當的，現代都會之地，淫樂之事必多，即由於此。因爲都會就是機械工作聚集之所啊！現代的社會或政治制度，實不可不大加改革，其要點：是（一）無論研究何種學問的人，對於一切學問，都不可不有一個普遍的相當程度的認識，尤其是社會科學。（二）對於其所專治的一門，不可祇學技術，而置其原理於不顧。（三）因爲如此，所以用人者，不可竭盡其力，當使其仍有餘閑，以從事於學問。依我的愚見，不論公務員或其他團體的職員，皆當使其從半日辦事，半日求學，辦事幾年之後，再令其求學幾年；其所學，當以更求深造或博涉爲主，不可但求技術的熟練，或但加習某種技術。如此，仕與學同時並進，再更迭互進，自然公務員階級和職員階級的氣象，和現在大不相同。這才是真正的民主教育。凡物散之則覺其少，聚之則覺其多。把現在坐井觀天的人，都引而置之井上，使其一見天似穹廬，籠罩四野的景象，社會的情形，自然焕然改觀了。無論封建主義或資本主義，所要求於大多數人的，總是安分。這所謂分，並不是其人應止之分，祇是統治者所指定的分罷了。這時代所謂安分的人，是受人家的命令而安分的，爲什麼那一塊地方是我的分？爲什麼我要安於此。他自己是茫然不知道的，此乃迷的安分。依我的說法，則是人人明白了全體，從全體中算出自己的分地來的，可謂之智的安分。惟其如此，才能人人各安其分，而不致有爭做領袖的事情，這就是民治主義深根蒂固之道。社會制度，是不易一時改革的，青年在今日環境之中，却不可不思所以自處，因爲現在正是解人難索的時代呀！

孔子以知仁勇爲三達德，前篇所言，祇說得一個知字，人本不該以知字足，而且知和勇，都是從仁中生出來的。所以古人說："若保赤子，心誠求之，雖不中不遠矣。"西哲說："婦人弱也，而爲母則強。"孔子說：仁者必有勇。王陽明說："知而不行，祇是未知。"就是這個道理。

如其一個人志祇在於豐衣足食，大之則驕奢淫逸。試問這個人，會懂得經濟學財政學否？經濟學是替社會打算的，財政學是替國家打算的？志在豐衣足食，或驕奢淫逸的人，對於社會國家的問題，如何會發生興趣呢？如此，經濟學財政學所說的，就都是話不投機的了，你如何會讀得進去？尋常人總以爲人是讀了某種書，然後懂得某種道理的，其實人是對於某種道理，先有所懂得，然後對於某種事實，會發生興趣；然後對於某種書籍，才讀得進去的。如其不然，就該同樣研究的人，成績都是同樣的了，安有此理？

學問從來沒有替個人打算的，總是替公家打算的，替公家打算，就是所謂仁。所以不仁的人，決不能有所成就。你曾見真有學問的人，爲自私自利的否？你曾見真有學問的人，而陰險刻薄，凶橫霸道的否？這一個問題，世人或亦能悍然應曰：有之。而舉某某某某以對。其實此等人並不是真有學問，不過是世俗所捧罷了。世俗所以捧他，則正由世俗之人未知何者謂之學問之故。所以真的學問，和道德決無二致。

德行的厚薄，似乎是生來的，其實不然，古人說彝秉之良，爲人所同具，此言決非欺人。其所以或則僅顧一身一家，或則志在治國平天下，全是決之於其所受的教育的。不然，爲什麼生在私有制度社會中的人，祇知利己，生在社會主義社會的人，就想兼利社會呢？我們現在的社會,在原則上,其相視,是如秦人視越人的肥瘠,然而雲南南境的猓玀還有保存公產制度的習慣。他們的耕地,是按人數均分的。我們要加入他們的社會,祇要能得到他們的允許,他們便立刻把土地重新分配一下,分一分給我們。而且相率替我們造屋,供給我們居住,這較之我們今日的人情,其厚薄爲何如?難道是"天之降才爾殊"麼?仁不仁屬於先天抑後天,可以不待辨而明瞭。

我們所處的環境,固然不良,然而我們既受到了較良好的教育,斷没有人能禁止我們不自擇良好的環境。良好的環境安在呢?

還記得清丁酉年(公元 1897 年),梁任公先生,在湖南時務學堂當教員,他教學生一種觀法。他説:"人誰不怕死?死其實不足爲奇,你試閉着眼睛想着:有一個炮彈飛來,把你的身子打得粉碎,又或有利刃直刺你的胸腹,洞穿背脊,鮮血淋漓,此時你的感想如何?你初想時,自然覺得害怕,厭惡,不願意想。想慣了,也就平淡無奇了。操練能改變觀念,久而久之,就使實事來臨,也不過如此。"讀者諸君,這並不是梁先生騙人的話。明末的金正希先生,和人同遊黄山,立於懸崖邊緣,脚底祇有三分之一在山上,三分之二,却空懸在外,同游者爲股栗,先生却處之泰然。問他爲什麼要弄這狡獪以赫人?他説:"這並不是弄狡獪,乃所以練習吾心。"他平時有這種功夫,所以後來守徽州時,臨大節而不可奪。讀者諸君,這並不是金先生獨有的功夫,此項方法,乃自佛教中的觀法,承襲變化而來,宋明儒者是看作家常便飯的。所以這一個時代,氣節獨盛。他們在當時,雖不能挽回危局,似乎無濟於事,然其一股剛正之氣,直留詒到現代,還大放其光輝。此所謂"城濮之北,其報在邲"。正如大川之水,伏流千里,迂回曲折,而卒達於海,正不能不謂之成功。

讀者諸君!這種議論,你們或還以爲迂闊,則請你們看看,現在街頭巷尾,餓死凍死的,共有若干人,再請你到貧民窟中去看,他們所過的生活是什麼樣子?是不是所謂非人生活?你再回到繁華的都市中,看看驕奢淫佚的樣子,你心中作何感想?你還覺得這些事快樂否？你雖不看見，你總還能耳聞，現在有些地方，你的同胞，受人欺凌踐踏，比奴隸牛馬還不如，這些人中，或者有你的親戚朋友，甚而至於父母兄弟妻子在內，你心中作何感想？佛爭一柱香，人爭一口氣，你覺得我們有求一個揚眉吐氣的日子的必要否？還是以在目前你能夠頤指氣使的地方頤指氣使爲已足。想到此，不但志在豐衣足食，或者驕奢淫逸，是不成氣候，就是有一絲一毫功名之念，亦豈復成其爲人？讀者諸君，人最怕太忙，把性靈都汨沒了，不但馳逐於紛華靡麗之場爲不可，就是沉溺於故紙堆中，弄得頭昏腦脹，把我們該怎樣做人的一個問題，反省的功夫，都忙得沒有了，也不是一回事，孟子説得好："雖存乎人者，豈無仁義之心哉？其所以放其良心者，亦猶斧斤於木也，旦旦而伐之，可以爲美乎？其日夜之所息，平旦之氣，其好惡與人相近幾希，則其旦晝之所爲，有梏亡之矣，梏之反覆，則其夜氣不足以存，夜氣不足以存，則其違禽獸也不遠矣。"從來非常之才，每出於窮僻瘠苦之鄉，而必不生於粉華靡麗之地，就是爲此，不可以不猛省啊！

（原刊一九四一年四月七日《正言報》）

追論五十年來之報章雜誌

孤島沈沈，靜夜獨坐，鄒君武風以書來，曰："《正言報》之出版一年矣，不可無一言以爲之祝。"予惟古者，頌不忘規，承平之世尚然，況在蒙難艱貞之際。語曰："前事之不忘，後事之元龜也。"敢就睹記所及，報章雜誌之影響於社會者，述其崖略，以爲《正言報》諸君勖，並以告當世之士，有志於以言論淑世者焉。

予之知讀報也，自民國紀元前十七年上海之有《時務報》始也。是時海內情勢，晦盲否塞，政俗之有待改革日亟，而莫或能爲之倡者。《時務報》出，風運甚速，銷數至萬七千份，此在今日誠不足爲異，然在當時，則創舉也。讀《時務報》者，雖或持反對之論，究以贊成者居多，即反對者，亦咸知有改革之説矣。記曰："運會將至，有開必先。"時勢造英雄，開創之功，固亦因乎運會，然其奮起而圖開創，其功卒不可没也。越二年，辦《時務報》諸君，復在澳門辦《知新報》、《時務》、《知新》，雖名爲報，實皆今日之雜誌。當時無雜誌之名，或但稱報，或則以其出版之期，稱之曰旬報、半月報、月報云爾。別雜誌於報章而稱之曰叢報，蓋自《新民叢報》始。見後。然其後辦雜誌者，亦仍或但稱爲報也。是時海內之辦雜誌者不乏，而《時務》、《知新》及天津之《國聞報》，湖南之《湘學報》稱巨擘焉。司撰述最有名者《時務》、《新知》則梁任公、麥孺博、徐君勉、章太炎，《國聞》則嚴幾道，《湘學》則譚復生也。日報本止《申報》、《新聞》兩種，歲丁酉，《時務報》同人又籌辦《時務日報》。明年變法，上諭改《時務報》爲《時務官報》，主《時務報》

之汪穰卿，以報爲商股，拒不受命，改其名曰《昌言》，並改《時務日報》爲《中外日報》。《昌言報》改名半年許而停，《中外日報》則繼續頗久，在當時日報中，議論稱平實而新穎者焉。而在政變以後，能奮筆以與舊勢力抗者爲《蘇報》。要之自甲午戰後，變法維新，成爲一時之輿論者，此諸報之功也。

戊戌變法以後，海內言論，不甚自由，新機乃移於海外，梁任公走日本，辦旬刊曰《清議報》。力詆孝欽，主扶德宗親政，而保皇遂成爲一時之輿論。顧《清議報》在當時爲禁書，得見者較少，其爲力不如《時務報》之弘也。《清議報》凡百期而止。民國紀元前十年，任公復辦旬刊曰《新民叢刊》，則其流行頗廣，其初出時，注重民德之當改造，故曰新民。亦時鼓吹革命，其後康長素移書與之辯，任公遂改從其師之主張。是時興中會已改爲同盟，胡漢民在日本辦《民報》，主張革命，而《新民叢報》主張君主立憲，兩家論戰之文字，多有精彩，雖間有溢出論旨之外者，而大體皆以至誠惻怛之意出之，在後來言論界中，辯論能如是者，亦殊鮮見也。當時《民報》嘗提出某問題，梁任公以就此問題，更加辯論，將使滿人感覺立憲於己不利，於大局有礙，寧受屈而避不作答，此等風格，實負言論之責者，所當奉爲模範也。《新民叢報》後半期中，鞭策民德之語，多凜然於有志之士，舉措失之輕躁，且意氣太盛，私見未除，易以內爭，致敗大計，則革命以後，其言之若燭照數計者不少，革命黨人之能深長思者，多回溯其言而怦然有動於其中焉，若章行嚴即其一也。《新民叢報》中又多論學之作，在今日觀之，雖多膚淺不足觀。然在當日，固能輸入新知識，且導人以新方法治舊聞者，其有影響於學術界，殊不在後來新文化運動之下也。當《新民叢報》刊行時，留學東瀛之士稍多，定期刊物，一時風起雲湧，其組織多以省別，如《湖北學界》、《浙江潮》、《江蘇》等是也，其稿多出課餘湊合，瑕瑜互見，諸刊物又皆不持久，故其影響較微。上海亦有出雜誌者，《新大陸》、《新世界學報》，其較著者也，亦乏精彩，而不能持久。惟《東方雜誌》，以有商務印書館爲之主持，故初雖無甚精彩，而能繼續不輟，逐漸改良，成爲有名之雜誌焉。《新民叢報》歷若干期後，梁任公之興趣復移，好論實際政治制度，而尤注意於財政。民國紀元前三年，出旬刊曰《國風報》，其議論即集中於是，至革命軍起乃停。要之，以言論牖啓國民者，任公實爲首功，而甲午之後，至辛亥之前，約二十年中之功績尤鉅。章行嚴稱其當風雨如晦之時，"獨爲汝南之晨雞，亙十餘年，叫喚不絕"者也。

國體改革以後，言論界之勢力，一時仍操諸舊人物之手，以新起者多淺薄無足觀也。是時梁任公在北京辦一雜誌曰《庸言》，康長素在上海，以一人之力獨出一種雜誌曰《不忍》。《庸言》停後，任公不復自辦雜誌，其論著刊於上海中華書局所出之雜誌，曰《大中華》。《不忍》、《庸言》、《大中華》中，康梁二人，針砭時弊之作，可謂深切著明。然時社會之機運，方當捨舊謀新，而二人皆以舊觀念相箴規，欲釋其新而反之於舊，故其機卒不相契。惟任公論財政及幣制之語，頗多深切。而袁氏叛國時，任公撰《異哉所謂國體問題者》一文，刊諸《大中華》中，尤爲時論所歸仰焉。自民國紀元以來，以政論著稱者爲章行嚴，其議論初見於《民立報》，復見於《甲寅雜誌》。顧章氏政治學說雖深，而其智識不如梁任公之廣博；又其所論偏於學理，不能如任公之專就現實問題立論，故解者較少；而其影響於社會之普遍深刻，遂遠落任公之後。

二次革命以後，言論界頗覺沉沉有死氣，其時能稍留一綫之生機者爲《新青年》，然亦不甚爲人注意也。五四運動以後，社會之新機乃大啓，《新青年》乃一時若執言論界之牛耳，而北京大學所出之《新潮》，亦殊虎虎有生氣，惜《新潮》未久即停，其後內容最切實者，爲胡漢民、朱執信、廖仲凱等所辦之《建設》，惜閱時亦不甚久。自是以後，雜誌日多，而勢力分散，足稱言論界之重心者無聞焉。而指陳時事，爲國民向道之功，乃稍移於日報，如北伐初成功時之《時事新報》，近數年來《大公報》其選也。雜誌之佳者，則漸趨於精深，或專研究學術，或雖論時事而偏重於學理方面，不復足當指導一般人之任矣。

以上所論五十年來報章雜誌之情形，奚翅掛一漏萬，區區之意，蓋就其影響於社會廣大而深刻者言之,而其餘則在所略耳。竊謂五十年來,領導社會,使之前進者,實以報章雜誌之功爲最鉅,而譯著之書籍,皆遠在其後。蓋(一)書籍易偏於學理,不如報章雜誌之多就現實問題立論,使人易感興趣,且易瞭解;(二)而其按時而出,不翅督責讀者以必讀;(三)又其繼續不已,又不啻強聒不捨也。當辛亥革命之後,至五四運動以前,革命之主義方略,實未爲人所瞭解,管理貨幣之制,在今日行之而收大效者,孫中山先生早創之於民國紀元之初,其時聞者十九驚怖之若河漢,甚者以爲譏笑之資,而國民黨中人,迄未有能起而闡明之,使人人瞭解者。直到民國九、十年間,《建設》雜誌乃從而闡明之,其理既明,世人亦不復以罵譏笑侮加之矣。舉此一端,餘可類推。二次革命之失敗,袁世凱之敢於帝制自爲,張勳之敢於復辟,其後軍人之敢於橫行無忌,其原因固多,而當時國民之反對革新,趨向復古,實有以助成之。人心何以反對革新,趨向復古?則無人能闡明革命之真義,實其原因之大者,余嘗謂使得國民黨中而有一梁任公其人,革命前途之艱難,必不至是。斯言也,凡身歷五十年來之事變,而能平心以思靜氣以道者,決不以爲虛誣。夫宣傳則豈非黨員之天職。關於此點黨員實不可不深自省。抑革命豈惟黨員之職?則凡在國民,又皆不可以不自省,而其稍有知識,在國民中處於先知先覺之地位者,尤不可不時時痛自刻責也。

(原刊一九四一年九月二十一日《正言報》)

學校與考試

我在前清末年學校初興時，就主張考試不可偏廢，我的理由是：（一）凡政治之道，必不能廢督責。現在的學校，雖有私立，究以官公立爲多，不能不説是政治。政治既不能廢督責，而督責之道，實以考試學生的成績爲最簡單而確實。如視學即手續繁而無實效，雖甚腐敗者，豈不能矯飾於一日之間耶？（二）又凡政治之道，莫要於執簡以馭繁。以中國之大，待教育之人之衆，行政之軟弱無力，而要一一由國家代謀，其勢必不可得。惟有用一種獎勵的方法，使人民自動，而獎勵的方法，實以考試爲最有效。參看下文引梁任公、康南海、葛洪的話。（三）教育本係社會事業。官辦的事情，總不免流於形式，即所謂官樣文章，不能和社會的進化相應。中國政治上的習慣，雖説是很民主，然既云政治，總不免有幾分不自由。如前清末年，斷不能在學校中提倡革命，而私立學校，則事實上是有的，如愛國學社即是。最新的學説，或不能在學校中提倡，私立學校則無此弊。（四）教育不徒貴有形式，而尤貴有精神。教育的精神，是存乎其人的。先秦諸子、佛學大師、宋元諸儒，皆其好例。此等教育巨子，在官立學校中，格於功令，或不能發揮其所長，在私立學校中則不然。此可以前人講學爲例。我持此等議論，每向人道及，贊成者甚少，度不能爲時人所聽，所以未曾公開發表。十幾年前，曾在某大學年刊中發表過一篇文字，因係非賣品，見者甚少。近讀《宇宙風》乙刊第三十六期，載有四川李宗吾先生著作序四種，其中的一種爲《考試制之商榷自序》。雖僅序文，亦足略見李先生的主張，不禁觸動了我的舊念，爰復略加申説。

李先生説：＂我所主張的考試，有兩種意義：（一）因各校内容窳敗，用一種考試以救其弊。（二）現在的學制，太把人拘束了，因主張徹底解放，而以考試匯其歸。現行的會考制，祇有前一種意義，後一種則無之。＂李先生的第一種主張，和我第一條意見，可謂相同。現在的會考制度，總算已經實行了。其方法是否盡善？行之是否切實？自可足爲另一問題。李先生的第二種主張，和我第二三四條意見，可謂聲氣相通，則實行尚絶無端倪。李先生和我的意見，都是要提倡私塾和自修的。私塾和私立學校，在理論上，實不能説有何種區別。駁他的人，偏説萬一私塾發達，學校中的學生，豈不減少？招生必感困難。即反駁者八種理由的第四種。李先生駁得他很痛快，説：＂私塾未受公家金錢，學校是受了公家的金錢的。如果一經考試，而私塾遂發達，學校之學生遂減少，則學校辦理之不善可知。在此種情形之下，尚欲抑制私塾，學校豈不愈趨窳敗。學校不是專商，爲甚怕人與之競爭？站在國家立場上觀之，私塾與學校，同是造就人才的地方，學校具何理由，取得專商資格？各縣每有一種規定，學校附近，如有私塾，即予查封，我真百思不解。＂老實説：＂盜憎主人，民怨其上。＂凡做事情的人，總是怕人家督責的，而自私自利，亦總是一個階級的特性。以學校與私塾言之，實不能不説是兩個相等的階級。民主政治的精義，就在於能持各階級之平，使其無畸重畸輕，而各得遂其自然的發達。助學校以抑私塾，就是偏袒這一階級，去壓制那一階級了。從理論言之，殊不合理，而亦是中國歷史上向來不曾有過的事情。至於李先生説：＂把現行的學制打破了，使全國的教育家，把各人心中所謂良好辦法，拿出來實行，分頭並進，教育才能儘量發展，我們設一個考試制統轄之，考試標準，由衆人公共擬定，如此，則散漫之中，仍寓畫一之意，＂那更非希望私塾和自修發達不可了。自修者亦必有指導之人，所以私塾和自修，根本上亦無嚴密的區別。

李先生所舉反對者的理由，共有八端。其中（二）（四）（五）（六）（七）五端，都無甚意義，可以勿論。第四種駁議已見上。較有意義的，是第(一)端説：考試偏重在知識方面，把德育拋棄了。第(三)端説：學校中學科繁多，又須種種設備，豈是私塾和自修所能辦到？第(八)端説：施行考試以後，必發生如何如何的弊端。關於第(一)端，李先生的答復是：我嘗聽見許多教員説道：成都這地方真壞，許多外縣學生，初來是很誠樸，眼見他一天一天的壞。我説道：你曾看見壞學生入校，變成好學生否？聞者無辭以答。我每遇教職員就問：據你的實地經驗，壞學生入校變成好學生的，屈指能數幾個？竟無人能答。由此知關於德育，另是一回事。這"關於德育另是一回事"九個字，真説得痛快。老實説：在現社會制度之下，通常教育所能造成的，總不過是商業道德，而商業道德，是正和真正的道德相反的。這是指多數人而言。至於少數超出水平綫以上的人，即在感情上具有己饑已溺，先憂後樂的精神，而在行動上，亦能苦幹實幹的。這種人，固然多能自教自育，和環境搏鬥，不隨環境爲轉移，然亦多少要受點環境的影響。老實説：養成這種人物的環境，在窮鄉僻壤的多，在通都大邑的少。我所以主張學校最好設在名山之中，次之亦宜在郊外清静之地，斷不宜在舟車交會，啾嘈囂塵之處。小學、初中，自然不在此例，高中即當以此爲原則。大學專門，更不必論了。抗戰軍興，學校内移，使向來偏僻之區，亦能接觸現代的文化，固然是好事，然而我也憂慮著：現代通都大邑，驕淫誇詐，柔靡的習氣，隨之而内移。這件事情的爲禍爲福，爲功爲罪，是要等將來的事實證明的，現在不能預言。然人才出於窮鄉僻壤，而不出於通都大邑，這個原理，總是顛撲不破。因爲窮鄉僻壤中，風氣誠樸，其人看得事情認真。通都大邑的人，就看得凡事都是虛假，祇想在人事上敷衍過去了。這是一切事情切實與否最重要的原因，決不可以忽視。又窮鄉僻壤之中，驕奢淫佚之事少，其人的頭腦是清醒的，體格是堅實的，在通都大邑之中，則適得其反。這一層，和人的志氣的消沉和振奮，實力的堅强和柔脆，也大有關係，同樣不可忽視。現在的學校教育，我們固不敢説他不重德育，也不敢説許多教育家的知識能力，不足以提倡德育，更不敢説他們本身的德育，就不足信賴。然而所謂德育，決不是單靠耳提面命，感人以言的，必須要造出一個優良的環境。而這種優良的環境，是在窮鄉僻壤造成易，在通都大邑造成難。所以今後的人才，我們亦對於沿江沿海的希望少，對於偏僻的内地希望多。這是説真正的人才。有一技一能的，不在其列。技能雖切於應用，然斷不容以冒才具和學問同的。要使窮鄉僻壤的人，都躍登舞臺，推行考試制，也是一個最好的辦法，再者，通都大邑的學校，進的都是比較富裕的人，而人才也是出在富裕階級裏的少，出在窮苦階級裏的多，其理由和地方的繁盛或貧瘠相通，不必更贅。關於第（三）端，我從前曾把考試制的主張，和一位教育家商榷過，這位教育家是不贊成的，他的理由是：＂現代的讀書，非少數人力量所及，其實從前亦然，祇有窮應科舉，没有窮讀書。因爲科舉之士，本來空疏，所以用不到什麽供給設備。至於真有學問者，雖或家境清寒，然祇是享受不充足，書籍和師友往還等，並不是没有。無論購買書籍儀器，延請教授指導的人，莫不皆然。不立學校，有志鄉學的人，還是要大家聯合辦理的，一聯合辦理，那就是學校了。私家的力量微薄，所聯合辦理的，規模必失之於小，進行亦必失之於緩，所以仍不如由國家設立之爲得。＂這一篇話，自然是有理由的，但我並没主張不設學校，不過主張學校之外，須兼存考試制而已，即李先生的主張，亦係如此。然更當注意的，則公家設立的學校，就是政治，政治不能廢督責，前文已言。在督責之法未備之日，公家所立的學校，就不能謂其款不虚靡，私立學校則無此弊，＂不憤不啓，不悱不發，舉一隅不以三隅反，則不復也＂，＂人恒立於其所欲立的地位＂，＂天助自助者＂，人而不肯自己研究，是誰也没有法子想的，歷代官私立的學校中，至少一大部分的學額，爲此輩所佔據。具有私立學校性質的書院則不然，而且易於有真正研究的精神，置名利於度外，所以居今日而言學術，書院制實在有恢復的價值。從來的書院，多數設於名山之中，景物優美，風氣誠樸之地，現在西北西南，正在開拓，適宜於書院之地，不知凡幾？若能使一縣或數縣，即有一個私家設立的書院，對於文化，豈不大有裨益？而要提倡書院，考試之制，亦是很適宜的。

因爲人的求學，到後來，雖然爲學問而學問，其初入手時，往往是雜有名利的動機的。有考試制以資推動，窮鄉僻壤的好學之士，樂善之家，自然會競出錢穀，從事組織了。不過要藉考試之制以提倡學術，則考試之法，亦不可不有一番研究。考試之意，是要測度被考試者之學識的。所謂學識，就是因學問而得到的智識，達於何種程度。更申言之，即是其對於現代的情形，瞭解到如何程度，並不是要他把所讀的書都記牢了。把所讀的書都記牢了，是並無用處，而事實上亦不可能的。我曾見參與考試的學生，臨時抱佛腳，成績很好，然不過兩三天就忘掉了。即使多記得些時候，也總是要忘掉的，不過時間問題而已。祇有明白了書中的道理，却能永不忘掉，而且隨着將來的進修和閱歷而加宏，所以讀書是要求明理，不該責人以死記事實的。但歷來的考試方法，總不免流於死記事實。這也有個原因，因爲專看人的明理與否，未免太不着邊際，無從措手，而且應試者也易流於空言闊論。你說他無實際，他似乎是有實際的，說他有實際，他又其實是濫調，撮拾模仿人家的話，而自己並沒有懂得，這是考試的歷史上所證明必不能免之弊。所以從來考試之法，總不免偏重記憶一些。中國從前，學問的重心是經學，經學考試之法，在後漢時，本是各以意說的。見《後漢書·徐防傳》。當時論者，就極言其弊，所以有後來的帖經墨義，專責記憶。帖經墨義之式，見《文獻通考·選舉考》。帖經就是責人背誦經文，墨義就是責人背誦經注而已。專責記憶之弊太顯著了，於是有王安石的廢帖經而改墨義爲大義，這就是八股文的前身。八股文的初意，何嘗要取虛浮無實的人？不過既不責記憶，而祇要看人家的明理與否，其結果是勢必至於如此的。所以向來的考試，是循環在偏重記憶和偏重明理兩條路上，而迄無以善其後。我以爲這兩者都是極端的辦法，折衷其間，而向來沒有施行過的法子，就是朱子的分年考試之法，現在似乎大可一試。依據朱子所提倡的方法，不妨將證明一個人達於何種程度所必須考試的科目，分爲幾組，每次考試一科或幾科。能及格，即給予一種證書。到所該考試的科目，完全及格了，則另給予一種總證書，證明其達於某種程度。如此,應試者修畢若干科,即可先行應試,免得像現在的會考一般,將幾年來所修的科目,責諸一旦,生吞活剝,無益實際,而有礙衛生。欲考核學校成績,亦祇宜就學校本有的考試,加以審核,現在會考的制度,實不相宜。考試起來,祇要不出過於瑣碎的題就行,也不必要過於落空,使出題閱卷的人,茫無把握。似足以袪向者偏重記憶,和偏重明理兩極端之弊而折其衷,不失為一種良好至少值得試行的法子。而在承學者則難於得師,或無設備的,可以先修習若干科。設教者亦可各就其所長,各就其所有,而專從事於若干科。辦理即易,教育事業,必然更為興盛了。梁任公先生在清末曾說:"科舉制度的優點,在不待教而民自勵於學。"康南海先生在民國初年亦曾說:"在科舉時代,任何偏僻小縣,都有一兩個懂得學問文章的人,才知道科舉之有其無用之用。"其實這話並不要等到康梁在清末民初才說,在一千多年以前,葛洪就說"若試經法立,則天下可以不立學官,而人自勤學"了。見《抱樸子外篇・審舉》。這一種功效,自唐朝實行科舉之法以來,的確是收到了。苦於向來的科舉,祇是一種文官考試,所以其效祇能及於社會的上層。今用考試之法以證明學識,則可以推廣及於社會的各階層,其收效必然更大了。不但如此,從前科舉時代,西南的苗族等,也有讀書應試的,所以考試之法,還可以收同化異民族的偉績。至於第(八)端,則李先生說:"考試的法子,應詳加討論,這是不待說的,施行考試,有種種流弊,也是當然的事。我的意思:先把考試制度確定了,才能討論考試的法子和救弊的方法。"可謂言簡而賅,意義已極周匝,無待我的再說了。

當此非常時代,一切事情,都不能拘守經常的法子,所以政府早就定有私人講學的辦法。這種辦法,可以替教者和學者,造出一種自由的環境,誠然是很好的,惜乎未能推廣及於各級教育,而實際也未能推行盡利。現在須要把此法推廣和切實推行,已經更為迫切了。現在有些受不良的不自由的教育的人,難道真願意受這不良的不自由的教育?不過因(一)除此之外,更無處受教育。(二)而凡受教育的,亦總想得一個證明,以爲將來自立之地。而在現制度之下,除學校畢業外,又無處可得證明而已。這實由於私塾和自修的學生沒有出路之故。再者,教育者對於被教育者的感化,力量是非常偉大的。感化不單是好一方面,壞的方面,亦捷於影響,所謂"堯舜帥天下以仁而民從之,桀紂帥天下以暴而民從之"。而感化並不是靠騰其口說,全看教育者的行爲如何,所謂以"以身教者從,以言教者訟";所謂"下之於上也,不從其令而從其意"。現在到處風行着校長剥削教員的事情,這簡直因教員無資本,不能自設學校,而不得不受雇於人,因而利用其弱點,加以剥削,和資本家的剥削勞動者一樣,這就是最反教育的。在學校裏,實際上有這榜樣,其餘一切效果,就都不必說了。如其私塾和自修的學生,一樣可得出路,我想此弊亦必可大爲減少。所以采用考試制以證明學業,現在孤島上的教育環境,實在是相需孔殷的。不過照前文所說,則考試制本來是值得提倡的,也並不是專爲一時之計。所以我讀李先生之文,而抒其積感如此。

(原署名:野猫,刊於一九四一年上海《中美日報》堡壘第一四五、一四六期)

抗戰的總檢討和今後的方針

（上）

抗戰艱苦的生活，倏忽八年了。八年來黑暗的淪陷區，至今日，乃獲重見天日，國民的欣喜當何如？然抗戰的目雖達，建國的責任方殷，我們於此，自不可不就已往的事情作一總檢討，以定來日的方針。

第一次世界大戰之後，又繼之以第二次大戰，而其規模，且遠較第一次爲大。此驚心動魄的慘禍，果何自而來呢？自不可不一溯其根源。世界上文明發源之地，雖有好幾處，然曾發揮其偉力的，則祇有舊世界的東西洋文明。東洋文明，植根於中國大陸，西洋文明，則圍遶著地中海。"水性使人通，山性使人塞。"所以東洋文明，在比較上是靜的，西洋文明，在比較上是動的。然前代的西洋人，亦不過自地中海經紅海、波斯灣、印度洋，依傍大陸緣岸，及各島嶼之間，東來通商而已。至十五世紀，而此自古相沿的孔道，爲好戰的突厥人所塞，乃刺激著西、葡、荷、英、法等國，作遠洋的航行，而世界交通的情勢一變。前此爲水所隔斷的陸地，至此，乃無不互相交通了。適會此時，歐人對於物質科學，又有很大的發明，其征服自然之力乃加大，尤其是蒸汽機，給與人類以偉大的力量，用之於生產上，則使其數量空前增加，刺激著好利的歐洲人，益欲向海外尋求貿易。在交通上，則使人履遠洋如平地，縮長距離爲短距離，又能克服山嶺、沙漠等阻礙，火藥雖自東洋傳入，槍炮則爲西洋所發明，於是於船堅之外，又增加了一個炮利的條件，近代的西洋人，遂成爲一種可畏的勢力了。而其此等發明，亦給與其自己的社會以一種重大的變化，資本主義的高度發達，促成了帝國主義，而世界的和平，遂被其擾亂。

抵抗力，自然要有一種力的。美、澳二洲，人口稀疏，文明程度，又甚落後，幾全爲白人所佔，並種族入於滅亡混合之途了。非洲及南洋群島，文明程度亦落後，而人口較多，則在政治上，成爲白人的隸屬。西南亞諸國，文明程度，要高一些，並都成爲半獨立狀態。抵抗力，自然要有一種力的。當此之時，抵抗帝國主義，矯正其錯誤，而促進世界的和平的，自然，祇有世界上另一文明高度發達之地。這個地方，自然是東亞。東亞諸國，自然以中國爲主力，日本次之，朝鮮又次之。所以中、日、朝三國，聯合以抵抗帝國主義的狂潮，於理勢本甚順。

不幸，日本在此時，走上了一條錯誤的路，他不想聯合中國，扶翼朝鮮，共抗帝國主義的壓迫，反想吞併朝鮮，侵略中國，而自列於帝國主義之林。二十世紀以來，帝國主義者的競爭，更激烈了。戰爭時人力、物力消耗之鉅，已非復通常的大國所能負擔。准此例以言之，則世界上除中、美、蘇三國之外，幾無可以作戰之資格。歐洲除蘇俄而外，其餘之地，亦必團結爲一，乃能成爲一個單位，此德國所以力斥蘇俄，而欲在歐洲造成一種新秩序。當此情勢之下，日本遂欲役屬中國，以全中國的人力、物力，供其爭霸世界之用，此爲第二次世界大戰最大的原因。我們試設想：使日本的目的而達到了，其所造成的慘禍爲何如？假使日本不想侵略中國，役屬中國，好好的與中國互相提攜，則兩次大戰，中、日均可置身事外，其能減少戰禍，並爲世界和平給與助力，又當何如？而兩國自己所得利益，更不必說了。所以說：日本在此時，實走上一條錯誤的路。這樣說，中國這一次的抗戰，不僅爲自己打算，也可明白了。

"見豕負塗，載鬼一車，先張之弧，後說之弧。"殘酷的戰爭，總是要成爲過去的。我相信：人類所遭的厄運，不是人類的性質使然，倒是人類的愚昧使然。因爲不論在哲學上、科學上，都可證明人類的性質，是互助的，不是好鬥的。第一次大戰之後，繼之以第二次，其原因：

（一）由民族的互相敵視，勝者思長保其勝，敗者則意在復讎。

（二）由各國黷武階級的頑強，日思在武力中尋求出路。

（三）則在於經濟上的無辦法，競築關稅壁壘，爭爲匯兌傾銷，以圖自救，矛盾日深。總括起來，還是民族、民權、民生三個問題，處置的未得其法。我們希望三民主義的信徒，力求瞭解主義，忠實奉行，使中華民國的前途，益進於光明，且對於世界的前途，有所貢獻。

（下）

上篇說此次戰禍的造成，乃由日本走上了一條錯誤的路。他爲什麼會走上這條路呢？我們又不可不加以檢討。

日本所以走上錯誤的路。依我看，有三種原因：

（一）日本近數十年來，傚法歐、美，進步似乎甚速，然祇是外鑠的，論其本來，社會的程度，似乎還很落後，試觀其迷信之深可知。因此之故，其統治者，乃得自託於神權，以愚惑其衆。

（二）因其社會的程度，本來落後，所以崇尚文教的觀念實淺，憑恃武力的觀念甚深，因此之故，乃因武人之專擅，而造成了封建制度，因封建制度而造成了武士道的風氣。武士道固亦有其長處，然武人的性質，大都是輕躁寡慮的，遂陷於無知的自大，而妄想以武力稱霸於世界。

（三）而歷史上又適有一助成其錯誤的外因，此即日本所以自詡，謂自建國以來，其三島之地，迄來未被人侵入者。這件事，拆穿了西洋鏡，其實一錢不值，因在近世物質文明高度發達以前，文明民族受野蠻民族的侵掠，幾成爲歷史上的公例，遼、金、元、清之於中國，西亞民族之於印度，歐洲東北諸族之於羅馬，爲人人之所知。其實還不僅此，埃及的文明，乃由其地三面爲沙漠所包圍，一面又受海的限制。美索不达米亞，亦四面皆山。即中國古代的文明，亦由有太行山脈，將其與騎寇隔開之故。可見此一階段，在歷史上閱時甚久。日本的地形，和英國最相像，而其與大陸的距離，較英國爲遠；中國的好戰，不如羅馬；其間且得一個右文的朝鮮，以爲之緩衝；這都是日本所以始終未被外族侵入的原因，原係事勢的自然，無足爲怪，然淺慮而自大的日本人，就因此更堅其自信了。

中國，自然也有錯誤之處的。其錯誤，乃適與日本相反。日本的錯誤，失之逞強，中國的錯誤，則在於積弱。中國在幅員和資源上，是個滿足之國，自不會有侵掠之念，民族自然的拓殖，也從來不恃武力的，歷代的對外戰爭，屬於自衛的，和屬於君主個人的野心的，很難分析清楚，軍事上的措置，又很難得當，總不免於荼毒人民。又其歷代，右文的觀念甚深，尚德化而薄力征，遂成爲普通的觀念。因此，在承平之時，雖有名爲兵之人，而其人，實無可以稱爲兵之實，直可稱爲無兵備之國，其政治，則因疆域過廣，交通不便，不論調查、計畫、措施、監督，均極爲難，全取消極的放任政策。"治天下不如安天下，安天下不如與天下安"，這兩句話，殆泄盡了中國政治的秘奧。所以行政，特別軟弱而無力，政權在官僚階級手裏，其爲暴，自不如封建時代領主之深，而其無力，亦適與之成正比例，後人痛心政治廢弛的，至於憤激而欲復封建，即由於此。爲官僚之所自出的，爲智識階級，其地位，乃由選舉而來，這原是中國政治的優點，但智識階級的風氣，亦隨世而變，而當西力東侵之時，則適承其衰敝之會。

（A）矯理學末流空疏之弊，而專力於考據，遂日流於瑣屑。

（B）又矯其中的一派所謂心學者猖狂之弊，遂漸流於麻木。

（C）又因科舉制度的不善，而日即於愚昧，都於趨時赴功爲不宜。這是自戊戌以來，日言改革政治，日言開發社會，而終無大效的原因。在經濟上，亦因幅員太大，交通不便之故。至今，閉塞的地方，還是劃數百千里,而自成爲一區,與其區域以外,聯繫不密。緣江緣海,及因築造鐵路而被帝國主義侵入的區域,既因扼於不平等條約,而民族工業,不能振興,即商業資本,其發達亦有定限。在此情勢之下,自無從積蓄資本,養成企業的人才。此其所以生產落後,而這一次的抗戰,在物質及技術方面,無一事不要借外國的幫助。現在雖然戰勝,祇是因"得道者多助,失道者寡助"而然,而並不是我們自己有戰勝的實力,幸逢這不平等條約取消的機會,我們不可不深自振奮了。

於此,我們又有一句話,要敬告日本國民,凡力小而任重,總是不行的,總不免要受挫折,雖不能知其來自何方,其至在何時,而遲早總不能免。盈虛、倚伏的道理,即在於此。日本人對於東洋傳統的道理,是很能夠瞭解的,我們還希望其縱觀世界的大勢,深懲已往的失策,而決定今後賢明的方針。

(原刊《青光半月刊》復刊號,一九四五年十月出版)

抗戰何以能勝建國如何可成

　　抗戰必勝，建國必成，這是八年來我們所以自矢的，現在抗戰業經勝利了，建國則還在初期的階段。

　　我們的抗戰，何以能夠勝利呢？論起兵力來，我們是和敵人相去懸絕的，不論兵員的訓練，兵器的配備，以及其他和作戰有關的條件，都是如此。然而我們竟勝利了，我們何以能夠勝利呢？

　　這無疑的，是由於政治上向心力的養成，一件事情，全國的人，都認爲要做，該做，非如此做不可，是沒有不成功的。反之，離心離德，甲要向東，乙要向西，丙要活動，丁要靜止，則必狐埋狐搰，互相抵消，而終至於無成。國民能否萬衆一心，向一個目的前進，表現得最親切的，就是政治上的離心力和向心力。這因爲一個社會的需要，雖然政治不足以盡之。然政治所領導的，總是一時期內最重要、最緊急的事。

　　日本的向外侵略，蓋自一八七九年吞併琉球以來。自此以後，他的對外，就著著佔了先機，直至最近，承認波茨坦宣言，無條件投降，然後大坍其臺。當其向外侵略之時，最受其害的，自然是中國。中國爲什麽會中衰，日本爲什麽一時會強盛呢？此即由於政治上離心力和向心力的不同，日本自九世紀以後，武人專權，演成封建政體，久已入於四分五裂的狀態了，物極必反，至明治維新，而驟然顯出統一的景象，此其所以能驟強，然一國的向上，是祇應以自衛爲目標的，若以侵略爲目標，就要走上賈禍的路了。而日本因其文化的偏勝，却走上了這條路。對外侵略，衹是少數人的偏見，無倫何國，處何時代，實際上都是無此必要的，"民至愚而不可欺"，大多數人實際上所不需要的事，自不能得公衆的贊成，政治上的離心力，就要於此出現了。試看日本，自一八九四年中日之戰以後，尤其是一九零四年日俄之戰以後，對外的侵略，無一不以軍人爲主動，其他各黨各派，初不必皆以如此爲有益，不過苦於軍人驕橫，無法可制，乃不得不將計就計，順其意旨，爲之擘畫。甚者，軍人的計畫，定得太魯莽了，即政府亦不敢曲從。軍人乃利用其地位及聲威，造成既成事實，逼著政府爲隱忍偷安，顧全面子計，不得不順從他的意旨，跟著他的路綫走，即可知日本，看似綱紀嚴肅，實則早已太阿倒持。至於中國，則自十八世紀後半以來，清政府即已成爲外强中乾之勢，至十九世紀中葉，太平天國起事，清政府已勢在必倒，徒以理學的餘波，養成了一班忠君的湘淮軍將，又替它苟延了數十年的殘喘。然而不可支持之物，總是不可支持的。自此以後，清朝政府遂名存實亡，外重之勢日增，推波助瀾，終至演成民國以來軍人的割據，禍福倚伏，政治上離心力的表現，至此而達於極點，而向心力亦即潛滋暗長於其間。試觀最近二十年，軍人不愛國的，一個個倒坍敗落。政見最不同的，莫如國民黨和共產黨，而自西安事變以來，竟能表現且維持最偉大的合作，借禦侮以統一國內。熟於歷史的人，總疑其將徒托空言，而其結果，竟能成爲事實。即向不過問政治的人民，亦無不認抗敵爲要做，該做，非如此做不可。敵人所佔據的地方，雖然廣大，其勢力雖然强盛，而且沒有一個人覺得他可以佔據中國，都覺得短期間內，就可以把它撐走。由於人類心理微妙的互相影響，即日人亦皆自覺其不能久居中國，而在短期間內，必將爲中國所驅逐，此皆可見中國政治上向心力的旺盛。

中國爲什麼會由離心力而轉成向心力，日本爲什麼會由向心力而轉成離心力，那是由於日本的侵略，實在是不必要的，中國的抗敵，却非如此不可，此即所謂"抗軍相加，哀者勝矣"。剛才已經說過了，然而還不止此。古人說："民分而觀之則愚，合而觀之則智。"這句話，是含有民主主義的真理的。一個社會,同時必有多方面的需要,這多方面的需要,惟有多方面的人,各各站在自己的崗位上,乃能見得。少數才智之士,無論如何才智,總不會對於各方面的情形,洞悉無遺的,所以由少數人專制,迫脅大衆,向一條路上走,總不免顧此失彼,其結果,就會造成絕大的危險。反之,各方面的意見,都能反映到中樞,則中樞所決定領導著大家所走的路,是斟酌各方面的情形,然後出此的,自無顧此失彼之弊,各方面的意見,自然有不被採取的,然亦係反映到中樞之後而被折服,和被抹煞的不同,其心自無怨恨。中國的抗戰,經過八年,抗戰的預備,即先統一國內,以謀共同禦侮,其閱時實不止八年。即以美國論,自日本發動侵華後,在其傳統的國策和現今立國的形勢上,早該對日加以嚴懲了。然亦必遲遲至於日本發動其所謂大東亞戰爭之後。日本的舉動何其速,中美的舉動何其遲,此乃由於中美先齊一了國內的意見,然後發動其力以對外,日本則由少數人專斷,牽率大衆以對外之故。中美的勝利,實係民主主義的勝利。

　　抗戰所以勝利的原因明白了。欲求建國之成功。其道亦不外此。

　　中國人是向來不抱什麼偏狹觀念的。總希望和世界各國,共進於大國之路的。不惟自己當循著民主主義的路而邁進,並希望德國、日本等,向來走著錯誤之路的,改正其錯誤而共同前進。

(原刊一九四五年《正言報》)

戰後中國經濟的出路

近來研究中國經濟的,都説:"中國之所以窮困,由於農村的破產,而農村的所以破產,則由於封建勢力和資本帝國主義的雙重剝削。"這話是不錯的,然何謂封建勢力?何謂資本帝國主義?其剝削中國的實況,究竟如何?則模糊不清的人很多。又研究社會史的人,或説中國還在封建時代,或説中國久已進於商業資本主義時代了;而商業資本主義時代的有無,其間又有爭論;真覺得紛如亂絲。其實,中國地方大,各地方的情形,並不一律,論中國的社會經濟,是不能用一個型範,來概括一切的。理論生於事實,要推論中國的社會經濟,先得就中國的實況,加以觀察。能使全國風同道一的,最緊要的條件,就是交通的便利。中國疆域廣大,地形錯雜,在近代物質文明高度發達以前,是無法十分克服這困難的。閉關時代,交通便利的,祇是緣海和便於航行的大河流域,以及湖水區域、川湖交錯之處,這是中國文化、經濟的發達,東部優於西部,江域追上了、而且超過了河域,以及浙西一區,成爲全國中最富裕之地的原因。此等地方以外,交通所恃的,大約是陸路,其中還有山嶺的阻隔,往來密切的區域頗小,大者不過舊日的一府,少則三四縣或一兩縣之地,大概自方百里至方五百里而已。在此等區域之中,情形是這樣的:多數農村,散佈各地,其經濟,仍以自給自足爲主,耕所以謀自食,織所以謀自衣,甚至簡單的器具,亦能自製,必實不能自製的,乃出其所有,以與人交易。與之相易的,是獨立的手工業和小商人。此等人率居於城市之中。如此者,許多農村環繞著一個城市,以爲中心,而自成爲一個經濟區域,其聯繫是很密切的。如把這聯繫割斷了,生活上必大覺不便。然此等聯繫的割斷,都是很難的,因爲其範圍甚小。全國的天產品和製造品,互相灌輸,自然也是有的。山西的汾酒,販運到東南;浙江的紹酒,販運到西北;藥材的產地,是散佈在全國的,而每一種藥材,亦能流衍於全國,便是其一例。此等物品的互相灌輸,都是從產地運到一個大集散點,再從此分佈各地的。此等大集散點,即成爲都會,如上海、廣州、天津、漢口等便是。經營此等貿易的,謂之大商人,其勢力,僅及於都會而止,並不能深入於各個小區域之中。中國數千年來,各地方的度量衡,迄不能畫一,甚至貨幣亦不能全國統一,其原因實在於此。此足證明歷史上所謂豪商大賈,其勢力祇在幾個大都會和幾條大交通幹綫上活躍,而並不能支配全國了。此等物品的交換,祇是所以維持較高等的生活的,如其把它一切斷了,不過生活程度降低些,於較低限度生活的維持,並無妨礙。這是歷代每當大亂之際,不被兵的區域,所以生活宴然,能保留一些元氣,以爲復興的準備。而亦此次抗戰,西南、西北較爲偏僻之區,轉能成爲大後方的根據地的原因。閉關時代以前,我國的經濟情形是如此。自帝國主義的經濟勢力侵入以後,情形却大變了。他們挾著蒸汽機關的力量,在生產上,數量既空前增加,又能造成人力所不能造之物;在交通上,則能克服遠洋和山嶺、沙漠的阻礙,縮長距離爲短距離;其勢力,遂如水銀瀉地,無孔不入。此斷非舊式的手工業和家庭工業所能禦。於是洋紗、洋布,替代了土紗、土布;煤油燈替代了植物油燈;英美烟公司的香烟,替代了蘭州水烟、福建皮絲;遂成爲數見不鮮的現象。甚至最狹義的農業產品,即糧食,亦爲洋米、洋麥所排擠了。商業,在近代工業興起以前,本是天之驕子,然到近代工業興起以後,其情勢就不然了。商人祇能承銷工業家的出品,無復選擇的餘地,其地位遂變爲工業家分銷處的代理人,日益低下。在此情勢下,中國的商人,自然無法與之相抗,祇得爲之推銷,沾其餘瀝,此即所謂買辦階級。買辦階級,是幫助帝國主義者,侵削農村的,他們都把農村的資本吸收了,而滯留之於都市。即農村中之富裕者,亦漸覺經營他種事業,較之務農爲有利,而把資本移出於農村之外,這個,衹要讀賽珍珠所作的《福地》,便可見得了。還有地主因謀安全,或圖享樂,而移居於城市,也把其剝削之所得,消費之於城市中。農村的資本,遂日益枯竭;人才亦更形缺乏;這是農村所以破產的原因。農村對都市的交換,本來是不等價的,不過在舊式經濟之下,商工業者對農村的剝削,自有其一定的限度,農村抵抗之力,亦即有相當的頑強。到帝國主義的經濟勢力侵入,則其力之相去,太覺懸殊,遂爾無能爲役。如這幾年來,農家因買不起布,乃自行紡紗、織布;又因鹽價爲敵僞所抑壓,乃自行繅絲、織綢;城市中的榨油廠,產量不如戰前了,鄉間的榨油事業,乃有因之而復興的;此等雖意在自用,然亦有一部分行銷於外。並有城市中的製造事業,委託鄉人的,如交通阻絕了,外路的酒不得來,本地方原來的釀造力不足,酒商乃委託鄉戶,爲之零星代釀。此等都是增加鄉村的收入的。我們雖無精密的統計,然就大體觀察,則近幾年來,農村對城市的入超,必有一個很大的轉變。此實爲我同胞在此水深火熱之下,仍能苟延殘喘的一個原因。觀此,便知帝國主義者在經濟上對我剝削的深刻。

　　此種經濟侵略,決非空口說白話,罵人不愛國,不好用國貨;無知識,無能力,不能振興實業;所能有濟,其理自明。所謂封建勢力,雖然根深蒂固,亦必遇之而輒靡,自今以往,隨著鐵路、公路、汽船、航空等交通事業的進展,窮鄉僻壤將再不能自保其世外桃源之舊了。美國自如我國現在的樣子進展到第一次世界大戰以前的樣子,不過五十年,何況我國人口的稠密,今日生產、交通工具的進步,遠非美國當時可比?然則舊式經濟的破壞,不徒必然,且必甚速,變遷是無法可以阻遏的。所爭者,變之權操之於我,抑操之於人?因而其變化,有利於我,抑徒利於人?甚且有害於我而已。欲求其權操之自我,其變有利於我,則斷非國權不復,徒恃人民之力,補苴罅漏之所能有濟,這是不平等條約,所以能制我的死命的大原因。特如關稅協定、通商口岸設廠,便是其最明顯的例。

不平等條約取消了,我們當如何崛起以應事機?其措施之最急者爲何事?於此,我以爲莫如國營貿易和統制貿易的並行。固然,這二者在法幣政策施行以來,已啓其端,自抗戰以後,更增加其強度了。然在今日,仍有大大的推廣和加深的必要。經濟上最惡劣的現象是無政府。無政府,不但國內經濟不能上軌道,即列國相互之間,亦往往引起糾紛,甚至挑動戰禍。第一次世界大戰後,各國對於經濟問題,都無遠見,即有之,亦苦於不能實行,於是競築關稅壁壘,爭爲匯兌傾銷,損人以圖救目前之急,遂使舉世皇皇,不可終日,這未嘗非促成此次世界大戰的一因。最足賈禍的是無智。經過這一次經驗,大家都知道國內經濟的無政府,國際間經濟的無政府,都不是一回事了。於是其經濟乃漸趨於計畫和統制之途,而國際間亦漸謀合作。這一次大戰以來,各國經濟體制的改變,固然主要的是爲適應戰事,然在戰後,亦必不能如第一次戰後的聽其遷流,而國際間情勢亦漸變,去年國際金融會議的召開,即其明証。於此,我們豈可以漫無計畫應之?要是計畫,那國營貿易和統制貿易的兼行,就是其首務了。爲什麼呢?

我們的舊觀念,以農爲本業,工商爲末業。這在理論上原是不錯的,但在事實上,則自交易興起以來,不是商業依存農、工業,反是商業領導了農、工業。這是爲什麼呢?原來經濟上最大的利益,存於分工合作,所以從經濟少有進步之後,絕對的自給自足,即已無存。農人所生產的,除留以自用的部分外,都是想以供交換之用的。質言之,就是都成爲商品。這種消費品和商品的比例,怕就在極僻陋之區,也要近乎各半之數,經濟發達之地不必說,工人所生產的特品,更不必說了。商品必須交易,除却極簡陋之世,決不能行直接交易,必有商人介居其間。生產者要找消費者,消費者要找生產者,事都極難,商人遂成爲經濟的機鍵。淺而言之,似乎是商人承銷農、工的貨物，深而言之，則農、工之所生產，都遵照著商人的意旨進行。我們都怪工人：爲什麼墨守舊式，不肯改良？實則工人不能自銷其貨物，必恃商人爲之代銷，而以銷售論，則舊式的貨物，不待說明，不待宣傳，較爲省力，所以商人對於新式的出品，多不肯接受，貨物的墨守舊式，其責任，實當由商人負之。觀此，便知要改良農工，必須從商業方面著手的原因。商人祇知牟利，經營何種貿易，有利於國，何種貿易，有害於國，他們都是不管的。所以在今日，必須把重要的出入口貨，都歸諸國營，其餘雖仍許商人貿易，亦必加以統制。某種貨物許其輸出入與否，及其所許的數量，必用統制外匯的手段，加以嚴密的管理。必如此，才能禁止奢侈品，節約舒適品，而增加必要品和生產工具的輸入。那麼，爲什麼不一切貿易，悉由國營，而必兼用統制的方法呢？那是由於商業的情形，極爲繁瑣，其中利弊，很難深悉，一時不易得這許多行政的人才，亦不易有此種綿密的監督之故。由商人自營，而國家加以統制，則於經營和節約兩方面，都可以不成問題，而檢查品質，劃一包裝，調查外人嗜好，以利推銷等等，又必較純任商人自營爲有利。在此情勢下，我們的農工業，得其領導，就可以徐圖振興了。今日世界的經濟，是彼此相關的，欲圖一國產業的振興，必須與外國的經濟，有一個聯繫，且必能互相調整而後可，這亦是農、工業必籍商業領導的一個原因。這一點，宜由國家深察國內國外的情形，與有關係的各國，分別訂立物物交換協定，且較向來各國間所訂的物物交換協定，延長其期限，推廣其範圍而後可。這一點，關於農業方面，頗足以啓世人之疑，請另爲一篇論之。

（原刊《青光半月刊》復刊號，一九四五年十月出版）

戰後中國之民食問題

前篇説：中國戰後經濟的出路，首在國營貿易和統制貿易的並行，不但本國的經濟，可以由此漸上軌道，即和世界各國，亦可藉此互相調劑，謀漸進於國際分業之途。這話或不免滋人疑惑，而在農業方面爲尤甚，本節謀有以釋其惑。

古語説"食爲民天"，這句話原是不錯的，但穀物藏貯過多，亦屬無用。《禮記·王制》篇説："三年耕，必有一年之食；九年耕，必有三年之食，以三十年之通，雖有凶旱水溢，民無菜色，然後天子食，日舉以樂。"經書上的話，大家都奉爲金科玉律，不敢懷疑，其實穀物的貯藏豈有可至於十年之理？即用今日最良的方法，恐亦不能如是，何況古代？果其如此，勢必如漢人所云："大倉之粟，紅朽而不可食。"豈非化有用爲無用？又何不將其資本、勞力，移而用之於別種方面呢？歷代論者，不達此義，鑒於穀物的藏貯，務求甚多；外貨輸入，別種或加反對，至於穀類，亦總是歡迎的，用減免税項，便利交通等方法，以求其源源而來；豈非眩於名而不責其實？

人的享用，並不是以滿足最低限度的生活，即僅能維持生命爲已足的，在生產和分配條件允許之下，適當的享用，原不爲過，所以所謂奢侈，應當從兩個方面分別論之：即

（一）個人方面，有益於身心者，爲適度的消費。徒逞一時的慾念，而反有害於身心者，則爲奢侈。

（二）在社會方面，則不因一人之享用而累及他人者爲適度。反

是則爲奢侈，至於物質消耗的種類及數量，則並不足爲奢侈與否之衡。

舊時論者，不知此義，所定的生活標準太低，使人難於遵守，而社會的約制，轉因之而無力，對於真正奢侈的人，倒又無法禁止，乃因一部分人過分的消費，引起眾人的大怒和缺乏，終至釀成紛亂，這真所謂"生於其心，害於其事"了。明乎此，則知舊時所指爲必要而獎勵其生產之物，實不必爲逾分的獎勵，其所指爲奢侈而要加以禁止之物，亦不必盡加禁止，知此，乃可與論今日之農業。

農業的生產，過多即爲無用，前已言之，耕九餘三等說，專從時間上謀調劑，乃是封建時代孤立經濟的辦法，在今日，豈可復循故轍？自秦漢統一之後，久應合全國而通籌，至今日，則更可與外國互相調劑。大抵米穀的供給，當合生產運輸兩方面而籌之，就一區域之中，觀其自行生產，與仰給於異地或異國，孰爲有利？如自行生產而無利，即應捨種穀而改營他業，此說持反對之論者必多，其較有力者，爲：

（一）食爲民天，寧可使其有餘，不可使其不足。此說固有相當的理由，但所謂盈餘，亦應有相當的限度，過此則真化有用爲無用了。我以爲從時間上說，全國餘兩年之糧，即爲已足。此等糧食，初無必散存各地，如甲區仰給乙區者，但計乙區所藏，足供甲、乙兩區兩年的消耗，而從乙區運至甲區，又無困難，其商運即已解決。至與外國相交換者，則如前篇所說，可以較長期的交換協定行之。如此，一定的區域，在一定的時間內，就可改營他業，而不虞其乏食了。鑒此加以反對的，則爲：

（二）戰時食糧，不可不格外充足，並不應仰給國外，但

（A）戰爭不能無朕兆。

（B）亦不能與各國同時開戰。

（C）而當戰事發生之時，亦不能遽受他國之封鎖。

（D）況且本國已有兩年之積，豈應預謀戰事的便宜先犧牲平時

的利益？

果其如此，便是前德、日等國的存心了，於今日當合全世界而謀進於大同之時，實非所宜。退一步説：要有戰時的預備，其問題也是很多的。老實説：今後世界再要一次大戰，又決非此次戰時的措置，所能應付。若欲預備，必先懸擬一種其時的經濟體制，而又預計平時的經濟體制，至其時如何可以迅速轉變，抑有若干部門，早須預行轉變，斷非一個單獨的糧食問題。即以糧食問題論，亦非單純的增產問題。

在戰前，洋米、麥子有輸入，而且其數逐漸增加，至世界經濟大恐慌爆發之後而益劇。許多人都説：中國的經濟要破產了，且糧食而不能自給。其實不然，如其如此，這八年來，中國豈能支援偉大的抗戰？即在淪陷區中，亦豈能供給敵僞的搜括？可見中國的糧食，不但無虞不足，而且還有盈餘。不過各地方的產量，並不一律，而運輸又有問題，遂致不能自相調劑，而有的地方，遂不得不仰給於外國罷了。在此情勢之下，必欲謀本國糧食的自給，而拒絕外產，如强廣東食湖南米，而拒絕中南半島之米，也是無謂的。經濟上的利益，實存於分工協力，惟經濟上能合作，然後可使世界進於和親康樂之途，而日遠於爭奪相殺。我們的領袖，希望這一次大戰，成爲世界上最後的大戰，其具體的辦法，就當從此等處設法進行。所以我以爲今日的經濟，總應合全世界通而籌之，我國即應先向此途邁進，示人以模範，而我自己亦有利益。

在此情勢之下，實應分全國的糧食爲若干區。在一區之中，審劃其孰可自立，孰當協濟他區，孰當受他區之協濟，即鑒外國的關係亦然。如此，每一區中的農產，纔可定其孰當新增，孰當擴充，孰當減少，或竟廢絕而改營他業，各適其宜，乃爲地盡其利。即如閩、粵，減少穀物的種植，而與南洋相易，總不會無利的。中國的地方、位置，和美國最相像，耕地面積之廣大不如美，而地形之複雜則過之，就狹義的農業論，則中國的富力，斷趕不上美國，此乃先天所限無可如何，就廣義的農業論，則中國的農利，決不在美國之下。中國和美國之比，正如四川和江蘇之比。我們但看歷代割據時，及此次抗戰中，四川的經濟力量如何偉大，便可知道中國農業的前途了。

我知此論仍必有力持反對的人，然我敢說：經濟上的情勢，總是要走向有利之途的，必欲拘守陳舊的觀念，強人出於利薄之途，姑無論其事屬無情，而亦必力不能勝。

（一）不論那一種適應品出世，總有人視為奢侈品，而要加以禁止的，如茶，如菸都是，試問其果能禁止否？

（二）至於現在的農業，則本有專為特定的工商業而生產的，如供給各煙公司的煙草，避蚊香製造者之除蟲菊便是。

（三）又有雖非某工商業者所特定，而其依存實為極切，隨著工商業的盛衰興廢而盛衰興廢的，如絲、茶、木棉便是。

（四）即狹義的農業，如米、麥、豬鬃、雞卵等，其獲利與否，亦恆視市場的情形而轉移。

各種事業關係之密切如此，我們為什麼要聽其自然，而不通盤籌畫，籌其增減、存廢，加以合理的指導呢？老實說：農業和工商業是要求其平衡的。若說我可偏重農業，而工商業則拱手讓人，則戰前敵國之所求，原不過如此，我們又何苦而為這八年艱苦的抗戰？

陳舊的觀念，是不可以不除去的，具體的振興農業的方法，請再繼此而陳。

（原刊《青光半月刊》第一卷第二期，
一九四五年十一月一日出版）

怎樣將平均地權和改良農事同時解決

三十四年九月初三日，在舉國慶祝勝利之下，國民政府明令淪陷區的田賦，本年度豁免一年，後方各省的田賦，明年度豁免一年，其餘減租輕息，以及一切安輯事宜，並責成各級政府暨各主管機關，照二五減租及其他政綱政策中，有關民生之各項規定，限於本年十一月十二日以前，分別條議辦法，次第實施，這可見得我政府體念民生，而於農民特加之意了。在此情勢之下，我們當如何籌畫，以期農村的復興呢？不揣檮昧，敢貢其一得之愚。

擊破封建勢力和改良農事，其要均在平均地權

農村的所以凋敝，實緣封建勢力和帝國主義雙重的剝削，第三篇中，業已言之。帝國主義的剝削，必須國權恢復，不平等條約取消，方有策可資抵禦，第三、四篇中，亦已述及。那末，封建勢力，我們又將用何辦法擊破他們呢？

封建勢力在今日，對於農民的剝削，固然仍有出於租約之外的，如：

（一）田租之外，又取其實物，如歲時餽贈等；

（二）或田主家中有事，無報酬而令其服役等。

然此等事究不能多，其剝削，多係以契約行之。否則乘農家的困窘，而為重利盤剝之舉。此等事，城市中的商人，是不樂為，亦不

能爲的。鄉鎮上的商人，資力本不雄厚，且和農民不甚接近，除賒買貨物，作價較高外，直接放債之事亦少，農夫若有緩急，多告貸於鄉居的富人，而鄉居的富人，多數係屬地主，所以地主對農民的剝削，是以田租和高利貸兩種形式出之的。要打倒這種剝削，就得平均地權。

大家都知道，種人家的田，和種自己的田的，心理上大有差異。種自己的田的，對於改良土地，必盡其力之所能，至種人家的田，就不然了。即不論此，而田中的出息，被田主取去的多，存在農民手裏的就少，這就是資本減少了，他就要改良土地，又把什麼來改良呢？這是說佃農。若說自耕農，他土地固然是自己所有，不須出租，然租額高昂之處，田地之價亦必貴，以貴價買的土地，經營的資本，也就少了。試設想自耕農買田之錢，係從借貸而得，要按期付息可知，何況田租可因凶荒而減免，此項利息則不能呢？所以要改良農事，以增進農產，其要亦在平均地權。

土地革命之不能行與限田制度的不必行

然則地權果何以使之平均呢？

最痛快的，自然是蘇聯的革命成功，即宣佈土地爲國有，無償的沒收地主的土田，而分諸農民了。然此事在中國，恐不能行，共產黨在江西，竭立鼓吹土地國有，終未能實行蘇聯的政策，即其明證。老實說，操切之政，在國民程度低下之國可行，在國民程度較高之國，是難行的。近世所謂東西強國，不過籍物質文明發達之力，在軍事上，經濟上都佔著優勢，論其社會的進化，是並不能優於我國，或且不如的。德日的所以能驟強，蘇聯的所以能於短期間內振興，乃正因其文化程度本低，易行操切之政之故。此不必是福，因爲一個國家、社會，是有多方面的需要的，多方面的需要，惟多數人各站在自己的崗位上，乃能見得。少數的人，無論如何才智，總不免有所遺漏。率舉國而趨於一途，一方面主張太過，不免積重難返，別方面又多所缺乏，要圖補充矯正，亦非易事，所以總看起來，還是中庸些好。此即民主政治顛撲不破的原理。此三國之所行的，怕就未必能行諸英、美，何況我國，自由散漫，更遠過於英美呢？老實說：如蘇聯之忽除農民之自己所食外，悉由國家徵收；忽又聽其交租之外，悉得自由措置；忽將土地分賦農民，忽又嫌其分割太小，而強迫其組織大農場；此等政策，在中國，必不能行之有效，倒還不是說該不該，好不好。行之而終能有成，不過代價太大，若紛擾一番，而終無成就，那就真是白犧牲了。天下大器，易動難安，豈可不熟思審處？所以共產黨的未能徹底做效蘇聯，總還算他能審察環境，不十分卤莽。此可見得中國的共產黨，到底和蘇聯的共產黨有別，也就可見得中國的不能全然做傚蘇聯了。孫中山平均地權的政策，自然是很穩健的，但農田與都市的土地不同，荒僻的地方，地價很難確定，農民無憑申報，且亦不知申報為何事。集衆估價，其難亦屬相等。強行之，非有名無實，即難得公平。土地法第二百五十八條，不論市、鄉，每五年，均須將地價重行估定一次，恐甚難發生效力。若以其賣買的價格爲準，則荒僻之地，土地賣買之事較稀，歲月相距遙遠，又必以此例彼，輾轉推測，也未必能確實，所以其效必甚緩。若取法於古，則有限民名田之法。然在今日，耕作趨向大農制之時，所限面積太小，於農業進步有礙，若能限太大，則等於虛設。限民名田之論，倡自董仲舒，並未有具體的辦法，後來師丹、孔光、何武等所定，限數爲三百頃，即三萬畝，尚爲貴戚所不便而不能行，可見其時大地主佔田之廣。近世歐洲各國，所限亦有很大的，如捷克斯拉夫，最大限爲四千華畝，愛沙尼亞爲五千華畝，拉多維亞最小，猶千六百華畝。此固由其耕作之法有異，亦由其本有大地主存在，我國並無此等事實，又何苦無病而呻？

何謂"耕者有其田"？

今日的農業，必須趨向大農制，是毫無疑義的。惟行大農制，纔能利用新式機械；惟用大農制，才能應用科學方法；亦惟行大農制，而後交通、水利等問題，乃得順利解決。所以農業的當趨向大農制，是毫無疑義的。欲行大農制，則舊有的疆界，必須徹底破壞，而將土地重行整理一番。要破壞疆界，整理土地，必先把土地集中，要把土地集中，似乎非國有不可，耕者有其田的辦法，還不徹底，但耕者有其田之語，是不應當作狹義的解釋的。耕者有其田，非但化佃農為自耕農之謂，耕者有其田，乃謂：

（一）土地本係公物。

（二）而且其數有定限，不該由一部分人佔據了，而使他人不得其用。

所以這五個字，實當解釋為"凡欲使用土地者，皆能在公平條件之下，得有土地"。不獨現在的耕者，即將來的耕者，亦包括在內。又不但耕者，工業家要設廠，商業家要設肆，辦理一切事業者要得到其事務所，凡人民要得到住所，其當在公平條件之下，能夠得到，皆當與耕者相同。三民主義，乃講演之辭，多就事實立論，不能都用抽象的語句，奉行三民主義，闡發三民主義者，不該泥定字面的。至於土地國有，則不過義理如此，論其實，土地總是由人民加以利用的。老實說：認土地可由私有者絕對的任意措置，國家不得過問，怕從古至今，未曾有此法理。關於土地的法令，總可解釋為土地本屬公有，所謂私有，祇是准許私人使用的一種形式。所有高談國有，實於實際無涉，實際問題，倒還是土地利用的方法。

實際利用土地的方法當如何呢？這自然經緯萬端，非一言所能盡。我的愚見，則以為今日當急行提倡的，莫如耕種合作社。

今日當急行提倡的，莫如耕種合作社

所謂耕種合作社，乃由：

（一）佃農集資向地主租得土地；

（二）或由業主將其土地，交與合作社經營。

無論是那種形式，都能使耕作的面積增加，如此，就可漸變小農制爲大農制了。此法之妙，在於不剝奪地主的所有權，不致引起其反對而能在有利條件之下，誘其協作，因此而得破壞疆界，整理土地。我國各地方，本有官地，今經兵燹之餘，又必有無主的荒地，當歸官有的，正可用作基本，勸誘附近的農民合作。或疑此種辦法，貧農必願加入，富農和中農，必然不願，地主更不必說了，其實不然，有田者祗求有利。

（一）中農、富農之加入合作社者，利必易見。

（二）即但事收租者，亦但求其租額無闕而已，如何耕作，在彼何必過問？且此等人往往居於城市之中，菽麥不辨，即欲過問，亦何從過問？

天下事要講實際，最緊要的，是就現在的狀況論之，而各方面能得其平，不能但憑空想講理，今日講平均地權的，往往含有忿激疾惡的意思。他們說：土地是公物，爲什麼你們當初要以廉價買入，而久享其厚利？這話固然不錯，但如此，則非將田主之田，盡行沒收不可。試問此於社會經濟之擾亂，將至如何程度？須知今日的田主，固有肆行剝削，使佃戶苦極不堪的，然亦有所得無多，完稅之外，並無厚利，甚至收租無著，反要賠累的。打倒此等人，試問於佃農何益？而經濟界無窮的糾紛，却因之而引起了，試問值得與否？我國人每稱土地爲恒產，取其較爲穩固。事實上，有土地的人，其生活也確要安定些。然此等人多無甚大田產，不過有田十數畝至數十畝，收其租入，以給衣食而已。此等人因習於安坐而食，大抵無甚能力，一旦奪其所有，使其經營他種事業，其多數必不能勝任。即非無償沒收，給以現款和債券，而現在各種實業，尚未發達，可投資處甚少，動產易於消耗，勢必不久即陷於饑寒之淵。此等小地主，爲數必不甚少，使一大批人都陷於饑寒之淵，試問於社會秩序有礙否？我決不偏袒地主，要替他保存權利，然事實不可不論，今日者，若能剝奪地主之田，而於其生活仍無大損，上策也。有之而仍有補救之法，中策也。將一部分人犧牲，而於社會經濟，仍不發生嚴重的影響，亦不失爲下策也。試問有此把握否？天下事能發貴於能收，若能發而不能收，那就譬彼舟流，不知所屆了。所以激烈的平均地權政策，我終以爲不可行。然地權却終不能不平均，要平均地權，而徒變佃農爲自耕農，於事亦無大益。在平和政策之下，平均地權，而先之以利用土地，改良農事，俾其進行順利，則耕種合作，似乎確不失爲一種値得提倡的法子了。

江南有些地方，本有一種義圖之制，如敝鄉武進，即其著者。所謂義圖者，乃人民苦官吏徵收橫暴，於是自立禁約，限日將賦稅措齊，交與一承辦之人，謂之直年，直年收到大衆所完賦稅，即行入城交與官府，收得收據，即串票，回鄉分散與各糧戶。此等組織，以圖爲單位，故稱爲義圖。凡收稅，總是要求其於民無傷，於國有利，而徵收手續，又極簡便，費用又極減省的，義圖可謂三善俱備。惜乎入民國以來，此等良好的規制，漸漸廢壞了。今若有耕種合作社，則可代行義圖之事。社中的田，賦稅都由其完納，民不煩而事無缺。又水、旱、蟲荒，田賦例有減免，減免的成數，必由官查勘，縣官所轄較廣，往往難得其詳。若有合作社，則社中田地，荒至如何程度，亦可由其負責估計，較諸向者由鄉圖長估計者爲精審，官吏但加覆勘，不必甚勞，而減征的成數，已可得其平了。官稅如此，私租問題，亦即隨之解決。合作社中之田，如非耕者所有，而另有地主的，其租佃關係，均可以社之名義行之。地主固難苛求，佃農亦難頑抗、狡賴。災荒減免，即隨官稅爲進退。租佃之間，永免爭議，亦必地主所樂從，將見以其田地交給社中經營的，逐漸增加了。

怎樣進而謀平均地權呢？

田地既開公共使用之端，則私有觀念必漸變，不要以爲人民頑固，雄辯莫大於事實，事實放在眼前，利害與人以共見，觀念的遷變，總是易而且速的。私有的觀念既漸化，即可進而謀平均地權。其法可分爲三：

（一）由國家給以債票，而轉移其所有權。此可施諸公共團體，如學校、寺觀、家祠之類。因爲公共團體，力量較大，失其固定恒久的收入，易於另行計畫；而且有等團體，並無維持的必要，任其樹倒猢猻散，原是不要緊的。如慮債票所發過多，或有不便，則亦可師古者以賣値爲庸資，免除奴隸之意，於租額之外，視農民力所能及，於交租之時，帶交地價幾成，積至足與買價相當，田即爲社中所有。此項分期交納的田價，遇歉收之歲，亦可減其成數，或全然緩交，故民力不至甚勞。還清的期限，雖無一定，然凶荒究係例外之事，其地權總可赳期而望其轉移了。

（二）其地屬私人所有的，則舉措宜較審慎，因爲私人力量較弱，甚有老弱婦女，別無謀生之路的，失其固定收入，生活將陷於困難。此等可將田地估價，看作社中股本，經過一個相當的期間，再謀收回。

（三）若私人自願將其土地賣入社中的，則更爲社中所歡迎。若慮資本不足，自可由農民銀行貸款。此等賣買，必較向來私人間的賣買，易於公平；又可免却居間人的婪索；國家爲獎勵合作社買入土地起見，又可減免其契稅；自亦可爲賣地者所樂從了。

由政府發動權力，強迫買收的，亦可有三種：

（一）荒其地而不耕的。

（二）雖加耕作，而其面積太大的，此等可視其耕作之法，爲立一最大的限度，超過此限度的，即由政府強迫買收，地主不能藉口將來再圖擴充，留作自用。此等大地主，在内地不多，在邊省則在所不免，以吾所知，尤以黑龍江爲最多，從前的吳俊陞，即係此等地主之一。

（三）本年八月二十八日，行政院第七百十次會議，議決修正河南省被災時期地權處理法條文，其中第四條：“凡在被災時期內出賣的土地，准由原業主於民國三十六年六月底以前，隨時以原價買收之。其已淪陷各縣，展至完全收復後二年。”完全收復日期，由河南省政府以命令公佈。第五條:"出典土地,無論原訂契約,有無回贖期限,均准於三十六年六月以前,隨時按原典價不計利息贖回。淪陷各縣,與前條同。"按年來淪陷區中的土地,不公平的賣買甚多,此法實宜推行各地,業主不願收回,或無力收回的,即由國家照價收買。此等在已有耕種合作社之處,即可交給合作社經營,無之之處,亦可利用之以資提倡。而其辦法,尤宜推行於都市,請於下篇論之。

土地合作與大農制,相似而實不同

土地合作之制,與大農制相似而實不同。大農制純係私有,合作則雖係私有,而已走入公用之途。土地的原始階段,本係公有公用的,後來因耕作方法,宜於盡收精耕,乃漸變爲公有私用,遂開私有之端。公有公用,私有私用,固皆無不盡力,即公有私用時代,對於耕作,亦多少有些公有公用時代道德的存留。"雨及公田,遂及我私";"彼有遺秉,此有不斂穧,伊寡婦之利。"這種詩句,都表示出農民對於公家服務,和同輩間互相扶助的熱心。祇有地既化公爲私,力又不出於己者,其情形最爲惡劣。奴隸制的轉化爲農奴,關鍵實在於此,此可見榨取他人勞力的,總無由使之心悅誠服了。大農制耕作方法,雖云進步,然從事於勞動者,多由雇傭而來,往往不肯盡力,而農業又非如工業的集中,易於監督。在這一點上,大農制實較任何農耕制度爲劣。耕種合作之法,則爲私有而公用。人人之利益,既不可分,自無不視他人之田如己有。私心原是環境養成的,公用的習慣既成,私有的感情自淡,再圖廢去私有之權,自如下令於流水之原了。狙公賦芧,曰:朝三而暮四。眾狙皆怒。曰:然則朝四而暮三。眾狙皆喜。故名實未虧,而喜怒爲用。先正國有之名,後行利用之實,則糾紛多而實得其利難,先謀利用之實,徐正國有之名,則群情悅而實得其利益,去取之間,可以知所擇了。

積穀合作的亟宜倣辦

合作社之設，使經濟上的弱者，互相扶助，而其組織又純爲民主的，實爲最善之法。人必先欲圖自立，然後可從而補助之，否則徒使其受傾跌之苦而已。歷代志士仁人，勞身焦思，爲民請命者，實亦不少，所以終無成功，即由於此。革命之事，原不能操刀代斫的，但既求其自覺，則其進行決不能過驟。我國之有合作社，自民國十二年北平華洋義振會在河北省提倡信用合作社始。據説：截止十七年止，放出的款項，幾於無一爛帳，足見我民實有合作的美德與能力。自十七年以後，國民政府，力加提倡；二十年後，上海的銀行界，因遊資太多，苦無出路，亦競起而投資於農村；合作社之設，遂如風起雲湧。然其辦法，反不能如以前之善，其弊維何？案此時合作社的組織，大抵係信用合作。其放款，自以政府所設的農民銀行爲最多。農行於地方情形，本不深悉；農民一時未知合作之利，即知之亦不易組織成功；地方土劣，乃乘機組織合作社，以低利向農行貸入，而以高利貸諸農民。農行不及深察，又欲以多放爲功；而放款必求其易於收回，與其放諸多數無資力者，自不如放諸少數有資力者之爲得；遂爲其所利用而不自知。本欲打倒高利貸的，反以助長其勢力，言之實堪扼腕。案宋時王安石的青苗法，意非不善，然其行之弊多而利少，則實由其推行的機關非是，其事係自上而下，青苗之弊之一曰："無賴子弟，謾眛尊長，錢不入家。"可見現款易被非理使用，即較勤飭者，亦易隨手消散，故組織合作社，實不應偏於信用合作，凡購買、運銷、生産、消費諸端，均宜次第經營。而印度所特有的積穀合作社，將社員收穫之物，公共存儲，以謀待價而沽；且供社員借貸之用；實兼今之運銷合作，及古青苗、社倉二法之長，尤應首先倣辦。農民所有，多係穀物，穀物本笨重難運；農民又不悉市情；又當新穀登場之際，急於銷售，各自爲謀，勢甚渙散，儼若自相競爭；商人遂得乘時邀利，以低價買入，待至青苗不接之時，乃以高價賣出。不徒不耕者受其弊，即耕農，亦往往賤賣其所有，轉買貴穀而食。昔人言糴甚貴病民，甚賤傷農，今則無論年歲豐凶，穀價高下，生產者與消費者，交受其弊，而利皆歸於居奇逐利之家。食爲民天，豈可任其朘人自利如此？糧食由國家統制，其事亦非不可行，然頭緒紛繁，斷非旦夕所能收效，若不先立基礎，並恐無從舉辦。所以入手之初，仍必籍借農民自助。有積穀合作社，則可：

（一）公造倉庫，以事收藏，使穀物清潔、乾燥，不至腐壞，且可免雀鼠之耗。雀耗，該括凡露積於外而耗損的；鼠耗，該括凡藏庋於屋內耗損的。

（二）可以聘請專家，鑒定品質，混合保管，共同銷售。

（三）又可籌集資金，對於社員之急於需用者，先按市價，畀以若干成，即或資金不足，亦可向農民抵押，而以其款貸諸農民，免得急於銷售，受人抑勒。

（四）銷售可託專家，不致受虧。

（五）農民又可省却時間，以作他業，凡此，皆於農民有利。

（六）而因運銷之方便，易於徵工以浚治河道，修築公路，則其利益，且不限於農民。

（七）更大的，若到處都有合作社，國家案其冊簿，而知其存穀之數，則並可與倉儲相聯絡，以調整各地的積貯和運輸，則其利益，並不限於一地方了。所謂國家謀統制食糧，必先有其基礎，這即是其基礎之一。

信用合作的謹慎辦理

至於信用合作社，亦非不可辦。且中國農村金融，素病枯竭，亦正有辦理的辦法，但其辦理須極謹慎，謹慎之道奈何？

（一）寧見效遲，放款勿急。

（二）貸出能用實物者，即用實物，勿皆放現款。

（三）尤要的，則凡農民借有高利貸的款項的，都可報告合作社，依普通的利率，代爲償還，而轉移其債權。

如此，庶可警惕土劣，不敢投機取巧，任意盤剝了。還有，農民遭遇意外的災害，要仰賴於振恤的，此等款項，因力難償還，不能由信用社出借，然又不能置諸不問，則最好別辦保險事業。其最要的，是：

（一）天災保險，包括水、旱、蟲、蝗；

（二）孳畜保險，注重耕牛、馬；

（三）居宅保險；

（四）重要農具保險；

（五）疾病死亡。

凡此等不幸，政府例有振恤，慈善家亦有救濟之數，如合作社而有信用，有能力，亦可由其估計，以定振恤救濟之數，且參定其用途。惟其款項，不宜由合作社經手，致失觚衡之道而已。

（原刊《青光半月刊》第一卷第三期，
一九四五年十一月十五日出版）

對於時局的誤解

《月刊》出版了,主持的人,向我徵稿,他說:"你是研究歷史的,或者有些有歷史性的有趣味的稿件,供給我們,使我有以貢獻於讀者。"

不錯,歷史性的有趣味的稿件,是可以有的,但是我覺得,這個在目前,却並非最緊要的材料。歷史性的事件,總是和大局有些關係的,否則便是"昨夜鄰家生一貓"之類了,試問有何趣味?

名人軼事,是大多數的讀者所最爲流連的,亦必略知其人與大局的關係如何,其事方有意義,即其一例。

以此衡之,我覺得現在的大衆,對於大局的認識,總未免太差了些,報章雜誌的讀者,固然不至於此,而尤其是雜誌的讀者。因爲報章登載隨時發生的事情,不論什麼人,都要求知道一些,所以讀報者未必都有知識。雜誌就不然了,讀雜誌的人,都是自有一些興味的,而有興味的人,亦就是有知識的人。然而一般人的知識太差了,其以意測度之辭,不以主觀測度的形式流傳,而一再傳後,即變作客觀的事實,則大足招致知識不足的人的誤解,即知識充足的人,亦因傳者太多,不免爲市虎所惑。此等誤解,不加袪除,實大足詒累於國民對於時局的認識。遠者不必論,即就抗戰以來的情形論。

民國三十二年之初,距離全面抗戰的發動,已經五年半了,還有一位曾任鄉鎮長的木行老闆,問我道:"日本的地方,到底有沒有我們的江蘇省大?"這是什麼話?

汪精衛從四川逃到越南,再從越南逃到南京,我國有一位史學家说得好:"大家都説秦檜是賣國的奸賊,然而秦檜是從敵國逃回本國來的,汪精衛却從本國逃到敵人的範圍裏去的。然則秦檜即非奸賊,汪精衛亦無以自解於其爲漢奸。秦檜若係奸賊,汪精衛更爲倍徙什百的漢奸無疑。"到後來,他所訂的賣國的條約,被人揭發,其爲奸賊,更確鑿無疑了。却有人説:"他是到淪陷區裏來做秘密的工作,貌爲與敵人合作,暗中取得一部分政權及軍權,以便中國軍隊反攻時,可以裏應外合。"甚至有人説:"這是蔣委員長所定下的計策的。"姑無論不該如此之賢奸不辨,而在今日這種大規模的戰事中,豈有恃此等三國演義式的計謀,而可以濟事之理,這豈不更是笑話?

後來汪精衛死了,這倒不過因爲年老力衰,舊傷未能根治,所以終於不救,其事實無甚可疑。却又有一班人説:"他是被日本人謀殺了的。"問:"日本人爲什麽要謀殺他?"他們大多數的答案是:"日本人要在中國抽壯丁,而汪精衛不肯。"問:"日本人爲什麽要在中國抽壯丁呢?"他們説:"是要調到南洋去作戰。"試問向無訓練,又心懷怨恨的被強迫抽取的壯丁,調到前綫去作戰,果有何用?日人敢放心他麽?即謂他陰謀反抗,日人可用兵力監視,非其所懼,然未經訓練,總是不能作戰的,若要加以訓練,即甚短期,亦豈來得及?若説並不要他作戰,祇希望他隨軍服役,如修路、掘壕、運輸、炊爨之類,則敵人此時,是否有這些船艦,能把他們載運到南洋去?他在南洋,何不可役使土人,而要到中國來抽壯丁?若謂土人的工作能力,不如中國人,則求之於廣東一帶,風土氣候,豈不更爲適宜,而何必求之於江浙以北?他何嘗不可用拉夫的法子,在各地拉得壯丁,而何必要抽?他究竟需要多少壯丁,而必使僞政府爲立抽的法子,以期普遍?他若定要抽壯丁,夫豈僞政府所能拒?僞政府中的人,無一不是喪盡心肝,辱國殘民之事,無所不爲的。汪精衛又何愛於民,而獨斤斤於抽壯丁之舉,要加拒絶?如汪精衛等人,行屍走肉,真所謂焉能爲有,焉能爲無,殺之何益?不殺又有何顧慮?層層剖析,便知此等猜測,無一合於事理了。

對於敵人的猜測，則他們有一個大毛病，他們多以爲日本的政府，能決定國策，甚至有以爲日本的天皇，能左右其政府的，所以猜測敵人的舉動，多數著眼於東京。間有知道日本軍人專橫，非其政府所能命令的，則又誤謂凡日本的軍人，意見均屬一致，至多謂其海陸軍的意見，或有不同，而凡一切海軍，一切陸軍，他們總是將其意見看作一致的，所以他們的猜測，無往而不錯誤。其實不顧事實，專以一兩個人的意見，決定進止，是從古以來，沒有這一回事的，這並不關於其政體的爲君主爲民主，其首領爲昏愚抑賢明。日本人在中國的，無論其爲軍人，非軍人，無不巧取豪奪，爲種種榨取，大之則可發橫財，肥其身家，小之亦好吃好穿，恣情消費，且圖目前的享樂。在此等情勢之下，豈其政府所能隨意調遣？日本政府，亦自知其陷於泥足，屢次欲向中國求和，而終不能提出一個較合理的條件，保持體面，貪戀權利之見，固然在暗中作祟，而無以厭這一班人的私慾，不能將他們召回，怕也是一個很重大的原因？然則日本人無論天皇、元老、高級軍官，欲有計劃，豈能專爲其國家利益著想？猜測的人，憑其意見，謂如何則於日本有利，因而謂其國策將不出此，如何則於日本不利，因而謂其國策必不出此，姑無論其利不利者，未必得當，以此猜測敵人的舉措，亦是隔靴搔癢之談了。

他們雖或知道：日本的軍人，驕橫不聽明令，然亦祇知其頑強，怙其武力，欲作戰到底而已，而此等人在日本祇係少數，其大多數，實皆久已厭戰，但求罷戰，國家的體面及利益，均已不暇顧慮，則茫無所知。所以當美軍欲在中國沿岸登陸，中國的反攻，亦日益緊迫之際，他們遂造爲"日本駐華軍人，要放棄華南，焦土華中，死守華北"之說。其實日人在此時，但放棄華南，豈遂足收縮短戰綫之效？他們種種榨取，其來源，都在於淪陷區中土之不焦，所以汪精衛初創焦土抗戰之論，到後來，又力言焦土之無損於敵，有害於民，暗中爲敵人説法了。當蘇聯未曾參戰之先，敵人歸國的海道已斷，然從津浦、平漢兩路，退到北平，再退出關外，這一條路綫，他還是勉力維持著的。美國的海軍，而真在中國登陸，中國的軍隊而果從西南、西北兩面，發動大反攻，敵人此時，勢必席捲退入東北，以圖負隅。所以美國人的猜測，亦謂與日人真正的搏戰，將在東北。當其席捲遁逃之時，勢必儘量爲最後之榨取，其所恃者，正在淪陷區土之不焦，而安肯使華中焦土？美國的海軍，在東北登陸，中國的陸軍，自西方反攻，其勢必甚銳，日人此時，亦何暇使華中焦土？而且敵人在北方，僅在河北省北部，勢力較爲完固，在山東、河南，其勢皆甚岌岌，山西更不必說了，處此形勢之下，華北又何能死守？我的家鄉武進，敵人駐兵，雖非甚多，亦有相當的數目。當投降消息證實之時，多數敵軍，不但面無忿怒哀感之容，而且均有鬆爽愉快之色，出而恣情飲噉者甚多，即其婦女之至菜場買菜者亦然，此皆衆所共見。人，總祇是人，蓄意侵略，不論在那一個社會中，總祇少數人會如此。所以當敵人還未發動其所謂大東亞戰爭之先，西人的議論，即有謂日本大多數平民，都是愛好平和的，主張加以經濟制裁，使其感覺痛苦，起而反對其軍人。然而日本大多數的軍人，也都是來自民間的，其見解，又何能與少數蓄意侵略者一致呢？

抗戰勝利了，多數人最大的誤解，是說"我國這次的勝利，乃是仰仗友邦的幫忙，而自己並沒有能夠真正的勝利"。他們所以有些誤解，乃由其所在的地方，並沒有驅逐敵人的戰事。然而緬甸的收復，桂林的反攻，豈不是赫赫的戰果？今日許多地方的收復，並非由於戰鬥，乃由於敵人崩潰太快了，用不著戰鬥，而並非是我國沒有自行驅逐敵人的能力，試看桂林的戰績，便可知道。蔣委員長"十八個月驅逐出境"之說，必非虛言了。凡戰事，總是有所棄有所取的，戰略之得當與否，就在棄取之得當與否。中國軍備落後，非取得軍資的援助，必不能爲大規模的反攻，而軍資援助的取得，主要的在海口的打通，所以敵人一貫的戰略，務在封鎖我國的海口，在其未與他國開釁之時，則拚死進犯我國的南寧，及其取得越南，則南寧之封鎖作用已失，他乃把他放棄了，而又不恤拉長戰綫，攻陷緬甸。敵人的戰略如此，我國的戰略，即和他針鋒相對。所以當日人進犯湘桂時，我國不惜放棄長沙、桂林，而決不爲其所動，撤回攻緬之師。其實日人的進犯湘桂，雖云海路慮爲英美所斷，以此圖與其在南方之師，取得聯絡，亦未嘗非欲以此牽制我國攻緬之師，我國卒不爲所動，正見其戰略的卓絕。徒以戰事不在目前，遂疑我國的戰鬥，並無實力，可謂淺見。至於真正的勝利，並非全靠兵力硬打，這不徒在今日如此，即在較野蠻的時代，亦未必不如此，則其義較難明，自更無徒爲淺見者道了。

日本投降之後，日人之自殺者頗多，我國淺見之流，又驚其壯烈，以爲"日人雖云偏狹，其愛國之心自強"。此又不然。人民之輕生與否，此自各國風氣之殊，而此等日人之自殺，亦並非全由於愛國，而原於久戰之後，又遭轟炸，無以爲生者實多。當日人集衆切腹消息傳出之時，日人自己，就已如此說法了。

日人投降之後，淪陷區中許多地方，他們手裏還是有武器的，而我們却沒有，又有一班人憂慮，以爲"他們當此日暮途窮之時，或者要肆行搶掠"。到後來未見此等事，則又以爲"敵軍紀律頗好"。其實兵法上說："諸侯之兵，自戰其地者爲散地"。必路路可以逃走，處處可以藏匿，軍隊才容易潰散。敵人在中國搶掠了，試問將逃向何處？性命且不可保，財物又有何用？處此情勢之下，而搶掠潰散，這是愚夫所不爲的，何足以見紀律？敵軍的不敢搶掠，怕祇在無可逃避之處爲然，在湖南、江西等省，大約有些地方，我們是不易追究的，他們就有搶掠甚至燒殺的事了。

以上所說，一般人猜想評論的錯誤，可一言以蔽之曰："不懂事。"甚糊塗，甚而至於：見直接來剝削的，是漢奸不是敵人，就說："敵人比漢奸還好的。"固然，敵人是敵人，他剝削我們，在他也是剝削敵人，與梟獍之流不同。然而爲此議論的人，並不是能明白這層道理，不過見來者是漢奸，就以爲剝削者是漢奸，而忘却其實出於敵人罷了。爲什麼敵人未侵入時，沒有所謂漢奸，來剝削我們？此理甚明，而他們竟不能想一想。去年秋收之時，我曾經到鄉間去一趟。無意之間，遇到一個人同行。他對我説："要是没有奸商、屯户、跑單幫的販運、屯積，我們今年的糧食，是不愁不足的。祇要把本縣的收成和户口相比，便可知道。"他説著歎息，似乎我們的每食不飽，都是奸商、屯户、跑單幫者的罪孽了。然則敵人未來以前，我們是否各縣的糧食，都供給自己吃，而不和鄰境相流通呢？糊塗至此，夫復何言？

總而言之，一般人的糊塗，確足使稍有腦筋的人，爲之驚駭。一般人爲什麽會這樣糊塗呢？那（一）由於尋常人的性質，總祇認和其生活有直接關係之事，爲值得留心，此外就都置諸不問了。（二）人的頭腦，須稍清閒，乃得明朗。所以昔人説："太閒則惡念潛生，太忙則真性不見。"八年以來，敵偽磐據之地，鬧得天翻地覆，日月無光，掠奪者恣情淫樂，被掠奪者救死不瞻，再没功夫，清夜捫心，稍加思考了，所以糊塗之上，又加上一層糊塗，成爲雙料的糊塗了。關於第二點，氛霧肅清之後，自然會漸見清明，事不在遠。關於第一點，却非使每一個人的生活，都和公共事情漸漸發生關係不可，這正是民主之義的真諦，非改革社會的組織不爲功，怕非一朝一夕之故了。

（原刊《月刊》第一期，一九四五年十一月十日出版）

青年思想問題的根柢

上海《青年月刊》，將次出版了。主持其事的先生，屬我作一文，論現代青年的思想問題，我受到了這個屬托，而"感不絕於予心"。

很難否認，現代青年的思想，是有浮淺之弊的。三民主義，自然是今後立國的方針，真能瞭解者有幾人？即以他種主義論，其純真自不及三民主義，捨其純正者，而奉其不純正者，其思想已不免於錯誤，然即捨此而論，真能瞭解此等主義者，又有幾人？對於科學，有一知半解的，庸或不乏，然多固執其所學的一科，以為天下事就可以從這單方面解決，這已不免於錯誤了，而況其前這單方面的議論，有時候，也不免於鹵莽滅裂。中年以上的人，思想往往頑固了，不足以應付現局，老年人更不必說了，前途之所屬望，就在青年，而青年的思想，浮淺如此，寧不令聞者扼腕？

青年的思想，為什麼浮淺？思想是環境的產物，所以孔子說："魯無君子，斯焉取斯。"青年人的思想，可以前進而矯正中年以上人的錯誤，然其使青年人，能運用其思想的，則其初仍必由於中年以上人的啟發。故青年的思想而正確，中年以上的人，亦無所讓其功；青年的思想而錯誤，中年以上的人，亦無所辭其咎，然則中年以上的人，為什麼會替青年造成這一個不良的環境呢？

說到這裏，則話要說得遠一些。

還記得二十年前，我和一位老輩談天，這位老輩，還是及見太平天國之事的。興言及此，他就問我："你知道現在的中國，為什麼弄得如此糟麽？"我肅然而前曰："不知也。"他就慘然道："欲善國事，先正人心，而欲正人心，則必先求其反於誠樸。洪、楊亂後，井里邱墟，瘡痍滿目，正是個好真反樸的時機了，却一點沒有這種氣象。官場作事的敷衍，見利之貪求，以及其夤緣奔競，甚至讀書人也但求幸進，祇想發財，絲毫不講氣節，亦無復大志，這都是我所目擊的。中國講洋務，還在日本變法之先，而成效却遠落其後，到現在，處處受日本人的欺侮，其原因就在於此呀！莫說別的，但把中國的招商局，和日本的汽船會社比較，便可知道了。"他又再三歎息，説："中國人根本上的毛病，在於不儉，不儉所以不勤，因爲奢者必求享樂，一偏重於享樂，其腦筋就漸漸昏憒，而體力也日即消沉了。"

這位老輩的話，是不能不承認其含有相當的真理的，然則何以解決這問題呢？説到這一點，則我們又得要推論到較遠之處。

人，總是要想享用的，這是無可如何的事。固然，總有一班勤生薄死，志不在乎享受的人，然這總祇是少數。這一點，我們不能不承認他是社會學上的事實，而其原因具在於生物學上。致治的根源，在於道德，道德敗壞，而欲恃法律以資補救，總是無濟於事的。此理甚明，而古人論者亦已甚多，用不著再爲辭費了。道德如何而能振起？那必先求經濟生活上，能成立一個平衡。這話怎樣説呢？須知每一個人所要求的物質生活，總是有一個標準的。這一個標準生活，不必作奸犯科，而亦可以求得，則在官場中，自能顯出一種大法小廉的現象；而在社會上，亦能顯出一種方正不苟且，恬靜不貪求的現象。此時的道德，就有相當的權威，而政治上的紀綱，就覺得整飭，社會上的風氣，亦覺得淳樸。反之，就難説了。自西洋物質文明發達以後，把人的生活程度，提高了一大段，這種影響，在中外交通的局面之下，自然要及於中國的，於是中國人和這種新局面有接觸的，無形之中，其生活程度，也逐漸提高了，這個較高的生活程度，是否能用舊時的生產方式取得？具體的説，譬如一個中國人，要吃大菜，住洋房，坐摩托卡，用一切洋貨，是否用其舊時的生利方法，可以取得？實在大成問題。其不足愈甚,則其貪求愈甚,而舊時道德上的教條,就逐漸失其威力。道德逐漸墮落,自然一切事都辦不好了。這是中國近數十年來,綱紀頹敝,風氣敗壞的總原因,而亦即是其真原因。非在經濟生活上,再建立一個新平衡,使道德復有權威,決無根本救濟之策。

這不但是中國的問題,亦且是綿亙於全世界的一個問題。因為在現在,全世界的經濟生活,實已都失其平衡,而且世界上各處的經濟,都互有關係,各處都需要調整,而又非合全世界而通籌,是決沒有徹底調整的希望的。

然則政治綱紀和社會風氣的前途,都是無可設法,而祇得聽其自然了。不,少數勤生薄死,不汲汲於自己享受的人,總是有的,而社會的進步,亦總不能聽其自然,而必須加以人力,使之促進,這就是每一個時代中進化的先驅者了。這一種先驅者,在現代,一個人或少數人,其力量是不夠的,而必須成為一個集團。領袖於其所著的《中國之命運》中,有厚望於三民主義青年團,其理由就在於此。

思想是指導行為的,感情又是指導思想的,惟其好之,然後能與之親,惟其日與之親,然後能有所入。陸象山講君子喻於義小人喻於利一章,精義就在於此。斷沒有志在於聲色貨利的,而能夠精通治國安民之術的,亦斷沒有心存於己饑己溺,而終與流俗為伍,入於奇邪之路的。因為流俗者和奇邪者之所求,不過一己之名利而已,然則青年欲求思想之正確,先決問題如何,曰立志。

(原刊《青年月刊》,一九四五年十二月一日)

如何培養和使用人才

實行實業計劃，最初十年內所需各級幹部人才，共計二四六四二零零人，這話很足使我青年自奮於功名之途，我青年值此千載難逢之時，不可不有一種修養，以便自效於民族及國家，我在第一篇中，業已說過了。但青年雖不可不自勉，而在國家一方面，亦須有一種計劃，方能養成和驅遣這一班人才。所以我在這裏，又要作一個芻蕘之獻。

在貢獻這芻蕘之見以前，我先要說兩句話：其(一) 一切制度，總是前後相沿的。每當改制之時，參與其事者，多能精心擘畫，求其改善，其不合乎理想者，則係迫於事勢，不得不然。精心擘畫者，固未必能皆善，然亦不能一無是處，且何以求善而不能善，其中亦必有故，不可以不深求；至迫於事勢而不得不然，那更可以看出這件事情在進化中所走的路綫，及其所受他方面的影響了。這如何可以不留意？乃有(A) 一種不知古今的人，總以爲從前的制度，毫無價值，把他一筆抹殺。(B) 其意在鼓吹的，則又一切都把一個主觀來解釋。如昔日攻擊君主專制政體時，則將一切制度，都指爲君主一人欲保其權位的私心；在今日提倡階級鬥爭時，則又一切指爲階級的偏見：這如何能得其真相？因其粗心浮氣，遂至冥行擿埴。所辦的事，不徒仍蹈前人的覆轍，甚至前人久知其弊，欲立法以矯之者，亦躬蹈之而不自知。這真所謂生於其心，害於其政了。其(二) 一切事情，都不能免於積弊。積弊本應盡力驅除，然往往非人力所能勝，遂不得不與之調和。此等調和的制度，大都沒有革命的精神，而非今所宜出。所以任何一種制度，倒要回到較早的時代，乃能瞭解其原理，而其事亦較爲可法。這是我在貢獻芻蕘之見以前，所要說的兩句話。

本此意見，以論今日養成及使用人才之方，則我又有兩句話要說：

其（一）人才宜隨事養成；既養成任用之後，仍宜獎勵其進修；且許其移轉於他途。一件事情，總有一件事情特殊的性質，除非養成人材的機關，就是爲這一件事情而設，從他處學來的，總不能與之吻合。這是各國職業教育的興起，必須在實業發達之後的原因。蘇聯的五年計劃，動員專門人才很多，亦是先有了計劃，而後加以訓練的。中國提倡職業教育多年，然教育自教育，事業自事業，遂有學成而不適於用，或則不能得職之病了。實行實業計劃最初十年所需人才，係指鐵路、公路、空運、水利、機車、自動車、電力、礦冶、港埠、電信、商船、食品工業、衣服工業、居室、衛生、機械、印刷十七種事業而言。政府所定的計劃，是有其計即有其事，且可隨其所辦之事，養成人才的，既不慮學非所用，亦不慮無所得職。然因一事的應用而養成的人才，往往偏於技術的，而於學理方面，嫌其知識的不足。又其人祇知技術，則無遠大的志趣，而日事機械的工作，其人格遂漸致墮落，所以仍宜獎勵其進修。欲獎勵其進修，則必時加拔擢，須知舉士、舉官，截然分爲兩途，而一經服官，被舉之事遂少，祇是後世之法，在古代本不如此，這是觀於漢世之事而可知的。在漢世，除特詔徵求，指明係岩穴之士者，不得舉已仕之人外，其餘的舉者，實係已仕之人居多。如孝、廉本分兩途，廉即偏重吏職。和帝永元五年詔，且謂先帝明敕所在，試之以職。凡被舉的人，都補三署郎，光祿再於其中舉茂材四行，亦多是業經服務的人。人的志趣，往往時有轉移。見異思遷，固然不可，然才高之人，往往所知者博，正不宜拘於一途，限其所至。又其得職之初，或因迫於生計，或則限於機遇，勉就一職，實非所樂，強使其於不樂之途，勉強從事於機械之工作，所成就者必小，亦不免毀壞人才。所以拔取之途，斷不宜以本門爲限。至於就本門之中，能更求深造者，宜於提高其地位，那更不待言了。今宜定多種考試，凡官吏必有休假之時，在休假之時，不分門類，一律皆許應試。所試在本門中高第者，即在其本途之中，取得一種新資格。在他門中高第者，其人如願改就，亦即許之。如此，則已就職者必能自奮於學。人人能自奮於學，於其所任之職，必多裨益，無待於言。且能從事於學，則志氣自然遠大，趣味自然高尚。如今之公務員，願者意興索然，日流於虛應故事，且於法意毫無所知；狂者則荒淫怠惰，至於曠官溺職之弊，自然可免了。從政所資，端在技術。然實以能通知原理爲貴，有遠大之志趣爲良，此各國拔取官吏者，所以必先問其學歷，且獎勵其於休假之日，更從事於進修。我國古代亦係如此，如董仲舒對策，深病"長吏多出於郎中、中郎、吏二千石子弟，選郎吏又以富資。"以富資選郎吏，不過事實如此，在法律上必有別種資格。其資格如何？今日固難深考，然通觀漢世制度，即可知其必偏重經驗。此等人實不能謂其無技術，然論者多致不滿，而公孫弘請就"以文學禮義爲官者"，優其出路，則史家稱美其"自此以來，公、卿、大夫、士、吏，彬彬多文學之士"，這就是看重學問，過於經驗，這原是不錯的。但到後來，不當矯枉過正，偏重學問，忽略技術，致使爲官者於政事一無所知罷了。凡矯枉過正，總是有流弊的。近來議論，似又太偏重技術，所以鄙意欲預防其弊如此。

　　其（二）凡用人者，必宜使其生計贍足，俯仰無憂。這是最普通的議論，人人所知，無俟解說的。然居今日，欲使官吏生計贍足，俯仰無憂，實倍難於往昔。前代貨幣之用未弘，官祿多給實物，其實值不易變動；即有一部分分支給貨幣，除圜法大壞之際，其價格，亦是不易劇變的。近世幣值的低落，遠較前代爲亟。此在平時亦然，經過戰亂，更不必説了。以貨幣支給報酬，其增加之率，總不能與物價之增長相應，而官吏的生活就陷於困難了。革命之際，凡事皆宜改弦更張。在今日，一切支給，頗多按實物論值的，則在政府，正不妨順應事勢，對於官吏，毅然按價格指數給俸。此事論者必以爲難，然亦不過狃於成見而已。晚近不論官私，每逢物價增長之際，多有各種津貼，如米貼、房貼之類，戰前即已有之，此豈非按實物增俸？不過支支節節而爲之，受者的生活，仍不能安定而已。理財之道不怕支出之多，衹怕局勢不能安定。支出增多，經過一番調整，即另係一種打算，不足爲患。惟局面不能安定，即事業不能進行，其損失甚大。然則薪俸問題，與其支支節節而爲之，而仍不免於爭端，何不痛痛快快解決一次，可獲一時期之安定呢？凡任公務員者，多係家無恒產之流。此等人的收入，未必逾於下流社會，而因身分關係之故，相當的生活，不能不勉力維持；又其知識程度較高，則其欲望較大，如衛生、醫療及子弟的教育等皆是，此其所以恒感不足，在國家決不可無以保障之。保障之法：最緊要的，便是按生活指數給俸。人生須用，不過衣食住行。行的問題，非個人所能解決，除大都市中，所居距辦事處遙遠，或須酌給車資外，其餘可置勿論。衣宜合布、帛、裘、綿四種，至少須綿與布兩種。食宜取米、鹽、油、糖、茶、肉類、蔬菜、燃料八種。房產，自有住宅者不給，賃屋居住者，則按普通價格計算。凡此，皆按一家八口之所需，視其指數而給之。而於同時，即可獎勵其舉辦合作社，凡合作社的物價，必係按躉批或直接買自生產者之數論值，其價必較零售商店爲廉。指數薪給，以合作社的物價爲準，受者自感加入合作社的必要，推行合作社，又可得一種助力了。一個人的支出，並不是終年一律的，所以舊式店肆，以及新的實業機關，多不以十二個月論薪，而且多於年節等需用之時增給。國家的待遇公務員，於此點亦似可做傚。而其尤要的，則公務員除年功加俸之外，勤於其職的，又必別給獎勵。獎勵之所給，最好視其高等興趣之所在，給以實物。如好研究某種學問，即給以研究所需的書籍、儀器等是。人生用度，實可分爲(A) 必要、(B) 自由、(C) 有益三類。人每易將有益之部分，移用於自由部分，甚者並必要之部分而亦移用之。公務員加入合作社者多，薪給的一部分，或可反古復始，給以實物；獎勵之款，又得此辦法以限制之；則此弊可免，而公務員的上進，更容易了。

(本文寫於一九四五年，爲未刊稿)

漫談教育

日月重光，普天同慶，然而在淪陷區裏，經過了八年暗無天日的生活，滋長了不少的毒菌，正有待我們慢慢地掃除。在平時，談教育似乎是件迂緩的事情，這種見解，泰半由於一班人對於教育兩字的解釋不正確；因爲在一班人的眼光中，所謂教育，不過是讀書罷了，捨讀書而外，便無所謂教育。這種誤解的結果，不獨使人輕視教育的效能，同時也使教育不能入於正軌。

在陷區的城市中，敵僞的奴化教育機關，我現在不把它算在帳內。《春秋》責備賢者，我單就散佈在京滬一帶，各村各鎮許多不甘附逆的學校來說說。鄉間諸校，和滬上各校最大的不同處，便是膳食多由學校代辦，學生每人每學期繳納膳米若干斤，通常是漕稱一百八十斤。柴菜費折合米若干斤，其餘便不問信了。少數學校，雖也容許學生組織膳食委員會，可是多數是虛有其名的，否則便與校中主其事者通同作弊，有分贓的嫌疑，所以鄉間各校，不鬧風潮則已，鬧則必以膳食問題開場。學生鬧風潮，原算不得好事，單靠胡鬧，自然更不是解決事情的辦法。可是我却也不敢說學生自己的事情，絕不容許他們過問，是個公允的處置。平心而論，學校之代辦膳食，也有許多不如人意處。我記得三十一年初秋，我在南鄉某校教書，其時天氣正熱，蒼蠅多得不了，校中每到中飯過後，便把吃剩的飯，平舖在匾內，放在禮堂裏。白白的飯粒上，滿蓋了一層烏黑的蒼蠅，而校中執事諸公，熟視之若無睹；到了晚上，廚房因爲省柴，便不再燒飯了，祇拿溫水把飯一

□,這水是不曾燒沸的。就拿出來給學生吃,學生因爲天熱,易於入口,也就不管衞生不衞生與水之沸不沸了。有一次,幾個學生繳來的膳米,已經受濕發霉,因爲他們與庶務有私交,校中也就接受了。全校師生數百人,就吃了十天霉米飯。這還不奇,西鄉某校,校中本來有井的,因爲校役貪懶,不肯吊水,所以燒茶煮飯,都是用的廚房附近溝內的死水。這水可美麗極了,顏色是暗綠的,面上還浮著一層密密的水草,各種各樣的小蟲兒,在裏面漂浮著,如果用顯微鏡一照,也許是古生物學上的一篇好報告,可是決不是二十世紀文明人的好飲料罷。而且校中供給學生的飲料,數量上往往不很充足,天氣熱的時候,就有許多人喝冷水,其危險更不必說了。學校是教育機關,主其事的人,看了這些事情,而無動於衷者,其意豈不曰:"我們在這艱苦的時候辦學,祇要學生肯讀書就好了,他非所問。"殊不知教育之最大目的,便是注重現實生活而改善之,忽視現實生活的重大問題,便大背於教育的原則了。近數年來,鄉間學校林立,在理論上講來,正是開發鄉村文化的好機會,然而事實上別說鄉間一般文化水準,沒有提高,就是受過中等教育的學生,其談吐見解,竟同沒有受過教育的人一樣。這種輕視現實生活的教育,便是陷區奴化教育的特色。鄉間諸校,雖不甘心奴化,無形中却也受其影響了。所以在陷區諸校中,有些科目,不能教授,有些教本,必被刪改,而讀經一課,却特別被重視。請問:如果一個人對於實際生活情形,一無所知,普通常識,全不瞭瞭,熟讀了《論語》、《孟子》,又有何益? 說到此處,我又想到一件事了。近幾年來,陷區中偶像教盛行,有些是曾被政府禁止而在惡勢力下復活的。其禮拜的是老母(?)[1]濟公、孫行者等等,信其教的,除誦讀其教中莫名其妙的經典而外,還要讀《論語》、《孟子》。鄉間愚民,從之者如歸市。最初我見了,毫不在意,以爲是陷區中應有的事情,後乃知其大不然。原來在這些"愚民"中,竟有許多中學生在。我有時也問

---

[1] 原文如此。

他們，何以會信偶像教。有些學生回答不來，有些則回答我："他們也教《論語》、《孟子》，同學校裏差不多。"我身爲教員，聽了不由慚愧，講教育而不顧及實際生活，祇知背死書，誦經典，其自身也就與偶像教不遠了。然後知爲陷區中偶像教驅信徒者，今日之惡教育也。

抑有進者，近幾年來陷區中學風之劣，幾乎是無人不知的。然而要說其曲全在學生，我班身爲教員，也頗不平。大家知道鄉間的賭風，是極盛的，學生在宿舍中打撲克、叉麻將，不算一件事，往往十二三歲的小學生，入學之初，就把學雜費賭光了。正經些的學校，知道了這些事情，竟開除兩個，遮遮場面；爛汙些的學校，就裝癡裝聾，索性不問了。教員們談到此等事情，往往疾首蹙額，而無辦法。殊不知鄉間賭風之盛，實因鄉間缺少正當娛樂所致。我最近來滬，問知滬上友人，知道上海學風雖不好，學生好賭的習慣却沒有，就是一個證據。我記得在南鄉教書時，有一天，操場上放著一輛獨輪小車，這東西在鄉下，雖見慣司空，然仍有許多學生，圍著爭著推它，這樣，直玩到上課，才流著汗紅著臉走進教室。我當時見了，心中很多感慨。覺得鄉間學生之愛胡鬧愛賭，安知不是因其遊戲本能不能正常發展之故呢。

如今天日重光，陷區各地教育，都正式有人負責了，我願意負責復興陷區教育諸公，對下列兩個問題，特別注意，問題是：（一）怎樣使教育與實際生活，發生關係，而遠離偶像崇拜。（二）怎樣才能使每個青年，都得到正當和高尚的娛樂機會。

（原署名：左海，原刊《月刊》第一卷第二期，
一九四五年十二月十日出版）

五　都

在兩個多月前，曾有國都將遷北平的傳說，現在遷都南京，已成定局了，然據中央社十五日電，北平市商會整委會，仍有呈蔣主席請遷都北平之說。

一國的都城，最好是設在全國中形勢最重要，工作最緊張之地，因爲政府所在，人才較多，計畫可以週詳，應付易以敏捷；而且耳目較週，督責較便，官吏辦事的效率，易於增加，民心亦易於振奮。試觀近日，蔣主席一涖北平，東北氣象，即煥然丕變可知。

吾國此次的國難，本起於東北，今者強寇投降，接收的工作，仍以東北爲最困難，而且今者，內蒙的形勢，已成弗露，西北的事變，尚未敉平，北邊一綫，爲我國形勢最重要，工作最緊張之地可知，遷都北平之說，自有相當的價值。

但北平究尚偏於一隅，我以爲行政的重心，永遠固定在一地，祇是昔時爲交通狀況、政治形勢所限，所以如此。固然，衆多的人員，繁重的文件，是不能時時遷徙的，然在整飭官方，興奮民心上，得負全國重望者，時時巡歷各地，其效果實不可思議，就政務論，各種政務的重心，不必皆在一地。如此，即可隨其事務的性質，將其重心，各置於其最適宜之地，而仍不慮督察之不及、運用之不週。

並建東西兩都及四京五京，前代亦非無其事，我以爲今者，不妨師其意而更擴充之，並建五都，而且以每一都城爲中心，更擴充其巡歷所至之地。

如是，則我以爲東北都宜設於北平，而其巡歷，則兼及於瀋陽、長春及張北。西北都宜設於皋蘭，其巡歷所及，則爲迪化及寧夏。西南都宜設於重慶，其巡歷所及，則爲大理及昆明。東南都宜設於泉州，其經歷所及，則爲廣州及臺灣。

每一區域中，必有其特別重要的政務，負全國重望者，巡行所及，可與其長官從容商討；政策既定，又可視察其成績，而加之以督責；全國重要的政務，自必煥然一新，而且猛虎在山，藜藿不採。中國雖以和平爲立國的職志，然國防是不可不講的，這正是維持世界和平所必要。中國今日的軍備，仍覺落後，無可諱言，自不容不急行整頓，而欲整頓軍備，則其重心，必不容不分置於各地，兵力重而距中央較遠之地，歷時稍久，往往尾大而不掉，或則暮氣不振，如唐世的安祿山，明末的李成梁，即其殷鑒。得負全國重望者，時時巡歷其間，則二者皆可無虞了，這尤其是十年之内一個切要之圖。

（原刊一九四五年十二月十九日上海《正言報》專論）

老百姓對於國事的態度溯源

《禮記》的《燕義》篇上,有這樣的幾句話:"上必明正道以道民,民道之而有功,然後取其什一,故上用足而下不匱也,是以上下和親而不相怨也。"從這幾句話裏,就可以見得古代所謂"上""下"者,顯然是兩個階級,這所謂上,不但不是指一個君主,並不是指其所擢用的一群人,而是指生來身分、地位,就和被治者不同的一個階級。據《孟子·滕文公上》篇引龍子的話,夏朝的貢法,是以數年收穫的平均數,爲徵收的定額的,樂歲不能多,凶年不能少,這時候的納税,顯見得不是自己的人民,納給自己的政府,而是以整個的征服階級,向整個的被征服階級榨取的。

中國古代文化的根柢,該是建立在一種農業共產的小社會上的,此即孔子所謂大同,老子所謂郅治之世。許行所想模倣的,怕也是這種社會。戰國時,似乎離這種社會已遠,然記憶中不能説不存在。況且各地方的進化,遲速不同,戰國時極偏僻之處,仍存在這種社會,也是極可能的。但到後來,這種和平的社會,却給另一種强暴的社會征服了。從來説社會進化的,多説人類取得食物的方法,是從漁獵進化到畜牧,從畜牧進化到農耕,其實從漁獵到農耕,並無必經畜牧一階段之理。漁獵之族,如其播佈到草原上,則多進爲畜牧,在山林、川澤之地,則多徑進於農耕。《易·繫辭傳》説:伏羲氏"爲網罟,以佃以漁"。而即繼之以神農,實爲我國社會自漁獵徑進於農耕的證據。伏羲二字之義,"下伏而化之",羲化同聲,此義最古,見《禮緯含文嘉》。一説以伏羲爲能馴伏犧牲,因有説伏羲是遊牧時代的酋長,然望文生義,並不足取。伏羲、神農皆所謂德號,不過表示古代有這樣一個部族，並不是指一個人。我國古代，似乎有一個從事漁農的民族，給從事獵牧的民族所征服。然在文化上，則獵牧民族，反被漁農民族所同化。所以有（一）"國君無故不殺牛，大夫無故不殺羊，士無故不殺豕"；"五母雞，二母彘，七十者可以食肉矣！"貴者、老者之食，全係從摯畜得來。而"不違農時，穀不可勝食也；數罟不入汙池，魚鱉不可勝食也"；賤者、少者之食則係從漁農得來。（二）田獵視爲講武的大典，祭祀時人君亦須自己射殺牛。而魯隱公要觀漁，臧僖伯却陳説：漁係賤者之事，人君不可往觀。農業雖因口實攸關，人君亦有耕籍之禮。然"天子三推，三公五推，卿諸侯九推"不過聊以示意而已。樊遲請學稼，孔子斥爲小人；許行欲與民並耕，孟子亦以爲小人之事，這都隱示著漁農之族爲獵牧之族所征服的影像。然到後來，人口增加，食物不足，征服之族也不得不從事於農耕了。當這時代，征服之族，乃釋山險之地，築城郭而居，此即古代之所謂"國"。其四面平坦，無險可守之地，則使被征服之族居之，爲之納稅服役，孟子説"域民不以封疆之界，固國不以山谿之險"，可見國總是建在山險之地，人民所居之處，則不過有些人造的障礙而已。滕文公要改田制，使畢戰問孟子，孟子説："請野九一而助，國中什一使自賦。"九一而助，即所謂井田之法，乃將古代一方里之地，盡劃九區，區各百畝，中間一區爲公田，其外八區爲私田。一方里之地，八家居地各有私田百畝，而合力共耕公田，公田所入，全歸公家，私田亦不復稅，故謂之助法。這是行於平坦之地的。什一使自賦，則田不分公私，但按其收穫之數，取其十分之一，此即所謂徹法。其田謂之畦田，畦田即圭田。孟子説："卿以下必有圭田。"卿所有的田，自然是國中的。乃行於崎嶇不平之地的。此尤國中險峻，野外平坦的鐵證。居於郭以內者，謂之"國人"，其外則謂之"野人"，國人和野人，溯其原始，實一爲征服之族，一爲被征服之族，故凡參政之權利，如周禮所謂詢國危，詢國遷，詢立君等，全係國人所享。被詢問的人，係卿大夫帥之而至，而由小司寇引之而進。如《左傳》定公八年，衛欲叛晉，問於國人，即詢國危。盤庚遷殷，有書三篇，誥誡其下，即詢國遷。《左》昭二十四年，周敬王與王子朝爭立,晉人之定亂者,立於城門,問於大衆,即詢立君。即周人流厲王於彘等,亦係國人之所爲。《國語》記此事,明言"國人莫敢言"。凡民叛其君,君籍借民力以誅其臣,臣籍民力以叛其君;又強臣相爭,或籍民力爲助;加入其中者,皆係國人,其例不勝枚舉。至於野人,則遇有寬仁之主,即歌功頌德,相與繦負而歸之;如其不然,則"逝將去女,適彼樂土",在可能的範圍内逃亡而已。他們和當時的所謂"國"、"家",諸侯稱國,大夫稱家,大小雖異,性質實同。固無甚深的關係,然安土重遷,總係人情,"聚山"運動,乃係萬不得已之舉,他們爲什麽甘於流亡,而不以反抗爲自衛之計呢？此則由於其武裝配備之懸殊。大概古代正式軍隊,是祇有居於國中的征服之族充當的,他們都有較好的配備,至於被征服之族,也並非不能戰鬥,然既不用爲正式的軍隊,則自無組織、訓練,所謂器械,較佳的亦不過以農器充之,《六韜》有《農器篇》,詳論以農器爲兵器之法,此即"寓兵於農"。古稱軍械爲兵,不稱軍人爲兵。後人將寓兵於農四字,解爲以農夫爲軍人,就錯了。劣的則揭竿斬木而已。江慎修《群經補義》中有一條,力闢古代兵農合一之論之謬。他説春秋列國,都祇有一部分人當兵,而其所居之地,常近國都,此實古代征服之族當兵,被征服之族不當兵之遺跡。所以在古代,國人和野人的區别,當略如清代的旗人和漢人。然則其時國人和野人之間,應有很深的讎恨,然此等事實在很古的時代,因其歲月的悠久,其事亦已無可考,在現存的古書上還能看得出來的,不過如右所述的一些遺跡而已。此等遺跡,實久已成爲殭石,有其軀體而無其精神,享有特權的國人,其自視,亦與野人無甚異同了,這是爲什麽呢？原來武力壓迫,在社會上總是變態而不是常態,所以其事必可暫而不可久。征服者和被征服者之間,一時雖有很嚴的界限,很深的讎恨,然經過一定的時間,亦就淡焉偕忘,平和相處,而且合同而化了。此中的變化,可以推考的:(一)歷史的記憶,有時雖入人甚深,有時却又易於淡忘,滿清入關,強迫漢人剃髮,漢人抵死反抗,致因此激起江南的義兵,壯烈犧牲者無數,然不及三百年,到滿清滅亡時,又有視辮髮爲我所固有,而抵死不肯翦去的了。現代且然,何況古昔？(二)野無限,國則不然,野人縱被歧視,不得入居國中,國人總有要出居於野的;而況野人也總有冲破國人的防綫,而入居於國中的。如此,則居地漸漸混淆。居地混淆,婚姻必繼之而漸通,到婚姻互通,兩族的界限,就隨之而消滅了。(三)而征服之族之中,却自己起了分化,執掌政權者和不執掌政權者,其地位日漸懸殊,而社會階級,乃發生如下的變化:

$$\begin{matrix}征服之族\begin{cases}執政權者即有爵者—貴族\\不執政權者即國人—平民\end{cases}\\被征服者\begin{cases}降伏者即野人—農奴\\俘虜—奴隸\end{cases}\end{matrix}\Bigg\}平民$$

奴隸在中國的古代,是不倚爲生產的主力的,其數甚微,無甚關係。在早期武力的主力是平民,生產的主力是農奴,後來則二者混合爲一,征服之族與被征服之族之間的界限消滅,征服之族之中自己所造成的鴻溝,倒反日益深刻了。古代的平民和農奴混合而成的階級,即後此的平民,而亦即今日口語中的所謂老百姓。

此兩階級的混合在法律上是農奴進而爲平民的,而在性質上則平民反自棄其所固有,而同於農奴。知此,乃可與論老百姓對於國事的態度。

不論那一種政體,最初總是民主的,政治原是公事,明明公衆之事,却說大家不許過問,要由一個人或少數人來決定,這根本沒有這個道理。就根本說不出這句話,更說不上什麼衆人承認不承認了。然到後來,事權往往會落到一個人或少數人手裏去,這是什麼理由呢?(一)地大了、人多了,召集代表會議且不易,無論全體。(二)一切事務,皆由大衆直接處理,這衹是最小的團體能然,稍大的就不能不將常務交給少數人執行了。常務可專斷執行,此本無疑之理,因爲常務必照例處理,照例就不啻遵照公衆的意旨,這是公衆裁可於前,斷無不承認於後的。然而常務和非常務,有時頗難區別;而且執行的人,總是喜歡專擅的;就不免將非常務作爲常務處理,公衆因人多勢散;而且屬於其事的合法不合法,見解亦有不同,未必遽能課其責任,於是專擅之事漸多，久之遂成爲習慣，既成爲習慣，其事即成爲當然，不必再要何等理由了。西洋早有民主政治，中國則直到現代得到西洋的觀感，才能成立這一種政體，此中原因固多，而史無前例，實爲其重要原因之一。中國歷史上，爲什麼沒有民主政體呢？那並不是沒有，祇要看古書上民主政治的遺跡很多可知。所以中國古代，決不是沒有民主政體，不過其政治的進化，是向君主專制的路上走的，所以在文化程度較高而有歷史流傳下來的時代和區域裏，已經沒有正式的民主政體罷了。中國政治的進化，爲什麼要走向君主專制的路呢？這是由於爲西洋文明根柢的希臘，地勢華離，易於成立市府國家，而中國的文明，則根植於江河下游的平原，適於成立邦域國家之故。邦域國家，其屬疆是向外展拓，人口亦是向外分佈的，再不會聚集於一個社區城中，而於政事不能皆耳聞目擊，最後遂日益生疏，而寖至於不聞不問。所以國人和野人互相混合，不是野人進而要求參政，倒是國人退而放棄參政了，此爲中國的老百姓對於國事不聞不問之所由來。

在較早的時期，政務就是通常的公務，這原是人人所能瞭解的，但到後來，事情的性質漸漸複雜起來，瞭解也就要艱難些了。而執政的人，又因牽於私見，或將其事之真相掩蔽，或且爲歪曲的宣傳，其事遂愈非衆人所能解，因此不能解，遂益抱不聞不問的態度，然這是安常處順之時爲然，公事到底是公事，到（一）利害切身，（二）或正義感激發之時，公衆就又要起而問信了。然習於不問之既久，問之既無其途；又不悉其事之真相；於是公衆自衛和自效於團體之力，不得其正當使用之途，遂至決溢橫出而流爲暴動。於斯時也，又有野心之家，加以利用，其事就更不可收拾了。現代的政治問題，算是專門已極，其實亦不過複雜一些，倘使將其事的真相，逐節敍述，將其措置的方法，逐層說明，其爲衆人所需要的瞭解的程度，斷無普通人遂至於茫昧之理，對於其事件既徹底瞭解，對於當局者的措置，自不會有非理的責難，所以執政者要求措置的順手，不受非理的責難，且得興情的擁護，將一切問題公開，實爲最妙的方法。然執政者多不能然，且走著相反的路，而愚昧的反對和責備，遂成爲老百姓的特徵之一。

責任心是明白了事情的真相後有的，不論其爲出錢或出力。在征服之族和被征服之族爲嚴峻的對立時，被征服之族所出的賦稅，所服的勞役，都是借寇兵，齎盜糧的，正和日寇盤踞中國時，剝削我們，以戰養戰一樣，固無怪出賦稅、服勞役者之痛心疾首。然到後來，征服者和被征服者，既已融合而成爲一個社會，則已無復此疆彼界之殊，所出的賦稅，所服的勞役，亦不啻爲着自己了。然當此時，征服之族和被征服之族的界限，雖已泯滅，而征服之族之中，執政權者與非執政者之間的界限，倒又深刻起來，已如前述。當這時代，征收賦稅和勞役者，大抵視其所征收爲自己階級的利益，既如此，何怪出賦稅服勞役者，其心理一如前此被征服之族呢？數千年來執政者以少取於民爲寬仁，而人民亦即歌功頌德而渾忘國用之何出，此心理即由此而來。

以上所述歷史所造成的狀況，都是使治者和被治者處於對立的地位的，所以數千年來，老百姓對於國事，不是漠不相關便是起而暴動。前者爲人民的怕見官，祇要完清官糧，沒有訟事，便算是天大的福氣；就是讀書人，亦以隱居山林，不問世事爲高致，爲清福；後者則如革易之際，人民起而推翻政府都是。然則治者和被治者是否有彼此覺得利害共同，站在一條綫上的時候呢？那便是異族侵入時，是以他整個的團體，來壓服我們整個的團體，在此情形之下，治者與被治者，勢必同歸於盡，在物質方面，他們的以戰養戰，固非我們所能堪，在精神方面，他們要壓迫我們，誘惑我們，使我們顛倒是非，換易親仇，更非我們所能忍。在這時候，則治者和被治者，往往能捐棄私嫌，同讎敵愾。其功固有成有不成，然這種心理，在此種情勢下，却是無不存在的，試看歷代，當異族侵入之時，人民必特別擁護其政府，便可知道。這一次的抗戰，以國共積嫌之深，而西安事變和蘆溝橋事變時，兩次能表示捐棄私嫌，同讎敵愾的奇跡；即普通國民，除少數漢奸外，亦無不含辛茹苦，寧捐親戚，棄財產，捨生命，而抗戰之志，終始不渝；便是一個極好的佐證。

中國的民族革命，並非完成於辛亥革命之歲，實在到這一次抗戰勝利，然後成功的。民族主義既告成功，政治上最重要的問題，自然是民權主義了，民權主義的真諦，自然就是民主，而所謂民主，却不是有一部公定的憲法，一個民選的議會就算名副其實的，其要義，乃在凡事都照民意決定，要凡事都照民意決定，則必人民對於各事都能表示其意見，而要人民對於各事都能表示其意見，則必執政者先將一切政務，都向大衆公開，此中緊要的關鍵：消極的是不要秘密，譬如伊寧事變，業經一年有餘了，真相如何，國民知道的，還是極少數。邊事的敗壞，並不自今日始。哈薩克族的叛變，有誰會歸咎於今日的政府？何必諱莫如深？倘使政府將其事情的真相，悉數宣佈出來，"一人不敵兩人智"，合群策群力而共籌之，安知不有更好的法子？即使沒有，而政府的辦事，得廣大的民力為後盾，亦安知其不較順利些呢？積極的方面，則在廢除歪曲的宣傳，一月八日合衆社重慶電："今日三人委員會開會，王外長世杰，建議政府與共產黨，在戰綫上停止開火，並宜以此施於宣傳戰爭。"實在是一個極賢明的建議，我素不隨聲附和，持"淺之乎測丈夫"之見，說國共的爭執，都是懷著私意。我向以為國共的爭執，在下級人員中，容有不明大體，甚或為著私利的，至於高級人員，則無不公忠體國。不然，安得有西安事變以來偉大的合作呢？然國共兩黨的高級人員，雖皆懷有公忠體國之心，而這許多年以來，總不能將所謂不得已之苦衷，盡情宣佈給大衆聽，而彼此各為剖白自己，歸過對方的宣傳，則實不免於自尋窄路。陰霾的廓清，必待至今日而端倪始見，實未始非此等政策，有以致之。須知凡事得廣大之民力為後盾者，總易有成。國共兩黨政策，自然都有可得人民擁護之處，然難辯莫大於事實，務為不合於事實的宣傳，反會使人懷疑，本該得到擁護的，亦不能得到擁護了。匹夫的說話，尚不可失掉信用，何況堂堂的大黨？誰肯說自己的話是不實？然而甲的話可信，乙的話不可信，"人之視己，如見其肺肝然"，究竟誰會蒙蔽得誰來？所以歪曲的宣傳，一時似乎有利，通長時間而觀之，正是自掘信用的墳墓的，誰沒有些短處？鼓起勇氣來承認了，正是最光明俊偉之舉，而在辦事上亦自有掉臂遊行之樂。這是凡辦事者不可不知，尤其是辦國家大事的。

治者與被治者對立的時代，早成過去了。天下興亡，匹夫有責，對於國事的責任，原是大家一樣的。所以有一種議論，把國民說得怪可憐的，而一味怪著在上者不加存恤，在今日亦並非至當不易之論。舉個實例：去年十二月十七日中央社北平電說："國府主席行轅秘書處奉命辦理接受人民陳訴案件後，關於投遞情形，頗多感人之事，郵遞信件，有自天津、石家莊、保定及上海寄來者，亦有自津保乘車親往投遞者。煤渣胡衕郵局，兩月前即有人往來守候，並有一四十許婦人，投信後對箱哭泣。蓋滿腹冤屈一旦得伸，故衷心感動，至於泣下。西四牌樓，八時未到，即有一人守候投遞。另有一人，向箱揖拜，兩人向箱鞠躬。精誠恭敬之態度，使人肅然。更有三人，因主席德意感召，投函後亦對箱流涕始去。前門大街郵局，亦有一年近四十之婦人，含泣投遞，狀極可憫。"的確，這種老百姓，是可憐極了。"誰為為之？孰令致之？"使老百姓至於此者，自然罪不容於死，然設無蔣主席的勤恤民隱，你就終於齎志入地了麼？這又豈夠做一個民主國的國民的資格呢？在今日，使老百姓含冤負屈的，自然莫甚於漢奸，漢奸的搜捕、懲辦，官方的所為，自然不能盡滿人意，然而人民又何嘗能檢舉的責任？

以此推之，則有一種議論，專替人民求苟全的，也不能算做正當的議論。我在淪陷時期，親見一個貌似真誠，心存搖動的分子，專以人民受苦為辭，對於抗戰，意存反對。我在當時，就駁他道："人不是活了不死，就算幸福；政府也不是保全了人民的生命，及其物質上的享受，就算盡責。人是有較高的生命的。'生我所欲也，義亦我所欲也，二者不可得兼，捨生而取義者也'；'哀莫大於心死'；'不自由，毋寧死'；中西賢者，早就如此宣導了。領導著人民，捨棄較低的生命，爭求較高的生命，這正是政府的責任。照你的說話，從古以來的政府，就不該發動一個人民，從事戰爭了。"替人民求苟全及保全物質利益之論，布滿天下，這自然不是惡惡，然其非健全無病之論，則亦不可不知。

（原刊《世界文化》第四卷第二期，
一九四六年二月二十五日出版）

兩種關於延安的書籍

由於消息的被封鎖，延安，在國人心目中，尤其是東南一帶相隔遼遠的地方，人們對著他，總不免有神秘之感。雖然報章和書籍，並不是絕無報告，然因觀察時日的淺短，又或觀察者先戴上著色的眼睛，其所報告，總未敢遽據爲信史。事實的缺略，既需互相補足，評論的異同，又需互相參證；這一類書籍，足以引起讀者的興趣，自無怪其然了。

在近來所看見的，這一類的書籍，却又兩種：一名《延安十年》，爲謝克所著，上海中國青年出版社印行。一名《中國解放區見聞》，美國福爾曼著，朱進譯，重慶學術社印行。兩書的發行，均在本年二月。

《延安十年》，凡分十章，第一章爲延安及中共中區的輪廓。第二章共產黨的歷史發展。第三章共軍喋血的經過（此章述中共二萬五千里長征之事）。第四章延安五領袖的小傳。毛澤東、周恩來、朱德、彭德懷、賀龍。第五章統一戰綫和延安態度。第六章八路軍和新四軍。第七章延安黨員及民衆的生活。第八章陝北學生鍛冶場。第九章戰時延安的民衆活動。第十章十年來邊區內幕。此章包括邊區的選舉制度、財政、貨幣、土地政策、工業、合作社、文化工作等。雖材料尚未足語於詳備，然頗可見得中共的輪廓。

《中國解放區見聞》，凡分十六章。著者爲美國的記者，得蔣主席的允許，於去年春，與中國記者十五人，外國記者五人，共入邊區。彼等被稱爲西北參觀記者團。句留凡五個月，書中述共黨的政治、軍事、經濟、抗日及組織"日本人民解放同盟"的經過,及其與國民黨的關係,頗足以資參考,尤其可以見得外國人的見地。前有柳亞子序,後有史枚後序,又附錄中共在政治協商會議中所提和平建國綱領草案,亦足與書中所述,互相參證。

我讀了這兩部書,頗有一些感想,現在拉雜寫在下面:

中共與蘇聯的關係,究竟如何? 這在《中國解放區見聞》的十四/十五兩章裏,寫得很明白。在十五章裏,他說道:"在我與共產黨共處的五個月中,我沒看見中國共產黨與蘇聯有絲毫的確實聯繫,那裏,沒有蘇聯的補給,更沒有槍、炮、飛機的裝備,也沒有蘇聯軍事顧問或政治顧問,在邊區惟一的蘇聯人,便是一位外科醫師,還有兩位塔斯社的代表,乃是由重慶中央政府發給護照而來的。史達林的肖像,雖然到處懸掛著,然係蔣主席及羅斯福、邱吉爾的肖像並懸。在邊區,史達林祇是反抗法西斯侵略者同盟國之一領袖而已。"的確,沒收地主的土地,配給貧民的政策,變爲減租減息了;而且還保證地主收到既減成之後的田租,明定債務人必須付出法定的利息;鼓勵私人企業;歡迎邊區以外及外國人的投資;扶助自由貿易。但反對獨佔、操縱。這還算得什麼蘇聯的嫡系? 毛澤東說:這是和蘇聯經濟上的不同。又說:在政治上亦不同,那便是他們並不求建立無產階級的專政,所以在他們的政府裏,有地主,有商業資本家,有小資產階級,這些,在蘇聯都是不存在的。的確,他們自民國三十年,根據三三制共產黨占三分之一,非共產黨占三分之二。改訂選舉法以來,所選出的人,實際雖未知如何,在法律上,是斷不能謂之階級專政的了。固然,共產黨中有一些人,仍希望在未來的中國,有共產主義出現,周恩來即是其中之一。然周恩來說:"我們不相信在遙遠的將來,中國不能實現共產主義。"這句話,豈能謂其不合理? 他又說:"可是中國的發展,不能與蘇聯走同樣的路綫。"而他所謂新民主主義者:(一)不取直接的、激烈的集產主義,而採合作及變工等方法。(二)將交通機關、銀行及戰時工業等大企業,歸諸國有。(三)從減租、減息到耕者自有田,最後土地歸諸國有。(四)使多數勞動階級，獲得選舉權。這樣的選舉，是所以使少數不能支配多數。(五)在平等條件下，爲國際和平及國際合作而奮鬥。這樣的主義，與國民黨之所倡舉者，又何以異？無怪著者要說"中國共產黨成立的初期，馬、列主義，形成其哲學實踐的南針，經過一而三、再而三的折衷，到今天，並不比美國共產黨，更富於共產形色"了。然則三民主義與共產主義的爭持，三民主義，已可謂得到勝利，信奉三民主義者，亦又何求？在今日而仍忿然欲排共者，其意究何在，就頗難索解了。還有全不知三民主義和共產主義的內容是如何，而一聞共產黨之名，即惶若洪水之將至，那更是相驚以伯有而已。

中共和中央政府意見不同之處，有在於軍事上的，此觀三十年國慶日周恩來所發表的聲明，《中國解放區見聞》十三章引之。可以見之。聲明之歸咎於政府者，爲"祇許政府實行抗戰，而不希望人民參加戰爭"，所以"反對動員及組織其統治區內的人民"，卻以武力來拉壯丁。又說："重慶政府的徵兵制度，即爲其壓制與崩潰的源泉。"他又詆責政府軍隊，敵人不來，則大舉走私，魚肉人民；以小部隊攻擊，則裝出作戰的樣子，以欺瞞人民；以大部隊攻擊，則一退數百里。他又說"沒有外國援助，中國就不能得勝，根本是錯誤"的見解。而以八路軍和新四軍每天都能得到勝利爲證。按中共的軍隊，所長在於遊擊，遊擊戰固然緊要，然正規軍的對抗，亦決不可無。在抗戰的八年中，政府始終維持著龐大的正規軍隊，這些軍隊，並不是按理想造成的，很多是從舊的腐敗而紀律甚壞的軍隊轉變而來；而人民畏憚當兵的觀念，以及各行政階層要發動人民當兵不免騷擾的積習，自亦非旦夕可改。沿襲舊規模，和創造新局面，難易自有不同，中共責備政府的話，以不免於過當。至於中國軍隊，因缺乏配備，故不能與敵人爭一日之短長，此則爲天下所共見。中國的正規軍隊，歷年祇能立於防禦的地位，有時還感竭蹶，而在緬甸及芷江戰役中，卻都能得到勝利，即其明證。抑且不僅此，"中國無盟國供給武器，即不能將日本打出中國"，"八路軍目前所需者，不過步兵武器，然欲恢復日人所佔據的大城市，則非有坦克、重炮、飛機等重武器不可"；即朱德亦已自言之了。見《中國解放區見聞》第十六章。所以就軍事論，中共和政府的軍隊，可謂互有短長，而以大體言之，則其當改良訓練，充實配備皆甚急，這在兩方面未嘗不皆有自知之明，不過宣傳之辭，總不免抑人揚己罷了。現在三人小組會議中商定的整編之法，已可謂使中國軍隊，走上光明的路了。

政治方面，周恩來在聲明中指責政府的：爲參政會各層代表，皆由政府指定，剝奪人民自由。統制言論，蹂躪文化，獨佔商工業。允許官僚資本，迫害人民企業，征課法外重稅。且放縱特務，蹂躪人權。其所主張者：則召集緊急國民會議，樹立聯合政府，改組最高統帥部；再召集國民大會，開始憲政。此在協商會議中，可謂都已達到目的，可見國共政見，本來無大異同，不過除舊佈新，轉變之功，不能成於一旦，現在既已成功，往事亦可置諸不論了。

中共的主張，頗有關礙的，爲其所謂解放區的處置。福爾曼說："這些解放區，業已切斷了省與省的境界，并且將華北及華中的範圍，也改變了。"他問朱德："戰後這些地方的狀態如何？"朱德說："將一如今日，繼續存在，成爲半自治地區，因爲中國的土地很廣大，而且各種宗教，又以不同的階段發展著，所以地方自治是必要的。"因而"他計畫的新中國，是一個弱權的中央政府，及許多強力的半自治地方政府組織的新型國家，形態與美國正相反"。因爲"美國是由一個強有力的中央政府，及許多祇能在地方事物方面推行的自治地方政府所組織。在朱德腦中的新中國，有些地方，是模仿大英聯合國，他是一個財政經濟，以及外交諸方面都有自治權的自治政府的聯合國"。這話是否全是朱德的原意，福爾曼沒有弄錯，頗有可疑。因爲中共所謂的解放區，多數仍在內地，與大英聯合國的情形，實有不符。或者朱德的意思，係指蒙、回、藏地方而言之，而福爾曼將其與內地的解放區混爲一談，亦未可知。

在這部書的第十六章裏，很可見得在外國人眼光裏國共關係的前途，福爾曼說："英美援華物質，必須交給重慶政府，是朱德所深瞭解的。"他曾問朱德："假使英美不能經過國民黨政府,以武器供給共產黨,共產黨有没有與英美直接交涉的準備?"朱德答："如果他們願意與我們直接交涉,我們當然歡迎。"福爾曼説："他自己想,共產黨已控制中國大部分海岸綫。日軍僅有上海、天津、青島等幾個據點,潛水艇可在數百地點,將供給品運上岸,再由八路軍運到後方。"他雖説"以上所説的,祇有在國共兩黨不能合作的情勢下方才必要,一九四四年初春,國共間已開始瞭解彼此敵對的交涉,在中國的許多觀察家,都希望兩黨能成立一個和平的協定。"然又説："除非有奇跡發生,否則這根本就是奢望。在重慶的觀察家,都認爲兩黨間的葛藤,除以内戰,或將中國分成兩部,一爲共產黨中國,一爲國民黨中國之外,一勞永逸的解决,根本就不可能。"他又想："美國與其他要在中國戰場作戰的同盟國,在戰後,無疑地要將他們的武器,大部分丢在中國。"因運回本國,費用太大。因此,想到中共是否擔心國民黨將以此對付他的問題。據此看來,就可見得在外人心目中,我國内戰和分裂的問題,是如何嚴重了。國民的程度,不是在安常處順時見得的,而往往在其面臨著重大的危機時,突然發見,這雖亦是其素所藴蓄者使然,然就表面觀之,即不能不稱爲奇跡了。自西安事變以來,國共兩黨的關係,我早就認爲是一個奇跡,因爲其下級之間,雖不能免於摩擦,甚而至於發生衝突,然其高級人員,則始終能精誠合作。恃此基礎,所以能不爲凶狡的敵人所分化,具能在抗敵的戰綫上,彼此聯合。抗戰固將因此而得勝,即建國亦將恃此而有成。抗戰、建國,所做的事情雖異,其爲求自存、自立,原是一致的。這並不待抗戰勝利、政治協商和三人小組會議成功,然後可以見得,在西安事變時,就早可見得了,因爲西安事變,乃係最難合作的事件。這時候而能夠合作,後來兩黨的關係,無論表面上如何危險,暗中存在的把舵之力,總能使之後歸於穩定,就可以豫卜了國民的程度,不是在安常處順時見得,而是在其面臨著重大的危機時發見的。美國的不惜重大的犧牲,毅然參戰;蘇聯作戰的頑强;中國抗敵的堅决;在將來的歷史上,將同爲一種奇跡,毫無可疑。這正是我國民最高文化的表現，列爲五强之一，良非偶然，我國民正不必自餒。

中共之所爲，確亦有其足以自豪之處，這便是其建設確有自下而上的意思。須知一切政治，莫非民間瑣事之所積，瑣事而處置得妥帖，大事自無問題；瑣事而件件不妥，亦就是大亂的根源，而這些瑣事，若非人民自動處理，而一任以政治爲飯碗者的處置，是終不免於虛浮、混亂、貽害於國，而且使人民陷於悲慘的命運的。如徵兵、收稅等，都是眼前易見的實例。中共在解放區，而不肯輕於放棄，固亦無怪其然。然社會的情形，是複雜的，斷非簡單的條例，所能治理。中共之所治理者，多是較爲落後之區，要推行其政策於較爲複雜之地，能否毫無扞格，卻很有可疑的。三月初七日《大公報》張家口現況説："中共過去之物件爲農民，今日之對象爲工人。張垣工人，占總人口三分之一。""中共方面，正在試驗其農村工作之幹部，能否擔任城市管理？"適者生存，中共本富於學習的精神，尤以向民間去學習自勉，我們很希望其能與時俱進了。

中共堅忍耐苦的精神，確有其不可及之處。如其軍隊和公務員，及公務員的家屬，都能做生產工作，因此，其各機關及軍隊都能達到某程度的自給，即其一端。於此，有一件很有趣味的事，即中共之所爲，有些和古代的事情，頗相符合，然而中共初不是有意模倣古人的。如游蕩不事生產的人，在邊區謂之二流子，或則異其衣著，或則在其門上釘一木牌，表明其爲二流子，衆即視爲莫大的恥辱，此即古代所謂明刑，見於《周禮》。又如訴訟事件，可以徵詢群衆的意見，乃下判決，此即《禮記·王制》所謂"疑獄泛與衆共之"。其教育，專注重於實用，則古代的教育，本係如此。公務員的生活費，多發實物，年景不好，所發即隨之減少，亦《王制》"用地大小，視年之豐耗"，以制國用的遺規，人民互相交換工作，謂之變工；爲人工作，僅受薄酬，或人家將來亦以工作償還，謂之劄工；此亦前代之遺俗，《晉》、《宋書》的《孝義》、《獨行》等傳中，尚多有其事。以上所述，皆見《延安十年》中。無意模做，而暗合如此，可見在相類的環境中，自能產生相類的制度，即可推知制度之不得不隨社會而變，這又是我們希望中共更能磨礪其學習精神的微意了。

（原刊《文獻》第二期，一九四六年四月一日出版）

忠　貞

　　《茶話》的編者，要我做一篇文章，説述古代的漢奸，及其和現代漢奸的比較。這篇文章是不容易做的。歷來的漢奸，不止一人。又社會上的毀譽，未必和是非相一致。因爲有許多事實被歪曲了，或者隱瞞文飾過了，所以非漢奸而被誣爲漢奸，實係漢奸反而未遭指摘者，勢必在所不免，這其間就需要一番考據。就是衆所共知的漢奸，其所知者，亦往往非事實的真相，而非加一番揭發解釋不可。那末，簡直做任何一個漢奸的傳，都不容易了，何況還要將其互相比較呢！這工作太專門了，固非倉卒所能爲，亦非現在一般綜合性的雜誌所需要。現代的事情呢，説起來，自覺親切而有味。像我這樣銷聲匿跡的人，自無從和有漢奸行爲的人有何接觸，但雖無事實可指，而其心和漢奸及搖動分子一樣的人，總是看見過的，此等人若加以描寫，亦頗足發人深省，但我覺得亦非必要。頻年在淪陷區中，所接觸的，無非是些魑魅罔兩；幸而勝利了，所見到的，還是些烏煙瘴氣；幾乎令人和前代身逢喪亂之士一般，要懷疑到人心之本善了。但如果人性是惡，如果世界上而沒有好人，我們又安能成此光復之業？事，不論其爲禍爲福，總沒有無因而至的。我們遭遇著黑暗，不要怨天，歎時運不濟，這都是我們的業力所招致。遭遇著光明，亦不是什麼天賜之福，而在暗中必有支柱和斡旋的人。不過這種人，往往成爲無名的英雄罷了。以下所敍幾位先生，我都知道其姓名里居，不過其中有生存的人，我爲避免標榜，且尊重他們不願人家在生前替他宣揚高節，我就把他們的姓名里居略掉了。生存者既然,死義者遂亦事同一律,好在這一篇文章,並不是我替他們做傳記。

A先生,①是一個讀書人,他是一個早期的師範畢業生,曾在學校裏教過書,亦曾在人家坐過館,但他由於遺傳上的弱點,在壯年即患有精神病。時發時瘳,好的時候,亦同好人一樣;發的時侯,就有些不大清楚了。所以後來他就不做什麼事情,在家以書畫碑帖自娛。倭寇入犯,他舉室西遷,走到江蘇西南境的某鎮,他的病發作了,就和家人失散。這時候走路是大家隨波逐流,不由自主的。因此,他的家人,無從找他,他就不由自主地,在這鎮上留了下來,意外地遇見了他家舊時的一個女傭。女傭很忠心服侍了他兩個月,他的病好了。這時侯遊擊隊散佈鄉區,時時和敵軍相攻擊,他住的鎮上,亦幾乎是前綫,倒是縣城,給敵軍佔據了,我軍一時無力反攻,可以偷旦夕之安。他在城中的房屋,雖遭破壞,尚未淨盡,勉强可以住得。於是他的女傭和他約:自己先到城中看一趟。要是確實可住,再來迎接他。這時侯,敵兵自行把守城門,出城入城的人,都得向他們鞠躬行禮,他們却岸然不動。有一個膽氣大的商人,曾和敵國軍官説道:"你們這太無禮了,在我們中國,人家對我行禮,而我們可以全然不動的,祇有死人。"這個敵國的軍官,倒也禁不住笑了。當時因不肯向敵軍行禮,寧可流離在外,受盡苦楚,明知家中殘餘財物,被人取攜以盡,甚至房屋材料,都被拆去,而始終不肯入城者極多。A先生亦是其中之一。他的女傭雖苦勸他回去,他始終不肯。他成仁後,他的朋友,寫信給他的家屬,説述他當時的情況,是日日倚門而望,希望他的家屬,再有人能到這鎮上來。他亦明知道住在這鎮上危險,入城要安穩得多。然又自語曰:"吾豈能爲異族折腰哉?"日數數爲此言。有一次,敵人進犯他所居的鎮。我遊擊隊禦諸鎮外,以八十擊其二百人,大敗之。敵人退走二十餘里,居無何,有兩個漢奸,引導敵人從間道來夜襲。我

---

① 編者按:汪千頃,常州人。

軍退出鎮外。至十時,又整頓來反攻。敵人聞之,遁去。其佔據此鎮,不過五六小時而已,而 A 先生却竟於此時遭其殘害。當敵人入鎮時,鎮上的人多逃去,A 先生亦隨衆出走,敵兵退了,又隨衆回來。不意他所住的屋子裏,還殘留敵兵三人,見 A 先生回來,肆其最後的貪婪,把 A 先生身畔的財物搶去。A 先生大聲斥其殘暴,這些敵兵,也有些懂得中國話了,大怒,把 A 先生拖曳而出。A 先生就在一座小橋上被害。鎮人哀而葬之。至今其孤墳還寂寞地在鎮外。

　　B 先生,前清兩江師範畢業生。兩江師範曾延聘許多日本人任教,學生多通日語,而 B 先生尤精;又通英文,長農學及生物學,所翻譯的書頗多。B 先生性情溫厚,且極有風趣;惟不能節儉,早就以貧爲患。到戰事起,他就更難支持了。流落在上海租界上,真是苦不堪言。然抗敵的意志極堅決。有人勸他去當日本人的翻譯,盡可不做壞事,而且還可相機盡力,拯救些苦難中的中國人。他因要屈節於敵,始終不肯。這一點,可使現在身爲漢奸,而藉口於搭救地下工作人員以求苟免者愧死;更可使妄給人以地下工作的證明的可恥了。這時候,我軍屢敗,一班意志薄弱者,對於抗戰的信念,不免有些動搖。B 先生聞之,必痛斥其謬。力言抗戰必勝,建國必成。他常説:"蔣委員長的得人民愛戴,是從古以來沒有的,這就是中國民族主義發達的明徵,因此可卜抗戰的必勝。"然 B 先生竟以貧病交迫,不及待勝利的來臨而死,歿後妻孥流落,慘不忍言。

　　C 先生,前清舉人。爲廣西某縣知縣。縣中賭風頗盛,官初蒞任,賭徒的首領必饋以數千金,後來按時還有饋贈,官就置諸不聞了。C 先生到任,賭徒照例致饋。C 先生不受,而嚴行禁賭。賭徒借他事控諸府。府中派人來查,幕友胥吏都説得好好招待他。C 先生説:"我祇有清茶一碗而已。"委員呈復,不利於 C 先生,C 先生就因此去職,千里還鄉,襆被蕭然! 自此不復出仕。C 先生妻早喪而無子,子然一身。一僕義之,終身隨事不去。C 先生罷官後貧甚,日食惟素菜一簋。他一個親戚,有一天去看他,他説:"吾不能爲君別辦餐,我的食,能食則食,不能,我亦不強。"其戚見食,諉稱尚飽,C先生就獨吃了。後來其親戚舉以告人,人責之曰:"晉平公之於亥唐也,入云則入,坐云則坐,食云則食,雖疏食菜羹未嘗不飽,蓋不敢不飽也?你遇賢人而不食其食,可謂失之交臂了。"其戚有愧色。C先生住在城外。敵人陷其邑,城外還算是遊擊區。C先生足不入城。親友出城訪之,時亦扶杖相送,然望見城門輒返。同時有D先生,是某女學校教員,爲人平平,並無所長,人亦以老學究遇之而已;然自敵軍陷其邑後,亦始終不肯入城。

　　從前人説:"雪大恥,復大仇,皆以心之力。"心力是看不見的,然其支柱殘局,斡旋世運之力極大。四先生不過是我所知道的,我所不知道的何限?這就是我國今日獲致勝利的重要因素了。

(原刊《茶話》第二期,一九四六年七月五日出版)

如何培養廣大的群衆的讀書興趣

若說廣大的群衆,對於讀書,是沒有興趣的,爲什麼黃色刊物、連環圖畫、一折書……會如此其風行?在民國初年,曾有人說:"據書業中人說:中國書的銷數,以《三國演義》爲第一,這是年年如此的。"即此,便可見群衆勢力的偉大。

這一種群衆,是向來讀書的人,視爲不足與於讀書之列的。然而讀書一事,一方面固然希望有高深的學者,一方面也要爭取廣大的群衆。群衆而皆能讀書,即廣大的群衆,對於一切事情的態度,不至於不學無術;而且群衆之間,互相濡染,愛讀書的群衆就愈多,這無疑對於社會的進步,是大有裨益的。

如何能以較爲有益的讀物,替代黃色刊物、連環圖畫、一折書……讀物呢?此其責不在讀者,而在讀物的供給者。

讀書必先有興趣,才會去讀;必能瞭解,然後能遂行其讀。如何會有興趣?必其胸中先有此問題;如何才能瞭解?必其所說述者,確係對程度極低的大衆說法。以此標準,衡量現在的大衆讀物,可說合格者極少。間或有之,其推銷又不得法。因爲其推銷,仍係以少數的較高讀者爲對象的,他們轉覺其可厭。所以這種書的銷路,也不會廣大。

目前最需要的群衆讀物是什麼?我以爲是一種日報。時事,無疑是廣大的群衆所最關心的。苦於現在的報紙,並非廣大的群衆所能瞭解。我以爲需要的這種報紙:消息不必多,祇取其緊要的。亦不必甚詳,尤忌一事而羅列多種說法。對於每一問題,皆須爲簡明的綜合報導,而解釋却要極詳明，務須使全然不知其事之人，讀之亦能知道明白其事情的大概。——此種報紙，不能隨讀隨棄，在一定時期之內，必須注意保存，庶說述某一問題時，可以覆查前此某日之報，此層須預行告知讀者。

次之則一切常識，爲群衆所需要的，亦先探其胸中所有的疑問，就其所能瞭解的程度，作成小册子，而用異於現在而能爭取群衆的推銷之法推銷。

如其一個區域，此種報紙書籍，而能相當的銷行，經過一兩年之後，我想：在該地方，入學時的時事常識的測驗，必能較其未銷行時及他未銷行的區域，提高一段。即此，便可知書報的功效。

至於較高的讀者，即現在所謂讀書人，該如何培養其興趣呢？那我所希望的，也是今後的出版物，更能注意於現實。因爲大衆總祇能對現實有興趣；而且有些學問，亦確以切於現實爲有用。我舉一個例。現在的賦役制度，大體上，還在沿襲明初的立法的。明初的立法，有兩種册籍：一名黃册，以戶爲主，記其丁數及所有的田畝之數。一名魚鱗册，以田爲主，記其地形、地味，及其屬於何人。黃册爲人民納田稅、應差徭的根據。魚鱗册則據以清釐一地方的田畝及地權。自丁稅併入地稅後，黃册在收稅上無甚用處了，然而現在要清查人口及財產，這種制度是很可以供參考的。魚鱗册則至今仍極有用。明初這種立法，在財政史、經濟史上，都是很有關係的。然而這種法，自立了以後，並未能徹底推行；曾經推行的地方，也不久漸即破壞，這是什麼理由呢？這在書本上，可考見的，很不完全。我們現在，說到這一個問題，單把從前的制度，敍述一番；對其不能實行，或行之而旋即破壞，譴責一番，惋惜一番；大多數人，對於他是不會發生深切的興趣的。如能調查現在的情形，對於此等制度，現在尚有否需要？如其需要，應當如何改正？並從實際的調查，解釋從前不能實行或行之而又廢墜之故；大多數人自然讀之而能引起興趣了。

（原刊《讀書通訊》第一二四期，一九四七年一月十日出版）

還都紀念罪言

國府還都,瞬經一年了,從來內憂外患之際,遷都以避敵者甚多,而能回復舊都者甚少,而我們現在,抗實力懸殊的大敵,竟能於不及十年之內,勝利而復還舊都,這誠為前史之所無,而使垂白者亦思扶杖而觀德化之成了。然而一年以來,大局還是動盪不定,人民依然叫苦連天,一切建國的大計,都無從進行,而現況且有岌岌不可支之勢,此其癥結,究竟安在呢?

(一) 中國今日動盪不定的總原因

舊秩序破壞了,新秩序却建設不起來。斯言也,實為中國今日動盪不定的總原因。此總原因,若深而求之,則所包甚廣,所以如梁漱溟先生,多年來的見解,都以為當求之於文化。這話固然不差,然急則治標,如其大局的安定,必有待於整個文化的轉變,未免迫不及待;而且整個文化的改進,亦必在一個較為安定的局面之下,方可進行,所以政治問題,仍為日前當務之急。

政治為什麼不能上軌道呢?這却須求得其較為深遠的根源。

誰都知道:自西力東侵以來,中國所處的環境,和閉關時代,截然不同了,物競天擇,適者生存。環境變,所以應付之者自然不能不變,這變革的領導者,自然是政治了。

領導政治改革者誰呢?首先崛起的,自然是士大夫階級。論近世歷史的，都說中國的士大夫，太覺頑固，不知改革，致使國弱民貧。此語實不盡然。近世歐人的東來，雖遠在十五世紀之末，距今已歷四百年，然其能使中國人覺得環境大變，則必在一八四零年頃鴉片戰爭之時，此其距現在，不過百餘年耳。當此之時，如林文忠、魏默深等，即已知編書譯報，考究外情，其反應實不可謂不速。爾後約三十年間，中國內亂大起，士大夫中有作爲者，正忙於平定內亂，無暇顧及對外，此亦無足爲怪。內亂平後，曾國藩、李鴻章等所謂中興將帥，雖其所手創的湘淮軍，在傳統上說，亦不可謂之不強，然亦自知其不足以對外，而急急於改練洋操，因而及於造船製炮等，此等年齡已高，功成名遂的將帥，而有此等見解，實更不能謂爲頑固。不過曠古的變局，斷非此等本於經驗而來的枝節改革，所能應付罷了。因此而有甲申、甲午兩次的挫敗，於是康有爲等的全盤政治改革論抬頭，此其見解，已漸近乎真際，倘使戊戌變法而能成功，是可以收到和日本明治維新相同的效果的。固然，當時的政治，不過是開明的專制，即由此更進一步，亦不過是君主立憲，中國的改革，必不能以此爲已足，繼此必尚有變動，然能在國勢穩定之後進行，則不致如後來動輒引起野心國家之利用干涉，致內部支離破碎，外之且影響於世界大局的安寧。五十年來的歷史，情形全變了，無如這時候，清朝的情勢，正走著下坡路，政變而後，改革的企圖，悉成畫餅。於是士大夫階級領導的政治改革運動的作用破產了，因爲他們是沒有武力的，祇能得到掌握政權的人的信任，以發抒其抱負，使其竟不能得，他們就祇好抱道齎志以終，既得之而又爲他人所破壞，亦除逃亡或死難外，更無他法。當庚子事變之際，康有爲曾使唐才常在長江一帶圖謀起事，欲以武力奪取政權，這已經是士大夫階級破天荒之舉動了。然卒無所成，康梁等此後，就祇得由保皇運動，而轉入於君憲運動了，這自然更無希望可言。

（二）如何建立起一種新秩序

士大夫的領導作用既窮，則不得不屬望於平民階級，而在昔日，平民階級而欲改革政治,是非取革命運動不可的,因爲非如此,不能取得政權。革命運動,在從前說起來,就是造反。平民社會中,誰能崛起而造反呢？中國人的職業,向分爲士農工商,士是不會造反的,已如前述。即工商亦然。（一）者人數太少；（二）者他們所處的地位,較農民爲優,即使受暴政壓迫,或遭社會不景氣的襲擊,總還有些躲閃的餘地。獨有農民,却是一無所有的,而其人數最多,其性情又最質樸,因而其行動亦最徑直。到實在無以爲生時,就不得不鋌而走險,破壞政治上的舊秩序了。然使此等動亂,純粹出於農民,不雜他種因素,則祗能成爲暴動而已,並不能成爲政治上的革命運動,因爲政治的權力,在於中央。中國的地方太大了,農民所身受的災禍,根源實來自中央的政治不良,農民不會知道的。在他們心目中,革命的對象,不過是暴政的執行者,或者作威作福,加害於自己的人,所以其舉動,亦不過搗毀稅收機關,驅逐或殺害貪官汙吏土豪劣紳等而已。至此,則他們或認爲目的已達,或雖明知其尚未徹底解決,而已想不出別的方法來,其暴動遂戛然而止。所以在中國,苟非全國糜爛,單是一地方的農民叛變,是不會成爲大器的,即使全國糜爛,各地方的民變,匯合起來,亦必有別種因素加入。這加入的因素,又是什麼階級呢？士工商都不會造反,前文業已說過了。須知士農工商之外,中國還有一個階級,這個階級,古代謂之豪傑。在近代,指其人而言之,則謂之江湖上的好漢,指其組織而言之,則謂之幫會、會黨等等。此等人雖非全然不事生產,然特迫於勢之無可如何,論其本意,則是希望不勞而獲的,而且其享受還要比較他人爲優裕。他們雖亦迫不得已,而從事生產,然所花的勞力,總要比別人少些,而其所享受,總要較別人多些。這是由於他們的生活資料,總有一部分,不是用勞作換來的。質而言之,即是寧出血不出汗,因此,他們的性質,較一般以勞作維持生活的人爲強悍,他們祗覺得生活較他們優裕的人爲不應該,懷著嫉妒之情,而不知其中亦有勤儉致之,而非盡由於略奪者,所以他們略有均貧富的思想。他們的事業,是非單獨或少數所能爲的,不得不有一個結合,而其結合,且愈廣大而愈妙,所以並不限於一地方。此等人所最反對的，是社會上平時的秩序。所以作奸犯科，壞法亂紀，尋常人或趑趄而不敢爲，在他們看了，却都不算得什麼。所以在動亂之際，此等最易崛起或附和。到處的農民暴動，和此等人的屯聚裏脅流竄，就是歷代大亂的原因。亂久必思安定，即在動亂之時，動亂者的内部，亦不能不求局部的安定。要安定，即不能不建設起一種秩序，這種秩序却如何建立呢？在這動亂者之群裏，大多數人是計不及此的，不過聽其遷流之所至而已。歷代草寇，所以雖聲勢浩大，而終歸於滅亡，即由於此。其中較有思想的，亦或率其幼穉的頭腦，而思有所建立，則其思想，大抵近乎空想的社會主義，如漢末的張魯、宋代的楊么及近世的太平天國是。此等空想，自無成功之望，於是不得不走回舊路了。此中梟桀之徒，乃與士大夫相結合，士大夫是唯讀舊書，不甚注意現實的，即或注意到現實，亦不過審察今古情形之不同，而異其施行的方法，這不過是達到目的的手段，乃行政的技術問題。而其所欲建立的秩序，則總與前朝無異。走上顛覆的舊路，固不免於再顛覆，然舊路是人走慣的，一時却容易走上，舊秩序就在這情勢之下回復了。此中國歷代的政治，所以陳陳相因，總開不出一個新境界來的原因。但這種走馬燈式的循環，亦祇以閉關時代爲限。到近代，就有新局面開展出來了，孫中山先生的革命，承襲著太平天國的餘波，這種力量可說是從平民社會裏發展出來的，中山先生的革命，雖抱有最新的思想，然要在舊社會中發動，必得仍利用舊社會中的力量，在中山先生圖謀革命之時，舊社會中可利用的力量安在呢？士工商不足與謀，農民的奮起，又必有其客觀的條件，則非可隨意發動，則其所能利用的，自非會黨莫屬了。然當時的會黨，要藉以達成革命的大業，其力量顯然是不夠的。此在同盟會成立以前，中山先生所以說：革命事業，並不敢及身望其有成。到同盟會成立以後，情形就大不相同了。因爲士大夫階級加入了。前文不是說士大夫階級，不足與謀革命嗎？不錯，然言各有當，士大夫階級雖無實際行動的力量，然以知識論，實處於先知先覺的地位，雖不能爲直接的行動，却善於發動他人的行動。近代的革命，是含有新理想的，宣傳實尤爲重要，而此任務惟士大夫實肩負之，所以從同盟會成立之後，革命的勢力就一日千里了。其中轉移最捷的，乃爲因會員及非會員而同志者的運動及感化，而使新軍歸向於革命。因爲革命必須武力，新軍就是清朝最可恃的武力，新軍而轉向革命，則清朝的武力，轉而爲我用，有武力者變爲無武力者，無武力者變爲有武力者，此爲辛亥革命所以易於成功的最大原因。

（三）革命時最有力量階級，理應爲革命後政治上中心

然則近代的革命，士大夫和軍人兩個階級，實在是最有力量的。革命最有力量的階級，理應爲革命後政治上的中心，中山先生所預定的軍政訓政時期，實應以這兩個階級爲骨幹，把國事整頓的粗有頭緒，然後還政於民。無如變化非一日可成，而中國近代，社會上的風紀，亦正走著下坡路，於是軍人爲野心跋扈之徒所利用，而成軍閥。士大夫階級，則有猷有爲有守者，退處於無權而不恤國事；專便私圖者，乃縱橫捭闔於其間，而成爲政客。二者互相利用，遂成爲袁世凱及北洋軍閥時代的混亂局面，致煩國民政府之再從事於革命。然國民政府之革命，亦未能將此二者之患根除。爲什麼抗戰八年，全國人民的意志，如此堅決，而卒未能將自力驅除外敵，勝利之後，還要藉友邦之力，爲我們遣送戰俘，致使傷時者稱前年的勝利爲慘勝，而且"直北關山金鼓震，征西車馬羽書遲"，即九域之中，亦仍是烽煙遍地，爲什麼接收被稱爲劫收，貪汙、腐敗、無能，竟成爲官僚一致的評語？窮源推本，信有自來，知人者明，自勝者強，前途的希望，倒不在於政權的分配，而在於綱紀的建立了。綱紀誠能建立，政權的分配，自然不成問題。否則，誰來居此，亦是不可以一朝居的，嗚呼！

（原刊一九四七年六月五日上海《正言報》）

南歸雜記

旅奉半年，南歸匝月，耳目所觸，感想遂多。拉雜記之，以告同學，且以寄示南中諸友云。

予以七月初十日離奉，十一日抵天津，則津浦車已斷矣。十二日附怡和公司景星輪船南行。船甚小，而擁擠特甚。房艙已不可得，居客艙中，人密排如蜂窠。在予猶可，尚有養尊處優之太太、奶奶、小姐們以及小孩，亦跼天蹐地於其間，既已欲笑不能，欲哭不可矣。舟過芝罘，風浪大作，船顛簸特甚，客艙中僅四五人能起立。平時養尊處優者，雖以離亂，不得不居此跼天蹐地之境，然口腹之欲，却不能犧牲，上船時各挈"路菜"多品，以爲夏日必無風浪也，恣意唉食如平時，及風浪作，嘔吐狼籍，哀吟之聲四起，幾於耳不忍聞，此皆受軍閥之賜也。十六日抵滬，如登天堂矣。

江南今夏極熱，予鄉自七月二十九日起，至八月初七日止，日間溫度，恒在九十五度以上，夜間亦在九十度以上。初七日傍晚大雨，乃稍涼。而虎列拉作，染者不多，然甚劇。地方醫院所收受之人，自第一人至第十四人皆死。不入醫院者，死者尤多。推其原故，半由今年之虎列拉，①較往年爲重，半由挑痧誤之。挑痧者，南方剃髮匠業之。無識之徒，夏日不論何病，皆先雇剃髮匠挑痧，然後延醫，謂可救急也。然經彼於四肢亂加針刺後，靜脈注射，即無所施其技，雖更延

---

① 編者按：虎列拉即性傳染病霍亂的舊稱。

西醫,亦往往束手。甚有於胃腹亂加針刺,致病已轉機,胃腸發炎而死者。然諄諄告人曰:毋招剃髮匠挑痧。莫聽也。甚且招人譏訕,剃髮匠更目予爲怪物矣。剃髮匠之以挑痧名者,或一夏而儲銀三百元,以買良田,或出入皆乘包車。

故鄉朋友聚首者較多,然談學問者頗少,非閑言送日,則作詩鐘著圍棋,⋯⋯而已。亭林謂南方學者,言不及義,好行小慧,何今昔之同符邪？此非罵人,予亦如此。

南歸見聞,最使予感觸者,爲同善社之發達。同善社者,教人靜坐練氣。其目的,不知其在長生歟？抑別有在也。有其所崇拜之神。欲入社者,須先得社員之紹介,"老祖師"既許可,乃入社,遍拜其神,磕頭凡六十餘。次拜老祖師,老祖師乃教以靜坐練氣之法,歷若干日,曰:可矣。乃招之入密室,而傳以真言焉。男女皆可入社,專注意招誘士大夫,不樂受下流社會人也。自上海及内地皆有之。吾鄉之士大夫,有全家入社者,吾邑之知事亦入焉。在上海,已有人獻以高大樓房,陳設器用,皆極精美。京津信者亦多。聞該社始於四川,推行幾遍十八省矣。任君鴻雋云:"⋯⋯血液循環。惟是循其自然之脈道,與内外滲壓之定理。未聞可以人力爲之調節輸送,變其自然之軌道。籍曰能之,當爲損而非益。今之學道者,中夜起坐,以行所謂吐納導養諸法,謂身中血液,可以意志變易其常道,而收長生不老之效。吾嘗北至燕薊,西抵巴蜀,往往見黄冠之徒,設壇倡教,⋯⋯達官大人,不惜紆尊降貴,北面稱師,以求所謂却病延年之術者。南北數省,政見參差,獨於此點,千里同揆。此無論其關係人心風俗如何,其昧於生理學概念亦甚矣。"《建設》二卷一號《科學基本概念之應用》。予謂人不可以有所蔽。今之奔走形勢之途者無論矣。即髮辮長垂,匿跡林下,世所目爲遺老者,其人原亦奔走形勢之徒。又有一等勢利已極之人,不問是非,其人本亦不知有是非,但見昔嘗居尊位而多金者,則奉之若偶像,凡厥所言,皆是也。於是年才弱冠,而其思想已若耆艾者流,此世所目爲遺少者也。夫此等人皆貪欲之徒,今也年力衰憊,金錢名位,更無所求,所懼者死而已矣。則凡可以免死者,無不爲也。然則黃冠之徒,安得不乘其虛而入之也哉。夫貪欲之達官貴人遺老崇拜之,則盲目而不問是非且本不知有是非。之遺少從之矣。此同善社等等之事業之所以盛也。孟子言伯夷太公之歸周也,曰:"二老者,天下之大老也,而歸之,是天下之父歸之也。天下之父歸之,其子焉往。"吾國社會之情形,抑何其今古同符耶?獨不能如是,則推"大老"以爲政可矣,何必言德謨克拉西?

更有一等人,其貪欲與此曹同,而知識程度較高,知練形服氣以求長生之不可致也,又自反其生平之所爲,而不能無愧也。日暮途窮,貪欲憂懼之念,交迫其中,乃遁而奉佛。夫奉佛則豈不甚美,然問其所謂佛者,則並人天小乘,尚未能知也。有某醫士者,善投機,本兼營刻書販書之業,知此等弱點具之者頗多,而其人又頗足以鼓動人也。乃利用之以刻佛經,首輯一書,忘其名,以證明鬼之必有,諸天地獄輪迴果報之不虛。其所取材,則《聊齋志異》、《閱微草堂筆記》、《子不語》……咸在焉。夫此可以代表今日遺老遺少達官貴人之流學佛之心理矣。予嘗與之上下其議論,彼其所見,實不過如此。而顧藉淨土宗以自文,吾不知淨土宗之弘念佛,求往生,其説果如此否?世之讀佛經者,不止此曹,必能辨之。

某醫士刻經凡十四種,皆《四十二章經》等無關緊要之書,取其卷帙少,刊印易,購者多,便牟利也。皆爲之注,以佛經卒不易讀,即論注亦不易讀。今曰有新注,一閱即解,人人能解,可誑誘愚俗也。乃大登廣告曰:此十四種者,讀佛經之初步。有志學佛者,皆必須先讀焉。其注則買一本日本佛學大詞典,雇人翻譯鈔撮而成。翻譯之徒,又多不通,且出衆手,匯合時不暇致詳。有某經,注既成,請人作一序,本可無庸加注也,乃亦加之以注,已覺可笑矣。注中於江寧二字下注曰:今南京府。且注題某醫士名,而竟稱某醫士曰某某先生,真千古奇聞也。某醫士之言佛如此,竟亦有推許之爲學佛之徒,引爲同調者。覺社所出海觀音雜誌,平心論之,尚爲今日言佛法有益之書。

乃亦特爲某醫士所刻佛經紹介，其不察邪？抑亦引爲同調也。夫如此而言佛，則佛之末法至矣。予於某醫士無怨，且薄有相知之雅，然不避嫌怨而言之者，實以社會現狀至於如此，不忍不言，非徒曰骨鯁在喉，吐之乃快。

迷信之空氣，濃厚已極。於是扶乩亦足惑人。上海有所謂靈學雜誌者，度讀者亦必見之矣。吾鄉亦有爲之者，乃竟託名葉天士臨壇，爲人治病。前年頗閧動一時。京師蒙古某王之子病，至欲招吾鄉之某，往爲扶乩施治焉。其人行至浦口，而某王之子卒，乃返。今雖不及前歲之盛，猶未絕也。此等事殊不足論。吾今請論葉天士。

葉天士怪物也。彼在南中負盛名，然生平究擅何技，長何科，曾治癒何等疑難大症，絕無實跡可指。俗傳天士治病，奇跡甚多，皆無識而好語怪之徒，附會不經之談而已。請舉吾幼時所聞兩事，以資一笑。（一）天士出爲人治病，輿過某肆之門，肆中一夥，從櫃檯內躍出曰：「聞汝名醫，知余何日死乎？」曰：「今日申刻。」店夥大笑。天士去未幾，店夥腹痛，急使人招之。曰：「不可爲也。」飽食高躍，腸已斷矣。店夥果死。（二）有狗蠅入耳者，招天士治之。天士無策，曰：「容歸思之。」患者之家曰：「此之不能，何云名醫？三日無治法，必毀汝招牌。」天士歸，憂懼不知所出。踥躞門首，一鈴醫過之，天士漫曰：「吾天下之名醫也，汝何能而敢過我之門也。」鈴醫曰：「異哉！我不知子之技，我之技獨無子所不知者耶？」天士曰：「吾姑以一事試汝，能答者任汝在吳鬻技。不能者請去，勿留於吳。」曰：「請言之。」天士曰：「狗蠅入耳，以何法治之乎？」鈴醫大笑曰：「以狗作枕而已，又何問焉。」天士曰：「善。君休矣。」以告患者，患者如其言，狗蠅果出。此外類此之談尚多，不可悉舉。吾去歲在南方茶肆中，聞一賣蛇者述一事，亦與（二）相類。蓋皆草澤鈴醫之流，託天士以自重也。則請徵之其書。

天士無自著之書，身後無錫華岫雲，爲之輯刻，而岳廷璋成之者，曰：《臨症指南》。正續。其書雜亂無章，且多紕繆之處。知醫者久有定評，無待贅論。此外坊刻醫書，多託天士名者甚多，皆他人所僞託也。陳修園早年著書，多託天士名，見《修園醫書》例言中。《景嶽發揮》乃無錫姚球字頤真者所撰，坊賈以其滯銷，改刊天士名，見《冷廬醫話》。《醫效秘傳》及葉、薛、繆三家醫案，爲吳子音名金壽者所刻，見《世補齋醫書》。又有《本草經注》、《本事方釋義》及光緒甲午常熟所刻之《醫衡》，不知誰所僞作。《荔牆叢刻》中有《葉氏眼科方》一卷，亦題天士名。夫天士者即如世俗所論，承認爲名醫，亦祇是傷寒幼科專家，從不聞其能治眼，乃並眼科方面而託之，可見僞託之衆也。以上就予所見言之，實際恐尚不止此。而以所謂善治"溫熱"者，誤江浙人命健康二百餘年，其趨勢今猶未已。

"溫熱"二字之起源，言之可發一笑。蓋中國古代醫家，皆今草澤鈴醫之流，其人皆有術而無學，而其術又不盡傳。醫家古籍，除空言闊論、毫無實際之《内經》外，以《靈素》爲《内經》，其言出皇甫謐，本不足信。且自唐以前，言醫者皆不重《靈素》。惟《傷寒論》稍切實用。然其書實甚粗略。乃自此以後，竟無本之實驗著爲專書者。自魏晉迄北宋，五百餘年，治外感者，皆但奉《傷寒論》爲圭臬。而古人所謂"傷寒"，實"外感"二字之代名，並非專指傷於寒者而言。《難經》云：傷寒有五，有中風，有傷寒，有濕溫，有熱病，有溫病。蓋以偏名爲全名也。外臺許仁則謂方家呼天行病爲傷寒。後人又不能解，於是無論所犯何病，輒以《傷寒論》中之桂麻等方治之，蓋殺人如草矣。迨劉河間出乃稍變其治法。世遂有傷寒宗仲景，溫熱法河間之論。夫以中國之大，天行病種類之多，而治之者，僅知《傷寒論》中治太陽經病，及河間所立之兩法，既已不成事體矣，而舉世宗之者又數百年。崇禎辛巳西元一六四一年。南北直及山東浙江大疫。醫生以成法治之多死。有吳又可者，目擊心傷，乃新著一書名《溫疫論》，以明舊法之不可恃，醫家又翕然稱之。然又可所論，實崇禎一時之疫，非可執以治後此之外感病也。於是醫家沿用其法者，又多無效。江浙地較濕熱，天行病尤盛。醫家之殫心於此者較多。而溫熱論興焉。南方醫家之言溫熱者，在蘇則葉天士爲大宗，在浙則王孟英其巨擘也。而稽其來源，真乃可發一笑。天士生平未嘗著書，前既已言之矣。其論溫熱之作名《溫症論治》者，首刻於《吳醫匯講》中。爲當時一種不定期之出版物，如今之雜誌然。此物在中國雜誌界則可稱鼻祖矣。謂葉氏弟子顧景文,侍葉氏遊洞庭山,舟中記葉氏之語,而主此《匯講》之唐笠山,爲之刪潤其文詞者。厥後華岫雲輯《臨證指南》,亦刻此篇,名爲《溫熱論》。二書詞句雖異,而大旨則同。當時江浙論溫熱之醫家,蜂起者尚多,其宗旨皆與葉氏相出入。其書多託之名人,而實多僞作。迨王孟英出,乃悉羅而致之,以成一書曰《溫熱經緯》。故此派溫熱之論,實可謂至孟英而集其大成者也。葉氏之論,以"溫邪上受,首先犯肺,逆傳心胞"十二字爲宗旨。所用者皆一派不關痛癢,絕無效力之藥。江浙醫家,至今猶有一派,無論治何病皆以一派不關痛癢之藥,敷衍塞責,謂之葉派。平心論之,江浙所謂溫熱者,實與腸窒扶斯相類。舊皆逕以爲腸窒扶斯。大前年上海同濟醫院,有一德醫,檢驗六十四患者,證明其病菌與腸窒扶斯異,然仍未得有特效療法。現在治法,仍與腸窒扶斯相類。其病皆因熱度太高而死。因他證致死者頗少。《傷寒論》中白虎承氣等湯,究竟猶略有解熱之效力。自葉派出盡易以不疼不癢之藥,而死者益多矣。江浙醫家乃以此盛自誇詡曰西醫不能治溫熱。患溫熱者,茲延西醫必死。此説在江浙,幾爲牢不可破之天經地義。予初亦疑焉,繼而詳加考察,乃知此病之不救,多由溫度太高,及其時間綿延太久,此病爲階級熱。營養不足致之。西醫退熱之藥,遠較中藥爲勝,且尚有營養療法,以接續其體力,中醫則皆無之。故中醫束手之溫熱,延西醫猶或可救。西醫不治之溫熱,延中醫決無生理也。但以此告人,必遭唾罵而已。

江浙中醫之程度,平心論之,自較北方中醫爲高。然其學既絕無合理之科學爲根據,則程度之高低,正無所擇。而近者江浙醫學,頗行於京師。江浙醫家乃忻忻然相告曰:吾道北矣。夫既無變齊至魯之功,何必爲捨彼就此之計。今日北方之中醫,原自請教不得,然已何必遂請教南方之中醫也。吾爲此懼,敢告北方之同胞。

所謂葉天士者,少也賤,其父故幼科醫也。天士少亦業醫,人莫之知也。一日張天師過蘇州,舟泊某橋下,天士賄其舟人,而行過其橋,舟人揚言曰天師起立矣。兩岸觀天師船者甚多。問天師曷爲起立,舟人曰以天醫星方過橋,衆嘩而視過橋之人,則天士也。自此其術大行。此事出何書，一時記憶不起，然譽天士者之言，非毀天士者之言也。平心論之，天士乃一欺世盜名之人，並無實學，而亦無主張，生雖無益於人，死亦無害於人。今日貽誤人之書，皆妄人所托，非天士所自爲也。乃三百年後猶有託其名以扶乩惑人者，此豈天士所及料哉！然托之者則固足以惑人矣。稍後於天士，距蘇州不百里有徐靈胎者，生平批閱醫書至千餘種。見王孟英《醫砭》序，孟英非阿靈胎者也。於中醫各種，多所通曉。茲言清代名醫，此其庶幾，然絕無提及之者。固知崇拜偶像，亦有程度也。

今日江浙中醫，亦有兼言西醫者。其所奉爲枕秘者，則四川唐某所著之《中西醫經匯通精義》也。此書有石印本，價亦不昂。同學中有因功課繁重，覓消遣之資者，可買一部閱之，其妙解之頤，勝於《笑林廣記》等萬萬也。

佛教説法，貴乎應機。在今日科學思想勃興之時，允宜弘揚教下三家，天台、法相、華嚴。闡明大乘哲理。禪宗淨土，原不失爲修證之法門。然既皈仰此兩宗，則宜實行修證，不必徒騰口説。縱使真有所得，然禪宗易使人疑其掉弄虚機，淨土易使人疑其墮入迷信説法而不應機，非徒無益，而又有損，況所説者粗淺不足道乎？近世皈心淨土者，莫如楊仁山居士。然日本有專揭念佛而遮撥他宗者，居士即詒書諍之。謂將使聰明才智之士，棄佛教如弁髦，珍外道如拱璧。見等不等觀雜著。可見言佛教者，修證固勇，哲理一方面亦不容遮撥也。

其第二事使予感觸者，則爲風俗之大變，淫業之日盛。某縣素爲富庶之邦，而今也，竟爲姨太太之出產地。大家閨秀，多有粥爲人妾者，而表面上復諱言其事。假有某甲，粥其女爲人妾，則不告於親戚鄰里，直遣之去而已。其親戚鄰里，非不知也，然亦陽爲不知也者。後此過某甲家，即絕口不復提及此人。而此女自粥爲人妾以後，亦永不能復與其母家之戚族鄰里往來。此直將人逐出於社會之外，而專爲一"重婚者"之玩物。天下事之可慘可傷，孰甚於是？人孰不自愛，孰不自爲其終身計？父母孰不愛其子，孰不爲其子計久長？親戚朋友,孰無相哀念之情?而竟忍而出此,誰爲之也?

又如某縣,聲名文物之邦也。其女子以通文墨、解書史聞於社會者,代不乏人。今也,縣城中某街,向爲紳士聚居之所者,大家婦女,可召至客棧中夜合者凡十家,闔市皆知其氏名,其他不甚著名者,尚不知凡幾也。十年以前,城中客棧,寥寥二三家,皆甚湫隘。今則踵起者四五,皆洋樓高聳,電燈如晝,問何來如許旅客?曰:十之三以宿旅客,十之七以作陽臺者也。且遇旅客甚不歡迎,誰爲爲之,而至於此。

諸君,亦知今日有一極大之勢力,壓迫於吾人之頭上乎?此勢力爲誰?曰"經濟的壓迫"是也。持唯物史觀之論者曰:"非意識決定生活,實生活決定意識。"此不易之論也。非難唯物史觀者,謂其但取經濟的原因,而置他原因於不顧,非也。社會現象,本唯一而不可分,曰某某現象云者,特爲研究之方便,強劃其一部分而爲之名云耳。其本體既唯一而不可分,則任取其一部分,但能研究深切,皆足以見其全體。所謂"一多相容"也。持道德論者,覩淫業日盛,必咨嗟太息,曰:"風俗大壞矣!世道如江河日下,不可挽矣!"而不知非也。人之道德,古無以異於今。九皇六十四民,淳淳悶悶之時代不加善,今日不加惡也。今日賣淫之婦,其道德,猶向者之節婦烈女也。無豪末之分焉。是何也?

請問人之道德,果爲何物?世固有功蓋天下,澤被生民,而論世之徒,目爲小人者。亦有措置乖方,害人僨事,而論世之徒,目爲君子者。是何也?即以現在論,固有有利於我之人,而我與之感情不洽者矣;又有無利於我,且時時貽累於我之人,而我心中好之者矣。明明不能作一事,而世固共稱之曰好人。明明極有才幹,而世固共目之曰惡人。然則所謂是非好惡者,果以何爲之準?而所謂道德者,果何物也?曰:所謂道德者,無他,"社會本能"而已。社會本能四字,自生物學上詮釋之,其詞頗繁。今可簡而言之,曰:孔子之所謂"仁",佛之所謂"慈悲",則生物學家之所謂社會本能也。更明白言之,則無論對於何物,皆有一"犧牲自己,以利他人"_{包社會言}之心而已。更簡而言之,則"利他心"而已。此心也,語其本體,爲古今中外之人所同。且爲一切生物所同,又生物與非生物,本無明確之界限,故直可謂此心充滿虛空也。而其表現之形式,則隨時隨地而異,無兩人相同者,然其本原則一也。缺此本原者,無論其形式若何,終不得以冒道德之名。故曰:道二,仁與不仁而已矣。叔本華曰:"人類之所謂道德,惟慈悲二字,可以當之,其餘皆非。"見及此理也。吾國哲學家梁漱溟曰:"'道德之爲物',有其'質素'。形式雖異,而其'質素'則歷古今中外而不渝。"見梁君與《新青年》雜誌社論其父巨川先生自殺事書。指是物也。

今有慈母,其子讀書談道,則獎勵之。爲盜取財,則笞撻焉。其形式不同,其質素同也。子欲食甘旨,雖饑,必忍而分焉。欲飲鴆而止渴,雖渴將死,必覆之矣。其形式不同,其質素同也。然則吾謂今之賣淫婦,其道德與向之節婦烈女無異,可知已矣。向者有女,許字人,未嫁而所字者死,女自殺,人將稱其父母矣。曰:是善教其女也。今也不然。雖有十女,捨身殉夫,人不之稱。而惟飲食侈糜,衣服麗都者,見稱於社會焉。欲衣食其父母,刺繡文孰若倚市門也?向者妻淫不制,則親黨羞之,朋友將與絕交焉。今也不然,褐衣疏食不厭,雖妻女爲秋胡之妻,無益也。靡衣美食,而更能以其餘時時潤澤人,人孰不慕與之交。然則婦之摯愛其夫,而欲樂利之者,宜何擇也?此特舉一端言之,其他百事,靡不類此。故利誘威脅,謀爲議員者,見稱於社會矣。守正棄權者,人皆姍笑焉。曲學阿世者則榮,如魯兩生者則辱。詐欺慘毒,阿諛無恥者,衆共稱導之。慈仁惻怛,然諾不苟,有所不爲者,一國之所棄也。夫豈不知其所善者之爲惡,所惡者之爲善也。然既比而親之矣。而曰:是人惡。是自承其比之匪人也,則明知其惡而稱頌之。既疏而遠之矣,而曰:是人善。是自承其惡直醜正也,則深文曲說以詆之,雖造詞誣衊不恤焉。非樂如是,不得已也。所謂不得已者,何也?

人莫不欲生存。人之欲亦多矣,而生存爲大,最亟。人之生存,不能離乎物質。而今也,欲求得維持生存之物質甚難,求獲得維持生存之物質，非如是不可，則爲之矣。所謂不得已者也。夫豈無不食嗟來蹴爾之食之人，然是人也，若千年而後一見，通天下能有幾人？君子而欲自淑其身歟？爲伯夷叔齊可也，爲顏淵可也，爲介子推可也。若欲善斯世之人，則必別有其術也，操此等空論無益也。

且夫善惡而惡善者，豈盡明知其所善者之爲惡，所惡者之爲善哉？彼於其所親接之人，即對於個人。其本原之地，有無道德質素，固能窺之。此事必不能欺人，無論如何智巧，不能以欺極愚拙之人。知其惡而猶善之，知其善而猶惡之，不得已云爾。若泛論一般之事，則彼固以善者爲惡，惡者爲善，是何也？曰：社會之輿論，恒爲其所要求——表面之輿論，恒爲其裏面真正之要求。吾嘗見依人而食者矣。歲出鉅資，以豢遊手好閒之宗族戚黨者，彼所善也；昏憒糊塗，其財可誑而取者，彼所善也；能照應同鄉親戚之官吏，彼所善也；其他一切不問。今也大多數人，皆救死而不瞻。社會之所求，裏面真正之要求。救死之策而已。救死不瞻之世，更有何希望？有何榮譽？供給生活物質之豐富而已。能救死，能獲得豐富之物質之行爲善之，而不然者惡之。所善者安得不在阿諛無恥，詐欺慘毒之流？所惡者，安得不在慈仁惻怛，然諾不苟，有所不爲之士也？然既有此要求矣，安得不成此輿論？3+3安得不等於6也？

然則吾國人之生活，何以若是其困難也？曰：有一大勢力來壓迫之。此勢力爲何？曰：諸君請看，"著土布之人，改著洋布，乘騾車之人，改乘汽車或東洋車，點油燈之處，改點煤油燈或電燈。……即此勢力侵入時也"。此勢力之侵入，人恒歡迎之。及其後，乃哀號痛楚焉。然亦有一部分人蒙其福者。

諸君將曰：此今日外貨輸入爲之爾。若一切皆吾所自爲，財固皆在國內也。何尤貧？雖然，今有外國織布廠，以百人之力，織布輸入吾國，其力可當吾國五百人，則五百人者失業矣。使此織布廠而在本國，誠必招本國之百人者從事焉。此百人與向者之苦樂如何姑勿論，彼四百人者，其失業如故也。夫此百人所生之財之量，豈減於向者之五百人，其財亦誠在國內也。然於此四百人何歟？此其問題，不在生產方面也。

論者必曰：資財貴能運用。今假有千斤，以其半分配於傭工，以其半分配於企業家，則企業家之所運用，得五百金焉。若以八百金分配於勞動者，勞動者不能運用資金者，則此三百金為妄耗矣。而不知人之用財，必先其"必須"，次及"適應"，最後乃及於"奢侈"。假以此三百金分配於勞動者，勞動者將用以美其飲食衣服焉，則身體健康，而勞動力增大。獲其利者，普通之飲食店、布店也。將用以教育子弟焉，則國民之程度增高，而將來之勞動力增大。獲其利者，書籍店也，紙張筆墨店也，儀器玩具店也。彼未暇乘車而驅馳，前歌後舞，以極人生之樂也。假以此三百金者，分配之於企業家，彼飲食衣服之費，無待於此也。教育子弟之費，無待於此也。彼更用之以企業，善否如何姑勿論。抑吾聞之，人生經濟之欲望，以消費為最終之目的，豈有終其身於企業者？人固有終其身於企業者矣，繼之者則如何？一定之資財，掌握之於一定之人手中，豈有能終於企業者？豈有能不為一度之消費者？假用之以乘車驅馳，前歌後舞，則如何？所利者誰也？此所利者為生產事業乎？抑普通之飲食店、布店、書籍文具店為生利事業耶？然則企業家能用其財以生利乎？勞動者能用其財以生利乎？夫孰不知勞動者之才識，不逮企業家，其如此事不關才識何？

　　然則今日之經濟組織，而能得一妥善之法，一切道德之形式，遂可恢復舊觀歟？曰：舊時道德之形式，舊時經濟組織之產物也。若能恢復舊時之經濟組織，則舊道德之形式，不待復而復。若徒能得一妥善之法，而未能復舊，則未敢言也。然則舊道德之形式，竟不能復，如之何？曰：昔者人民有罪，惟官吏輕重之，莫敢爭，此亦一"道德之形式"也。故鄭作刑書，而叔向靜之。晉鑄刑鼎，而仲尼非焉。以漢以後法律之發達，成文法至千餘，箋注法律者至數十萬言。使仲尼、叔向見之，豈不流涕？其如人莫不欲生，莫不求樂。周以前社會組織，不適於漢以後人之生活何？未完，下缺。

（原署名：駑牛，原刊一九二〇年《瀋陽高師週刊》）

青年時代的回憶

　　幾行衰草迷煙柳，一片斜陽下酒樓，又是深秋時候。
　　這使我回憶起青年時代的情景來了。一個小小的鎮市，鎮的西盡頭，有兩間破舊的樓屋。這樓其實不高，因其在鎮的盡頭，更無遮蔽了，望出去，却覺得空曠。樓屋既舊，屋中桌椅等的陳舊破敗，更不必說。然而鎮上祇有這一個酒家，沽些村醪，亦略有些下酒物，如豆、花生之類。要吃熱菜，却沒有了，除非是到外面小飯店去叫。愛喝酒的人，約幾個朋友，到那裏去高談闊論，猜拳行令，每人喝上兩三斤酒，固然是好的。假使醉翁之意不在酒，獨自踱得去，靠着窗檻，揀個座兒，眺望那霜稻登場野色寬的情景，亦無不可。鎮上可以眺遠的建築，除此之外，再沒有了。如此行來，倒也自得其樂。如有知己的朋友，約一兩個去，談談說說，自然更好。到暮色蒼茫，大家就各自散了，或者獨自回去。因爲窗外再沒有什麼可以眺望了。除非有月色或雪景。然而鄉下的市面是早的，久留於外，攪擾著人家不安，自己也覺得無謂。
　　家裏，自然也有親戚朋友來。來了，也留人家吃飯，酒不過數行，菜不過數簋。比平時吃晚飯，時間略爲延長些。飯罷，回家的略坐告辭，留宿的，談談，也就道了安置。長夜之飲，是我在青年時代，沒有看見過的。
　　逢時過節，大家都空著遊玩，自然是比較熱鬧些。趁這機會做小買賣的也多，自然看見的東西，比平時要多些。然亦總不過如此，無甚可以刺激得起興趣的。如今想起來，最使人愛戀不忘的，倒是那木刻而用套版印的圖畫。我那時最愛看的，是戰爭的事情，如關公溫酒斬華雄、李元霸三椎擊走裴元慶、虮蠟廟等。此項圖畫，小的祇有現在連環圖畫這麼大。一張紙，長約尺許，寬倍之。均分做十六格或二十格，每格各畫一件故事。大的，却比方桌面還大些，祇畫著一件事。人物都奕奕有神，遠較今日連環圖畫爲精。

這時候的人，見聞是很窒塞的。還記得甲午戰時，有些人根本不知道日本在哪裏，祇約略知道在東方罷了。我家裏算是有書的，便翻些出來看。還有親戚朋友來借看。我還記得：翻出來的三種書，一種是《海防論》，一種是《海國圖志》，一種是《瀛環志略》。那自然《瀛環志略》是最新的了，然而在《瀛環志略》中，還找不出德意志的名字。於是有人憑空揣測，說德意志一定就是荷蘭。因爲在傳說中，德意志很強，而在《瀛環志略》中看，荷蘭國雖小，也頗強盛的，那自然是他併吞他國後改名的了。那時候，還有人說：日本的國土這兩個字，見佛家經論中。土字讀去聲，如杜。現在的人口中還有這句話，下筆却不會寫了，便把它寫作度字，度字是有可解的。比朝鮮小。因爲那時候，有一種箑扇上畫著中國地圖，也連帶畫著朝鮮、日本。畫到日本時，大約因爲扇面有限，就把他縮小了。這時候的人，真是除科舉之學以外，什麼也不知道的。他們所相信的是些什麼話？我現在試舉幾句做例。那時候，中國戰敗了，把臺灣割給日本。劉永福據著臺南抵抗，內地侈傳他的戰績，真是無奇不有。有的說：劉永福知道日本的馬隊要來了，派幾百個人，一人肩著一根竹竿去抵抗。吩咐他：見日本兵，便把竹竿拋在地下跑回來。那些人遵令行事，日本兵的馬，跑到竹竿上，都滑跌了，馬上的兵，都跌下來。劉永福却早在旁邊埋伏了兵，一擁而出，把日本兵都打死了。又一次，日本兵在水邊上，劉永福傳令，收集了幾百頂箬帽，把他浮在水面上，日本兵看見了，以爲中國懂得水性的兵，洇水來攻了，一齊發槍射擊。到槍彈放完了，劉永福的伏兵却出來，把日本又打得大敗。有人說：劉永福奇謀妙算如此，政府爲什麼不早用他做大將呢？

有人說：政府本來徵求過他的意見的，劉永福要和各外國同時開仗，把他們一齊趕掉。政府認爲這事太大了，所以不敢。有人說：以劉永福之才，就和各國同時開仗，怕什麼？不過國運是難說的，萬一打得正得手，劉永福倒病死了，那就成爲不可收拾之局了。又有人說：劉永福算得什麼？聽說他的計策，都是一個白髮的軍師，替他出的呢。後來劉永福內渡了，又有人說：就是這位軍師，替他定下計策脫身的。因爲仰觀天象，知道氣數如此，臺灣終於不能守，不必枉害生靈。所以定下計策，自己先走三天，却留下一個錦囊妙計給劉永福，叫三天之後，依計而行。果然神不知，鬼不覺走脫了。不但自己不曾被害，就是軍隊也都依計遣散，絲毫沒有損傷。到日本兵進去，已經都是空營了。還有人說：日本兵到中國來，根本不知道地理的，都是李鴻章，把地圖送給他。這些話，現在說起來，好像是造作出來，以博一笑的。然而我敢說：這都是我在小時候，親見親聞的事實。這時候我正住在一個偏僻的地方，大約那地方太偏僻了，所以如此罷？然而說這些話的人，都並非下層社會中人，有幾個，還是讀書明理的士子呢。

　　他們爲什麼會相信這些話？還要津津有味地傳述？假使他們肯想一想：這話是怎樣傳得來的？譬如臺灣之事，北京之事，是那一個人，在那裏目見耳聞？又經過什麼人，把這消息帶給向我說述的人的？他就立刻可以發見這話的靠不住。然而他們從不肯這麼想。假使當時，有人對他們這麼說，他們也一定不肯信的。這並不是他們識不足以及此。有許多時候，他們推論一件事情的信否，比這要複雜得多呢。可見他們並非不能推想，而是不願推想。爲什麼不願推想呢？以一件事要推想，多麼費力？像聽說書一樣聽聽，不但不難了解，其話還饒有趣味，何等快活？正做著自己騙自己的好夢，誰願有人喚醒他呢？千萬年來，爲什麼有許多利害切身之事，人們都不明白其所以然？爲什麼明明公衆之事，却會給一兩個人把持了？爲什麼極無理由的話，也會騙得許多人？大概都是人們這種脾氣所造成的罷。教育家最大的讎敵是什麼？該就是人們的這種性質了。然而我們講新教育，講了幾十年，似乎對於人們的這種性質，並沒有能改變。不但不能改變被教育者的思想，連教育本身，也是這樣的。我曾遇見一個大學生，偶然談起經濟學來，他就滔滔不絕的，講給我聽，却都是些高小或者初中教科書裏已有的話頭。有一次，遇見一個中學教員。他是教會學校出身的，談起教會中所辦某事業來，他倒説得出：這個教會，向外國某地方，募得款項若干；又向中國某大官、某富人，募得款項若干。他説：爲什麼外國人的能力這麼大？中國人爲什麼總没有這般能力？我説：這有什麼稀奇，外國的經濟程度，本和中國不同。到外國去募捐，和在中國募捐，成績也自然不同了。譬如一個人在通都大邑募捐，一個人在窮鄉僻壤募捐，其成績如何得同，這和人的能力，有什麼關係？若説他們在中國，亦能募得多數捐款，那是由於以他們的資格到中國來，所交結的，都是達官富人，中國人要辦事的，所交結的人，就不然了，這和能力有什麼相干？我所説的話，自以爲明白易解了。他却表示驚疑之色。我想：要把人的能力大小，和他的辦事成績好壞分開，這件事費心太多了。他已是三十多歲的人，向來没用慣這種心思，再要他走這條生路，未免太吃力了，不談了罷，就把别的話岔開去了。

這一類事，我遇見很多。所以我總懷疑於現在的所謂普及教育，推廣教育，哪裏來這許多教育者呢？不錯，學工業的人，是會得做工；學商業的人，是會得記帳的。然而，這似乎是技術。技術在從前，似乎衹算得手藝一類的事，並不算得教育。固然，從前的所謂教育，是一文不值了。然而並不是從前所認爲不足以算作教育的事，因此就可以昇格而算作教育。一個人所藏的銀子，夾雜了鉛，並不是鉛因此就可以算做銀子的。這怕不僅是中國一國的問題罷？王光濟君所譯《中國教育的出路》説："美德兩國，推行職業教育，不遺餘力。結果，立即發見：驅全國國民盡成機械。任何德國人，若無人在旁，加以指揮，即不能動彈。渠爲一完美之工人，但非一男子、人、鄰人、丈夫、社交者或父親。"見本刊第一期。我們知道：人與自然的關係，固然密切，人與人的關係，也是同樣密切的。人與自然的關係，不妨假手於人。我們天天點電燈、趁電車，有幾個人，曾研究過電學來？人與人的關係却不然。我們要做一個鄰人、丈夫、父親，不能鄰人、媳婦、子女和我們説話，我們却説：這我不能回答，要請倫理學專家代庖。然則我們從前，把人和人的關係，認爲首要，認爲人人所必須有的知識，而人和物的關係次之，這見解，其實並沒有錯。不過從前所認爲人對於人的道理，有一大部分是錯的。至少在今日，此等道理，非徒無益，而又有害罷了。這話牽涉得太廣了，現在不能談下去，祇得就此截斷了。我還覺得：我小時候所處的那種優閒的境地，比現在都市里繁忙的情形，要好得多。那時候的大多數人，固然糊裏糊塗的，把這優閒的歲月，在糊塗中送去了，而這是當時的文化，使之如此。假使在這種優閒的環境中，推動人力，一定比在繁忙中環境好些。我有一個同鄉，到上海來，借住在某甲家中一個多月。這個同鄉，頗爲貧窮，在上海時，因爲資斧乏絶，把一件什麼東西當了。回去時，沒有能夠收贖。有一次，我在上海要回去，這同鄉知道了，寫信給某甲，托他把東西贖了出來，又寫信給我，托的臨行時到某甲家中去取了，代他帶回。窮人是沒有什麼奢侈品可當的，所當的，都是急於要用的東西。我在火車開行之前約一點鐘，到了某甲之家，談起這事情來，某甲却挖耳搔思，無可爲計。原來某甲、某甲之妻、某甲之姊，都打了半夜牌，把這事情，忘在九霄雲外了。這時候，離火車開行，已不過點把鐘，要去取贖了來，交給我帶回去，已經來不及了。某甲並非無職業的人，也是要按時辦公的，尚且如此，何況沒有職業的人呢？我後來看見某甲，規勸他，他怫然道：我娛樂在不辦公的時間，有什麼要緊？這話驟聽似乎很有理由，然而不辦公的時間，是安靜休息的，或者是徵逐取樂的，影響於辦公時的精神，怕不在小罷？不記得戰前某報，説某縣法院中的人員，每逢星期六，就要星馳電掣而至上海，星期日盡情取樂一天，到晚間或者星期一早晨才趕回，以致頭昏腦暈，把公務積壓得不少麽？我在學校中教授多年，總覺得生長在都市中的學生，其思想，較之來自鄉僻之區的爲浮淺。這不是天之降才爾殊，乃是多年習慣於不用，其心思窒塞了。我總覺得：將來文化的方向改變了，該來一個都市廓清運動。都市廓清運動怎樣呢？其第一義，在把現今都市，斫而小之，最大的聚居區域，不得超過若干人，這是第一義。這一點辦到，其餘一切事情，就都好繼此而進行了。這話離現在還遠著呢，祇是一種遐想罷了。切近些，現在許多教育機關和文化機關的內移，固然是件好事。我却希望，沿江沿海這種浮淺的風氣，不要跟著遷移去。去了，希望偉大誠樸的內地，能夠矯正他、制裁他。再切近些，希望現在孤島的人們，使自己的身心安靜。

（原刊《青年半月刊》第一卷第二期，
一九三九年十月三十日出版）

新年與青年

"分明昨夜燈猶在,忽被人呼作去年。"張船山詩。一樣的一個日子,一經定爲節日,人心上就覺得有些不同,這是什麼原故呢?

諸位總還有讀過《論語》的,《論語》上有一句:"顏淵問爲邦。"爲邦就是治國,孔子在積極方面,答復他四句,第一句是"行夏之時"。所謂行夏之時,就是把舊曆的正月,定爲正月,算作一年的開始。這個在曆法上謂之建寅。古代的曆法,還有把舊曆的十一月算正月的,謂之建子;把十二月算正月的,謂之建丑;都是孔子所不取的。後世遵從孔子的遺教,漢武帝太初元年,定以建寅之月爲正月,其時還在西曆紀元前一百零四年,下距民國紀元二千零十五年了,把那個月定做正月,究竟有什麼關係?孔子要看得如此鄭重呢?

人們做事情,總要把他分做若干段落。到一個段落告終,又一個段落開始,就要把舊的事情,結束一番;新的事情,預備一番;其間則休息幾天。如此,做起新的事情來,才會有精神,有計劃;而當這新舊交界之間,就覺得有一番新氣象。這種段落,有的純出於人爲,有的則是自然所規定的;大抵一切事情,都可由人隨意制定,祇有農業,不能不受季節的支配。中國很早就是個農業國。全國中大多數人,都是以農爲業,而政治上,社會上一切事務,也是要隨着農業的季節而進行的。在農業上,把舊的事情,一切結束完畢,再將新的事情,略行預備,而於其間休息若干天,這在建丑、建寅兩個月之間,最爲相宜,所以孔子要主張行夏之時。《禮記》裏有一篇《月令》,《吕氏春秋》裏有十二篇《十二紀》,《淮南子》裏有一篇《時則訓》。這三種書,大同小異,其根源就是一個。他的內容是(一)規定某月當行某項政令,(二)又規定某月不可行某項政令,仿佛學校裏的校曆一般。我們現在將學校裏規定一學年中行政事項一張的表,稱爲校曆,則這三種書,可以稱爲政曆;學校裏,倘使不照校曆行政,當春秋溫和之日,放起假來;冬夏寒暑之時,反而開學,豈非很不適宜?那麼,一國的行政而淩亂失序,其貽害就更大了如當農時而築城郭、宮室,修理堤防,通達溝澮,不在雨季之類。所以孔子要主張"行夏之時",而"行夏之時"這一句話,其内容所包括者甚廣。然則從前人們,所以每到新年,總覺得有一番欣欣向榮的新氣象,並不是什麼無意識的舉動,貪著新年好玩,因爲在做事情的段落上,是需要一個結束,一個預備,和中間若干天的休息,而這段落的定在這時候,是確有其理由的。

　　孤島拘囚,轉瞬兩年了。在這四面氛圍,而中間仍保留著現代都市氣味的孤島上,再也看不見舊時的所謂年景。老實説:在工商社會裏,年和節,是沒有多大意義的。因爲人們休息不到幾天。而且在工商社會裏的人,是真正赤貧的。什麼叫做赤貧呢?赤就是精光的意思,就是一點都沒有了。在辭類中,也説是一貧如洗。真正把人們的東西搜括得精光的,不是天災,也不是人們所看著驚心動魄的人禍。這些,都不能把人們的所有搜括得精光的。真正把人們的所有搜括得精光的,是商業。你如不信,請你留心觀察。我們走到遠離都市的鄉下人家,看得他很苦,可是他家裏,總拿得出一些東西來,什麼糕啊!餅啊!團子啊!爲過年而做的菜啊!甚而至於家釀的酒啊!這是我們在舊式的村鎮上,或者小城市裏,訪問親戚時,所常常吃到的。在大城市或大都會裏,你試去訪問一個中等的薪給者之家。他家裏有什麼東西呢?要是檢查比較起來,一定不如一個鄉農家裏的豐富。這些都到什麼地方去了呢?不是天災把他消滅了,也不是有形的人禍把他搶去的,倒是有著極和藹的面目的交換,把你所有的,都搜括去了。你不見現在的市廛上,五光十色,充滿了劣貨麼?誰覺得他有前綫上血飛肉搏的可怕？誰知道他的可怕反甚於血飛肉搏，而人們所以往往要血飛肉搏，正是爲著交換上的有利呢？交換的起原，難道是如此的嗎？作始也簡，將畢也巨，人們做一件事情，往往不察實情，祇是照著老樣子做，事情的内容，早已改變了，而做法還是一樣，到後來，就要控制不住這件事情，而這件事情，反像怒濤一般，把人們卷入其中，莫能自主了。一切制度，都是人爲著控制事情而設立的，到後來，人反被制度控制了，就是爲此。我曾説：家族制度，交換制度，是現社會的秩序的兩根支柱。倘使把這兩根支柱拉倒，現社會的面目，就全變了。家族制度，此篇中無暇論列。交換制度，看上文所説，可以略見一斑："撥亂世，反之正，莫近於《春秋》。"《太史公自序》中語。我勸現代的青年，不可不找一部現代的《春秋》來，仔細研究研究。

還記得我在兒童時代，每遇新年，總是歡天喜地的。穿新衣啊！吃啊！玩啊！在隔年，祇恨新年到來得遲；開了年，又恨新年過去得快。絲毫不知道愁苦。在青年時代，也還保存著這種豪興，那時候，看見家裏的大人，遇到年節，不以爲樂，反有點厭倦的意思，全然不能瞭解。到成年之後，家計上身，就漸漸踏上前輩的舊路了。做糕團啊！做過年的菜啊！到親戚家裏去賀年啊！送禮物啊！給小孩子壓歲錢啊！給傭人賞錢啊！在在須錢，而且事事費力，總而言之，就是"勞民傷財"四個字。如此幾個年過來，自己也不免覺得有些厭倦了。難道過年的初意，是這樣的嗎？我們的老祖宗，都是鄉下人。我們現在過年過節的風俗，都還是農村上帶來的，農村上的生活，遠不如普通城市裏的緊張，更無論大都會了。那時候，我們有的是工夫，有的是精力，親戚朋友，得暇正要去看看他們呢，正盼望著他們來呢。交際酬酢之間，真意多而虛文少，何至以酬應爲苦！農家所有的東西，還没給商人搜括淨盡。家裏有的是材料，娘們有的是工夫和精力，趁這歲晚餘閒，做些菜，做些點心，何妨大家樂一樂。在這種風俗，照新説法也可以唤做制度，創始的時候，原是和環境很適合的。到我們遷居城市之中，甚而至於現代的大都會之中，就面目全非了，新環境不能適用於舊制度,正和身體長大了,不能再著小時候的衣服一般。然而人,為什麼拘守著舊制度,反做了制度的奴隸,以致自尋煩惱呢?因此想起來,我們的老祖宗,住在農村上,喝沒有自來水——那時候,原用不著自來水的。農村倘使靠近大河,臨流而汲,原很清潔,如其不然,鑿井而飲,因為居人的稀少,井泉來源,也不會污穢的。走沒有馬路,那時候,原用不著馬路的,因為沒有摩托卡,也沒有馬車,獨輪小車,舊式的街道,也盡夠走了。然則一切事物,我們現在覺得不適宜的,當其起原的時候,都是很適宜的,病衹在於我們的守舊而不知變。我們為什麼不知道審察環境,以定辦法,而凡事衹會照著老樣子做呢?我們幾時才能以理智駕馭事物,而不做事物的奴隸呢?這是一個文化的大轉變。其責任,就都在青年身上。

在過年的時節,有的是玩。玩的事是些什麼,列舉是列舉不盡的,我們衹能總括的就其性質上說。《孟子》上有一句"博奕好飲酒"。我想這正可以代表玩的分類:

玩 { 爭勝負的 { 博　憑命運的
　　　　　　　 奕　憑計畫的
　　　不爭勝負的——飲酒

博奕飲酒,雖然是玩的事,可是做正事的性質,也不外乎此。我們做事,有些事,成敗是無從預料的,衹是盡人事以待天命,這是博的一類。有些是多少可以人力控制的,多算勝,少算不勝,這是奕的一類。淺而言之,似乎奕遠優於博。然而世界上的事,不能以人力控制的居多。即能以人力控制的,其可控制的成分,亦遠不如奕。倘使我們做事,件件都要計出萬全而後動,那就無一事可做了。然而在能以人力控制的範圍中,我們總還要謀定而後動。所以我們作事,該用下棋的手段,又要有賭博的精神。賭博的精神,是被世界上的人看作最壞的精神的。我現在加以提倡,一定要引起人們的誤會。然而賭博的精神,本不是壞的。壞的是賭博的事業。賭博的事業,是借此奪取財物的,所以為人們所鄙視。誰使你將可寶貴的、值得歌頌的賭博精神,用之於奪取財物呢？真正的賭博精神，不計一己的成敗，毅然決然，和強大的勢力鬥爭，這眞是可寶貴的，值得歌頌的。把這種精神，用之於奪取財物，正和有當兵本領的人，不當兵而做強盜；有優裕武力的國，不用之於義戰，而用之於侵略一樣。

現在所過的是新曆的年，新曆雖然頒行了已經二十八年，人民過新曆的年，總還不如過舊曆年來得起勁而有興味。這是無怪其然的。因爲中國是個農業國，在農業上，把舊的事情做一個結束，新的事情做一個預備，其時節，在新曆的歲尾年頭，確不如舊曆的歲尾年頭爲適宜。且如商人，做了一年賣買，總要把帳目結束一下，然後可算告一段落。內地大多數的商店，雖然開設在城市，其衆多的主顧，實在農村。各小城鎮商店的結帳，要在農村收穫，把穀糶出了以後。各大都會商店的結帳，又在各小城鎮的商店結帳以後。如此，也非到舊曆的歲尾年頭不可了。所以四民之中，真正不受季節的支配的，祇有士和工兩種人。然而這兩種人，在全國中是少數。<small>舊式的工人，都兼營農業。</small>人是社會動物，看了大多數人，都在什麼時候結束舊事情，預備新事情，休息若干天，把這個時節算做辦事情的一個段落，自會受其影響而不自知的。這也有益而無損。在未行新曆之前，學校每於舊曆的歲尾年頭，放年假。新曆頒行以後，覺得名實不符了；在國民政府統一以後，且爲法令所干涉，於是改其名曰寒假。有些地方，還有寒假其名，年假其實；有些地方，則真正把寒假和年假分開，舊曆的歲尾年頭在開學了，然而仍爲人情所不樂。即教育家，也有說：「舊時的年假，使鄉村人家在城市中讀書的孩子，在這時候，回去看看他們的父母親，練習社交的禮節，知道些社會上的風俗，是有極大的意義的。」曆法的改革在於去掉三年一閏的不整齊；在於和世界各國可以從同，便於記憶，省得計算，我也贊成。但是政令上所定的歲首，根本上用不到強迫人民視爲辦事的一個段落。相傳中國古代，建正之法，本有三種：一種是建子，據說是周朝所行。一種是建丑，據說是商朝所行。一種是建寅，據說是夏朝所行。然而《周書》的周月解，有這麼幾句話:"亦越我周王,至伐於商。改正異械,以垂三統,至於敬授民時,巡狩祭享,猶自夏焉。"通三統,不過是後來的學説。儒家認爲夏商周各有其治法,應循環迭用的,即夏尚忠,繼之以殷尚質,再繼之以周尚文,而仍返於夏尚忠。所以依儒家之説:一代的王者,當封前兩朝的王者之後以大國,使之保存其治法,以備更迭取用,二王之後,仍得行前代的正朔的。事實上,大約在古代,夏商周三個部族,是各有其曆法的。後來三個民族漸次相同化。因爲建子、建丑,不如建寅的適宜。於是在國家的典禮上,雖然多帶守舊的性質,不能驟變,而在民間的習慣上,則這一點,漸次和夏族同化了。於此,可見國家所定的歲首,能和社會作事的段落相合固好,即使不然,也不要緊。正不必强迫人民,定要把這個時候,作爲新舊交替的界限。况且古代,國家的地方小,全國的氣候,比較一律。民間作事的段落,其時間,自然也可以劃一了。後世疆域廣大,各地方的氣候不同,作事的段落,就根本不能一致,當此情形之下,自沒有强行整齊的必要。所以我的意思:國家所建的正,和人民所過的年節,在古代可合而爲一,在後世必須分而爲二。這是世事由簡單而趨複雜,不得不然的。十年以前,强迫學校每當舊曆的年關不許放假;商店在舊曆的年關不許停業;人民在舊曆的年關不許放爆竹、行祝賀等;根本是不必要的干涉。我在當時曾經説:把年節公然和歲首分開,定在新曆的二月一日,就容易推行了。曾把此意叩問過二十多個大學生,沒有一個以爲然的,而他們也並説不出什麽理由來。廖季平先生的見解自然是近於守舊的,晚年的議論,且入於荒怪,自不能解决現代問題,然而他有一個議論,説:"全地球的曆法,應當依氣候帶而分爲好幾種,不當用一種。"這種思想,却甚合理。這一議論,説他做什麽呢?難道在今日,還有工夫來爭年節該定在什麽時候麽?不是的,我説這一番話,是表示一個人的見解要宏通。一件事,關涉的方面多著呢!内容複雜得很呢!一個人那裏能盡知?所以在平時,要盡力研求;在臨事之時,要虛心訪問,容納他人的意見。如此,纔可以博聞而寡過。在政令干涉人民用舊曆之時,有一個手持曆本,在火車站上叫買的小販,歎息説："現在老法的曆本被禁，連販賣曆本的生意也難做了。"旁邊一個人問他："你看還是老法曆本好？還是新法曆本好？"販賣曆本的人説："自然是老法曆本好。"旁邊一個少年，怒目而視道："爲什麼老法曆本好？你怎會知道？"眼光盯牢這販賣的人久久。這個少年的意思，是真誠的，然其愚可憫了。他竟認爲禁絶舊曆，推行新曆，對於國家社會，真有很大的關係。一個人懷挾著這種意見，固然不要緊。然而社會上這種淺慮的人多了，就要生出許多無謂的紛擾來，無謂的紛擾多，該集中精力辦的事，反因之而鬆懈了，所以凡事不可不虛心，不可太任氣，偶因新年，回憶所及，述之以爲今日之青年告。

(原刊《青年半月刊》第 1 卷第 6 期，
一九四〇年一月一日出版)

窖藏與古物

二十九年二月四日，讀《申報》，見其譯載前數日西報云："千八百二十年，清嘉慶二十五年。劇盜埋藏於可哥島之財寶，已爲美國加利福尼亞省發掘隊所得。"不禁感慨係之，歷代財寶，埋藏地下者何限？思發掘之者也不乏人，然能得之者卒寡。其事近而彰彰在人耳目者，如民國初年，南京掘天平天國之藏金則是也。近者成都掘張獻忠藏銀，唱其事者，自謂探索畢生，確堪自信，亦未聞其有所得，足證其事之難。珠玉金銀，或出深淵，或在窮谷，其取之也，不知靡人力幾何？既得之而又埋之，置之無用之地。既而又靡人力以掘之，而又不可必得。其所費者，皆可以治生，或自暇逸以領略人生真趣之時日也，豈不哀哉？加利福尼亞省發掘隊，何幸而能成前人所未成之功乎？然合天下之從事於發掘者言之，其所得與所喪孰多，則難言之矣。豈不哀哉？因憶外家有一段潛德，不可以弗彰也。譜牒等物，皆在游擊區中，不能言其詳，謹記其略。

予之外家，爲武進程氏。外曾王父知陝西省某縣，以廉潔名。與中朝某大臣有隙。一夕，夢白虎坐廳事。旦起，則聞此人已入軍機矣。懼罹禍，即告病歸，時年僅三十餘。居常州城內早科坊。旋卒。有丈夫子四人。外曾王母撫之，甚貧苦，一日，天雨，牆壞，躬身葺治，於牆根下得黃金一巨器，外曾王母祝曰：非分之財，非所敢取。天而哀念廉吏，使其四子皆克有成，則所願也。復掩之，外王父諱兆縉，字柚谷，次居三。昆弟俱以文名，而外王父與伯兄綏衡尤著。太平軍入常州，伯舉室殉難，以仲之子兼祧。諱運皋，字少農。亦以文名，書法尤秀骨天成，獨絶儕輩，客湖北藩司幕中數十年，晚官雲南寧州知州。民國初返里，十七年卒。舅亦工醫，宦遊所至，治驗頗多。晚猶讀醫書不釋手。外王父無子，有二女，次即吾母。外王父八歲，即能日課一詩。十三入邑庠，後中式咸豐某科順天鄉試，客京師。聞江南大營潰，南歸，至蘭山，道阻弗得行，助縣令某禦捻，戰没於湯家池。外王父經學湛深，於三禮尤精熟。嘗以説郊禘義爲某山長所賞，由是知名，亦工醫，又多藝事，時用鐘錶者尚不多，能修理者亦少，外王父拆閲數具，即能裝置修治，不假師授也。先母諱棖，字仲芬，號靜岩，小時避難山東，轉徙兵間，僅讀《論語》二十篇，又讀《孟子》，至齊桓晉文事章即輟學，然其後於經史古籍，無不能讀。亦能爲詩文。天資之高，並世所罕見也。外王父季弟蚤卒。有一子，諱運達，字均甫，兼祧外王父，性孤介絶俗，詩文皆法魏晉，書法北魏，又善畫。亦知醫，光緒庚寅辛卯間，佐旅順戎幕，其地無良醫，活人尤多。以不善治生，終生貧寠，常客遊四方以自給。歲癸卯，卒於江西之南安。予家舊藏有外王父鄉試朱卷，及先舅氏所爲墓銘一篇，今皆在游擊區中，存亡不可知矣。惟先舅氏南浦詞一首，予猶能誦之。詞曰：「萬樹玉玲瓏，擁癡雲如墨，沈沈旋繞。暖閣幾圍爐？十年事，落葉西風都杳。寒光萬里，畫樓深處人初悄。白戰應嫌天地窄，誰取灞橋詩料？那堪凍雀群飛？任研珠屑玉，暗迷昏曉。敲碎滿天，愁堆三徑，一霎難融殘照，冷凝風帽。舉頭歲月催人老。臨鏡試窺窗外影，贏得鬢絲多少？」乃丁酉歲客廣信時雪中作也。

　　早科坊在常州城西南隅。今其坊巷猶在。外家舊居，今日雖難確指，然數十年前，則吾外家之人，及其親戚故舊，皆能歷歷指之也。即謂所指不甚確，而宅非寬廣，盡疑似之地而闕之，亦非甚難。外曾王母手茸壞牆而能得之，入土必不甚深。數十年間，變遷有限。外曾王母所見者，確爲黄金盈器，器且頗巨，傳者咸云如是，必非虚誣。苟欲掘之，什九可得，所費且不甚巨，此中智可以億決者也。然曾未聞有一人唱議發掘者。言及此，不過追憶先德，或以爲談助耳。固知好財非人之本性。抑好財而至於珠玉金銀，其去本性尤遠也。珠玉金銀，饑不可食，寒不可衣，人人知之，豈有舉世所好，乃在饑不可食，寒不可衣之物哉？今所以衆共好之者，乃以其持之可與凡物相易。非好其物，好其有泉幣之用耳。珠玉金銀，所以成爲泉幣者，《管子》曰："先王爲其途之遠，至之難，故托用於其重。"蓋古有凶荒札喪之際，雖或有庚財乞糴之舉，然究非可專恃，或不得不以所有易所無；而是時之求所無者，非於異邦之凡民，而於其君與大夫，如管子謂丁氏藏粟，足食三軍之師，而勸桓公以璧假焉是也。珠玉金銀，流行於貴族駔賈之間，久之遂成为習俗。若平民，則握粟出卜，抱布貿絲，且不用銅爲泉幣，而況珠玉金銀乎？銅所以爲貴人所好者，以其可以作兵，此猶今日日人之搜括鋼鐵耳。其愛珠玉金銀，則用爲器飾，猶今人之好金珠鑽石也。此惟淫侈之人爲然，淫侈豈得謂之本性？況雖淫侈之人，亦有不盡好此者乎？珠玉金銀，所以遂爲舉世所通用者，則以交易盛行，不可無值巨質微之物，以資輕齎而便收藏。使紙幣蛊興，人亦將捨珠玉金銀，而寶桑皮故紙矣。積重難返，故金銀在今日，猶具泉幣之用，然亦其惰力耳。寖假人皆悟其無用，而交易者莫或肯受，則人亦將棄而弗之寶也，而豈有肯求之山淵，埋之地下，又靡日力以發闕之者哉？

　　好利雖非人之本性，然習焉即若性成。舉世好利，其所以相薰染者，亦至深矣。掘地而得窖金，其利豈凡胼手胝足，持籌握算者所可比？而從事於此者卒少，何也？利之本爲力，贏絀以所費之力之多少爲衡，此愚夫愚婦之所與知也。惟然，故利莫大於可必，獎券之利，奚翅窖金？然猶或滯銷。一職業出，所得或不給口實，人猶爭趨之，何也？一可必，一不可必也。窖金之事，流聞於世者甚多，其語亦非盡僞，而發闕之者卒寡，以此也。惟好厚葬者，既多其瘞藏，而又大爲丘隴，以明示其處，是不啻告人以發闕之必可以有所得也，故人爭驅焉，而其愚不可及矣。

二十三年十二月初，上海某報，載十一月十三日天津專電，云：大名西南四十五里張大堡，富戶趙連科，有樓房一所，高四丈，窖藏甚富，爲防竊取，埋有炸彈，日前長工取物不慎觸發，樓房全毀，樓上婦女，死者六人。所藏之物，飛散滿地，鄉民爭往拾取。藏物於無用之地，埋兇器以賊人，而卒以自賊，哀哉！捐金沈珠之風，何時見乎？

因論窖藏，予又不禁有感於古物。近數十年來，中國古物，流於國外者多矣，國人莫不深以爲恨。即外人，亦譏笑吾曹爲敗家子矣。而此次戰事既興，爲日人捆載而去者，尤不可以計數。孟子曰："所謂故國者，非謂有喬木之謂也，有世臣之謂也。"今舉世視此等物爲故國之表徵，安得不爲之深惜？然以予觀之，則亦無足深惜也。齊景公問政與孔子，孔子曰：君君，臣臣，父父，子子。公曰：善哉！信如君不君，臣不臣，父不父，子不子，雖有粟，吾得而食諸？有粟不得食，有物獨可終保邪？國與家，大小異耳，收藏之家，當其得之時，孰不欣然色喜？然閱百年而不散失有幾何？記曰："言悖而出者，亦悖而入；財悖而入者，亦悖而出。"孟子曰："由今之道，無變今之俗，雖與之天下，不能一朝居也。"今之爭寶古物者，可謂知所寶乎？而不聞舉世知名之西奈聖經寫本，俄人乃以之易英國之機器乎？事在二十二年十二月？中國今日，所關者莫如機器，尤莫如農業用之機器。俄國農業之渙然改觀也，由於集合農場。集合農場何時始哉？當民國十七年時，其國營農場經理馬克維次（Markevich），有餘機犂百架，集近地農民而告之曰：君等土地，苟肯共耕，吾當以此機器賃君等。農民之願公其地者，合之得九千餘畝。至秋，增至二萬四千餘畝，事爲共產黨所聞，增制機犂，並建使用機犂之動力場，推其法於全國，而集合農場於是始焉。夫事莫善於公，而萬惡皆起於自私。人苟不能不食；而其食之所自出，又不能無籍於農；則人民必以業農者爲多，農民之好公好私，實風俗人心升降之原，而亦即治亂之本也。世皆言農人最自私，最頑固，其實農人曷嘗自私、頑固，乃其所業使之然耳。農業之使人自私，則土地寸寸割裂，而佃者限於一夫一婦之爲之也。故欲拯救一世之人心,必自變土地之私有爲公有始。而欲變土地之私有爲公有,則必自變私耕爲公耕始。中國之民,固十之八爲農人,果有以機犂易我古物者,我當法俄人之所以處西奈聖經者乎?抑終閟而不出也?且即閟而不出,亦庸可終保乎?今者古物之散失,論者輒謂以其物在私家故,然即在公家,亦庸可終保乎?他且勿論,所謂故宮博物院者,蓋三年之中,而再以失物聞矣。第一次事在二十三年,事由院長易培基及祕書李宗侗之監守自盜,據是年十月十三日江寧地方法院起訴書,及十二月中中央古物保管會之呈報,其所失者:爲眞珠千三百十九粒,以僞易眞者九千六百有六粒,寶石五百六十二顆,以僞易眞者三千二百五十一顆。又就原件內拆去珠寶者千四百九十六處,此外眞珠、流蘇、及翠花嵌珠寶手鐲等整件盜去者,爲數甚巨。二十五年之失竊,事以是年夏間外聞,據六月十九日中央社電,所失者,爲大小白玉如意十二柄,青玉如意二柄,珊瑚如意一柄,銅如意頭一個,銅香爐、銅香鏟各一,法郞表十七個,摺扇三十五柄,中有沈煥、那彥寶等書畫,趙子昂畫馬一軸,其事則守護隊趙伯岩、王旭所爲,而收買贓物者,爲張永泉、傅成祥、王學謨、祁長碩四人。見北平地方法院起訴書,趙伯岩被捕,自戕受傷,旋即身死。王旭、張永泉定罪。傅成祥、王學謨、祁長碩以自行交出贓物,緩刑。易培基、李宗侗,則始終未能弋獲也。公家之力,果足恃乎?或謂此乃吾國綱紀廢弛使然。然綱紀者,人之所爲也。人之所爲,則所謂有爲之法也。一切有爲法,如夢、幻、泡、影,如露亦如電,而何國之綱紀可終保哉?豈不聞以醫學名於世,足以媲美德意志者,而挽近,其醫學文憑,乃或出於賄買乎?同處一群之中,利害正相反對,而欲以一造之力,維持其所謂綱紀者,使之永不潰敗,何異以只手障狂瀾哉?合觀二次所失之物,除第一次有帝后衣冠拆去珠寶者。足資考證;第二次所失書畫,可稱美術外;餘本皆淫侈之物,留之何爲?且即美術,亦豈眞足寶乎?僞造書畫、骨董,舉世恃以衣食者,蓋不知其若干人。故宮所藏,寧必可信?即謂可信,而有史以來,少數人淫侈而喪心,多數人求活且不給,能有餘暇以從事於文學美術者,蓋少數中之少數耳。其所成就,自今日視之,誠若可貴,他日者,太平大同之盛,果獲成功,合一世之人,而從事於此,其所成就,必有非今日所能想象者。今之所有,在其時視之,祇堪覆瓿,無足疑也,而焉用固守之以窒社會之生機乎?

故宮兩次失竊案外,又有所謂出賣辟塵珠之案,事見二十三年十二月《申報》所載是月二十一日北平通訊云:月之十六日,東交民巷忽來一時髦少婦,舉止極華貴,自稱曰石靜芝,自上海來,同行者尚有一男子,年四十許,自稱姓張,住於崇文門外德國飯店,與美國古玩商人華克托兒往還甚密。少婦在平凡四日,未離飯店一步,十九日下午乃離平。事後,東交民巷某外國銀行華職員乃透出消息,知此少婦為溥儀弟溥傑之妻唐石霞,十九年時,攜亡清攝政王府古玩財寶,價值三百餘萬,潛往上海,聲言與溥傑離異,載灃控諸北平公安局。且開列失單,請軍警當局追緝,不得。此次秘密來平,關係出賣辟塵珠。辟塵珠者,清宮所藏真珠,最寶貴者有二:一曰琥珀球,一曰辟塵珠,皆大如雞子,晶瑩皎潔。辟塵珠,據云佩之可辟風塵。風霾之日,孝欽后恆佩之,其後則溥儀之妻榮氏佩之。十三年,馮玉祥入宮,溥儀夫婦出走。榮氏攜二珠去,藏於攝政王府,遂為唐石霞所得,十九年離平時,因乏現款,質諸東交民巷某外國銀行,得銀二萬元。茲在上海與美商議明,以銀九萬五千元出賣,故來平贖還,以畀美商。琥珀球,相傳能闢邪祟,溥儀在長春多病,故夏間由載灃送往長春云。珠能辟塵、闢邪,有是理乎?此所謂寶物之可寶,皆此類也,果足寶乎?

古物之不足寶,即謂足寶,亦不易終保;予夙懷此見。聞此類事,恆筆記之,有所見,亦錄存之,今亦多存游擊區中,存亡不可知矣,偶翻行篋,得此三事,爰刪略存之,亦百世之龜鑑。二十九年二月六日。

(原刊《宇宙風(乙刊)》,第 23 期,一九四〇年三月出版)

兩年詩話

我於民國二十六年十月十三日，避地下江。[1] 三十一年八月一日，回返我的故鄉下邑。[2] 到今年七月三十一日，恰是兩週年。有友朋寫信問我這兩年來的生活狀況。我的生活狀況，其何足述？但當此世變紛紜，而各地方的情形，又各有不同之際，正不妨就所記憶的，寫出一些來，聊供讀者諸君茶餘酒後的談助。

我自到下江之後，不但足跡未出從前所謂華圃，[3] 亦且未過越柏河[4]一步。到這年——三十一年——八月初一日，才同我的女孩，乘車過越柏河。在河南[5]，還見著頹垣敗壁，到火車開出後，就兩旁禾黍油油，和二十六年以前所見，無甚異同了。我想：這是我所見的如此，別的地方，該未必盡然罷？"遺民定已種桑麻，敗將如聞保城郭"，誦易安居士的詩，真要不勝感慨了。

我的家庭，本極簡單，祇我和我的妻，我的女孩三個人。當亂離之際，各自提著一隻破敗不堪的箱子，內中盛着些單袷衣服，同到下江，一住便住了五年。這五年中的生活，自然是非常苦楚，那麼爲什

---

[1] 編者按：當時爲避免日僞檢查，呂思勉先生在寫此文時將人名、地名隱去，改用代名。下江係指上海。

[2] 編者按：指常州。

[3] 編者按：指租界。

[4] 編者按：指蘇州河，又名吳淞江。

[5] 編者按：指蘇州河北岸。

麼久留不去呢？這也有個原故。我的朋友武隱文①說得好："到處都見得鵲巢鳩佔的現象，祇有在下江，還看不見這些。雖然'四海皆秋氣，一室難爲春'，當四邊風波震撼之際，據守着一個孤島而自以爲安，原不免於自騙自，但畢竟眼不見爲淨。"但是到我離開下江之前半年有餘，下江的情形，也大變了。"撑住東南金粉氣，依舊舞衫歌扇，空贏得猿啼鶴怨"，金迷紙醉之場，一變而爲荆天棘地，還何足留戀呢？於是我的妻和我的女孩説："既然萬方一概，又何不暫回我們的故鄉，再作道理？究尚略有田園可守呢。"議既定了，她倆先回下邑。我在下邑，本有住宅兩所，南北連接。② 戰前自居北宅，將南宅租賃與人。北宅幾於全遭炸毀，南宅却僅略有損傷，修理之後，依然完好。租賃期限早滿，這時正好收回自住。無如在戰時，下邑房屋毀壞的，超過百分之六十。這時候，房客堅不肯出屋，自己反去向人租賃房屋：（一）者不易得，（二）者即使得之，亦恐湫隘異常，我的生活程度，一時壓縮不到這樣低，（三）者如得可住的房屋，亦恐不能久居。於是我的妻和我的女孩商量，收拾燼餘的磚瓦。木料呢？我有一個同居的堂房兄弟，早把它賣給一個木匠了，我們此時，反出高價，買回其一部分。即在北宅廢基之上，搭蓋小屋兩間和窰屋一間，約共費去國幣五千元。我的妻帶着我的女孩，住在她的母家，於炎天烈日之下，奔走往來督工。這其間一切事情，又大得我的舅嫂的幫助。到七月中旬，工程粗畢，我的女孩乃從下邑再到下江，幫助我收拾五年中在下江之所有，於八月一日，回向下邑。

當我還在下江之時，我的女孩從下邑寫信給我，説："故鄉的風俗人情，比下江要好些。大家都還以爲在一個異常的時期，不以爲就此可以苟安。"她又説："這也有個原故。如我們所住的五女巷，在南段③，本是

---

① 編者按：此人爲誰不詳。
② 編者按：實爲東西相接。
③ 編者按：此"五女巷"即十子街，"南段"即東段。

一個紳士的住宅區。在戰前，是没一家不有兩三個傭人的，到現在，情形大不相同了。祇我家南宅的房客，還有一個走散工，即每日僅按一定時間，來作一定事務的女傭，其餘都是自己操作。環境是最深刻的教育，生活是最親切的環境，這怕是使異常時期的人，長不忘其所處的爲異常時期的原因罷？"我看了這封信，頗引起了思歸之念。因爲我在下江五年，對於下江的風俗人情，已經厭倦極了。到上了火車之後，我又覺得乘客的情形，和五年前頗不相同。大家都很沉默，似乎有些陶唐氏的遺民，憂深思遠的樣子。這沉默，就是堅決、鎮静的表示了。我又覺得其頗能互助。即如我，年老力衰，隨身所帶的行李，舉不起來，就有人助我舉起。當時乘客已滿，我和我的女孩，雖然各覓得一個座位，却是相去很遠。我女孩對面的坐客，便起而和我互换，他因此距離他的行李頗遠，也在所不惜。我在當時，覺得很爲感動。後來在日記中説："中路嬰兒失其母，則鴒原急難之情生。"這是使我初上歸途時，感極欲涕的一端了。

　　車到下邑車站，所見自然都大異於昔時。我同居的堂房兄弟的媳婦，和我妻的侄兒，都在車站相接。下車後，便直走我的妻家。我的舅嫂爲我設肴饌甚豐。我一時感激，也説不出什麼話來，祇説得一句："從我下邑的寓處到你們這裏，直如從荒歉的地方，走入豐收的境界。"雖然，獨食又何能下咽呢？這一天，"有酒旨且多"，我也本能略飲幾杯，然終未能開懷暢飲者以此。這一夜，我便宿在我的妻家。

　　到明天——八月初二日——和我的妻、我的女孩同到新造的小屋中看視，見其已略堪居住，乃遂留宿焉。卧室之外，本已成爲瓦礫之場，我的妻和我的女孩雇人把瓦礫挑去，又雇人種了些菜蔬，成爲圃地了。我有一個朋友，唤作殷威頌，[1]在戰前，曾帶着他的兒子來訪問我。那時正值暮春，我曾在院子中花架下，留他吃過一頓晚飯。這院子，已和廳堂同變成菜圃了。威頌的兒子業已成爲鬼雄，威頌則不

---

[1] 編者按：此指周畏容。

知流落何所。巡行舊地,真乃不勝感慨。我因此口占了五律七絕各一首:

> 卅年華屋處,零落倚茅廬。猶是傷離亂,遑云賦遂初?衰時思學圃,非種欲先鉏。荷棘心方壯,秋風病合蘇。

> 同啓瓊筵醉羽觴,當時曾是並華堂。羹葵飯葉知誰餉?欲向城南弔國殤。

我從此以後,就定居在這兩間小屋中了。從進城之後,我就沒再到過車站,別說乘車到別的地方去了。如聞現在火車上的情形,和我兩年前乘車時大不相同,我以爲這祇是浮面上的情形罷?

安居才一日,我的堂房姊姊死了。這堂房姊姊,就是上文所說的堂房兄弟的胞姊。我這位堂房兄弟,是幼而無父,由我的父親撫養成立的。他還有好幾位同胞姊妹,都和我們同居。祇有這位姊姊,年紀最大,出嫁最早,所以未曾同居過。雖然如此,往來也很親密。從我到下江之後,和她已有五年不相見了。這一年,她聽得我有回鄉的消息,非常喜歡,急欲和我相見。可是這幾年,她心臟有些毛病,不宜於行動。我回鄉之後,他家裏的人,未敢即日告訴她。我也因三日之中,事務繁冗,未能即去省視。誰知道初三晚上,她就得了病,到初四日的辰時,天尚未明,就與世長辭了,竟沒有再見一面的機會!後來想起來,不見面倒也罷了。相見之後,也免不得一番悲愴,於她也無甚益處罷?她的棺木,是戰前預先製造的,計值國幣四千元,却至多抵得戰前國幣二百元的貨色。衣衾臨時添製了些,並非全新。單以料論,即費去當時通行的鈔票一千元,工還在外。物價較戰前,至少增加了二十倍了。

此後幾天,我便上街去看看親友。親友是稀少了,也有死亡的,也有流離在外的。街道都已改觀。有些連街名也改變了,雖然直到現在,在最大多數人的口裏,街名還沒有改變,在路牌上的名稱,這時候却已早經改過。街旁的房屋,大半毀壞。有些新造的,多半祇有一個門面。走進去看，後面便是瓦礫之場了。這直到現在，還是如此。主人也多改變了，很多鵲巢鳩佔的，且如吾鄉，有一處著名的市場，名爲義正渡。① 在這義正渡口，有一家著名的茶館，名爲秋圃，賣的包子最有名。我垂髫時候，我的父親，請我的先生吃包子，挈帶着我同去。那時候的包子，是每個小平錢四文。我父親祇帶五百個大錢去，三個人吃飽回來，還剩二百數十文。這一家茶館，房屋雖然簡陋，可是因爲生意興隆，房租的收入，也着實可觀。到我回鄉之前一年，房主人坐在茶館裏，偶然發了幾句牢騷說：「這個年頭，生活艱難，我這所屋子，也祇好賣掉了。」在他不過是隨口的牢騷話。誰知道回家不久，就有人去找他，說：「聽得你秋圃茶園的屋子要賣？」他說：「這是我隨口的話。」來的人說：「話哪有隨口說的？」便出了一筆低價，把他秋圃的屋子，強迫買去了。這便是鵲巢鳩佔的一例。這還是勉強的，還有真正的鵲巢鳩佔。「莫過烏衣巷，是別姓人家新畫梁」，真使人凄然欲泣了。所見的人物，風度也都和以前不同。我親見一個上等人，赤著脚. 著了犢鼻褌，出來泡開水。可是這種人實在是安分的，他初無害於人。豪橫的就無從說起了。我回里的第一天，我的堂房兄弟便囑咐我：「上街走路，須要小心，不可同人家碰撞。碰撞了了不起的人，是可以惹出大禍的。」我自然祇得循牆而走了。我這次回鄉，本打算隱姓埋名，混在如海的萬人中，使人家不再注意到我。誰知道一到故鄉，黃包車夫認得我，理髮匠認得我，我又何從說起呢？在亂後的故鄉，買什麼東西，都不容易。初一日到家，就向送報的人定報，直到初十日才送來，知道小沼的四週，已都在舉辦清鄉了。這幾天中，所見所聞，有詩爲證：

　　　　短襪赤足漫提壺，察察應譏楚大夫。差勝車轅垂足坐，當筵使酒氣豪粗。

───────

① 編者按：此指仁育橋。

見獵心猶喜,從鯖意未平。野人不爭席,何處託吾生?

稍覺朱顏改,相逢白眼多。觀書今懶甚,縱酒奈愁何?節物驚蕭艾,生涯翳薜蘿。五湖妖霧遍,未許覓漁蓑。

觀書無從說起了。我在戰前,原有書一百三十六箱。其中大箱極多,一箱可抵得人家兩三箱。戰後存在的,共有五十七箱,但非完整保存,都是給人家打開了箱子,將書拋散在地,事後經一個不甚識字的人,替我拾起來,胡亂裝在業經破壞的箱子裏的。自己的房屋毀壞了,分作兩批,一批寄在我的妻家,一批寄在我的族侄屋裏。回鄉之後,因所居距離妻家,路途較遠,自己又祇有兩間屋子,寄存的書籍,依然未能取回。寄存在族侄家的,則因他的住宅,即在我北宅之北,兩家互相毗連,乃揀書箱破壞得厲害的,先行取回幾箱。一經發現,零亂,破碎,幾於不成樣子。要想整理,簡直無從下手。我當時想:連這些都毀滅掉,倒也痛快。我賦詩一首:

讀書益耶損?此事殊難計。少年寡思慮,謂書益神智。信哉六籍中,所言有倫紀。其如世異變,陳數非其義?庸夫墨守之,名實乃眩異。紛然喪所守,舉武輒慎躓。生心害於政,必或承其敝。信哉自擾之,天下本無事。安得祖龍焚,蕩然返古始?萬蔽一時除,勿復寶糠秕。失馬庸非福,塞翁達玄旨。

我這首詩,並不全是牢騷。我覺得讀書的爲利爲害,確是很難說的,尤其是社會科學。假使在堯、舜的時代而發明了火車,不會到現在照它的法子忽然開不動;在周公的時代而發明了電燈,不會到現在,照他的法子忽然開不亮。至多是淺陋陳舊些罷了。那麼,讀古人自然科學的書,決不至於全上當。社會科學就很難說了。且如現在,經商成爲學問,貨幣也成爲經濟的大問題。今人大都笑古人愚昧,不知道商業的重要,而要講什麼賤商、抑商;又不知道貨幣之不可無,而欲廢之而代以穀帛。好像現在所謂經濟學理,恒存於天壤,祇是古人沒有發明。試想沒有交換之世,安得有商業?無商業,安得有貨幣?

當這時代，現在所謂商業的學理、貨幣的學理，却存在何處呢？然則古人所說的活，安能適合於今日？然而人，不讀書則已，既讀書，別說墨守，即極得魚忘筌的人，也不免先入爲主。一件事情橫在面前，明明有問題的，也以爲前人業經發明，更無問題；即使用心去想，其所得的結果，也不易越出前人的範圍；而且世界上有許多該注意的現象，祇因前人未曾提及，也就不知道其該注意了。天下有許多事情，往往出乎人們意料之外，使人們手足失措，就是爲此。我嘗說：世界所以有大事，正和我們的屋子，住了一年要大掃除一次一樣。灰塵垃圾，都是平時堆積下來的。堆積了一年，掃除自然費力了。誰能使他不堆積起來呢？天天掃除，使其絕不堆積，或者也並非辦法，誰能按著堆積的情形，決定掃除的次數，並把他排列在適當的日期，使掃除亦成爲生活的節奏呢？屋子住了一年要掃除，是没人反對的，而且大多數人認爲必要。社會上堆積着千萬年的灰塵垃圾，却贊成掃除的人少，反對掃除的人多，甚而至於把灰塵垃圾，視爲寶物，死命的加以保存。世界之所以多事，豈不以此？以上一番話，讀者諸君，若肯平心細想，讀書的爲利爲害，豈不真成爲問題嗎？

理書真是無從理起，然而枯坐無聊之時，總得拉兩本來，姑作消遣。所拉的，自然要求其不殘缺、不破損。在這條件之下，所拉到的，乃是一八八〇年，即前清光緒六年慕維廉所撰的《大英國志》，經人翻譯出來的。這是木刻大字本。這部書的年齡，比我還大。我倒把他讀了一遍，真堪一笑。

這幾天之内，有個朋友，請我到茶館裏去吃點心。下邑有名的點心，除前述的包子外，尚有一種光餅。[①] 光餅又分大小兩種：大的甜、鹹餡心，小的則没有，可是亦極松香可口。據我所記憶：大光餅最初是六文一個，小光餅兩文。大光餅的價格，可以自由漲落，小光餅却不能。故老相傳，說"曾遇凶年，有些飢民，專恃此以活命。所以曾經

---

① 編者按：此處指麻糕。

官府禁約,非經稟準,不許擅自增價"。所以下邑的小光餅,從前有個別名,喚作"老荒"。禁約雖不知在何年;後來的官府,或亦不知此事;然在未有銅圓之前,小光餅的價格,確實始終維持不變。到銅圓通行以後,大光餅才增爲每個十文,小光餅也從十文四個,十文三個,五文一個,逐漸漲價。到戰前,大光餅漲至每個法幣四分或五分,小光餅則二分三個。到這位朋友請我吃點心的時侯,則大光餅每個一元,小光餅每個四角了。歸途買筆,從前一角二分的,此時增至兩元。到我寫這篇文字的時候,則增至五十六元了。

當我還沒有回鄉的時候,就有鄉間的學校,邀請我和我的女孩去教書。我們因爲鄉間的學校,宗旨尚屬純正,就應允了。我兼兩處的課:一處地名泊堤鎮,① 一處名小虔廟。② 我女孩所在的地方,名爲馬堤鎮。③ 半年之後,我的女孩也從馬堤鎮轉到泊堤鎮了。又半年,我倆把泊堤鎮的事情辭掉了。我在小虔廟,又勾留了半年。我女孩則至一處地方,名爲履尾的,④ 教了一年書,今後又想轉往走馬村。⑤ 我則離開小虔廟以後,就姑安家食了。我們在各處,都就住宿在學校裏。祇有在泊堤鎮時,父女倆同僦居於韋姓的小樓上。房主人的父母,在戰時均已年過七十。隨衆走至湖南,他母親間關而歸。父親則走至貴陽,到達後沒半個月就死了。房主人至今不敢告知他的母親,也不敢帶孝。好在他的母親是不識字的,所以並不以他的父親沒有信來而生疑,至今還眼巴巴望着他的丈夫從萬里外歸來呢! 我又感賦五律一章:

  干戈滿天地,垂老惜分飛。腸斷猶縈夢,眼穿終不歸。椎心營野祭,忍泪着萊衣,多少蟲沙化,何必爲爾悲?

---

① 編者按:指湖塘橋。
② 編者按:指阪上大劉寺,亦称大泖寺。
③ 編者按:指牛塘橋。
④ 編者按:指步頭,或名埠頭。
⑤ 編者按:指奔牛鎮。

到鄉間不久，我同居的堂弟，因外科中毒，猝然辭世了。這是三十一年十月初六的事。這時候，我在泊堤鎮，我的女孩在馬堤鎮，兩處相距不遠，家人派急足報告我，我便趕到馬堤鎮告訴她。可是倆人均無證件，不得入城。在馬堤鎮設法不成，又回到泊堤鎮，費盡九牛二虎之力，才得被人帶挈入城，替他把後事辦了。此時市上，起碼可用的棺木一具，價自四千元至六千元。幸有親戚婁君，認得一個七十一歲的木業中人，他現在雖不營業，而某木肆主人還是他的徒弟。仰仗他的大力，才得以二千五百元成交。入殮之日，不及多知會親友。少數的至親密友，所吃的飯菜是幾家親戚的婦女們，替我們上街買來，動手做的。可是飲食和一切雜費，也用至四千元。然而如今又非昔比了。在我寫這一篇文字以前約一星期，我這堂兄弟的內侄死了，棺木價格是五萬元，亦和我堂房兄弟所用的棺木，無甚上下。

其餘一切物價，繼長增高，亦大致如此。可知在今日，生存和死亡，同一不易了。去年夏間，我妻在病中買食大光餅，價格是每個十二元。到十月十三日，因證明文件要更改，我和我的妻，同到照相館裏照相，歸途順便在茶館裏吃些包子、光餅。那時候，包子是每個四元；大光餅每個二十四元；茶兩人一壺，每壺五元。現在，大光餅增至四十元至五十元；小光餅自六元至十元；包子每個十元；茶每壺十六元，連小帳二十元。若到飯店吃豬肉一碗，我回鄉之歲，係廿四元，後增至三十六元；去年夏間一百五十二元；現在是三百五十二元了。我的女孩，有一個女友，流落在異鄉。多人傳說："她那地方的物價，已經漲起四十五倍了。"我和我的妻在上茶館的歸途中，不勝惦念著她。"她一個女孩子，流落在物價那麼貴的地方，怎樣過活呢？"誰知不久得到她的來信：她在那裏吃包飯，每月僅四百五十元，每餐有兩葷、兩素、一湯。一個月之中，有三天加膳，她那裏的俗名，稱爲"牙祭"，葷素菜都加倍。並說在她那裏的人，到星期日，夫婦兩個，可以換着新衣，上館子去吃一頓。較諸我們兩口子，僅能偶然上街，吃幾個光餅、包子的，幸福得多了。人言之不可信，於此可見一斑。

南宅的房客，雖然百端狡賴，到三十二年底，終於出屋了。我將其大部分分租與人，自己也留着一小部分。我在兩間屋子之外，才多了五間屋子。這一所屋子，我小時候本來住居在內的。後來隨宦江南，①再歸故鄉，此屋因離鄉時租賃與人，就始終住在北宅。今年正月十八日，我再歸南宅，屈指離開這屋子，已經五十年有餘了。感賦兩絕：

　　五十年餘始復歸，鄉關零落悵何依？雲飛仁看金風起，扶杖猶思駐夕暉。

　　乘風破浪成虛語，合笑當年志事衰。差喜青燈黃卷在，尚應有味似兒時。

我本是除讀幾句書之外，一無所能的。我的妻也衰老了，而且年來多病。這兩年來，家計的支持，田園的整理，倒靠著我的女孩，奔走擘畫。而我的女孩，也已屆三十之年了。我在她的生日，又做了五律兩首：

　　　　榮女三十　癸未
　　汝大知吾老，家貧長苦飢。心應隨鵠舉，迹笑似犧縻。播越漸江海，稱名愧斗箕。榛苓今在望，畏約豈無涯？
　　井里全墟日，衰遲欲逮年。經營吾愧拙，枝柱汝惟賢。寄意丹青外，娛情沼沚邊。豐顏宜善惜，休遣換華顛。

　　　　再示榮女　癸未②
　　束髮受詩書，頗聞大同義。膝前惟汝存，喜能繼吾志。人生貴壯烈，齦齦安足齒。壯烈亦殊途，輕俠非所冀。嗟嗞天生民，阨窮亦久矣。蒿目豈無人，百慮難一致。聖哉馬克思，觀變識終始。臧往以知來，遠矚若數計。鳥飛足準繩，周道俯如砥。愚夫

---

① 編者按：實指江北。
② 編者按：此首原刊時未載。

執偏端,訏詰若夢寐。庶幾竭吾才,靖獻思利濟。太平爲世開,絕業爲聖繼。人何以爲人,曰相人偶耳。行吾心所安,屋漏庶無愧。任重道復遠,成功安可冀。毋忘子輿言,彊爲善而已。

"洛陽親友如相問,一片冰心在玉壺",我兩年來的生活狀況,大略都在這幾首詩中了。"此身合是詩人未?"

(原刊文藝春秋叢刊之一《兩年》,上海永祥印書館,一九四四年十月十日出版)

蠹魚自訟

"臣朔猶饑,侏儒自飽,畢竟儒冠誤",這種感慨,從前讀書人,是常有的,我卻生平没有這一種感慨。

我覺得奮鬥就是生命,奮鬥完了,生命也就完了。從前文人的多感慨,不過悲哀於不遇,奮鬥是隨時隨地,都有機會得的,根本無所謂遇不遇。況且我覺得文人和學人的性質,又有些不同。文人比較有閑,所以有工夫去胡思亂想,學人則比較繁忙,没有什麽閑的工夫。我雖没有學問,卻十足做了半生的蠹魚,又何從發出什麽感慨來呢?

然而我也說"被讀書誤了",這又是何故?

這話倒也是站在學人的立場上說的。學問之道,貴乎求真,"真的學問,在空間不在紙上",這個道理,是容易明白的。自然,最初寫在紙上的,是從空間來的,不然,他也不會有來路。然而時間積久了,就要和實際的情形不合,所描寫的,不是現在的情形了;所發表的意見,也和現在不切。然而時間積久了,就使他本身成爲權威,以爲除書所載而外,更無問題,而一切問題,古人也都已合理地解決了,所苦者,衹是我們没有能了解古人的話,或雖了解而不能實行。即有少數人,覺得書之外還有問題,古人解決問題的方法,亦未爲全是的,然而先入爲主,既經受了書的暗示,找出來的問題,還是和古人相類,而其所謂解決的方法,也出不得古人的窠臼,和現在還是隔著一重障壁。所以從來批評讀書人的,有一句話,叫做"迂闊而遠於事情"。"情"是"實","事情"就是"事實的真相","迂"是繞圈子,"闊"是距離的遠,你不走近路而走遠路,自然達不到目的地,見不到目的物的真相了。這一個批評,實在是不錯的,讀書人的做作事,往往無成,就是爲此。

然而不讀書的人,作事也未必高明些,這又是何故?固然,他們有成功的,然而祇是碰運氣。運氣是大家可以碰到的,就讀書人也未必不能碰到。不學無術的英雄,氣概是好了,也未嘗不失敗,就是爲此。老實説:他們的作事,比讀書人也高明不出什麽來,甚而至於還要低劣些,因爲讀書人還有一個錯誤的計算,他們則並此而無之了。

做事情要有計算,畢竟是不錯的。讀書人的錯誤,並不在於他們的喜歡研究,而在於所研究者之非其物。研究的物件錯了,自然研究的結果,無一而是了。别人我不敢説,我且説我自己。我亦不敢説得遠,且説這兩年來的事情。

我是半生混跡於都市之中的,近兩年來,卻居住和往來於鄉間有一年半之久,這是我换了一個新環境了,我卻得到些什麽呢?

近幾年來,時局大變了。時局的變化,是能給人以重大的刺激和親切的教訓的,就鄉下人也該有些覺悟,然而大多數人,混沌如故。他們對於時局的認識,倒底如何?感想倒底如何?

離開時局説,一個人總有他的世界觀和人生觀的。有些人,以爲哲學是高遠絶人之物,這根本是一個誤解。每一個人,總有他的世界觀和人生觀,這就是他的哲學了。哲學雖看似空虛,實在是決定人生的方向,指導他的行爲的。然則他們哲學上的見地,究竟如何?自然,他們哲學上的見地,也不能一致。然則老的如何?少的如何?男的如何?女的如何?莊稼人如何?做手藝的如何?足迹不出里閈者如何?常往來於城市者如何?……

以上的話,似乎太籠統了,説得具體些。這幾年來,鄉間實在有一個嚴重的現象,那就是人口,而尤其是壯丁的減少。工資騰貴了,以今日的幣價而論,或亦可説其實並没有騰貴,然而就使你真提高了工資,也還是雇不到人。事業比戰前,並没有擴充,而且顯著地減少了,人浮於事的現象,則適得其反,這能説是人口至少是壯丁没減少麼？然而你問起人家來，人家總說並沒有減少。甚而至於說還有增加。他或者看見他的親戚、朋友、鄰里，新添了一兩個丁口，而老的也沒有死去罷？

農產品騰貴了，鄉里人的生活，究竟如何？有一個比較留心的人對我說："最好是三十年。這時候，農產品已經比較騰貴了，別種物價的騰貴，卻未至如今日之甚，稅捐的剝削，也還未至如今日的厲害，幣價卻低落了。我們鄉間，有一種'活田'，就是名爲賣，而有了錢，依然可以出原價贖回的。據說在這一年，鄉下人這種田，幾乎贖去了十之八九，佃農變作自耕農了，這是一個生活較好的鐵證。近兩年來，各種物價，都騰貴了，稅捐的剝削，也更厲害了，就鄉下人也大呼生活艱難，然而生活必要的資料，尤其是食料和燃料，他們手裏畢竟有一些實物，和城市中人動輒要買，而且還不易買到的不同，所以他們的生活，比城市中人，畢竟要好些。"以他們向來勤儉的習慣而論，處這極其危險，而還未至於絕無可爲的地位，該格外奮勉向上。然而有一部分人，卻因手中貨幣虛僞的數量上的增多，或者交易上一時的有利，而露出驕氣，其實是暮氣來了。譬如，有一個佃戶，找他的田主要借錢。田主道："我借給你，也不過兩三千元。"佃戶便哼的一笑道："兩三千元麼？我上茶館天天帶著的。"這所謂上茶館，並不是真去喝茶，你祇要午後走過市集，便可見得所謂茶館裏，並沒有一個人在那裏喝茶，你如走得口渴，要想泡一碗茶喝，他也可回說沒有。真的，他的火爐中並沒有火。然則茶館開著做什麼呢？你再一看，就可見一桌一桌的人，在那裏叉麻雀了，叉麻雀還算是文氣的，還有更武氣的賭。茶館裏也算是比較優等的地方，劣等一些，便在人家簷宇下，安放一張桌子，或者還是凳子，四面圍著些人，便在那裏擲骰子，推牌九了。落在後排的，便自己帶了凳子來，高高地站在上面，在人背後奮勇參加。

這還是不至於淪落的人，淪落的人，就更無從說起了。有一個佃戶，因爲替田主照應墳墓的關係，既不交租，又不完稅，而且還住了田主的屋子。然而他窮得了不得，穀未登場，已非己有，有錢在手裏就賭。近兩年而且害起病來了，不能耕種，十畝倒荒掉五畝以上，那五畝不到，還是他女人勉力種的。他卻天天站立在門外，負手逍遙，見有收捐的人來，便從屋後向田野中溜掉了，讓他的女人去支吾。

這種人，或者可以説是生來就能力薄弱的，然亦有向來勤儉的人，在這幾年中，環境也逼迫他，或者引誘他，使他墮落。有一個城市中人，在戰前，是相當勤儉的。他產業的收入不多，靠親戚貼補些，又自用縫衣機器縫衣，也還圖個溫飽。戰時房屋燒掉了，他便把地皮賣掉，到鄉間買了二十多畝田。這時候，還很有勤儉自持的樣子。不知如何，忽而把毒品吸上了。從此漸漸地不像個人。一兩年後，身體也衰弱得不成話了。有一天，吃了晚飯，勉強走出去過癮，竟因心臟的工作忽而發生障礙，就死在售吸之處，僅有的餘款和田地契等，被和他有同嗜的人，回到他寓處擄去了。

這是鄉間的情形，至於城市之中，則我在兩年前回鄉時，覺得大家還有些震動恪恭的意思，未忘其所處者爲非常時期，今則此等人幾於不可復見了。變節不會變得這麼快，或者是"賢者辟地"了罷。否則"萬人如海一身藏"，"衆裏尋他千百度，驀然回首，那人卻在，燈火闌珊處"，自然也是不容易遇見他的。眼前數見不鮮的，則不是想發横財，就是且圖享樂。再不然，就是刺激受得過度而麻木了。什麼事情，也刺激他不動，正像耳朵給砲聲震聾了，再也聽不見什麼一般。現在的環境，真能使人墮落麼？然而不靠白血球和病菌苦戰一番，安能使新陳代謝的作用旺盛，而收除舊佈新之效呢？

迷信事項，不論在城市在鄉，都見其盛行，且如現在是九秋天氣，我們家鄉的風俗，從舊曆九月初一日起，到初九日止，是有所謂"拜斗"，亦謂之"禮斗"的一種舉動的。那便是道士，或者雖非道士而著了道士的衣服，念著一種"斗壇經"，向所謂北斗星君者，磕頭禮拜，求其增加壽算，或者不剋減。拜斗之處，明明是一所屋子，其名稱卻謂之壇。在敝處小小的一個城市中，所謂壇者，卻也有好幾處。最初，拜斗的人，都自以爲是功德。他們有一種公款，以作開支，並不靠人家補助的。然而"螻蟻尚且貪生，爲人豈不惜命"？增加壽算，或者不剋減的事，豈怕沒有同志？而況"南斗注生，北斗注死"，這傳說業已不知其幾何年，豈怕沒人相信？於是有害了病，去請他們拜斗，以求不死的；也有雖然無病，而亦去請他們拜斗，以期更享高齡的。久而久之，拜斗也逐漸地商業化了，雖然抱著做功德之念者，今日亦非遂無其人。在戰前，禮斗一次，不過花上二三百元，現在則起碼萬元，多的到萬五千元以外。然而從初一到初九，應付這些主顧，還是來不及，而不得不把拜斗之期，延長到初十以後，這是眼前的即景，追想幾個月前，關帝廟中的廟祝，說某日是關帝的生日了，托人四出募捐。旬日之間，所得計有二十萬。一天工夫，據說都花消完了。經手的人不必說，佈施的人，該是"誠發於中"，"義形於色"，必不容人家有什麼不端的行爲的了，然而就是關帝生日這一天，關帝廟裏，就呼盧喝雉了一夜，他們竟熟視若無睹，無可如何麼？或者也有之，然又何苦踴躍輸將於前呢？還有所謂什麼道的，所崇拜的物件，不知是什麼。所講的道理，更其非驢非馬，聽得要使人"冠纓索絕"。然而相信他的人，也是不遠數百里而來，所捐輸的款項，據說亦在數十百萬以上。

　　墮落的爲什麼墮落？頹放的爲什麼頹放？發狂的爲什麼發狂？癡迷的爲什麼癡迷？這都各有其所以然的，斷不是坐在家裏，用心思去測度所能夠知道。發憤罵人，總說人家不應該如此，那更可笑了。"世界上是沒有一件事情沒有其所以然的，即無一件事情是不合理的，不過你沒懂得他的理罷了。"怎樣會知道許多道理呢？那就要多多和事實接觸，且如今日，人口倒底減少不減少？如其減少，是怎樣減少的？所減少者專在壯丁，還是連老弱都受到影響？其減少的原因，又是爲何？我固然沒有法子，像調查戶口般逐戶去調查，然使周歷鄉間，多和各種人物接觸，難道沒有機會，知道其中一些真相麼？這是一端，其餘可以類推。總而言之，和各種事實接觸得多了，和各種人物接觸得多了，自然你易於知道一切事情真相，向來知其然而不知其所以然的，自然有許多，你能夠知其所以然了。這裏頭，一定有許多嶄新的材料，爲你向來所夢想不到的，使你見所未見，聞所未聞，不徒能增加知識，而且還饒有趣味。

這事情難麼？我是有資格可以去訪問鄉間的所謂鄉先生的，城市中人，熟識的更多了。他們或者都以爲我是一個無用之人，然亦都知道我是個老實人，別無作用，一切事情的真相，對我盡情吐露，並無妨礙。聽他們的說話，或者一時不易得到要領，然而我自有法子去探問；聽了他們的話，我自會推測、補充、參證、綜合的。至於城市中素未認識，而又談話比較有條理的人，鄉間的農夫野老、婦人孺子，你要和他接觸，而使你得到一個滿望的結果，那更容易了。總而言之，祇要你有決心，有耐心，去和他們接觸，決不會無所得，而且所得一定很多。在交通上，周歷各處，在今日或者是比較困難的，而且還冒些風險，然亦未至於不可通行。我們從前讀書，不常看見亂離之時，交通困難，要避免了某種特殊勢力，或者要結托了某地段的豪傑，才能夠通行無阻麼？在今日，正可親歷其境，以知道所謂亂離之世的真相，不但活生生的事實，不放他眼前空過，就是讀書時候所見到的許多事實，知其然而不知其所以然，百思不得其解，就自以爲解，其實也是誤解的，也可因活事實的參證，而知道其所以然了。喜歡讀說部的人，爲什麼多？喜歡讀正書的人，爲什麼少？豈不以說部的敍述比較詳盡，容易瞭解；又其材料都爲現代的，親切有味麼？其實說部的內容，就使都從閱歷得來，和實際的事實，總還隔著一層；也是閉門造車的，更不必說了。活生生的事實，比起說部來，又要多麼易於瞭解，親切有味？何況乾燥無味的正書呢？

此時此地，是何等獲得知識，饒有趣味的好機會？然而我竟輕易地把他放過了，我還祇做了兩年的蠹魚。

我爲什麼如此說呢？一者，讀書讀得太多了，成爲日常生活的習慣，就很怕和人家交接了。這實在是自己的畸形發展，倒總覺得和人家交接，淺而無味，俗而可厭。於是把僅有的外向性都消磨盡，變成極端的內向性了。二者,在書上用過一番功夫,而還無所成就,總覺得棄之可惜,於是不免賡續舊業,鑽向故紙堆中。從前梁任公先生歎息於近代史的寥落,他説:"我於現代的史實,知道的不爲不多,然而我總覺得對於現代的興味,不如古代。"任公先生,現在是與世長辭了,他所知道的,甚而至於是身歷其境的,怕百分之九十幾,都沒有能寫出來。任公先生是比較能作實事的人,尚且如此,何況我這真正的蠹魚呢?

然而我畢竟不能不算是一個錯誤。

然而"往車已覆,來軫方遒"。我在鄉間學校裏,曾發憤,每天提出一個鐘點來,和學生談話。我所希望的,是不談書而談書以外的事實,有機會時,把他引到書上去,使書本和事實,逐漸地打成一片。然而來的都是喜歡讀書的人,所談的也都是書上的話。要想把他引到現實上去,因爲有許多問題,離現實太遠了,竟無法引而近之。不但學生,即教育者亦大多數以爲"讀書就是教育,教育就是讀書",家長更不必論了,到現在,中等學校教員中,還有要講桐城家法,聽得我會寫語體文而驚訝的。這或者是迂儒,然我親見實業上比較成功的人,請人在家講《孝經》。又有一個某實業團體的會,請了兩位先生,排日講《書經》、《禮記》。他們説:"這兩位先生,隔日要講一次,未免太累了。"託人致意於我,想我也去講一種古書,"如此就每人可以隔兩天",被我笑謝了。

我們的社會,和現實相隔太遠了,這未免太不摩登了罷?我並不說讀書不是學問。書,自然也是研究的一種物件,然而書祇可作爲參考品,我們總該就事實努力加以觀察,加以研究的。不但自然科學如此,社會科學,更該如此。因爲社會科學,現在所達到的程度,較之自然科學,相差得太遠了,在紛紜的社會現象中,如何搜集材料?如何加以研究?一切方法,都該像現在的讀書一般,略有途轍可循,略有成法可以授人,而隨時矯正其謬誤,這才是真正的教育。至於把書本作爲物件而加以研究,這自然也是一部分的事業,也有一部分性質適宜於此的人，然而適宜於此的人，怕本不過全體中一小部分。因爲人的性質，自能因關係的親疏，而分別其興味的濃淡的。書本較諸現實，關係當然要疏遠些，感覺興味的人，自然少了。現在把一小部分人能做的事業，強迫全體的人都要這麼做，這亦是現在的教育所以困難的一個原因罷？

會説讀死書是無用，學問要注重現實的人，現在並非没有，而且算是較摩登的。然而這種人，往往並無所得，較諸衹會讀書的人，成績更惡劣了。這是由於現在説這一類話的人，大都是没有研究性質的人，把他們來和讀死書的對照，還衹是以無研究的人和所研究者非其物之人相對照而已，並不能作爲讀死書的人的藉口。

　　　　　（原署名：程芸，原刊文藝春秋叢刊之三《春雷》，
　　　　上海永祥印書館，一九四五年三月十五日出版）

連丘病案

"出郭門六七里，坐在豆棚瓜架之下，和農夫野老閒談，這班人有何知識？然而地方官的好壞，卻從他們的口裏，可得而知。"

這是從前人的話，這話確有道理，地方官所懷抱的政策，庸或非愚民所知，然語其究極，總不外爲人民興利除害，這是人民自己的事，自己的利害，當然祇有自己可以覺得。固然，犧牲目前的小利，以謀將來的大利，忍受目前的小害，以避將來的大害，庸或非愚民所知，爲地方官者而果懷抱如此政策，一時或不免轉以召謗，然而這不過是一時之事，假以時日，利害總要予人以共見的。況且大家喜歡用"愚民"兩個字，其實人民那裏真愚？更無盡愚之理，所以見其爲愚，祇是苦於他們沒有受教育的機會罷了。爲地方官者，果能剴切勸導，他所行的政策，無論理論如何深奧，利害如何複雜，人民也總可以明白得幾分的，還有一句話說得好："話的爲人所信與否，不在乎其所說的話的好壞，而看說話的人信用如何。"同是一句話，這個人說了，沒人相信，那個人說了，就大家奉爲金科玉律，這是常見的事，所以做地方官的人，要是真有愛民之心，清勤之實，他所行的政策，即使人民不能瞭解，亦會因其人格的信仰，而信仰及其政策的。所以人民決非不能批評地方官，而地方官的好壞，到底要以人民的批評作標準。這正是民治主義的原理，地方官的可以民選，就是爲此。

同理，醫學是專門之學，診斷和治療，自然非（一）病人、（二）病人的家屬、（三）親友，即所謂"病家"者所知。然而病家的責任，本不在乎診斷和治療，而在乎醫生的去取。決定醫生的去取，固然不能離開醫學，究與醫生所應知的醫學不同，況且醫生的去取，並不是專決之於醫學的好壞，也要看其（一）人格的高低，（二）對病者有無同情心，（三）治病肯負責任與否，（四）是否不過於貪利等待。這些，都和醫學知識無涉。所以病家雖無專門的醫學知識，還是可以去取醫生的，而就舣衡的原理立論，去取醫生之權，還正應操諸病家之手，老是抱著一種夷然不屑的態度，對於病家的批評，一句也不肯接受，不是自私，便是無知了。醫案是供給醫生的參考，做治病的殷鑒的，固然有很大的價值，病案是供給病家的參考，做去取醫生的殷鑒的，我以爲也有同等的價值。

我的故鄉，今名下邑，①古號連丘。② 我從兵災起後，避居下江③者六年，到三十一年八月一日，才從下江回到連丘。這在我所做的《兩年詩話》中，已經說過一個大概。我的家庭，極其簡單，祇有我和我的妻、我的女孩三個人。從回到故鄉之後，就住在連丘城裏。我和我的女孩，卻又到鄉間學校裏去教幾點鐘書。這話，在《兩年詩話》中，也已經說過了。三十一年八月二十二日，我們將要下鄉，因爲鄉間的飲食，未必潔淨，想打一次霍亂和傷寒的預防針，或則内服些伐克辛。在戰前，我們是有好幾位相熟的醫生的，這時候，都已飄零異地了，更不知有哪一位醫生可找。有一位姓申的醫生，小時候，住在我堂房弟媳婦的母家的，這時候在連丘城裏，也還說得著，我和我的女孩，就同去找他。

當我們找到他的時候，他說："注射的疫苗已無。内服的伐克辛，是有兩服在這裏，可是距離失效的期間，已經沒有幾天了。失效的期間，未必能扣得真準。在失效期間以前幾天的藥，我不願意賣給你

---

① 編者按：即常州。
② 編者按：即蘭陵。
③ 編者按：即上海。

們。"我們覺得他的態度,很爲誠實,從此,我們就認得了這位申醫生。

疫苗沒有注射,伐克辛也沒有服,因爲我們對於飲食,十分小心,霍亂、傷寒,都給我們避免了。然而鄉間的蚊子實在多,這較諸虎列拉和腸窒扶斯,更難預防,我終於害起瘧疾來了。這事在三十一年十一月初七日。

說到瘧疾,我就要追溯到四十年以前,說幾句老話。醫家的習慣,稱人第一次所害的瘧疾,謂之"胎瘧",總是較重而且歷時較久的;第二次以後,就不然了。我的害胎瘧,還在我七歲的時候,是和我的姑母,同時發作的。我的姑母,年紀雖比我大許多,所患的卻也是胎瘧,兩個人的病,差不多同時而作,也同時而止,都是起於初秋,而愈於冬季,實足有五個月。當時替我們治病的,有好幾位,都是連丘的名醫,而竟束手無策,坐視其歷時如此之久,人都病得虛弱不堪。那時候聽人家說:"這還不算久,瘧疾竟有害到兩三年的呢。"十四五歲以後,漸漸見患瘧的人服奎寧或者奎寧丸,都是不久即止的。我以爲中國是沒有治瘧的藥了。二十一歲,我和我的妻結婚。我的丈人,是喜歡讀醫書的。他雖不行醫,卻因他隨處留心,經驗也很豐富。他少年時候,是住在浙江的。他和我說:"中國治瘧的藥,祇有常山、草果是靈的,但其性質極爲剋伐,不可輕用。"我才知道常山草果之名。後來我的女孩,在三歲半的時候,害起胎瘧來了。奎寧末他怕苦不肯服,奎寧丸則咽不下去,尋常治瘧的中國藥,是明知其無效的。正在無可如何的時候,恰好我有一個表弟,是學中醫而生長在福建的。他對我說:"常山、草果,浙西的醫生,見得害怕,福建的醫生,是用慣了的。從沒見服常山、草果的人,寒熱發到三次以上,也從沒見有什麼流弊。你別膽小,我可保險。"因爲他膽大,我和我的妻,膽也大起來了。就請他開了一張方子,給我的女孩服下去,果然,寒熱應手就住了。我才知道常山、草果之靈。後來我有一位族叔,也害起瘧疾來。他的瘧疾,幾乎近於惡性。服奎寧丸無效,服中國藥也無效。我又有一位族祖姑丈,他在少年時,是落拓不羈的,人都稱他爲"水五爺"。

晚年家道中落了，乃藉行醫以自給。他的診務頗忙，然因習慣所在，每天總得到茶館裏去喝碗茶，和不相干的人，談些不相干的話。有些人，就到茶館裏去找他看病，他倒也不拒絕。我這位族叔，也是到茶館裏去找到他的，事有湊巧，這一天，我也因有事情到這茶館裏，祇見水五爺對我的族叔說："你的病，柴胡是無用的了，非用常山、草果不可。"一句話觸動了我的好奇心，隔一天，便去省我的族叔，問他服藥的結果，果然，寒熱又住了。這時候，我很相信常山、草果，以爲其效力還在普通的奎寧以上，因爲普通的奎寧，是不能治惡性瘧的，這一次我族叔的瘧疾，雖不能斷定其爲惡性，然曾服奎寧丸而無效，則是事實。

避地下江之後，奎寧漸漸地貴起來了，雖然比現在還便宜許多，窮人害瘧疾的，已經覺得吃不起來了。我有一個朋友，喚做秦君和，他是在老泰西藥廠裏服務的。有一次因飯局遇見，我便把以上的話，述給他聽。我說："現在奎寧貴了，你們何不就常山、草果，研究研究呢？"他說："常山、草果麼？日本人早研究過了。草果是無用的，能治瘧的祇有常山，但其治療之有效率，祇百分的六十餘，而奎寧之有效率，爲百分之八十餘，所以日人便棄而不用了。"他這話自然是不錯的，但是我以爲："當這奎寧價貴的時候，有這功效稍遜的常山，總還勝於別種藥。而且《本草》本說常山是治凡寒熱的，並沒說專治瘧疾，或者於治瘧之外，還有別種用處，亦未可知。"所以對於常山想遇機會則加以研究之心，依然未改。

到這一年十一月初六日，就是我害瘧疾的前一天了。我在小虞廟我任課的學校裏，和同事鐵儉明君夜談。鐵君是患瘧新癒的，他卻並沒有服奎寧。他和一位泉醫生同住，泉醫生的兒子，是拜鐵君做乾爺的。這種關係，連丘話稱爲"寄兒親"，是頗爲親密的。泉醫生這一次，共給鐵君開了三張方子，第一二張都是用草果的，服後無效，第三張方子用常山做引，服下去寒熱就止了。我聽了鐵君這一番話，異常興奮。在這醫荒藥貴的時代，而有能用常山的醫生，出現於浙西，那真是患瘧者的福音了。

到明天，就是我害瘧疾的這一天。午後課罷，我到離小虔廟一里半路的下隰鎮去看一位朋友，這位朋友，喚做嚴位人，也是一個醫生，他就留我吃晚飯，他又約到一位朋友，喚做韓貢倫，是在下隰鎮上開設藥鋪的。席間談起常山、草果的問題來，韓君說："常山確能治瘧。"他背得出一張常山治瘧的方子。他說："這張方子，鄉民力不能延醫而患瘧的，很有服他的人。現在鄉間買奎寧丸，起碼三元一粒，並不是好的。這種奎寧丸，要吃到瘧疾不至再發，至少要六十粒，就得一百八十元，若吃這張方子，無論如何，藥價不會滿十五元的，這是不及十二分之一了。"我聽了這話，也覺得很興奮。在當時，本想席散之後，把他這張方子錄下來，無如席尚未終，忽而覺得全身倦怠，食思不振，連終席都是勉強的，更說不到席散之後，鈔錄醫方了。當時匆匆回到學校裏，不到半小時，就大發其寒熱，直到明日黎明才退。

這一次的寒熱，在自覺的徵候上，是很容易辨明其爲瘧疾的。我在鄉間，本來兼兩處學校的課，一處是小虔廟，一處是泊堤鎮。我每逢星期四，從泊堤鎮到小虔廟去，星期日則從小虔廟回到泊堤鎮。這一天正是星期日，我依舊回到泊堤鎮去。到晚上，又發了一個寒熱，初九日依然如故，那更明是瘧疾無疑了。初十日早寒熱退後，我便回到連丘城裏。這時候，我雖抱病，依舊非常興奮，我頗有以身試藥的決心。到家後，吃了兩條油條，便直走到泉醫生家裏。我知道醫生的通病，非有特別關係，或者他是初行醫道，要巴結生意，是不肯多談話的，甚至連聽話也厭煩。泉醫生我是素不認識的，他也行醫道有年，頗有名譽，決不在乎做這個把病人的生意，我知道這種關係，所以特先走到鐵君家裏，這時候鐵君不在家，我便請鐵君的夫人，鄭重介紹，說明"鐵君的瘧疾，經其用常山治癒，我也患了同病，所以特地前來請教的"，然後請他診視。這時候，我要請教泉先生的，是（一）在學課及經驗上，常山到底主治何種寒熱？其應用的範圍如何？（二）《本草》說它有毒，又說中虛的人不宜服，這大概是大家畏忌常山的原故，究竟其説確否？又何種現象，謂之中虛？（三）醫家每言寒熱不可輕截，即常人亦知道此説，依我的意思，寒熱無不可截止之理，且以能截止爲佳。醫家所以有不可截之説，而常人也多相信，似乎是因寒熱雖止，其餘的徵候，不能忽然全愈之故。但何故不可先治其寒熱，然後徐理其餘諸症狀？這到底容易了，人也少受些傷。我想發這三條疑問，自然先得把我對於常山之所知，即前文所敍述的，先説一個大略，我的説話，自信是簡明而有條理的，前文所敍述的，口説起來，不過五分鐘到十分鐘罷了。經過鐵夫人的鄭重介紹，我以爲總有一個給我發表意見，解決疑問的機會。誰知話未及半，泉先生已經露出不耐煩的樣子，他伸手便要替我診脈，依我的性質，這時候實在要拒絶他，説等我説完了再行診脈。然而這在禮貌上未免有些不宜，祇得伸手給他診視。他一面診，我仍一面説。他似乎不甚注意。我受了這個挫折，説話自然要慢一些了。到我把對於常山的所知敍述完畢，他已在提筆開方了。我知道三條疑問，沒有提出的機會了，祇得坐著靜候。他把方子開完，遞給我，説"吃兩帖"。我把方子一看，其中並無常山，我便問他："我的病，爲什麼不能吃常山？"他説："先得使你的病成爲瘧疾。"這句話，真使我如墮五裏霧中了。醫生還有使某病成爲某病的能力？而且還有使某病成爲某病的必要麼？我自然要問他："如何叫成爲瘧疾呢？"他説："那便是成爲瘧疾。"這我更糊塗了。我笑著問他："不成爲瘧疾，則如何？"他説："那要成爲温病的。"我知道没得説了，便懷了藥方告辭。我想他給鐵儉明吃的藥，是第三劑用常山的，對於我或者也是如此。我先吃了兩帖藥，到第三帖藥，至少是換過一張方子，到第三張方子，總得使用常山，我的寒熱，總該可截止了罷。回家路過藥鋪，便把那張方子，購了兩帖。回到家中，我的妻，本來是反對在奎寧之外，别覓治瘧之藥的，我也想：即使要研究常山，也没理由用如此愚笨的法子。我就再跑到藥鋪裏，把兩帖藥退掉，回家自服奎寧，當天就把寒熱截住了。

這時候，我追想到小時候所讀的古文，有幾句説："江河所趨，百川赴焉,蛟龍生之,及其去而之他,則魚鱉無所旋其體,而鯢鰍爲之制。"覺得很有味。所謂風會,確乎是有的。一種學問之將廢,並非其學問的本身遂無可取,而祇是人才不出於此途,其學問遂不能刷新,與時俱進,久之就變爲無用的了。爲什麼人才不出於此途呢？那便是風會爲之。且如現在,對於一切科學,肯置諸不聞不問,而祇以讀幾句舊醫書爲已足,這種人豈能成爲人才？聚集這種人以從事於中醫,中國的醫學,就有無窮的寶藏在内,又何能發揚光大呢？

我是素有偏信西醫之名的,其實不然。"西醫有西醫的長處,中醫也有中醫的長處",這兩句話,我是深信不疑的。這兩句話,似乎是調停兩可的話,其實又不然。西醫的長處,祇是受過科學的洗禮。但是(一)科學的範圍太大了,一時談不到應用的問題,所以西醫的科學方面,雖然日有進步,而其治療方法,並不能與之俱進。(二)而西醫,因其以科學爲立足點之故,不免稍偏於物質方面；又因其分科太細,不免偏於局部的各別治療,而缺於綜攬全局的通盤計畫。無生命的機械,可以如此修理,有生命而各部關聯又極其微妙的人體,似乎是不能的。(三)因其以科學爲立足點之故,極注重於攻擊病原,這固然是極徹底的辦法,但有時攻擊病原,人體亦因之受傷,而其弊又見於別一方面,反不如對證治療,而聽其病原自行消滅之爲得。中醫雖然不知生理,更無從知道所謂病原；物理、化學等科學,也一無所知,其議論的荒謬,有時候聽了要令人失笑,然而(一)積幾千年的經驗,(二)聚集各地方的方術和藥物,在治療上,確是不無可取的地方。理論雖然荒謬,事實確有可取,這正合著孫中山"行易知難"的一句話,天下事這樣子的很多,正不獨醫學。平心而論,現在的西醫,除有特效藥和需用手術的病,其治療成績,是並不會勝於中醫的,而且還有不及的地方。這都是近代已通西醫,覺得不滿足,回過來再研究中醫的人的話,其説確有道理,並非夜郎自大之談。所以中西醫各有長處的話,我是深信不疑的。但是就中西的醫學,加以比較,是一句話,比較眼前的中醫和西醫其人,又是一句話,這截然是兩回事。誰説中國的文學,不如西洋? 然而取一個僅識之無的人,來和西洋的文學家比較,而説其作品一定互有短長,有是理乎? 現在的西醫,固多學識淺陋,技術拙劣,然除護士出身和藥房夥友外,要是正式在學校裏畢業的,到底要讀幾年書,略知道一些科學的門徑;而其診斷和治療,也略有規矩法度可循。在中醫,就連這點最小限度的限制,也没有了。兩利相衡取其重,兩害相衡取其輕,所以我害了病,是寧可請教西醫,不請教中醫的。這實在和中西醫學的評價無涉。然而旁觀的人,就都説我是偏信西醫的了。

瘧疾愈後,不久,我又害起胃腸病來,這是三十二年二月二十一日的事,大致是因舊曆歲尾年頭,飲食不免過量之故。先幾天,身體就略有違和的狀態,我也未以爲意。這一天,我從家裏到泊堤鎮學校裏去,到校之後,就覺得疲乏,吃了晚飯就睡下,昏昏地睡了一夜,到明天,又是如此的一天。此時的温度,其實很高,不過自己也不覺得有什麽,二十三日晨起,熱稍退,乃回到連丘城裏家中。這一次的病,是請申醫生診治的。他初診時,疑心我是肺結核病。這是去題萬里,無論從哪一方面看,都不會有這道理的。於此,我不能不批評現在的西醫,在診斷上的常識太缺乏了。這使我記起一件事,當十六年秋冬,我在下江,昭夏學校的時候,①有一位同事,喚做殷俊孫,他是有肺結核的,可是症狀並不嚴重,他自己也不甚在意,還是接受我的勸告,才延醫診治的。十七年春末,他又害起麻疹來了。未曾發疹之前,先發了兩天高燒。這時候,固然没人知道他是什麽病,然就其症狀而論,決不是肺病的熱,則是人人可以知道的。替他診視的,是一位昭夏學校的校醫,替他診視肺病,已有多時了,卻固執著是肺病的熱。好幾個人對他説:"決不是的。"他都夷然不屑。到第三天,麻疹發現了,他才承認是誤診,然亦並不視爲重大的錯誤。據我看來,則這種

---

① 編者按:昭夏學校,即光華大學。

誤診,已屬奇怪,已經發覺其錯誤,而還看得這種錯誤很平常,就更奇怪了。閒話休提,言歸正傳。申醫生替我診視了三次,才疑心我是胃腸病,他試用一次甘汞,一瀉之後,果然熱勢低減了許多。再進一服,寒熱就全止了。這一次的病,雖然是治好了,我卻祇認為碰運氣,而其間還有一件很危險的事。

當我服甘汞的時候,是申醫生寫了方子,我的女孩,替我到藥房裏去買的。我的女孩,雖不知道藥的分量,然而看來似乎覺得太少。於是問他:"這種藥的分量對麼?"他不但說是對的,而且還取出算盤來,的答的答地一算,說:"這分量一點都不差。"我的女孩,總有些疑心,想向醫生問一問,就向他借電話一打。他說:"我這裏的電話,是向來不借的。"正在相持不下之際,事有湊巧,申醫生乘車從門外走過,我的女孩,忙喚住他,把藥給他一看。申醫生說:"這藥的分量,祇有我所開的六分之一。"藥房中人,那才瞠口無言,然而他也並不覺得惶愧。後來我看見申醫生,對他說:"這件事太嚴重了,究竟連丘的藥房,哪一家靠得住?"他說:"都是一樣的。"我說:"你們做醫生的人,如何不聯合設法整頓呢?"他說:"無法可想。"其神色也很淡然,似乎是司空見慣了。

我的胃腸病好得不久,我的妻又病了。我的妻,在去年夏天和今年夏天,各害了一場大病。在當時,我也莫名其妙,到現在,纔有些明白。雖然我不是醫生,不會診斷,卻由此所推想,似乎較當時醫生的診斷,還要近理些,惜乎在當時,我也並不知道,直到最近,向一位朋友,借閱一部醫書,纔有這個推想。原來有一種病,是工廠裏的女工最易犯的,稱為工廠裏的疲勞病。他的症狀,是呼吸迫促,肋部疼痛而發寒熱,很容易誤診為肋膜炎。還有一種疲勞病,是因氣候的變化而容易發作的,以濕熱的時候為多。我的妻的體格,呼吸系統,是很健康的。在這一場病以前,幾乎除傷風之外,從不咳一聲嗽,而傷風也是很難得的事情。消化系統,卻不很健全,每到夏天,則食慾不振,消化不良,且發輕微的寒熱,要到入秋方愈,如此者已有十年了,雖然輕重不等，性質總是一樣的。三十一年，我們從下江歸來，奔走得很勞苦，他的病情，倒輕減了些，這或者因胃病是神經性的，這一年的生活，最爲異常之故。說到疲勞一層：在戰前，我家裏本有三個使喚人：一個是廚夫，一個是女僕，一個是丫鬟，事情不大要自己做。從旅居下江以來，就祇有一個女僕了。可是在下江的時候，房屋小，親友少，倒也不見得如何繁忙。從回到連丘之後，情形又不同了。房屋雖說是炸毁了，新蓋的僅有二間，加以後來收回出租的房，共也不過八間，畢竟比在下江時多出了幾間，而且地面寬廣了許多；我們又在廢基上種了些菜，事情自然多起來，而仍祇有一個女僕，自然祇得自己幫著做。他在戰前，是祇會做幾種特別的菜和點心的，普通的並不會做，飯更不會煮，可是到戰後，什麼都會了，尤其是回到連丘以後，傭人沒工夫，幾乎整天自己守着一個煤球爐子，真是回到廚房裏去了。他所心愛的是貓。在戰事爆發的時候，我們家裏有兩隻貓：一隻喚作梅花，他是一隻白貓，頭上有一簇黑毛，恰像畫的一朵梅花似的，所以喚作這個名字。一隻是黃貓，喚作小黃。他在無事時，最喜把貓撫弄。除午晚兩餐之外，每天總得買幾毛錢的魚、蝦或熟肉，給貓做零食的。這種貓的零食，都藏在一個一定的抽屜裏，等到這個抽屜一響，貓就自然會來的。這些事，到現在，自然是不承權興的了。當避地下江的時候，我們三個人，是每人提了一隻破敗不堪的皮箱，帶了幾件隨身衣服，狼狽不堪地，趁著公共汽車而去的。貓，雖然我們三個人都是心愛的，可是斷沒有法子帶得走，祇得把它遺棄了。事後歸來，梅花已經化爲異物，小黃卻還健在，它對我們，依然很親熱。我的妻，有時還忙裏偷閒，撫弄著它，說："太太現在蹩腳了，再沒有零食給你吃了。"他說的時候，臉雖含笑，內中實含有無限的傷心。"俺二十年嶺外都知統，依舊把兒子征袍手自縫"，女豪傑還有這感慨，何況我們無拳無勇的人。人類賴以生活的食料，來源本來有兩條路：一條是自己生產，一條是搶奪他人所生產。出血的不肯出汗，習慣於出汗的人，也不會出血。我們早就習慣於出汗了，將奈何？豈能禁所謂朋友的搶奪？亦豈能因不會搶掠而認人作朋友？"殘杯與冷炙,到處潛悲辛",人尚且飽不來,自然貓狗也祇有連帶著受些餓的了。

我妻的情形,早就有人慮到他要害病,到三十二年六月下旬,果然害起病來了。初起的時候,是腹瀉發熱,這和後來的病,大概是沒有關係的,不過因此而體力衰弱,抵抗力薄,成爲後來的病的一個誘因罷了。當時請申醫生診治,不久就好了。到三十日,忽又發起寒熱來,其症狀極像瘧疾。我們這時候,也大意了一些,没請醫生診斷,自己吃了幾粒奎寧丸。寒熱是輕減了,然總沒有全住,而且有些咳嗽。因爲他向不咳嗽的,料不會有甚麼嚴重的病症,所以也不以介意。卻到七月初五六,寒熱又重了些。才又請申醫生診視。他説:"並不是瘧疾。這病,大約本來是傷風,因其久而不愈,氣管受病,寒熱也是因此而來的。"吃了他的藥,並不見好,反而呼吸更加迫促,祇能仰睡,不能側睡,側向右邊,更其困難。初九日,申醫生又來診視,斷爲肋膜炎。他也無甚法想,倒是我的女孩説:"我從前患氣管支炎的時候,曾經打過鈣針,症狀即行輕減,現在可不可試打一針呢?"申醫生説:"這也使得。"就替他打了一針葡萄糖鈣。果然即時見效,呼吸寬舒,側睡也没有妨礙了。到明天,忽又精神頹喪,不思飲食。又請申醫生診視,也説不出什麼來。十一日晚間,忽而作惡,吐掉了不少酸水,人就覺得舒暢了,才知道是胃酸過剩。十二日,寒熱又重起來。再請申醫生診視,他説:"肋膜炎的症狀,並沒有好,非用穿刺手術抽掉其積水不可。"他於是介紹我們進醫院。

連丘本有兩個醫院:一個是官立的,一個是私立的。私立醫院的院長姓柳,他的夫人姓荀,就是該院的護士長,和我的女孩同過學。我們自己如其要找醫院,總是到私立醫院裏去的。申醫生和私立醫院,本亦極爲聯絡,不知後來如何,和柳院長弄得不太圓滑,和官立醫院,卻來往得很親密的。他於是一力介紹我們進官立醫院。官立醫院的院長姓丙。他説:"不妨請他先來診視一次,然後決定入院與否。"我們就請丙院長和申醫生會診。丙院長説:"積水有半茶杯,非用手術抽去不可。"我們就決意於十五日進入官立醫院。

我們的宗旨,是向來不大願意進醫院的。明知道醫院的設備,較私人診所爲完備,醫生也多些,然而總覺得醫院裏的醫生太忙,因而診視太潦草。而且我覺得人和人的相與,總該有一個人和人相與的道理的,這便是古人所謂"相人偶"。診所醫生,祇要他有些商業道德,對於病家,多少總能夠維持一點這種意思的,超過於此的,更不必説了。醫院裏的醫生,這種意思就少了。我常説:醫院和診所,正和學校和私塾一樣。學校的設備,豈不較私塾爲完備?教師也豈不較多?師生的關係,卻比私塾淡薄得多了。所以我們就是相信了醫院裏的某一位醫生,也總是請他出診,而自己不大到醫院裏去。尤其是我的妻,他是幾十年來,過慣了家庭生活的,對於社會上冷酷的情形,知道得已經不很深,更別説對付了。他有時候,也因爲省問親友,到醫院裏去,他見了護士和茶房的情形,就覺得害怕,所以更不願意進醫院。這一次,因爲抽水手術在院外不能施行,不得已而入院,實在是十分畏縮的。申醫生竭力保證,説官立醫院的規則,非常良好。他説:"當丙院長接任的時候,就和我商量,他問我:醫院如何就辦得好?我説:這有一個關鍵的,醫院名譽的好壞,倒是和醫生的關係淺,而和護士和茶房的關係深。我這話,丙院長很以爲然,所以他這醫院裏,護士和茶房的態度,是比較良好的。"我們聽了這話,自然也覺得相當滿意。

官立醫院裏,我們是没有熟人的。這因爲我們和現在所謂官立的機關,都不願意來往,雖然學校和醫院,也是如此。這一次因申醫生的介紹而進官立醫院,在我們,要算是破天荒的了。官立醫院裏,就祇有一位丙院長,是因請其會診過一次而認得的。入院之後,付了若干住院費,並没有人領導我們去看病房。我的女孩,就向茶房問了一句:"丙院長在那裏?"茶房瞪著眼道:"他正在午睡呢,我能去唤他麽?"我的妻,看了這樣子,很不願意。他在病中,有些肝火旺,幾乎要退出來,給我和我的女孩勸住了。後來總算有一位女辦事員來,領導了我們,找到了一個房間。

官立醫院的定章:頭等病房,是一個人獨住的,二等病房,則是兩個人合住。我們所付的是頭等病房費,他們送我的妻所進的病房,卻先有一位嚴老太太住居在內。照章,嚴老太太是可以拒絕的,否則可以要求減費,因爲頭等病房和二等病房,並沒別的區別的,所不同的,就是獨住和合住。嚴老太太卻不曾,我們自然也不要求減費了。嚴老太太是沒有家屬陪伴的,我的妻,則白天由我去陪伴,到晚上,則由我的女孩去陪伴。我們帶了兩個熱水瓶去,一個是供給病人用,一個是供給伴病的人用的。院中有一個茶房,是河陽人,依我們的觀察,這個人在茶房裏,要算最馴良的。可是這一天,他一見了我們的熱水瓶,便道:"你們一個病人,要帶兩個熱水瓶麼?"我的妻一時說不出話來。我的女孩便問他道:"你們院裏的章程,一個病人,限帶一個熱水瓶麼?"他無言。我的女孩又道:"我是伴病的人,你們院裏,也是收費的,所收的費,不包括供給熱水在內?伴病的人,要自帶熱水喝麼?"他又無言。骨都著嘴,把兩個熱水瓶冲滿後走了。可是以後他送熱水來時,非叫他冲兩個,他總祇冲一個。

嚴老太太所害的病是膽石。這是後來他改進私立醫院之後,診斷出來的,我妻進官立醫院時,她住院已經六星期了,還沒有診斷出是什麼病來。她每天總有一兩次,肚子裏要發劇痛,非打止痛針不可。院中給她一個撳鈴喚人,可是到痛起來,盡你撳著鈴,總是沒人答應,有時候有人來,來的也是茶房,茶房要去請護士,有時候,護士還要再去請醫生,到替她設法止痛時,她忍痛總已好久了。她疼痛得厲害,而撳鈴沒人應時,在晚上,她便央著我的女孩;在白天,她便央著我,去代她喚人。有時候,我們也自動地代她去喚人,可也是十呼九不應。有一次,我代她找到了一個茶房,我叫他去請個護士來,茶房惡聲道:"請了小姐來,又如之何?小姐能替她把痛撐去麼?"我祇冷笑了一聲。他躊躇了一會,覺得此事不妙,他大約怕我發起戇脾氣來,去找醫院裏什麼人說話,把事情擴大了,他終於去請了一位護士來了。

這些，都是我的妻住在官立醫院裏的時候，我們的所見所聞，要詳細敍述起來，便再寫數千言，也還有所不能盡，現在也不必過於煩碎了，且再說我妻的病，我妻進醫院的當天，丙院長同一位田醫生來診視了一次。他說："肋間似乎沒有多少積水，可以待他自己吸收，不必用手術抽取了。"後來又說："用愛克司光透視一次再說罷。"十六日午前，用愛克司光透視。午後行穿刺手術。一滴水也沒有抽出，病人卻立刻吐起鮮血來，約十餘口方止。我們慌了，忙去問丙院長："這是什麼理由？"丙院長說："這是我失於知照你們，行穿刺手術之後，照例要吐幾口血的。"我當時聽了，便有些懷疑。"肋膜炎，我雖沒有見過，卻聽見過好幾個人害這病的，在書上也曾見過，從未聞行穿刺手術之後，必要吐血的。"當時雖答應了，過後越想越疑心，不久，我走出病房，又在走廊上遇見他，我又問他，他支吾其詞，說："這不要緊，我總替你們想法子。"不說是當然的了。因爲他的說話二三其德，使我更覺得懷疑。

十七日，他們的說法又變了。他們說："我妻的病，肋膜炎已成過去，可是他的右肺有病，病的情形，是肺的上下部都好，而中部爲結核菌所侵襲，蔓延頗廣，而且情形相當嚴重，寒熱就是由此而來的。"我聽了更懷疑了。這時候，我們雖住在醫院裏，還是和申醫生較爲接近，因爲（一）他肯多談，（二）說話也明白曉暢些。申醫生是天天到官立醫院去的，有時候，一天要走兩三趟，因爲請他看的病人，要是須進醫院，他都介紹到官立醫院去的。是他所介紹的病人，他都到官立醫院去，訪問訪問他們治療的經過，而官立醫院的醫生，還不如申醫生的有主見，有時候，在治療上，還要請教於他，這是到後來，官立醫院裏的護士透露出來的消息。所以他所介紹的病人，官立醫院診察的結果，他是沒有不知道的，我和我的女孩，便跑去和他商量，他堅執著和官立醫院一般的意見。我卻提出幾點反對的理由：（一）我妻的體格，和他以前的情形，以及從遺傳上看起來，決沒有傳染肺癆病的理由。（二）我的妻，因爲有痊夏的毛病，在戰前兩三年，每年夏天，總請醫生診視到二三十次。我們總是認定一個醫生，請他診視的，決沒有連丘俗話所謂"販醫生"，即時時換醫生之謂的毛病。倘使我們是販醫生的，醫生庸或因診視的次數少，不能精細，現在一個醫生，總繼續診察到好幾十次，倘使我的妻而有肺病，決沒有始終不曾發見的理由。這是說戰前的話，在戰後，我們請醫生診視的次數是較少了，然而一年也總診察到好幾次，在下江六年，我們所請教的，不過兩位醫生，他們診視的次數，也是較多的。（三）肺上下部都好，而中部大壞，這種情形，很少聽見，我因此懷疑到官立醫院的愛克司光透視，是否準確。申醫生說："既然如此，爲什麼你的夫人，如此消瘦，而且形容很憔悴。"我說：這（一）由於她病已四星期，而且最初害過泄瀉，中間又發過胃病的，而且現在寒熱還重；（二）我的妻，向來容貌是豐腴的，近幾年，他在更年頭中，體格因而起了變化，形容也瘦削了。他從前曾患高血壓，近幾年，血壓及較應有的度數稍低，便是他近年來體格變化的證據，並不能全認爲病狀。申醫生也提不出甚麼相反的理由，但他還相信官立醫院的診斷是不錯。

我們回到醫院裏，丙院長又來診視。他對我的妻說："你雖有肺病，不要緊，我可以負責替你治好的。在從前，肺病沒有根治的法子，現在卻有了，那便是醫學界最新發明的打空氣針，你安心住在這裏，過了一個時期，我給你打。"我的妻含糊答應，我聽了卻更懷疑了。所謂打空氣針者，非即人工氣胸歟？這我在報紙的廣告上，已見過二十多年了，何最新發明之有？報紙上的廣告，是最會盡情鼓吹的，卻亦從沒有說人工氣胸可以根治肺病，而且害過肋膜炎的人，是不易施行人工氣胸的，我的妻，官立醫院裏不是一斷他是肋膜炎麼？就使已成過去，也是剛才過去，如何在醫院裏住一個時期，就可以施行人工氣胸呢？

我們這時候，對官立醫院的信仰，實已動搖了，可是申醫生說："你們既來了，總該託他們所能做的診察方法都做到了，才好出去。"

我們想這話有理,於是繼續住下去。這一天,就是十七日晚上,病人的寒熱增重了,依舊口吐鮮血。醫院用一種柳酸製劑。十八日晨,汗如雨下,這一天竟日有汗,溫度退到體溫以下。食慾較好,身體亦覺得輕健。十八日夜間,雖仍有寒熱,而其勢較輕,爲時亦較短,我們以爲病勢業經好轉了。誰想十九日下午六時,突然惡寒戰慄,寒意直到夜間一時方止,熱度竟高到華氏表一百零三度。當他發寒熱的時候,我們想請醫生來看一次,因照例診察的時間已過,始終沒有請到。二十日午前,醫生來診,依然固執是肺病。再三和他説:"這寒熱的樣子,決不是肺病的。"他們終於不信,而固執著肺病是可以有這樣高溫度的。於此,又觸動了我西醫太輕視症候的思想,我想:理學的偵查,固然有很大的價值,然而這和中醫的診察,其實也不過是程度問題,病在人體的內部,是眼睛看不見的,這正和一間屋子,把門窗都關起來,無從知道其內部的情形一樣。中醫診察的方法,祇有候脈、辨舌,這譬如祇會從門縫窗縫中窺探,西醫診察的方法多了,這像在門縫窗縫之外,又能於牆上挖一個洞,屋上揭去幾片瓦一樣。雖然窺探的法子多了,總還祇是一個窺探,於此之外,而更有別種窺探的法子,我們總當充分利用,不可輕易放過的。所謂症候,大都是發現在外面的,這是屋外面的情形,連從門縫窗縫窺探和挖壁洞揭瓦片,都比不上了,然而有時候,其確實的程度,反在前述的幾種方法以上。因爲前述的幾種方法,都是窺探,所得未必確實,屋外的現象,倒是明明白白,予人以共見。譬如有一間屋子,在外面看起來,牆壁很潮濕,就可推知其內部必有積水,這是十分確實的。所以症候是最要緊的,遇到症候和脈象不符,多數是捨脈而從證。現在西醫的治病,有的對於症狀,實在太忽略了,譬如我妻的寒熱,他們祇注意其溫度的高低,而始終不問其發寒熱時的情景,實在是無此情理的。我和官立醫院裏的醫生,是客氣的,懷著這個意見,無從對他們説,而且明知道他們是不會接受的,説也無益,不如省些氣力;對於申醫生,我們要熟悉一些,而且覺得和他説話,也容易一些,我和我的女孩,便又去訪問他,我就把懷抱的意見，對他都直說了。我又說："認為我妻的病為肺病，依我看，無論如何，總是誤診了的。"他說："那你認為什麼病呢？"我說："依我看，倒有些像惡性瘧疾。"他說："不然，肺癆病在急進的時候，突發這種高寒熱，是可以有的。若說尊夫人的體格不會害肺病，至少不會忽而急劇進行，那身體再好些而傳染急性肺病的人，也是有的呢。"他就舉出一個河陽人來，說他的相貌怎樣魁梧，飯量如何好，氣力如何大，肺氣如何足，他會吹喇叭，會跑馬，會打獵，會賽跑，可是忽而傳染起肺病來，進行得很快，竟措手不及了。我想："你這話更不對了。這種人的體格，算好的麼？是適宜於抵抗肺病的麼？這從常識上說起來，都有些牽強了。"我懷著這個意見，自然也不便說，我衹說："既如此，他的體力，該消耗得很厲害，為什麼直到現在，秤起來，比病前還不過減輕了兩磅呢？"他聽了這話，似乎奇怪，停一會，他說："官立醫院裏所能做的診察的手續，你們都已做到了，如要出院，似乎現在也可以出院。"他又說："你如其疑心他的病是惡瘧，也可以試服阿的平和奎寧。兩藥並用，試服三天，如其是惡瘧，總可以好的了，如其還不好，那就決不是惡瘧了。"我想：這也未必是好辦法罷。既如此，似不如出了院再說，回到醫院裏，和我的妻商量，就於這一天出院了。

出了官立醫院之後，卻怎樣辦法呢？我們這時候，更沒有什麼認得的醫生，自然要想到私立醫院，私立醫院裏最好的醫生，據說是以為以色列人，他譯的漢姓是滕，人家都稱他為滕醫生。佩服他的人說："他對於肺病，經驗是很充足的。他聽診所得的結果，竟和愛克司光攝影之所得，無甚差池。"我妻此時，既有肺病的嫌疑，自然要去請教他了。可是他是不大肯出診的，而我妻這時候，也實在懶得再進醫院。乃由我的女孩，以老同學的資格，去請求荀女士，請他懇求醫生來診視一次，蒙他的要好，應允了。二十一日午後，滕醫生便到我家裏來，而且蒙荀女士同來，做了翻譯，據滕醫生說："我妻的右肺，似乎有些病，然而未必是肺結核。"據他的診察："在肋膜炎以前，似乎害過肺炎的,可是這時候,症狀已經過去,難於確定了。"他説:"且照愛克司光的相,診察清楚了再説罷。"我妻在出院之後,仍有寒熱,不過減輕了些,他説:"這寒熱決不要緊的,你們不必著忙,這寒熱是忽輕忽重的,不必去管他,要止的時候,自然會止。"又説:"這病決不是什麽重病,你們盡可放心,現在我們醫院裏照愛克司光相的人到下江去了,你們且耐心等幾天,到他回來了,照了相,再定根本辦法,現在且用些對症療法。"因爲醫生如此大膽,我們也膽大放心了,就一切依照他的話。到二十六日,照愛克光相的虞先生才回來,我們就請他照了一張相,據照相的所得:"我妻的本病,是肺炎而非肋膜炎,他左肺在少年時曾受過結核菌的侵襲,可是早已把他撲滅了。右肺則本來無病,而此次發炎,這時候還留有創痕兩處,另一處則是行穿刺手術時刺傷的,創痕宛然,吐血的原因,就在乎此,並不是什麽施行手術當然的結果。"診察明白之後,也没有再服什麽特殊的藥,不久,我妻的寒熱,果然自止,其餘的病,也逐漸地退了。

　　我們這時候,對於滕醫生,信仰頗深,覺得他是非常老練的,荀女士,口碑是不大好的,他的老同學,幾乎没一個人不駡他,可是我們覺得他的態度,也還不錯。到今年,我的妻再患病,自然又要去找到他了。我妻今年的病,是起於七月初的。這時候,氣候頗惡劣,住在一所屋子裏的人,有好幾個都有些傷風,我妻也在其内,既傷風,自然有些咳嗽,後來大家的傷風都好了,他的咳嗽,卻始終没有全好,因爲一切都健康,也就没有介意。二十五日午後,忽然有些發熱,至二十六日早晨退清。午後,溫度又高了些。二十七日,没覺得什麽,二十八日,卻兼發起冷來。於是二十九日,到私立醫院去請滕醫生診視,滕醫生給了一服蓖麻子油,又給了些退熱藥。服後寒熱輕減,到三十一日,就全止了。咳嗽也輕減了些,而不能全止,泄瀉則從服藥之後,至此還是不止,我們知道不是藥的作用了。因爲我妻懶於行動,又要求荀女士請滕醫生來診視了一次。他説不要緊,給了些止咳藥。到八月初二日,泄瀉和咳嗽都好了,而初三、初四晚上,似乎又微有寒熱,初五以後,又加重了。初八日,再到醫院裏去診治,滕醫生囑咐驗過血再說。驗血的結果,說有瘧菌,滕醫生囑服奎寧丸。無效。初九夜,寒熱又稍重,初十日,我的女孩,到醫院裏去問他,他說:"非注射不可,而且一天得注射兩次。"這一天已來不及了,祇午後注射了一次,是夜,寒熱大重。十一日,再去問他,他說:"注射的分量不足,是要刺激了寒熱更重的,非一天注射兩次不可。"這時候已將近午了,我的女孩,趕回來,和我的妻再趕到醫院裏,滕醫生說:"你一天來注射兩次很疲乏,我派人到你家裏兩次也難,你不如住在醫院裏罷。"我的妻,本來是怕住醫院的,但他相信奎寧治瘧,是有把握的,以爲不過住兩三天,寒熱止了,就可以出院了,就答應下來。因爲荀女士是熟人,住院的手續,是簡單的,當時便有茶房來,領著我的妻,進了一間病房。房間確好,可是二等的,要住五個人,這在我的妻,是不大慣的。於是又去找荀女士,換了一間頭等病房,房間是壞得多了,且喜是獨住。頭等病房比二等病房,貴七十二元一天,在這個年頭,根本算不得什麼。我們當時,一者怕同居的病人不安靜,二者省得自己的舉動,隨時要留心,否則要擾累他人,於心也覺得不安所以掉換掉換,根本是無甚深意的。誰知後來,卻覺得這一舉很爲得計,原來私立醫院的規則,雖比官立醫院好得多,然而我們住了一星期,仔細觀察,覺得茶房對付頭等病房的客人,和二等病房的客人,態度也頗不相同,我們多花了幾百塊錢,免得看許多白眼,也算是值得的啊!

　　我妻這次住院,還是白天裏由我去陪伴,晚上則由我的女孩去陪伴。十一日,即入醫院的當天,連打了兩次奎寧針。是晚未曾覺得發寒,溫度也低減了。十二日夜,卻又加重。於是醫生屬改服阿的平。十三日服了一天,十四日仍服阿的平,又加注射六零六。卻是寒熱依然如故。他的寒熱,發時本在夜間十一時半,十五日卻提早到下午五時,而且甚劇。醫生說:"這決非瘧疾了。""那末是什麼病呢?"他說:"內部必有發炎之處。"可也說不出是哪裏發炎。他說:"姑用消炎藥再說。"於是內服消治龍,每隔四小時,又注射別種消炎藥一次,十六日晨,熱是退了,卻到下床時,左足忽然不能跨步,而且立不住,我們急了,這時候太早,找不到醫生,找到一個護士,我想:"這和神經似乎有些關係。"便婉言問他:"這和打針有關係麼?"他也支吾其詞,説不出什麽來。一會兒,護士長來了,説:"叫你們服藥,你們不肯服;替你們打針,你們又説打壞了腿。這叫我們如何辦法呢?"我説:"藥何嘗不服?那一次不是照你們送來的藥服的?左腿忽而不能運動,究竟是何原因,我們疑心到和打針有關係,不能禁止我們不許問,何嘗説你們打針打壞?"他没什麽説,走了。這一天,午前用愛克司光透視,午後説還靠不住,再用愛克司光攝影。據透視和攝影的結果,説肺與氣管相近之處,略有黑影,其他則看不出有什麽病來,而病人這時候,時起惡心,口吐粘液,竟日不能飲食。醫生説:"水分減少了,怕要酸中毒。"乃注射鹽水和葡萄糖。歷時頗久,病人既不能轉側,又不敢睡著,苦痛異常。這一夜,寒熱是没有了,而泛惡和口吐粘液,徹夜不止。十八、十九兩天,還是如此,病人覺得十分難受,十九日早晨起來,小便忽然全變做血,那我們更慌了,忙去請了護士來。護士長又來了,説:"不一定是血的,且驗了再説。"驗後説確然是血。"那是什麽原因呢?"愛克司光照的虞先生説:"這或者膀胱裏有病罷?"滕醫生來診視,並没説出什麽來,我們託護士長去問他,護士長不肯去。我們問護士長:"那末虞先生的話,你看怎樣呢?"他説:"醫生不懂得,倒是他懂得?"我們在這時候,覺得無從説起了,於是説話暫行停頓。

一會兒,護士長又來了,説要打鹽水針。病人在這時候,實在有些怕打了。便問他:"爲什麽又要打鹽水針?"他説:"我也不知道,醫生説的。"據醫院裏的人説:"滕醫生的脾氣,是不大好的,他説什麽話,要是護士等問他,他就要發怒。護士等怕碰他的釘子,都不甚願意和他多説話。"我們到此刻,對於私立醫院的態度,和滕醫生的治療方法,也開始有些懷疑了,我妻於是想出院。正在商量時,護士長又來了。他説:"你們如不肯打鹽水針,就衹有出院。"他的態度,是很堅决的,其神情,則不但堅决而已,還頗露出獷悍的樣子。我仍誠懇地對他説："他針打得多了，身上針眼作痛，未免有些怕打針，尤其是鹽水針，要久久不能轉側。你們如顧慮到他營養不足，那他本來是能吃的，這幾天胃病發了，才不能吃，胃病是神經性的，祇消想法子，把他的神經安慰一下，他自己能吃，營養就不成問題了。"護士長沉著臉説："用什麽法子安慰他的神經呢？"這話殊使我難於置對，我略想一想，乃回答道："我在二十多年前，也是有胃病的，後來用廢止朝食之法治好。我的胃病，是胃神經痛，發作的時候，痛得很厲害，總是暫用鎮靜的方法的。譬如醫生給我吃鴉片酒，大約十五分鐘，可以止痛，如用抽大烟的方法，抽幾口大烟，那不到五分鐘，痛就止。"我這話，不過是舉一個例，當然不是指派他用什麽方法醫治，這是無待於言的。這個道理，怕任何人都會明白。誰想他卻介面道："你們要抽大煙麽？請到院外抽去，這裏是不能抽的。"這時候，我覺得他的態度太離奇了，便反駁他道："我並不是説要抽大煙，不過舉一個例。況且用鴉片做藥治病，和抽大烟截然是兩件事。抽大烟是犯法的，用鴉片治病，並不犯法。你們現在，難道絕不使用鴉片製劑麽？"他沒得説，又走了。不多一刻，我的女孩，走到化驗室裏去，想再和他們談幾句話，他卻正在化驗室裏大發議論，説："這個病人的病，是不能治的，病人不聽醫生的話，他的男人又膽小。"這話真不知從何説起？我的女孩，也沒駁他。他卻又説："他們現在，倒想抽大烟了，我們這醫院，能抽大煙麽？"聽到這裏，我的女孩，忍不住了，便道："我們何嘗説要抽大煙？我父親的話，難道你都没聽清麽。"便把我剛才和他的問答，述了一遍。拍愛克司光照的虞先生聽了，點一點頭。

這一天，我們就出院了。出院之後，請一位留遜其醫生診治。留醫生的父親，本是我的至友，因爲他初行醫，所以一時沒想到他，這時候想到了，便請他來診視。他説："從前的病，或者是腎盂炎。瘧疾怕是誤診了的。因爲私立醫院近來換了一位化驗員，這化驗員，聽説年輕資淺，技術不大可靠。至於便血，則或者是消炎藥追得太急，尤其是緊接著六零六注射之後，以至於此。"留醫生和我們，是很親切的，本可逕請他醫治，苦於他和鄉間一個施診所有特約，明天一定要下鄉，於是不得不再想醫生。私立醫院裏，有一位護士，喚做侯民節，他和一位文端玉女士是親戚，這文女士，既是我妻的義女，又是我女孩的同學，侯女士對我們頗爲親切，我女孩便去請教他。他介紹了一位全醫生。説：「他醫道還不錯，而且他的父親，在私立醫院服務多年，他和私立醫院中人很熟悉，是在私立醫院治療的人，以前的經過，他都可以調查。」於是我們就請全醫生診治。診斷的結果，和留醫生也無甚差池，不久，我妻的病，也就好了。

平心而論，這一次滕醫生替我的妻診病，是很盡心的。但他對我妻的病不是瘧疾，似乎發覺得太遲；而且他去年替我妻治病時，十分鎮定，今年卻似乎犯了手忙腳亂的毛病，這個毛病，在治療上，似乎也是犯忌的，不知他何以如此。這也見得治病之難。然而他的態度，畢竟還不錯。

（原署名：程芸，刊於文藝春秋叢刊之四《朝露》，上海永祥印書館，一九四五年六月一日出版；文藝春秋叢刊之五《黎明》上海永祥印書館，1945 年 9 月 1 日出版）

物價偶憶

我因有意鉤考物價之變遷，在戰前搜集材料頗多，不幸舊居爲敵軍炸毀，所搜集的材料，亦隨之而俱佚矣。現在僅剩回憶所及三數事，拉雜寫述於下：

我之外祖父，兄弟四人，外祖父次居三，與長兄皆死於太平天國之難，其季早亡，惟其仲存，而妻又早喪。晚年自理家事，甚爲費力，然仍不能善。外家食指繁多，一夕，外祖父之兄召廚人而責之曰：從未聞有一家每日食鹽一斤者。廚夫曰：鹽三十二文一斤，而家中吃飯者三十三人，是每人食鹽一文尚不到也。聞者明知其爲強辯，然倉猝間亦無以難之。此事在同光之際，即一八七五年前後。

光緒十八年，即一八九二年，余年八歲，偶食紅燒豬肉而嗜之。余之繼祖妣，甚愛余，即敕廚人再作一次。明日，廚人入市歸，稟余繼祖妣曰：今日係老太太買給小少爺吃的肉，故止七十六文一斤。余時不解所謂，問諸余母，乃知是時豬肉之價，爲每斤八十文，然售諸廚人者，則爲七十六文，而廚夫報帳於主人，則仍爲八十文，以主人即自往買，亦爲八十文。故此四文，爲廚夫公開之好處，是日廚夫並此四文而不賺，則爲報效主人矣。不用廚夫之家，而買肉慾以七十六文一斤計者，必立折薶計而後可。如以現錢往買，則必須八十文。因立折薶算之家，食肉必多，故肉店有此例以優待主顧也。

數十年之糖價，余不能憶，問諸人，亦無能知者。三十一年冬，遇一糖業中老人，問之，亦不能舉確數。但云：如以糖與他物之比價計之，則戰前之糖價，較之三四十年前三分之一。研究世界商品者，謂糖爲繼續跌價物之一也。

即在一八九二年，余隨余父至江浦縣。方未往時，聞人言：其地雞卵只兩文一枚，魚止二十文一斤。及至其地，果然。言者之意，頗以其價爲廉，則吾鄉（武進），是時魚與雞卵之價，必較此略昂也。

予初入酒肆飲酒，事似在光緒二十九年，即一九零三年，是時酒價，每碗十六文，四碗爲一斤。

物價之劇變，起於銅圓流行之後。若用小平錢時，其價之廉，殊非今日所能想象也。猶記是時雇用人力車，索價二十文，還以十六文，卒乃以十八文定議。當時此等車甚多。

余之久居上海，已在民國以後。當時聞人言：在上海吃飯，最廉者每餐僅數十文。即吃飯兩碗，每碗六文，共十二文；鹹肉兩斤，滬語謂之乾切，每斤二十文，共四十文；豆腐一大碗，二十一文，共七十三文耳。此爲銅圓未盛行，零售論錢碼不論洋碼時事。余居滬時，已無其事矣。然民國元年，余至西門，在茶肆中啜茗一碗，仍以錢計，只銅圓兩枚。

銅圓流行，凡物皆從錢碼改爲洋碼，此爲物價之一大變，然其事亦行之以漸，一九一零、一九一一兩年，余數出入於南通，趁輪船或在天生港，或在蘆涇港，天生港有躉船可憩，蘆涇港則必止逆旅中。自黃昏至半夜，兼吃飯一頓，不過錢二百文耳。時尚未改洋碼也。

上海之飯，六文一碗，廉矣，然如吾儕讀書人，可人吃兩碗。余友屠元博，名寬，曾自宜昌走旱道入川，道中飯亦賣六文一碗，則雖苦力食量較小者，董幾不能盡也。此事在光緒庚子，即一九〇〇年前後。

（原刊《文獻》第一卷第四期，一九四六年五月一日出版）

堂吾頭

吾，俗稱丫。從前我家裏有一個女僕，有一天，他的母親寫信給他，他叫我替她看。我見第一句寫的是"羊吾頭收閱"，便問她道："你姓羊麼？"他說："我不姓羊。"我又問："你喚做吾頭麼？"他笑道："我不姓羊，也不喚作吾頭，我生肖屬羊，所以我家裏人喚我做羊丫頭。"我才恍然大悟，俗語丫頭的丫字，就是《管子》上吾子的吾字，兒子、孩子，亦都是這一聲之轉。多年來求其本字而不得的，倒因一個文理不甚通的人，寫借音字而悟入了。我頗喜寫語體文，然又喜寫古字，譬如陣字，我就不願意寫，而要寫作陳字的。又如今人所寫的沿邊，我也不大願意寫，而要寫作緣邊的；芙蓉二字，並不算怎樣惡俗，我卻總要寫夫容，這或者是我的僻性罷？僻性也有個來由，生人思少日，我自己探索僻性的由來，或者是我當可塑性極盛之時，正喜歡讀中國的舊小説，而亦開始研究小學，前者可以養成寫語體文的習慣，後者可以培植喜歡寫古字的根基，二者都是在可塑性極盛時塑成的，所以莫能相掩罷？閒話休提，言歸正傳。

我的家鄉，武進市，有一條從南城門直通到城北的大路，其南邊一大段，喚作大街，爲大商店所薈萃，是全城精華所在；其北邊一小段，稱爲府直街，因爲武進在從前是常州府治，這一段街，正和常州府衙門相對之故，在府直街和大街之間，有一條東西通的路，和它相交，在東面的稱爲東橫街，在西面的稱爲西橫街。東橫街和府直街的交點，有一所頗大的房子，稱爲育嬰堂。在戰前，收容無父無母，或雖有而不可知，或雖可知而不能自行撫育其小孩的，辦理頗稱完善。倭奴犯順時，為其占作憲兵司令部，地方上需要育嬰堂收養的嬰孩，因此無人收養，喪失其小生命的，不知凡幾。偽組織中人，口口聲聲説：他們的屈伏於敵人，亦是想委曲求全，減少些人民的痛苦，然而沒聽見他們，敢向敵憲兵司令部道一個不字。而偽縣長現在被通緝的湯人傑漢奸，卻在東横街之東，拆寬了一條南北通的化龍巷，這也是服從敵軍的命令的，他卻自以為功，改化龍巷之名為人傑路，以自行紀念，良心喪盡了，臉皮厚極了，這還有什麼話説呢？

原子炸彈，投下在廣島和長崎了，天神的子孫，命中注定了萬世一係，而志在使八紘一宇的天皇，雖然在"其權力當置於盟軍統帥之下"的條件之下，暫被保存，卻也向起所謂敵國者屈膝了，他的軍隊，即所謂皇軍者，我親見其意態本甚憂鬱，而在其皇屈膝之後，卻也引吭高歌，入市痛飲，面容轉為活潑了，他們不久就繳械了，集中了，憲兵司令部所佔據的地方，空出來了，我們無人養育的嬰孩，有可以有人養育了，不知來，視諸往，我且説一段武進育嬰堂的歷史。

武進的育嬰堂，是辦理得頗有成績的，我雖然是武進人卻半生旅食於外，屬於家鄉的事情，初不甚了，直到去年，和一位熟知舊事的朋友談起了，才獲悉此中的一段歷史。

據説：從前有一位紳士蘇先生，辦理育嬰堂，是最為熱心的。我們家鄉的俗話，稱女孩為丫頭，男孩為老小丫頭，就是我這一篇文字裏寫做吾頭的了，老小二字，我至今還未知其語原，大約由於社會上重男輕女之見罷？由其父母送到堂裏來，請求撫養，或其父母不願出面，但將小孩安放在育嬰堂門外，待堂中人看見了，自行收進去的，百分之九十九強，總是女孩，男孩卻絕無僅有，所以祇有堂吾頭之名，而無堂吾老小之號，堂吾頭入堂之後，是如何呢？其第一事便是編號，有姓名可知的，將其姓名記下，其父母的姓名住址有可知的，亦都記下來；無可知的，那亦祇好隨他去了。編號之後，就發給乳母乳養，堂中所雇的乳母，所收的嬰孩，都是有定額的，因為為房屋及經費所限。

但有時，明送來的嬰孩，已經很難拒絕，不告於你，而徑行放在你門首的，更不由得你不收了，所以育嬰堂的經費，有時候很爲爲難，不得不量出爲入，這就看籌募者手段如何了。溢額的嬰孩，則帖給人家乳養，所謂帖，是把小孩寄養在乳母的家裏，這種乳母，是由育嬰堂臨時招募的，每逢舊曆朔望，堂中留養的小孩，由董事加以驗看；帖在堂外的，其乳母，亦須於此時，抱着小孩前來，代步之費，是由堂中發給他的，還留他吃飯，如不按時而來，卻要罰，驗看的結果，小孩養得苦壯的，乳母有賞。堂內堂外皆然，如其瘦削或有疾病，可疑爲撫養不善的，則乳母要受到詰責，甚者加以更換。堂中所收養的小孩，大概是頗多的，並不能一個小孩就有一個乳母，食乳不足，則兼飼以粥飯，亦由乳母負責。乳母或患疾病，或實有要事，不能不許其請假，其所乳養的小孩，別一個乳母，是要暫代負責的，這些，在乳母受雇入堂之時，都早經訂明瞭，臨時的處置，則由堂中司事，爲之調度。小孩或乳母患病，亦有約定的醫生，替他們醫治的，從大體上說，辦理得確是不壞，所以能爲衆所稱道，而蘇先生就是此中很熱心的一個人，蘇先生所以特別爲人所稱頌的，則因其惠澤不但及於在堂的吾頭，而且還兼及於離堂後的吾頭。

　　堂吾頭本有父母的，到不須乳養之後，仍可由其父母領回，到這時候，不久，它也就能夠做些輕便的勞作了，從經濟上立論，並不全是一個分利者，所以堂吾頭到稍長之後，往往由其父母自行領回，但喪失父母，或不知其父母者究多，雖有父母，而仍不願領回者亦不少，則任何人都可以領養。領養者或作養女，或作養媳都可，但不能以作婢、妾，並不許加以虐待。這些，都要立下筆據留堂，且須覓得保人，同時簽字，爲要保證此項責任，領養者能夠履行起見，屬於已被人領養的吾頭，堂中仍須派人加以察訪。這件事的實行，是頗爲難的，在堂中，也不過保存著告朔的餼羊，不至全不負責罷了，而蘇先生任育嬰堂董事時，卻辦理得特別認真。蘇先生，雖然是一個老紳士，卻饒有平民的風度，他能夠芒鞋竹杖，遍歷鄉村，原來領堂吾頭作義女的，雖亦可利用其勞力,然長大之後,仍要帖出一筆嫁資,這是窮困的,精於計算得人們所不願意的,若領作童養媳,則將來不徒不必帖出嫁資,而且爲兒娶媳之資,還可減省,這就很經濟了,所得領養堂吾頭的,總是作養媳的居多,而尤其是鄉村人家,這要周歷察訪,是頗不容易的。蘇先生卻絕不躲懶,是有堂吾頭分佈的地方,他一年之中,總要去察訪一兩次。他的察訪,並不是直接登門加以詢問的,如此,也許並察訪不到什麼,他是芒鞋竹杖,遍歷其前後左右的村莊市鎮,從旁人口中,加以察訪的,鄉間風氣誠樸,無甚徇私隱蔽之人。他訪問的人多了,要徇私隱蔽,也不可能,所以堂吾頭出堂之後,情形如何,無不爲他所熟悉。據說:堂吾頭被領出之後,有些人家,因其爲堂吾頭,從小就沒有家庭的溫暖,而格外愛憐她;也有的,欺其沒有娘家,而加以虐待。堂吾頭的性格,自然也是有好有壞的,蘇先生在察訪之後,就要加以干涉了。他回堂之後,便責成保人,把他們喚來,儻使是堂吾頭忤逆翁姑的,他要當衆加以訓斥;情節重的,還要責打手心,令其向翁姑磕頭賠罪;儻使是翁姑、丈夫,虐待堂吾頭的,他先當衆將其罪狀宣佈,然後問他:"要官了,要私了?"如其要官了,那沒有什麼話說,把一張名片,將他送到衙門裏去。這時候的紳士,用名片送小百姓,就是無理也要被視爲有理的,何況小百姓確是無理呢?所以在這種情勢之下,十之九強,總不敢強硬的,自願聽憑堂中措置。蘇先生,就先加訓斥,令其當衆認錯,并且聲明願意改過,聲明儻若再犯,便必須送官懲辦,再沒有由堂中處理的機會了,然後放他出去。經過此種手續之後,其人是否悔過,堂中仍須加以察訪。據說,敢再犯的極少,在蘇先生任事時,祇有一個堂吾頭的婆婆,怙惡不悛,被送到官,責打過嘴巴。

像蘇先生這樣的人,的確是很難得的,祇可惜頭腦陳舊了些,所要維護的,祇是一些社會的舊秩序,而封建氣息,也嫌濃重了些。儻使他再溫和一些,對於不好的堂吾頭,或虐待堂吾頭的人,祇是加以勸化,而不要來打手心,具結這一套,如其慮其無效,倒寧可送官懲辦,這以舊時的觀點論,似乎也適合些。至於他所要維持的上和下睦、夫唱婦隨這一套,在舊時的觀點中,自然無可非議,但在今日,如欲師其意而行之,卻不可不加以變通,甚而至於要來一個革命。有一位社會學家說:"現在談女權的人,多數要提倡小家庭,破壞大家族,這是一個錯誤。保護女子的是大家族,不是小家庭,大家族人多勢衆,一個女孩嫁出去而不得意,可以爲之興師動衆、問罪、械鬥,小家庭就没有這力量了。"這話很有道理,但家族,不會一方面是大、一方面卻是小的,儻使兩方面都是大家族,那就各自集衆而爭,兵連禍結,將無已時,況且家族總是自私的,各顧其私,就更分不出青黄皂白了。家族總是自私的,在這裏頭養育出來的人,無論如何,總已植下了一些自私的根苗,長大來斷難盡拔。所以我們現在,很希望有一種出於家族以外的團體,屬於人,加以養育,加以扶持,從此衆團體中培養出來的人,自然是摧毀家族的急先鋒,而亦是改良社會組織挺立於陣頭的戰士,這種組織,雖可憑空產生,而舊組織可作爲憑藉的,亦不在少,如育嬰堂即是其一。不過我們要憑藉其物質,而全改變其宗旨罷了,這就是我所謂師其意而行之,而又加以變通之説,至於像蘇先生這種實行的精神,其爲難能而可貴,自然不論在什麽時代,總是一樣的。

寫到此,我的朋友甲來了,我問他:"從前總看見你同著乙,近來爲什麽多時不同他了?"他説:"乙麽?近來正在家中享受天倫之樂,同許多朋友,都生疏了。他難得:兩個兒子都好,近來都到了家,一個女兒嫁得又好,兒子、兒媳婦、女兒、女婿,都和他住在一塊,他自然要顧而樂之了!"甲又説:"天倫到底是天倫,這是很難得的呀!"我默然,我覺得人生總是奮鬥的意味深長些,志士不忘在溝壑,勇士不忘喪其元,孔子奚取焉?須知道四海皆秋氣,一室難爲春啊!

(原刊《月刊》第二卷第一期,一九四六年七月十日出版)